外国思想理论与学术的中国阐释丛书

张政文◎主　编
袁宝龙　陈　龙◎副主编

当代俄罗斯文艺政策与文化战略问题研究

田刚健　等　著

中国社会科学出版社

图书在版编目（CIP）数据

当代俄罗斯文艺政策与文化战略问题研究/田刚健等著.—北京：中国社会科学出版社，2022.10

（外国思想理论与学术的中国阐释丛书）

ISBN 978-7-5203-9648-6

Ⅰ.①当… Ⅱ.①田… Ⅲ.①文艺政策—研究—俄罗斯 ②文化事业—发展战略—研究—俄罗斯 Ⅳ.①I512 ②G151.2

中国版本图书馆CIP数据核字（2022）第020431号

出 版 人	赵剑英
责任编辑	张　潜
责任校对	马婷婷
责任印制	王　超

出　　版	中国社会科学出版社
社　　址	北京鼓楼西大街甲158号
邮　　编	100720
网　　址	http://www.csspw.cn
发 行 部	010-84083685
门 市 部	010-84029450
经　　销	新华书店及其他书店
印刷装订	北京明恒达印务有限公司
版　　次	2022年10月第1版
印　　次	2022年10月第1次印刷
开　　本	710×1000 1/16
印　　张	25.25
插　　页	2
字　　数	368千字
定　　价	109.00元

凡购买中国社会科学出版社图书，如有质量问题请与本社营销中心联系调换
电话：010-84083683
版权所有　侵权必究

外国思想理论与学术的中国阐释丛书

总　序

19世纪中期后,"西学东渐"逐渐成为中国思想文化的涌流。用西方治学理念、研究方法和学术话语重构中国学术体系、改良中国传统学术成为时代之风气,中国学术亦开始了从传统向现代的转换。不过,由于中西社会文化的历史性差异,在转换过程中出现了背景反差、语境异态、问题错位、观念对峙、方法不适、话语离散等严重状况,致使出现了西方思想理论与学术对中国的"强制阐释"和中国学术对西方思想理论与学术的"阐释失真"。因此在纠正西方思想理论与学术对中国"强制阐释"的同时,中国学术也亟须对西方思想理论与学术进行返真的中国阐释。

当代中国学术要成为中国特色的哲学社会科学,就必须在马克思主义指导下,立足中国、借鉴国外,挖掘历史、把握当代,关怀人类、面向未来,在中国特色、中国风格、中国气派的学科、学术、话语中深刻理解和深度阐释西方思想理论与学术,这样才能真正实现外国思想理论与学术在中国的有效转场。为此我们组织出版了这套"外国思想理论与学术的中国阐释丛书"。

"外国思想理论与学术的中国阐释丛书"基于中国视角,运用中国的理论、方法对外国思想理论与学术进行剖析、领悟与阐释,注重对历史的还原。丛书的每一部著作,都着力于重返外国思想理论与学术的历史生活场域、文化语境和思想逻辑的现场中,都尝试以真诚的态度、合理的方法和求真的标准来展示史实的真实性与思想的真理性，高度关注谱系追踪，澄明思想的演进谱系，回归历史的本真和理论的本义，实现宏观与微观的融合，达成文本、文献、文化的统一。同时自觉追求中国化的阐释，拒绝虚无主义和主观主义，以积极的态度来回应和阐释外国思想理论与学术。在对外国思想理论与学术的中国阐释中还特别关注思想史与学术史的回顾、反思、总结，以期达成中西的互鉴与互补。

今时今日，中华民族正站在"两个一百年"奋斗目标的历史交汇点上，以无比豪迈的身姿走在实现伟大复兴的道路上。科学合理的阐释是思想演进的关键方法，也是思想持续拓展、深化、超越的重要路径。如何在中国的文化语境下，博采人类思想之精华，集揽东西方智慧之长，运用中国智慧、借助中国话语、整合中国资源来建构、完善和发展阐释学理论，并付诸实践，是当代中国学人责无旁贷的历史使命，这部丛书的出版就是我们为实现这个宏大梦想而迈出的第一步。

目 录
CONTENTS

绪 论 ·· 1

第一章 当代俄罗斯文艺政策的民族基因与历史沿革 ············ 14
  第一节 文化传统与历史抉择——俄罗斯文艺治理的独特基因 ···· 14
  第二节 俄罗斯由传统文化向现代文化的转型 ························ 30
  第三节 苏联时期文化体制与文艺政策及其影响 ····················· 37
  第四节 苏联解体后当代俄罗斯文化的困境与危机 ·················· 55

第二章 当代俄罗斯文艺政策与文化战略之核心理念与价值诉求 ··· 70
  第一节 "俄罗斯理念"的历史演进与基本内涵 ····················· 70
  第二节 普京"新俄罗斯理念"的生成境遇与文化谱系 ············ 83
  第三节 "新俄罗斯理念"在文艺政策与文化战略中的
           价值诉求 ·· 93

第三章 当代俄罗斯文艺政策与文化战略的基本形态 ············ 100
  第一节 当代俄罗斯文艺政策与文化战略的法律基础——《俄罗斯
           联邦宪法》和《俄罗斯联邦文化立法基础法》 ············ 101
  第二节 文化安全与文化强国的规划设计——《"俄罗斯文化"
           联邦目标纲要》与《俄罗斯国家文化政策基础》 ········· 105

第三节 文化安全战略的重要内容——当代俄罗斯国家文艺
教育政策述评 ………………………………………… 114

第四章 当代俄罗斯文艺政策与文化战略的治理模式 ……… 134
第一节 当代俄罗斯文艺管理和文化治理的历史基因 ……… 134
第二节 当代俄罗斯文艺政策和文化战略的制定依据 ……… 149
第三节 当代俄罗斯文艺政策与文化战略的决策机制 ……… 154
第四节 当代俄罗斯文艺政策与文化战略的运行特征 ……… 162

第五章 当代俄罗斯文艺政策文化战略导向下的文艺生态 …… 167
第一节 文学——多元观念下的价值重构 …………………… 167
第二节 电影——卫国战争题材的主旋律高唱 ……………… 187
第三节 戏剧——国家形象推广的经典表达 ………………… 229

第六章 人类命运共同体理念与当代中俄文艺战略比较 …… 270
第一节 民族性传统视域下中俄文艺精神比较 ……………… 271
第二节 人类命运共同体背景下中俄文艺政策理念比较 …… 276

第七章 当代俄罗斯文艺发展的方向与未来 ………………… 288
第一节 当代俄罗斯文化危机意识与文学创作关联 ………… 289
第二节 当代俄罗斯文化战略与文艺发展预测 ……………… 293

附　录 ……………………………………………………………… 300

参考文献 …………………………………………………………… 374

后　记 ……………………………………………………………… 399

绪　论

　　文艺政策与文化战略是以国家意识形态和主导价值为指导思想，对文艺事业在理念、行为和组织等方面实行的政治主张和制度规定。大国战略中的文艺政策与文化战略格局研究作为一门包含政治学、文艺学、文化研究等的新兴边缘交叉学科，其研究对象包括文艺政策与文化战略的价值指向、表现形态、发展历史，以及结构体系等。研究一个国家的文艺政策与文化战略对于深入了解和把握其政治文化价值系统、民族精神构架走向和文化建设趋势等具有重要意义。俄罗斯作为横跨欧亚大陆的、在历史和现实中均对世界具有重要影响的大国，自20世纪90年代起其国家整体转型就成为全球范围内的制度变迁浪潮中最具代表性和最引人注目的经典案例之一。叶利钦时代俄罗斯全盘西化，"休克疗法"造成政治格局、社会体制和经济制度激烈震荡，也使俄罗斯的思想理论和文化意识面临危机。屡经西方模式之政治、经济试验的失败之后，俄罗斯在《俄罗斯联邦年公民爱国主义教育纲要（2001—2005）》中认为，经济分散化和社会分离化倾向使传统精神价值贬值。作为形成爱国主义最重要因素的俄罗斯文化、艺术和教育，在对人的培养方面的意义急剧下降。意识形态的空洞在文化领域更集中体现为弘扬民族精神、爱国主义和传统价值观的严肃文学陷入低潮，以美国文化为代表的西方商业文化严重冲击本土文化，高雅、严肃的艺术作品鲜有人问津，而庸俗、暴力、色情的文化垃圾充斥社会；文化事业惨淡经营，文化团体难以度日。面对这种状态，普京提出了用"新俄罗斯理念"作为俄罗斯意识形态、国民教育、文艺活动的指导思想。它一改苏联直接命令和叶利钦时期放任自流的做法，以间接引导、规范甚至渗透等方式实施，以恢复俄罗斯国家传统、重塑国家形象、凝聚民族精神、繁荣文艺产业、增强国家认同和文化软实力为核心，以加强制定法律法规和发展规划为导向规范保障，以加快推动新型文化市场、文化产业发展和强化俄罗斯民族经典文艺作品的国民教育为主要措施，从而实现在政治上重构国家意识形态、在经济上构建文化产业体系、在社会管理上塑造新型公民社会、在外交上实行大国文化推广的主要政治意图，从而有效破解俄罗斯政治经济转轨中所遇到的一系列文化难题和文化障碍，为俄罗斯重新崛起发挥了重要作用。

人类命运共同体思想是习近平同志治国理政新思想、新理念、新战略的重要组成部分，占据人类未来发展的制高点，透射出真理的光芒。创造与发展人类命运共同体是新时代中国特色社会主义的重要内容，是以习近平同志为核心的中国共产党对人类与世界发展命运的积极探索，其理念形成具有深厚的历史基础与充分的现实条件。人类命运共同体思想是对中国优秀传统文化的创造性转化和创新性发展，是对马克思列宁主义的继承、创新和发展，是对中华人民共和国成立以来我国外交经验的科学总结和理论提升，蕴含着深厚的中国智慧。伴随着中国综合实力的增强，特别是中国"一带一路"倡议带动沿线国家共建"人类命运共同体"，得到周边国家的积极响应，我国的国际影响力日益提升。文艺是一个国家和民族历史、文化、精神的基本形态和独特表达方式，是实现文化传承、自我确认、国家认同和形象推广之本，是其屹立于世界民族之林的基石。文艺政策和文化战略作为国家在文艺保护和发展领域实行的一整套制度化、理念化和行为化的政治主张，是政策主体用以调节文艺事业和文化产业发展的基本杠杆，是国家意识形态和主导价值的基本体现和主要载体。俄罗斯作为中国周边国土面积最大的国家和全面战略协作伙伴，中俄关系显得尤为重要。习近平总书记指出，"关系亲不亲，关键在民心"，构建两国人民相互信任、相互理解和相互认同的亲近关系，人文交流扮演着不可代替的角色。在构建人类命运共同体进程中对中俄文艺政策和文化战略进行系统深入的比较研究，既是中俄文化比较研究中的重要领域，也是厘清中俄文化发展脉络、探寻中俄文化发展异同、促进中俄文化深入交流的必要途径，特别在《习近平总书记在文艺工作座谈会上的重要讲话》和《中共中央关于繁荣发展社会主义文艺的意见》等当前我国指导性文艺政策制定出台的新形势和大背景下，对中俄文艺政策和文化战略进行对照研究对探索实现中华民族伟大复兴的文艺路径有重要的资政作用。

一 选题意义

倡导人类命运共同体理念是习近平总书记外交思想的核心与理论基础，是习近平总书记站在全人类进步的角度，为解决当今世界和平与发展问题所提出的一份中国方案，表达了中国对国际秩序的美好愿望和追求。人类命运共同体理念既具有鲜明的中国特色，又蕴含全人类共同价值。它倡导各国在追求自身利益的同时兼顾他国利益，形成不可分割、命运相连的状态，共同发展、共同合作对当代国际关系和中国的发展具有重要的引领意义。[①]

在构建人类命运共同体背景下深入研究当代俄罗斯大国重建中的文艺政策与文化战略是拓宽当代俄罗斯研究视野、深化我国相关领域研究的迫切需要。俄罗斯作为世界上领土面积最大的国家，不仅是在当今全球范围内经济、政治、军事、外交等方面拥有重大影响力的世界强国，更是在文艺和文化领域具有不可忽视影响力的文化大国。作为自然地理位置和文化传统均跨越东西方的俄罗斯民族，其既不是纯粹的欧洲民族，也不是纯粹的亚洲民族。东方与西方两种因素始终融汇、交错和角力于俄罗斯文化精神中。[②] 这种东西方文化要素的不断碰撞与整合不仅

---

① 陈岳、蒲俜:《构建人类命运共同体》，中国人民大学出版社2017年版，第2页。
② ［俄］尼·别尔嘉耶夫:《俄罗斯思想》，雷永生、邱守娟译，生活·读书·新知三联书店1995年版，第3页。

构筑了俄罗斯民族独特的文化内质,更孕育了诸如普希金、果戈理、莱蒙托夫、屠格涅夫、托尔斯泰、陀思妥耶夫斯基、契诃夫、马雅可夫斯基、康定斯基、拉赫玛尼诺夫、柴可夫斯基、斯坦尼斯拉夫斯基、爱森斯坦等世界文化巨匠。他们以无与伦比的艺术和具有独特性与开放性的文化为欧洲乃至世界文化提供了具有经典和范式价值的宝贵财富,而以此为坚实基础的包括文学、音乐、建筑、舞蹈、电影等在内的俄罗斯当代文艺和文化对于当今世界文化发展具有持续性的影响。当代的文艺政策与文化战略正是指导和引领俄罗斯当代文化发展的重要国家力量和导向,若不认识或不了解俄罗斯当代文艺政策与文化战略,就很难了解俄罗斯乃至全球当代文艺和文化走向,以及与其相关联的国际政治、经济和外交等重大理论和现实问题。研究梳理和对比苏联时期、叶利钦时期和当代的文艺政策与文化战略的承续与变迁,有助于把握新俄罗斯文化发展变革的整体脉络,并对其今后政策的取向及改革趋势做出预测,对开阔俄罗斯文化乃至世界文化研究视野具有重要意义。

社会转型主要指20世纪70年代以来在世界范围内部分国家实现的从集权主义的政治经济体制向市场经济及民主法治体制转化后所发生的社会形态的转型,而其中又特别指向苏联东欧国家高度集权的政治与指令性计划体制向市场与民主法治体制转变所伴随的社会形态整体转变。① 毫无疑问,苏联解体和当代俄罗斯社会转型是涉及全球经济、政治、文化等各领域乃至整个人类发展史的重大事件。自20世纪90年代初独立以来,俄罗斯经历了一场长达十余年的动荡曲折的国家转型历程。以2000年为界,后社会主义时期的俄罗斯发展历程呈现出两种截然不同的面貌,叶利钦时期几乎是俄罗斯历史上最为暗淡的时期之一,处于深刻危机中的俄罗斯一直在苦苦地寻求克服内部混乱、建设大国强国的发展之路;而普京则将新俄罗斯理念作为崭新的意识形态,以"乱

---

① 冯绍雷、相蓝欣主编:《转型理论与俄罗斯政治改革》,上海人民出版社2005年版,第2页。

世用重典"的方式悄然实现了政治可控、经济发展、社会稳定的转变，无论在共时还是在历时的维度上，俄罗斯目前的相对实力和绝对实力与苏联解体之初相比都有了长足的进展，俄罗斯重新强势地屹立在国际舞台上，处于影响国际关系格局与大国关系变迁的重要地位。全球学者都将当代俄罗斯转型作为全球化时期国家治理的重要标本，对其历史动因、发展轨迹和建设历程进行研究和思考，并取得了大量研究成果。面对当代俄罗斯转型问题，有的学者从经济视角在新自由主义经济学或新凯恩斯主义的逻辑框架内进行讨论，有的学者从政治学视角在权威主义的资本主义模式的逻辑框架内进行探讨，有的学者则从军事外交重回后苏联空间、联合斯拉夫国家的角度研究。然而令人遗憾的是，对于文艺和文化这一深刻影响俄罗斯国家政策制定、社会发展走向、意识形态重建和民族精神的重要维度却未足够重视，尤其是对俄罗斯转型中当代文艺政策与文化战略在意识形态建构、国家形象树立、民族精神凝聚、文化产业发展等方面的重要作用和影响之研究更是匮乏，而这正是研究当代俄罗斯社会的转型是否具有普遍价值，这次转型与叶利钦时期的转型存在何种关系，俄罗斯重新崛起的起因、动力、机制和走向是什么等围绕俄罗斯转型的整个过程与功能的诸多重大理论和现实问题的有效途径。

中俄两国是在历史和现实中对世界具有重要影响的经济、政治和文化大国，特别在文艺和文化领域自20世纪初至今的各个重要历史时期，苏联及俄罗斯对中国的影响巨大。新时期以来，邓小平同志在推动中国社会主义发展转折过程中积极调整了党的文艺政策，深刻反思了苏联模式文化专制主义的弊端，正确地处理和理顺了文艺与政治的关系，开展了文艺界统一战线工作，解放了艺术生产力，开创了中国特色社会主义文艺百花齐放的生动局面。苏联解体造成的原有文艺政策模式的全面崩塌，以及叶利钦时代俄罗斯思想界之混乱和文艺界之衰落，引起了我国的高度重视。这一时期，党和国家领导人进一步深刻总结了冷战时期及俄罗斯建立初期文艺政策和文艺体制的成败得失，站在中国文艺"人民性""民族性"和"创新性"的立场,探讨如何建立一套具有中国特色、适合社会主义文化繁荣和文艺发展的政策,从建设和谐文化的高度、推动文化事业和文化产业协调发展的角度管理文艺,真正落实了文艺的"二为方针"和"双百方针",有力推动了中国特色社会主义文艺事业发展。党的十八大以来,以习近平同志为核心的党中央从实现中华民族伟大复兴的中国梦的历史角度,指导中国特色社会主义文艺繁荣发展,将其视为弘扬社会主义核心价值观和确保国家意识形态及文化安全的重中之重。2014年10月15日,习近平总书记主持召开文艺工作座谈会并发表重要讲话,中共中央颁布《关于繁荣发展社会主义文艺的意见》,党的十九大报告明确提出,伟大时代成就伟大文艺,要坚持文化自信,谱写中华民族走向复兴的伟大史诗,推动当代中国话语建构,使中华文化"走出去",标志着中国特色社会主义文艺思想和文艺政策与文化战略进入了新时代。习近平新时代中国特色社会主义文艺思想高度重视中俄人文交往,提出在"一带一路"倡议框架下,在构建人类命运共同体的构想中推进和发展中俄文艺交往,夯实中俄友好的民意基础,为促进人类文明共同发展贡献力量。从共时性维度看,当前中俄全面战略协作伙伴关系已成为影响和维护世界及地区和平发展和安全稳定的重要力量之一,中俄作为同样拥有悠久人文传统和辉煌文艺成就的大国,在构建人类命运共同体中是最主要、最重要的战略协作伙伴;文艺交流发展作为中俄人文合作的重要组成部分,对两国和世界文化具有举足轻重的作用。如何确定两国传统文化中的共性与差异,扬弃文化固有因素,构建适应时代发展的社会核心价值体系,推进国家转型向更深、更高层次发展,应当成为中俄文化比较研究的重点之一。因此,如果对当代俄罗斯文艺政策与文化战略缺乏深入研究,势必会影响中俄人文合作的深化发展,对于我国而言也将在诸如对俄文化推广、文化产业发展和文化合作交流等方面造成障碍和龃龉。因此,从这一角度而言,对当代俄罗斯文艺政策与文化战略的研究,也是对当代中国文艺和文化发展的具有前瞻性和实践性的研究,在文艺和文化领域为中俄人文交流与合作的发展提供战略咨询、数据支持和技术保障,为巩固和推动发展中俄全面战略协作伙伴关系做出理论和实践贡献。

综上所述,本书不仅可通过研究评价当代俄罗斯文艺政策与文化战略来丰富大国转型期理论,帮助我们理解当代俄罗斯文艺和文化的基本生态面貌、发展形态和生成机制,开启俄罗斯文化史、政治史研究的全新视角和模式,同时也有助于提升和深化对文艺与意识形态的关系、文艺与国家战略形态、文艺政策对日常生活的影响等文艺学、文化学、政治学方面的重要理论问题的科学认识;更为重要的是,以俄罗斯为鉴可以深化对文艺政策制度建设与大国崛起问题、大国形象与文艺推广关系问题、市场经济条件下文艺政策导向和文化产业发展问题、文艺政策与民族文化自信心和凝聚力关系问题等我国文艺文化建设领域的重大理论问题的理解,有助于中国特色社会主义文化强国建设,有利于推进中俄人文合作的协调发展,从而为新时期中俄战略关系的可持续的良性发展提供建设性思路和指导,为国家制定对俄方针政策提供资料支撑,因此具有重要的实践意义和战略价值。

二 文献综述

近年来,国内外学界对人类命运共同体的关注热情持续高涨,专家学者们分别从不同角度进行深入浅出的探讨,其研究成果主要集中在以下几个方面:以贺来、任平为代表的关于人类命运共同体的当代中国马克思主义性质研究,提出人类命运共同体思想不仅继承和弘扬了马克思主义的共同体理论,实现了对西方理论的多方面超越,同时还传承了中华优秀传统文化,赋予了人类命运共同体中华文化特性;以石云霞、陶文昭等为代表的关于习近平人类命运共同体思想主要内涵的研究,解读人类命运共同体思想的核心理念和基本观念,提出以求同存异为基础的认知共同体、以合作共赢为基础的利益共同体、以守望相助为基础的命运共同体观念;以周雯雯、林美卿、赵金科等为代表的关于习近平人类命运共同体思想鲜明特征的研究,提出人类命运共同体思想是以相互依赖、利益交融、休戚相关为依据，以和平发展与合作共赢为支柱，以实现中国梦和实现世界梦为重要指导方针；以张希中、周方银等为代表的关于人类命运共同体思想时代价值的研究，认为习近平人类命运共同体思想是一种新的国际观、发展观、价值观，有利于推动构建和谐世界，为我国和平崛起创造良好的国际环境；以黄真、李梦云等为代表的关于习近平人类命运共同体思想的多视角研究，指出构建人类命运共同体既是一种新的价值理念和战略思维，也有助于形成并发展健康、公正、合理的全球理论，建立平等、合作、共赢的国际关系的精神大厦，蕴含着对发展正义的追寻与对共同价值的守护。

从文艺政策和文化战略的基础材料看，俄罗斯自1993年开始特别是普京执政后，以宪法为立法依据，以文化法律法规为基础，以若干纲领性国家法令文件为指导的文艺政策体系基础材料，主要包括法规、政策、条例和领导人讲话四个方面，其中比较重要的有《俄罗斯文化遗产保护和文化发展》（1993—1995年）、《保护和发展俄罗斯文化艺术》（1997—1999年）、《俄罗斯文化》（2000—2005年）、《俄罗斯文化》（2006—2010年）、《俄罗斯文化》（2012—2018年），我们将其统称为《俄罗斯文化纲要》。据俄罗斯文化部法律政策信息库统计，截至2014年俄罗斯联邦共出台文化法律法规政策文件7949部，仅在文艺事业活动方面就有基础艺术类法律法规151部、造型艺术类法律法规3部、电影艺术类法律法规136部、音乐艺术类法律法规141部、舞蹈艺术类法律法规9部、马戏杂技类法律法规132部、戏剧艺术类法律法规170部、民间文艺创作类法律法规15部。这些法律法规为推进普京时期俄罗斯国家文化发展构建了制度体系，为践行普京"新俄罗斯理念"获取文化领导权、实现大国重建提供了重要支撑。就我国的文艺政策而言，自毛泽东同志的《在延安文艺座谈会上的讲话》发表以来，党和国家的历届领导人都高度重视社会主义文艺发展方向的把握和文艺政策的制定，逐步形成了当代以马克思主义文艺理论为指导、以人民为中心、以社会主义核心价值观为引领、以中国精神为灵魂、以中国梦为时代主题、以中华优秀传统文化为根脉、以创新为动力、以创作生产优秀作品为中心环节的中国特色社会主义文艺政策体系,这方面材料被收集在我国宣传文化部门的历年文献中,翔实完备便于整理学习。当代俄罗斯文艺政策研究学者主要有林精华先生、那传林先生、杨成先生和汪宁先生等,他们的代表著作《变"中国模式"为"中国思想":来自"俄罗斯理念"的启示》《后苏联的文学生产:俄罗斯帝国情怀下的文化产业》《普京的俄罗斯新思想》《"第二次转型"与俄罗斯的重新崛起》等为我们了解当代俄罗斯文艺战略提供了相关材料与启示。就中俄文化或民族性比较而言,朱达秋先生的《中俄文化比较》是迄今为止全面论述中俄文化类型差异的重要著作,其中对中俄传统文化发祥地地理环境的差异及其影响、中俄文化内核结构差异、中俄传统文化特征及差异、中俄文化的精神基础比较、俄罗斯村社共同体与中国宗法家族共同体的文化比较、中俄宗教观念的差异、中俄传统政治文化的比较等问题进行了思考与回顾,为我们进行中俄文艺政策及民族性比较开阔了视野,奠定了基础。此外,关海庭、陈海燕、常丽等分别从中俄传统政治文化、民族精神、文化类型等方面进行了比较研究。对于我国文艺政策开展研究的学者主要有周晓风先生、谭好哲先生、马龙潜先生、吴俊忠先生和江守义先生等,他们的研究成果对文艺政策的定义内涵、研究对象和研究方法做出了详尽论述,比较了不同文化视野中的中苏文艺政策,挖掘了《在延安文艺座谈会上的讲话》的经典意义,进行了马克思主义经典作家文艺批评的演变研究等。就目前研究状况而言,研究者一般将中俄文化比较的研究视角集中于哲学、宗教、历史、政治、经济、外交等领域;而对于文艺维度尤其是对人类命运共同体视域下中俄文艺的认同机制、国家形象、文化产业等方面的研究仍显匮乏。

三　研究思路

(一) 基本内容

本书纵向上坚持在人类命运共同体的总体视域中,在民族性和现代化的历史维度中考察当代俄罗斯文艺治理和发展的延续性和断裂性,全面把握当代俄罗斯大国复兴的文艺战略和文化政策现状和走向;横向上坚持在全球化背景下俄罗斯社会转型和大国重建的国家战略大局中全面考察其文艺政策与文化战略的运行机制和实施功效,宏观把握文艺政策对于俄罗斯在意识形态建构、国家形象树立、民族精神凝聚、文化产业发展等方面的作用和影响,在对当代俄罗斯文艺政策和文化战略形态全面梳理的基础上,着重研究文艺政策制度建设和大国崛起问题、大国形象与文艺推广关系问题、市场经济条件下文艺政策导向和文化产业发展问题、文艺政策与民族文化自信心和凝聚力关系问题等,突出本书的资政针对性和智库实用性,为国家制定对俄方针政策提供资料支撑。

(二) 主要框架

按照基本研究思路,本书共分为八个部分,介绍如下。

绪论部分交代课题的选题意义与价值,说明本课题的研究目标、研究方法,对前人的研究成果进行综述,指出目前研究需要进一步探索的领域和主要问题。

第一章,从民族历史基因和社会转型理论视角出发,着重探讨俄罗斯帝国、苏联时期及俄罗斯联邦初期的文艺政策和文化战略的历史沿革,梳理从俄罗斯帝国到普京执政前国家政治文化和意识形态的发展流变轨迹,在此基础上分析各历史时期俄罗斯文艺政策和文化战略的政治传统和文化根性,为本书的研究提供历史资料和理论背景。

第二章,概述当代俄罗斯文艺政策和文化战略的核心理念和价值诉求,分析探讨"新俄罗斯理念"的主要内涵及其在当代俄罗斯文化建设中的总体指导地位,包括在恢复俄罗斯帝国传统、建构公民社会、实现强国富民目标、推广国家形象等方面的价值诉求。

第三章,着眼于当代俄罗斯文艺政策和文化战略的表现形态,通过梳理总结普京执政时期俄罗斯联邦总统、杜马和政府出台的各项文艺政策及法规、主要执政者相关讲话论述、文艺教育体系构建等文艺政策和文化战略形态,分析其直接和间接引导国家文艺建设和文化发展的基本方式与特征。

第四章，系统考察当代俄罗斯在国家治理结构整体改造形势下的文艺政策和文化战略的政治基因、决策依据、基本原则和运行特征，从文艺学和政策学角度勾画当代俄罗斯文艺政策和文化战略从提议启动到立场协调到起草规划再到实施反馈的决策过程，在多学科视野中论述当代俄罗斯文艺政策与文化战略的政治机理。

第五章，重点分析当前俄罗斯文艺在当代文艺政策和文化战略的导向和影响下的生态状况，全景扫描政府采取制定法律保障文艺活动、促进文化市场有序化、改革新闻传媒和图书出版等文化行业体制机制、大力扶持民间资本注入文艺市场、改革国家文艺奖项、强化文艺教育传统等行政调节手段后，俄罗斯当代文学、戏剧、电影等艺术领域的发展状态以及官方与大众文艺形态之间的相互渗透和影响，客观评价当代俄罗斯文艺战略对恢复俄罗斯大国传统、凝聚民族精神和推动文化产业繁荣等方面所起到的重要作用，以及对普京新国家主义的意识形态重建的推动作用。

第六章，在人类命运共同体的战略构想背景下比较当代中俄文艺政策和文化战略，分析俄罗斯国家文艺形态转型的基本特征和主要战略意图，特别是普京时期俄罗斯文艺政策和文化战略对我国文艺事业的启示，以及对中俄人文合作文艺领域的决策建议。

第七章，总括当代文艺政策与文化战略的核心理念、主要特征和实施效果，阐释当代俄罗斯文化危机与文学创作的关联，预测俄罗斯文艺发展的未来走向。

四　研究方法

本书在研究方法上注重打破学科壁垒、更新学术思维、拓宽学术视野，综合运用文艺学、社会学、政治学、政策学、文化研究等多个学科的研究方法，将历史与逻辑相统一、归纳法与比较法相统一、当下生存现实与最新科研成果相统一。具体而言主要采用以下四种研究方法。

（一）交叉融合法

面对这一涉及多学科的课题，单纯的美学和文艺学研究方法和范式显然无法满足研究需要，必须采取将哲学、文艺学、人类学、文化学、图像学、社会学、国际关系学、艺术学等学科交叉综合的方法，在多学科视野中紧紧围绕当代俄罗斯文艺政策与文化战略的政治机理和运行模式这一核心问题，分析其政策的精神内涵、文化外延和影响途径，从而看出俄罗斯文化政策在俄罗斯转型重建中的地位和作用，建立对当代中俄文艺发展形势和未来发展的全面认知，为中俄人文合作提供坚实的理论基础和翔实的数据支撑，为两国文化认同和战略合作提供智性保障和范式指导。例如，在研究俄罗斯当代文艺与社会整体转型关系问题时必须运用社会学研究方法；在研究苏联与俄罗斯文艺政策与文化战略延续和断裂问题时必须运用政策学和政治学研究方法等。

（二）文献调查法

收集、整理和翻译当代俄罗斯政府发布的文件、法规，国家领导人和文化主管部门领导的讲话等关于文艺政策与文化战略的大量文献资料，并从中发掘当代对于文艺文化活动的主要价值指向，是本书研究的基础和重点。但由于本书所需材料涉及面极广，政治、经济、文化、外交等领域人物和事件繁多，在国内收集外文一手资料难度较大，需要耗费大量的时间、精力和物力；同时，由于俄罗斯国内互联网站涉及国家政策的内容多被加密和屏蔽，增添了材料收集的难度。因此，利用俄罗斯互联网上联邦图书馆、国立图书馆等网站的图书资源成为本书获取资料的重要方法。在具体政策文献的整理解读中，本书坚持俄罗斯当代文艺现象、政策实施和文化生态三者的对话，通过大量政策文献对俄罗斯当代文化的构成样态进行还原阐释，彰显文艺政策与文化战略在俄罗斯社会精神文化生活中的在场性和互动性，从而挖掘俄罗斯文艺政策与文化战略背后深层次的理论价值和实践意义。

（三）综合比较法

比较分析法在本书中的应用主要体现在两个方面。一方面是时间上，纵向比较分析俄罗斯文艺政策从苏联到俄罗斯的发展变化轨迹，研究俄罗斯文艺政策法规在不同历史时期的异同、作用和特点等；另一方面是从空间上，横向比较分析有相近发展经历和处于相同发展阶段的中俄两国文艺政策，从而为推动中俄两国人文领域合作以及中国当代文艺政策制定、发布、实施、贯彻和总结提供启示和借鉴。

（四）系统归纳法

利用系统论的观点和方法，融合政策学、法学、社会学、人类学、艺术学等多种学科的理论进行阐述论证，将俄罗斯文艺政策与文化战略法规的研究置于普京执政以来的社会发展环境和历史时期之下，紧密联系俄罗斯的社会、经济、法律、政治、信息、教育等领域，将俄罗斯文艺政策法规作为普京"新俄罗斯理念"的子系统，分析影响和决定文艺政策法规制定实施的文艺制度和社会制度因素，以及它们之间的联系、相互作用、结构组成，以期全面系统归纳揭示俄罗斯文艺政策与文化战略的内容与发展变化，并对其发展趋势做出预判。

第一章　当代俄罗斯文艺政策的民族基因与历史沿革

　　文化是一个民族的血脉和灵魂，文化模式中的伦理道德规范、宗教信仰和思维方式等基本因素决定了一个民族和国家的历史轨迹。俄罗斯文化的发展和繁荣使其作为文化大国在世界文明中占有一席之地。俄罗斯文化不是纯粹意义上的俄罗斯民族文化，甚至也不是纯粹意义上的东斯拉夫文化，它一开始就具有多元文化的特征。具体而言，俄罗斯独特的地理位置和文化历史使得俄罗斯文化在从传统走向现代的过程中，面临着"东方还是西方"的艰难抉择，"双头鹰"正是俄罗斯文化面临这种抉择的形象比喻。而当代俄罗斯文艺政策和文艺战略与俄罗斯的文化传统密不可分，俄罗斯文化传统是决定和影响当代俄罗斯文艺政策和文艺战略的重要因素之一。

第一节　文化传统与历史抉择——俄罗斯文艺治理的独特基因

　　俄罗斯独特的地理条件和历史造就了俄罗斯文化来源的多样性，在传统的民族文化与外来的异质文化相互矛盾和相互渗透的过程中，俄罗斯文化多元性和多样化逐渐形成。俄罗斯既与西方对立，也与东方对立，它既是西方又是东方，同西方和东方组成了一个不可分割的整体，即文化上的三位一体。换言之，俄罗斯的独特地域和历史发展构成了其

"欧亚间质文化"的明显特征。

任何一种文化都有自己的原始基因，双重性和矛盾性的二元结构可以说是俄罗斯文化传统的原始基因。公元9世纪、10世纪，俄罗斯文化形成之始，深受拜占庭文化的影响，而拜占庭文化本身就具有东西方文化的双重特点。13世纪，基辅罗斯解体后，俄罗斯受蒙古人长达两个多世纪的统治，农奴制和中央集权的专制制度无疑是东方文化影响的结果。18世纪，深受西方先进文明吸引的彼得一世用强权将俄罗斯拖向西化之路，从而使俄国资本主义工业获得了迅速发展。东西方文化的矛盾和冲突在一定程度上导致了俄罗斯人性格上的分裂和对立，好走极端成为俄罗斯人性格的显著特点，在历史发展过程中常常表现为出人意料的急剧变革，难以理解的中断和跳跃。

一 古代罗斯文化的形成及其特点

俄罗斯人有记载的文化史应该从公元988年"罗斯受洗"[①]，即接受基督教文化开始。可以说，俄罗斯所有教化人伦和精神启蒙等都与"罗斯受洗"相关。在此之前，俄罗斯在西方人眼中是个不谙文明的异族蛮部。古代罗斯文化是在东斯拉夫文化传统的基础上形成的。古代罗斯人属于古老的印欧语系斯拉夫民族中的东斯拉夫一支，是现代俄罗斯人、白俄罗斯人和乌克兰人的共同祖先。古代罗斯人由西向东迁徙来到辽阔宽广的东欧大平原，在德涅斯特河和喀尔巴阡山以东、伏尔加河上游以西、伊尔缅湖以南、基辅以北的地带停留和定居下来，这一大片肥沃的黑土平原就成了古代罗斯人及其国家的摇篮。大概在公元前或公元1世纪，斯拉夫人分成东西两支，东支分布在第聂伯河中上游、奥卡河和伏尔加河上游、西德维纳河一带，然后建立起古代罗斯国家；西支分

---

① 988年，弗拉基米尔借拜占庭与保加利亚作战失利之机，出兵迫使拜占庭对罗斯采取和亲政策，将皇妹安娜公主嫁与弗拉基米尔为妻，随同安娜前来的还有大批基督教神父、修士以及圣像和法器。弗拉基米尔下令毁掉罗斯原来的多神教神像，他本人在赫尔松接受了基督教洗礼，同时要求所有的罗斯王公贵族都受洗，还把基辅城居民赶进第聂伯河，一起让拜占庭神父施洗。这一事件史称"罗斯受洗"。

布在维斯瓦河、奥得河至易北河一带，现在的波兰人、捷克人和斯洛伐克人便是西支斯拉夫人的后代；"民族大迁徙"时期，东西两支斯拉夫人都有大批部落向南移动，涌入多瑙河流域和巴尔干半岛，形成南支斯拉夫人，现在的保加利亚人、塞尔维亚人、克罗地亚人、斯洛文尼亚人便是南支斯拉夫人的后代。到公元9世纪的时候，东斯拉夫人的经济、社会和文化已经有了相当程度的发展，拥有数百座城镇，使用铁器已达几个世纪，农业生产和捕鱼、狩猎、养蜂、养牛、纺织、制陶、木工等手工艺生产有了相当广泛和充分的发展，各种商业也有了一定规模的发展。公元882年罗斯人建国，所建国家史称"基辅罗斯"，奥列格被尊为"基辅大公"，东斯拉夫人历史上的"基辅罗斯"时代从此开始。在基辅罗斯时代，绝大部分罗斯人过的是村社自由农民的生活；他们与国家的关系只是按时缴纳贡赋，最初是直接交给前来索贡的大公或王公的亲兵队，以后是按摊派数额交给村社，村社再集中上缴。当时的基辅罗斯只是表面的统一，基辅大公也只是名义上的宗主，实质上是各自分散的公国的联合体，是割据的国家。基辅罗斯统治各公国的王公都是基辅大公的儿子、兄弟和叔侄，他们受大公分封而领有一方土地人民，名义上是大公的臣属，应当向大公按时缴纳贡赋。但实际上，这种政治上的臣属关系和经济上的贡纳关系都是很不牢固的。到了12世纪中后期，基辅罗斯时期结束，其领土分裂为13个独立公国。实际上，俄罗斯文化并非完全产生自东斯拉夫人，俄罗斯国家与周边各国各民族的频繁接触往来，使得俄罗斯文化深受周边国家和民族文化的影响，此时的俄罗斯文化正在形成。

古代罗斯变幻莫测的自然环境和独特严酷的气候条件对俄罗斯人的性格和心理的形成产生较大影响。俄罗斯的平原包含着内心的柔软质朴、思想的不确定性、倾向于荒凉生活的精神梦想、禁欲主义和创造的无目的性等文化意义；古老而神秘的森林自古以来是俄罗斯人生活和心灵最可靠的避难所；无边无际的草原带给俄罗斯人宽阔、自由等特殊的空间感；河流诞生和培育了俄罗斯人的民族团结意识；漫长寒冷昏暗的严冬使得长达数月足不出户的俄罗斯人性格慵懒拖沓而又富于幻想。正如法国著名文艺理论家丹纳所言,一个民族的文化精神是由其生存的地理环境、人文环境、时代精神所决定的。俄罗斯人深远博大的情怀、粗犷奔放的情感、纯粹极端的特性、不畏困难的斗志,以及崇尚集体的忘我精神,均与其生存的地理环境密切相关。

二 东正教与俄罗斯文化之内在关联

东斯拉夫人本来信奉多神教,如太阳神、火神、雷电神、雨神、风神、林妖、水怪、司农女神、纺织女神、田野之灵、氏族神、祖神、灶神、好运之神、厄运之神等。"罗斯受洗"后,多神教显然已不能满足加强大公权威,加强基辅的首都地位,维护国家统治和阶级分化等新需要;于是多神教开始向一神教转变。基督教在西亚、北非和欧洲已存在近千年,有着完整的教义、教仪和教阶制,是维护封建制度的有力工具。9世纪中叶,罗斯人对基督教已有所知,历史上曾有拜占庭皇帝派遣主教到罗斯为一些王公显贵施行洗礼的记载。基辅罗斯成立之初,统治者就引进了基督教。公元988年,弗拉基米尔大公最终选择了基督教。起初其强迫受洗和强行推广的举措并不能使罗斯民众立刻接受基督教,民众不愿改变与多神教密切相关的生活方式,对基督教的抵触情绪十分强烈,部分王公贵族则担心罗斯因此而受拜占庭教会支配。罗斯真正基督教化经历了长达数百年的时间,众多基督教传教士为此付出巨大努力。为减轻抵触情绪,使基督教更易被罗斯民众接受,传教士们竭力将基督教与罗斯多神教进行糅合。他们将基督教圣徒与东斯拉夫人供奉祭祀的多神教神祇一一相对应,将往昔罗斯人依农时而定的祭神节期一一对应在基督教节期中。基督教与多神教浑融一体,逐渐消除了罗斯民众对基督教的抵触情绪。到11世纪末,基督教已传遍罗斯全境,成为基辅罗斯的国教,并在此后数百年间成为俄罗斯民族独立、统一和振兴的旗帜。之后大公又派遣教士到北方诺夫哥罗德等地强行推广基督教。

在东正教鼎立时期，与罗斯国家日后政治建设关系最大的莫过于皇权观念。这种观念包括两个内容，一是皇权神授，二是皇权高于教权。拜占庭统治者作为古代罗马帝国的继承人，时刻以"上帝使徒"自命。这种"皇权神授"观念随东正教一起进入基辅罗斯，为基辅大公政权罩上了神圣灵光，大公的权力和统治被说成是上帝的意志，要求凡受洗者在敬畏上帝的同时也要敬畏大公，服从大公就是服从上帝。但是，由于东斯拉夫人的历史传统，东正教会这一说法并未使罗斯立即出现拜占庭那样的中央集权政治体制，相反，分封领土的做法使大公政权愈来愈软弱无力，王位继承没有固定制度，导致混战不断、王位争夺激烈，终致国家四分五裂。基辅罗斯接受东正教后，尽管罗斯教会是拜占庭教会属下一个都主教区，都主教须由君士坦丁堡牧首任命；但是一方面受"皇权高于教权"观念的影响，另一方面毕竟东正教是由大公政权"引进"为国家服务的，都主教也只是被邀请的"客卿"，大公乃其衣食主，因此，罗斯东正教会从一开始就处于依附世俗政权的地位。

除宗教外，包括最初的文字、书籍、建筑和艺术等元素在内的俄罗斯文明的真正兴起是在罗斯接受东正教后，独具特色的拜占庭文化对俄罗斯文化本体的形成有着巨大影响。基督教传入罗斯后，用斯拉夫文翻译和编撰的宗教著作和祈祷文也随之进入，罗斯人遂普遍采用西里尔字母；同时被传入的还有标点符号，书写材料如羊皮纸、墨水和颜料等的制作方法，以及书籍装帧技术。这些对于俄罗斯文化发展具有非凡的意义。基督教、斯拉夫文字以及宗教书籍传入以后，罗斯各地开设了专供王公贵族子弟识字读书的学校，较有名的如雅罗斯拉夫大公在诺夫哥罗德建立的可容纳300名学生的学校。到11世纪中期，普遍建立的修道院成为传授知识的中心，11世纪后半期基辅等地大修道院的教育水平与西欧相差无几。雅罗斯拉夫为增加罗斯的书籍，一方面让专门的翻译人员把大量拜占庭的宗教、神学、文学、历史和地理书籍，以及希腊古籍、其他斯拉夫文字的典籍翻译成俄文；

另一方面招募擅长书写的人，让他们大量抄书。他还在索菲亚大教堂开设一个很大的图书收藏室，其他城市也建有藏书室。在雅罗斯拉夫大公时期，罗斯人开始了自己的书籍写作。由于基督教传播日益广泛，迫切需要联系实际的宗教用书，因此最初写作的书籍多为宗教性的。在编撰宗教书籍的同时，也开始写作世俗书籍。统治者为树立权威，需要记述本民族的历史，歌颂历代王公的功绩，于是按年代记叙史事的编年史出现了。12世纪以后，各公国和城市修史成风，宗教、世俗各界人士乐此不疲，其作品卷帙浩繁、汗牛充栋，虽经历近千年风霜雨雪，保存下来的仍有数千册之多。

拜占庭艺术随宗教一起被罗斯人接受，包括教堂建筑、宗教绘画和雕塑。11世纪仅基辅一地就有教堂数百座，几乎都是拜占庭建筑风格，大大小小的圆形金顶熠熠生辉。与教堂建筑密切相关的艺术形式是雕塑和绘画，所有教堂都使用圣像和以宗教为题材的镶嵌画、水彩壁画、雕塑作为装饰。镶嵌画也称马赛克画，是以彩色玻璃片或天然彩石块拼镶而成的图画，彩色玻璃的反光使画面具有缤纷闪烁的效果，为拜占庭和东正教文化一大特色。基辅罗斯时代的镶嵌画作品目前只有基辅索菲亚教堂的几幅完整保存了下来，其余都是断片或残迹。基辅罗斯时期的绘画和雕塑也有同样的情况。尽管如此，来自拜占庭的教堂建筑、宗教绘画和雕塑仍然促进了俄罗斯艺术的进步。

三 蒙古—鞑靼文化的外来影响

1243年，拔都以伏尔加河下游的萨莱为首都建立钦察汗国（又称金帐汗国），俄国历史进入长达240年的蒙古强行占领和野蛮统治时期。蒙古人强制式的统治，意味着蒙古—鞑靼文化的强行嵌入，对俄罗斯文化发展的影响也是极其深刻的。

作为游牧民族，蒙古人的经济生活与农耕民族完全不同，社会组织和思想文化因而迥异。因居无定所、生存条件简陋而缺乏保障的艰苦险恶状态迫使游牧民族以血缘为纽带,以地域分聚落,层层组织,结为群体,依靠集体的力量生存。蒙古人的社会组织和思想观念具有三个特点。第一,尚武鄙文。尊崇实力和强权,全民皆兵,幼习骑射,青壮从戎,马革裹尸;好勇斗狠,嗜血成性,侵略性强;文明建设则极为薄弱,衣食住行皆粗糙简陋,以大汗命令和传统习俗治国,官制法制远未完备,尤其缺乏文学与艺术。第二,个人服从集体,服从国家;下级服从上级,服从大汗。身家性命、土地财产均为大汗所有,随其调遣使用。第三,组织严密又不乏古代民主制残余。其表现一是社会等级少和等级差别小,等级观念和等级规范也薄弱,这是因为杀伐征战频繁,战死者众多,国祚短而兴亡快速转换,且惯以军功和实力论高下,所以贵贱无常。表现二是嫡长子继承制尚未确立,皇后及后妃干政者多,特别是在大汗刚死、新汗未立之时,皇后往往摄政并在扶立新主上一言九鼎,这是因为在游牧生活和从军出征中,蒙古女人与男人的作用、贡献相差无几。表现三是统御部属和臣民以传统习俗为法理依据,制定《札撒大典》,司法和行政手段也是如此。表现四是古老的盟会——忽里勒台制度仍然存在,并且是确立新大汗以及确立汗与诸王侯关系的必要程序。第四,迁徙性、随意性强。生活居所的不断变换和经济基础的脆弱不稳使其在制度、观念方面亦是随兴而作、因时立制、临事制宜,意识形态不稳固,同时开放性强,视野宽广,心胸豁达,易接受外来影响,但所接受内容庞杂,不能消化并形成完整、有机、独立的思想体系,心理状态也因之飘忽起伏,情感激烈而外露,宗教信仰无常。①

蒙古人对俄罗斯长达两个半世纪的统治,在俄罗斯历史和文化中留下深深的烙印。蒙古人既未在被征服地区长期驻留军队,也没有遣任官员直接治理,而是长辔远驭,将汗帐设在萨莱,通过各公国原王公,间

---

① 王勤榕:《俄罗斯文化转型问题研究》,博士学位论文,首都师范大学,2000年,第39—40页。

接地"从远方统治着罗斯"。最初蒙古人还向各公国派遣"八思哈"①作为大汗的代表,监视王公并征收赋税,但在14世纪初"八思哈"制度被废除,征税权交给金帐大汗册封的"弗拉基米尔和全俄罗斯大公"。由蒙古人任命全俄大公,在众多王公中设立一个地位最高者,有助于加强大公本身的实力,使得基辅罗斯晚期群雄并立、分崩离析的势头就此而止,从而为日后统一奠定基础。蒙古人的统治使人民享有一定民主权利的传统习俗荡然无存,大公、王公等各级官员的废立不由民众大会或"谓彻"②决定,而由金帐大汗的意志决定,人民在社会政治事务中的作用下降,"凡是具有自由和古代公民权利形式的东西都受到限制,不复存在"③。

历史学家沃纳德斯基说过:"蒙古国家建立在个人无条件服从群体的原则之上。个人首先服从氏族,然后通过氏族服从国家。"④《札撒大典》⑤就体现了这一观念,它规定:"实行平等。所有人都要干得一样多,没有区别,不分贵贱贫富。"⑥"蒙古人的这个原则随着时间的进展

---

① "八思哈"制度是钦察汗国统治罗斯的军政制度。1243年,拔都以伏尔加河为中心建立钦察汗国,欧洲人称"金帐汗国",首都设在萨莱。13世纪后期,钦察汗对罗斯的统治逐步加强。1257年开始清查户口和土地,作为征税派役的依据,建立八思哈制度。八思哈,突厥语,意为"镇守官"。八思哈制度是一种军事政治组织,即由蒙古军官担任十户长、百户长、千户长、万户长,最后由八思哈统一指挥,其职责是征收贡赋和监督当地居民。14世纪初废除八思哈制度。
② 在蒙古统治时期,俄罗斯各公国原有的市民代表会议——"谓彻"被解散。由于实行高度统一的中央集权体制,"谓彻"当然无法继续生存。
③ 姚海:《俄罗斯文化之路》,浙江人民出版社1992年版,第17页。
④ 梯伯尔·斯扎姆耶利:《俄罗斯传统》,马丁·塞克兄弟出版公司1988年版,第25页。转引自王勤榕《俄罗斯文化转型问题研究》,博士学位论文,首都师范大学,2000年,第40页。
⑤ 《札撒大典》是成吉思汗时期实行的成文法典。札撒,意为"法度""军令"。蒙古各部统一后,成吉思汗重新确定关于治理国家、训练军队、整顿社会秩序的种种"训言"和以前的"札撒",并命令将此类"训言"和"札撒"用畏兀儿字写在卷帙上,是为《札撒大典》。该部法典已失,但在成吉思汗、窝阔台、蒙哥乃至元朝时期,一直是蒙古族所遵行的重要法典,并主要在蒙古地区实行。法典内容包括政治、军事、行政、刑事、民事、贸易、社会秩序等方面的法律规定。转引自王勤榕《俄罗斯文化转型问题研究》,博士学位论文,首都师范大学,2000年,第40页。
⑥ 梯伯尔·斯扎姆耶利:《俄罗斯传统》,马丁·塞克兄弟出版公司1988年版,第25页。

深刻地影响了俄罗斯人民，导致了一种全民为国家服役的制度，毫无例外地要求所有人为国家服役。在蒙古人这一观念影响下，俄罗斯国家在全民服役的基础上发展，社会各阶层都成为国家组织的一个特定部分……这一政治理论后来在莫斯科公国和俄罗斯帝国时代被发展成一种精致的设计，但其基础确实是在蒙古统治时期奠定的。"[①] 蒙古人带来的这种新观念包括两方面内容，一是集权和专制，这是对统治者而言的；二是服从和奉献，这是对被统治者而言的。莫斯科公国的统治者继承了金帐汗国这份遗产，他们在统一过程中充分运用和实践这一观念，突出的表现是建立以服役为条件的封地制。格拉多夫斯基指出："封地制须以存在一个最高所有权人为前提。这个最高所有权人拥有全国土地，这种所有权是不可分割的。在我国历史的早期，在罗斯社会中是不可能产生这种最高所有权的概念的，那时罗斯的王公们只被认为是统治者，而不是土地所有者。君主拥有全部土地最高所有权的观念产生于蒙古统治时期……后来俄国王公由于继承了汗的遗产而拥有了这种所有权。"[②] 其实，作为最高所有权人，无论是金帐大汗还是莫斯科大公抑或后来的沙皇，他们拥有的不只是土地，还有全体臣民。对臣民人身财产的所有权也就是后来形成的俄国式封建制度专制和农奴制的理论依据。

　　蒙古统治时期结束后逐渐建立起来的俄国行政制度同样具有东方色彩。为保证普遍税制的实行而沿袭金帐汗国严密的户籍登记、管理制度，在这方面俄国人比疆域小得多的西欧国家要早好几个世纪；村社被赋予新的职能，即作为缴税单位，其成员有连带责任，如有人为逃税而出走，其他人须替出走者缴税，类似中国过去的"连环保"；实行普遍税制的强制手段，除卖为奴隶外，还有强行抄没家产。在蒙古统治时

[①] 王勤榕：《俄罗斯文化转型问题研究》，博士学位论文，首都师范大学，2000年，第40—41页。

[②] 梯伯尔·斯扎姆耶利：《俄罗斯传统》，马丁·塞克兄弟出版公司1988年版，第25—26页。转引自王勤榕《俄罗斯文化转型问题研究》，博士学位论文，首都师范大学，2002年，第41页。

期，建立驿站制度，主要道路沿线每隔20—30俄里就设置一处驿站，负责为大汗派出的使者和官员提供换乘马匹、车辆、食宿、安全保卫，以及向导。这种由金帐汗国建立的交通系统在莫斯科公国和沙俄时代一直保留。军事及组织方面也多仿效蒙古人，如俄国后来实行的普遍兵役制、军队指挥系统、战略和战术等。[1]

最重要的是蒙古人留下的专制遗产使俄国在西欧已出现人权、民权和法权意识的时候，反其道而行之，建立起高度中央集权的专制国家。这种专制帝国从观念到形式，无不折射出金帐汗国的影子。俄罗斯专制主义受到拜占庭的影响，他们强调皇权观念和教会的支持。但他们忽视了一个事实，即受到拜占庭影响的除俄国外还有西亚、北非、东欧、南欧和巴尔干众多国家，而这些国家都没有出现俄国这种程度的专制，即使与俄国相邻且文化相近者亦如是，这就说明了蒙古因素的重要性。蒙古因素从两个方面促使俄国走上专制道路，其一即如前述，金帐汗国的统治为俄罗斯君主提供了专制榜样和理论依据，同时用服从和奉献的观念消弭臣民对古代民主传统的记忆，这样就为建立专制提供了可行性；其二，为有效抵御俄国经常受到的外来威胁，特别是要想摆脱蒙古人的奴役和压榨，必须集中俄罗斯全部力量，而且必须将这些力量置于统一领导之下才有可能。在俄罗斯民族与蒙古统治者的矛盾已成为主要矛盾的背景下，贵族与君主分庭抗礼或是百姓犯上作乱都有悖于国家和民族的根本利益，每位臣民的首要义务就是服从和服务于大公，为国家奉献和牺牲。反抗蒙古统治的斗争需要为建立专制制度提供了必要性和必然性。[2] 正如沃纳德斯基所说："当伊凡三世宣布统治并征服诺夫哥罗德时，新的结构已经形成，新的社会秩序，即强制服役社会，已经清晰可见……社会各阶层，从上到下都必须为国家服役……对社会各阶层实行

---

[1] 梯伯尔·斯扎姆耶利：《俄罗斯传统》，马丁·塞克兄弟出版公司1988年版，第25—26页。转引自王勤榕《俄罗斯文化转型问题研究》，博士学位论文，首都师范大学，2000年，第41页。

[2] 王勤榕：《俄罗斯文化转型问题研究》，博士学位论文，首都师范大学，2000年，第41—42页。

军队式管理始于蒙古时代，并且曾是蒙古行政原则的基础，而在莫斯科政府时代得到进一步发展，并且臻于完善。专制和农奴制是俄国人民为了民族生存而不得不付出的代价。"①

蒙古人的入侵及统治对俄罗斯民族的发展造成重大影响。但蒙古人的征服和统治至少在两方面对俄罗斯的发展具有积极意义，其一是摧毁了俄罗斯旧制度，蒙古人的征服恰好发生在基辅罗斯内部出现深刻危机、难以为继之时，蒙古人的到来更快更彻底地摧毁了原有体制、秩序甚至观念，譬如国家政治生活中古代民主制的残余——自治、选举、公众权利，譬如造成弱干强枝、尾大不掉的分封制度，譬如随心所欲但并不能保障国家财政收入的索贡征贡等；其二是为俄罗斯文化注入了新的因素，这主要是指新的社会观和国家观、新的政治制度和新的行政管理方式。正如卡拉姆津所说："拔都的入侵颠覆了俄国，……但进一步的考察使我们发现，这场浩劫是变相的祝福，解体当中孕育着统一的萌芽。"② 马克思也曾评论说："不是诺曼时期的野蛮光荣，而是蒙古奴役的血腥泥潭，形成了莫斯科公国的摇篮，近代俄罗斯不过是莫斯科公国的变种而已。"③

蒙古统治促进了俄罗斯国家的统一。俄罗斯国家是围绕莫斯科建立起来的。金帐汗国通过罗斯王公统治和压榨罗斯人民，在金帐汗国统治期间，莫斯科公国逐渐壮大并崛起。俄罗斯后来以莫斯科为核心的统一，应该说与蒙古统治是密不可分的。俄罗斯著名学者、历史学家波克罗夫斯基认为，"罗斯围绕着莫斯科的统一，至少有一半是鞑靼人的功

---

① 梯伯尔·斯扎姆耶利：《俄罗斯传统》，马丁·塞克兄弟出版公司 1988 年版，第 29 页。转引自王勤榕《俄罗斯文化转型问题研究》，博士学位论文，首都师范大学，2000 年，第 42 页。

② 梯伯尔·斯扎姆耶利：《俄罗斯传统》，马丁·塞克兄弟出版公司 1988 年版，第 21 页。转引自王勤榕《俄罗斯文化转型问题研究》，博士学位论文，首都师范大学，2000 年，第 39 页。

③ 李学江：《俄与欧美关系辨析 俄罗斯到底是东方还是西方》，《人民日报》2004 年 12 月 22 日。

劳"①。在俄罗斯学者中的"欧亚主义者"对蒙古统治和统治的后果大加赞赏。他们坚持说，俄罗斯是个"欧亚国家"，正是因为受到蒙古统治才形成的。他们还认为，"蒙古在俄罗斯的统治是很宽容的，无论是什么宗教，什么神灵，什么文化，它都能容忍"②。他们得出结论："俄罗斯国家的缔造者不是基辅大公，而是成为蒙古汗王继承人的莫斯科沙皇。因此，莫斯科王朝是以新的躯壳复活的金帐汗国。"③ "若没有鞑靼人的统治，就不会有俄罗斯。"④ 莫斯科大公从金帐汗国的绝对权威中，进一步认识了绝对专制权力的概念，从而大大加强了军事统治和军事制度（八思哈制）的概念。此后，俄罗斯总是按蒙古方式来发展军事、土地和政治制度，并逐渐形成了以农奴制为基础、以军事化编制为体制的中央集权专制制度。它还发展了拜占庭的宗教服从国家，而国家忠实于东正教信仰的政治关系，把宗教完全置于国家管理监督之下。这样，蒙古文化的楔入大大加强了从拜占庭文化中汲取的东方文化的特征。

从拜占庭影响到蒙古文化的楔入，这个过程基本上完成了俄罗斯文化模式的定型，俄罗斯文化的本质特征是拜占庭文化与蒙古文化的结合。蒙古文化经过240年军事封建统治，不可避免地给俄罗斯文化注入了新的血液。应该说，蒙古文化对俄罗斯人的影响，深层的要大于表层的。从总体上说，蒙古文化不仅影响了俄罗斯人的风俗习惯、生活方式，还影响了它的民族心理、社会组织形式和国家制度。蒙古文化的楔入，改变了俄罗斯文化的构成，初步形成了俄罗斯的文化模式。从表层文化看，包括语言、服饰、生活习俗等方面的影响都非常明显。在现在的俄罗斯语中，还夹杂着大量蒙古词汇，如钱、鞭子、马、关税等词。俄罗斯人的长袍、圆帽、筒靴都来自蒙古服装。在建筑风格上，俄罗斯东正教堂那些洋葱头式的圆顶，就是哥特式建筑与蒙古特征的艺术结

---

① 陈训明：《俄罗斯的欧亚主义》，《东欧中亚研究》2000年第3期。
② 陈训明：《俄罗斯的欧亚主义》，《东欧中亚研究》2000年第3期。
③ 陈训明：《俄罗斯的欧亚主义》，《东欧中亚研究》2000年第3期。
④ 陈训明：《俄罗斯的欧亚主义》，《东欧中亚研究》2000年第3期。

合。① 但蒙古文化渗透更多的是在深层文化中，这种影响有时很隐蔽，须深层透视方可感触到。例如，经过蒙古统治之后的俄罗斯，历代上层统治者，总是极为重视国家军事的强大，特别重视对领土的扩张，把它看成第一位的、最重要的国策。在国家管理上，他们习惯于粗放型生产方式，重视数量而轻视质量，生产的产品习惯于粗糙而不精密，在思维上则急功近利、好大喜功等。这些现象无疑都与草原游牧民族"马上打天下"的理念和游牧生活造成的不善于组织生产的粗放思维有关。这种文化渗透直到现在仍影响着俄罗斯人的现代化进程。② 立陶宛人在争取民族独立的斗争中，流传着这样一句话："扒了俄罗斯人的皮，你会发现他们的骨头是鞑靼人的。"③ 这些流传话语反映一个问题，即蒙古—鞑靼文化对俄罗斯人影响的深刻程度，可能直到现在人们对这一点认识得仍然不够。我们或许可以得出这样的结论，鞑靼人给俄罗斯人输送的，不仅仅是文化血液，还有文化精髓。经过蒙古人的文化补充之后，俄罗斯的文化才真正成型了，确立了俄罗斯独特的文化类型。

四　俄罗斯传统文化的基本特点

基于上述地理环境元素、基督教文化和蒙古鞑靼影响等多元混合型因素的共同作用，形成的俄罗斯传统文化有以下三个主要特点。

（一）村社传统

古代罗斯从来没有真正的奴隶制。东斯拉夫人没有经历过奴隶社会，他们从氏族公社直接过渡到封建国家，因而公社公有制和民主制的残余长期存留。基辅罗斯基层的社会组织是地域性的、家长制的农村公社。村社由若干家庭组成，其权力机构是德高望重的人组成的长老会议和村社全体成员大会。

村社（又称农村公社）是俄国历史发展中极为独特的现象，从基

---

① 曹维安：《俄国史新论》，中国社会科学出版社2002年版，第58页。
② ［俄］别尔嘉耶夫：《俄罗斯的命运》，云南人民出版社1999年版，第6页。
③ 吴楚克：《民族主义幽灵与苏联裂变》，中国人民大学出版社2002年版，第49页。

辅罗斯到十月革命前村社的存在绵延近十个世纪，是俄罗斯农村的主要组织形式，村社精神是俄罗斯文化的重要特征之一。村社是一个无所不包的政社合一的组织，在村社内部，人们集中居住，土地公有且定期重分，人与人之间由于土地公有和相当程度上共同耕作而保存一种俄国式的集体主义传统。由于在土地公有基础上实行共耕制、连环保制度，所以形成个人对村社共同体的严重依赖或依附关系。久而久之，俄国农民中"集体主义心理动因"相当突出。[1] 俄罗斯经历了几百年的封建专制，俄罗斯人习惯于村社土地公有、集体劳作，少有个体经营。这些思想的长期积淀，成为俄国民粹主义、社会主义滋生的最好土壤。民粹主义者认定俄国农民是"天生的社会主义者"，农村公社是避开资本主义道路、通向社会主义的最好途径。自1861年废除农奴制后，尽管俄国资本主义已经不可阻挡地发展起来，但村社仍然是俄罗斯人的重要精神支柱。

沙皇时期的大臣维特指出，村社就是俄国人民的特点，侵犯村社就是侵犯特殊的俄罗斯精神。别尔嘉耶夫指出，"俄罗斯人民永远喜欢生活在集体的温暖之中，生活在与大自然的亲密无间之中，生活在母亲的怀抱之中"[2]；"对集体的顺从使得他们要比个体的宗教锤炼得更轻松，比牺牲掉温暖舒适的民族自然生活得更轻松"[3]。

(二) 东正教信仰

俄罗斯接受东正教，与其说是文化"转型"，不如说是文化"寻根"，基本上完成了俄罗斯文化精神层面的构建，也构建了文化的制度层面。

就宗教形态来说，东正教这一最有俄罗斯特色的基督教，成为维系俄罗斯民族的精神纽带。在俄国历史上这种文明的结合导致国内斯拉夫

---

[1] 金雁：《农村公社、改革与革命——村社传统越过现代化之路》，中央编译出版社1996年版，第45页。

[2] [俄]别尔嘉耶夫：《俄罗斯思想》，雷永生、邱守娟译，生活·读书·新知三联书店1995年版，第5页。

[3] [俄]别尔嘉耶夫：《俄罗斯思想》，雷永生、邱守娟译，生活·读书·新知三联书店1995年版，第10页。

派和西方派的分野与持续不断的争论。斯拉夫派相信俄国具有建立在东正教基础上的特殊文化形态，在他们看来，俄罗斯应走自己的历史发展道路，而不应追随西方、仿效西方，因为"一切俄罗斯的东西都是神圣的、美妙的"；他们希望从纯洁、朴实的俄罗斯精神中找到哲学和艺术的源泉，找到俄罗斯的未来。西方派则认为，这种传统文化是阻碍俄国社会进步的重要原因，安于现状、难以接受新事物，使俄国封闭和落后。因此，俄罗斯只有否定过去，全盘欧化，才能找到出路，实现社会进步的目标。两派都热爱自己的祖国，但祖国在他们心目中的地位却不同，一个形象的比喻是，斯拉夫派把俄罗斯当作母亲，母亲具有独特的思维方式、生活习惯、宗教信仰和民族传统，是理所当然的；西方派则把俄罗斯看作孩子，孩子就应当不断学习，吸取国外一切进步的、先进的东西，才能使自己的祖国富强起来。

(三) 专制主义文化结构

俄罗斯接受拜占庭基督教，虽然间接地与西方文化的根源——希腊罗马文化产生了联系，但俄罗斯并未与罗马基督教（天主教）文化发生直接的关系。拜占庭基督教或东正教文化，就其基本特征来说，是以希腊东正教和希腊文化为特征的，这种文化兼有东西方文化的特点。接受东正教文化的俄罗斯文化，从开始便兼有东西方文化特征，其中东方特征占的比重更大。因为从制度层面到精神层面，俄罗斯接受的都是皇权神授的君主专制制度和与这种制度相适应的君主至上和臣民绝对服从君主的意识。这些都是东方专制主义文化的典型特征。

在蒙古统治时期，莫斯科公国崛起并完成了对罗斯各公国的兼并。伴随着摆脱蒙古统治和建立统一国家的过程，罗斯深层结构发生了重大变化，俄罗斯民族形成，专制主义的政治制度及作为其社会经济基础的农奴制逐渐形成。随着俄罗斯民族的形成和统一国家的建立，逐渐形成了包括结构、制度、精神、语言、艺术和习俗在内的俄罗斯文化。蒙古统治给罗斯文化输送的是"东方血液"，蒙古—鞑靼文化的楔入大大加强了罗斯文化的东方文化特征，使罗斯文化的发展呈现出与西方不同的趋势。

蒙古—鞑靼文化，虽然从类型上说属于亚洲式的东方文化类型，但应该看到，相对流行于东亚、东南亚和东北亚一些国家的具有严密思想道德伦理体系的儒—佛教文化，属于草原游牧文化的鞑靼文化并不是东方文化的主型或核心类型。所以说，蒙古人带给罗斯的，并不是东方先进文化，而是一种并不能真正代表东方的落后的边缘文化。

俄罗斯民族具有强烈的"弥赛亚"[①]意识。由"第三罗马"和"神授专制权"理论发展出俄罗斯特有的、强烈的"世界观念"，俄罗斯人具有拯救世界的特殊使命感和责任感，要缔造统一、公正的新世界，把上帝赐予俄罗斯的恩宠和厚爱分享给全体人类。作为罗马和拜占庭"世界帝国"事业的继承人，作为唯一纯洁和正义的正教信仰的捍卫者，无论是君主，还是普通民众，都具有强烈的民族自豪感和优越感。俄罗斯人对国家的强烈义务感，对君主的无限忠诚、崇拜和服从，把集体和国家乃至全人类置于个人之上、把精神道德追求置于物质利益追求之上，坚信本民族由于历史特殊性和信仰坚定性而有别于其他民族，坚信俄罗斯国家制度和政策的正义性。

如果说俄罗斯文化是一种介于东西方文化之间的文化，并在东西方文化之间"不停地"摆动，那么应该尊重这样的事实，即俄罗斯文化前两次的摆动，向西只摆到了拜占庭（并未到真正的西方），向东只摆到了亚洲北部的蒙古，也未接触到东方文化的核心。从俄罗斯文化所摆动的范围、所接触的对象上看，也就基本能对俄罗斯文化的性质和文化实质做出判断了。俄罗斯从彼得一世以后开始真正接触西方，但彼得一世所学的，只是西方的皮毛；西方本质的东西，俄罗斯并未学到，也不可能学到。

[①] "弥赛亚"（Messiah）源于古希伯来语，在《旧约》中指那些被涂抹了油膏即被上帝选中、负有特殊使命的人；后来对其引申，具有"拯救""救世""普济天下"等含义。后来出现了"神圣罗斯"，意指俄罗斯是世界上真正东正教信仰的唯一捍卫者，并且因其虔诚、坚定而被上帝赋予拯救人类的使命与力量，而当人类出现危机时俄罗斯就是个民族的"弥赛亚"。参见韦定广《后革命时代的文化主题——列宁文化思想研究》，人民出版社2011年版，第15页。

需要特别指出的是，以上的俄罗斯传统文化要素呈现出双重性和矛盾性的二元结构，可以说是俄罗斯传统文化的原始基因。俄罗斯文化观念中的双重性和矛盾性，极端对立的特征是极为鲜明的，要么是这样要么是那样，缺乏一个过渡的中间地带。在俄罗斯人身上，很容易发现这种别尔嘉耶夫在《俄罗斯命运》一书中列举的俄罗斯人思想观念的一系列二律背反现象，"专制主义、国家至上和无政府主义、自由放纵；残忍、倾向暴力和善良、人道、柔顺；信守宗教仪式和追求真理；个人主义、强烈的个人意识和无个性的集体主义；民族主义、自吹自擂和普济主义、全人类性；谦逊恭顺和放肆无理；奴隶主义和造反行动"[①]。总之，那种谜一样的二律背反现象在俄罗斯随处可见，可以建立无数有关俄罗斯特性的命题，揭开俄罗斯灵魂中的许多矛盾。一般认为，俄罗斯文化观念中的双重性和矛盾性的形成是俄罗斯地跨欧亚大陆，在历史发展中深受东方文明和西方文明双重影响的结果。总之，尼古拉一世时期的教育大臣乌瓦罗夫所指出的以东正教、专制主义和人民性为代表的"俄罗斯理念"（又称"官方民族性"）正是俄罗斯的民族精神和文化内涵，其在俄罗斯现代化进程中，乃至苏联解体、俄罗斯独立后的社会转型中仍是重要的文化基因，影响着俄罗斯的文艺发展和文化治理。

第二节　俄罗斯由传统文化向现代文化的转型

经过数百年的面向南方、面向东方之后，17世纪的俄国人开始展望西方。16世纪去俄国的西方人非常少，绝大多数俄国人对西方基本上一无所知。可是到17世纪，进入俄国的西方人和代表西方文明的事物陡然增多。西方文化的引进是俄国通过战败来感受西方文明的先进与优越的结果，从17世纪到19世纪不乏其例。

---

① ［俄］别尔嘉耶夫：《俄罗斯思想》，雷永生、邱守娟译，生活·读书·新知三联书店1995年版，第3页。

第一章　当代俄罗斯文艺政策的民族基因与历史沿革

一　俄罗斯文化现代转型的背景

伊凡四世时代，当向西扩张受挫时，俄国君臣把原因归结为军事技术、武器装备的落后，于是想从欧洲进口"他前所未知的武器"并招聘工匠技师，但由于敌国阻挠未能如愿。17世纪初的"大混乱"使俄国人痛感自身羸弱不堪，当权者意识到文化教育和科学技术的落后是阻碍俄国发展的主要原因，罗曼诺夫王朝建立后急欲富国强兵，于是开始大规模"引进"，从人才、技术、书籍到日用品。沙皇米哈伊尔（1613—1645）亲自邀请德国著名学者亚当·奥列阿里来俄国，还礼聘一批技术专家、军事家、艺术家和教师，引进外资和先进技术，允许外国商人到俄国开办工场。来俄国的外国人明显增多，以至莫斯科出现"日耳曼城"——外侨集中居住区，据说居住者超过1500人。

沙皇阿列克塞1654年率军西征波兰—立陶宛，但出师不利，使阿列克塞更深切地体会到西方文明的优越性，更重视向西方学习，首先是学习军事技术和军事理论。他按西方模式组建了第一支正规常备军，聘请外国教官用欧洲方法进行训练；搜集外国军事著作并试图编写适合俄国军队使用的教科书，制定新的作战方略；1656年因缺乏海军支援而未能攻克汉萨同盟的重要港口里加，痛心疾首之余积极筹建海军。他还开设医科学校，建立手工工场，组建商船队，增加与欧洲贸易往来以提高国力。他带头改变生活方式，要求按欧式时尚风格布置宫殿和裁剪服装，他的夏宫按西班牙式样用玻璃建造，进餐用西式餐具，给他画肖像须按西方流行的艺术风格，为观看德国戏剧在宫中建起俄国第一座剧院。阿列克塞可以说是俄国西化先驱之一。

在沙皇亲自倡导下，西方文明开始进入俄国，一部分开明贵族率先表示欣赏和接受。他们学习欧洲语言，收集欧洲书籍，摆设欧洲家具和艺术品，效仿欧洲人社交和生活的方式。但是，沙皇带头接受西方物质文化，其目的绝不是让俄国发生根本性变革，而是巩固现存制度，强化其物质基础，所以他不允许动摇俄罗斯的精神堡垒，决不允许臣民接受西方精神文明，西方的思想理论、宗教信仰和政治制度依然被认为是有害之物而被拒于国门之外。在少数开明贵族欣赏着迷的同时，大多数俄国人对西方文明是反感和抵触的。无论如何，引进这些物质文化不可避免会造成西方精神文化的渗入和扩散，潜移默化地影响俄罗斯人的思想，并且终会引起社会矛盾和制度变革。

17世纪俄国虽引进不少西方事物，也有不少欣赏西方文明的人，但这只是"取得"而非"习得"，没有真正的吸收接纳。但是，俄国文化传统形态此时尚无丝毫改变，毕竟文化的转型或变迁要受到众多因素的制约和影响，有其自身的规律，需要一个漫长的过程，不是一蹴而就的。

经过17世纪的大乱大治，莫斯科国家为进入新的历史时期做好了准备。国家的独立统一终于完成并且得到巩固，封建的专制和农奴制度确立了，俄罗斯开始面向西方并且产生了欧化的要求，这些为18世纪的改革开放以及社会形态转变创造了条件。18世纪社会转变的总趋势，从社会制度和社会生活角度看，是从封建主义向资本主义过渡，从封闭落后向现代化过渡；从文化角度看，则是从传统文化形态向现代文化形态转型，从服从和服务于社会现实的文化向领先和带动社会发展的文化转型。

二 俄罗斯文化的现代化历程

俄罗斯现代化社会的变革始于彼得一世时期，到1861年农奴制改革基本完成；而文化转型自叶卡捷琳娜二世时期开始，到19世纪上半期完成，其间经历三个阶段。

一是彼得一世时代。18世纪是俄国改革开放的世纪，此时执政的是彼得一世。彼得一世在军事、经济、行政、宗教、文化、教育、社会生活等方面积极推动欧化改革和社会进步，使得俄罗斯开始摆脱中世纪状态，他的举措影响深远巨大，因此人们将18世纪的前期和中期称为"彼得一世时代"。彼得一世去世后的37年间隔期被认为是彼得时代的延续，尽管发展滞缓甚至出现一定程度的倒退，但是彼得一世开创的学习西方进行欧化改革的方向没有变，也推动了俄国的现代化进程。但彼得一世改革的根本目的是富国强兵，并非引进欧洲的资本主义制度，而是要强化俄国原有的沙皇专制和封建农奴制。18世纪是西方文化的输入与俄国文化对西方文化的学习和模仿时期，此时变革发生在社会表层，其特点是引进西方物质文明和制度文明，改革生产和生活方式，以及社会管理方式，从而为社会意识形态的变革奠定物质基础。在文化方面，从思想到艺术都全面效仿西方。

彼得一世改革促进教育、科学和公众文化事业发展的效果明显，俄国改变了从前以东正教会为主导的宗教文化占据统治地位的状况，加强了与西欧文化的交流，其中文化教育方面改革力度较大。彼得一世把培养人才视为俄国进步强盛的根本大计，创办莫斯科大学，大力兴办各类学校，把俄国教育提升到更高的水平，使之世俗化并成为政府行为；受教育不再是贵族子弟的特权，各阶层人士及子弟，只要有学习愿望，通常都能得到识字读书机会，优秀者还可进入专科学校、高等院校甚至出国学习，使俄国教育冲破宗教禁锢、走向世俗化，从而为科学文化知识的传播普及创造了有利条件。他重视发展科学技术，积极筹办彼得堡科学院，从欧洲延揽科技人才和各专业学者；重视出版印刷行业，推动欧洲书籍进入俄国，组织编撰和翻译各类专著和教材，1703年莫斯科出版俄国第一份印刷报纸——《新闻报》；随着书籍出版印刷增多，藏书成为上流社会和文化人的时尚。与此同时，学习西欧的文学、绘画、音乐、舞蹈、戏剧、建筑等，对俄罗斯文化的发展也产生了很大的影响。

二是叶卡捷琳娜二世时代。叶卡捷琳娜二世在俄国实行"开明专制"，既受欧洲宫廷的政治风气影响，也是法国启蒙思想家的思想推动所致。"开明专制"是从18世纪风行欧洲大陆的政治思潮，欧洲许多宫廷都曾标新立异，宣布实行"开明专制"。叶卡捷琳娜二世除了延续彼得大帝的军事、行政、经济、技术改革，而且进行俄罗斯精神层面的改革。叶卡捷琳娜二世在思想领域进一步向欧洲靠近。当时正好是启蒙运动风行欧洲大陆的时期，女皇对启蒙运动的思想很感兴趣，长期与法国的思想家孟德斯鸠、伏尔泰、狄德罗等人通信。叶卡捷琳娜二世与法国启蒙思想家的交流，带动了整个俄罗斯再次向欧洲学习的热潮，俄罗斯民族的心态变得更加开放。

叶卡捷琳娜二世有选择地吸收启蒙思想家的思想，并且积极实践，力主实现"君主与哲学家的结合"。叶卡捷琳娜二世重视发展文化教育事业，她拨巨款发展俄国科学院，改建冬宫内著名的爱尔米达什博物馆；她鼓励兴办各类学校，并且根据洛克、巴斯杜等人的理论，系统地采用新教学方法。莫斯科大学开始聘请本民族的教授。她为贵族建立一个特殊的高等学校，鼓励贵族子女入学，并采取一系列奖励学习的措施。叶卡捷琳娜二世提倡文学创作，并亲自动手创作剧本，甚至亲自登台演出，开创了新风气。1783年取消国家对出版事务的垄断，准许私人开办印刷所和出版社，书报检查制度也一度较为宽松。在"开明专制"这种特殊的政治环境下，沉闷的俄罗斯社会出现了活跃的气氛，俄罗斯文学、艺术、教育、科学进入了迅速发展时期。

叶卡捷琳娜二世"开明专制"对俄罗斯思想文化进步起到了积极推动作用。在叶卡捷琳娜二世统治期间，俄国涌现了大量的本民族的科学家、教育家和发明家，他们的活动对俄国的社会发展做出重要的贡献。在西方文艺思潮的影响下，伤感主义、浪漫主义、现实主义等为俄罗斯文学、艺术带来新的情调和气息。叶卡捷琳娜二世时代把先进的西方资产阶级思想理论引入俄罗斯的意识形态，加速了俄罗斯文化转型的进程。变革涉及社会深层，深入意识形态领域，农奴制面临危机；在思想文化领域，启蒙学说传入并被广泛地接受，特别是在社会上层出现一批包括君主在内的具有启蒙主义思想的开明贵族，出现一批追求个人自由和社会平等、具有启蒙意识的"新人"。但是，在以封建专制和农奴制为基础的俄国落后的社会现实面前，新的思想意识缺乏必要的经济基础和社会基础,"新人"们主要局限在社会上层的贵族和知识分子等少部分人,占人口90%以上的下层普通民众尤其是农民仍然为传统文化所支配。上下层之间的文化反差,东西方之间的文化矛盾,使得新的思想意识在深度和广度、社会影响及其效果方面还不能像在西欧那样大有作为,掀起翻天覆地的革命。

三是亚历山大一世到尼古拉一世时期,这是俄罗斯现代文化转型的关键时期。19世纪上半期也是俄国近代民族文化崛起,并且与西方文化发生激烈碰撞和冲突的时期。

亚历山大一世的自由主义改革表明,资产阶级思想文化已经开始对社会生活和政治制度发生作用,促使社会变革。抵抗拿破仑的战争胜利后出现了贵族革命派,他们听说甚至亲身体验了工业革命和法国大革命给西欧带来的巨大进步,急不可耐地要将革命性的思想付诸本国实践,从而发动了十二月党人起义。这次起义,在文化史上具有划时代意义,此后俄罗斯文化的现代形态出现新篇章。第一,它震动了整个社会,促使更多的贵族发生思想和立场的转变,也促使更多的民众觉醒,教育发展也起着推动作用,结果是文化主体发生从量到质的变化,先进文化的主体不再是欧化贵族、改革派贵族或贵族革命家,而是知识分子;第二,欧洲的革命方式在俄国行不通,意识形态也从全盘欧化转向西方理论与俄国实际相结合,民族传统受到重视和重新估价,俄国资产阶级意识形态走向成熟;第三,十二月党人的革命精神对思想文化和艺术文化发展产生重大影响,俄罗斯文化的现代形态开始出现。贵族革命派的出现和十二月党人起义,不仅表明俄罗斯的社会变革已经从理论准备阶段进展到实践阶段,而且表明俄罗斯的文化转型跨出了关键一步,传统的贵族文化已经变成批判专制和农奴制的文化、鼓动变革的文化。

尼古拉一世时期,资产阶级和小资产阶级知识分子成为文化创造主体,以自由主义和民主主义为纲领的资产阶级意识形态形成,标志着俄罗斯文化已经完成了从传统形态向现代形态的转型。先进知识分子以现实主义艺术文化为武器，对封建主义、专制主义和宗教蒙昧主义展开批判，对俄罗斯的社会改造和进步发挥着积极的推动和引导作用。

三 俄罗斯文化大国地位的确定

俄罗斯文化的现代化转型和塑造成就了俄罗斯文化屹立于世界文化之林的重要地位，俄罗斯彻底摆脱了原来西欧各国眼中"蛮荒异族"的刻板认知，"黄金时代"的一批杰出文学家和艺术家如璀璨群星令人瞩目，文学、音乐、舞蹈、绘画、雕塑等各文化领域杰作精品大量涌现，19世纪的俄罗斯文化俨然成为世界文化浩瀚星空中最闪亮的一颗星。

在尼古拉一世时期，俄罗斯文化主体中出现新的、非贵族的成分，出现真正的资产阶级和小资产阶级知识分子，并且占据主导地位；作为先进思想和先进文化的代表，他们担负起引领社会前进的任务。资产阶级和小资产阶级知识分子的出现标志着俄罗斯文化转型的完成。到19世纪50年代，俄罗斯传统文化在各个领域都已转型为现代文化，在保持民族文化优秀成果的基础上，汲取欧洲资产阶级文化的精华，特别是自由主义和民主主义的思想纲领，以此作为反对俄国封建主义、专制主义和宗教蒙昧主义的武器。无论是在自然科学领域、社会科学领域，还是在文学、戏剧、音乐、芭蕾、绘画、雕塑等艺术领域，都人才辈出，灿若星辰。

在自然科学领域，数学、物理、化学、生物、地理各方面出现了如罗巴切夫斯基、波波夫、门捷列夫、季米利亚杰夫、巴甫洛夫、米丘林等一大批科学家；社会科学领域，在历史学、哲学、经济学和政治学上都有突出的进展，如卡拉姆津、赫尔岑、别林斯基、车尔尼雪夫斯基、索洛维耶夫、克柳切夫斯基、普列汉诺夫等；在文学方面出现了一些闻名世界的作家，如普希金、果戈理、莱蒙托夫、屠格涅夫、冈察洛夫、奥斯特洛夫斯基、涅克拉索夫、谢德林、陀思妥耶夫斯基、托尔斯泰、契诃夫、高尔基等；在绘画方面，有列宾、苏里科夫、列维坦、谢罗夫等大画家；在音乐方面，有格林卡、里姆斯基、穆索尔斯基、柴可夫斯基等音乐家。人们的自我意识和公民意识在觉醒，科教学术和文学艺术都得到突飞猛进的发展；知识分子怀着强烈的社会责任感和使命感投身于文化事业，以批判的现实主义为方针，用文化手段影响和干预社会现实生活。不管这种新的文化形态显得多么不成熟、不壮大，但它毕竟已经在俄罗斯土壤中扎根，并且开始对社会发展和进步发挥巨大的引领作用。

19世纪中后期一直到十月革命前的时期，是俄罗斯向现代社会转型的重要时期，也是各种社会矛盾全面爆发、逐步激化和文化危机日益严重的时期，是包括实证主义、无神论、民粹主义、无政府主义、社会主义、自由主义、民族主义、马克思主义等在内的各种社会思潮泛滥和历史虚无主义盛行的时期，是俄国社会、政治、文学、艺术、哲学等领域思想流派激烈斗争、传统文化模式受到深刻动摇的文化危机时期。19世纪40年代后期欧洲出现新的革命高潮，而尼古拉一世政府的对内黑暗专制、对外扩张镇压愈益猖狂，这种国内外形势促使俄罗斯社会思想迅速发展，新的派系出现，资产阶级意识形态终于形成，社会文化也完成转型；新文化反过来推动社会发展，对1861年改革起到促进和引领的作用。

著名历史学家汤因比在《历史哲学》中列举了21种世界文明，其中"俄罗斯文化"占有一席之地，而美国著名学者亨廷顿在其代表作《文明的冲突》中，也把东正教文明作为影响世界的八大文明之一。这些历史学、政治学和社会学的权威著作均标志、认证了俄罗斯文化的世界地位，为俄罗斯官方以文艺和文化来确立国家意志和宣传国家形象奠定了理论基础。

第三节　苏联时期文化体制与文艺政策及其影响

苏联时代是俄罗斯从传统走向现代的伟大而勇敢的尝试时期。十月革命是俄罗斯力图摆脱西方资本主义文明及其危机的一种尝试。在俄国，十月革命的胜利乃至社会主义的胜利不是偶然的，在社会主义文化中包含着俄罗斯文化的许多传统因素。苏联模式的社会主义与俄罗斯文化传统之间有着深刻的联系。俄罗斯村社制度文化传统和村社集体主义精神、上千年的东正教普世主义文化传统、以拯救世界为己任的弥赛亚意识、俄罗斯斯拉夫派反西方主义的文化传统，以及民粹主义对资本主义深恶痛绝的批判，在资本主义的固有矛盾和危机尖锐爆发的情况下，使得俄罗斯人对社会主义和马克思主义推崇备至，而苏联社会主义文化体制也正是历史和时代的选择的结果，当代俄罗斯文艺政策与文化战略所要解决的问题是苏联文化体制的弊端对俄罗斯文化发展的束缚，是苏联的社会主义文化体制改革、变异与否定的结果。

一 苏联文化体制的建立与发展

（一）苏联文化体制确立

十月革命后，苏维埃政权颁布出版法令，成立出版局，成立中央宣传鼓动部，禁止资产阶级的反动报刊，建立无产阶级的报刊，建立领导文化教育工作的最高国家机关——教育人民委员部，发展教育科学和文化，从而掌握意识形态工作的领导权。十月革命后，新的社会文化团体迅速组建，旧社会遗留的文化团体得以保存，解散和查禁采取不合作态度和反苏维埃立场的文化团体，充分发挥工会和共青团在思想文化教育中的作用，调动了各阶层从事文化教育和艺术工作的积极性，使得在政权初创和战乱年代，苏联的文化教育和艺术事业仍然能够获得一定的发展，苏维埃对文化组织的领导权也得以确立。

其中最为重要的是，国家通过无产阶级文化派的斗争，将文艺和文化事业纳入教育人民委员部的领导轨道。十月革命前，随着资本主义的发展，俄国工人阶级力量不断壮大。在俄国一些城市中，工人文艺活动也逐渐繁荣，从事普及工人文化工作的教育机构大量涌现，最终形成统一的全国性组织，即无产阶级文化协会。该组织人数最多时达40多万，参加直属工作活动人数达8万之多,出版15种杂志,并在全国建设完整的协会网。在十月革命前,应当说无产阶级文化协会(以下简称协会)除大力向工人群众普及技术文化之外,它的政治倾向也同俄共并行不悖,自愿接受俄共政治影响。革命胜利后,特别是从波格丹诺夫参与协会的领导工作并成为其权威理论家之后,要求独揽苏维埃国家的文化领导权,要使协会成为一个能够更加直接地影响国家政治生活的准政权机构,甚至还要使这个机构的权力凌驾于政权之上,显现出针对俄共的日渐强烈的分离主义倾向,图谋脱离党的领导,与俄共争权。在这种情况下,列宁下决心同无产阶级文化派进行严肃斗争,解决文化领域的危机和隐患。列宁强调指出,无产阶级文化协会是教育人民委员部的一部分,是从属于教育人民委员部的。俄共(布)中央出台了一系列文件,严厉批评无产阶级文化协会不服从党的领导、标榜"独立性",以及"篡夺无产阶级的文化领导权"的错误,并在政治、文化等领域全面施压,确立了执政党在整个文化领域的领导权。

随着国内战争的结束和新经济政策的实施,文化建设规模扩大,文化领域出现了繁荣活跃的局面,各种文化团体和艺术流派接连涌现,文化思想和艺术争论活跃,也出现了一些复杂和混乱的状况,这个时期加强文化建设、发展文化教育事业被提到重要议事日程上来。主要包括扫除文盲,提高群众的文化水平和政治水平;发展教育事业,培养有专门技能的建设人才;发展科学和文化艺术,发展各种形式的文化教育事业;坚持党对文化工作的领导权原则,加强党对文化工作的领导。新经济政策时期,特别是苏联成立后,国家加强了对文化工作的领导,对文化领导机构进行改革,加强了苏联中央执行委员会的领导,改组教育人民委员部,建立对文化教育系统的监督检查机制,各种社会文化团体的地位得到了法律的承认,多数具有官方和半官方的性质。

(二)苏联文化体制转轨

20世纪20年代末至30年代初,意识形态领域发生了大转变,苏联否定了列宁和俄共(布)原来实行的理论原则和方针政策,对整个意识形态领域和思想、政治、哲学、历史、文学、艺术等各个思想理论阵地展开全面进攻，对意识形态的领导机构也进行了重大的改组，确立了斯大林关于文化建设的理论、路线、方针和政策，形成高度集中集权、以行政命令为主的文化管理体制，确立了斯大林文化体制。

随着无休止的批判和斗争，苏联结束了各种文学艺术派别多元竞争的局面，绝大多数的文化学术团体和派别遭到解散、改组、清洗，建立了由中央统一领导的全苏联规模的文化学术团体，文化学术团体日益行政化、官僚化，各种文艺主张都被纳入社会主义现实主义文艺理论和创作方法的轨道。20世纪30年代，苏联文化体制最后形成和确立。

在文化发展的指导思想方面，背离了列宁关于文化革命的思想理论，放弃了原来对文化工作的指导原则和工作方法，把党对文化工作的领导简单化、庸俗化、片面化，过分突出文化的阶级性，进行政治思想领域的大清洗，在文化领域广泛开展过火的大批判、大斗争，批判几乎触及所有的文艺刊物、文艺流派和团体，文艺界的学者作家、艺术家遭到批判、逮捕和镇压，意识形态批判浪潮甚至扩展到了自然科学领域，在自然科学家中大抓"阶级敌人"。在文艺批判浪潮的影响下，社会主义现实主义作为官方唯一允许的、唯一合法的文艺理论和创作方法，被做了更狭隘、更局限、更僵化的解释，导致文艺理论的严重僵化和教条主义大行其道，导致20世纪30年代文化的大萧条和大倒退。社会团体在苏联文化体制中的职能被削弱，文化学术团体萎缩，朝统一化、行政化、国家化方向发展。

(三) 苏联文化体制僵化

第二次世界大战后，在一系列批判运动和镇压事件中，个人权力体制继续发展，并造成了文化体制的僵化。斯大林文化体制模式僵化，造成战后苏联的文艺和文化政策带有浓烈的反西方主义、大国沙文主义和反犹太主义色彩。苏共党内的文化领导机构进一步集权。

在苏联卫国战争后，苏联意识形态中渗透了大俄罗斯民族主义，最后演变成大国民族主义。与此同时，苏联对斯大林的个人崇拜得到进一步加强和进一步的发展,思想理论的僵化和教条化趋势进一步增强,造成了苏联的政治体制和文化体制的僵化。"粉饰现实"和"无冲突论"的社会主义现实主义文艺理论进一步僵化,对社会主义文学艺术提出越来越苛刻的要求,将社会主义现实主义简单化、教条化和庸俗化,进一步引向极端。战后苏联意识形态领域的批判运动仍在继续,提出全盘否定西方文化、现代资产阶级文化和西方文化"全面腐朽"论,实行文化上的排外主义和孤立主义;宣扬大俄罗斯主义和沙文主义,竭力排斥西方文化;文化政策由战争时期较为自由松缓转为僵化。

二 苏联文化体制下的文艺政策和文化发展

首先,应该肯定的是,苏联文化展示出了不同于资本主义文化的相当突出的人民性,促进了人民群众文化水平的提高。十月革命后,消除阶层和等级差异、实行男女平等、消除民族不平等的政策对于社会的文化生活具有重大的政治意义。图书馆、剧院、电影院、音乐厅、博物馆、美术馆等文化设施的国有化,使其向工农大众敞开了大门,向劳动人民提供了认识文化珍品的机会,使他们更有可能提高文化水平和享受文化生活。苏联赋予人民一系列新的社会主义权利,包括劳动权利、休息权利、接受高等教育权利、对老人的物质保障权利,这种情况在人类历史上任何时候、任何地方都不曾出现过。一段时间内,苏联在加强国家对经济的计划和调控、降低失业率、抑制通货膨胀、实行社会保障等方面所采取的一系列措施为世界经济发展带来全新视角。美国前总统安全事务助理布热津斯基也承认资本主义"与此同时已针对和适应某些社会主义关切的问题作为它本身的社会政策"①。"这也是苏联对人类文明成果积累所作的贡献。"②

其次,无论是同十月革命前相比,还是同西方相比,苏联在社会保

---

① [美]兹比格涅夫·布热津斯基:《大失控与大混乱》,中国社会科学出版社1994年版,第67页。
② 吴恩远:《苏联史论》,人民出版社2007年版,第4页。

障、医疗保险和教育等方面,都取得了显著的成就。在世界历史上,苏联妇女首先获得了与男人同等的权利与自由。1930年,在资本主义经济危机的背景下,苏联的失业率为零,人人都能享受劳动、休息、住房、保持健康和接受教育等多种权利。① 20世纪30年代,苏联实现了社会保障平等,即大多数公民是在社会部门工作。②

在文化方面,开展文盲现象的扫除工作,推动人民教育事业的发展,提高人民文化水平。1918年,苏俄大学正式开始免费教育。1919年苏维埃政府颁布了关于8—50岁的人必须接受义务教育、必须用母语阅读和书写的法令,轰轰烈烈地开展全国规模的扫盲运动,并取得了显著成果。1914年俄境内只有91所大学;到1922年,大学增加到244所;到1939年,大学总计760所。数以百万计的工人、农民,以及他们的后代分别在中等专业技术学校、学院和大学学习之后,成长为技师、工程师、农艺师、教师、医生和学者等。③ 1930年,所有的孩子都可享受四年制免费义务教育;到了1937年,实施七年制义务教育免费政策。1940年,苏联已基本实现了全国文盲率为零的计划。④ 到第二个五年计划结束时,苏联已成为世界上学校和学生数量最多的国家,在世界上位居第一。⑤ 在国民教育方面,直到20世纪60年代,即使是世界上最发达的资本主义国家——美国也远远地落后于苏联。苏联创办了全国统一的普通综合技术教育学校,而且学习一律是免费的,所有公民的孩子均可得到学习机会,在其他加盟共和国的各级学校里,还可以用当

---

① [俄] Т. С. 格奥尔吉耶娃:《文化与信仰——俄罗斯文化与东正教》,焦东建、董茉莉译,华夏出版社2012年版,第333页。
② [俄] Т. С. 格奥尔吉耶娃:《文化与信仰——俄罗斯文化与东正教》,焦东建、董茉莉译,华夏出版社2012年版,第333—334页。
③ [俄] Т. С. 格奥尔吉耶娃:《文化与信仰——俄罗斯文化与东正教》,焦东建、董茉莉译,华夏出版社2012年版,第533页。
④ [俄] Т. С. 格奥尔吉耶娃:《文化与信仰——俄罗斯文化与东正教》,焦东建、董茉莉译,华夏出版社2012年版,第536页。
⑤ [俄] Т. С. 格奥尔吉耶娃:《文化与信仰——俄罗斯文化与东正教》,焦东建、董茉莉译,华夏出版社2012年版,第583页。

地民族语言授课。① 苏联几乎每个农村都建立了一个阅览室。1939 年，苏联境内已有 11 万个图书俱乐部，比十月革命前高了 500 倍；出版了 9000 种报纸，比 1941 年高出了 10 倍。② 苏联时期，国家对图书出版实行统一规划，规定出版种类和印数，实行统购统销，出版业得到了快速发展。苏联成立后的 60 年共出版了 290 多万种图书和小册子，总印数达 480 亿册。由于文化教育的普及，居民的物质文化和精神文化生活水平提高，图书的售价低，满足了俄罗斯人读书的爱好。据统计，全苏联共有 40 万个图书馆，超过 95% 的家庭经常买书，并拥有私人图书馆。③ 根据联合国教科文组织的统计数据，苏联不仅在人均图书数量方面，而且在翻译品质和印刷数量方面，都属世界第一。④ 苏联出版的国外图书总量比英国出版的国外图书总量高 8 倍；比美国高 3 倍；比日本高 5.5 倍。⑤

在文学领域，无产阶级文学最具代表性的作家高尔基去世后，成长出一批新型的社会主义现实主义文学作家，如肖洛霍夫、马雅可夫斯基等，这使得苏联文学在 20 世纪世界文坛上独树一帜，被称为"社会主义现实主义"文学。它以反映"新的人物、新的世界"为标志而与西方的现代主义文学并驾齐驱。最主要的一点，它更容易为普通大众所理解和接受，具有广泛的群众性。而苏联时代非主流文学在高压下仍能成长出帕斯捷尔纳克、索尔仁尼琴等作家，更为苏联文学增添了色彩。⑥

---

① ［俄］Т. С. 格奥尔吉耶娃：《文化与信仰——俄罗斯文化与东正教》，焦东建、董茉莉译，华夏出版社 2012 年版，第 536 页。
② ［俄］Т. С. 格奥尔吉耶娃：《文化与信仰——俄罗斯文化与东正教》，焦东建、董茉莉译，华夏出版社 2012 年版，第 534 页。
③ 吴克礼：《当代俄罗斯社会与文化》，上海外语教育出版社 2001 年版，第 174 页。
④ ［俄］Т. С. 格奥尔吉耶娃：《文化与信仰——俄罗斯文化与东正教》，焦东建、董茉莉译，华夏出版社 2012 年版，第 344 页。
⑤ ［俄］Т. С. 格奥尔吉耶娃：《文化与信仰——俄罗斯文化与东正教》，焦东建、董茉莉译，华夏出版社 2012 年版，第 605 页。
⑥ 李明滨：《俄罗斯文化史》，北京大学出版社 2013 年版，第 9 页。

在音乐领域，苏联开展了历史上空前的群众性的歌曲运动，成为20世纪上半叶苏联社会生活的特色。通过群众歌咏运动，歌唱新社会、新生活、新人物，反映对祖国对人民对家乡的热爱，赞扬革命乐观主义和英雄气概，这些歌曲或激扬雄壮，或热情奔放，或优美清新，带给人们巨大的精神陶冶和满足，如被称为"苏联第二国歌"的《祖国进行曲》、被誉为"伟大卫国战争的象征"的《神圣的战争》《共青团员之歌》《喀秋莎》《莫斯科郊外的晚上》等。此外，广大工农群众有机会接触古典音乐艺术、交响乐、歌剧、芭蕾舞剧、大合唱、清唱剧等。在苏联，音乐成为动员人民和教育人民夺取胜利的有力武器。

在美术领域，文化同样发挥着传播、推广的功能，成为公众喜闻乐见的形式。如宣传画、讽刺画和大型诗配画，在战争年代发挥了特殊的政治调动作用。风俗画、风景画和革命战争油画也取得了不小的成就。当代雕塑艺术的发展是从列宁提出的"纪念碑宣传计划"开始的，雕刻纪念碑成为苏联美术家活动的主要内容。苏联时期的绘画和雕塑总有一种英雄和积极的基调，树立革命领袖的光辉形象，展示工农群众的幸福生活，歌颂爱国主义和英雄主义精神，纪念重大历史事件和著名人物。反映时代主题，与建筑艺术相结合的大型纪念性建筑雕塑成为那个时期的艺术特色，诞生了一批以卫国战争期间重大事件为题材的大型作品。

在戏剧电影领域，十月革命后，戏剧和电影不仅仅具有娱乐功能，还是教育人民、团结人民、服务人民的工具，在苏联人民文化生活中占有重要的地位，其作用和功绩不可埋没。苏联戏剧题材广泛，歌颂革命英雄和革命领袖，反映卫国战争、工农业生产、日常生活、道德心理，有《柳波芙·雅罗瓦雅》《铁甲列车14—69》《决裂》《真理》《前线》《侵略》《青年近卫军》《团的儿子》《瓦连京和瓦连京娜》等苏联戏剧的经典剧目。苏联形成了以斯坦尼斯拉夫斯基为主导的戏剧艺术学派，即戏剧表演中的"体验派"。列宁尤为重视电影这种新颖的可以更直观、更易广泛普及的艺术形式。他曾经说过："对我们来说，在所有的艺术形式之中，电影是最重要的。"苏俄电影以现实主义著称，除反映革命斗争和社会主义建设主题、历史人物题材、文学作品改编等影片以外，还出现了一些触及某些社会现象、针砭时弊的影片。同戏剧一样，苏联电影根据时代的脉搏和需要，与时俱进，形成了以描绘生活的各个侧面而见长的苏联电影艺术学派，每个时期都有一系列精品涌现。1925年爱森斯坦导演的无声片《战舰波将金号》，在电影史上首创了蒙太奇的剪辑手法，成为当时世界公认的杰出作品，并在1927年巴黎国际电影节上获得大奖。1934年瓦西里列夫兄弟导演的电影《恰巴耶夫》成为苏联社会主义现实主义电影创作的里程碑，获得了巨大的声誉。苏俄电影从《战舰波将金号》开始登上国际影坛，屡屡在戛纳、卡罗维发利、威尼斯等国际电影节上斩获殊荣，被国际电影界视为一支劲旅。从20世纪50年代末开始，隔年举行一次的莫斯科电影节，放映着来自世界各国的几百部影片。苏联成为世界一流电影大国。在苏联时代，出现了举世闻名的文化巨匠，如音乐家肖斯塔科维奇、普罗科菲耶夫和拉赫马尼诺夫，戏剧家斯坦尼斯拉夫斯基、梅耶霍德、瓦赫坦戈夫，芭蕾舞蹈家乌兰诺娃、巴甫洛娃、普莉谢茨卡娅、谢苗诺娃、马克西莫娃，演员史楚金、施特拉乌赫，电影导演和演员丘赫莱依、邦达尔丘克、格拉西莫夫，画家约甘松、马列维奇和沙加尔，歌唱家夏里亚宾，以及教育家凯洛夫、马卡连柯等。①

在科学技术领域，核物理、原子能和宇宙航天技术是苏联居于世界领先位置的科学领域。苏联人才辈出，特别是尖端科技人才，如苏联"原子弹之父"库尔恰托夫，为火箭技术和宇宙航天事业奠定理论基础的齐尔可夫斯基，为苏联在原子能科学和宇航技术方面争得世界领先地位的物理学家切连科夫、埃姆、弗兰克、朗道、普罗霍罗夫、巴索夫、卡皮察，宇宙火箭设计师科罗廖夫，以及数学家维诺格拉多夫，化学家

---

① 李明滨：《俄罗斯文化史》，北京大学出版社2013年版，第9页。

谢苗诺夫、库尔纳科夫等。① 在20世纪俄苏科学家中，诺贝尔奖得主超过十人。

以人道主义和国际主义理想为基础的苏联文化，在世界文化中占据了领先的位置，并赢得了国际威望。苏联的文学艺术活动家在反法西斯、反对战争中发挥了显著的作用。② 在战争年代，苏联的文学和艺术为苏联人民抗击德国法西斯入侵者提供了重要的精神力量和思想武器。

在指出苏联文化的成就的同时，还需要强调苏联文化发展中的错误和问题。主要问题是没有处理好政治和文化的关系，文化被政治奴役，政治过多地粗暴地干预文化的发展，混淆了学术与政治、文艺与政治的关系，违背了文化发展的规律，忽视了文化发展的包容性、多样性和开放性，过分地强调文化的意识形态色彩，文化被意识形态捆绑，以简单化、庸俗化的观点看待文化问题，对文化工作者的批判、迫害和创作积极性的压抑，教条主义、僵化意识泛滥，过分强调思想观点的一致性，严重遏制了苏联文化的创造性和生命力。社会主义现实主义的方法自然不能包容20世纪30年代及之后的一段时期国家文化艺术生活的所有现象。而且，苏联对这一方法的解释是片面的、简单化的，实际上，这一方法被当成了对艺术发展过程的一种政治监督。③ 20世纪30年代，官方认可的单维的社会主义现实主义艺术覆盖了苏联社会生活的整个表面，而在后来成为经典的杰作却沉入当时社会生活的底部。不仅如此，根据"领袖"斯大林的指示和原则，由于长期的政治压力，真正的社会主义现实主义艺术家缺少创作上的自由，个性化的、独特的、区别于其他创作者的人道主义载体和表现者们，都遭

---

① 李明滨：《俄罗斯文化史》，北京大学出版社2013年版，第8页。
② ［俄］泽齐娜、科什曼、舒立金：《俄罗斯文化史》，刘文飞、苏玲译，上海译文出版社2005年版，第281页。
③ ［俄］泽齐娜、科什曼、舒立金：《俄罗斯文化史》，刘文飞、苏玲译，上海译文出版社2005年版，第269页。

到了严重的迫害。①

在任何一个认同政治的领域，都出现了官方认可的主导趋势，其他一切可供选择的发展趋势统统被砍掉，无论是在经济领域（农业经济学家、文学家和社会主义哲学创始人恰亚诺夫及其科学遗产），还是在自然科学领域（现代选种生物原理学说及栽培植物发源中心学说的奠基人瓦维洛夫；生物学家，辐射遗传学、生物地理群落学和分子生物学创始人季莫费耶夫－列索夫斯基），或是在戏剧（著名导演梅耶霍尔德、泰罗夫）、音乐和绘画等艺术门类，情况大致如此。米丘林农艺学创始人李森科被直接尊为圣者，而瓦维洛夫及其追随者却被彻底清除，文学领域也未能幸免于难。②

苏联文艺和文化政策采取割断历史与否定文化遗产的态度，将传统历史文化与意识形态文化对立起来，从而破坏了对民族历史与传统文化的继承，导致了民族文化的衰退。值得一提的是，苏联无视自己的东正教传统，采取简单粗暴的方式对待宗教。1917年年末至1918年年初，苏俄政府通过了关于教会脱离国家和学校脱离教会的法令，教会除了做礼拜之外，教育儿童、救助穷人和病人、兴办教会学校、传教、参与社会生活等一切活动，一律被禁止。禁止印刷和销售任何宗教类书籍或杂志。③ 苏联强化反宗教宣传，宗教被视为遗毒，教会和信徒受到迫害和歧视。20世纪30年代的典型特征是国家持续限制教会、教会中心、宗教界和信徒的活动。根据1936年的宪法，宗教组织和信徒只有自由敬仰宗教偶像的权利，而宣传宗教教义和观点的权利被剥夺。④ 但是，苏联期间，教堂的钟声一直没有中断。

---

① ［俄］Т.С.格奥尔吉耶娃：《文化与信仰——俄罗斯文化与东正教》，焦东建、董茉莉译，华夏出版社2012年版，第338页。

② ［俄］Т.С.格奥尔吉耶娃：《文化与信仰——俄罗斯文化与东正教》，焦东建、董茉莉译，华夏出版社2012年版，第337页。

③ ［俄］Т.С.格奥尔吉耶娃：《俄罗斯文化史——历史与现代》，焦东建、董茉莉译，商务印书馆2006年版，第531页。

④ ［俄］Т.С.格奥尔吉耶娃：《文化与信仰——俄罗斯文化与东正教》，焦东建、董茉莉译，华夏出版社2012年版，第336页。

三 苏联文化体制和文艺政策的改革与转向

(一) 戈尔巴乔夫改革对苏联文化的冲击影响

苏联文化的改革可以追溯到20世纪五六十年代的苏联社会文化生活的解冻。苏联文化弊端的长期积累酝酿着改革的危机。斯大林逝世以后,赫鲁晓夫的改革为文化发展提供了一个相对良好的环境,出现了文化发展的"解冻"时期。苏联的文化管理呈现民主和宽松的氛围,一大批科学文艺工作者恢复了名誉,一大批文艺作品被平反并与公众见面,文化生活大大活跃起来。与此同时,苏联进入了科技革命的时代。但好景不长,到了20世纪60年代中期,文化政策的保守主义倾向日益增强。当代俄罗斯文化转型起源于戈尔巴乔夫改革,是在破除苏联精神文化的过程中形成的。戈尔巴乔夫改革是俄罗斯文化转型应运而生的历史前提。20世纪80年代戈尔巴乔夫改革俄罗斯,开始大步追赶和拥抱西方。苏联的剧变、解体,是大规模地学习西方的结果。苏联的文化在社会变迁运动的冲击下,随着国家结构的解体自然地走向了历史的终点。社会文化生活的解冻再一次迎来寒冬,文化发展上出现了停滞和倒退,粉饰文化从而盛行,创新能力随之枯竭,并且知识分子思想低迷而消沉,大众文化生活贫乏而单调。

直到20世纪80年代中期,在戈尔巴乔夫改革中提出的"公开性"和"民主化"原则,终于使这种沉闷的社会文化现实发生了转变,以至于当苏联解体的钟声敲响时,苏联文化政策也被新俄罗斯时代的异质性文化政策所取代。"公开性"原则对苏联意识形态及文化生活带来了震荡性影响和冲击,大面积地破开了苏联大众文化的"冻土层",使得苏联文化的意识形态色彩开始淡去。但在苏共长期掩盖历史、粉饰现实的背景下,一步过渡到没有限制的公开性是矫枉过正,其对社会的冲击力无疑是巨大的,也是苏共领导人始料不及的。[①]

[①] 左凤荣:《戈尔巴乔夫改革时期》,人民出版社2013年版,第168页。

1987年1月中央全会结束的两周后，戈尔巴乔夫召集大众媒体和宣传工作的领导人开会，他在讲话中强调，一月全会的主要思想是发扬民主，但要"在社会主义基础上发扬民主"，"报刊有自己的潜力，对新的先进的事物十分敏感，并拥有批评、公开性和宣传好的经验这样一些强有力的手段，因而在这方面可以而且应当做许多事情"。"我同意，无论是历史上还是在文学中都不应该有被遗忘的名字和空白点。否则，就不是历史，不是文学，而是人为的应景之作。""还是让所有的东西都各就各位吧。"①

公开性突破从前不准批评的禁区，报纸、电视和杂志为各种意见的表达提供了舞台。戈尔巴乔夫倡导公开性，目的在于调动人民改革的积极性、凝聚改革共识和推动改革发展，形成有利于改革的舆论氛围。但公开性的发展很快违背了倡导者的初衷，各种批评和抨击越来越尖锐，超出了倡导者的控制范围，并最终走向了它的反面。"被解放出来的社会政治力量没有变成社会政治生活的积极因素，而成了社会制度的破坏者，变成了反体制的因素。"②"在推行言论自由的那几年中，人们不是寻找建设性的办法来医治社会疾病，而是利用言论自由来毁灭这个社会。"③

在公开性、民主化、多元化政策营造的氛围下，苏联文化发展空前活跃。苏联文化发展呈现多元化的趋势，文艺各领域新的派别不断涌现，出现了一些纷争。文学和艺术摆脱了意识形态的控制，揭露和否定成为主要的倾向，后现代主义流派盛行，各种风格和流派让人目不暇接。

公开性政策不仅限于舆论的放开，其内容也是广泛的。1988年以后，苏联与西方的文化、科学、教育交流迅速发展起来，长期以来苏联公民

---

① 左凤荣：《戈尔巴乔夫改革时期》，人民出版社2013年版，第168页。
② [俄] 安德兰尼克·米格拉尼扬：《俄罗斯现代化之路——为何如此曲折》，徐葵等译，社会科学文献出版社2002年版，第157页。
③ [俄] 尼·伊·雷日科夫：《大国悲剧——苏联解体的前因后果》，徐昌翰等译，新华出版社2008年版，第15页。

与世界其他地区相隔绝的状况被打破了,西方大量的文化作品也深入苏联。① 对外文化交流的发展和与侨民知识分子的关系的改善,为俄罗斯文化的统一发展提供了条件。在市场原则的作用下,一部分知识精英下海经商,物理、化学、数学、生物学等自然科学领域的人才大量流失海外。

(二) 大众传媒的"公开性"改革

苏联的历史、经济、政治和文化突然间放开了,引起了苏联意识形态和思想文化领域的深刻变化。为了给改革造势,戈尔巴乔夫在大众传媒和文化领域进行了排除异己的"大清洗"。苏联的《星火》《苏联文化》《莫斯科新闻》《旗帜》《新世界》《文学报》等许多主流报刊和文艺刊物的主编纷纷换人,由自由派的知识分子们接任。公开性激发了群众,特别是知识分子的政治热情,促进了各种改革论坛、俱乐部和报刊的出现,鼓吹改革、思想激进的报刊发行量激增。苏联开始自由出售侨民刊物,非正式出版物数量增长迅猛。至1987年10月,对当局持消极态度的出版物达到数百个。② 苏联科学院主席团、各个文艺创作协会的领导和成员发生了与公开性政策转变相适应的变化,报纸、杂志和电视网络各大媒体,相继被自由派知识分子掌管,获得了实质性独立的自由权利。到了公开性政策已经执行五年之久的1990年,知识分子已经全面激进化了,他们的声音已经遍及各种印刷物和电子媒体。在整个改革期间担任苏联总理的尼古拉雷日科夫在20世纪80年代末就认为,"苏联的大众媒体已经变成反对当局推行改革苏联社会主义方案的'一支重要力量'"③。

1990年苏联颁布了《苏联出版和其他大众传媒法》,取消了新闻审查,改变了苏共对传媒的绝对领导,为私人创办传媒提供了法律依据,苏共对媒体控制的时代一去不复返了。新闻法确立了言论自由和新闻自

---

① 左凤荣:《戈尔巴乔夫改革时期》,人民出版社2013年版,第181页。
② 左凤荣:《戈尔巴乔夫改革时期》,人民出版社2013年版,第179页。
③ [美]大卫·M.科兹、弗雷德·威尔:《大国的解体与重生——戈尔巴乔夫&普京》,曹荣湘等译,中国人民大学出版社2016年版,第73页。

由的原则，报刊创办者、编辑部、出版人有充分的自主权，报纸类型多元化，政党报纸、社会组织报纸、教会报纸，以及大量私人报刊、商业报刊和独立报刊并存，种类和印数都有了明显的增长。根据资料，仅1990年一年就出版了1173种由各种政党和社会组织创办的报纸、杂志和同胞类出版物。① 广播电视领域，中央广播电视机构的垄断被打破，出现了商业广播、小型商业电视台、电视节目公司和有线电视台。②

"历史无空白"的口号在公开性中被提出，一时间广播、电影、电视、报刊、书籍迅速掀起了一场以揭露苏共领导人和苏联政府所犯罪行和阴暗面为主要特征的历史反思运动，解密社会历史事件和历史档案，报道和批判社会阴暗面，甚至抹黑苏共和社会主义的虚假报道泛滥。这股清算苏共历史的思潮自1987年开始，到1988年年中达到高潮。1989年以后，批判的矛头主要集中于斯大林，而后转向20世纪20—50年代的苏联社会制度。一些报刊文章作者否定苏联体制，认为，"斯大林体制是典型的'行政命令'体制，是'集权主义'，是万恶之源。与此同时，批判斯大林体制逐渐转变成批判布尔什维克主义、否定十月革命"③。关于这一时期，俄罗斯政治学研究者索格林写道："并非偶然地成了公开性的真正的黄金时期，报刊书籍出版狂潮时期和在经济、政治、思想领域的全方位的无情批判'社会主义变形'时期。"④ "历史热"搞乱了人们的思想，列宁的形象遭到讽刺和丑化，苏联社会主义制度和马克思主义本身也遭到质疑。历史根基的丢失和思想的混乱成为苏共组织完结的先导。⑤

人们把长期积累下来的不满和怨愤发泄在苏联体制上，种种思想激进的报刊大肆揭露苏联历史阴暗面，表达对苏联社会主义消极面的不满、对西方民主自由的向往，社会主义和苏共威信扫地，大众媒体

---

① 贾乐荣：《当代俄罗斯大众传媒研究》，中国广播电视出版社2008年版，第12页。
② 贾乐荣：《当代俄罗斯大众传媒研究》，中国广播电视出版社2008年版，第13页。
③ 张树华：《思想瓦解：苏共失败的重要原因》，《俄罗斯中亚东欧研究》2005年第4期。
④ 贾乐荣：《当代俄罗斯大众传媒研究》，中国广播电视出版社2008年版，第8页。
⑤ 张树华：《思想瓦解：苏共失败的重要原因》，《俄罗斯中亚东欧研究》2005年第4期。

完全失去了控制。"关于苏联过去阴暗面的铺天盖地的公开讨论不仅没有带来有关改革的新乐观精神,反而引发了对社会主义计划全部构想的嘲笑。事实是到处充满了不切实际的理想主义情绪和更多的高谈阔论的机会,只有日常生活的每况愈下才是这段漫长而悲惨的苏联历史情景部分的真实写照。不管是在媒体上还是在日常交谈中,公开性没有带来对改革这一伟大事业的乐观精神和责任感,只带来了对现在和过去不断堆积的愤怒和冷言嘲讽,尤其是对领导人的政治辞令和允诺的不满。"①

长期存在的报刊检查制度遭到了猛烈的抨击。从1988年开始,书报检查制度实际上不存在了。② 在科学文化和艺术领域,党的意识形态操纵逐渐由市场决定,起作用的是需求而不是科学性或者艺术质量。③ 审查制度的放宽使得一大批长期遭禁的文学作品、电影、戏剧等得以与公众见面。从1987年3月到1988年12月,7930种以前被禁止阅读的书籍回到了公共图书馆,只有462种具有明显反苏性质的出版物还留在特藏书库中。与此同时,苏联出版保密总局还把28名流亡者的作品返还给了公共图书馆。根据苏联作家协会第一书记卡尔波夫的建议,同意把1918—1988年到国外的侨民作者的作品从特藏书库中移出交给公共图书馆,这涉及大概600名作者,其中有许多游民的作家,如蒲宁、纳巴科夫、古米廖夫、扎米亚京、布罗茨基,哲学家和政论家别尔嘉耶夫、哈达谢维奇、扎伊采夫等。④

正如历史学家麦德维杰夫总结的:"取消对新闻出版原有的限定和管制引发了批判浪潮,这股浪潮反对苏联国家和苏共的所有制度,首先反对的就是苏共的意识形态。苏共没有准备,也没有能力进行反击和承担责任,这使得广大人民群众对国家制度的合法性产生了普遍的质疑,

---

① [美]尼古拉·梁赞诺夫斯基、马克·斯坦伯格:《俄罗斯史》,杨烨等译,上海人民出版社2007年版,第587页。
② 1990年苏联颁布了《苏联出版和其他大众传媒法》,正式取消了书报检查制度。
③ 左凤荣:《戈尔巴乔夫改革时期》,人民出版社2013年版,第181页。
④ 左凤荣:《戈尔巴乔夫改革时期》,人民出版社2013年版,第181页。

而这种制度正是建立在苏共具有不受监督的权力基础之上的……苏共有庞大的资源和财富，但在人民群众中丧失了应有的支持和权威。"①

（三）宗教政策的转变

国家对宗教和教会的态度发生了重大转变，撤销了对从事宗教教育，传播宗教文献和使用、分发法器的禁令。到1988年，俄罗斯东正教会已经恢复了原来被查封的七百多个教区，过去被强行关闭的中等教会学校、神学学校和修道院纷纷重新启动。② 1988年和1989年，由全俄东正教的最高主教皮缅主持在俄罗斯东正教庆祝罗斯受洗1000年和"俄罗斯宗主教建立400周年"隆重庆典，许多国家领导人出席了庆典。1988年对于俄罗斯宗教复兴具有重要的意义。这一年新建了一千多个教区，在基什尼奥夫、切尔尼戈夫、斯塔夫罗波尔边疆区、明斯克和新西伯利亚州，新的宗教学校开始招生。③ 神职人员被允许在大众传媒上与公众就感兴趣的宗教问题进行交流，出现了许多宗教方面的报纸、杂志和书籍。苏联时期关闭的修道院、教堂和教区开始恢复活动。由于宗教政策的放宽和法律的不健全，好几百个教会趁机涌入苏联，设立分会，甚至包括奥姆真理教等一些邪教也在大肆活动。1988年4月29日，戈尔巴乔夫在接见当时的大牧首皮缅时承认20世纪30年代及以后的岁月里苏联政府对教会和教徒所做的一切是错误的。1988年11月，时任苏联宗教事务局局长宣布到1988年全国已有三千多个宗教团体注册。④ 1988年11月，时任苏联宗教事务局局长宣布到1990年6月18日，阿列克谢二世被选为莫斯科和全俄东正教大牧首。1990年10月，苏联通过了《信仰自由和宗教组织法》和《宗教自由法》，东正教重登政治舞台。据统计，在20世纪80年代末至90年代初，作为东正教基层单位的堂区数

---

① ［俄］罗伊·麦德维杰夫：《苏联的最后一年》，社会科学文献出版社2005年版，第285页。
② ［俄］Т. С. 格奥尔吉耶娃：《文化与信仰——俄罗斯文化与东正教》，焦东建、董茉莉译，华夏出版社2012年版，第374页。
③ 吴克礼：《俄罗斯社会与文化》，上海外语教育出版社2009年版，第157页。
④ 吴克礼：《俄罗斯社会与文化》，上海外语教育出版社2009年版，第151页。

量每年增幅达 40%。①

（四）解冻文学及苏联文坛的变化

与平反冤假错案相适应，文坛中为受过不公正待遇的作家及其作品恢复名誉的呼声日益高涨。社会主义现实主义的原则受到了挑战，到 20 世纪 80 年代末，有人公开否定文学的社会性和社会功能，提出了文学私有化的口号。苏联作家协会在 1989 年 12 月底公布的章程中，第一次将"社会主义现实主义"这一提法删徐，被视为苏联文学生命线的"社会主义现实主义"的动摇标志着沿用了半个多世纪的苏联文学的话语就此终结，为正统派的苏联文学画上了句号。文学界的发展呈现多元化的趋势。

剧烈的社会转型和政治动荡对苏联文学产生了重大影响，文坛上爆发了以传统派和自由派为代表的空前激烈的争论。传统派或称爱国派、新斯拉夫派和新乡土派坚持传统的文学观念和价值观念，捍卫俄罗斯传统的道德价值，主张弘扬文学现实主义的民族传统，突出文学对读者的思想价值和教育价值，重视文学的社会作用并强调作家的社会责任，反对和抵制外来的消极影响；自由派在文学观念和价值观念上与西方文学接轨，崇尚西方文化，接受西方的民主、自由、人权等价值观念和道德原则，宣扬抽象的人道主义和个人主义文学观，反对文学反映社会生活的作用，引进和借鉴西方的文学技法。两派的斗争，与其说是文学观点的对立，不如说是政治观点的对立。"八一九事件"之后，苏联文坛内部组织的分裂导致各种派别林立，为了争夺苏联作家协会领导权和财产继承权斗争不断，这种局面一直持续到苏联解体。在苏联解体前后，俄罗斯联邦仍然同时存在着由传统派控制的俄罗斯联邦作家协会和由自由派控制的俄罗斯作家协会。

20 世纪 80 年代中期以后，苏联出现了所谓的"新批判浪潮"和"回归文学热"。批判现实主义、现代主义、后现代主义陆续登场，具

---

① 张百春：《俄罗斯东正教会神学教育体制的历史沿革及其当代问题》，《世界宗教文化》，2014 年第 2 期。

有政论性和历史性的文学作品如小说、戏剧、诗歌不断涌现，反映各种政治倾向的文学思潮、使用不同艺术创作方法的作品让人眼花缭乱。20世纪80年代中期以后，苏联文坛出现了"另类文学"，专门描写和揭露社会生活的阴暗面和人们的各种荒诞反常、丑恶的行为，把过去的生活看得一团漆黑，亵渎过去被视为神圣的一切。

反思"后斯大林现象"、苏联历史，"填补历史空白点"，是解冻文学的继续，力度和影响要远远大于解冻文学。出于对苏联农业集体化运动和"大清洗"的反思，文坛要求写"百分之百的真实"。社会上出现的否定十月革命和社会主义的思潮在文坛上也有所反映。揭露历史悲剧，反思性格悲剧，对农业集体化运动和卫国战争等重大事件进行批判性描述，大肆渲染苏维埃时代生活的反常和荒谬，以及给人们带来的痛苦，对苏联革命的历史和社会制度采取了全盘否定的态度，产生了一批具有轰动效应的作品。

第四节 苏联解体后当代俄罗斯文化的困境与危机

1991年年底，苏联解体。首先，俄罗斯的经济转型在政治上彻底摒弃苏联宪法，在管理体制上基本放弃国家干预行为，以盖达尔和丘拜斯为首的"圣彼得堡帮"在经济上实行以经济自由化、私有化和宏观稳定为核心的"休克疗法"，试图通过全面私有化将国家引入自由市场经济的道路。然而，国家必要的管理和调节经济运行的职能弱化造成宏观调控缺失，为大规模的寻租、腐败和犯罪行为敞开大门，从而形成了一种畸形而低效率的市场经济体制，最终引发全面的通货膨胀和经济衰退。其次，激进的政治体制变革与国家制度重构引发了严重的政治秩序动荡，政府治理能力受到了严重制约，相关改革措施仅停留在议会讨论和草案文件上，未能及时落实。再次，经济寡头在私有化过程中使大量国有资产流失，在财富不断积累膨胀的同时获得相应的政治地位成为他们迫切的诉求，寡头干预政府决策现象越来越严重，也阻碍了国家改革的推进。最后，原有的社会价值体系伴随着激进的制度变革突然瓦解，而权威与能力遭受严重削弱的国家也无法及时有效地对新生的公民社会实施必要的协调、规范与整合，这些都加剧了转型期的社会失序，增加了社会断裂的潜在风险。正是在激进制度变革中整个国家处于一种岌岌可危的无序状态，在总统与议会产生冲突、权力资源严重流失、秩序治理能力严重削弱和意识形态控制缺失等多种因素的综合作用下，俄罗斯社会在急剧转型初期陷入严重的文化危机。

一 文化事业陷入混乱和危机

苏联解体后，苏联文化符号被弃之不用，取而代之的是重新获得启用的十月革命前的文化符号或从西方引进的新的文化符号。俄罗斯掀起了文化复兴运动，十月革命前的文化获得了新生。俄罗斯开始使用十月革命前的国旗、国徽和国歌，恢复十月革命前的城市名称、街道名称等，俄罗斯传统文化回归。

苏联解体后，俄罗斯文化的发展出现了一些积极的因素。苏联时期遭禁的种种思潮得以重见天日，几乎被遗忘的诗人和作家的作品、尘封已久的画作、受到不公正待遇的音乐作品得到重视；俄罗斯侨民文化回到了祖国怀抱；文化孤立主义已无容身之地；七十余年来一直被描绘成"精神垃圾"的西方各种文艺流派及其作品在俄国纷纷亮相；国内文艺创作趋于多元化，大众文化得以普及；宗教文化得以恢复；文艺组织形式呈现自由化和民主化的倾向。[①]

然而，苏联解体后，俄罗斯文化事业陷入混乱和危机。政治、经济、社会领域的危机给文化事业的发展带来了极大的冲击和影响。国家对文化各领域的投入锐减，文化的各个门类被推向市场，文化的商业化市场化导致拜金主义盛行，西方文化产品充斥着市场，西方化使得俄罗斯文化变质、变味，文化品位出现了庸俗、粗俗、媚俗、堕落、颓废的

---

① 吴克礼：《俄罗斯社会与文化》，上海外语教育出版社2009年版，第509页。

趋向，艺术水准大为下降，俄罗斯文化的发展面临着危机。

苏联解体前后，伴随着政治、经济、文化的根本转型，原有意识形态和价值体系崩塌，西方文化大举入侵，俄罗斯精英文化陷入严重的生存危机，大众文化兴起，迅速席卷俄罗斯文化生活的各个领域。大众文化与精英文化或高雅文化对立，更能体现文化的世俗化和文化的广泛性、平等性和普及性，具有商业性、感官愉悦性和可复制性的特点。

由于拨款的锐减，科研人员、教师、工程师、公职人员的生活举步维艰，不少人才或转行或流向海外，人才流失严重。据统计，1989 年，科研专家有 138.93 万人，而到 1994 年仅剩 64.08 万人；1990—1993 年，各领域的科研机构失去了 50.08 万名科学工作者，占总数的 33%；高等院校的科研部门流失了 5.55 万人，占总数的 51%；工厂科研部门损失 5.78 万名人才，占总数的 39%。[①] 移民的主体是具有创造力的优秀人才，以色列、德国、美国、希腊等国是俄罗斯人才移民首选国家。1998 年，俄移居德国 49126 人，移居以色列 16880 人，移居美国 10753 人。[②] 1993 年，国家给科学系统的拨款不到按照国际标准维持这一系统所需款额的三分之一。科研水平明显下降。20 世纪 80 年代，苏联每年注册 10 万项发明申请和 5 万—6 万份受保护的文件；而到 1993 年，注册发明申请仅 8938 项，1994 年为 16054 项。[③]

苏联解体后，享受国家拨款的各类文艺团体和协会、苏联时期的"御用文人们"都失去了财源。艺术家们不得不像他们西方的同行那样考虑市场的需要，考虑自己作品的卖点，寻找赞助商。至于那些"非官方的艺术家"除了个别崛起者以外，大多因作品难以面世而纷纷改行。在这些艺术家中尤为困难的一是那一时期的文人，他们的艺术风格已经定型，艺术上无法转型，面对市场束手无策；二是那些需要大量投资的

---

① 吴克礼：《俄罗斯社会与文化》，上海外语教育出版社 2009 年版，第 512 页。
② 吴克礼：《俄罗斯社会与文化》，上海外语教育出版社 2009 年版，第 513 页。
③ 吴克礼：《俄罗斯社会与文化》，上海外语教育出版社 2009 年版，第 514 页。

艺术门类，如电影、剧团、巨幅画和雕塑等，都难为"无米之炊"。①在天翻地覆的变化中，摆脱了意识形态专政的许多知识分子陷入徘徊、彷徨和迷茫之中。20世纪90年代，电影、流行音乐、造型艺术中都有盲目追逐西方艺术潮流的倾向。②

由于失去了国家财政的支持，文学、戏剧、歌剧、芭蕾舞蹈、古典音乐、绘画、电影，还有科学和学术机构，全都面临经济困难，发展受到严重影响。时任总统的叶利钦在俄罗斯第四届人民代表大会上不得不承认："业已开始的向市场的过渡沉重地打击了文化事业。"③ 1994年2月24日，他在致议会的新《关于巩固的俄罗斯国家》中证实了祖国文化的灾难状态和它所有主要领域的赤贫境况。④

二 西方文化强势入侵和冲击

苏联解体后，不断发生的政治、经济危机，全面西化的政策，以及蜂拥而至的西方文化，使俄罗斯文化遭到致命打击。转型后的俄罗斯不得不面对日益严重的美国文化渗透问题。

1992年，一个9英尺高的可口可乐瓶子矗立在莫斯科的特沃斯凯伊大街上，预示着美国的麦当劳—可口可乐文化已开始占据莫斯科。自此，大量西方思潮特别是美国的社会和生活方式涌进俄罗斯，迅速地影响俄罗斯的社会和文化，英语成了热门语言，成为身份地位的标志，英语借此渗透到社会生活的各个领域；可口可乐、麦当劳、好莱坞电影、迪士尼、多媒体等具有象征意义的美国文化，成为俄罗斯人追逐的对象。以影视文化为例，转型期大量西方媒介产品特别是美国的影视产品进入俄罗斯。在收视率和影院上座率成为挑选节目唯一指标的情况下，各种反映暴力、科幻、色情等的美国好莱坞电影、肥皂剧充斥俄罗斯全

---

① 吴克礼：《俄罗斯社会与文化》，上海外语教育出版社2009年版，第509页。
② 贝文力：《转型时期的俄罗斯文化艺术》，上海人民出版社2012年版，第39页。
③ 吴克礼：《俄罗斯社会与文化》，上海外语教育出版社2009年版，第509页。
④ 吴克礼：《俄罗斯社会与文化》，上海外语教育出版社2009年版，第509页。

国各地的荧屏。美国华纳兄弟国际电视集团曾向俄罗斯电视系统免费提供许多美国电视节目，包括电影《雌雄大盗》《超人》《在那里》，电视节目《墨菲·布朗》《完美陌生人》，小型系列剧《拿破仑和约瑟芬》和卡通片《超级兔明星》等。① 而2001年美国影片的发行量占俄罗斯全年电影发行量的93%②，是对此最好的说明。这股"文化殖民"的潮流，完全超乎人们的想象，以致许多俄罗斯学者提出拯救俄语和俄罗斯文化的口号。

三 宗教事业复兴和发展

苏联解体后，主流意识形态崩塌，出现了可怕的信仰危机，俄国取消了无神论的宣传，出现了宗教热。俄罗斯在宪法中明确了政教分离的原则，规定俄罗斯是世俗国家，任何宗教都不能被确定为国教或必须信仰的宗教；宗教与国家分离，法律面前人人平等；同时还规定，宪法保障公民的宗教信仰自由，包括公民信奉或不信奉宗教的权利、传播宗教并据此进行活动的权利。1997年9月，俄罗斯在《俄罗斯联邦宗教信仰自由和宗教团体法》指出，俄罗斯承认在俄历史上、在俄罗斯精神及文化的形成和发展过程中东正教所起的作用，同时尊重天主教、伊斯兰教、佛教、犹太教和其他成为俄罗斯历史财产不可分割的一部分的各派宗教。③

全国各地大规模地修建、重建或新建教堂，除了团体、机构和信徒的捐款外，对那些在俄罗斯历史上产生深远影响的大教堂，政府也拨款修缮，如最著名的重建费用耗资近5亿美元的莫斯科救世主大教堂④，现在该教堂已经成为俄罗斯东正教的中心。俄罗斯很多地区还建起了一

---

① ［美］罗伯特·福特纳：《国际传播：全球都市的历史、冲突及控制》，华夏出版社2000年版，第229页。
② 迟润林：《俄罗斯电影业开始复苏》，《中国文化报》2002年12月20日。
③ 吴克礼：《俄罗斯社会与文化》，上海外语教育出版社2009年版，第151页。
④ 该教堂于1839年动工兴建，历时50年方建成，曾被视为俄罗斯东正教会的象征。但在反宗教的热潮中，于1931年12月被夷为平地。

些新教堂。宗教活动越来越社会化，各教派除了进行宗教活动以外，还积极开展各类社会福利和慈善活动，它们已成为俄罗斯公众生活的一个重要组成部分。神学院和信教人数大大增加，东正教在俄罗斯走向复兴，俄罗斯恢复了延续千年的宗教传统。

东正教在俄罗斯政治生活中的影响也在不断显现出来。俄罗斯东正教有自己的电视台和通讯社，出版了许多与东正教相关的报纸、杂志和各类书籍，在广播和电视中经常报道教堂的宗教活动，若有重大宗教活动，电视台都要现场直播。由于新宗教法的实施，各类宗教学校纷纷成立，其中最著名的是1993年成立的俄罗斯东正教大学。1994年，东正教进入军队，在军队进行精神道德教育和爱国主义教育，获得了合法的军人教育者和指导者的地位。

俄罗斯前总统叶利钦和东正教大牧首阿列克谢二世建立了亲密的关系。阿列克谢二世每年过生日，叶利钦都会前去看望；叶利钦竞选时，阿列克谢二世号召教徒投票给叶利钦。1991年6月，东正教大牧首阿列克谢二世出席了叶利钦总统就职仪式。在"八一九"事件中，大牧首发表声明支持叶利钦呼吁总罢工的决定。叶利钦当选总统后于1992年11月将红场上最负盛名的瓦西里大教堂及克里姆林宫内的七座教堂交给东正教会管理，决定将36件在20世纪30年代没收的宗教圣物归还教会，包括19世纪的圣像、十字架、圣像灯和圣餐杯。① 当1993年叶利钦与议会发生冲突时，大牧首阿列克谢二世又以中间人的身份进行调停。苏联解体初期，北高加索地区分裂主义势力抬头，威胁俄罗斯领土完整和政权稳定时，俄罗斯东正教会派出黑衣神父奔赴车臣，摆出与俄罗斯国家政权立场一致的姿态。1999年俄罗斯议会选举之前，东正教教主与一些政界要人进行会晤，对议会的选举施加影响。全俄大主教阿列克谢二世出席总统叶利钦的就职仪式，并且经常出席国家的主要庆典活动，各地的主教也出席当地政府举行的庆祝活动；

---

① 邢东田：《当今世界宗教热》，华夏出版社1995年版，第65页。

同时，俄政府领导人经常参加东正教的宗教仪式，扩大了东正教在俄罗斯的影响。

东正教会的复兴，并非宗教复兴的唯一标志，其他宗教也开始复兴，出现了各种宗教和精神信仰与活动的繁荣景象。伊斯兰教、天主教、犹太教、佛教和其他宗教团体在俄罗斯日益活跃。按照俄罗斯宗教信仰自由和宗教团体法规定，只要有10名信徒就可以组织一个宗教团体，形形色色的宗教团体纷纷出现。俄罗斯国内也出现了新的"异教"，如玛丽亚·戴维·赫里斯托斯的大白人兄弟会，还有吠舍教、卡巴拉、神圣末日耶稣教等，占星术、神秘主义、超感知觉和招魂术流行，这些新的宗教运动都被不同程度地视为俄罗斯精神堕落和危机的表现。①

四 大众传媒转型和开放

苏联解体后，激进自由化、全面市场化和私有化的"休克疗法"导致俄罗斯传媒突然进入市场，失去了政府财政的支撑，俄罗斯传媒发展面临巨大困难，向银行、金融机构、商业企业寻求赞助，它们成为传媒的重要资金来源，各大财团也借机向传媒渗透，成为传媒机构的新东家。复杂的政治纷争使传媒成为拉拢的对象，政府不断地施加影响，寡头们百般渗透。

政治纷争对传媒的控制和争夺十分激烈，新闻报道的客观性大打折扣。在20世纪90年代，俄罗斯一些媒体曾一度努力扮演政府反对派的角色。一些报刊卷入复杂的政治纷争，禁止出版"造成社会不稳定"的报刊②，圣彼得堡电视台的新闻节目《600秒》被取消，杂志《工人论坛》被取缔，《真理报》《苏维埃俄罗斯报》重新登记。在政

---

① [美]尼古拉·梁赞诺夫斯基、马克·斯坦伯格：《俄罗斯史》，杨烨等译，上海人民出版社2007年版，第668页。
② 包括《日报》《公开性》《人民真理报》《进行曲报》《民族主义者》《为了俄罗斯》《俄罗斯事业》《俄罗斯周末》《俄罗斯信息》《俄罗斯动态》《俄罗斯制度》《俄罗斯之声》《俄罗斯联盟》等反对叶利钦政府的报纸。

治危机的情况下，俄罗斯政府短暂地恢复了新闻审查，一些报纸的印刷厂、"俄通社—塔斯社"和电视演播室里还正式派驻了新闻检查员。苏联时期国家向媒体提供预算的做法不复存在，一些媒体由于缺乏资金而破产，很多媒体以新闻自由换取金融机构和政权机关的赞助。苏联时期的主要报纸《消息报》《共青团真理报》《劳动报》和《工人论坛报》等的股份被收购一空，很多报刊一夜之间私有化。

同时，俄罗斯广播电视业也走上了集团化和产业化发展的道路。到20世纪90年代中期，俄罗斯共有90家国有、大约800家非国有的广播电视公司。俄罗斯天然气工业股份公司掌握了俄罗斯公共电视台3%的股份、普罗米修斯广播电视台的全部股份和其他电视台的部分股份；而早在1993年就创建了独立电视台的古辛斯基集团更是在1997年发展成立了独立电视台控股公司，成为庞大的传媒王国，公司命名为"梅地亚—桥"。[1] 1995年成立的俄罗斯第一大电视台——公共电视台实际上被别列佐夫斯基控制。到20世纪90年代末，80%的传媒被金融寡头或有金融寡头撑腰的政治组织瓜分，形成了"传媒—桥"集团、别列佐夫斯基传媒集团、卢克石油公司媒体集团、俄罗斯天然气工业媒体集团、阿尔法—TV媒体集团、卢日科夫集团。

政治上的新闻审查和经济不自由导致媒体不自由，媒体沦为寡头维护自身利益的工具，媒体、寡头介入政治，媒体介入杜马选举和总统选举，积极支持和配合叶利钦连任。"除俄共掌握的报纸外，全部的广播电视一边倒，全天候地为叶利钦制造舆论，宣传俄罗斯面临的不是选举总统，而是选择道路，是决定前进还是后退，是复辟还是反复辟的命运大决战等，号召选民忘掉制度转轨带来的痛苦和不平。经过舆论轰炸，叶利钦在民意测验中的威望从竞选前的6%上升到第二轮投票前的40%以上。在一定意义上为其当选铺平了道路。"[2] 根据欧洲大众传媒的资

---

[1] 陈建华：《走过风雨——转型中的俄罗斯文化》，重庆出版社2007年版，第198页。
[2] 董晓阳：《俄罗斯利益集团》，当代世界出版社1999年版，第99页。

料，竞选期间，"俄罗斯电视台""俄罗斯公共电视台"和"独立电视台"三个全俄电视频道尽是说叶利钦的好话，特别是第二轮投票前的两个星期内，正面提及叶利钦有247次，批评性的论述没有一次；批评久加诺夫的有241次，正面提及的一次也没有。①

俄罗斯传媒结构所有制和类型多元化。在市场化、商业化的影响下，俄罗斯传媒传播的内容大众化、娱乐化、庸俗化，不仅政治丑闻、轰动性的新闻和色情内容充斥了报端，大量暴力、恐怖的镜头也经常在屏幕上出现。性和丑闻成了最受欢迎的节目内容，国外电视节目被大量引入，俄罗斯电视节目日益向西方靠拢，娱乐性大大增强。

报刊的作用在下降，电视和网络媒体崛起。在20世纪90年代，每个关键事件和每种重要趋势，都可以在电视上看到。有《傀儡》这样的政治讽刺剧、《关于那件事》这样的性脱口秀、物质主义的消费被理想化的游戏竞赛节目、音乐电视、极受欢迎的犯罪电视剧和肥皂剧、哲学家和作家的访谈节目、历史纪录片和关于历史的辩论节目，所有这些使得俄罗斯电视成为俄罗斯人思考后共产主义时代经历的中心舞台。②

五 教育事业的困顿和改革

20世纪80年代中期到90年代初期，苏联在教育领域把普及中学生计算机教育的任务提上了日程，包括推行11年义务教育、修改教学大纲、提高教师工资等。1987年，提出高等教育改革的主要方向是教育、生产和科学一体化。1988年苏共中央通过了《关于中高等教育改革进程以及党在改革实践中的任务的决定》，宣称以"民主化"和"人道化"作为总的指导思想，对整个教育体制进行"根本性"变革。尽管

---

① 潘德礼：《俄罗斯十年：政治·经济·外交》，世界知识出版社2003年版，第314页。
② [美]尼古拉·梁赞诺夫斯基、马克·斯坦伯格：《俄罗斯史》，杨烨等译，上海人民出版社2007年版，第675页。

没有收到预期效果,但为20世纪90年代俄联邦的教育改革奠定了基础。[①]

苏联解体后,俄罗斯社会动荡,在教育领域拨款严重不足,而且迟迟不到位,使教育事业发展举步维艰,每况愈下。按照1992年通过的《教育法》,1993年政府预算中,对中等和高等教育的支出应达到10%,但实际只达到6%,全日制的普通中学缺少大量的俄语、外语、数学、物理教师;1994年,上下两院通过的预算中教育的支出为3.68%,1995年联邦预算草案中只有3.65%。[②] 为了摆脱困境,教育领域开始部分收费。文科教育不再受政治和意识形态的控制。高等教育确立了大学自治和学术自由的原则。1992年起,招生简章由各校自行制定。[③]

苏联解体后,单一的国家办学体制被打破,办学主体多元化。《教育法》明文规定,教育机构的创办人可以是国家权力机构和地方自治机构,本国和外国一切所有制形式的组织及其联合体(协会、联合会),本国和外国的社会及私人基金会,在俄罗斯联邦境内注册的社会和宗教组织(联合团体),本国和外国公民;非国立教育机构允许联合办学。[④] 教育法规定,无论何种体制的教育机构,都须经教育管理部门批准,取得许可证后方可办学,由此才能获得国家和地方的财政拨款。私立学校兴起,非国立教育机构大量涌现。据统计,1991—1992年,私立普通中小学校只有85所,在校生仅6700人;而1997—1998年,私立普通中小学校已达到570所,在校生5.05万人,分别占俄罗斯普通中小学校总数的80和在校生总数的20%,80%以上的私立学校集中在莫斯科和圣彼得堡这两大城市。私立高等学校发展速度更快,1994—1995年俄联邦有私立高等学校157所,在校生11.05万人;1997—1998年私立高等学校302所,在校生20.18万人;2001年私立高校已超过

[①] 吴克礼:《俄罗斯社会与文化》,上海外语教育出版社2009年版,第127页。
[②] 吴克礼:《俄罗斯社会与文化》,上海外语教育出版社2009年版,第514页。
[③] 吴克礼:《俄罗斯社会与文化》,上海外语教育出版社2009年版,第514页。
[④] 吴克礼:《俄罗斯社会与文化》,上海外语教育出版社2009年版,第514页。

400所。①

六 社会转型与危机中的俄罗斯文艺

苏联解体后，文艺与国家脱离，不再接受政治审查，文学家和艺术家创作更加自由。在文学领域，20世纪90年代，各种文学思潮泛滥，整个文学界处于混乱无序的状态。没有了国家的扶持和保护，文学对市场化一度不能适应，陷入困境。虽然没有了政治审查，但文学作品还要接受市场的审查，作家们不符合市场需求的作品仍然难以发表，在难以维持生计的情况下，文学创作和发表仍不是自由的，甚至出现了解体之初两位大作家康德拉季耶夫和德鲁宁娜自杀的悲惨情况。许多文学刊物发行量急剧下降，一度面临着停刊的危机，许多自由派文学刊物要靠一些国外的基金会的支持才得以维持。文学的中心地位被边缘化，诗人和作家失去了他们灵感启示者的地位。在市场化的条件下，不能适应市场需要的严肃文学作品受到冷落，适应大众文化需求的大众文学得到了很大发展，追求娱乐性和刺激性的一次性文学消费品和"快餐式"文学作品大量涌现，文化市场上出现了"侦探小说热""惊险小说热"和"言情小说热"，宣扬暴力、凶杀、色情的诲淫诲盗的作品充斥市场。1996年一位评论家厌恶地评论说："朝任何书架扫一眼，你就会被那些扭曲的脸和指向读者额头的黑洞洞枪口弄得头晕目眩。"② 文学史专家艾略特·鲍恩斯坦认为，更糟糕的是，整个20世纪90年代流行文学的大部分都显示着"一种文化悲观主义的逻辑"，即紊乱的形象、破碎、堕落替代了传统的（也是强制的）苏联乐观主义和欢呼，代之以对现在和未来的黑暗忧虑。③

从创作的内容来看，暴露和批判苏维埃时代仍是重要倾向。不同

---

① 吴克礼：《俄罗斯社会与文化》，上海外语教育出版社2009年版，第132页。
② [美]尼古拉·梁赞诺夫斯基、马克·斯坦伯格：《俄罗斯史》，杨烨等译，上海人民出版社2007年版，第671页。
③ [美]尼古拉·梁赞诺夫斯基、马克·斯坦伯格：《俄罗斯史》，杨烨等译，上海人民出版社2007年版，第671页。

派别的创作仍然朝着自由派文学和传统派文学两极的极端化方向发展。在怀疑一切、否定一切的狂热中,西方的后现代主义文学思潮对自由派文学产生了相当大的影响,苏联解体前后出现了一批带有后现代主义风格的文学作品,这些作品排斥写实笔法,采用怪诞、变形、科幻、神话等描述手法,否定一切道德标准和审美标准,没有连贯情节和正常人物,杂乱无章,东拼西凑,充满奇谈怪论,以极端另类的方式解构现实生活,展示世界的荒诞和毫无价值。后现代主义作品从边缘的、不被认可的地位得以扭转成为时髦的、受追捧和推崇的对象,已经不再被视为另类和异端了。进入20世纪90年代中期后,后现代主义的文学热逐渐褪去并为社会所接受。文学家兼小说家维克多·叶罗菲耶夫指出,后共产主义时代的许多创作都放弃了曾经激励苏联作家和流亡作家的人道主义和希望,改用一种拒绝任何理想或普遍真理的观点。苦难得到了描述,但苦难不再使人高贵;希望作为幻觉被放弃,理性的信念被驳倒,道德准则被后现代的嘲讽所代替,每一种价值观念都被质疑,人们的心态在失望与冷漠之间转换。[①] 叶罗菲耶夫认为,这种文学甚至有一种明显的味道,再也不是渗透于俄罗斯文学和苏联文学的"野花与甘草的芳香",而是"死亡、性、衰老、劣质食物和庸俗生活"的"恶臭"。[②] 随着20世纪90年代社会状况的恶化,人们增加了对苏联时代的秩序、安全和成就的怀念。传统派也不断有新作推出,作品揭露苏联解体后的现实性和社会性的矛盾和问题,也推出一些历史和宗教题材的作品。

在电影领域,苏联解体后,在政治经济危机和社会动荡的背景下,俄罗斯电影业受到巨大冲击,进入前所未有的困难时期。电影发行的商业化堵住了国产电影上市的道路。满目是美国的梦幻工厂——好莱坞和

---

① [美] 尼古拉·梁赞诺夫斯基、马克·斯坦伯格:《俄罗斯史》,杨烨等译,上海人民出版社2007年版,第671页。
② [美] 尼古拉·梁赞诺夫斯基、马克·斯坦伯格:《俄罗斯史》,杨烨等译,上海人民出版社2007年版,第671页。

西欧的影片、电视连续剧和录像片，国产电影从大众的文化生活中消失了。据统计，20世纪90年代俄罗斯电影院放映的影片80%以上是美国片，俄罗斯国产片在本国市场上的份额仅占3%。电影厂从苏联时期的23家到这个时期只剩下4家，每年摄制的影片从苏联时期的150部减到40部，全年供出租的拷贝仅50部。① 外国影片，特别是好莱坞影片大量涌入②，占领俄罗斯电影市场，渗透式地宣传西方的意识形态和价值观念。

面对这种困境，制片厂纷纷倒闭，许多导演和演员"无用武之地"，电影从业人员由苏联鼎盛时期的30万人减少到不足10万人。少得可怜的国产片影业以粗制滥造的动作片和闹剧片为主。③ 电影创作一味地学习西方、模仿西方，所生产的电影不但数量上有所下降，在内容、质量上更是令人无法直视。民族虚无主义和历史虚无主义泛滥，揭露苏联阴暗面的"黑片"，以及拙劣模仿西方电影中的谋杀、抢劫、打斗、性爱的粗制滥造的电影充斥着银幕，俄罗斯电影所特有的艺术性和思想性传统丢失殆尽，优秀作品更是凤毛麟角，电影观众人数逐年减少。

尽管由米哈尔科夫导演的《烈日灼人》获得1995年奥斯卡最佳外语片奖，仍然难掩俄罗斯电影生产的困境。电影产量逐年下降，到1996年，俄罗斯年产电影仅27部。④ 随着政局的稳定和经济的复苏，俄罗斯政府采取了一些使电影业逐渐走出低谷的措施。⑤ 到20世纪90年代后半期，在"新俄罗斯思潮"带动下，政府和企业对电影的投资增加，电影业稍有生机，电影产量回升。1998年，由米哈尔科夫执导

---

① 吴克礼：《俄罗斯社会与文化》，上海外语教育出版社2009年版，第520页。
② 1991—1994年，俄罗斯进口影片的总数分别为132部、135部、220部、275部，其中美国影片数量为43部、87部、154部、214部。
③ 吴克礼：《俄罗斯社会与文化》，上海外语教育出版社2009年版，第520页。
④ 贝文力：《转型时期的俄罗斯文化艺术》，上海人民出版社2012年版，第81页。
⑤ 从1995年起，俄罗斯政府积极采取措施，大力推进改革，如通过了《建立和支持国产电影的联邦社会经济基金会》《保护和发展国产电影发行提高电影为国民服务水平的措施》等决议；1996年还颁布了《俄罗斯联邦国家电影支持法》和《国家电影法》等政策法规。

的《西伯利亚理发师》观影人数超过了美国的《泰坦尼克号》。俄罗斯电影向观众提供的是俄罗斯生活的凄凉及对它的嘲讽,而不是人们所需要的安慰与希望。叶利钦时代严肃电影的一个基本主题就是对社会、文化和道德瓦解的深切忧虑,这常常被理解为国家的耻辱和危机,包括对失去之物(也许属于帝国的过去,但也属于苏联的过去)的怀念,物质主义和堕落的兴起,对与之对抗的精神和道德的探求,男子汉气概的衰退和女性的苦难,尤其是爱的缺乏,死亡(包括自杀)与生存。① 黑色电影关注的是日常生活的残忍和苦难,包括犯罪、暴力、谋杀等。

在音乐领域,进入20世纪90年代,国家和艺术的原有关系被破坏,新型稳定的关系尚未建立,文艺工作者陷入缺乏保障的状态。一些音乐家颠沛流离,音乐作品的数量明显减少。严肃音乐的主题不再简单而直接地为政治服务,疲惫、茫然和失望渗透在严肃音乐的主基调中。② 一些在苏联时期曾经走红的歌手因"政治上循规蹈矩"和"无关痛痒的音乐主题"而日益失去光彩,在苏联时期受到极其苛刻约束的以"反潮流"为标志的摇滚乐开始大行其道。大量曾被取缔的摇滚乐队和个体艺人大胆鸣放各自的"主题",宣泄自己和社会的情绪,失落、彷徨、反叛等社会心理状态弥漫在流行乐中。③ 流行音乐为俄国民众在政治、经济、社会发生颠覆性转变的时候寻求情感宣泄和精神解脱提供了渠道,一些人借助流行音乐表达对社会秩序的不满和反抗,一些人利用它来抵制市场经济中"非人道"的做法,还有的人试图以其来逃避日常生活的混乱、沉湎于对"美"和"幸福"的幻想之中。④ 奢华怪异的服装代替了领结套装和礼服,英俊的歌手和半裸的伴舞女郎成为每次表演不可缺少的元素,性充斥在流行歌手的表演中。歌词肤浅、曲调粗俗

---

① [美]尼古拉·梁赞诺夫斯基、马克·斯坦伯格:《俄罗斯史》,杨烨等译,上海人民出版社2007年版,第674页。
② 贝文力:《转型时期的俄罗斯文化艺术》,上海人民出版社2012年版,第125页。
③ 贝文力:《转型时期的俄罗斯文化艺术》,上海人民出版社2012年版,第124页。
④ 贝文力:《转型时期的俄罗斯文化艺术》,上海人民出版社2012年版,第124页。

是它们的通病。当时，常常能在 CD 盒的封套上看到碰破的鼻子、流血的伤口、刺青和其他罪犯才有的特征、印记。① 市场机制的引入和巨额利润的吸引，使得音乐市场为商业巨头所控制。

总之，俄罗斯文化处于 20 世纪 90 年代俄罗斯复杂多变、动荡混乱的政治经济发展环境中，表现出失范、无序、混杂和多元等特点，从总体而言陷入前所未有的精神迷失和文化危机之中。由于国家缺乏统一的意识形态，叶利钦时期思想领域破有余而立不足，最高权力机构受制于各派力量，在各种思潮冲击下无休止地摇摆，思想上不能统摄人心，政权运作缺乏权威，失去组织能力，社会处于停滞状态。② 这使俄罗斯文化陷入巨大混乱和危机，国家发展道路的摇摆不定、意识形态的缺失真空、政治精英的各自为政、低俗文化的大行其道、道德力量的孱弱无力构成转型期的俄罗斯文化生态，具有悠久历史和灿烂成果的俄罗斯文艺和文化在国家能力缺失状态下基本处于"自由"发展状态，一系列阻滞国家安全和发展的文化难题和文化障碍亟须解决。

---

① 贝文力：《转型时期的俄罗斯文化艺术》，上海人民出版社 2012 年版，第 125 页。
② 卢绍君：《民族心理、社会现代化与俄罗斯的政治转型——兼论俄罗斯政治发展的未来方向》，《俄罗斯中亚东欧研究》2012 年第 3 期。

第二章 当代俄罗斯文艺政策与文化战略之核心理念与价值诉求

苏联解体后由于缺乏统一的意识形态,因此面临国家分裂、政局混乱、经济疲敝和社会思潮泛滥等种种危难,特别是在叶利钦时期实行"全盘西化""休克疗法"后国家治理困境雪上加霜,包括新任总统普京等国家政要及社会各阶层都忧心忡忡,努力寻求"挽狂澜于既倒、扶大厦于将倾"的妙计良方。于是,根植于俄罗斯文化和民族精神内部、诞生于大国崛起时代的"俄罗斯理念"被重新发现并在俄罗斯现代化进程重启和强国复兴的背景下被赋予崭新含义,经由俄罗斯知识阶层改造,被当代俄罗斯政治文化精英重新阐释和宣扬,成为普京实施意识形态重建和文化强国战略的理论支撑和治国理念,成为俄罗斯国家整合思想文化资源,重铸、凝聚民族之魂的精神旗帜,也成为当代俄罗斯文艺政策与文化战略的核心理念与价值诉求。本章我们将追寻"俄罗斯理念"的形成过程、主要内涵和历史命运,阐释其"使俄罗斯成为世界大国"的价值诉求和理论特质,探讨普京"新俄罗斯理念"的文化谱系、主要构成及其在文艺政策领域的战略构想。

第一节 "俄罗斯理念"的历史演进与基本内涵

俄罗斯理念(Русская Идея,Russian Idea)也译作"俄罗斯思想""俄罗斯精神""神圣罗斯理念",以及"弥赛亚意识"等。郭小丽曾在《俄罗斯的弥赛亚意识》中将"神圣罗斯理念""莫斯科—第三罗马说"、乌瓦洛夫的"东正教、君主专制、人民性三位一体说"(1833),以及别尔嘉耶夫的"第三国际是第三罗马说"视为俄罗斯理念的四种表述,在"俄罗斯理念"命名的早期,这个词散发的不是哲学式的思辨精神,而是暗示"俄罗斯理念"神奇的力量源于上帝,具有明显的东正教色彩。故此,将 Русская Идея 翻译成偏宗教内蕴的"俄罗斯理念"比"俄罗斯思想"更为准确,具体辨析可参见郑永旺、林精华、张建华、马寅卯等人的相关论述。陀思妥耶夫斯基于 1877 年在《作家日记》里首次明确用"俄罗斯理念"这一概念来描述他对俄罗斯精神的想象。他写道:"俄罗斯思想,归根结底只是全世界人类共同联合的思想。"① 陀思妥耶夫斯基的俄罗斯思想就当时而言并没有直接表现这个词的哲学内涵,而更多地表现了全人类在耶稣基督的带领下抗击异教徒完成人类和平共处的终极理想,因此,俄罗斯理念最早的含义更接近俄罗斯理想(Русский Идеал)。此后,普希金、恰达耶夫、罗扎诺夫、维切·伊万诺夫、费多托夫、伊利因和别尔嘉耶夫等俄罗斯文化史上的巨擘出于对俄罗斯民族独特性和俄罗斯问题的关注,又分别从世界大国现代化进程、自我意识、基督教遗产等角度切入,不断丰富"俄罗斯理念"的内涵要义,最终使其成为俄罗斯民族的独特思维、本质化的精神因素和国家历史道路的特有表达。

关于"俄罗斯理念"的解释多种多样。俄罗斯《哲学小百科词典》中,"俄罗斯思想(理念)是一个具有象征意义的概念,广义上是俄罗斯文化和俄罗斯精神在全部历史过程中所固有的各种独特特点的总和;从较为狭义上说,它指的是在历史的每一特定时期民族自我意识所达到的水平;从更为狭义上(即从社会学意义上)说,它指的是俄国的社

---

① Ф. М. ДОСТОЕВСКИЙ, Полное собрание сочинений в 30 томах том 250, Ленинград: Наука, 1983. С. 20.

会、文化、政治等发展中各种旧的和新的成分存在的方式"①。一般说来，俄罗斯理念指俄罗斯民族有史以来的全部思想的积淀，是俄罗斯民族精神体验和文化创造的集中体现。

一 "俄罗斯理念"诞生的历史前提

"俄罗斯理念"是历代俄罗斯知识分子在普遍历史前提下、在公共理性生产及文化自觉过程中，和有边界约束的公共阐释语境里逐步凝练形成的对俄罗斯精神财富的总括。其既是一个可公度的俄罗斯文化所指，也是具有强烈俄国本土特征和民族色彩的公共阐释的思想结晶，更是一种蕴含文学、美学、哲学、政治学等理论形态的俄罗斯思想共同体自我确认的有效阐释过程。其中，地理环境、宗教信仰和时代诉求为促成"俄罗斯理念"诞生的三大基本要素或"普遍的历史前提"。

历史前提之一是横跨欧亚的地理环境。首先，俄罗斯广袤的土地、严酷的自然环境、高寒的纬度、相对封闭的内陆特性对地区农业、牧业、工业等生产活动产生直接的影响，形成了俄罗斯民族农耕、游牧、商业等特性相混合的文化基因，促成了俄国社会最具特色的"村社"社会组织形式。其主要特点就是强调公社成员对首领的崇拜和对村社的依赖，要求个人思想、意志和行为服从集体和社会，从而催生了在农业生产落后的村社组织和集权专制的部落公国政治中的集体主义与平均主义倾向。与此同时，地跨欧亚大陆的版图结构，决定了俄罗斯兼具东方和西方文化的"双头鹰"特征，始终在欧洲强调个人及自由、自然权利的启蒙文化与亚洲强调社会、集体和国家主义的专制文化之间摇摆选择，出现了关于民族性及国家发展道路"西欧派"和"斯拉夫派"的二元性的矛盾斗争，呈现出民族文化上所谓"钟摆性"的选择特征。正如恰达耶夫所说："俄罗斯是世界的完整部分，巨大的东方—西方，

---

① 贾泽林：《〈俄罗斯思想〉（中译本）前言"对'立国'和'复兴'的精神支柱的寻求"》，载 Вл. 索洛维约夫等《俄罗斯思想》，浙江人民出版社2000年版，第25页。

它将两个世界结合在一起。在俄罗斯精神中，东方与西方两种因素永远在相互角力。"①

历史前提之二是东正教的民族信仰。俄罗斯由文化立足，东正教精神是俄罗斯的民族意识、思想观念、文化理解和生活经验的重要维度，是"俄罗斯理念"的基本成分。1472年，莫斯科大公伊凡三世迎娶君士坦丁十一世侄女索菲亚·帕列奥洛格公主，并将拜占庭帝国的文学、绘画、建筑、服饰、技艺等文化遗产全部移植到俄罗斯，从而极大改变了旧有多神教崇拜的原生态文化面貌。拜占庭文化所蕴含的帝国崇拜心理、聚议共同思想和博爱道德主义不断渗透进俄罗斯民族的思想观念和日常生活，成为一种不可阻挡的弥散性存在。沙皇专制主义、村社集体生活方式、宗教"聚议性"认同等汇聚于政教合一的帝国统治中，演绎成俄罗斯"大国小我"的民族集体精神和国家意识。

历史前提之三是实现现代化的时代诉求。18世纪初期，深受欧洲启蒙主义思想影响的彼得大帝为实现俄罗斯振兴，开启了自上而下的全面欧化改革运动，努力推动俄罗斯现代化进程。彼得大帝改革虽然没有触及俄罗斯社会的深层文化根基，但工业化大机器和科学技术革新等资本主义生产方式的引入推广，特别是法国哲理小说、德国古典哲学、英国宪政制度等西欧启蒙主义的文化成果的浸润影响，都为俄罗斯民族意识觉醒和民族精神独立奠定了基础。"彼得大帝时期俄罗斯的历史，就是西方与东方在俄罗斯灵魂中斗争的历史。彼得的俄罗斯帝国没有实现统一，也没有形成自己统一的风格……从彼得大帝起，我们完全进入了批判时代。"② 当时的俄罗斯努力使自己成为欧洲类型的现代化国家，全面西化的同时也带来与本土宗教世界观和传统文化的龃龉。19世纪初，伴随1812年卫国战争胜利和十二月党人起义，俄罗斯民族精神自

---

① [俄]彼·雅·恰达耶夫：《俄罗斯理念文库·箴言集》，刘文飞译，云南人民出版社1999年版，第6页。
② [俄]尼·别尔嘉耶夫：《俄罗斯思想》，雷永生、邱守娟译，生活·读书·新知三联书店1995年版，第15—16页。

觉急剧提升，国家和民众都亟待凝练与推出具有感召力和影响力的，能够代表俄罗斯民族独立意志和文化诉求的核心理念，正是在这一背景下，"俄罗斯理念"呼之欲出。

从19世纪末开始，陀思妥耶夫斯基、索洛维约夫、特鲁别茨科伊等俄国哲学家和文学家，开始广泛使用"俄罗斯理念"来表达俄罗斯的自我意识、民族思想、基督教精神及对世界命运和人类未来的整体思考。1877年，陀思妥耶夫斯基在《作家日记》中提出，"斯拉夫主义除了要把斯拉夫人都联合在俄罗斯领导之下外，还意味着和包含着一种精神的联盟，就是把凡是相信我们伟大的俄罗斯是所有联合的斯拉夫人的首领，能对全世界、全欧洲的人及其文明，讲出自己新颖的、健全的和世人闻所未闻的话的人结成的联盟。为了有利于真正地把全人类联合成一个新的、友爱的、全世界的联盟"①，从而将俄罗斯民族思想定位成俄罗斯民族基础上的全世界人类共同联合的思想。学界一般将其视为"俄罗斯理念"的真正提出。在《在俄国语文爱好者协会会议上的发言》（1880）中，陀思妥耶夫斯基的上述思想得到更有力的表达，即"一个俄国人的使命一定是全欧洲的和全世界的。成为一个真正的俄国人，成为一个完完全全的俄国人也只是意味着（归根到底，请注意这一点）成为一切人的兄弟，……因为我们的命运也就是世界性，而且并非依仗剑来获得，而是借助于团结和我们联合人们的兄弟般的愿望的力量"②。陀思妥耶夫斯基坚信俄罗斯民族全部的综合性、包容性和全人类性，可以通过东正教实现对其他教派的有机整合，最终实现全人类基督教的兄弟般的团结联合。在他的《罪与罚》《白痴》《群魔》等文学创作中天定使命和末日论因素得到充分反映。

"集体经验是构造个体阐释的原初形态。公共经验与记忆，是阐释

---

① ［俄］陀思妥耶夫斯基：《作家日记》下，张羽、张有福译，河北教育出版社2010年版，第795页。
② ［俄］陀思妥耶夫斯基：《陀思妥耶夫斯基论艺术》，冯增义、徐振亚译，漓江出版社1988年版，第284—285页。

的必要准备。"① 在三大历史前提的共同推动下，伴随着"俄国与西方"问题的历史性大争论，在俄罗斯帝国如何超越自身局限、出示具有民族特色及世界影响的思想的强烈召唤下，具有独立意义的"俄罗斯理念"终于在 19 世纪中期诞生了。②

二 "俄罗斯理念"内涵的时代演进

作为开启俄罗斯民族自我认知、历史选择、自我实现之思想自觉和强国梦想需要的"俄罗斯理念"一经提出，就进入了俄罗斯思想界的公共视域，成为俄罗斯贵族知识分子和平民知识分子共同探讨的时代主题，产生了以陀思妥耶夫斯基、霍米亚科夫、基列耶夫斯基、萨马林等为代表的"斯拉夫派"和以屠格涅夫、恰达耶夫、格拉诺夫斯基、齐切林、安年科夫等为代表的"西欧派"之间关于俄罗斯精神问题的矛盾冲突和激烈争论。进入 19 世纪三四十年代，两派在理性生产边界约束与主体构建下基于俄罗斯历史传统和现实诉求以文本形式形成了各自对俄罗斯民族精神的阐释主张，展开了关于"俄罗斯该往何处去"的公共讨论，最终形成了"俄罗斯理念"这一民族精神话语的概念内涵并外延。

在论争中，斯拉夫派对俄国文化的特征给予极端评价，认为"俄罗斯负有用东正教和俄国社会理想的精神使西欧得以健康成长的使命，它同样将依照基督教原则帮助欧洲解决其内部和外部的政治问题"③。在东正教思想体系中，斯拉夫派强调俄罗斯历史道路的特殊性，以聚议性对抗西方的个体主义，主张维护村社制度对抗欧洲资本主义制度，实现东正教、沙皇专制和民族性的统一，走俄罗斯独特的

---

① 张江：《公共阐释论纲》，《学术研究》2017 年第 6 期。
② 虽然"俄罗斯理念"雏形滥觞可上溯至 11 世纪伊拉利昂主教的《法与神赐说》，以及涅斯托尔和费洛菲修士等人的天定救世论的历史学说，但那仅仅反映了俄罗斯民族是上帝的选民，在世界历史中负有实现最高基督救世使命的信念及"莫斯科—第三罗马"概念，而并非"俄罗斯理念"的完整概念。
③ ［俄］洛斯基：《俄国哲学史》，贾泽林等译，浙江人民出版社1999年版，第54页。

发展道路。西欧派则梦想着一个近邻的、理想的西方,认为俄罗斯民族并非比其他民族特殊,甚至从社会发展阶段和民族性角度而言是相当落后的,应主动学习并接受西方先进的文化理论与科学技术。两派的论争虽然分歧较大但实际都是围绕俄国的命运及民族理想之路展开的,也都呼唤着在公度性维度上实现公共意见的协同与提升,斯拉夫派与西欧派的论战并没有达成引导俄罗斯国家现代化进程的一致理论,但客观上开启了以本土东斯拉夫精神资源应对西方现代性思想挑战的文化模式,从而推动了俄罗斯精神核心话语——"俄罗斯理念"的内涵不断丰富发展。

在这一激烈讨论中斯拉夫派代表人物弗拉基米尔·索洛维约夫关于"俄罗斯理念"的论述尤为引人注目。他于1888年用法语写成的《俄罗斯理念》中,在陀思妥耶夫斯基用文学叙述这个概念的基础上比较系统地论述了"俄罗斯理念"。在他看来,"一千年来,俄国受苦受难,奋斗不息,圣弗拉基米尔使之成为基督教国家,彼得大帝使之成为欧洲国家,但它那时经常处于东西方之间的特殊地位,……俄罗斯民族是信仰基督教的民族,要想认识真正的俄罗斯理念,就不能提这样的问题,即俄罗斯通过自己和为了自己能做什么,而应该问,为了他所承认的基督教原则,为了他作为其中一个部分的整个基督教世界的幸福,应做什么,而且这种思想具有伟大目标,在人间恢复神的三位一体的真正形象,这就是俄罗斯理念"[①]。索洛维约夫深刻把握历史潮流,前瞻性地提出了适应社会发展趋势的"俄罗斯理念",它不是学院式的,更不是用西方学术逻辑演绎的话题,而是在融合了此前各著名思想家关于俄罗斯问题的叙述后,根据俄罗斯发展模式看到了欧洲理性主义发展观的局限以及俄罗斯斯拉夫文化传统根基的方法论意义,发现了以"俄罗斯理念"去重建俄罗斯社会进程具有重大意义。索洛维约夫既深入阐释民族

---

① [俄]索洛维约夫等:《俄罗斯理念》,贾泽林、李树柏译,浙江人民出版社2000年版,第166—170页。

主义之于俄罗斯的复杂意义和有限性，又深刻地指出俄罗斯担负的使命是如何超越自身的斯拉夫人身份，从而走进更宏大的世界。①

索洛维约夫的思想很快得到了知识界和文学界的响应，其中的代表人物就是别尔嘉耶夫。他成功地综合了俄罗斯历史哲学意识中的许多活的因素，在第一次世界大战正酣和十月革命发生不久的紧张局势中出版了《俄罗斯灵魂》（1918），提出俄罗斯文化非西方亦非东方的基本判断，直述当时西方文化面临的工具理性、利己主义价值虚无等精神危机，表明俄罗斯文化的独特价值和世界使命，提出有必要"理解俄罗斯理念、确定俄罗斯在世界上的任务和地位。在今天的世界上，人人都感到俄罗斯面临伟大的和世界性的任务……很早人们就有预感，俄罗斯负有某种伟大的使命，俄罗斯是一个独特国家，不同于世界上的任何一个国家。俄罗斯民族思想中有这样的情感，即俄罗斯是神选中的，并且心怀神明的民族。这种感觉来自古老的莫斯科——第三罗马观念，经过斯拉夫派过渡到陀思妥耶夫斯基和索洛维约夫，直到现代的斯拉夫派"②，至此兼具俄罗斯民族特征和世界主义理想的与崛起大国诉求相称的"俄罗斯理念"基本成型。

由于俄罗斯长期处于"亚细亚生产方式"下的"东方社会"形态，加之深受蒙古封建王公专制统治影响，因而形成了少数社会精英代表国家管理人民的自上而下的社会治理方式和类东方的重视情感、想象、感悟的思维方式，因而"俄罗斯理念"首先诉诸感性世界，通过文艺浓烈深郁的审美形象塑造传达出俄罗斯人面对困惑不断的现代化进程时的经验认识、哲学思考、生存体悟，以及关于现代性、民族性和全球化等核心话题的独特感受，从而使文艺替代哲学成为建构和承载现代俄罗斯民族精神的主要形态。因此，俄罗斯思想家往往以文学文本为意义单元阐释"俄罗斯理念"的深层结构和精神地图。

---

① 林精华：《变"中国模式"为"中国思想"：来自"俄罗斯理念"的启示》，《清华大学学报》（哲学社会科学版）2014 年第 4 期。

② Н. Бердяев：Русская душа，Л.：Наука，1990. С. 3.

19世纪与20世纪之交，垄断资本主义发展迅速，国家间矛盾日益激烈，世界及俄罗斯政局均处于风雨动荡之中，俄罗斯思想家、哲学家、文学家等知识精英在这一局势下更加深刻地忧虑和思索国家发展前途，对"俄罗斯理念"这一民族道路的探索又一次得到文学界的强烈响应。白银时代的文学家从诗歌开始掀起了涉及文学艺术各领域的俄罗斯思想文化复兴运动，象征主义、阿克梅主义、未来主义等文学流派层出不穷，《唯心主义》《路标》《在深处》等思想力作轰动一时，马克思主义、保守主义、自由主义、现代主义等社会思潮掀起浪潮。以文学探索来诠释和深化"俄罗斯理念"已经成为当时俄罗斯文学界的共识。正如伊万诺夫所说："被忘却的词语和好像被吃透了的观点的这种复活说明了什么？说明任何'新词语'和新思想的提出者——作家和艺术家——在对自己狂妄地背叛祖国传统的做法感到后悔时，据说都会回到俄国文学自古就有的传统上来，俄国文学老早就被用于社会教育，用于宣扬善和教导人们建功立业，难道不是吗？"① 赫尔岑的小说《谁之罪》以别里托夫的新型多余人形象，车尔尼雪夫斯基的小说《怎么办》以拉赫美托夫的圣徒式人物，既回应了黄金时代前辈的创造与思索，更在社会民主主义思潮中执着地寻求着民族前途，经历着一次又一次宗教炼狱式的自我拷问和泣血解答。此外，皮萨列夫、别林斯基和杜勃罗留波夫等人对《卡拉玛佐夫兄弟》里的"宗教大法官"一章、果戈理的《狄康卡近乡夜话》中的道德伦理说教、托尔斯泰的《安娜·卡列尼娜》中的列文反思等的文本分析和文学批评也都从民族性、宗教性等维度参与了"俄罗斯理念"的内涵阐释。在诸多俄罗斯知识分子关于"俄罗斯理念"的公共阐释中，其内涵被逐步概括为天定救世论（天赋使命弥赛亚说、末日论思想）；落后民族历史优势思想，即落后民族没有染上先进民族的发达病；历史进步思想，其中

---

① ［俄］索洛维约夫等：《俄罗斯理念》，贾泽林、李树柏译，浙江人民出版社2000年版，第218页。

一个民族作为历史前景的拥有者和体现者替代另一个民族；全人类兄弟般团结思想（全人类基督教统一）。① 至此，东正教、君主专制和民族性三位一体的思想综合体成为对"俄罗斯理念"的经典阐释②，具体如下。

一是"东正教"即宗教性。从"俄罗斯理念"的诞生和发展考察，强烈的宗教意识历来都是其核心要素和不断推动其发展演化的内在动力，对形成俄罗斯人道德价值观和整体精神风貌具有决定性作用。首先是"莫斯科—第三罗马"的政治和宗教理念。"第三罗马"理论奠定了"俄罗斯理念"作为基督教信仰的优越感、救赎性和神权观念。其次是"弥赛亚主义"，在东罗马帝国灭亡后，俄罗斯人认为自己有责任将东正教教义中的"基督救世"即"弥赛亚主义"传承下去。"天将降大任于俄国，俄国是世界上非同寻常的特殊国家。滋养俄罗斯民族思想的情感是，俄罗斯是上帝特选的民族，是体现上帝的民族。"③ 俄罗斯人以国家强大为荣耀的强国意识、"第三罗马"理论连同东正教的"弥赛亚主义"、基督教"感化天下、普济众生"等其他教义，与千年王国说一起渗透到俄罗斯人的意识之中，成了俄罗斯国家自我意识的主导思想，肇始了俄罗斯的大国主义，共同铸就了其民族强烈的"救世"使命感。④ 此外，俄罗斯民族性格中道德至上的悲悯情怀、崇尚互助的集体精神和信仰皈依的聚议观念等也与东正教有紧密关联。

二是"君主专制"即国家性。"君主专制"及其以后发展形成的"国家观念"在"俄罗斯理念"中占据重要位置，实际可将其理解为以沙皇为象征的俄罗斯国家性。根据史学家克柳切夫斯基考证，俄语专制

---

① 白晓红：《"俄罗斯思想"的演变》，《俄罗斯中亚东欧研究》2005年第1期。
② ［俄］尼·别尔嘉耶夫：《俄罗斯思想》，雷永生、邱守娟译，生活·读书·新知三联书店1995年版，第49页。
③ ［俄］索洛维约夫等：《俄罗斯理念》，贾泽林、李树柏译，浙江人民出版社2000年版，第259页。
④ 白晓红：《俄罗斯文化的初始因素》，《中国社会科学院院报》2008年1月31日第6版。

制度一词 самодержавие 的词根源于 самодержец，指脱离蒙古统治的独立的君主，少有独裁霸道之义，是一种俄罗斯人民独创的不同于西欧立宪制度的政治体制，并从中派生出国家主义、国家至上、帝国意识等特有政治文化思想。"帝国思想是俄罗斯政治文化的政治恒量。"① 从基辅大公到伊凡雷帝，从彼得一世到斯大林，国家性作为沙皇专制主义的统治方式，以政教合一的绝对态度统治着俄罗斯人的现实世界和精神世界。这种专制主义、民族主义和宗教主义的混合体被彼得大帝演绎为俄罗斯的强国精神，即俄罗斯是第三罗马，理应成为世界的中心和强大的帝国。正是基于此，俄罗斯人逐渐有了放弃个性、自由和责任，服从集体、国家、政权及其代表者的倾向，在政教合一的集体主义中强大的国家观念得以巩固。

三是"民族性格"即"民族性"。别尔嘉耶夫在《俄罗斯思想》一书中对俄罗斯文化的二律背反或者矛盾性、复杂性进行了解释。"俄罗斯民族既不是纯欧洲的也不是纯亚洲的民族，而是一个独立的世界，是一个巨大的东西方聚合体，它连接了两个世界。在俄罗斯内心深处东西方两种起源的斗争将永远进行。"② 俄罗斯一直在东西方文化之间选择摇摆，在这种选择与摇摆中形成了俄罗斯文化兼容东西方文明的实质和存在于其中的矛盾性，这种民族性格造成了俄罗斯自身融合极端对立的两极，即国家主义、专制主义与无政府主义、自由放纵；极端的民族主义与强烈的全人类思想；崇高的神圣性与可怕的低俗性；无边无际的自由与屈从于奴役等。这种俄罗斯民族性格鲜明的两极性正是其国家行为和文化心理的重要动因之一。

总之，在以文学文本为主要意义对象的公度性和澄明性阐释中，俄罗斯思想界逐渐形成并达成了"斯拉夫派将东正教、君主专制、村社制

---

① ［俄］伊万诺夫：《俄罗斯新外交：对外政策十年》，陈凤翔译，当代世界出版社2002年版，第82页。
② ［俄］尼·别尔嘉耶夫：《俄罗斯思想》，雷永生、邱守娟译，生活·读书·新知三联书店1995年版，第9页。

度,还有人民代表制度(地方自治制度等)视为俄罗斯民族性价值的根基"① 的相对稳定的基本共识,造就了法国文论家丹纳所指出的一个民族在任何时代、时间、气候下均不受影响,始终存在"永久的本能"的理念,即俄罗斯民族精神的核心理念——"俄罗斯理念"。

三 "俄罗斯理念"当代的建构跃迁

20世纪初,"俄罗斯理念"继续发展,欧亚主义者继承俄罗斯具有特殊使命的观点,认为"俄罗斯人以及俄国境内所有民族,不是欧洲人也不是亚洲人,这完全是特殊类型的民族。甚至俄罗斯民族都不可能完全归属于斯拉夫民族。在俄罗斯民族形成过程中,蒙古人和芬兰人起了不小的作用。所以,可以说俄国的民族基质,是居住在这个国家所有民族的融合。这种多民族分支构成的民族具有自己独特的文化、心理和民族意识"②。欧亚主义者认为俄罗斯文化在东西方文化间占据中间地位,但是,它不是二者的简单相加,也不是它们机械联合的结果。俄罗斯文化不平凡不模仿,与东方文化和西方文化都不相同,其所拥有的聚议性和交响性是所有基督教文明的特征,这正是欧洲道德和宗教的衰落所丧失的。这种丧失源于西方片面发展后的技术和科学及物质利益的过分发达。欧亚主义者认定,逃脱社会文化片面性和贫乏性的出路在于保存着"交响性"的东正教会。从宗教映射到社会政治领域,欧亚主义认为政教一体化表现为压制个人自由和任性,保证个人顺从国家。为了更好地实现自己的职能,国家应当与人民保持看得见的联系。为此要创造一种政权体制,实现"表达人民意愿"的目的。这一阶层由通过人民选出的优秀代表组成。选举基于被选举人对于国家、政治、意识形态,以及统治者世界观的忠诚,从而使俄罗斯思想转化为一种较纯粹的政治理念。这种基于宗教信仰优越感的大国意识和民族自信深刻影响了20世

---

① [俄]索洛维约夫:《俄罗斯与欧洲》,徐凤林译,河北教育出版社2002年版,第214页。
② 白晓红:《"俄罗斯思想"的演变》,《俄罗斯中亚东欧研究》2005年第1期。

纪的俄罗斯，以至于某些学者认为苏维埃政权就是以苏俄共产主义的意识形态再现的"俄罗斯思想"，是"俄罗斯理念、俄罗斯弥赛亚主义和普世主义的变形"①。

当代对"俄罗斯理念"考察深入和影响较广的学者当属利哈乔夫。这位被普京高度尊崇的苏联科学院和俄罗斯联邦科学院院士于1999年出版了《俄罗斯思考》（Раздумья о России）一书，集中阐释了对俄罗斯历史和文化的研究理解，特别阐释了对"俄罗斯思想"（Русская идея）的独特认识。在《俄罗斯思考》中，利哈乔夫认为俄罗斯思想首先要思考俄罗斯的问题，应该是俄罗斯民族记忆中日常生活化的表达方式，而不仅仅是如索洛维约夫和别尔嘉耶夫强调的本体论和认识论的哲学命题。具体而言，利哈乔夫用"俄罗斯思考"（Раздумья о России）这一较为平面化和日常生活化的概念来传达对"俄罗斯思想"（Русская идея）的理解，他指出"俄罗斯理念"首先是一个民族的文化记忆的表达和集体意识，"是任何一种存在（物质存在、精神存在、人的存在……）的十分重要的属性之一……借助记忆，过去可以融入现在，而通过现在，联系过去，仿佛也可以预测未来"②。利哈乔夫对俄罗斯理念的这一理解具有强烈的实用主义倾向，将俄罗斯理念从白银时代思想家玄想的天空拉回了俄罗斯国家争霸、政治图强、经济振兴甚至平民日常生活的现实大地上。事实上，无论是戈尔巴乔夫所倡导的改革"新思维"（Новое размышление），还是普京的"新俄罗斯理念"（Новая Российская Идея），都是对"俄罗斯理念"的政治性、可操作性和日常样态的改造和运用，以此直接服务于治国理政。

---

① Николй Бердев, Истоки и смысл русского коммунизма, Париж：YMCA—Press, 1955, C. 99.

② ［俄］德·谢·利哈乔夫：《俄罗斯思考》下卷，杨晖等译，军事谊文出版社2002年版，第121—122页。

第二节 普京"新俄罗斯理念"的生成境遇与文化谱系

诚如俄罗斯思想家伊凡诺夫所言:"无论是过去还是现在,在我们历史道路的每个转弯处,在面对我们亘古就有的、好像完全是俄罗斯问题(个人与社会、文化与自然、知识分子与民众等)时,我们所要解决的始终是一个问题——我们民族的自我规定问题,我们在痛苦中诞生的我们整个民族灵魂的终极形式,即俄罗斯思想。"[①] 世纪之交,面对千疮百孔、迷途混乱的俄罗斯,"俄罗斯理念"再次焕发出独特魅力,成为政治精英、知识分子、文艺界重建世界大国的思想资源,成为以普京为代表的国家高层摆脱重重危机、寻求强国复兴的历史依据。

一 普京"新俄罗斯理念"的生成境遇

普京上台伊始,如何确定国家发展道路、重建意识形态和挽救思想文化危机成为其在文化领域治国理政的三大难题与考验,"新俄罗斯理念"就是在解决三大难题的过程中形成的。

一是国家道路重新选择的问题。近代以来,俄罗斯的政治精英和文化精英始终在思考国家的发展出路问题。究竟是走西欧道路还是遵循斯拉夫传统,或是介于二者之间的欧亚主义政策,这些核心问题成为俄罗斯整个民族思考的焦点,并催生出了"俄罗斯理念",每在国家面临巨大转折的关键时刻总会引起激烈争论。经历了叶利钦时代全盘西化的"西方资本主义道路"的彻底破碎,历史轮回,俄罗斯仿佛又回到了彼得大帝开启现代化的起点,重新确立国家定位和抉择社会发展道路。俄罗斯学术界如同白银时代的知识界一样热烈探讨社会今后的发展道路,西方派、斯拉夫派、欧亚派分别诠释了"新俄罗斯理念",激进社会变

[①] [俄] 索洛维约夫等:《俄罗斯思想》,贾泽林、李树柏译,浙江人民出版社2000年版,第218页。

革的失败使西方派受到沉重打击和社会强烈指责,强调"民族性"的斯拉夫派和欧亚派受到关注,多元化的社会思潮等待着普京的选择和解答。

二是填补社会主义意识形态的巨大空洞。苏联解体后,传统的共产主义思想和爱国主义成了嘲讽和辱骂的对象,大国意识受挫,民族尊严感丧失,民族文化失去支撑价值。俄罗斯社会犹如一个萎靡不振的病人,大多数社会成员感到茫然不知所措,感觉自己成了"新社会"的"弃儿"。苏共负责意识形态的前中央书记亚·雅科夫列夫认为,俄罗斯就像一艘迷失方向的航船,在没有航标的漆黑的海面上漂泊,在各种政治思潮滋生蔓延的同时,民族精神趋于分裂,极端自由主义、个人主义泛滥,导致了无政府主义盛行,国家失去了航标,社会失去了主导思想。① 在意识形态问题上,普京面对两难的抉择,一面是在破除苏联意识形态一元化后,社会制度形态不能公开主张恢复任何形式的国家官方的意识形态;另一面是任何政党和国家在重新树立民族自信、统一社会思想和确立国家道路的过程中都必须出示具有号召力的国家思想文化领域的核心价值体系。为此,普京颇费周折地表达,"凡是在国家意识形态被当作一种官方赞同和由国家支持的一种思想的地方,严格地说,在哪里就不会有精神自由,思想多元化和出版自由"②,表面彰显维护国家思想言论自由的态度,同时又强调"我们的国家迫切需要进行富有成效的建设性工作,然而,在一个四分五裂、一盘散沙似的社会里是不可能进行的。在一个基本阶层和主要政治力量信奉不同的价值观和不同的思想倾向的社会里也是不可能进行的"③,为重建国家意识形态,提出统一俄罗斯社会的"新俄罗斯理念"留有余地。

三是挽救日益严重的文化危机。如第一章所述,叶利钦时代文化危

---

① [俄]戈·波梅兰茨:《关于俄罗斯国家意识形态的争论》,《新时代》1997年第3期。
② [俄]普京:《普京文集(2000—2002)》,中国社会科学院俄罗斯东欧中亚研究所编译,中国社会科学出版社2002年版,第8页。
③ [俄]普京:《普京文集(2000—2002)》,中国社会科学院俄罗斯东欧中亚研究所编译,中国社会科学出版社2002年版,第9页。

机严重，庸俗大众文化占据市场；外来欧美文化挤压本土经典文化；社会文化消费和精神追求极度低俗，丑化英雄的现象层出不穷；"爱国者""爱国主义""祖国"等概念逐渐"淡出"日常生活；俄语在世界上的地位不断下降；青年阅读量急剧下降；文化工作者待遇下降，失业、转行现象严重；文化公共事业和文化遗产保护工作投资不足，破坏严重。仅以文化遗产的破坏为例，据俄罗斯官方统计，在俄罗斯联邦境内受国家保护的文化遗产超过80万项，其中包括23万项对国家有重要意义的对象。在这种情况下，许多对象的保护条件是至关重要的。根据不同机构的估计，受国家保护的古迹，50%—70%不能令人满意，而且在大多数情况下，它们需要采取紧急行动以免遭受破坏和损害。事实上，文化遗产是一个复杂的问题，无论是在国内还是国际，旅游业都直接依赖文化遗产。据世界经济论坛指出，俄罗斯文化遗址的数量在当时世界上133个国家中排名第九。然而，俄罗斯的自然、历史和文化的潜力，据专家估计，不超过20%。① 凡此种种，都成为普京在俄罗斯陷入文化危机状况下提出挽救方案和出台文化文艺政策的背景。

二 普京"新俄罗斯理念"的文化谱系

1999年12月30日普京在接替总统前夕，发表《千年之交的俄罗斯》全面阐释了自己的施政理念，他强调"俄国正处于其数百年来最困难的历史时期。这大概是俄国近二三百年首次真正面临沦为世界二流国家，甚至三流国家的危险"，要重新振兴俄国，需要以"俄罗斯人民自古以来就有的价值观"即"俄罗斯理念"作为精神资源，以俄罗斯精神文化团结国家共同克服经济危机，稳定社会政治局势，挽救道德文化危机。他提倡将"俄罗斯理念"的传统概念赋予时代崭新内涵，形成"新俄罗斯理念"（Новая Российская Идея），"把全人类共同的价

---

① Федеральная целевая программа, "Культура России (2012 – 2018 годы)", http：//archives. ru/sites/default/files/186 – prill.

值观与经过时间考验的俄罗斯传统价值观,尤其是与经过20世纪波澜壮阔的100年考验的价值观有机地结合在一起"①,将"俄罗斯理念"中原有的"东正教、君主专制、民族性"改造为"爱国主义、强国意识、国家作用和社会团结"四个要点,将其作为全体俄罗斯人团结一致共克时艰的社会道德观、思想基础和核心价值。"新俄罗斯理念"作为"结合体",一方面,在全面反思西方文明的基础上强调探索有俄罗斯特色的发展道路,在文明模式上和西方加以区别,"90年代的经验雄辩地证明,将外国课本上的抽象模式和公式照搬到我国无法进行没有太大代价的真正顺利的改革。机械照抄别国的经验也是没有用的";另一方面,普京也依然坚守自由主义的基本价值和规则,即市场经济、民主、人权和自由的原则,并强调,"只有将市场经济和民主的普遍原则与俄罗斯的现实有机地结合起来,我们才会有一个光明的未来"②。这既承接了欧亚主义和国家主义的治国观念,同时真正引导和开启了国家在核心价值、道德、文化领域的重构,其四大要素均具有极强的社会针对性和文化导向性。下面,对"新俄罗斯理念"的文化谱系进行具体分析。

一是"爱国主义",即"为自己的祖国、自己的历史和成就而产生的自豪感",普京认为,"这种情感一旦摆脱了民族傲慢和帝国野心,那么就没有什么可指责的,也不是因循守旧"。针对传统的爱国主义情感淡漠,爱国者、爱国主义被恶意诋毁甚至嘲讽的现实,普京要求俄罗斯全体人民做到以下三点。首先,要时刻怀揣重塑民族自豪感、民族自信心的强烈渴望;其次,要时刻怀揣将俄罗斯建设成为美丽、富强、幸福国家的强烈渴望;最后,要时刻怀揣为国家独立、民族富强贡献所有力量乃至生命的强烈渴望。普京认为,"我们需要共同找到某个能团

---

① [俄]普京:《普京文集(2012—2014)》,华东师范大学国际关系与地区发展研究院、华东师范大学俄罗斯研究中心编译,世界知识出版社、华东师范大学出版社2014年版,第8—10页。

② [俄]普京:《普京文集(2012—2014)》,华东师范大学国际关系与地区发展研究院、华东师范大学俄罗斯研究中心编译,世界知识出版社、华东师范大学出版社2014年版,第9页。

结整个多民族的俄罗斯的因素。除了爱国主义之外,没有任何东西能够做到"①。

爱国主义是俄罗斯民族自我觉醒的表征,是在抵抗外敌入侵的过程中逐步形成的历史产物。斯拉夫派用东正教的"聚议性"(соборность)来解释俄罗斯民族的爱国情感,托尔斯泰曾把这种特征称为"群因素",说他们有一种像蜂群一样紧贴在一起的需求,对故土、乡音和同胞拥有永远眷恋,与此关联的就是俄罗斯民族的集体主义、爱国主义,在第二次世界大战抗击德国法西斯过程中更展现出的强大的民族号召力和凝聚力,成为历代俄罗斯统治者凝聚民族精神和国家力量的必然选择。②在俄罗斯政治传统中,爱国主义几乎是专制制度和帝国思想的代名词,沙皇的集权主义在国内向度上推崇政教合一的帝国崇拜,在国外向度上则成为大俄罗斯主义的强权统治。俄罗斯联邦成立初期,爱国主义成为各派政治势力用以号召民众,争取支持和社会动员的重要内容,无论是俄共、自由民主派,还是欧亚派、斯拉夫主义者,都将爱国主义视为自我政见的重要维度加以阐释,也加重了社会思潮混乱。面对政治思想日趋多元,文化差异持续拉大,民族凝聚力逐渐弱化的现实困境,普京为在俄罗斯恢复爱国主义的光荣传统,采取了一系列的措施以重燃民众心中的爱国主义热情,重启俄罗斯曾经拥有的爱国主义优良传统。

二是"强国意识",是指"俄罗斯过去是,将来也还会是一个伟大的国家。它的地缘政治、经济和文化的不可分割的特征决定了这一点"。但今天这种思想倾向应当注入新的内容,"当今世界一个国家的实力与其说表现在军事方面,不如说表现在它能够成就研究和运用先进技术的领先国家,能够保障人民高水平的生活,能够可靠地保障自己的安全和

---

① [俄]普京:《普京文集(2012—2014)》,华东师范大学国际关系与地区发展研究院、华东师范大学俄罗斯研究中心编译,世界知识出版社、华东师范大学出版社2014年版,第9页。

② 白晓红:《俄国斯拉夫主义》,商务印书馆2006年版,第95页。

在国际舞台上捍卫国家的利益"的能力。① 这里实际就暗含着其后普京与经济、军事等"硬实力"相协调的关于"文化安全""文化软实力"方面的国家全方位现代化的战略构想。

如前文所述,强国意识是"俄罗斯理念"中"莫斯科—第三罗马""神选公民"和"弥赛亚救世"等思想内涵的必然延伸,"承担解救全人类的使命"一直决定着俄罗斯人的思想倾向和国家政策。从亚历山大一世发起"神圣同盟"到尼古拉一世出兵扑灭欧洲革命之火,从列宁无产阶级世界革命的理想到斯大林动用武装力量"帮助"东欧其他国家维持社会主义制度,弥赛亚意识激发的俄罗斯的大国情怀和强国心理,几乎成为这个国家力量动员和利益资源扩张的精神动因。普京同样是位有着强国抱负的领袖,但他对俄罗斯将沦为二流甚至三流国家的现实处境有着清醒的认识。② 他的"强国意识"带有更多的务实色彩,"当今世界一个国家的实力与其说表现在军事方面,不如说表现在它能够成就研究和运用先进技术的领先国家,能够保障人民高水平的生活,能够可靠地保障自己的安全和在国际舞台上捍卫国家的利益。要优先考虑的任务是,在俄罗斯周围建立稳定的、安全的环境,建立能够让我们最大限度地集中力量和资源解决国家的社会经济发展任务的条件"③。由此,普京的内政外交政策已经相当明确,即以政治安定、经济复苏和军事实力增强为主的精神文化全面振兴的现代化战略。总之,在普京看来,一个自认有着特殊使命和全人类意义的民族自然不会甘于扮演"二流国家"的角色,"俄罗斯唯一现实选择是选择做强国,做强大而自信的国家,做一个不反对国际社会,不反对别的国家,而与其共存的强国"④。

---

① [俄]普京:《普京文集(2000—2002)》,中国社会科学院俄罗斯东欧中亚研究所编译,中国社会科学出版社2002年版,第10页。
② [俄]普京:《普京文集(2000—2002)》,中国社会科学院俄罗斯东欧中亚研究所编译,中国社会科学出版社2002年版,第76页。
③ [俄]普京:《普京文集(2000—2002)》,中国社会科学院俄罗斯东欧中亚研究所编译,中国社会科学出版社2002年版,第251页。
④ [俄]普京:《普京文集(2000—2002)》,中国社会科学院俄罗斯东欧中亚研究所编译,中国社会科学出版社2002年版,第78页。

三是"国家作用"即"国家主义"（Государственничество），其来源于"俄罗斯理念"中的"专制制度""政教合一""君权神授"等思想，强调国家与政府对社会与公民的决定作用，强调政府行使国家权力是实现社会共同利益、满足公民需要并维护其权利的不可或缺的重要手段。13世纪，蒙古人占领罗斯各公国，从此统治这块土地长达200余年，东方专制思想留下了深刻的烙印。16世纪初，俄罗斯在争取民族独立过程中，中央集权的政治体制得到进一步的巩固。1547年，伊凡四世加冕为沙皇，确立了沙皇独裁政治体制。弗拉基米尔大公选择东正教将君权和教权合一，东正教会承认皇帝是他们的最高首脑，皇帝有权任命教会牧首，召开宗教会议，批准宗教会议决定，解释教义等，教权完全依附于皇权，而不像罗马天主教会在西方那样独立于皇权。东正教会教会为发展自身势力，不断美化和神圣化王权，使沙皇权力神圣化，巩固了沙皇专制制度。村社生活方式对俄罗斯专制传统也产生了巨大推动作用。俄罗斯的村社是一个富于变化的、极具生命力的、不断发展的有机体。俄罗斯民族的起源地东欧平原地广人稀，气候寒冷，交通不便，人们需要聚集在一起，共同生存、抵御外敌和开展生产。它的基本单位是家庭，若干家庭组成一个农村公社。在农村公社中，住宅、劳动工具和劳动成果是私有的，森林、牧场、水源和土地归公社所有，集体使用。村社就是农民的全部世界，他们的物质生活和精神生活都与村社息息相关。① 村社成员视自己是集体的附属物，而国家就是一个大村社。村社是俄罗斯传统文化的重要组成部分，村社意识在俄国民族性中占有重要位置，它包括平均主义，集体无条件高于个人、高于私利的意识，对于他人不幸的同情心，互助友爱，作为一种道德规范的善心，好客等。1907年以前，沙皇与贵族保守派一直是村社文化的狂热鼓吹者，他们声称："公社是俄国人民的特点，侵犯公社就是侵犯特殊的俄罗斯精神。"② 农民

---

① 白晓红：《俄罗斯文化的初始因素》，《中国社会科学院院报》2008年1月31日第6版。
② ［俄］谢·维特：《俄国末代沙皇尼古拉二世》上卷，新华出版社1983年版，第429页。

将沙皇看作地上的上帝，对其权威充满敬畏和无条件信任，乃至农民战争也多表现为拥护"好沙皇"而反对贵族，乃至出现以假沙皇反对真沙皇的情况。斯拉夫派也特别推崇专制制度，他们相信，君主制不是最理想的，却是最适合俄国的政治制度。他们的理解基于对俄罗斯人民的"非国家性"，即人们不关注政治权力的纷争从而自愿把它交由一人的认识，而专制君主受人民会议、民族生活方式、东正教和上帝意志的约束，因此，在斯拉夫派话语中的"专制制度"并不含有独裁霸道之义。总之，在俄罗斯历史发展过程中，"国家及其体制和机构在人民生活中一向起着极为重要的作用"①。

面对改革造成的社会动荡、国家衰落的局面，要想力挽狂澜必须使用国家主义乃至威权主义的雷霆手段，普京深谙此理，因此他在论述"新俄罗斯理念"中再次提出，"国家主义对于一个强大的国家不是什么异己的怪物，不是要与之做斗争的东西，恰恰相反，它是秩序的源头和保障，是任何变革的倡导者和主要推动力"。而为了避免将其与苏联及沙皇时期的专制主义、威权主义等恶意混淆而遭受国内外诟病，他又特别强调不应当把"强有力的国家"与极权主义混为一谈，因为俄罗斯社会和人民"已经学会了珍视民主、法治国家、个人自由和政治自由"②。在普京心中，欧亚主义者的"强有力的国家保护和保证文明的进步、发展的计划性，保卫民族利益，最终保护个人的安全"③的信念根深蒂固。

四是"社会团结精神"，是指在俄罗斯"集体活动向来比个体活动重要"，"大多数人不习惯通过自己个人的努力奋斗改善自己的状况，而习惯于借助国家和社会的帮助和支持做到这一点"④。社会团结要求

---

① [俄]普京：《普京文集（2000—2002）》，中国社会科学院俄罗斯东欧中亚研究所编译，中国社会科学出版社2002年版，第10页。
② [俄]普京：《普京文集（2000—2002）》，中国社会科学院俄罗斯东欧中亚研究所编译，中国社会科学出版社2002年版，第10页。
③ 白晓红：《俄国斯拉夫主义》，商务印书馆2006年版，第236页。
④ [俄]普京：《普京文集（2000—2002）》，中国社会科学院俄罗斯东欧中亚研究所编译，中国社会科学出版社2002年版，第10页。

第二章 当代俄罗斯文艺政策与文化战略之核心理念与价值诉求

社会有共同的信仰、全民一致的奋斗目标，普京越是感到稳定俄罗斯的迫切性，就越需要用新的世界观来填补社会空间，更需要用新的意识形态巩固政权，凝聚力量。在政策实践层面，"社会团结"就是普京借东正教复苏之机提倡东正教中的爱国主义、人道主义、精神第一性、凝聚精神、仁慈大度、英勇忠诚等传统价值观，使东正教继续发挥社会整合与道德教化等积极作用，从而弘扬爱国主义传统、凝聚民族精神、规范民众道德，并推动俄罗斯人的国民身份认同与俄罗斯现代化进程，为俄罗斯的现代化进程提供精神道德支撑。

"东正教在俄国历史上一直起着特殊作用，不仅是每位信徒的道德准则，也是全体国民不屈不挠的精神核心。以博爱思想、良好戒律、宽恕和正义为本。东正教在很大程度上确定了俄国文明的特性，千百年来，它那永恒的真理无时无刻不在支撑着人民，给他们以希望、帮他们获得信念……对基督教的卓越评价在两千年前就有了，但今天仍然没有失去它深远的意义。我坚信我们进入第三个千年的今天，在我们社会中加强互谅和达成一致意见的基督教理想是可能达到的，也为祖国的精神和道德复活做出了贡献。"① 面对东正教精神回归俄罗斯的总体局势，普京顺势将东正教作为政治资源和意识形态因素，用东正教填补俄罗斯国民意识形态的真空，加强俄罗斯中央权力，维护俄罗斯社会稳定和捍卫国家主权；作为信仰和道德因素，推动宗教的世俗文化教育转化成对民众的道德教育，重塑俄罗斯人的世界观和生活观，消除社会混乱，确立伦理道德观念；作为文化传承因素，普京着力通过将东正教世俗化，来增强俄罗斯民众的自我认同感，抵御西方大众文化对俄罗斯精神文化的打击，从而实现挽救文化危机的意图。

可以发现，普京的"新俄罗斯理念"具有鲜明的现实针对性和政策指向性，"爱国主义"针对戈尔巴乔夫时期以来盛行的民族虚无主义

---

① ［俄］普京：《普京文集（2000—2002）》，中国社会科学院俄罗斯东欧中亚研究所编译，中国社会科学出版社2002年版，第80页。

和历史虚无主义；"强国意识"是针对自由主义经济学家极力鼓吹的"融入西方"、全盘西化政策，强调了俄罗斯自古以来的强国传统，在鼓舞国民士气的同时为构建现代化强国战略奠定理论基础；"国家主义"是对长期以来弱化国家作用的激进自由化、市场化改革的反思，希冀通过强化中央集权和总统力量的方式改进政府涣散无力的现状，以推动经济建设发展、保障社会秩序和国家主权领土完整；"社会团结精神"则针对道德滑坡和个人主义的社会病，通过宗教复兴来重铸民族精神和道德文化大厦。总之，"新俄罗斯理念"显然继承了陀思妥耶夫斯基、霍米亚科夫、别尔嘉耶夫和阿克萨科夫等哲学家所认识的"俄罗斯理念"中应具有的全人类性、指导全人类行动的普遍价值原则和浓烈的宗教色彩。但面对国家疲敝和挽救危机的现实政治诉求，普京更加倾向和信赖利哈乔夫对"俄罗斯理念"日常性方面的理解，并将其凝聚为俄罗斯的民族灵魂、民族利益和价值取向，在保留其神启式的弥赛亚意识和哲学意蕴的基础上，突出"俄罗斯理念"的实用性和生活性，将其改造为普世意义与民族特性相结合的具有可操作性的治国理政纲领。因此，我们认为，普京的"新俄罗斯理念"既是普京上台后在内政外交等领域的施政纲领，更是文化层面上俄罗斯在重大转折期和创伤期关于传统价值的沉思录和实现文化复兴的启示录，是意识形态重建和文化复兴的政治宣言，也是国家文艺和文化的精魂。

执政后面对爱国主义淡漠、民族精神低落、道德滑坡严重、传统文化式微等种种文化危机和社会病症，普京深刻地认识到叶利钦时期，政府主观和社会思潮合流制造形成的意识形态真空是造成文艺大国形象衰落、文化认同缺失和传统文化危机的关键所在。为此，普京重拾俄罗斯传统文化精髓"俄罗斯理念"，并将其与现代化强国战略相结合，提出了在其第一总统任期意识形态和文化价值构建的基本主张——"新俄罗斯理念"。综上，我们分析发现普京"新俄罗斯理念"的"新"或超越之处主要表现在对传统俄罗斯精神文化的现代化改造和对苏联体制专制主义、叶利钦文化自由主义的扬弃两个方面。普京在反思俄罗斯传统文化、苏联文化专制主义,以及联邦建国初期全盘西化的种种问题后,坚定选择加强国家权力、走资本主义市场经济的现代化道路,同时,在意识形态和文化领域充分尊重"俄罗斯理念"中的集体主义、爱国主义和强国意识,抛弃了其中极端化、非理性和法律虚无主义的特点,力图使俄罗斯成为"一个民主、法制、有行为能力的联邦国家"①。这个政治文化领域的"第三条道路"既强调国家作用,又否定斯大林模式;既发展市场经济,又反对无政府主义。② 作为"综合体"的"新俄罗斯理念"既"掌握和接纳高于各种社会、集团和种族利益的超国家的全人类价值观",如言论自由、个人拥有基本政治权利等,也挖掘俄罗斯人自古以来就有的传统的价值观,以建设文化领域强有力的国家及文化强国战略为中心,提出"新俄罗斯理念",这既是对当时俄罗斯严重的文化危机及无政府主义状态的必然回应,同时又契合了俄罗斯对历史文化传统的呼唤。作为普京着力打造的国家意识形态和文化理论基石,"新俄罗斯理念"是其文艺政策与文化战略的价值导向和基本遵循。"新俄罗斯理念"指导下的俄罗斯文艺政策与文化战略的旨归就是在现代化、全球化进程中实现人类共同的价值观与俄罗斯传统价值观有机地结合在一起,激发"俄罗斯理念"的当代活力和意蕴,赋予"爱国主义""强国意识""国家观念"和"社会互助精神"等古老的俄罗斯民族精神价值以时代内涵,以填补苏联解体后延续多年的意识形态真空,为再造俄罗斯国家核心价值体系和主流文化,增强国家文化软实力和重建文化强国提供了核心价值理论。

第三节 "新俄罗斯理念"在文艺政策与文化战略中的价值诉求

普京将传统文化精髓"俄罗斯理念"与现代化强国战略相结合,

---

① [俄]普京:《普京文集(2000—2002)》,中国社会科学院俄罗斯东欧中亚研究所编译,中国社会科学出版社2002年版,第9页。
② 白晓红:《普京的"俄罗斯思想"》,《东欧中亚研究》2000年第2期。

在其第一个总统任期内提出关于国家意识形态建构和文化强国战略的理论基石——"新俄罗斯理念",并将其作为文艺政策与文化战略的价值导向和基本遵循。在实践上,普京高度注重通过增强文化软实力实现强国复兴梦想、重振俄罗斯雄风。一方面,借助东正教复兴潮流填补苏联解体后延续多年的意识形态真空;另一方面,围绕欧亚联盟战略实施大国形象塑造工程,从而在国内和国际——关系俄罗斯国家文化软实力的双向度中,有力增强了国家认同、凝聚了民族精神、保护了文化遗产、推动了文化事业和产业发展,基本实现了建构俄罗斯国家核心价值体系和主流文化的利益诉求。

一 "新俄罗斯理念"指引下的大国文化复兴构想

如前所述,普京将传统"俄罗斯理念"中的"东正教、君主专制和民族性"改造为"爱国主义""强国意识""国家观念"和"社会互助精神"四大要点,赋予古老的俄罗斯民族精神价值以全球化和时代化内涵,用以填补苏联解体后延续多年的意识形态真空,再造俄罗斯国家核心价值体系和主流文化。为此,在文艺和文化实践层面,普京以"新俄罗斯理念"中的四大要点为价值统领,以国家文化软实力提升战略为核心,在国内和国际两个向度上增强俄罗斯文化的向心力和影响力,为实现俄罗斯强国梦提供文化层面和精神领域的资源和支持。

普京是当今世界大国领导人中特别重视国家文化建设的代表之一,在第一个任期内,他不但为保护和恢复俄罗斯文化传统、扩大国家文化形象影响力推行了《"俄罗斯文化"国家发展规划纲要》等一系列文化政策,同时借助国内传统节日、文艺国家奖项,以及申办世界杯、奥运会、国际领导人峰会等多种契机和平台大力宣传俄罗斯国家文化形象、增强俄罗斯的国际影响力。这充分体现了他对于国家文化软实力提升战略重要性和必要性的理性乃至理论自觉。考察普京在总统和总理任期内关于文化软实力的一系列言论或文章,我们发现他对文化之于国家兴衰作用有着清醒的认识,对于意识形态、核心价值领域的社会建构功能高

第二章 当代俄罗斯文艺政策与文化战略之核心理念与价值诉求

度重视。其中也包含着他刷新"俄罗斯理念"、恢复文化荣耀、增强文化软实力的一系列思考。

首先,普京高度肯定文化软实力在实现国家认同、民族凝聚和对外形象塑造中的重要作用,将文化软实力上升为"新俄罗斯理念"中"强国意识"的重要内容和实践途径。2004 年时任总统普京在两年一度的驻外使节与代表大会上再次指出,"驻外使节和机构代表需积极参与塑造俄罗斯在国外的良好形象,特别是在后苏联空间地区,以维护俄罗斯立场"①。此后,"软实力"一词便频繁出现在俄罗斯官方的一系列对外政策文件中。梅德韦杰夫执政前,俄罗斯国内就"增强俄罗斯的软实力有助于维护国家安全和国家利益,提高对外政策的有效性"②已经达成了重要共识,这为普京执政时期增强文化软实力战略奠定了竖实基础,同时也促成了 2009—2010 年反篡改历史和损害俄罗斯利益委员会、国际形象委员会和卡尔恰科夫公共外交基金会等国家层面对外公关和软实力建设专门机构的相继成立。普京在担任俄罗斯总理期间和重返总统职位后,对文化软实力重要性的认识进一步深化。他曾多次在其总统竞选纲领性文章中强调软实力的作用,认为软实力对实现国家利益有着重要的战略意义。普京曾指出,"俄罗斯能够也应该发挥应有的作用,这种作用是由其文明模式、伟大的历史、地理及文化基因所决定的"③。表现出他对利用俄罗斯独一无二的地缘政治优势,挖掘东方文明的思想和文化价值,将欧洲文明与东方文明结合起来,建设和增强俄罗斯的文化软实力的强烈渴望。

其次,在文化外交和国家形象推广方面,普京将俄语、文化、艺

---

① "Выступление на пленарном заседании совещания послов и постоянных представителей России", 12 июля, 2004 г, http://archive.kremlin.ru/text/appears/2004/07/74399.shtml.

② Казанцев А.А., Меркушев В.Н., "Россия и постсоветское пространство: перспективы использования 《мягкой силы》", Полис, 2008, № 2.

③ Путин В., "Россия сосредотачивается – вызовы, на которые мы должны ответить", Известия, 16 Января 2012.

术，以及文化名人巨匠等视为俄罗斯文化软实力的宝贵资源。俄罗斯拥有璀璨的文化，帝国时代和苏联时期都曾通过输出俄语和俄罗斯文化，深刻影响东欧中亚地区乃至全球。普京在其竞选纲领《俄罗斯和变化中的世界》一文中指出："俄罗斯继承了伟大的文化，在东方和西方都被认可。但是，现在我们在文化领域、国际市场上推动文化发展的投资还很薄弱。全世界对思想意识、文化领域的兴趣复苏了，这一点表现在社会和经济联入全球信息网络。这给俄罗斯在创造文化价值方面提供了新的机会，实践证明俄罗斯在这方面还是有潜能的。对于俄罗斯来说，不只是保护自己文化，而且可以把它当作走向全球市场的强大因素。俄语空间几乎包括苏联的所有国家和东欧的大部分国家。这不是要建立帝国，而是传播文化；不是大炮，不是政治制度输入，而是教育和文化的输出，这些都将为俄罗斯的产品、服务、思想创造有利的条件……我们应该加倍提高俄罗斯教育和文化在世界上的地位，特别是针对讲俄语和懂俄语的国家的民众。"①

最后，普京强调硬实力与软实力相结合提升俄罗斯国际地位和国家形象的现实策略。普京曾指出："目前不得不承认，俄罗斯的国际形象并不是我们自己打造的，因此它经常被歪曲，既不能反映我国的真实情况，也不能反映我国对世界文明、对科学和文化所做出的贡献，目前我国在国际事务中的地位也与实际情况不符。那些动辄主张用导弹说话的人广受赞扬，而那些一直坚持必须进行克制对话的人却似乎是有过错的。我们的错在于我们不太会解释自己的立场，这才是我们的错误所在。"② 为此，普京重返总统职位后不久，便再一次在两年一度的驻外使节和代表大会上强调，"应加强俄罗斯的软实力建设，以免让俄罗斯

---

① 普京：《变革中的世界与俄罗斯：挑战与选择（下）》，彭晓宇、韩云凤译，《当代世界与社会主义》2012年第4期。
② "Выступление Президента РФ В. В. Путина на совещании в МИД России послов и постоянных представителей РФ за рубежом", 9 июля 2012 г, http://kremlin.ru/transcripts/15902.

第二章 当代俄罗斯文艺政策与文化战略之核心理念与价值诉求

的形象和在国际事务中的立场都受到歪曲，利用软实力实现自己的利益"①。至此，俄罗斯政府将增强文化软实力作为俄罗斯内政与外交政策的重要内容，并加入2013年新版的《俄罗斯对外政策构想》文件中，上升为"俄罗斯外交政策的主要手段之一"②，成为俄罗斯国家战略的组成部分。

二 当代俄罗斯文化大国重建中的文艺战略制定

正是在上述"新俄罗斯理念"的文化强国战略思考下，普京执政后俄罗斯陆续出台了《俄罗斯文化国家发展规划纲要》（2001—2005年）（2006—2010年）（2011—2015年）、《俄语专项国家发展规范纲要》《俄罗斯联邦公民爱国主义教育国家纲要》（2001—2005年）（2006—2010年）（2011—2015年）、《俄罗斯联邦国家安全构想》《俄罗斯联邦外交战略构想》，以及《俄罗斯国家文化政策基础》等文艺政策与文化战略，其中都充分体现"新俄罗斯理念"中的"爱国主义""国家观念""强国意识""社会团结"等基本理念，将其作为提升文化软实力的重要资源和核心。一是着力发挥"新俄罗斯理念"的推动作用，即提高公民素养、更新道德观念、凝聚国民人心、振奋民族精神，从而推动现代化发展；二是突出"新俄罗斯理念"组成作用，将文化产业作为国家重建和国民经济的支柱性产业，将文化软实力作为综合国力的重要组成部分；三是彰显"新俄罗斯理念"的引导作用，即引领时代潮流、引导社会思想观念、引导经济社会发展。

综观普京的文化软实力提升战略，其原则和目标包括多个方面。在文化安全层面，通过"新俄罗斯理念"再造俄罗斯社会的意识形态和道德价值观，维护多民族国家的文化统一和完整，增进公民的国家认同

---

① "Выступление Президента РФ В. В. Путина на совещании в МИД России послов и постоянных представителей РФ за рубежом", 9 июля 2012 г, http: //kremlin. ru/transcripts/15902.

② Новая концепция внешней политики; Россия намерена быть "островком стабильности"//Независимая Газета. 2012. 14 Декабря.

感；在文化推广层面，始终将俄罗斯文化视为世界文化的重要组成部分，通过塑造国家形象向世界推广俄语和俄罗斯文化，增强俄罗斯文化软实力；在文化发展方面，推动文化现代化、数字化和信息化进程，推动文化和艺术领域的科研工作深入发展，推动作为国民经济支柱的文化产业的迅速发展；在文化教育层面，注重培养公民俄罗斯传统的道德价值观、责任感和爱国主义精神，通过掌握俄罗斯的历史、文化遗产和世界文化，通过发展个体的创造能力、从美学的角度理解世界的能力，通过参加各种不同形式的文化活动来创建并发展公民的培育和启蒙系统；在文化保护层面，对国家剧院、博物馆、图书馆和档案馆等体现全俄罗斯民族独特性和生命力的综合价值的文化遗产加以保护；在文化权利保障层面，切实保障公民平等获得自由创作、从事文化活动、使用文化设施和文化财富的权利，保障文化事业机构的投入和运行，推动文学艺术作为文化产业的繁荣发展。从这些方面采取措施来保障俄罗斯文化的延续统一，保证公民文化权利，促进独立、强大俄罗斯的复兴和发展。

为了实现上述的文化强国目标，当代俄罗斯政府在"新俄罗斯理念"指导下主要在国内、国外两个向度上分别实施了意识形态重建和文化大国形象塑造这两大文化软实力提升战略，并推行了一系列相关文艺政策与文化战略。特别是普京第三个总统任期以来，他在理论锤炼和政策实践的基础上将"新俄罗斯理念"熔铸于国家文化战略和文艺政策之中，在2014年年底正式批准的总统令《俄罗斯国家文化政策基础》中将其上升为国家意志，从加强文艺法规政策建设角度保障公民文化权利，从突显"俄罗斯人"自我认同角度巩固大国文化复兴的思想基础，从构建统一文化空间角度保障多民族国家文化独特性和完整性，从推广俄罗斯文艺经典角度塑造良好国际形象，从而形成了以"新俄罗斯理念"为指导的文艺和文化发展的基本目标和方针。① 2016年2月29日，

---

① Указ Президента РФ от 24.12.2014 N 808《Об утверждении Основ государственной культурной политики》(24 декабря 2014 г.), http：//www.consultant.ru/document/cons_doc_LAW_172706.

第二章　当代俄罗斯文艺政策与文化战略之核心理念与价值诉求

俄罗斯联邦政府历经一年多的讨论和完善，颁布了《2030年前俄罗斯联邦国家文化政策战略》（以下简称《战略》），堪称"新俄罗斯理念"在当代俄罗斯文艺政策中的理论实践的最新样态，拉开了俄罗斯民族文化复兴计划的帷幕。《战略》详尽地阐述了俄罗斯国家文化政策的战略目标和规划部署，涵盖了人文、教育及俄罗斯文化等领域，在具体实施中主张实现7个现实目标，即形成民众和谐统一的人格；促进俄罗斯文化价值观和人类福祉的一致；加强俄罗斯公民身份的塑造；创造良好的公民教育条件；维护历史文化遗产；促使传统的社会价值观、道德规范、习俗代代相传；为公民获取知识、信息和文化提供条件，促进创造力的实现。[①] 总之，在"新俄罗斯理念"的指导下，当前俄罗斯文化法律法规和政策以实现重大国家利益为主要目的，从统一文化格局构建、民族文化遗产保护、东正教爱国精神传扬等方面统筹规范当代俄罗斯的各项文化事业活动，实施了具体的权利主张和制度规定，彰显出当代俄罗斯的国家意志、民族诉求、时代精神。"新俄罗斯理念"是普京继承俄罗斯历代知识分子和思想精英在文艺创作、政治实践、哲学思考、历史检视等领域的成果后提出的，是针对国家疲敝和挽救危机的现实政治诉求而形成的俄罗斯民族精神核心话语，既是当代俄罗斯意识形态领域的主流观念，也是俄罗斯民族文化价值复兴的思想导向，是当代俄罗斯文艺政策和文化战略的灵魂。

---

① Распоряжение Правительства РФ от 29.02.2016 N 326 – р 〈Об утверждении Стратегии государственной культурной политики на период до 2030 года〉, http://www.consultant.ru/law/hotdocs/45830.html.

第三章　当代俄罗斯文艺政策与文化战略的基本形态

当代俄罗斯官方在对苏联文艺政策和叶利钦时代的政策进行调整的基础上基本完善形成了以宪法为立法依据、以文化立法基础等法律法规为保障、以若干纲领性文化类文件为发展规划和导向，以官方奖项和文艺教育为辅助的文艺政策与文化战略体系。这一体系为实现和推进国家文艺和文化发展的整体战略意图搭建了总体框架，为市场经济条件下的国家意识形态和文化发展诉求的传达、贯彻和执行提供了保证，并在一定程度上有效实现了国家文化发展的预期目标。按照现行的俄罗斯国家决策机制和行政管理体制，当代俄罗斯的文艺政策与文化战略的基本形态主要包括以下几个部分。

第一，俄罗斯联邦总统、杜马批准签发和颁布的国家法律、决议和总统令等基础性、保障性法律，如《俄罗斯联邦宪法》《俄罗斯国家文化政策基础》《关于颁发2013年度俄罗斯国家艺术与文化最高奖总统令》等。

第二，由俄罗斯总理批准和颁布的总体发展纲要、构想、条例和政府决议等国家文化发展整体规划，如《2030年前俄罗斯国家文化政策战略》《"俄罗斯文化"联邦目标纲要》（2012—2018年）、《关于实施俄罗斯文化年的规划纲要》《俄罗斯联邦国民教育要义》《俄罗斯联邦2020年前戏剧事业长期发展构想》等。

第三，由俄罗斯文化部、教育部等行政主管部门颁布的涉及具体行政执行的部门令、决议、方案、计划等涉及具体文艺门类的行政措施，如《关于组建保护联邦所有权的文化遗产（历史文物）主体分配专家委员会的决定》《关于提供服务以满足国家在电影事业发展的需要举办电影节及其他相关措施》《国家文物局建立专家委员会为国家文化发展纲要挑选方案》等。

第四,俄罗斯联邦总统、总理、杜马主席及文化部部长等领导人在重要会议和活动上关于文艺发展的讲话等,如《普京在2018年总统文化与艺术委员会主席团会议上的讲话》《普京在2007年与青年作家、剧作家和诗人会见上的讲话》《普京在首尔出席俄诗人普希金纪念碑揭幕仪式上的讲话》等。

第五,除了上述法律、法规、规划、讲话等正式文件形式的显性文艺政策与文化战略外,还有国家文艺奖评选、国民文艺教育政策和教材编选、文艺资助出版计划等隐性体现国家文化意志的政策形态。

本章我们主要对当代颁布的文艺和文化的立法法律基础、《"俄罗斯文化"联邦目标纲要》、国民文艺教育等典型文艺政策与文化战略进行分析和评述,以勾勒和展现当代俄罗斯文艺政策与文化战略的基本形态。

第一节 当代俄罗斯文艺政策与文化战略的法律基础——《俄罗斯联邦宪法》和《俄罗斯联邦文化立法基础法》

强有力和完善的法律制度是文艺政策与文化战略基本形态稳定和贯彻实施的主要保障,也是市场配置机制下文化资源的运行条件。当代,俄罗斯比较重视文艺和文化领域的政策研究和法律规范制定,已经形成了以联邦宪法规定为立法依据,以俄罗斯联邦法和各联邦法律为主要内容,涉及各文艺门类和文化活动的法律体系。[①]

[①] (http://pravo.roskultura.ru/)据俄罗斯文化部法律政策信息库数据统计,截至2013年俄罗斯联邦共出台文化类法律法规文件7949部,其中基础艺术类151部、造型艺术类3部、电影艺术类136部、音乐艺术类141部、舞蹈艺术类9部、马戏杂技类132部、戏剧艺术类170部、图书馆管理类75部、博物馆管理类1183部、民间文艺创作类15部、历史文化遗产保护类248部、国际文化交流类8部、科技信息交流类16部等。

一 《俄罗斯联邦宪法》中关于文艺和文化事业的规定和表述

1993年12月12日通过的《俄罗斯联邦宪法》作为俄罗斯联邦基本法对文化权利作为基本人权的问题做出明确而具有原则性的规定。《俄罗斯联邦宪法》第44条规定，保障每个人均享有文学、艺术、科学、技术和其他类型的创作与教学自由。知识产权受法律保护；每个人均享有参与文化生活和使用文化设施的权利，均享有接触文化珍品的权利；每个人均应当关心和爱护历史和文化遗产，珍惜历史文物。第71条、第72条确定了联邦机构和俄罗斯联邦各主体的权力范围，联邦文化机构的权力包括确定俄罗斯联邦文化发展领域的政策法规及纲领；而保护文化历史文物、发展文化的全部问题由俄罗斯联邦和各个联邦主体共同处理。第114条规定由俄罗斯联邦政府保证在俄罗斯联邦文化、科学、教育、卫生、社会保障和生态领域实行统一的国家政策。① 由此可见，《俄罗斯联邦宪法》是俄联邦文化立法和文化活动的根本依据。

二 《俄罗斯联邦文化立法基础法》的基本内容和遵循原则

于1992年10月9日俄罗斯总统签署颁布的《俄罗斯联邦文化立法基础法》依据《俄罗斯联邦宪法》制定，进一步确立了国家文化政策准则、文化活动主体关系的准则和法律标准、国家支持文化及保证国家不干涉创造过程的法律标准等基本文化政策制定、执行的向度，为国家公民、各民族和其他共同体的自由文化活动提供了法律保障，是当代俄罗斯文化保留和发展的法律基础。普京执政后，在2000—2013年几乎

---

① 《俄罗斯联邦宪法》，于洪君译，http://www.Chinaruslaw.com/CN/InvestRu/Law/2005531140842_6715509.htm。

每年都对《俄罗斯联邦文化立法基础法》进行完善和修改，足见其地位之重和国家对这部法律指导意义的重视。① 这部法律充分体现与西方自由主义民主不同的"主权民主"思想原则，强调在尊重民主制度一般原则和标准的条件下，符合俄罗斯本国历史、地缘政治、国情和法律的民主形式，即自由性与权威性、继承性与发展性、一般性与特殊性的统一。

《俄罗斯联邦文化立法基础法》共分10章，共有62条，这10章分别为"概述"（对文化立法的任务、价值立场和基本概念进行界定）、"文化领域中人的权利和自由"（规定公民文化权利范围）、"文化领域中各民族和其他民族团体的权利与自由"（规定各民族保持文化特性和文化自治的范围）、"俄罗斯联邦各民族的民族文化财富和文化遗产"（规定各民族文化财富和文化遗产所有权问题）、"文化创作生产者的地位"（规定文化创作生产者在文化活动中的特殊作用，承认其自由、道德、经济和社会的权利）、"国家文化职责"（规定了俄罗斯联邦政府保存和发展文化的责任和权利）、"联邦机构、联邦州和地方当局的文化领域权力"（划分联邦主体国家权力机关和地方自治机构之间在文化事业管理方面的权限）、"文化经济管理"（规定各级各类文化机构和文化产业法人从事经营活动的基本规范）、"俄罗斯联邦国际文化交流"（规定了国际文化交流内容和重点、流失国外文化遗产的所有权、参加国际性文化组织和基金会的权利、建立海外文化交流和推广机构的权利等）、"违法罚则"。《俄罗斯联邦文化立法基础法》集中阐释了国家文化政策的概念，确定了人在文化领域的权利和自由性，各民族及其他民族共同体在文化领域的权利和自由，国家在文化领域的义务与责任，划分了文化领域中国家、文化机构及各个共和国、边疆区、州、自治区、当地机构的管辖范围，以及文化中的经济调节作用。

---

① 《俄罗斯联邦文化立法基础法》（*ОСНОВЫ ЗАКОНОДАТЕЛЬСТВА РОССИЙСКОЙ ФЕДЕРАЦИИ О КУЛЬТУРЕ*），http：//www.consultant.ru/document/cons_doc_LAW_148902/。

《俄罗斯联邦文化立法基础法》紧密围绕保障公民文化活动权利，保护民族文化遗产，保持民族文化特色，发挥人道主义和爱国主义的文化价值，发展国家文化事业、文化产业和促进文化海外交流推广等核心国家利益诉求，对文化活动、文化遗产保护、文化价值、文化福利、国家文化政策、创作生产者、俄罗斯联邦民族文化遗产、文化的发展规划等基本概念进行了限定，提出了该法案的使用领域，包括历史文化古迹的探查、研究、保护、修复和使用；文学艺术、电影艺术、舞台艺术、造型艺术、音乐艺术、建筑设计艺术、摄影艺术，以及其他种类的艺术；民间艺术工艺品，展现在语言、民间口头创作、习俗、规矩和历史地名中的民族文化；艺术创作；出版书籍和博物馆业，还有另一种与作品出版及其传播使用相关的文化活动——归档的案卷；电视、广播及其他在创建和传播文化价值方面的视听手段；美学培养、艺术教育，及该领域的师范活动；文化的科学研究；国际文化交流；其他生产资料和设备，并生产为了保留、创建、传播和开发文化价值的其他必要手段等。

分析可知《俄罗斯联邦文化立法基础法》所遵循的原则包括：第一，承认文化在发展个人自我实现、发展社会人道主义、保留各民族的民族特色及确立其优势方面的基础作用，即文化价值认同原则；第二，承认所有生活在其土地上的各民族和其他民族共同体在文化领域的权利和自由平等，促进为保留和发展这些文化而建立平等条件，通过调整联邦国家文化政策，调整联邦国家文化保留和发展规划的立法手段来保障和巩固俄罗斯文化的价值，即文化平等尊严原则；第三，强调文化价值的建立和保留、全民参与性与社会经济进步、民主制发展和巩固俄罗斯联邦完整主权之间不可分割的联系，表达对各民族文化合作及将本国文化与世界文化接轨的追求，即文化合作发展原则；第四，俄罗斯联邦各民族文化财富由俄罗斯联邦政府根据俄罗斯联邦各主体的报告而确定，根据俄罗斯联邦的立法采取一种特殊的保护和使用制度，即文化权利归属原则；第五，俄罗斯联邦的各民族和其他民族团体拥有保留和发展自己民族文化的特质，有权捍卫、重建和保留自古以来就有的文化历史环境，即民族文化自治原则；第六，促进开展能够提高人民生活质量、能够保留和发展文化的创作工作者的活动，即文化生产保障原则。以上六大立法原则，确立了公民在文化领域的权利与自由，为俄罗斯公民、团体自由的文化活动提供了法律保障，划分了联邦国家权力机关的责任与义务，明确了国家文化政策制定的基本原则及国家在文化领域的责任、国家财政支持文化事业、调整文化领域经济活动，以及参与国际文化交流的行为准则，为国家意志在文化领域的贯彻和执行奠定了基础。

总之，在市场经济和文化多元化条件下的俄罗斯文化立法基础彻底告别了苏联时期高度集中和统一的文化专制主义政策模式与制度，遵照意识形态导向原则、文化发展适应原则、文化效益最大化原则，充分体现了捍卫公民个体文化权利、保持各民族文化独特性、保护历史文化遗产、推进社会人文道德构建进程、增进国家文化认同和增强国家文化软实力的文化强国立场。

第二节 文化安全与文化强国的规划设计——《"俄罗斯文化"联邦目标纲要》与《俄罗斯国家文化政策基础》

如前所述，2000年普京执政初期所面对的俄罗斯时局，可谓矛盾丛生、危机四伏、百废待兴，这不仅表现为社会转型过程中的政局动荡、经济疲敝和国际地位衰落等，更体现为文化软实力衰弱、国家认同感低落、意识形态真空和文化事业发展迟滞。可以说，整个20世纪90年代的俄罗斯文化发展几乎处于停滞状态，政府疲于应付政治经济危机，无暇顾及文化建设，在盖达尔长达450页的社会经济改革计划中，几乎找不到与"文化"相关的词语。[①] 特别是1995年金融危机的影响

---

① История России 1945–2008 гг. под редакцией А. В. Филиппова. – М.: *Просвещение*, 2008.

更使整个国家文化事业遭受严重打击。1995年国家对文化部门的预算拨款比上一年减少了18%，1996年拨款额更是减少56%，政府不得不削减对文化组织及文化艺术界活动家的所有税收优惠。① 自1995年开始，除了工资、补助的费用，国家几乎停止了对文化领域其他方面的拨款，文化事业从业人员的工资仅为俄罗斯平均工资水平的62%，大量图书馆、博物馆和俱乐部工作人员按最低标准发放工资，生活窘迫，难以维持生计。据俄罗斯文化部统计，1995—2000年全俄音乐厅听众减少了大约60%，博物馆参观者减少了27%，戏院观众减少了38%。由于资金短缺，大量珍贵文化遗产得不到修缮和保护，大约11000座建筑受到不同程度的毁坏，许多具有代表性的俄罗斯珍贵文物流失国外。② 面对如此严重的文化危机，在普京直接领导下，俄罗斯政府作为国家文化事业管理的行政执行部门合并文化部和新闻大众传媒部，成立文化与艺术总统专门委员会并出台了一系列强化爱国主义、保护文化遗产的政策和措施，其中最重要的是《"俄罗斯文化"联邦目标纲要》(федеральной целевой программы "Культура России"，以下简称《俄罗斯文化》)(2001—2005年)，以及普京责成总统办公厅主任伊万诺夫牵头组织总统文化艺术委员会起草，于2014年正式颁布的《俄罗斯国家文化政策基础》。

一 文化大国复兴的总规划——《"俄罗斯文化"联邦目标纲要》

《"俄罗斯文化"联邦目标纲要》(以下简称《纲要》)是俄罗斯联邦政府2000年开始制定的国家文化发展战略规划纲要，是俄罗斯文化事业发展的指导性长期国策，堪称俄罗斯文化大国重建和实现文化强国梦的总体规划，集中体现了国家政策主体的文化意志。《纲要》的前

---

① Архивы России，1996.
② Государственное управление культурным строительством. 1992 – 2010 гг，http：//www.mkrf.ru/ministerstvo/museum/detail.php？ID = 274142.

身是《1993—1995年国家支持和发展文化纲领》和《发展和维护俄罗斯文化和艺术（1997—1999年）》，其重点针对社会价值观惶惑迷惘，爱国主义和道德之上精神失落，文化事业发展投资严重不足，优秀文学、电影和其他艺术门类作品发行低迷，文化遗产流失和破坏严重等文艺和文化领域存在的一系列问题，采用国家主体立项订购形式，通过招标竞标、财政拨款、社会融资和项目审核验收等环节实现国家对文化公共事业和文化产业的政策性投资，主要优先支持和保障体现国家意志的主流文艺创作、文艺教育，保护和利用俄罗斯文化遗产，加强建设文化机构和开展文化活动等，以此重点解决社会文化领域的突出问题，从而加强全俄统一文化空间基础建设，促进俄罗斯文化保护和发展。[1]《纲要》由俄罗斯文化部、通信与大众传媒部、出版局、档案局、艾尔米塔什国立博物馆、俄罗斯联邦电影基金会等部门联合制定，由文化部总体协调，预算纳入经济发展和贸易部及财政部制定的联邦年度预算草案。《纲要》基本遵循"新公共管理运动"所提出的文化行政规划原则，根据国情对21世纪俄罗斯文化发展中的各要素进行权衡、取舍和排列，形成了整体优化的战略部署，对其目标制定、具体任务、实施机制和效果评估等分别进行了规划说明。

在目标制定方面，《纲要》遵循"新俄罗斯理念"核心意涵提出了"保护俄罗斯文化的独特性，为公民平等获得文化价值创造条件，发展和实现每一个个体的文化和精神潜能；保障历史文化遗产的完整；保护和发展艺术教育系统，支持青年人才；专项支持专业艺术、文学创作；保障艺术创作和创新活动的条件；保证文化交流；在文化领域开发和应用信息技术；支持民族文化艺术创造者，推动其进入世界市场；更新文化和大众传播组织的专业设备；更新俄联邦的无线广播网"的总目标。[2]

---

[1] Федеральная целевая программа, "Культура России（2006-2011годы）", http://fcpkultura.ru/old.php?id=3.

[2] Федеральная целевая программа, "Культура России（2012-2018годы）", http://archives.ru/sites/default/files/186-prill.doc.

在具体任务方面,《纲要》从"文化统一性""文化教育传承""文化遗产保护和开发""文化现代化""文化信息化""国家形象推广"等方面进行了任务分解和分项投资支持,主要包括七大战略,具体如下。

第一,保护国家文化遗产。包括在集中资源用于保护具有特殊意义的物质和非物质文化遗产的基础上,有针对性地解决保障历史文化遗产完整性的问题。保护和修复教堂、博物馆、档案馆和图书馆等文化遗产设施;对具有国家意义的博物馆、图书孤本、档案文件和影片拷贝进行保护;对特别珍贵的档案、图书和电影资源进行预防性复制;确保联邦文物保管安全;维护和发展建设可以保障上述设施完整性及可以保证公民享受上述设施的永久性基础设施。

第二,促进俄罗斯文化整体统一性。包括在扩大各联邦主体权利的条件下,保护统一的文化信息空间、提升人民享受文化艺术的通达性,以及通过文化产品缩减人民文化生活方面的地区差异。

第三,保障民众享受文化信息资源的权利。包括增加可向公众开放的博物馆数量;提升戏剧、音乐会、展览的群众参与度;增加图书馆平均馆藏图书数量和读者数量;提升民族电影业在俄罗斯和世界市场的地位;为不同地区、不同社会群体的公民都能享受到文化和大众传播领域内的国家基础服务创造条件,形成统一的文化空间。

第四,培养和保护文化优秀人才。包括确保创作潜能的连续性、保护和发展世界知名的艺术教育的国家系统,以及支持青年人才。关注艺术节、竞赛、展览,以及儿童和青少年"大师班"等活动举办的数量;促使文化和大众传播领域优秀青年人才脱颖而出,并支持其在文化领域内的先锋创作和项目;防止优秀文化艺术人才流失;支持开展竞赛,举办节日庆典及其他文化活动。

第五,保障文化信息化建设。包括在广泛应用信息传播技术、装备现代设备和程序软件的基础上,采取措施改变文化领域的结构。鼓励在文化和大众传播领域研制、应用和传播新的信息产品和技术;发展基础设施，巩固其物质技术基础；建立包含历史和文化古迹信息的电子数据库，建立俄罗斯图书馆和国家电子图书馆名录。

第六，专项支持专业艺术、文学创作并增强其国际竞争力。包括专项支持专业艺术、文学创作，为激活文化交流创造新的机会，提高人民参与艺术和文学生活的程度。通过财政支持举办全俄不同民族和国际化的节日、竞赛和展览，支持拥有新思想和新方法的创作个体，支持文化首演；支持民族文化艺术创造者，推动其进入世界市场；支持俄罗斯国产电影发展；推动俄罗斯文化、艺术产品进入世界市场并在这个过程中采取相应的保护措施。

第七，塑造俄罗斯国际形象。包括加快俄罗斯文化与世界文化融合进程，提高俄罗斯参与世界文化进程的程度，拉近俄罗斯和世界文化的距离，借用外国解决其国家文化困难时的可行性经验。支持本国艺术家赴海外巡演和举办展览会，在主要的国际书展和洽谈会展示当代俄罗斯文学出版物，支持将俄罗斯作家的作品翻译成外文，积极开展宣传俄罗斯专业艺术、文化成就和各民族文化的工作。

在实施机制方面，为确保《纲要》稳定推进，俄罗斯文化部成立了专门委员会负责实施计划制定、融资投资、监督执行、效果评估、反馈修正等相关事宜。专门委员会通过制定程序确保有关纲要的实施，保障各项目标指标、监察结果、执行者参与条件，以及竞标胜出者的选拔标准等相关信息的公开性。为保证上述具体任务的有效实施，政府给予了强大的财力支持，《纲要》投资总额为3061.533亿卢布，其中第三期即2012—2018年的具体经费来源包括联邦预算1865.1357亿卢布、各联邦主体预算38.5898亿卢布、预算外资金24.9048亿卢布。经费支出情况为资本投资1154.9158亿卢布、科研经费9.1565亿卢布、其他需求764.558亿卢布。《纲要》强调多渠道筹备文化发展资金，提出文化发展进程必须吸引预算外资金，利用现行的市场机制，依赖国家、个人合作协同的方式予以实质支持。实施旨在保护和利用文化遗产、扩大区域文化吸引力和提高文化服务的质量的各项目时，所有权力机关、商业、科学和社会组织要有效互动。

为切实增强对文化政策的执行结果和信息反馈的监管力度，在2012年制定的《纲要》第三期中特别增加了效果评估环节，形成了详尽的《"俄罗斯文化"（2012—2018年）联邦目标纲要年度成果验收及分析报告》，充分体现了俄罗斯对文化政策促进国家文化软实力增强等各方面作用的研判和调控力度。这份评估报告围绕"提升国家文化竞争力""促进国家形象建构""实现多民族文化统一""激发国家文化发展活力"和"增进国际文化交流和推广"等核心指标，提出要重点评估《纲要》实施对于提升俄罗斯公民生活中的社会经济效益、提升民众的生活质量、巩固俄罗斯文化大国的形象、建立实现国家现代化的良好社会氛围等目标的达成度和契合度。具体评估内容包括：巩固国家统一的文化空间，在保障各民族自身独特性的同时对保护国家文化完整性起到促进作用；为创造活动、文化艺术服务和信息的多样性和可通达性创造良好条件；为促进俄罗斯文化与世界文化的融合、发展文化交流的新形式和方向创造良好条件；激活文化经济发展，吸引非国家资源；在自由市场的条件下保障青年艺术家的竞争力，包括其在国际市场的竞争力；在国民教育中促进青年学生的美育水平提升。[①]

二 文化安全的国家设计——《俄罗斯文化政策基础》

面对以美国为首的西方国家"文化帝国主义"的全面侵袭、苏联解体引发的意识形态真空的持续影响和历史造成的俄罗斯内部多民族文化冲突等文化安全威胁，俄罗斯加快了国家层面文化安全战略规划与实施的步伐，并于2014年12月24日由总统普京正式批准了《俄罗斯国

---

① Федеральная целевая программа, "Культура России（2012 - 2018 годы）", http：// archives. ru/sites/default/files/186 - prill. doc.

家文化政策基础》(以下简称《基础》)这一纲领性文件,从政治文化安全、语言文学安全和国民教育安全三个维度突出新阶段俄罗斯维护国家文化安全的战略重点。

政治文化安全是一个国家与民族文化安全的核心,是国民身份认同的基石,集中地反映了国家文化主权的牢固和稳定程度。苏联解体后,政治格局、社会体制和经济制度的激烈震荡造成民众思想意识和文化心理的矛盾和困惑,以美国文化为代表的西方商业文化裹挟着意识形态诉求严重冲击并分化瓦解俄罗斯的国家认同,使俄罗斯陷入民族精神与政治文化的危机。普京在2013年全俄文学会议上明确指出,在当今全球思想竞争日益白热化的情况下,如果不能保持俄罗斯文化艺术的生命力与独特性,以及国民对此的自豪感与认同感,那么必将影响团结的、公平的社会的培育,必将影响富有道德感、责任感、创造性及独立思维的公民人格的养成,从而无法确立全民族遵从的意识形态体系,也无法达成"俄罗斯复兴"的共同目标。

为此,《基础》将确保政治文化安全上升到增强国家认同和软实力的战略高度,提出从公民、民族、国家、世界四个方面强化国家意识形态和文化认同,全方位论述了构建政治文化认同的基本目标和框架。一是将俄罗斯精神、文化、民族的自我认同作为团结俄罗斯社会和制定国家文化艺术政策的基本目标,在激发民族文化潜力的基础上培养富有道德感、责任感、创造力的公民个体,增强国民凝聚力和民族自豪感,夯实俄罗斯复兴的文化基础。加快形成覆盖所有俄罗斯公民的高质量、社会性、现代化的国家免费文化服务体系。二是在保护各民族文化独特性的基础上,构建俄罗斯文化统一空间,以文化统一保障和巩固多民族国家政治完整性,促进跨地区文化协作的发展,弘扬俄罗斯民族文化传统,增强公民的国家认同感。三是将全人类共同的价值观与经过时间考验的俄罗斯传统价值观有机结合,巩固由爱国主义、强国意识、国家作用和社会团结构成的"新俄罗斯理念"作为国家认同的基础性地位,在精神文化领域构筑强大、统一、独立并遵循自身社会发展模式的俄罗斯。四是珍视俄罗斯文化在世界文化中的重要地位和价值，塑造良好的国家形象，确保俄罗斯在当今世界的文化大国的地位，与世界各类文明进行对话，引领不同文明之间的对话，增强大国复兴的文化美誉度和影响力。

语言是国家文化统一的基础和前提，文学是民族的血脉与魂魄。作为普希金、托尔斯泰、陀思妥耶夫斯基、契诃夫等文学巨匠的祖国，俄罗斯拥有丰富的现代语言文学资源，深刻影响了东欧中亚地区乃至全球。然而，苏联解体以来，伴随国力衰微和社会文化转型，特别是以好莱坞电影工业为代表的大众流行文化的严重侵袭，使得俄语国际地位衰落、掌握俄语的国民数量锐减、俄语写作困难等危机不断显现，俄罗斯国内出现"文学阅读衰退"现象。据俄罗斯文化部统计，2008—2012年有近40%的俄罗斯成年人根本没碰过书。

面对这一严峻局面，《基础》特别强调了俄语和文学作为俄罗斯文明存在形式的基础地位和促进国家统一的聚合作用，指出，"俄语构成国家的共同文化及人文背景，把我们连接在一起的是对俄罗斯文学的热爱和对其体现的道德精神价值及世界文明意义的深刻理解"。特别值得注意的是，在语言文学保护和推广策略上，《基础》展现出文化保守主义的鲜明态度。为了帮助公民提高对俄语的掌握程度，《基础》提出了支持出版经典的俄罗斯文学作品和研究本国文学史、保障对俄语标准语的当代形式研究的科学性和专业性、建立俄语科学院词典和电子语料库、丰富俄罗斯经典文学网络资源、设立俄罗斯文学年等任务和构想，其战略目标就是支持和扩展全球俄语群体，恢复俄语及俄罗斯文学的国际地位，保障国家语言文化安全。

对任何一个现代民族国家而言，民族精神和传统文化的延续传承主要是通过国民教育体系来完成的。面对国民文化教育体系滞后、文化教育工作者失业转行现象严重、文艺作品萎缩、专业艺术水准整体下降等问题，《基础》提出了国民教育在文化艺术领域的总体改革原则。

在国民教育方面，《基础》主张将一系列具有民族特质的道德准则和美学价值观传递给新一代，提出在中小学教学中增设培养儿童理解和创作艺术作品技能的课程，其中包括造型艺术、音乐艺术、口头艺术、戏剧艺术等内容，目的是使学生能够阅读并理解复杂的文本，掌握艺术的语言，理解伟大的音乐、绘画和戏剧所包含的文化信息，增强他们的形象思维、情感理解力，帮助学生培养文化品位、美学标准和价值取向，巩固学校、博物馆、图书馆、艺术馆、音乐厅、文化宫在国民教育和文化启蒙中的核心地位，保证公民个体的和谐发展。

在专业艺术教育方面，《基础》提出建立一个能够不断培育具有创作潜力的天才艺术家的系统和机制，确保国家文化创作潜能的连续性。预期目标包括为培养具有特殊天赋的儿童提供优厚的学习条件和物质支持；增加艺术节、竞赛、展览，以及儿童和青少年"大师班"等活动举办的数量；促使文化和大众传播领域优秀青年人才脱颖而出，并支持其先锋创作和项目；防止优秀文化艺术人才流失；增设青年文化艺术领域的国家奖，加强对青少年创意文化产业的支持力度；为电影创作提供更加有利的条件，支持儿童青少年电影、纪录片、科幻片、教学片，以及动画片的拍摄放映等。

总之，《基础》的出台标志着俄罗斯国家文化安全战略框架的基本形成，相信其将推动未来俄罗斯文化安全政策的整体实施。虽然其后续执行效果有待观察，但俄罗斯当前高度关注国家文化安全的战略眼光、保护民族语言文学典范价值的基本观念和提升国民文化教育质量的改革态度值得同样面临国家文化安全考验和担负大国复兴重任的中国思考、借鉴，更充分体现了俄罗斯政府对文艺和文化在增强国家综合实力方面作用的认识不断深化，相关战略思维和构想不断成熟。

第三节　文化安全战略的重要内容——当代俄罗斯国家文艺教育政策述评

文化安全是一个国家通过反渗透、反入侵和反控制来保护本国和本民族的文化建设和发展，保持、延续本国和本民族文化的性质和功能，使其不受威胁和侵犯的能力和状态。通过营造良好的内部和外部文化安全环境，防止其他国家的文化改变和重塑本国人民的价值观念、行为方式和评判标准已成为当今世界各国保护国家核心利益和提升软实力的基本共识。① 文艺以其在精神、情感、思想等方面的高度密集性和强烈感染力，一直以来在国家政治文化建构与意识形态整合方面扮演着重要角色，成为维护文化安全特别是国民教育体系安全的基本内容和关注重点之一。普京执政以来，面对美国等西方国家的文化入侵、俄罗斯国内的核心价值真空、文艺人才培养质量下降和文艺国际影响力较低等文化安全威胁，决定从扩大国民文艺教育普及范围和提高专业文艺教育质量入手，保护俄罗斯独特的文艺人才培育体系，颁布实施了一系列旨在弘扬俄罗斯民族精神、增强文化认同和保持文艺特色的相关政策，展现出鲜明的国家主义特征。本节拟在文化安全的视域下，评述普京执政以来的俄罗斯文艺教育政策的历史沿革、制定背景、核心理念和具体举措，以期为我国文艺教育及文化安全相关政策制定提供参照和借鉴。

---

① 胡惠林：《中国国家文化安全论》，上海人民出版社 2011 年版，第 20—25 页；张冀：《中国文化安全与意识形态战略》，人民出版社 2010 年版，第 15—18 页；沈洪波：《全球化与国家文化安全》，山东大学出版社 2009 年版，第 70—74 页；潘一禾：《文化安全》，浙江大学出版社 2007 年版，第 28—32 页；于炳贵、郝良华：《中国国家文化安全研究》，山东人民出版社 2007 年版，第 21—23 页；等等。

一 帝国建构基础与文化根性——俄罗斯文艺教育政策的历史沿革

作为文化立族的重要支点，文艺对于俄罗斯而言具有民族本质规定性的巨大意义，它不仅仅意味着一种审美形态和文化理解，更是渗透于斯拉夫人精神血脉中的弥散性的人生存在方式。在"亚细亚生产方式"下，俄罗斯长期处于"东方社会"形态，加之蒙古专制统治的嵌入性影响，从而造就了少数社会精英自上而下的社会治理方式和以感悟和想象等直觉感悟为主的亲东方思维方式。这两种方式作为文化基因沉淀凝聚于俄罗斯民族的集体无意识中，造就了俄罗斯特有的以东正教、专制主义和民族性为核心的"沙皇—贵族—平民—农奴"一体化的帝国思维。特别是自彼得大帝全面推行西化、开启俄罗斯现代化进程后，由于俄罗斯国民一方面缺乏自由主义的价值观启蒙，而另一方面又不得不接受自上而下的社会转型变迁造成的强烈冲击，因而俄罗斯的帝国政治文化思维首先诉诸感性世界，通过浓烈深郁的文艺审美形象传达俄罗斯人在现代化进程中的困惑思索和生存体悟，以及对现代化、全球化及民族性的独特感受，从而使文艺替代哲学成为建构和体现现代俄罗斯民族精神和国家形象的主要形态。[1]

因此，以文学、芭蕾舞、古典音乐、民族绘画、造型艺术、戏剧艺术和马戏等为代表的俄罗斯经典文艺形态成为整个俄罗斯民族精神现代化进程的内蕴承载和生命律动音符，普希金、果戈理、陀思妥耶夫斯基、托尔斯泰、爱森斯坦、斯坦尼斯拉夫、柴可夫斯基、夏卡尔、康定斯基、塔科夫斯基、乌兰诺娃等享誉世界的文艺大师及其经典的文艺作品成为俄罗斯国民自我认同的显性标志和国家形象传播的独特符号甚至代名词。俄罗斯文艺包含的帝国征服的大国思想、辽阔疆域的经验认识、村社共识的责任伦理、灵魂关怀的哲学深思、使徒献身的悲剧精

---

[1] 林精华:《民族主义的意义与悖论》，人民出版社2002年版，第132—134页。

神,以及弥赛亚意识的宗教情怀等最终构成了"俄罗斯理念"的核心内容和典型表达,其作为俄罗斯民族世代累积的集体无意识和审美乌托邦,深刻影响甚至决定着这个国家的历史道路选择和未来发展方向。正如陀思妥耶夫斯基在普希金纪念碑揭幕典礼上的演说所言,以普希金为代表的文艺巨匠是"新的指路明灯,照亮俄罗斯黑暗道路",他们通过文学文艺的杰出作品表现出不断发展的人民性,是最富有民族性的俄罗斯力量。[①] 正是由于文艺对俄罗斯民族具有不可替代的巨大价值主导力、文化吸引力和审美感召力,所以自彼得大帝以来俄罗斯帝国的历代统治者都将强化文艺教育视为维护政治文化安全、凝聚国家精神力量的重要手段,形成了独特的培养文艺人才和文艺普及的国家体系,展现出鲜明的帝国意识和文化认同等文艺政策特性。

18世纪初期,彼得一世在法国启蒙主义的影响下全力推进俄罗斯现代化,将欧洲古典文艺的引入视为俄罗斯帝国文艺振兴和民族富强的重要标志,将文艺教育作为整个社会形成崇尚公平正义、道德至上的理性能力的主要途径。他聘请西欧许多国家著名的文艺大师到俄罗斯进行交流和传授,并派俄罗斯本土艺术家赴欧洲深造。18世纪60年代,国家成立了圣彼得堡皇家美术学院和斯摩尔女校,重点培养国家政治精英——贵族家庭的后代的文艺素养和气质,从而开创了俄罗斯文艺教育的新纪元。以戏剧教育为例,彼得大帝时代穿插音乐剧和芭蕾舞剧等片段的"教学戏剧"就充分发挥了政治宣教的独特作用,通过这些演出,"俄罗斯观众对欧洲文学作品有了概括性了解,尤其是那些直接反映现实生活、人民的欢乐、英雄事迹和崇高情感的戏剧对俄罗斯人民的作用和影响都是很大的"[②]。

从19世纪上半叶开始,俄罗斯文艺教育进入以浪漫主义潮流为主的积极发展期。伴随1812年的卫国战争和酝酿中的贵族革命,国家主

---

① 童道明:《阅读俄罗斯》,上海三联书店2008年版,第178页。
② [俄] T. C. 格奥尔吉耶娃:《俄罗斯文化史:历史与现代》,焦东建、董茉莉译,商务印书馆2006年版,第176页。

义的高涨使这一时期的文艺彰显出对民族特性和国家历史的浓厚兴趣。格林卡、扎哈罗夫、普济连斯基、乌申斯基等许多文艺教育家在其音乐、美术、建筑等教育实践中均揭示了俄罗斯民族文艺创造能力的特性，以及文艺在精神人文教养中的作用。19世纪50年代，依莲娜夫人在米哈依诺夫皇宫首先建立了艺术沙龙和音乐教育班，柴可夫斯基就毕业于该校。1856年，著名工业家特列季亚科夫创建了闻名于世的俄罗斯民族艺术画廊——特列季亚科夫画廊，为收藏文艺珍品和开展文艺教育活动做出了巨大的贡献。1898年，尼古拉二世在米哈依诺夫皇宫建立了俄罗斯博物馆，成为俄罗斯第一座以收藏本国艺术作品为主的造型艺术博物馆。[①]

十月革命胜利后，为了巩固苏维埃政权的政治文化基础，改变人民群众的精神面貌和文化水平，列宁等布尔什维克党的高层领导人将扫盲、发展普通教育和职业技术教育、培养有专门技能的建设人才，以及发展科学和文学文艺作为主要任务，掀起了一场旨在对社会的精神生活和人们的社会意识进行变革的"文化革命"。其中，在文艺教育领域提出了"使文艺靠近人民，并使人民靠近文艺"的文艺教育言论，苏联各时期的党纲、党中央决议、部长会议决定、宪法、教育法、教育方案，以及一系列方针政策法规性文件，都对文艺教育在国民教育总体布局中的重要地位予以确认，形成了学者、教育家和艺术家在文艺教育领域协同合作的体系，有效促进了当代俄罗斯文艺教育发展。[②] 这一期间，为吸引劳动大众对戏剧、造型文艺、古典音乐的兴趣，国家专门组织了戏剧、音乐会的免费定向演出，举办讲座并免费开放美术馆；成立无产阶级文化协会的讲习班作为培养无产阶级作家、文艺家、演员的群众性学校，尤其是在国内战争时期，培养了爱森斯坦、佩里耶夫、亚历山德罗夫、阿菲诺格诺夫等一批苏联文艺家；1920年架上画画家协会

---

① ［俄］M. P. 泽齐娜、Л. B. 科什曼、B. C. 舒利金：《俄罗斯文化史》，刘文飞、苏玲译，上海译文出版社2005年版，第155—157页。

② 董毅：《俄罗斯当代音乐教育管窥》，《比较教育研究》2005年第10期。

建立了第一所苏维埃美术高校——莫斯科高等美工实习学校，学校的教育宗旨就是用艺术形象再现人与当代生产和政治生活的相互关系。

进入斯大林时期，文艺教育与文化高压政策的领导体制相适应，在社会主义现实主义文艺理论的指导下，确立了所谓"文艺真理"的垄断地位，个人崇拜和文化专制主义成为国家文艺生活的主旋律，文艺教育成了为政治服务的教条主义工具，其帝国意识的文化特性和教育宗旨达到了历史顶峰。赫鲁晓夫实施了"解冻"政策；戈尔巴乔夫上台后，对斯大林时代的苏联社会高度集权的一元化统治进行了全面改革，倡导以"民主化"和"公开性"为核心内容的"改革新思维"，将文艺政策和文化思潮全面放开，由于未认真考虑文艺在苏俄意识形态化的历史及其后果，社会主义现实主义原则遭受强烈质疑，文艺领域乃至苏维埃文化内部遭受剧烈震荡，导致了苏维埃文化从一元向多元发展的历史转变和强制撕裂，引发了苏联解体后到普京执政前国家意识形态真空的状态，俄罗斯文化安全及国民文艺教育面临空前危机。

二 西方文化侵袭与本土文艺式微——当代俄罗斯文艺教育政策的制定背景

文化安全是国家安全的核心，是国民身份认同的基石，集中反映了国家文化话语权和主导权的牢固度和稳定度。苏联解体前后，特别是叶利钦时期，在政治格局动荡和社会制度激变的强烈冲击下，俄罗斯民众的思想意识和文化心理深陷巨大的困境，以美国文化为代表的大众文化和商业文化裹挟着意识形态意图冲击并瓦解俄罗斯国民的政治文化心理，加之经济能力自主性衰落致使包括文艺教育在内的整个俄罗斯文化安全陷入危机。具体表现在以下三个方面。

（一）意识形态真空，文化安全壁垒岌岌可危

俄罗斯建立以后，原来占统治地位的社会主义政治文化迅速走向没落，西方自由主义思潮、欧亚主义思潮、保守主义思潮等你方唱罢我登场，轮番在俄罗斯政治舞台上宣传表演，或兴或衰，此起彼伏，但没

有一种成为主流意识形态。正如麦德维杰夫指出:"周围的一切都开始坍塌……但谁能给国家提供一种新的意识形态,领导国家进行革新和复兴呢?"① 在这样的背景下,俄罗斯民众的价值观趋向于多样化和分散化,整体上表现出消沉、悲观、冷漠的倾向。可以说,当时俄罗斯的政治文化处于一种混乱无序的分裂状态,"转型期俄罗斯政治文化一个相当突出的特点是行为失范与管理无序"②。政治文化的分裂致使国家意识形态和民族精神的一致性陷入困境,保持自身特殊意志及其控制权力的俄罗斯民族文化自足体面临瓦解危机,造成了民众普遍的心理紧张、价值失落与认同危机。

(二) 西方文化入侵,文化身份失落

苏联解体后,美国继续凭借覆盖全球的综合信息传播体系对俄罗斯进行文化扩张与渗透,通过大规模输出好莱坞电影、流行歌曲等娱乐业生产的文化产品,宣扬美国的意识形态、生活方式、价值观念和思维方式,特别在文艺领域实行"文化帝国主义"的殖民入侵,使俄罗斯国民"无意识"地认同和接受美国文化,造成弘扬爱国主义、民族精神和传统价值观的经典文艺陷入低潮。普京执政前,传统经典、高雅严肃的影视、音乐等文艺作品鲜有人问津。据俄罗斯文化部统计,1995—2000年全俄音乐厅听众减少了大约60%,博物馆参观者减少了27%,戏院观众减少了38%。③ 而电影院、电视台则大量播映美国好莱坞商业类型影片。俄语中出现大量的外来词,不少读物词汇斑杂、风格浮躁、言之无物、晦涩难懂。"文艺作品中非政治化、非意识形态化、讽刺性模拟、享乐主义、娱乐因素明显增强,轻松的题材和体裁、风格

---

① [俄] 罗伊·麦德维杰夫:《普京时代:世纪之交的俄罗斯》,王桂香等译,世界知识出版社2001年版,第354页。

② [俄] 尼·伊·雷日科夫:《大动荡的十年》,王攀等译,中央编译出版社1998年版,第1页。

③ Государственное управление культурным строительством. 1992 - 2010 гг., http://www.mkrf.ru/ministerstvo/museum/detail.php? ID =274142.

'秀'、色情表演和恐怖大行其道"①，维系国家文化安全的俄罗斯民族文艺纽带在剧烈冲击下显得异常脆弱。

（三）国内局势恶化，文艺人才培养质量下降

由于叶利钦时期政治的急剧动荡和经济的整体衰弱，从1995年开始俄政府停止了文艺领域除了工资外的其他拨款。俄罗斯联邦法规定全国预算的2％、地方预算的6％用于文艺事业，而实际上的拨款却不足预算的1％。在文艺教育领域，儿童艺术学校财政拨款严重不足，教师缺少应有的社会地位，造成师资大量流失，文艺人才培养受到严重影响。当时俄罗斯文化部与教育科学部统计，全俄罗斯儿童艺术学校财政经费缺口达70亿卢布。艺术类教师工资长期低于社会平均工资，而额定课时量则远高于其他普通教育机构教师，同时大多数教师学历层次较低而且整体队伍老化，其中达到退休年龄的人数占22％，半数教师已接近退休年龄，可见当时俄罗斯文艺教育师资情况的窘境。②《"俄罗斯文化"联邦目标纲要》（2001—2005年）总结了普京执政前俄罗斯文艺教育的困难程度："俄罗斯理应为自己的音乐、戏剧、歌剧、芭蕾等感到骄傲。但是目前表演文艺的总体发展水平下降了，专业文艺团体对于文艺人才的需求无法得到满足，培养质量下滑。当前国家文化政策的一个任务便是解决文艺发展的问题，这需要采取一系列措施和消耗相当久的时间。"③ 另外，我们也应指出，虽然经济衰退和政治动荡造成了普京执政前俄罗斯文艺教育及文化安全的重大危机，但俄罗斯的国家文艺教育体制、教育方法、教学大纲和主要教材得到了较好的保存，以艾尔米塔什国立博物馆、莫斯科特列季亚科夫画廊、彼得堡马林斯基剧院等为代表的文艺教育资源仍发挥着重要作用，这也为普京时期俄罗斯政府

---

① 贝文力：《转型时期的俄罗斯文化艺术》，上海人民出版社2012年版，第34页。
② 李迎迎、宁怀颖：《21世纪初俄罗斯艺术教育改革发展战略》，《西伯利亚研究》2012年第5期。
③ Государственная программа, "Патриотическое воспитание граждан Российской Федерации на 2001 – 2005 годы", http: //www. rg. ru/oficial/doc/postan_ rf/122_ 1. shtm.

实施一系列扶持和调整政策，传承文艺教育文脉，保护文化安全和保持俄罗斯文艺大国地位奠定了基础。

三 增进文化认同与保持民族特色——当代俄罗斯文艺教育政策的核心理念

面对西方国家文化侵袭和民族文艺精神衰落等文化安全威胁，普京具有清醒认识和深刻焦虑。他曾借用车尔尼雪夫斯基和赫尔岑的经典名篇直言不讳地指出："面对西方文化，我们越来越多地面临着文化弱势的境地，各种所谓的流行文化'快餐'给俄罗斯造成了严重风险。我们有可能将会失去自己的文化认同、价值核心和精神符码，而这一切将会以极端的方式削弱和破坏社会团结，致使俄罗斯文化溶解、失控，以及免疫力丧失。当前，我们要着力解决这个问题，我们仍要回答那两个经典问题——'谁的罪'和'怎么办'。"① 为此，早在2000年执政初期，他就提出"新俄罗斯理念"并将其确定为重建国家意识形态和主流文化的基本理念，意在通过弘扬俄罗斯历史传统，强化爱国主义，唤醒民族精神，拨正思想混乱，抵御文化侵袭，为推动俄罗斯复兴提供精神动力，其本质是一种以国家主权为立场，以国家权威为本位，以国家利益为中心的国家主义文化思想。在这一理念指导下，针对国家文艺教育的重大问题，俄罗斯分别于2005年和2008年出台了《俄罗斯艺术教育系统发展前景》（О перспективах развития системы художественного образования в Российской Федерации）和《俄罗斯文化艺术领域教育发展构想（2008—2015年）》（Концепция Развития Образования В Сфере Културы и Искусства в Российской Федерации на 2008—2015 Годы）两部指导性文件，并在《"俄罗斯文化"联邦目标纲要》（федеральной целевой программы "Культура России）（2001—2005年）

---

① Заседание Совета по культуре и искусству—Владимир Путин провёл заседание Совета по культуре и искусству, http://www.kremlin.ru/catalog/keywords/81/events/16530.

(2006—2011年)(2012—2018年)——这一俄罗斯文化事业发展国家规划中连续提出"保护俄罗斯文化的独特性,保障每一个公民的文化和精神潜能得到发挥"[1]和"实现既保留俄罗斯传统又符合当代需求的文艺教育系统和文化艺术人才培养系统的现代化"[2]的基本战略目标。进入总统新任期以来,普京在"新俄罗斯理念"的基础上加快了国家层面规划与实施文化安全战略的步伐,并于2014年12月24日正式批准了由他亲自授意、总统办公厅和总统文化艺术委员会负责起草的《俄罗斯国家文化政策基础》(以下简称《基础》)。这一新阶段俄罗斯维护国家文化安全的纲领性文件将实现国家认同、促进社会团结和保障教育安全确立为战略重点,从"保持俄罗斯文艺特性是决定国家未来正确走向的基础"和"青少年一代传承道德和美学价值观是坚守历史传统和民族精神的重要使命"两个方面强调了文艺教育在文化安全战略中的重要地位,提出"在焕发民族文化所有潜力的基础上培养富有道德感、责任感、创造力的公民个体,增强国民凝聚力和民族自豪感,促进公民对俄罗斯精神、文化、民族的自我认同,团结俄罗斯社会"的文艺政策总目标。[3]为此,《基础》分别从"提高国民文艺教育普及程度增强俄罗斯文化认同"和"提升专业文艺教育水平确保民族文化特色"的角度确立了今后一个阶段俄罗斯国家文艺教育战略的核心理念。

(一)扩展国民文艺教育普及程度,增进文化认同,构建统一空间

一个国家的文化是否处于安全状态关键在于其文化主权的实现程度,而文化主权实现的衡量标准则主要依赖于国民对其本国文化的认同度。特别对于俄罗斯这样的多民族国家而言,文化认同更是协调民族关

---

[1] Федеральная целевая программа,"Культура России (2006 – 2010 годы)",http://pravo.roskultura.ru/documents/118048/page15/.

[2] Федеральная целевая программа,"Культура России (2012 – 2018 годы)",http://archives.ru/sites/default/files/186 – prill.

[3] Указ Президента РФ от 24.12.2014 N 808 "Об утверждении Основ государственной культурной политики" (24 декабря 2014 г.),http://www.consultant.ru/document/cons_ doc_ LAW_ 172706/.

系、激发爱国情感、实现国家统一的前提条件。为此，普京提出构建俄罗斯"统一文化空间"（Единое Культурное Пространство），指出"在多民族的俄罗斯营造以共同语言、文学文艺和历史传统为基础的国家文化共存感，构建统一的文化空间"①。其目的就是让各族人民对俄罗斯传统文化价值精髓有一致的认识，其主要手段就是通过国民文艺教育在公民人格养成过程中强化爱国主义精神、增进文化认同、构建统一文化空间。正如普京所言："如果不能保持俄罗斯文艺的独特生命力以及国民对此的自豪感和认同感，必将影响社会团结和公平社会的培育，必将影响富有道德感、责任感、创造性及独立思维的公民人格的养成，从而无法树立全民族共同遵从的价值体系，也无法达成'俄罗斯复兴'的共同目标。"② 为此，《基础》明确提出："在全国中小学教学大纲中应当包含对儿童培养理解和创作文艺作品的技能，这是必需的，而不是作为附加部分。目的是理解俄罗斯伟大的音乐、绘画和戏剧向我们传递的文化信息，其重要性不亚于全面掌握俄语阅读并理解复杂的文本。"③ 从而超越公民个体人格养成的局限，将文艺启蒙上升到传承俄罗斯民族精神和构建核心价值观念的高度，维护俄罗斯的文化艺术主权。

（二）提升专业文艺教育体系质量，保持创造活力，彰显民族特色

要应对文化帝国主义的挑战和威胁，除了采取积极措施延续民族文脉、整合文化空间之外，更为关键的是凸显和提升本民族文化的独特个性和创新能力，通过创造独立的概念系统和文艺感觉系统来进行自我文化的发现和创造，这也是维护文化主权的根本策略。一直以来，拥有世

---

① Рабочая встреча с советником Президента Владимиром Толстым—В. Толстой представил Президенту проект Основ государственной культурнойпо литики，http：//www. kremlin. ru/events/president/news/20855.

② Российское литературное собрание，http：//www. kremlin. ru/events/president/transcripts/1966.

③ Рабочая встреча с советником Президента Владимиром Толстым—В. Толстой представил Президенту проект Основ государственной культурнойпо литики，http：//www. kremlin. ru/events/president/news/20855.

界领先的专业文艺始终是俄罗斯引以为傲的精神财富和绚丽耀眼的国家名片，也是俄罗斯国民强大文化自信力和精神创造力的重要源泉。而这与俄罗斯具有250年历史的完整成熟的文艺人才培养体系密切相关，这一体系不仅在国民教育中持续培养了青少年的文化认同，更直接实现了整个俄罗斯民族文艺感觉系统的创新与文艺创造能力的提高，有效保证了具有潜质的文艺人才从儿童阶段被发现并获得系统培养，使古典音乐、芭蕾舞、戏剧文艺、马戏等最具俄罗斯特色的经典文艺门类的生命力、创造力和感染力得以传承，使俄罗斯文化的民族特色和创造活力得以延续。因此，普京将文化艺术教育上升到国家安全的高度并予以重视，"没有俄罗斯文化，维护俄罗斯主权无从谈起！对于当前俄罗斯而言，文化和教育发展是延续历史基因和形成国家人力资本的重要因素"①。

面对投入锐减、人才流失和西方文化侵略造成的"专业创作人才作品缩减，专业文艺水准整体下降"的问题，《基础》提出了以下两项基本任务，一是在文艺人才选拔培养方面，建立一个能够专业发现和培育具有发展潜力的天才艺术家机制，保证俄罗斯文艺创作的潜能挖掘和传统延续。其中主要目标包括为培养具有特殊天赋的儿童提供优厚的学习条件和物质支持；增加文艺节、竞赛、展览，及儿童和青少年"天才班""大师班"等活动举办的数量；防止优秀文艺人才流失；增设青少年国家文艺奖，加强对青少年创意文化产业的支持力度。二是在专业文艺人才基础扩展方面，建立包括儿童艺术学校在内的文艺教育领域扩展系统，在这个系统中不仅培养未来文艺专业人才，同时培养所有有志于文艺学习的普通国民，即"国家文化政策要为保障文艺教育的高品质并且为那些不打算成为专业人士的孩子创造条件。对于年轻人来说能够自由选择古典或是现代的绘画、音乐及其他文艺形式应当成为其生活标准

---

① Заседание президиума Советапокультуре и искусству, http：//www.kremlin.ru/events/president/news/20138.

和生活方式。公民文化储备的高水平是专业文艺顺利发展的必要条件，也是国民创新能力的保障"①。从而使专业文艺教育与国民文艺教育形成相互促进的紧密关系。

四 国家主导下的民族经典传承与国际文化推广——当代俄罗斯文艺教育政策的实践特征

基于上述的当代俄罗斯文艺教育观念，普京执政时期，特别是2012年新任期以来，俄罗斯政府制定形成了以《俄罗斯联邦宪法》《俄罗斯联邦文化立法基础法》为立法依据，以《俄罗斯国家文化政策基础》（以下简称《基础》）等为法规政策基础导向，以《俄罗斯文化艺术领域教育发展构想（2008—2015 年）》《"俄罗斯文化"联邦专项计划》等政府文件为发展规划，以国家文艺奖、国际文化年为活动载体，以文艺类课程设置和教材编写为重要手段的文艺教育政策体系。这些政策以维护文化安全意志、重建文化大国为目的，在实践普京"新俄罗斯理念"的治国理念和文化安全观中体现出以下四点鲜明特征。

第一，以爱国主义和文化启蒙为核心，明确俄罗斯文艺教育作为公民教育重要组成的政治性。普京执政以来，俄罗斯特别注重将"新俄罗斯理念"的核心价值理念潜移默化地融入国民教育，实现国民文艺教育与爱国主义教育、公民审美道德教育的深度融合。《基础》明确提出，"将一系列具有民族特质的道德和美学价值观传递给新一代，在中小学教学中增设培养儿童理解和创作文艺作品技能的课程，发展他们的形象思维、情感理解力，帮助学生培养文化品位、美学标准和价值取向，巩固学校、博物馆、图书馆、艺术馆、音乐厅、文化宫在国民教育和文化启蒙中的核心地位，保证公民个体的和谐发展"②。从而在国家层面强

---

① Российское литературное собрание，http：//www.kremlin.ru/events/president/transcripts/1966.

② Российское литературное собрание，http：//www.kremlin.ru/events/president/transcripts/1966.

化文艺教育的意识形态塑造功能，促进社会团结稳定和道德建设，捍卫国家文化安全。

这种国家层面的文艺教育首先体现在中小学课程设置方面。现行的《俄罗斯国家文艺教育大纲》规定文艺教育课程为中小学校必修课程，要求丰富文艺课程的设置，鼓励学校和社会开办各种文艺教育形式的组织，并给予地方学校因地制宜开设文艺课程的自主权。①《俄罗斯普通教育国家教育标准联邦部分》规定在初级（小学）、基础（初中）和完全（高中）教育中，文学和艺术课程分别占总课时的24％、13％和10％，在课时上保证文艺教育贯穿国民教育的全过程。② 在公民教育方面开展全国范围的"俄罗斯文化启蒙运动"，强调"文化确定了俄罗斯民族的特点和道德追求，将公民的精神从普通的民众锻造成最伟大的领导者，如果没有伟大的文化，就不会有俄罗斯"③的国家主义文艺教育理念。"俄罗斯文化启蒙运动"的文艺教育活动主要包括在克里姆林宫举行民族传统文化展览会或艺术节活动；定期举行俄罗斯青年文艺学者竞赛、青年画家作品展览、摄影文艺展览等。④ 例如在《俄罗斯联邦公民爱国主义教育国家纲要》（2011—2015年）中就特别提出，由俄罗斯教育部、文化部、体育部等多部门联合举办青年文艺家研究和创作爱国主义题材的专题文艺节和建立"俄罗斯爱国者"现代创意青年联盟的规划项目，以此来促进青年一代的爱国主义教育。⑤ 2013年普京出席了以"弘扬俄罗斯文化艺术传统、保存历史记忆和青少年爱国主义教育"为主题的莫斯科复活节文艺节并

---

① 刘月兰、周玉梅：《培养具有艺术精神和艺术诗性的人——俄罗斯艺术教育及其启示》，《人民教育》2014年第10期。

② 张男星：《权力·理念·文化——俄罗斯现行课程政策研究》，教育科学出版社2006年版，第81页。

③ Выступление на церемонии вручения государственных премий в области литературы и искусства за 1999 год，http：//www.kremlin.ru/events/president/transcripts/24206.

④ 戴慧：《普京加快国家文化建设的构想、定位及实践》，《学术交流》2015年第1期。

⑤ Государственная программа *Патриотическое воспитание граждан Российской Федерации на 2011 - 2015 годы*，http：//archives.ru/programs/patriot_ 2015.shtml.

第三章 当代俄罗斯文艺政策与文化战略的基本形态

致开幕词。① 在日常文艺教育实践中，俄政府充分利用全俄丰富的博物馆、音乐厅、歌剧院、美术馆和画廊等文化资源作为文艺教育场所，并以此为依托举办大量全国性文艺教育活动。2011 年以来，俄政府组织安排了"贝加尔湖假日舞台"俄罗斯青少年业余戏剧文艺节、"21 世纪的歌声"全俄歌曲大赛、俄罗斯儿童民歌大会、"青年俄罗斯"工艺美术与创意美术大赛等全国性文艺节、文艺比赛和文艺展览共 78 场。② 在当下俄罗斯，教师带领学生到艺术馆、博物馆或著名作家故居等文艺教育基地进行实地考察、讲解文艺作品已经成为常态。

第二，以增强民族文艺生命力为核心，保持三层次文艺人才培养体系的延续性。《基础》指出："恢复已证实为有效的早期专业文艺创作人才的培养体系，在此基础上建立一个能够不断培育具有创作潜力的天才文艺家的系统和机制，确保国家文化创作潜能的连续性是当前文化政策的重要任务。"③ 这种三层文艺人才培养体系最初形成于 18 世纪下半叶的彼得一世时代，以彼得堡舞蹈学校、莫斯科教育之家的芭蕾学校、美术研究院等封闭性贵族艺术学校成立为主要标志，后经过二百余年发展逐渐建立形成了"儿童艺术学校—中等职业教育机构—高等职业教育"三层次一体化的艺术人才培养体系。这一培养体系的主要特点是以能够发现和培养具有特殊天赋的儿童，并能够保证其未来的专业文艺教育不受社会状况和居住地点影响为宗旨，以儿童音乐艺术学校、舞蹈社团、美术学校等专业教育机构的联通性和大众性为基础，构建自 5—6 岁至所有高等教育阶段的不间断文艺教育模式。正是这一教育模式使俄罗斯自现代以来始终保持着民族文艺的优良传统和世界领先的优势地

---

① 普京：《复活节提请关注精神价值观》，http：//rusnews.cn/eguoxinwen/eluosi_shehui/20130505/43759556.html。

② осударственная программа, "Патриотическое воспитание граждан Российской Федерации на 2006-2010годы", http：//www.businesspravo.ru/Docum/DocumShow_DocumID_101999.html.

③ Рабочая встреча с советником Президента Владимиром Толстым—В. Толстой представил Президенту проект, Основ государственной культурнойпо литики, http：//www.kremlin.ru/events/president/news/20855.

位，当前依旧在文艺教育发展中发挥着重要作用。据俄罗斯文化部统计，截至2010年在俄联邦境内共有74所文化和艺术大学，278所中等专业教育机构和大约5500所儿童艺术学校。在所有的教育机构中，有将近150万学生，其中在高校有95000人，在中等专业教育机构有7500人，在儿童艺术学校有130万人。文艺类教师148000名，其中高校专任教师有8500人，在中等专业教育机构有16500人，在儿童艺术学校有118000人。① 近年来为巩固这一教育模式，解决新时期面临的机构减少、师资短缺和教学质量下降等问题，俄政府在《俄罗斯文化艺术领域教育发展构想（2008—2015年）》中提出"继承和完善俄独特的文化艺术教育体制，保持文艺创作的生命力"②的目标，并以提高文艺教育体系的创新能力和现代化适应程度为核心采取了以下主要举措。

一是完善从最初级、中级到高级阶段，逐层发掘和选拔文艺人才的培养机制。以扩展塔基——儿童艺术学校、增量主体——中等专业教育机构和锤炼顶尖——高等艺术教育机构为方针，设立天才儿童国家奖学金和创意学校项目，利用世界优秀的文艺教育成就经验，不断深化和更新文艺教育的内容、形式、方法，深化对儿童和青少年的文艺教育方案并保存发展已形成的文艺教育理念，运用当代信息和技术手段着重培养文艺精英人才。俄政府曾预计到2018年学习文艺的儿童总数达到2011年儿童学生总数的12%。③ 二是提高文艺教师基本待遇。2011年时任总理的普京曾亲自命令俄文化部副部长阿捷耶夫尽快出台提高儿童艺术教师社会地位的相关政策。随后俄联邦文化部和财政部联合制定了儿童艺术教师工资新标准，提升后的艺术类教师工资超过了普通教育机构小学教师的平均工资。三是加强师资队伍培训力度。2008年文化部为保护

---

① Государственное управление культурным строительством. 1992 – 2010 гг, http://www.mkrf.ru/ministerstvo/museum/detail.php? ID = 274142.

② Концепция Развития Образования В Сфере Кулътуры и Искусства в Российской Федерации на 2008—2015 Годы, http://edu53.ru/np – includes/upload/2014/03/27/5068.

③ Федеральная целевая программа, "Кулътура России（2012 – 2018 годы）", http://archives.ru/sites/default/files/186 – prill.

儿童课余文艺教育召开了《21世纪俄罗斯儿童文艺教育和培养、现状和未来》的全国研讨会，参会者包括来自俄罗斯72个地区的教育机构和社会组织的领导者。2010年，文化部组织400名艺术类中等职业学校校长进修学习。此外，俄罗斯改革了艺术教师的进修培养体系，将中等教育机构教师培训专业目录从5个增加到13个；高校相关本科专业培训方向由12个增加到20个，硕士专业由12个增加到19个。[①] 四是设立文艺教育类专项国家奖，表彰文艺教育领域杰出人才。在普京的提议下，俄罗斯自2013年开始在原有文化艺术总统奖基础上增设了儿童和青年文艺总统奖，专项奖励在青少年文化艺术教育领域具有特殊贡献的专业人士。2014年3月25日，普京亲自在克里姆林宫为儿童和青年文艺总统奖的获奖者授予勋章并给每人颁发250万卢布的奖金，其中包括动画制作文艺家埃都阿尔特·纳扎洛夫、儿童画家亚历山大·特拉乌果特和儿童作家弗拉基斯拉夫·克拉比温。[②] 除此之外，文化部、教育部还联合设立了儿童艺术学校优秀教师奖、中学生与大学生文艺奖等，以激励和推动儿童和青少年文艺教育发展。

第三，以传承经典优秀作品为重点，突出文艺教材编写和教法改革的民族性。教材和教法是当代俄罗斯文艺教育的主要途径和价值载体，当前俄罗斯政府建立常设国家机构统一负责安排文艺教育领域的教学计划和方案，加强以民族传统和经典作品为主要内容的国家统一文艺教材建设，将大量俄罗斯民族经典性的文化艺术遗产融入教材和课堂教学，弘扬俄罗斯传统文化和民族精神，确保国家文化安全。主要采取三方面措施：一是增加国民教育中文艺类课程的课时，贯彻普通学校"一贯制"和"小班额"的文艺教育宏观模式。在已通过的俄联邦教育标准中，小学教育的课程减少了20.1%，中学教育的课程减少了18.2%，

[①] 李迎迎、宁怀颖：《21世纪初俄罗斯艺术教育改革发展战略》，《西伯利亚研究》2012年第5期。

[②] В Кремле вручены премии деятелям культуры и премии за произведения для детей, http：//www.kremlin.ru/news/20638.

但在普通学校的小学阶段增加了包括音乐、造型艺术和世界文艺赏析在内的一年制文艺教育课程，1—7 年级每周开设 2 学时的音乐课，2 学时的造型艺术课；8—9 年级每周开设两学时的艺术综合课；10—11 年级每周开设 2 学时的世界文艺课，从而充分保障学生接受文艺教育、培养文艺特长、发展文艺个性的基本权利。① 二是在国家统编的各类文艺教材中强化民族传统文艺内容，重点培养学生的爱国主义情怀和民族文艺精神。以最新的俄罗斯音乐文化教材《音乐》为例，这套适用于俄罗斯普通学校 1—9 年级的音乐课堂教学的综合教材，在低年级阶段就通过寓教于乐的方式，将俄罗斯勇士赞歌、柴可夫斯基的《睡美人》、普洛科夫耶夫的《灰姑娘》等民族经典音乐与民族文化紧密结合，让学生通过音乐了解俄罗斯民间传说和传统节日。在高年级单独开辟《俄罗斯——我的故乡》篇章，让学生认识俄罗斯经典作曲家，礼赞和歌唱祖国的土地。《丰富的一天》用音乐的方式让孩子们认识普希金的诗歌、博物馆雕塑、修道院等具有浓郁民族文化特点的典型内容。② 此外，俄罗斯古典音乐和戏剧是中小学音乐戏剧教材的主要内容。俄罗斯杰出文艺家的大量作品被编入教材，如肖斯塔科维奇的弦乐四重奏和协奏曲、柴可夫斯基的芭蕾舞剧《天鹅湖》《胡桃夹子》和歌剧《黑桃皇后》、格林卡的《为沙皇献身》、达尔戈梅斯基的歌剧《艾斯梅拉尔达》和《水仙女》等俄罗斯经久不衰的保留曲目，因为其中蕴含鲜明的民族特色和高超的文艺造诣，历来为俄罗斯音乐文艺教材所极力推崇，虽然经历多次改革，但其经典地位岿然不动。③ 三是在教学方法上采用对比、激励等案例法，注重培养学生关心和尊重本民族的文化观念。例如在学前教育中，通过大量符合儿童心理特点和文艺接受阶段的个人或集体的

---

① 黄作林:《俄罗斯当代艺术教育探微》，《重庆师范大学学报（哲学社会科学版）》2004 年第 5 期。

② 白雪:《在感悟音乐艺术中走向世界——新一代俄罗斯音乐文化教材〈音乐〉简介》，《基础教育课程》2007 年第 8 期。

③ 刘月兰、周玉梅:《培养具有艺术精神和艺术诗性的人——俄罗斯艺术教育及其启示》，《人民教育》2014 年第 10 期。

创作、表演、交流、评论等课堂活动，为学生提供丰富的审美经验和感性材料，使学生体验俄罗斯民族文艺课程的魅力，增强孩子对本民族文化的理解，受到民族主义和爱国主义的教育熏陶。①

第四，以文化年和文艺节等活动为载体，推进俄罗斯文艺教育的国际性。普京执政以来始终将文艺教育国际化作为文化外交战略的重要组成部分，通过全球化和网络化的国际传播平台和教育机构，以民族经典文艺为主要内容推广俄罗斯文化、铸就国家品牌、提升国际声誉，特别强调在继承和发扬民族特色的基础上放眼世界，在促进国家间文明对话和文艺交流的同时，着力宣传自身文化价值，激活民族精神资源，加快重建文化大国进程，增强俄罗斯的国家影响力和文化软实力。《俄罗斯文化艺术领域教育发展构想（2008—2015年）》提出"教育系统积极参与国际合作，参与国际相关科学研究，支持多元文艺流派，借鉴国外文艺领域先进经验，学习国外文艺杰出典范，扩大文艺教育系统的学术交流、人才流动，定期举办国际文化艺术巡演等活动，增加文化艺术教育服务出口比例"②等国际化发展战略。一方面，俄罗斯政府加快推进文艺教育领域加入博洛尼亚进程步伐，在改进教学方法、开展国际版权问题研讨、探索授予国际一体化联合学位途径、科学组织法律合作等方面整合全俄资源，为俄罗斯文艺教育融入世界开辟道路。③另一方面，通过与亚洲和欧洲等国家共办大量国际性美术、戏剧、音乐、造型文艺等演出活动，宣传和推广俄罗斯传统及当代的优秀文艺作品，提升文化软实力和竞争力，塑造俄罗斯文艺大国的国家形象。例如，在2013年年底颁布的俄罗斯国家文化年活动计划中，与青年教育相关的俄罗斯民族

---

① 张立新、曾菲、耿艳艳：《俄罗斯学前艺术教育的目标及其功能分析》，《外国教育研究》2012年第3期。

② Концепция Развития Образования В Сфере Културы и Искусства в Российской Федерации на 2008 - 2015 Годы, http://edu53.ru/np - includes/upload/2014/03/27/5068.

③ Основные направления государственной политики по развитию сферы культуры и массовых коммуникаций в Российской Федерации до 2015 года и план действий по их реализации, http: //www. mkrf. ru/dokumenty/581/detail. php? ID = 61208.

经典文艺的推广项目共有 15 项，占总项目的 12%，专项经费拨款达 6.68 亿卢布。主要活动项目包括"绿色理念"国际青少年音乐节、"俄罗斯套娃"传统民俗文化国际艺术节、"斯坦尼斯拉夫"国际戏剧节、"白夜之星"国际音乐节、"克里姆林宫的学生"年轻文艺家优秀作品全俄巡展等。① 这些活动由俄罗斯政府牵头，外交部、教育部、文化部、联邦通信与大众传媒部、联邦出版与大众传媒署、独联体等多部门组织实施，体现出俄罗斯在民族文艺国际推广方面的战略举措和重视程度。

对任何一个现代民族国家而言，本土精神的延续和传统文化的继承主要是通过国民教育体系和媒介宣传两大渠道完成的，文艺教育体系更是每个追求现代化的国家、团体和个人都能受益的社会管理机制之一。中俄两国同为寻求民族复兴的大国，当前面对来自西方"文化帝国主义"的意识形态同化、文艺话语权争夺和文化渗透遏制的危机，都将延续民族文艺血脉、维护文化经典价值作为国家文化安全战略的重要内容。当代俄罗斯国家文艺教育政策根植于帝国传统和民族文化之中，彰显着文化安全的战略意图，是一种以掌控国家文艺话语权为主要诉求，以突显国家主流文化权威为施政本位，以维护国家安全利益为最终目的治国理念，具有鲜明的国家主义特征。虽然其实践执行效果受到国内经费限制、政治思想分歧、文化思潮多元，特别是欧美自由主义文化观念等种种牵绊和限制而有待观察，但至少有以下两点经验值得关注。一是夯实文艺教育的民族美学根基，维护国家文化安全的战略眼光。普京提出将千年传统和现代精神相结合的"新俄罗斯理念"来统摄整体国家文艺政策和文化安全战略，其主要目的就是将国家主义引入文化领域，重拾民族文艺传统，提升文化自信，对抗文化帝国主义，重振俄罗斯雄风。以此为鉴，我国也应树立民族本位的文化政策理念，以中华优秀传

---

① Об утверждении плана основных мероприятий по проведению в 2014 году в Российской Федерации Года культуры, http://government.ru/dep_news/9379.

统文化为根、中华美学精神为灵魂，发挥文艺教育在维护国家文化安全方面的积极功能。其中，既要体现文艺教育在现代性语境下作为人文精神价值关怀的本质特点，更要坚定中国精神是社会主义文艺灵魂的科学论断，在文艺教育中应反思苏联时期文化专制主义和俄罗斯联邦建立初期自由主义的弊端，坚定习近平新时代中国特色社会主义思想的文艺观念，把握文艺教育的话语权和主动权，讲好中国故事，弘扬中国精神，凝聚中国力量，维护国家文化安全。二是以捍卫国家文化主体性为首要任务，在文艺教育中焕发民族传统文艺的时代魅力和创新力量。重建文艺教育与传统经典文艺间的血脉联系的前提是必须在全球化国际政治、经济和文化的新秩序和新格局中检讨审视传统文艺的价值和局限，坚持取其精华、去其糟粕、古为今用、推陈出新的态度，呵护滋润民族传统根脉，融合时代精神，创新文艺教育理念及与其相适应的培养目标、专业设置、课程体系，从而使我国文艺教育保持生机活力，以当代中国审美文化独有的意义元素、生命形态、精神气象、审美境界有力抵制来自西方披着消费至上、感官刺激和娱乐至死外衣的文化虚无主义和文化殖民主义的侵蚀。

第四章 当代俄罗斯文艺政策与文化战略的治理模式

当代的俄罗斯国家文艺政策与文化战略的基本模式虽然源于苏联时期和叶利钦时期，但是在国家体制整体转型和文化多元化的大背景下，特别是在普京"新俄罗斯理念"价值理念的主导下，当代俄罗斯文艺和文化活动都被纳入法律框架中，通过市场经济的资源配置方式国家实现对文化事业和文化产业的指导和调控。在实现意识形态重建、文化强国复兴和文化发展等国家利益的背景下，围绕"新俄罗斯理念"针对文化软实力提升战略进行了政策调整，形成了当代俄罗斯以法律法规为保障，以政策纲要为导向，以文艺奖项和文艺教育为辅助的基本文艺政策与文化战略体系，为实现和推进国家文化发展的整体战略意图搭建了体系框架，并在一定程度上有效实现了相应的文化发展预期目标。本章我们将系统考察当代俄罗斯在国家治理结构整体改造形势下的文艺政策和文化战略的历史基因、决策依据、基本原则和运行特征，从政策学角度勾画当代俄罗斯文艺政策从提议启动，到立场协调，到起草规划，再到实施反馈的决策过程，在多学科视野中论述当代俄罗斯文艺政策与文化战略的政治机理。

第一节 当代俄罗斯文艺管理和文化治理的历史基因

20世纪与21世纪之交，普京上台执政，开启了俄罗斯又一次由混乱走向秩序、由衰败逐渐恢复的历史过程。从普京提出"新俄罗斯理念"到俄政府实施"重建大国形象"的国家战略,文化治理始终是普京重振俄罗斯雄风的重要方式。据俄罗斯文化部法律政策信息库(http://pravo.roskultura.ru/)统计,普京执政以来,截至 2014 年,俄罗斯先后起草修改、制定了俄罗斯联邦文化、文艺类法律法规文件 7949部,其中基础艺术类 151 部、造型艺术类 3 部、电影艺术类 136 部、音乐艺术类 141 部、舞蹈艺术类 9 部、马戏杂技类 132 部、戏剧艺术类170 部、图书馆管理类 75 部、博物馆管理类 1183 部、民间文艺创作类15 部、历史文化遗产保护类 248 部、国际文化交流类 8 部、科技信息交流类 16 部,还出台了大批关于文化、文艺的国家政策文本。当代俄罗斯如此重视通过法律法规与国家政策来治理国家文化事业和文艺活动的行为,在当今世界十分独特却与俄罗斯民族共同体的传统密切相关。普京时期的文化法律法规和国家文艺政策有鲜明的"俄国化"特征。一是以"爱国主义""强国意识""国家作用"和"社会团结"[①]为核心的"新俄罗斯理念"构成的国家基本价值精神,与西方个人主义社会价值取向大相径庭。二是以国家主导文化领导权、掌控文化话语权、保障公民文化活动权利、保护俄罗斯民族文化遗产与民族文化特色的"主权民主"为立法原则,这与西方的"自由民主"明显相异。三是强调与俄罗斯联邦国家统一和民族团结的本质的联系,与西方国家的文化自治政策显著不同。这三个"俄式"特色都由"亚细亚生产方式"下的东方社会历史文化特征、中央集权与村社自治的二元国家结构和知识分子协同调整政治生态的社会文化治理这些历史基因所决定。

一 自上而下的社会治理方式与普京时期俄罗斯文化治理路径

在欧洲发展史视野中,与英法等西欧大国相比,俄罗斯长期处于社

---

① [俄]普京:《普京文集(2000—2002)》,中国社会科学院俄罗斯东欧中亚研究所编译,中国社会科学出版社 2002 年版,第 8—10 页。

会发展相对滞后、社会变迁比较缓慢的状态。自10世纪俄罗斯建国以来，既无西欧中世纪以商贸为主要经济形态、以共和中立为基本政治体制的自治城市，也无英、法、德、意等国在中世纪因共同经济利益、社会诉求和道德规矩而构成的具有较大社会影响力的行会行帮，古代俄罗斯社会主体由贵族与农民组成。13世纪由于俄罗斯已完全成为由东正教主导的国家，承担拜占庭帝国"第三罗马"的责任，与西欧渐行渐远，完全没有受到意大利文艺复兴运动的文化影响，也没有受到新兴资本主义社会的触动，社会发展没有产生现代性转型，始终是一个以小农生产为基本生产方式、以贵族与农民阶级为主要社会结构、以君主专制为国家政体的传统型国家。这样一种生产方式落后、政治高度集中、阶级结构单一的社会构架，缺少相对游离于政府之外的市民阶层。这种被马克思称为"亚细亚生产方式"下的"东方社会"是俄罗斯长期的社会历史形态，直到20世纪苏联十月革命前才得到真正的改变。俄罗斯"东方社会"历史形态决定了它必然采取由少数社会精英代表国家管理人民的自上而下的社会治理方式，这是俄罗斯不同于西方的特色之一，也是当代俄罗斯文化法律法规和国家文艺政策的主要治理路径与方法。

在历史上，俄罗斯精英政治的主体是贵族阶层，自上而下的治理方式与贵族阶层的社会定位、生活方式和文化特点密不可分。

从发生学角度看，最早的俄罗斯贵族源自散居各地、没有很大政治影响力的少数部族显贵，他们因不断占有以土地为主要资源的生产生活资料，而渐渐成为有一定社会地位、政治权力、经济资源和文化话语权的上层人士，被称为领主。公元10世纪左右，一部分领主入城参公，而仍居乡村的领主则成为治理乡村的乡绅长老。一方面领主必须为王公服军役，效忠大公，尽对国家的义务。另一方面领主拥有自己的采邑，并通过效忠王公，尽国家之义务而获得对自己采邑中农民的统治权。王公是基辅罗斯的封建主，而这些领主则是基辅罗斯的农奴主，他们成为俄罗斯最早的贵族，也成为俄罗斯早期封建社会的统治集团上层人士。

12—15世纪俄罗斯处于封建割据时期。基辅罗斯分裂成12个独立公国,有的公国进一步分裂成一些王公、领主的世袭采邑和领地。在封建领地上,王公、领主有征收租税、过境货物税及审判其领地上的农民等司法权。领主还可参公,成为杜马的高级公职人员,俄罗斯历史上的留里克家族、根基明家族、戈里岑家族、库拉金家族、罗曼诺夫家族、莫洛佐夫家族、萨尔蒂科夫家族、舍列梅季耶夫家族和谢英家族等都在不同时期左右着俄罗斯杜马。15世纪下半叶,杜马由参政人员为王公、领主的权力机构演变成直属于大公的最高常设政府机关,俄罗斯君主专制制度基本形成。

在俄罗斯贵族中还有一类军功贵族。军功贵族最早出现在12世纪末,他们都是王公、领主的亲兵和侍卫,属于自由差役,受王公、领主庇护却无人身依附关系。在13—14世纪,军功贵族又以服人头役、马匹役和兵器役为条件从王公、领主那里获得领地权。从14世纪起,王公又用土地赏赐军功贵族,伊凡三世就曾把他从诺夫哥罗德领主手中夺取的土地赐给他手下的军功贵族。俄罗斯的军功贵族与西欧贵族中的骑士阶层非常相似,是大贵族统治的基础和倚重的对象。他们也是俄罗斯最大的既得利益集团,他们中的大多数人就是后来遍布全俄各地,掌握各地实权的地主。军功贵族分公、侯、伯、子、男五个爵位级别,成为沙皇统治最稳定的社会基础,沙皇专制制度统治最有力的政治工具,也是沙皇控制王公领主贵族势力的主要力量。军功贵族必须从15岁起终生为国家和沙皇服役,同时还要承担纳税和向国家提供新兵的义务。彼得大帝规定,军功贵族中的三分之二服兵役并从列兵当起,三分之一担任政府文官,从文员做起,且文武差役均不设期限;直到1736年安娜女皇下令才将军功贵族服役期限缩短为25年,退休年龄定为45岁。至此,军功贵族成为国家统治阶层的主力,而王公领主贵族则成为参政议政的杜马政治势力。1785年4月21日,叶卡捷琳娜二世颁布诏书,予贵族占有农奴、土地、矿山、森林和水源的权利;在城市购买房屋、土地,投资建厂的权利。诏书以法律的形式确定了贵族除谋反沙皇的罪名之外，不受任何法律制约，贵族成为特权阶层。1809 年，亚历山大一世颁布法令，规定一切拥有侍从及少年侍从称号而未在军事或文职部门服役的宫廷贵族，必须选定实际服役的岗位。除了世袭贵族外，他们只有靠军功才能获得丰厚的俸禄，自幼就要为沙皇尽忠才能成为社会的主人，这使贵族成为沙皇专制集权、打击王公领主势力的基本力量。

俄罗斯贵族的形成与沙皇君主专制政治同构共行的历程决定了自上而下主导与管控国家成为俄罗斯社会治理的基本方式，被俄罗斯民族承认为共同的历史文化传统。从 862 年基辅罗斯诞生到 1905 年资产阶级临时政府成立，凡关涉历史进程的重大国事无不如此。862 年，留里克就任诺夫哥罗德王公，最终建立基辅罗斯；988 年弗拉基米尔大公宣布东正教为"国教"；1549 年伊凡四世在莫斯科召开了俄国历史上第一次缙绅会议，起用军功贵族担任法官，选举产生地方政府主官，效忠沙皇中央政府，直接对中央政府负责，确立俄国等级代表君主制度；彼得大帝推行西化改革，俄罗斯开启现代化进程；叶卡捷琳娜一世建成俄罗斯科学院，俄罗斯迎来近代科学；叶卡捷琳娜二世在打败土耳其和瑞典、瓜分波兰的同时引进法国启蒙文化，俄罗斯生成现代性思想文化；亚历山大一世击败法国拿破仑，俄罗斯被公认为世界强国和欧洲的保护者；1861 年亚历山大二世废除农奴制，开启大改革时代。考察俄罗斯历史，可以说凡重大国事的运行、社会治理的实施，俄罗斯基本都采用顶层设计、政府主导、层层推进的自上而下的方式。

由历史文化积淀形成的自上而下的社会治理方式在当代的显著表征就是自 2000 年以来俄罗斯形成了以总统为决策核心、以联邦会议为立法机构、以联邦政府及下设部门（包括文化部、教育部、通信与大众传媒部等）为执行机构的政治架构。按照现行的俄罗斯宪法，俄罗斯总统作为国家元首位居立法、执行和司法三权之上，其权力包括组成国家机构、确定内外政策、保障国家安全与社会稳定、创设法律，以及形成总统与总理共同领导政府的协作体制等。① 依据宪法，加之普京个人在执政过程中的强势姿态，当前普京是俄罗斯包括文化在内的各项事业发展的决策核心，对当代俄罗斯文化法律法规与文艺政策制定实施具有领导与决定权力，并通过联邦会议立法和政府部门实施等方式来实现权力传达、落地，主要体现在以下三个方面。

首先，总统拥有文化法律法规的制定和修改权力。按照宪法规定的程序，总统具有法律动议权，可向国家杜马提出法律草案，国家杜马通过的联邦法律要提交给总统签署和公布才能生效。总统有权签署或否决国家杜马通过的联邦法律。俄罗斯总统的命令和指示在俄罗斯全境必须执行。普京执政后曾多次就《俄罗斯联邦文化立法基础》等国家文化领域基本法律的相关条款向国家联邦会议提请修改并颁布实施。

其次，总统通过建立或组织国家文化机关、任免领导人或直接指示俄政府部门来推行文化政策。虽然俄罗斯政府作为执行权力机关具有相对的独立性，但依据宪法，俄罗斯联邦总统具有组成政府及相关部门的权力，总理在总统领导下工作，实际上是向总统负责。因此，普京实际上具有根据国家战略需要组建相关文化机构及任免文化部、教育与科学部等部长的权力，普京也经常直接向政府文化部门负责人下达指示以贯彻执行国家文化战略与政策。2014年4月1日，普京直接召见文化部弗拉基米尔·梅金斯基部长，就克里米亚地区并入俄罗斯后立即兴建博物馆、图书馆和档案馆等基础设施和开展俄罗斯语言文化教育等系列问题下达指示，为推动克里米亚实现文化回归、增强国家文化认同制定相关政策战略。②

最后，总统直接动议研究确定国家文化政策的基本方针并责成政府部门实施。一是主要通过协调制定《"俄罗斯文化"联邦目标纲要》

---

① 刘清才：《俄罗斯总统与总理的宪法地位与权限划分》，《俄罗斯中亚东欧研究》2008年第2期。

② Встреча с Министром культуры Владимиром Мединским，http://www.kremlin.ru/news/20672.

《俄联邦 2015 年前关于文化发展的国家政策的基本方向》（2006 年 6 月 1 日政府决议）、《俄联邦 2020 年前社会经济发展长期规划》（2008 年 11 月 17 日通过）等发展规划来协调立场、统筹设计、贯彻落实各项文化方针。二是在具体实践上，普京通过国情咨文、总统令和重要讲话阐述文化政策的基本方针。三是通过签署联邦宪法法律和联邦法律，以及书面否决联邦法律表达总统在国家文化政策问题上的原则立场。总之，普京时期俄罗斯文化法律法规和文艺政策根植于俄罗斯"亚细亚生产方式"下东方社会历史文化的深层土壤，文化法律法规与文艺政策依然采取由社会精英代表国家自上而下领导、掌控、管理文化与文艺的各项社会事业和活动的方式，社会治理路径与方式的历史基因并未真正改变。

二 民粹主义社会治理文化与普京时期俄罗斯文化治理核心理念

普京时期的俄罗斯文化法律法规与国家文艺政策具有强烈的统摄性特征，突出国家对文化与文艺的一元化要求，强调文化与文艺的人民主张，不讲究个体价值与趣味诉求，而具有极强的社会针对性和民众问题意识，直接体现政府当局的民粹执政理念与政权意志。这种文化法律法规与文艺政策深受俄罗斯传统民粹主义社会治理文化的历史基因影响。

在"亚细亚生产方式"下，俄罗斯社会由掌控土地资源、主导国家政治的贵族地主阶级与租借土地、依附贵族地主的农民阶级构成，而缺少以手工业者、商业者为主体的市民阶级，也就是资产阶级前身所谓的"第三阶层"。一方面是沙皇的集权制，另一方面是农民的村社自治。这种二元社会结构注定俄罗斯在近千年的社会变迁中将社会治理的重心放在调整贵族地主与农民农奴的现实关系上，将社会治理的重点放在解决占社会人口绝大多数的农民问题上。社会治理有极重的现实针对性、阶级功利性和统治策略性，国家的民粹主义极为突出。

农民问题是俄罗斯历史上最重要的社会问题,是俄罗斯社会治理的重中之重。解决农民问题的民粹主义方略造就了俄罗斯社会治理的基本历史模态。农民始终是俄罗斯社会的人口主体,随着中央集权的加强,俄罗斯农民的社会地位与自由程度逐渐下降。1497年伊凡三世颁布的《尤利节法令》还允许农民在每年的尤利节前后一周内完成地主的农活后,可以选择在其他地主的土地上劳动,但到伊凡四世1581年颁布《禁年令》时就完全禁止农民在尤利节的劳动转移。1592—1593年,沙皇政府在全国实行土地和户口登记时将凡记入地主名下的农民归为农奴,而自由人只要替他人做工达6个月以上便沦为奴仆。1597年的《追捕令》更严厉地规定逃跑的农民如果在5年内被找回仍归原主。1648年缙绅会议通过的《法律大全》在法律上确立了农奴制度。从这里可看到俄罗斯地主曾经对农民进行过绝对压迫与剥削,而反抗必然不可避免,如1607年10月,拉辛起义;1773年9月,普加乔夫揭竿而起。俄罗斯"现代文学的太阳"——普希金就将俄国农民起义领袖斯杰潘·拉辛、普加乔夫和彼得一世相提并论,认为斯杰潘·拉辛和普加乔夫这些俄国农民起义的领袖,充满了向往自由、平等的豪情和勇敢精神,他们领导了反抗专制压迫的斗争。① 普列汉诺夫也认为俄国近代史上所发生的一系列农民和革命者争取土地与自由的斗争是合理的,是代表俄国农民利益的。② 这些农民起义孕育了俄罗斯先进的民粹主义政治思想,哺育了俄国革命的先行者亚·尼·拉吉舍夫和十二月党人,客观上推动了俄国的社会进步和历史前进。

在解决农民问题的过程中,俄罗斯贵族为社会治理注入了大量的民粹主义文化内涵,拉吉舍夫、十二月党人、赫尔岑等就是典型代表。他们深切地关怀俄罗斯农民的历史命运,看到了西欧文化的先进性,同时深忧俄罗斯文化共同体特性的丧失。这种具有深刻矛盾性的民粹主义思

---

① 李玉君:《普希金与历史研究——兼谈〈普加乔夫暴动始末〉》,《俄罗斯研究》2005年第2期。
② 周芳、李典军:《普列汉诺夫的社会主义农业思想》,《科学社会主义》2008年第5期。

想使得他们在精神上矛盾多虑，在行动上手足无措，其结果是民粹主义成为一种更深邃的精神隐伏在俄罗斯的历史之中，成为时时刻刻都在影响社会治理的文化基因。

英国历史学家汤因比曾指出历史是由外部的挑战与内部的应战互动造就的，不同的民族、国家在历史的进程中有的重视外部挑战，有的关注内部应战。① 俄罗斯在历史上向来以农民问题为社会治理最大的国事，形成了立足民众现实、针对实际民生的民粹主义社会治理文化。这种民粹主义社会治理文化又成为当代俄罗斯文化法律法规和国家文艺政策的文化基因，也是其重要的文化特征。就普京时期的文化法律法规和文艺政策而言，如何解决由于国土面积辽阔、民族混杂众多、民众分散聚居造成的文化发展不均衡和民间文化遗产流失问题是普京执政后面临的最大挑战。

据统计，在俄政府全力推进的文化强国战略——《"俄罗斯文化"联邦目标纲要》（2001—2005 年）（2006—2011 年）（2012—2018 年）中，用于莫斯科和圣彼得堡两个城市文化发展的投资几乎占了联邦总投资的近 80%，这虽与两个城市的历史地位和战略价值直接相关，但也从一个侧面说明了俄罗斯当前地域、城乡文化发展及投资的不均衡性。为此，2014 年颁布的《俄罗斯国家文化政策基础》特别将"形成无社会地位差别、无民族属性差别、无宗教信仰差别、无居住地域差别，覆盖所有俄罗斯公民的高质量的、社会性的、免费化的国家文化服务体系，在享受文化价值和参与文化活动的权利时注重公民的地域和社会平等"作为未来俄罗斯文化发展的重要原则，并特别强调包括农村在内的"俄联邦文化空间统一是国家安全和完整的基础"②。同年，在俄罗斯政府颁布的《关于实施俄罗斯联邦文化年的活动计划条例》中特

---

① ［英］阿诺德·汤因比著，D. C. 萨默维尔编：《历史研究》上卷，郭小凌、王皖强译，上海人民出版社 2010 年版，第 66—72 页。

② Указ Президента РФ от 24.12.2014 N 808 "Об утверждении Основ государственной культурной политики"（24 декабря 2014 г.），http：//www.consultant.ru/document/cons_doc_LAW_172706/.

别增加举办"俄罗斯歌曲经典"传统民歌艺术节、"高地"民间传说国际艺术节、"罗斯工匠"全俄民间艺人节、俄罗斯传统民歌国际艺术节、"金戒指"民间工艺国际艺术节、"西伯利亚的世界"民族音乐和手工艺品国际艺术节、"俄罗斯套娃"传统民俗文化艺术节、西伯利亚和远东地区土著民族传统文化的国际艺术节等26项涉及民间音乐、民间文学、传统手工艺的农村文化宣传推广活动①，从而推动普通民众文化生活的开展，促进文化权利的均衡。

俄罗斯是一个有着丰富村落文化历史古迹的国家。目前，全俄共有24处世界遗产，其中包括15处文化遗产，其中大部分是与农村村落相关的物质和非物质文化遗产。然而由于资金短缺，大量珍贵文化遗产得不到修缮和保护，部分文化遗产处于危急状况。大约11000座公共建筑受到不同程度的毁坏，每年俄罗斯永久消失的古迹多达200处，许多具有代表性的俄罗斯文化珍品文物流失国外。② 面对如此严峻的乡村文化遗产问题，在普京直接领导下，俄罗斯联邦会议、俄政府采取了一系列保护文化遗产的相关政策。一是强调文化遗产保护的国家性原则。2006年颁布的《2015年前俄罗斯联邦文化和大众传媒重点政策实施行动计划纲要》明确提出取消联邦文化遗址和产权登记私有化，实行文化遗产所有权、开发权的公有化，国家拥有对文化遗址、遗迹进行监管和使用的权利、批准建立境内历史文化保护区和制定相关公共政策的权利、制定国家物质与非物质文化遗产维护和管理规范性文件的权利等。③ 二是确立文化遗产保护的工作考核目标。2008年颁布《保护与发展俄罗斯联邦民族非物质文化遗产纲要（2009—2015年）》，提出将乡村"民俗

---

① Об утверждении плана основных мероприятий по проведению в 2014 году вРоссийской Федерации Года культуры，http：//government. ru/dep_ news/9379.

② Государственное управление культурным строительством. 1992 - 2010 гг，http：//www. mkrf. ru/ministerstvo/museum/detail. php？ID = 274142.

③ Основные направления государственной политики по развитию сферы культуры и массовых коммуникаций в Российской Федерации до 2015 года и план действий по их реализации，http：//www. mkrf. ru/dokumenty/581/detail. php？ID = 61208.

民族志考察数量、非遗比赛获奖青少年人次、得到支持的非遗传承人数量、消费者对非遗服务部门的满意率、非遗承载人对国家支持的满意度等"作为考核指标,形成激励机制。① 三是加大对相关违法活动的惩处力度。2012 年,普京签署《俄罗斯联邦文化遗产法》修正案,增加了受保护的传统村落数量,次年签署《俄罗斯联邦行政违法法典》修正案,规定破坏文化遗产的行为最多可罚 6000 万卢布。②

可见,针对当前民众文化权利共享和农村文化遗产保护的现实问题,俄政府制定实施的相关政策采取了构建全俄统一文化空间,促进跨区域文化协作,保护民间艺术文化传统和增强公民国家认同感的具体策略,充分体现了普京时期文化法律法规与国家文艺政策中立足民众现实、针对民生问题的社会治理民粹主义的基本特征。

三 知识分子传统与当代俄罗斯文化治理机制

当代俄罗斯文艺政策与文化战略特别重视知识分子的文化引导功能,依靠知识分子的文艺建设作用、知识分子的话语实现文化合法性与文艺合理性,这是其社会治理机制的显著特征,而这一显著特征的历史基因正是在社会治理中知识分子承担协同调整社会关系重要责任的俄罗斯优秀民族文化传统。

在"亚细亚生产关系"主导下,"东方社会"中俄罗斯知识分子的文化功能、社会角色十分特殊。可以说,俄罗斯知识分子始终处于东方与西方如何选择、传统与现代怎样变更、上层与下层如何和解的社会基本经纬交叉点,这一现象最能反映俄罗斯政治体制、社会结构、价值体系、思维方式的特殊性。俄罗斯关于知识分子的定位始终有争论。"白银时代"著名文学理论家梅列日科夫斯基等认为俄罗斯知识分子产生于彼得改革时期,彼得大帝就是俄国第一位知识分子。而俄国思想家别尔

---

① 程殿梅:《俄罗斯文化遗产保护的理论与实践》,《民俗研究》2015 年第 1 期。
② 任力:《普京:古迹保护不力最多可罚 6000 万卢布》,《中国文化报》2013 年 5 月 28 日。

嘉耶夫和当代著名的文化学家、俄罗斯科学院院士利哈乔夫则不约而同地认为俄国知识分子的核心价值是俄罗斯自由思想和承担苦难的责任自觉。别尔嘉耶夫说："俄罗斯知识分子的始祖是拉季谢夫，他预见并确定了俄罗斯知识分子的主要特点。当他在《从彼得堡到莫斯科旅行记》中说道'看看我四周——我的灵魂因为人类的苦难而伤悲'时，俄罗斯的知识分子便诞生了。"① 著名民粹派理论家米哈依洛夫斯基则认为，俄罗斯知识分子是19世纪三四十年代以别林斯基、赫尔岑、车尔尼雪夫斯基、杜勃罗留波夫、皮萨列夫等为代表的平民知识分子，普列汉诺夫、列宁基本认同这一观点。在列宁看来，平民知识分子之所以被称为真正的知识分子，是因为他们在社会中能够最自觉、最坚决、最准确地反映并体现出无产阶级及其政治团体的利益和思想。俄罗斯知识分子诞生于彼得大帝改革，经历了贵族知识分子和平民知识分子两个重要发展阶段。

18世纪末至19世纪初，彼得大帝改革和叶卡捷琳娜二世时期的社会改革与思想启蒙的传播催生了俄罗斯贵族知识分子群体，他们由接受西方启蒙思想的贵族精英构成。彼得大帝改革促进了国家经济的发展和教育的世俗化，打开了民众认识世界及自我的新天地。教育对文化垄断的破除、人文精神和科学思想的传播，促进了俄罗斯社会文明的发展，同时也引发了许多重要的问题。在当时，思考俄罗斯实际情况的贵族知识分子意识到自身民族文化的落后，开始在政治、经济、教育、出版、科学等诸多方面进行改造俄罗斯的探索。叶卡捷琳娜二世在思想文化领域进一步与启蒙运动靠近，带动了整个俄罗斯再次向欧洲学习的热潮，同时也使一批贵族知识分子对俄罗斯西化产生深切的忧虑与强烈的不满，从此"西欧主义"与"斯拉夫主义"之争成为俄罗斯知识分子的宿命。而农民问题则是贵族知识分子普遍关心的重大社会问题，一方面俄罗斯贵族知识分子接受欧化教育，认为农奴制是不人道的，农奴应该

---

① Бердяев Н. А. Русская идея. Харьков－Москва，2001，С. 56.

获得解放；他们痛恨沙皇专制制度，从道德上批判农奴制，对农民深感怜悯与同情。另一方面他们又认为农民愚昧无知，需要救赎，然而现实利益又使他们一直以来无法从经济上脱离农奴制，不愿放弃农奴制。道德忏悔与利益驱动使得他们与农民之间形成一种"最病态、最被动"的关系，最终与普希金、屠格涅夫塑造的"多余人"的形象重合。俄罗斯平民知识分子形成较晚，在19世纪三四十年代后登上俄罗斯历史舞台。列宁认为："俄国解放运动经历了三个主要阶段，这是与影响过运动的俄国社会的三个主要阶级相适应的，这三个主要阶段就是：（1）贵族时期，大约从1825年到1861年；（2）平民知识分子或资产阶级民主主义时期，大致上从1861年到1895年；（3）无产阶级时期，从1895年到现在。"[①]平民知识分子与贵族青年有很大的思想与文化方面的差异，他们扎根于传统，受西方影响较少。与西化倾向较重的贵族知识分子相比，平民知识分子大多是积极的民粹主义者，对资本主义与资产阶级有天然的反感。别尔嘉耶夫说："揭露西方资产阶级的性质是俄国知识分子一贯的主题。"[②] 平民知识分子上受贵族蔑视下遭百姓责难。他们前途一片黑暗、现实无望、人生失落、压抑严重，他们的叛逆意识极其强烈。普列汉诺夫就曾说过，在平民知识分子中，"正教中学出身的人"曾经起了最卓越最激进的作用。[③] 他们有着与贵族知识分子相似的社会取向、宗教信仰、济世精神、忏悔意识，但与贵族知识分子不同的是他们有着高度的社会责任、道德意识，自觉担当"劳苦大众代言人"，有极强的改造社会的实践品质，力图通过自身的斗争与牺牲换取民众的解放。平民知识分子与民众特别是农民站在同一立场，是民众的思想者。为此，他们表现出了极强的救赎意识与牺牲精神，当真理与民众的利益相冲突时，他们甚至甘愿舍弃真理而选择民众。克拉夫钦斯基

---

① 《列宁全集》第25卷，人民出版社1988年版，第98页。
② Бердяев Н. А. Истоки и смысл русского коммунизма. М. 1990，С. 29.
③ ［俄］普列汉诺夫：《普列汉诺夫哲学著作选集》第4卷，生活·读书·新知三联书店1974年版，第14页。

就曾直言:"农民不要宪法,农民只要土地。"① 19 世纪 70 年代,俄国平民知识分子试图发动农民掀起反对沙皇的"直接革命行动",他们动员数以千计的大学生、医务人员、教师、经济学家和统计工作者离开城市"到民间去",从事民粹主义的革命宣传,仅 1873—1879 年,因"社会革命宣传"而受审判者就有 2500 人。

历史证明,正是由于知识分子群体在俄罗斯国家精神塑造和社会治理中有着不可替代的地位和作用,普京将协调知识分子关系、整合知识分子力量和利用知识分子的影响力作为社会治理,特别是国家意识形态建构的重要工作。普京执政前,原来占统治地位的苏联政治文化结构消散,社会民主主义思潮、国家主义思潮、欧亚主义思潮、保守主义思潮等充斥于俄罗斯政治舞台,或兴或衰,或强或弱,此起彼伏。知识分子群体更是四分五裂,各持己见,思想龃龉。针对这一局面,普京执政后,回归俄罗斯传统思想寻求价值支撑,提出集"爱国主义""强国意识""国家观念"和"社会互助精神"于一体的"新俄罗斯理念",试图以此再造国家主流意识形态,统一社会各派思潮,在市场经济条件下,通过设立文化建设项目招标采购、官方资助学术机构和民间文化团体、建立政府背景的文化企业等方式让知识分子整合社会力量,运用知识分子的文化合法性与话语权威性来实施文化法律法规中的社会治理国家文艺政策。就文学界而言,普京时期政治统率文学的局面已消除,原有的作家群体分裂,有以叶夫图申科、布拉托夫等作家为代表的"左派""俄罗斯作家联合会",以邦达列夫、别洛夫、拉斯普京等作家为代表的"右派""俄罗斯联邦作家协会",以亚·米哈伊洛夫等作家为代表的第三势力的"独立作家俱乐部",以及俄罗斯文学基金会、莫斯科作家协会、各州作家协会等众多作家团体。各派实力相当,分歧巨大,互不服膺。在创作领域,新现实主义、后现实主义、现代主义、后现代主义等

---

① 金雁:《文化史上的多面"狐狸":俄国贵族知识分子的特点》,《社会科学论坛》2012 年第 7 期。

新兴文学潮流不断涌现。在文学批评领域，文本批评、审美批评、社会历史批评、伦理批评、社会批评、文化批评等"百花争妍"。多元化文学创作风格、多样性题材体裁和多声部文学批评潮流构成普京时期文学界的总体图景。为了推动"新俄罗斯理念"在文学界形成共识，统一各派文学力量主动融入新型国家意识形态建构，普京煞费苦心，积极使用行政柔性调节手段，介入学术组织、文学团体、艺术组合等知识分子公共空间，对俄罗斯文学界施加影响，掌握文艺话语主导权，弘扬俄罗斯文学传统，重建文化强国。2013年11月21日，由普京授意、总统办公厅直接承办的首届俄罗斯文学大会在俄罗斯人民友谊大学举行，实现了自俄罗斯联邦成立以来各派文学力量的首次聚会。五百多位俄罗斯作家、诗人、翻译家、文学批评家、出版人、图书馆与博物馆馆员、戏剧界代表、中小学文学教师代表，以及苏联各加盟共和国、加拿大、澳大利亚、中国等国的代表参加了大会。普京参加大会并讲话指出，"在当今全球化思想竞争日趋白热化和20世纪末那场国家灾难所造成的后果还没有完全克服的情况下，如果不能保持俄罗斯文化艺术的生命力与独特性，以及国民对此的自豪感和认同感，必将影响社会团结和公平社会的建设，必将影响富有道德感、责任感、创造性及独立思维的公民人格的养成，从而无法确立全民族遵从的价值体系，也无法达成'俄罗斯复兴'的共同目标"①。普京这一讲话明确表达了注重文学的民族精神和意识形态建构功能，体现了团结凝聚国家文艺共同意志的政策导向。值得一提的是，大会特地邀请了列夫·托尔斯泰的玄孙、陀思妥耶夫斯基的重孙、普希金的玄孙、莱蒙托夫的玄侄孙、帕斯捷尔纳克的大儿媳、肖洛霍夫的孙子，以及索尔仁尼琴的遗孀娜塔利娅·索尔仁尼琴娜等俄罗斯文学史上的著名作家的亲属和后代，试图通过具有世界影响力的文豪巨擘的威望，在回顾和彰显"黄金时代"和"白银时代"的文学殊

---

① Российское литературное собрание，http://www.kremlin.ru/events/president/transcripts/19665.

荣中感召各派力量，团结在俄罗斯文学精神传统的旗帜之下，形成重建俄罗斯文化强国的统一格局。在此基础之上，2016年5月26日由俄总统办公厅负责组织筹办的"全俄语文协会"（Общество Русской Словесности）在莫斯科成立，协会聘请东正教全俄大牧首基里尔担任主席，世界俄语学会会长、俄罗斯教育科学院院士维尔彼茨卡娅教授担任副主席。该协会自称为1811年由著名启蒙思想家诺维科夫倡导建立的"俄罗斯文学爱好者协会"的继承者。协会旨在借助东正教和经典文学传统的双重社会影响力，"整合作家、评论家、教育家和社会各界力量，巩固俄罗斯语言文学在教育年轻国民方面的主体地位，构建统一的文化教育发展空间"①。普京在协会代表大会上重申："保护我们（俄罗斯）的语言、文学和文化是国家安全问题，是全球化条件下保持自我身份的核心……要将协会建成俄罗斯文学语言教育和学术工作的强大中心，实施《国家文化政策基础》的关键参与者。"②从上文可知，普京秉承俄罗斯高度重视知识分子群体公共空间话语权的历史传统，发挥知识分子在国家文化事业和文艺活动中协同整合社会关系的力量，突显出普京时期俄罗斯文艺法律法规与文艺政策的社会治理功能。

综上所述，"亚细亚生产方式"下的东方社会形态、沙皇集权与村社自治的二元国家结构的民粹主义传统和知识分子协同调整政治生态的文化形态是俄罗斯社会文化治理的历史基因，也决定了其基本特征。

第二节　当代俄罗斯文艺政策和文化战略的制定依据

对于俄罗斯来说，《2030年前俄罗斯联邦国家文化政策战略》的颁布集中体现了以普京总统为首的领导层对民族文化复兴和重建的迫切渴

---

① Общество русской словесности: говорят участники съезда, http://www.pravoslavie.ru/93696.html.
② Meeting of the Russian Literature and Language Society, http://en.kremlin.ru/catalog/keywords/81/events/52007.

望，也体现了对传统文化价值观、传统国家文化的推崇，可以透视出当代俄罗斯国家文艺政策和文化战略的制定依据。

一 政治视域下当代俄罗斯文艺政策和文化战略的现实原则

国家文艺政策和文化战略的实施反映了意识层面的战略。国家文化政策记录并反映了意识特殊体的出现，国家与文化的关系及社会文化活动本身作为意识突显出来。俄罗斯文艺和文化政策如一种现象出现在较早时期。对于俄罗斯来说，国家文化政策对文化生活的影响实际上出现于国家产生之时。国家政权代表者——基辅大公弗拉基米尔成为宗教改革的倡导者。他为了将国家政权和地方更紧密地团结在一起，以基督教文化代替多神教文化，通过"罗斯受洗"统一信仰。虽然伏尔加河流域的人民到了12世纪仍未完全接受基督教，而且传统民间信仰依然普遍流行，但是基督教对统一俄罗斯文化起到至关重要的作用。进一步说，俄罗斯文化的统一有力地促进了国家统一和政权稳固。

不同历史时期，文化政策的制定具有不同的目的指向性，同样也具有特定时期的属性、实质与作用。在两个超级世界体系争斗的"冷战"时期，国家文化政策最重要的作用是有效地影响社会意识。同时，不同文化之间的沟通会使文化扩散，文化发展模式差距缩小，且显现各国文化一体化趋向。

俄罗斯对于国家文化政策的理解也成为哲学家、法学家、立法者、文化进程组织和管理领域实践工作者的分析对象。[①] 对于俄罗斯来说，在政治、经济和社会状况复杂的情况下，无法发动社会各阶层广泛参与和完善文化活动。Н. И. 基亚山科曾描述过，"反常现象在于，没有国家政策，大部分人的文化生活仅限于如何解决精神生活保障问题和脱离

---

① См. , Арнольдов А. И. Введение в культурологию. -М.：НАКиОЦ, 1993; "Киященко Н. Политические акспекты самоорганизации в культуре" //*Теоретические основания культурной политики* - М.：РИК, 1993.

社会文化危机"①,为了完善常规文化的功能,培育民众的艺术观点和品位,需要正常的社会和经济生活条件,更需要政治的保证和支持。

二 当代俄罗斯文艺政策和文化战略的制定基础

就对现代俄罗斯国家文化准则的理解来说,大致有以下观点。一是文化应实现一定的社会功能,该功能为满足国家利益而产生。其中包括启蒙教育、素质教育、职业培训和日常生活熏陶等功能。二是文化创作活动与整个社会和个体结合为一个整体。这种结合是自发的、无意识的、某种程度上是偶然实施的,但必然与各种积极的文化成果相关。正因如此,社会和个人文化的协同作用在原始或传统民族中已然形成。"文化的延伸和文化活动向广大群众普及……正是在这种情况下,文化才成为人类活动的有力工具……越来越多的人参加文化生活,不仅使文化被汲收,而且推动它前进。"② 同时,随着文化理论和个人科学思维的发展,国家与独立的社会组织联合实施的文化政策目标为有针对性地组织社会和个人文化相互促进创造了条件。

俄罗斯国家文化的制定,既继承了传统宗教东正教的信仰崇拜,也来源于对历史文化的自信。从宗教角度来说,俄罗斯文化实质上属于一种宗教文化。东正教文化在俄罗斯文化中居核心地位。正如别尔嘉耶夫所说,俄罗斯人有其独特的精神特征,"俄罗斯民族,就自己的类型和灵魂结构而言,是信仰宗教的人民。即使不信仰宗教者,也仍然有宗教性的忧虑。俄罗斯人的无神论、虚无主义、唯物主义都带有宗教色彩。俄罗斯人即使离开了东正教,也仍然会寻找神和神的真理,寻找生命的意义"③。历经千年的积淀,宗教意识已经成为俄罗斯民族集体无意识的一个重要组成部分和俄罗斯文化的精神内核。俄罗斯国家始终贯彻宗

---

① Киященко Н. И., "Политические аспекты самоорганизации в культуре" // *Теоретические основания культурной политики* – М. : РИК, 1993. – С. 32.
② 干永昌:《谈苏联文化政策的理论基础》,《俄罗斯研究》1988 年第 4 期。
③ 梁坤:《末世与救赎——20 世纪俄罗斯文学主题的宗教文化阐释》,中国人民大学出版社 2007 年版,第 2 页。

教精神,东正教的思想核心就是对末世与救赎的深情眷恋。因此,俄罗斯文化对生命和世界的哲学探究有着浓厚的宗教色彩,并成为最深刻、最重要的俄罗斯思想的表达方式。鉴于此,俄罗斯也大力推崇东正教文化。"普京执政时期,'政府也投入将文化秩序强加给俄国无序的自由的斗争中,并试图遏制文化的明显衰退……要求所有的学校学习"俄罗斯东正教文化"'。1997—1999 年,国家开始在学校设置了东正教宗教课程。2002 年,政府颁布了有关神学专业的国家标准。2005 年起,开始在学校设置'世界宗教史课程'。目前,在小学 3—4 年级中开设有'东正教文化原理'的课程。"[1] 俄罗斯借助传统对东正教的信仰来提升民族凝聚力,以宗教的人文关怀来推动文化复兴。从对历史经典文化的自信来说,"俄罗斯作为横跨欧亚的传统文化大国,其独特民族性孕育了普希金、契诃夫、陀思妥耶夫斯基、屠格涅夫、马雅可夫斯基、康定斯基、拉赫玛尼诺夫、柴可夫斯基等世界文化巨匠,他们以无与伦比的艺术才华为世界文化提供了具有典范价值的宝贵精神财富"[2]。正是依托于对历史民族文化的自信,俄罗斯政府从国家政策层面大力推动文化的重建和发展。如在 2008 年,俄罗斯政府开始计划在世界各国树立普希金半身铜像。在 2014 年俄罗斯文化年开展纪念莱蒙托夫和屠格涅夫 200 周年诞辰的系列活动。2007 年,还推出了俄罗斯国家宣传片,"该宣传片以展现帝国历史、科技硕果、文化成就和辽阔国土盛景等为主要内容,集中呈现了包括托尔斯泰、柴可夫斯基、拉赫玛尼诺夫、门捷列夫、茹科夫斯基、切尔科夫斯基、邦达尔丘克等科学人文领域巨匠大师"[3]。俄罗斯政府借助对传统经典文化的宣扬,提升民众对传统文化的认同和自信,借以推动国家文化政策的实施和民族文化的发展。

---

[1] 刘英:《俄罗斯文化政策的转轨与启示》,《探索与争鸣》2012 年第 2 期。
[2] 田刚健:《普京时期俄罗斯文化外交政策与国家形象塑造》,《东北师范大学学报》2016 年第 3 期。
[3] 田刚健:《普京时期俄罗斯文化外交政策与国家形象塑造》,《东北师范大学学报》2016 年第 3 期。

三 当代俄罗斯文艺政策和文化战略的承传异变

历史上，俄罗斯国家文化政策的制定与政治紧密相连。现今，俄罗斯国家文化的复兴也是以政治为保证，以政治的导向为依托。很大程度上，可以说，国家文化政策为政治所绑架，是政府用以巩固统治、凝聚团结民众思想的有力工具。政治的变革、执政者的更迭决定了历史上俄罗斯国家文化政策的演变与异变。

对于俄罗斯民主化新时期文化政策的施行，可以从反观苏联时期文化政策的角度来理解。在苏联政权时期，在文化集权系统条件下，权力机构严密把握政策走向并监督文化发展。由于严密的监督和执政当局极力推广党代表大会制度，甚至将党代表大会制度扩展到文化生活领域，积极使用政治手段、社会意识和新闻监督文化发展。当年提出了不同理论问题，并进行讨论，但讨论常常与文化本身或者与文化相关的艺术（如艺术方法问题）相距甚远，这就导致了"艺术和文化本身内容和形式的枯竭和腐蚀"。

文化集权时期，苏联党和国家在文化领域的领导作用导致实际生活中民众脱离了文化活动的属性。文化被替换成多种政治和意识形态宣传的材料。社会生活所有领域的艺术"国家化"对个人内心世界的侵入在许多方面会导致特殊性的同化、中和和消失，以及个体创作受到抑制。著名的文化学者卢金·尤·阿曾评价行政管理系统变成了团体式的唯一现实，致使其他方面在任何领域中都无法掌控。俄罗斯形成了传统规范模式，上级解决任何问题，上级最后形成艺术指令，更能明确不仅禁止与个别作品存在关系，而且与确定流派、风格和创作集体（先锋队、泰罗夫剧院和梅耶霍德）没有任何关系。这无疑导致非正式的社会文化活动从正式的社会文化活动中脱离出来。非正式的社会文化以哲学、文学和艺术等形式在自身内部开始萌生新形式，这种新形式是在与毫无根据的机构严厉批判相抵触的抗议过程中产生的。俄罗斯这种情况在20世纪80年代中期前广泛存在于文化领域。

改革引发一系列激烈事件之后，随即产生变化，文化问题似乎又被引入国家和社会正式领域。一方面变成了政治交易和政治争斗投机的目标，因为对文化的关注，披上文化的外衣，使相应党派和运动的风格高贵起来，这种对文化的关注实质上是具有蛊惑性的；另一方面对政治党派和运动的实质性关注客观上推迟到了第二阶段，因为政治党派和运动不曾有，至今也不会存在支持国家文化和发展国家文化的必要手段。在很大程度上，这属于国家任务，国家不得不在领导层面解决更多实际问题，如削减国家财政支出、国家其他重要危机产生的政治任务。由此，在现代俄罗斯国家政治中，文化实际成为社会政治和其他问题中无关紧要的一项。

第三节　当代俄罗斯文艺政策与文化战略的决策机制

大体而言，影响当前俄罗斯国家文艺和文化战略决策的主要因素包括俄罗斯宪法和法律规定的国家根本意志和利益、社会转型期国家总体文化系统、总统和总理等主要决策者的个人文化倾向、国家主要文化利益集团和社会文化舆论、国际关系的文化格局。[1] 在这五大因素的综合影响下，当代俄罗斯文化管理形成了以信息保障、目标确定、协调立场、贯彻落实、反馈修正为主要环节的运作过程，国家决策机制中相应的负责部门会在每个运作阶段，根据决策者意图按照工作程序运作，在各流程的协同配合中完成文化决策的全过程。下面，我们结合正在向俄罗斯全国征求意见的《国家文化政策基础》法律、总统令、政府令等具体案例分析当代俄罗斯决策运行机制。

一　政策制定的信息采集和数据保障

信息的采集保障是俄罗斯国家文化决策机制的重要运行阶段。信息

---

[1] 胡惠林：《文化政策学》，山西人民出版社2006年版，第124—130页。

保障系统就像神经系统,把外部的需求传输给大脑。决策者掌握信息的质量高低决定国家决策的质量。当今世界各国在统一信息空间里的决策机制都追求信息来源的可靠性和多样化,以此保证信息的全面性和准确性。同时,信息空间中也必须存在有效的分析检测机制以抽选出关键信息,并实现信息在所有决策相关方之间的迅速交流和传递。这意味着信息不仅可以在国家权力机关内部通畅地传递,还可以在政权和社会之间通畅地传递,社会各界可以及时准确地将信息反馈给政府,俄罗斯国家决策机制也是如此。在当代俄罗斯国家决策机制中,国家领导人占核心地位,因此国家领导人的信息保障机制在整个信息空间中处于核心地位。普京总统的信息分析机构是总统的信息保障基础。普京总统的信息来源可以称得上是多样化的,其中包括国内文化领域专家的数据、普京自我判断、国内大众传媒和书籍、国外政治家的意见、文化部门的资政信息、各类智库的研究报告、国家领导人交换意见、线人的信息等。普京喜欢接收第一手信息,他经常同各级别领导人进行会谈。"如果说叶利钦在执政的最后几年,每周同各级别领导人进行三四次会谈,那么普京每周同各级别领导人的谈话次数是六七次。"① 例如与总理、文化部部长、杜马文化委员会主席等每月的定期会晤和紧急召见等。普京还从广泛的传媒途径获取文化信息,"尽量阅读所有影响世界舆论的重要信息,阅览所有通讯社的信息、评论、观点"②。同时他还注意通过与文化界名流定期交流会晤的方式获得信息,甚至以此为依据直接进行文化政策的筹划和决策。2009年10月7日在普京57岁生日这天,他特地去莫斯科的国立普希金博物馆,与文学界代表就俄罗斯文学的未来命运等问题进行了深入交流。交流中著名作家瓦连京·拉斯普京对他抱怨说,现在,俄罗斯年轻人更喜欢上网,而不愿意读书,电脑和互联网的出现破坏了俄罗斯文学的生存环境。对此,普京强调,互联网永远不会取代

---

① В. В. Путин, От первого лица: Разговоры с Владимиром Путиным. М., ВАГРИУС, 2000, С. 128.
② А. А. Дегтярев. Принятие политических решений. М., 2004, С. 234 – 235.

文学。他说："不只是俄罗斯存在这个问题，全世界的民众对读书的兴趣都在下降。但这并不是互联网的错，它只是一种新的通信工具，互联网本身永远不会代替文学。人类不能开倒车，我们应当从现实出发，正确应对这种现状。"接着，普京对在座的各位作家说："文学曾是俄罗斯的一张名片，但遗憾的是，俄罗斯正在失去'世界上最爱阅读的国家'的称号。目前，俄罗斯当代文学面临的最严重问题就是，人们对书籍的兴趣在减退。"正是怀着这份对俄罗斯文学现状的关心和忧虑，普京当场命令文化部和财政部设立专项国家奖金，帮助本国文学家的相关创作。2009 年 10 月 8 日，普京在政府主席团会议上要求俄副总理兼政府办公厅主任索布亚宁，在一个月之内向他详细汇报俄罗斯作家关于组建创作联盟和保护知识产权等问题的建议。①

二　文化战略的形势研判和目标确定

目标确定阶段的任务是制定文化战略规划活动的日程表，确定解决相关问题的优先顺序。该阶段需要明确国家的进一步行动方向，阐明国家在某领域的利益，并研究某领域问题的解决方法。国家文化决策活动的日程表由政治家认为有必要在一定时间里对其作出反应的某些要求构成。一般政治学家认为，"理想的民主目标确定过程应是，社会某个群体（倡议群体）发现了问题，他们通过诉诸法庭或借助传媒的手段表达这个问题，倡议群体提出的这个问题引起了社会的关注，该问题被列入日程表"②。日程表是指根据国家在某领域的行动战略而具体细化的行动方案的总和。俄罗斯政治现实表明，制定国家日程表是一个非常复杂的过程。具体而言，俄罗斯国家决策机制的目标确定分为战略目标确定和战术目标确定两种。战略目标确定主要由总统办公厅、安全会议等总统决策班子执行。各种文化立法基础法、文化发展总体原则和总统国

---

① 《普京欲促俄罗斯文学重振雄风》，http://money.163.com/09/1010/08/5L8GV76R00253B0H.html.
② А. А. Дегтярев. Принятие политических решений. М.，2004，С. 232.

情咨文由总统决策班子在总统授意下负责草拟,草案有时会提交社会讨论,最后经总统令签署生效或提交给国家杜马审议通过。战术目标确定主要由相关国家权力机关根据相关工作程序执行,例如文化部负责制定文化战略发展纲要、具体文化事业和文化产业发展的年度计划和预算报告等。虽然各种社会机构可能对战略目标确定产生影响,但普京总统的意见在目标确定中仍居主要地位。以《俄罗斯国家文化政策基础》(*Основы Государственной Культурной Политики*)为例,在总统第二任期初期,普京在综观国内外形势和广泛征求各方意见的基础上,经过个人预判,形成了以构建俄罗斯统一文化空间和增强文化软实力为主旨,加快推进国家层面文化政策制定和指导的战略思考。他在2012年9月25日召开的新一届总统文化和艺术委员会成立会议上指出:"我们必须承认,俄罗斯文化正在受到来自各方面的各种威胁。当代人常常忘记,文化是我们生活的重要组成部分,文化环境的质量直接关系到我们的当下生存状态和孩子们的未来。丰富多彩的俄罗斯历史和文化不仅是我们民族精神的主要依托,更是凝聚所有俄罗斯人的精神力量。我们必须注意到这一点,并应有效地利用其人道主义资源,在吸收和创新中提高我国文化传统、语言和文化价值观的国际影响力。"[①] 他在国家战略层面指出在全球化趋势下俄罗斯文化发展和国际传播的重要性及主要途径,为构建国家层面的文化政策基本原则奠定了思想基础。2013年10月2日,普京再次主持总统文化与艺术委员会全体会议,专门讨论国家文化政策在加强国家统一、传承民族文化和增强俄罗斯公民身份认同方面的作用,研究文化领域公共政策的优先顺序和原则定义。[②] 2014年2月3日在普斯科夫举行的总统文化艺术委员会主席团扩大会议上,普京责成委员会在总统办公厅直接领导下起草俄罗斯《国家文化政策基础》。[③] 会议上普京称,文化政策在巩固俄罗斯的威望和影响、捍卫国家领土完

---

① Meeting of Council for Culture and Art, http://eng.news.kremlin.ru/news/4443.
② Заседание Совета по культуре и искусству, http://www.kremlin.ru/news/19353.
③ 《俄罗斯筹建"国家文化政策基础"项目》,《中国文化报》2014年2月20日。

整和主权方面起着重要作用。如果没有文化,就不会理解何为主权,不会理解奋斗的目标和意义。国家文化政策应覆盖生活所有方面,应有助于保护传统价值观,巩固与国家的精神纽带,增强人与人之间的信任和公民对国家发展的责任感。文化艺术委员会主席团主席马特文科认为,这一框架草案同时也将是一个法律草案,俄罗斯联邦和地方的立法者都应重点关注有关俄罗斯文化政策方向的问题,改善立法程序、提供法律保障。至此,普京将文化政策提升到国家安全和民族精神延续的战略高度,正式确定了制定国家文化政策的基础。

三 文化决策的立场协调与步骤探讨

协调立场阶段的主要任务是促进相关部门协调有序工作。苏联解体后,俄罗斯缺少协调机制。由于各部门之间关系松散,又没有苏共这样的执政党作为纽带,俄罗斯需要建立一个有威望的机制以协调各部门的立场和工作。鉴于当代国家治理结构的变迁,为保障总统权力和垂直管理的行政效力,当代俄罗斯的重大决策的立场协调基本由普京本人或总统办公厅完成,协调方主要包括俄联邦总统、俄联邦政府、联邦政府部门、联邦主体法律机关、地方自治机关负责人、社会团体、相关领域名流等。[①] 例如:为协调各方立场来制定《国家文化政策基础》,2013年4月23日普京在会见总统文化顾问弗拉基米尔·托尔斯泰时表明制定文化政策整体纲要和原则的基本态度。他强调:"文化是民族的主要联系纽带,至于'民族'一栏写的是什么并不那么重要。重要的是一个人对自己的身份认同,他认为自己是谁,从童年开始对他培养了哪些主要原则,他在什么环境下受教育,他在伦理道德层面侧重于什么。在这个意义上讲,营造统一的文化空间对我们来说很重要。"[②] 正是在这次

---

① Федеральный Закон от 15 декабря 2010 года *О безопасности Российской Федерации*. Статья 6.

② 普京:《在俄造统一文化空间 培养国家身份认同感》,http://world.huanqiu.com/exclusive/2014-04/4979348.html。

第四章　当代俄罗斯文艺政策与文化战略的治理模式

会晤中，普京确定成立这项有关建立国家文化政策框架计划的专门工作组，聘请著名文化学者弗拉基米尔·托尔斯泰为《国家文化政策基础》的总顾问，提出除了文化艺术工作者、教育工作者和新闻工作者之外，各政党、社会组织和文化艺术的资助者们也应参与其中。在各方协调和积极讨论下争取于2014年4月将草案提交给俄国家杜马审议。① 此后，总统办公厅主任谢尔盖·伊万诺夫分别于2013年9月和2014年1月主持工作组会议以协调各方对《国家文化政策基础》草案进行讨论审议。② 在协调会上，俄罗斯总统文化艺术委员会主席团主席马特文科认为，这一框架草案同时也将是一个法律草案，俄罗斯联邦和地方的立法者都应重点关注有关俄罗斯文化政策方向的问题，改善立法程序、提供法律保障。他同时提出要从法律层面保障慈善机构、彩票基金等其他融资手段参与文化发展的可能性。国家杜马主席谢尔盖·纳雷什金也认为国家亟须改善法律和立法程序，建议让更多人参与文化立法及培训工作。③

四　政策措施的执行贯彻与具体落实

贯彻落实是文化政策决策后将通过的相关决定运用到实际活动中并获得预期结果的阶段，也是决策运行过程中最重要的阶段，负责贯彻落实国家决策的机构主要是权力执行机关。贯彻落实过程包含了国家执行权力机关一系列连贯的、有计划的具体措施和行动。为纠正俄罗斯长期以来行政效率低下的沉疴痛疾，普京执政以来推行了包括精简机构、减员增效、强化监督等手段在内的大规模行政改革，力图建立系统的执行机制。2004年俄罗斯启动了重组国家执行权力机关的工

---

① 普京：《正在起草国家文化政策项目框架计划》，http：//russia. ce. cn/cr2013/yw/201402/20/t20140220_ 2340534. shtml。
② Заседание рабочей группы по разработке проекта Основ государственной культурной политики，http：//state. kremlin. ru/face/20667。
③ 普京：《正在起草国家文化政策项目框架计划》，http：//russia. ce. cn/cr2013/yw/201402/20/t20140220_ 2340534. shtml。

作。首先是建立三级执行权力体系，即联邦部，负责制定某个领域的政策（纲要、计划、联邦专项纲要、预算），通过标准法案，落实国际合作（谈判、国际条约和协议）；联邦局，履行落实和监督职能；联邦署，负责管理国家财产、落实国家纲要和提供国家服务。部门和政府成员的数量减少（减少至15个部门和18个内阁成员），联邦局规模扩大，联邦署的数量增加。[1] 其次是加大行政部门纪律执行力度。政府办公厅研制并运用新型电脑软件以显示各部门对于总统委托项目的工作进展情况。近年来，俄罗斯国家决策机制的执行能力有所提高。俄罗斯总统办公厅2010年的统计数据表明，2021年俄罗斯执行权力机关的执行效率明显提高。俄罗斯政府年执行的总统指令3762项，比上一年多出32%。再次是强化政策宣传，加大社会监督的参与力度。普京执政以来，政府执政的透明度不断加强，特别是实施文化年和文学年以来，俄罗斯政府网站每年都要向社会公布国家文化发展活动计划，其中包括决策原因、活动内容、具体落实部门、预算情况等，年终政府下设的国家文化发展董事会还要听取各执行部门的落实和决算情况，并向社会公布。例如2013年12月28日，俄罗斯总理梅德韦杰夫签署法令，确定了俄罗斯文化年主要活动计划。计划包括2014年国家的125个主要文化活动，其主要执行者是文化部、俄罗斯联邦通信与大众传媒部、俄罗斯联邦独联体事务、华侨和国际人文合作署和俄罗斯联邦出版与大众传媒署，还有俄罗斯各主体政府机关。《2014年俄罗斯文化年主要行动计划》公示了全年俄罗斯国家文化和教育活动，其中包括当代艺术开发、文化遗产保护、电影扶持项目、国家传统节日和民族文化项目、俄罗斯人民传统文化保存和发展活动的音乐项目、青少年艺术潜力和创造力支持项目、展览活动和创意项目等，总预算达59.698亿卢布。[2]

---

[1] Указ Президента Российской Федерации от 9 марта 2004 г. №11. С. 2605 – 2620.

[2] Об утверждении плана основных мероприятий по проведению в 2014 году в Российской Федерации Года культуры, http://government.ru/dep_news/9379.

五 政策实施的效果反馈与修正调整

反馈修正阶段在国家文化决策机制中的主要任务是保证决策执行效果的最优化，同时也是政策实行后的效果评估环节。该阶段的主要参与者是公民社会机构。普京在2000年国情咨文中提出，很多政策失败的根源是公民社会的不发达和政权没有学会同社会进行对话和合作。国家发展在很大程度上依靠负责任的公民、成熟的政党、成熟的社会组织和服务于民众的大众传媒。[①] 普京采取的具体措施是建立总统垂直权力体系内的"公民"机构，如总统文化和艺术委员会、完善法庭委员会、科学技术教育委员会、总统团体互动委员会、政府理事会、燃料能源综合体理事会、军事工业理事会、农工综合体理事会等。普京从执政开始就大力扶持亲政权的利益集团、智库、大众传媒等公民社会机构，并将其纳入总统可控的垂直体系，加强国家对社会的控制。但是由于俄罗斯的政党没有稳定的社会基础，政党和议会不承担代表社会多元利益的职能，政权大力扶持的统一俄罗斯党在国家杜马中占据三分之二以上的席位，反对派的声音基本被埋没，加之公民社会机构尚不成熟，还无法影响和制约国家决策，因此当前俄罗斯仍未形成机制化的有效反馈渠道。为此，普京本人也处于矛盾状态，一方面垂直国家治理体制使得决策效率得到提升，而另一方面也造成信息反馈渠道的单一和修正规划的反应迟滞。因此，在第二个总统执政期伊始他反思强调，"我相信政府机构的工作必须是开放的。各公共组织应共同努力对包括我们总统文化艺术委员会和其他总统委员会管理的各种问题提供反馈，帮助协调各种专业和社会群体的利益。我们可以创建一个网站，一方面展示我们实施指令的进展情况，另一方面加强信息委员会的工作力度。我建议总统文化艺术委员会应当成为这一领域的先驱，吸引更多公众和专家参与国家文化建设，对大众感

---

① В. В. Путин, Государство Россия: Путь к эффективному государству, 2000.

兴趣和关心的问题提出建议和反馈"①。

第四节　当代俄罗斯文艺政策与文化战略的运行特征

当代俄罗斯文艺与文化战略受政治主导性影响比较强。谋求文化复兴，对于俄罗斯来说，必然离不开一系列相关配套政策的引导。

一　引入多重资本，推动文艺和文化事业发展

复杂的社会情况为通过任何方式追求民主化提供了可能，但从文化方面看，社会情况复杂化导致文化发展丧失了国家政治、政策的保护。若要使社会组织、国家以外的资助、不同的独立学术机构和文化庇护人积极组织倡导文化政策，相对宽松的发展空间和充足的资金是首要前提。然而，传统俄罗斯文化机构以这种角度和方式理解社会、企业的潜能和目标，仅有这些发展资源是不够的。现代政治上流社会仍然狭隘地认识国家文化政策的目的和功能，甚至多年来都没有改善的迹象。直至普京总统任职期间，这种情况才逐渐转变，正如《2030年前俄罗斯联邦国家文化政策战略》所规定，通过采取一系列措施，如立法和出台激励政策，引导民间资本等进入文化领域，建设文化设施，丰富文化内容，从而为俄罗斯文化的发展拓宽了道路，提供了更大发展的可能。

二　破除僵硬模式，及时推进文化政策改革

西方国家在发展中已经开始对在时代中形成的文化政策进行改革。历史上俄罗斯文化政策的特点在于，国家和党派如同政治系统的核心一样聚集所有社会行政管理功能，其中也包括文化管理职能。现今俄罗斯社会民主化正式向社会组织领域和文化管理领域开辟了发展之路，但实际上并没有为此提供必要的财政、经济和法律等资源。结果是国家在宪

---

① Meeting of Council for Culture and Art, http://eng.news.kremlin.ru/news/4443.

第四章 当代俄罗斯文艺政策与文化战略的治理模式

法、法律和俄联邦总统令中宣告了对文化的关注①,但实际上文化退出了领导地位,并未受到足够的关注和重视。

然而,在社会生活中,文化的作用和意义不会终止。实际上,文化已经开始起作用并自然地发展,依据自己的规律,在很大程度上不以国家政策为转移,尽管在一个国家中掌管文化的政府机构数量远超非政府文化机构,但是当今俄罗斯出现了大量独立创作的团体和非正式联合会。除此之外,所有政府文化机构和文化教育机构都在正式和非正式组织活动中持续管理和协调自己的工作。还有一种情况是国家政策在文化领域遇到自组织的强大自然流,甚至会在国家文化机构内遇到。在该背景下,针对居民不同层次、群体的文化和精神需求,社会逐渐制定出该问题的解决办法。俄罗斯政府迫切需要深入地和全方位地研究其意义并获得客观准确的信息,没有这些信息就根本无法制定出现代俄罗斯文化政策。在该分化下不仅需要寻找国家和社会文化政策的搭配比例,也应寻找启蒙、教育及文化政策制定的具体规划。著名专家 И. Е. 季斯金写道:"当今,必须区分居民不同层次的需求,该思想正变得越来越被认可。同时,该区分方法在实践中还没有被充分实现,原因是没有充分认识到生活中一贯进行的要求和拒绝必要的'启蒙'之间的根本联系。在现代条件下,支持放弃启蒙的重要理由是在文化建设中,社会业余文娱活动方面无法实现'启蒙'定位和完善大众化形式的需求的兼容。"② 在物质、精神及人类日常的其他领域,文化可展现并反映人类社会的进步。所以,文化集中了人民的精神阅历,并给人们带来了美感,同时将美感融入普世价值,在任何框架下都不进行关于拒绝文化启蒙和教育功能必要性的讨论,否则,文化本质及其存在的事实是没有意义的。我们认为更为合适的是分析当前复杂条件下文化的存在条件,

---

① Закон Российской Федерации от 6 октября 1992 《Основы законодательства Российской Федерации о культуре》, ст. 45.

② Дискин И. Е. Культура. Стратегия социально - экономического развития. – М.: Экономика, 1990. – C. 64.

从而为文化发展创造有利条件，在文化领域建立国家文明实行政策的基础。从国家共同的文化空间可以看出现代文化政策的实质，乃是俄罗斯国家稳定和完整的基础。近几年国家政治取向和社会经济政策发生的变化改变了文化政策、财务和其他支持的形成和实现条件。政治转向民主、私有财产和市场关系，这些注定会形成新的管理体系。因此，这对理解国家社会和经济对文化政策的支持和推动具有重要现实意义。

三 坚持政府宏观调控与市场调节辩证统一

寻找通往文化的新途径成为迫切需求，在文化中兼有政府要素和市场调节杠杆。我们应看到，文化政策和实际的文化活动与国家的导向唇齿相依，并需要国家长期关注和扶持。如果国家和政府关心国家、民族现在和未来的发展，那么就必然要重视国家的文化事业发展。文化政策成为这种关心的标准，在保证符合法律的情况下，无论是在国家层面，还是在地方层面都必须建立各类文化创新的经济扶持机制。

关于文化范围内的国家活动，在俄罗斯联邦宪法（1993年12月12日全俄投票表决通过）中规定，"俄罗斯联邦——俄罗斯是共和政体的民主联邦国家"[①]，俄罗斯社会生活的民主化为人民和公民权利与自由的发展创造了良好环境，包括在文化领域，激发了公民的创新性和开展各类社会活动的积极性。根据《宪法》第44章，每个人都享有文学、科学、技术、各类创作、教学的自由，每个人都拥有参与文化生活、使用文化机构、获取文化价值的权利，每个人都应当关心历史和文化的保存，保护历史和文化遗产。[②] 但是，负责社会转型的政府在自发形成的文化价值市场中没能找到解决国内所有文化问题的方法。总统普京表示，文化领域的国家政策新基础应该是俄罗斯营造的统一的文化空间。

---

① См.: Конституция Российской Федерации. Ст. 1.
② См.: Конституция Российской Федерации. Ст. 44.

在政治、经济和文化政策的助力下,营造适合文化发展的环境,推动俄罗斯文化的发展。

文化领域内市场和国家调控之间的关系是由苏联官方文化政策混乱引起的,或者更准确地说是由文化不同机构功能混乱引起的。许多非传统组织和机构将管理和政策的新形式与国家传统所有制形式和其他所有制形式一起引入人民的生活。由此需要更为灵活的文化政策,使新文化机构和文化启蒙机构得到现代化的、高效的业务管理。现代科学文献和政论文章就组织和管理文化的举措发表了不少"药方",但是,具有新标准度和可操作性的文化政策仍未被提及。这暗示着随着时间的迁移该问题将通过更为合理的方式解决,但目前还没有制定成型的体系,其原因是国家社会政治和经济形势具有复杂性,同时政府很难克服思想观念和组织工作的困难,并难以理解文化自身内涵和方向的变化。所以,现代文化的显著特征之一是国家出台一系列文化政策推动国家文化事业发展,为俄罗斯文化的发展提供强大助力,同时刺激并提升文化领域内群众的积极性,与俄罗斯国家传统价值相契合,在特定的文化培养和教育领域内开辟居民文化业余活动的新途径和可能性,在社会和国家民主基础的发展中激起人们对自我价值的充分实现的追求。

俄罗斯文化战略以社会文化发展为目的,涵盖行政或政治活动的多重复杂体系。多重复杂体系必须以文化价值产物、文化内涵、文化传播、文化感知和文化吸收为前提,推动形成国家统一文化空间,奠定国家趋向稳定和维护国家统一的基础,使国家文化政策的历史特性寓于其基本功能中。在考虑俄罗斯文化传统的情况下,构建有效的俄罗斯文化战略,不但可以有力地促进文化事业的发展,而且能够有力推动国家文化政策和文化事业的发展,这对于我国文艺政策的制定和国家文化事业的发展同样具有重要的启示意义。

系统考察当代俄罗斯文艺政策和文化战略治理方式,我们发现虽然伴随国家治理体制的整体转型和变迁,当代文化管理运行机制实现了由叶利钦时期以新自由主义主导的弱调控型治理结构向以新国家主义为主导的强调控型社会治理结构的转变，从而在客观上强化了国家的文化宏观管理力度；但是从政治文化角度考察，在当代俄罗斯总统—总理权力二元结构的执行权力体制下，当代的文艺政策与文化战略从构想到决策，从执行到反馈等各环节基本都是在"强总统、弱议会、小政府"的超级总统制执政环境下运行的。这种俄罗斯权威主义的政治构架和权力运作模式，虽然能够保证在整个政治决策中充分贯彻总统自己的文化战略思想，也具有在实施力度和执行效率方面的某种优势，但将国家和民族的命运系于某一权威人物，也使得俄罗斯文艺和文化管理形式有鲜明的个人色彩，形成了相对人格化的特征，而这显然与典型的现代国家治理模式存在龃龉。总之，俄罗斯国家领袖的治国理念已经构成了国外对俄罗斯文艺政策和文化战略进行价值判定的重要依据，也成为观察和预测俄罗斯国内政局走向的风向标，而这对于俄罗斯文化乃至国家现代化进程究竟是福是祸还有待观察。

第五章 当代俄罗斯文艺政策文化战略导向下的文艺生态

以新俄罗斯理念和主权民主等国家意识形态为主导的系列文艺政策与文化战略的颁布和实施，对于当代俄罗斯文艺生态产生了重要影响。一方面，由于新闻报刊审查制度和文化专制主义政策的终结，政治与文化的奴役和被奴役关系的消除，在"非意识形态化"的市场经济环境下文艺自由被释放，生命力被激活，多思潮、多流派、多主张和多元化的众声喧哗成为当代俄罗斯文艺的基本样态；另一方面，在俄罗斯现代化进程再次启动和强国复兴梦想的国家整体利益诉求下，文艺创作者作为时代先知也以独特姿态表达出对社会现实、民族未来和国家前途的希冀与忧虑，主动融入俄罗斯帝国重建的历史进程，诉说着心中文艺形态的"俄罗斯强国梦想"。本章选取文学、电影和建筑三种俄罗斯典型文艺形态，研究分析在当代文艺政策与文化战略运行下的俄罗斯文艺发展形态，透视其在俄罗斯帝国重建背景下，政府主导意志、知识分子的选择和大众文化生活之间的冲突、顺应等互动关系及其困境和趋势。

第一节 文学——多元观念下的价值重构

如前所述，俄罗斯文艺的多样性与多元性，源于俄罗斯文化的多元性传统。然而，这种传统在苏维埃时代发生了断裂。苏联解体为俄罗斯恢复多元性、多样性传统提供了契机，但这种契机也让俄罗斯人深切地体验到了文化危机造成的困惑与迷茫。尽管西方文化在勃列日涅夫时期就已经出现在苏联社会中,甚至影响了俄罗斯人的文化生活。但在此次文化转型中,俄罗斯新媒介扮演了相当重要的角色。如果除去政党意识形态和国家意识形态的干预,对当代俄罗斯社会文化影响最大的当属影视和网络媒介。新媒介输入的绝不仅仅是西方文化,更是全球性文化;它们也绝不仅是当代文化,更是包含着各种古典要素的新文化。尤其是21世纪以来,俄罗斯大众媒介的发展已经让原本混乱的文化秩序变得更没有头绪,大众文化、流行文化、青年文化与青年亚文化、后现代主义戏剧和异样的先锋文学、民族主义、宗教主义、政治情绪等混杂一处,当代俄罗斯的文化转型和文艺重构的前路未知。由此,如何把握当代俄罗斯"多元文化汇聚中的文艺重构",也就变成了一个棘手问题。不过,也正因如此,当代俄罗斯文艺中引人注目的青年形象和青年亚文化现象,"年轻的诗歌"与"年轻诗人群",以及混杂着现代主义、现实主义、后现代主义风格的先锋纪实剧——"词语转换"戏剧,为我们透视俄罗斯文艺重构提供了依据。

一 新时代作家:青年文化症候的时代印象

当代俄罗斯青年文化由多元构成,它与青年亚文化——光头党与朋克音乐文化等如出一辙,都是在文化失范、多元文化碰撞的语境中发展起来的。它们与大众文化、流行文化相呼应,形成了当代俄罗斯的独特历史文化景观。就表面而言,西方文化对俄罗斯社会的再造似乎是显而易见的,电影、电视、网络等数字媒介冲击着俄罗斯人的价值观念,多元文化的个性选择和消费性生活模式已经在大城市建立起来;俄罗斯国家图书馆每年发布的出版数据显示,大众文学——科幻小说、恐怖小说、侦探小说、感伤主义文学等日益扩张自己的市场,具有批判力度的反乌托邦小说一度演变为青年亚文化文学,甚至参与整个世界的反乌邦文学狂欢;电影和黄金时段的电视喜剧也呈现出鲜明的美国化特征,诸多私人电视台和院线为了迎合观众的西化口味,不断提供着"高能量的小食品";在资本主义发展中强大起来的男性、女性风格杂志充斥着俄罗斯文化市场,而数字网络也在悄悄地改变着俄罗斯人的文化选择。伴随着这场大规模的文化转型运动,传统的文化艺术,如19世纪经典文学、歌剧、芭蕾舞、交响乐等,如同它们在西方青年文化市场中的命运一样,如果没有文化操控手段使之符合青年人口味,那么就会逐渐淡出受众的视野。它们的存在感较弱,大多处于"库存"的状态。从积极的角度说,这是俄罗斯文艺积极参与文化全球化的表现;但从消极的意义上说,这种文艺建构无异于资本主义文化拼盘。文学艺术失去了自律特征,而随着资本和市场的节奏跳舞。然而,这些文化表象——数字时代的青年文化和青年亚文化,是否意味着俄罗斯社会青年的彻底欧化,俄罗斯新生代作家的作品似乎能够给我们提供解析的线索。

新生代作家大多出生在20世纪80年代,成长于苏联解体后社会文化急剧转型时期,并在21世纪的最初几年通过"处女作奖"[①]崭露头角。经过十几年的创作沉淀,新生代作家已经成为俄罗斯文坛无法忽视的力量。他们富有青春活力的文学想象,不仅使俄罗斯文艺散发出青春的气息,而且使他们成为权威文学奖项的有力冲击者。他们作为年轻人,对时代变换之思,对自身处境的判断,有着老一代作家不可比拟的优势——没有沉重的历史负担,不会轻信任何幸福的许诺,创作更加自由。与此同时,新生代作家在表达时代和自我的形式上也更加多样。他们不会拒绝电子时代赋予作家的诸多创作手段和文学售卖途径,也不会拒绝任何有益于文学创作的养分——现实主义、现代主义、后现代主义、后现实主义,甚至包括大众文学和流行文化尊崇的感伤主义。他们善于融合多种文学要素去展现令人迷惘的时代,以及那个时代青年人的形象。用俄罗斯"布克奖"得主斯拉夫尼科娃的话说,新生代作家拥有"崭新的精神气质和看待世界的新观点",他们的作品是1917年布尔

---

① "处女作奖"是俄罗斯"新生代"国际人文基金会主席斯科奇在2000年专为25岁以下作家设立的独立文学奖项,2011年起又将作家年龄放宽至35岁,参与人数急速上升,已超过17万人次。

什维克革命以来,"俄罗斯最直截了当、最忠实于现实的文学",因而可以将之视为"新文学的典范"①。斯拉夫尼科娃将新生代作家视为"最忠实于现实"的创作群体,一方面是因为他们能够通过作品反映当代俄罗斯社会的文化症候与精神症候,另一方面还因为他们的创作在展示"俄罗斯作家品格"方面具有代表性,体现着俄罗斯文艺重构的方向。俄罗斯新生代作家众多,其中具有代表性的大多是能够冲击"国家文艺奖"或俄语"布克奖"等权威文学奖项的新锐作家,诸如伊丽莎白·亚历山德罗娃·佐林娜、伊丽娜·博加特廖娃、亚历山大·斯涅吉廖夫、奥列格·佐贝尔等。文学史家也把罗曼·先钦这样较早登上文坛的作家归入"新生代",实际上是为了方便描述。

在众多新生代作家中,奥列格·佐贝尔是年轻人精神症候的代表。与其他新生代作家一样,佐贝尔通过2004年的处女作奖被文学界所熟识,此后作品不断登上各大文学杂志,被视为最有前途的当代作家之一。在批评界看来,佐贝尔的作品是难以归类的,既有重视氛围、淡化情节、充满不确定性的后现代主义叙事特征,又有浓郁的"日常生活气息",因而他被切列德尼琴科称为"带有人的面貌的后现代主义者",而普斯托瓦娅将他的创作归入"新现实主义"范畴。② 这些风格上的划分确认实际上并不能说明问题,作为新生代作家群体的代表,佐贝尔的创作反映的是这个作家群体眼中的现实和年轻人的精神姿态。在佐贝尔的作品中,年轻人并不是真心喜欢"自由社会",因为这里并没有"他"的位置。自由的新世界似乎只是为那些有钱人准备的,对于挣扎在温饱线上的年轻人来说,无所事事的时光除了无聊还是无聊。"他"有时是文学爱好者,有时是神职人员,有时是士兵,有时是大学生或者残疾人。他们统一的特征是"梦游在庸俗无聊的日常生活"中,丧失

---

① [俄]斯拉夫尼科娃:《才华特异的一代》,载《俄罗斯处女作奖小说集〈化圆为方〉》,刘宪平等译,人民文学出版社2010年版,第1—2页。
② 李新梅:《生活是如此庸俗和无聊——俄罗斯文坛新秀佐贝尔创作论》,《外国文学动态》2011年第3期。

了追寻梦想的激情,"未老先衰"。在《静静的杰里科》中,曾经的苏维埃少先队小号手在"苏联解体"后风光不再,曾经对他艳羡的目光都已消逝在时间中。他希望找回那个曾经的世界,在梦中不断归返童年,然而迎接他的也只是一次又一次的失望。他要表白的姑娘突然失去了踪影;他要吹响的小号却发不出声音;他回到营地,竟看不到人的身影。梦中长大的他巧遇好友列哈,在共同游历的旅程中,他才知道新世界的真相——贫困的农民在酗酒,木材商人们在大肆砍伐森林,小混混和当权者横行霸道,而政权也在各种阴谋中频频更迭。自由的新世界对于穷人来说,对于贫困的年轻人来说,没有他们的位置。列哈似乎成功了,但他不过是权力的影子罢了。

如果说沉湎于童年时代荣耀时光而不敢面对生活,是小号手的性格使然,那么直面生活又如何?在《梅干诺姆岬角》中,两位年轻作家为了寻找对抗庸俗生活的勇气,到梅干诺姆岬角去寻找真诚且充满野性的嬉皮士,而结果只见到四个练习瑜伽的人。他们没有野性,没有活力,如同行尸走肉。在这部作品中,曾经作为青年亚文化风潮形象代表的"嬉皮士"被设定为积极的青年文化符号,而过着庸俗生活的、无聊的年轻人则被视为"死去的人"。这并不是简单地拥抱美国文化,嬉皮士运动尽管发生在美国,但不能被视为美国独有的文化现象。在当代俄罗斯,嬉皮士文化的代表是朋克音乐与光头党等青年组织。光头党是一个边缘化的、封闭的、备受指责的青年群体,他们并非单纯地表征虚无和暴力,这些陈词滥调与俄罗斯光头党的真实面目相去甚远。相反,他们的行动总是携带着民族主义,演绎着当代俄罗斯青年个体和群体的精神与情感。根据皮尔金顿等人的研究,俄罗斯光头党的精神症候与嬉皮士极为相似,是快乐与恐惧、希望与失望、挚爱与愤恨、团结与分裂的混杂。① 这样一种精神症候反映了当代俄罗斯青年的无所归依感和漂

---

① Pilkington, Hilary, Garifzianova, Al'bina, Omel'chenko, Elena, *Russia's Skinheads: Exploring and Rethinking Subcultural Lives*, Routledge, 2012, pp. 4–6.

泊感，他们希望通过情绪发泄来蔑视"意识形态的许诺"，通过他们自己的文化选择开拓"具有社会深度的生活"，因为他们选择的文化资源"赋予他们的生活以意义"①。这种文化选择与光头党个体成长的文化环境有关。他们大多是被家庭和学校冷落的成员，希望通过团结同类来追寻自己的文化利益和文化身份。他们在身体风格和男子气概的展示中相遇，以友谊、团结为开端，而以分裂和战斗终结。孤傲与眼泪是光头党组织中最不缺少的东西。俄罗斯光头党尽管具有嬉皮士的种种风格，但他们是在动荡社会和民族主义复兴的思潮中成长的。仅2008年，他们声称负责的排外袭击并造成死亡的案件就有97例。他们处于政治意识形态之外，并非青年政治组织，但他们与各种党派支持的青年政治组织一样，因为民族主义而会聚，因为暴力快感而团结。与佐贝尔作品中的年轻人相比，他们唯一的优势就是找到了自己在文化中的位置。

当代俄罗斯青年亚文化的另一种构成是朋克音乐文化。任何一种朋克音乐场景都可以折射社会文化关系，尤其是对于俄罗斯而言。当代朋克音乐文化的世界性复苏暗示着主流青年文化的危机——它已经不能成为青年人行为方式的规范和准则了。俄罗斯最盛行朋克音乐文化的城市圣彼得堡、克拉斯诺达尔和沃尔库塔，它们也是青年异化和青年失业率最高的城市。诸如圣彼得堡这样的大城市，已经被朋克音乐团体演化成一个个激越的"小场景"，克拉斯诺达尔则变成了地球上最大的垂直文化村庄，沃尔库塔更是变成了一个"腐烂的城市"。②朋克音乐文化实际上涉及更为广泛的当代文化，尤其是青年政治文化。俄罗斯女子朋克乐队"暴动小猫"和其他激进朋克音乐团体，已经引起了俄罗斯联邦政府的激烈反应，这很好地阐释了朋克文化的政治冲击力。这种政治冲击力并不表明年轻人拥有明确的青年文化治理方案，而是朋克音乐文化

---

① Laruelle, Marlène, "Book Reviews: Russia's Skinheads", *Slavic Review*, Vol. 70, No. 3, 2011.

② Gololobov, Ivan, Pilkington, Hilary, Steinholt, Yngvar B, *Punk in Russia: Cultural Mutation from the "useless" to the "moronic"*, Routledge, 2014.

具有无政府主义和无神论特色。朋克团体渴望平等、自由的社会，要求俄罗斯社会进行变革，从而衍生出极具"后社会主义远景"特色的青年政治文化。越来越多的青年人卷入其中，"朋克精神"四处蔓延，已经影响到年轻作家们对时代和社会的理解，正如佐贝尔将嬉皮士文化看作抵制庸俗和无聊现实的方式。

佐贝尔认为，即使是大学教育，也不能改变年轻人的精神症候。在《抵达斯巴达》中，为了寻求更有精神深度的生活，伊利亚来到荷兰求学，并且认识了同样来自俄罗斯的姑娘尼娜。伊利亚兴致勃勃地准备了一场约会，却因尼娜的浅薄无聊不欢而散。佐贝尔在这里要说的不是高等教育变化了，而是俄罗斯的年轻人变了。与苏联时期相比，当代俄罗斯青年享受教育福利的比例逐年下降，很多青年过早地将自己变成劳动力商品投入劳务市场。即使是正在攻读大学的青年，他们的信仰也因社会氛围和大学教育转型而发生了变迁。在塔蒂阿娜·马西莫娃的观察中，"市场完胜苏维埃"的结局无异于一场悲剧。苏维埃时期的大学致力于培养社会主义新人、高科技知识分子与人文社会科学人才，大学师生的信仰就是学有所成，报效祖国。在纯粹的信仰环境中，苏联政府提供了高水准的教育，而大学教师通过提供科研成果和输送人才来回报国家。苏联解体后，大学的产业链断裂了，不得不在危机中走向市场。曾经令人自豪的大学文化和信仰随之烟消云散，教育水准和科研成果质量都受到挑战。[①] 与之相应的是年轻人对待高等教育的态度变化，如果大学不能实现青年"过上富有生活"的梦想，那么它将变得毫无吸引力。大量外地青年涌入莫斯科和圣彼得堡，而莫斯科和圣彼得堡的年轻人则希望进入西方高校，他们的目的是一样的，即寻求物质生活的满足。伊利亚与尼娜的分道扬镳，小号手与列哈的认同差异，"嬉皮士"与"瑜伽修炼者"的分野，表征的是当代俄罗斯青年的分裂。没有任何一种精

---

① Maximova‑Mentzoni, Tatiana, *The Changing Russian University: From State to Market*, Routledge, 2013.

神能够将他们聚合，而且绝大部分年轻人也不需要所谓的精神，因为几乎所有的年轻人都"物化"了，成了原子式的存在物。在《不同风格》中，神职工作只是敛财的中介；在《普拉夫斯克的茶》中，神父是消费时代的享乐主义者——时尚化的着装，流行音乐品位，吃着三明治，开着进口轿车，满嘴俚语和脏话，如果不是他与同龄人不相称的胡子，没有人知道他与宗教的关系。在一个神职人员都会精神枯萎的时代，可以想象那些追求深度生活的年轻人将是多么焦虑与孤独。于是，出现了逃避的隐居者——《燕子的故乡》中的谢列佳与《科托罗斯利河》中的科里亚；出现了《聪明人喝的可乐》中那种抑郁的"善暴者"——把曾经崇拜上帝的善良天性交给了撒旦；出现了《富苏克木偶》中那种冷漠的旁观者。年轻人不属于社会，不属于历史，不属于未来，他们是"悬空的一代"。以批判的态度直面青年的精神状况，呼唤人文精神的出场，没有什么比这更能代表文学的现实。因此，佐贝尔等新生代作家尽管与后现代主义作家们一样，都是以"虚空"为主题，但本质上完全不同——前者直面现实，而后者致力于解构苏维埃。

如果说佐贝尔提供的男性书写视角，对俄罗斯当代青年文化症候的表现还不够完整，那么佐林娜、博加特廖娃的作品就使之平衡了。佐林娜善于营造独具特质的感伤氛围，被扎姆列洛娃赞誉为"独特的呼唤与哭泣"①。在《外省狂想曲》中，佐林娜把分裂的俄罗斯文化——文明的与乡土的给青年人造成的影响作为叙事的重心。曾经的青年塔拉斯告别故乡来到大城市打拼，在成为"成功的""文明的"都市人后衣锦还乡，但与曾经热恋的卡佳形同路人。文化差异如同竖立在二者之间的一道屏障，他与卡佳的隔阂就是他与乡土文明关系的隐喻。然而，塔拉斯从未在都市中体会到家的感觉，无法归家又找不到新的精神家园，塔拉斯只能在都市与乡村之间摇摆不定。都市文化对乡村少女的吸引力似乎是天然的，如同佐林娜在《唱吧，革命》中描写的小革，她梦

---

① ［俄］扎姆列洛娃：《故人》，《俄罗斯人民路线》2011年6月23日。

想成为都市剧院中的歌剧演员——这原本就是一种文化错位，但在各种不幸的打击下，她无法通过完成学业这一途径实现做演员的梦想。中学毕业来到莫斯科的她被骗、被抢、被关进警局，最终沦落到在火车站唱歌行乞。悲伤的小革旁若无人地唱着，动听的歌声令人落泪，心里却在诅咒着莫斯科。然而，无论怎样的境遇，小革都不想离开这里，心甘情愿地成为这座辉煌城市的一位贫民。在2012年的长篇小说《小人物》中，主角虽然不是年轻人，但他是作为当代青年的一面镜子存在的。在萨维利·柳特看来，谁都不应该向恶势力低头，但是他的妻子似乎觉得根本不存在恶势力，因为那些人是她的出轨对象。他的女儿则自愿服从恶势力，主动要去和匪徒头目"坟墓"过夜。这让柳特愤怒地抢过"坟墓"的枪，并杀了这个恶霸。柳特没有因为英雄般的举措而获得欢迎，等待他的是茂密的原始森林。整个社会已经堕落，道德良知无处安身。

博加特廖娃是新生代作家中的佼佼者，曾获得冈察洛夫奖、米哈尔科夫青年文学奖等奖项。她的长篇小说《车站》《安娜同志》《少女的月亮母亲》《卡丁》等已被译成汉语、英语与荷兰语出版，无论是在俄罗斯文坛，还是在国际文学市场，都有一席之地。博加特廖娃善于刻画不同精神取向的青年群体之间的矛盾冲突，对年轻人的成长方式极为关注。在短篇小说《莫漂》中，爽朗、英俊的谢尔盖与"白银时代的贫血美人"卡佳看上去是天生一对，而"我"的出现则给他们带来了小小的波折。虽然同样是"莫漂"，但是因为卡佳嫁给了土生土长的谢尔盖，也就等于嫁给了莫斯科。卡佳实现了外地姑娘的梦想后，失去了上进的动力，最终被就读的纪录片学校开除了。"我"因为与卡佳之间有"点头之交"，被他们夫妇邀请参加了两次宴会，交往中对谢尔盖的学识颇为赏识，聊得非常投缘，最终在"我"回请他们夫妇时，卡佳吃醋了，愤怒地离开了。原本有机会嫁给谢尔盖的"我"犹疑不定，最终还是放弃了，文化选择和志向迥异的年轻人最终没有走到一起。即使卡佳与谢尔盖也是貌合神离，因为莫斯科年轻人的理想是出国。文化错位、理想错位,让俄罗斯青年分裂为不同的文化群体,他们共同的特征是孤独。"我"在小说中不是一个理想主义者,而是一个有分寸的、清醒的年轻人,对各种年轻人的文化心态"了如指掌",但不知"去往何处",因为莫斯科并没有给每一位外地年轻人预留位置,就像佐林娜刻画的小革一样,"我们"只能漂着。值得一提的是,小说中的纪录片学校和"我"对纪录片的认识,似乎是博加特廖娃代表新生代作家发表的"宣言","我们"只需要做一个时代、一个城市的纪录者,观察它的人群与生活,就足以成为一名现实主义者了。

除纪录、分析现实和年轻人之外,也有部分新生代作家尝试历史叙事,斯涅吉廖夫的中篇小说《内奸宿敌》是这方面的代表作品。小说讲述的是都市青年米沙与"外公"的故事。米沙作为新一代年轻人,并不了解真正的历史,而曾经获得过列宁勋章的外公则对过去缅怀不已。米沙无法理解一个对同胞滥用酷刑的罪人为何能够将自己的行为视为荣耀之举,外公则对年青一代的精神缺失表示遗憾。两代人的精神矛盾在小说中一览无余,二者却都以荒诞的形式合理存在。米沙的外公是极权时代的刽子手,原本善良的心性在强权政治的语境中被异化。他精通数种折磨人的方式,知道可以通过这种邪恶的方式获得更多的特权。但米沙最终领悟的并非强权与人性之间的关系,而是历史与个人的关系。当历史选择一种文化生态时,个体别无选择——要么生存,要么毁灭!如果米沙活在外公的时代,他也会成为强权的刽子手,这正如米沙的名字与外公的名字一样——斯捷潘·瓦西里耶维奇·斯韦特——所暗示的,在历史与个人、家族与个人、文化与个人的对峙中,没有人会比另一些人更好一些。那么如何看待当代俄罗斯的特权、强权、专制和恐惧?它们的存在如此真实,程度远远超过当权者的口号。因此,斯涅吉廖夫实际上是通过一个年轻人的自我剖析介入历史与现实的分析中,显示出浓厚的"白银时代"作品的气息。他是新生代中最为严肃的作家之一,波波夫这样评价斯涅吉廖夫:"他试图超越先锋主义、'污秽文学'、粉饰生活、自我陶醉、死神之舞、低俗下流及其他乱七八糟的东西。"① 正是因为斯涅吉廖夫自觉抵制庸俗化、刻板化与公式化，才使他与大众文学拉开了距离。

就以上新生代作家的表现来说，俄罗斯文艺重构的方向依然是复苏文学的现实主义批判精神，尽管这种努力具有未完成性和不确定性。我们从新生代作家的努力中还可以看到，在多元混杂的文化转型时代，作家总是一个清醒的群体。他们以年轻人的身份与视角来书写年轻人，对他们的文化取向、历史观念进行梳理，并始终以本土的民族文化的视角去审视外来文化及青年的文化选择。不过，由于社会文化思想的混乱，部分新生代作家似乎还看不到某些社会思潮背后的东西，诸如把纳粹美学与民族主义相融合的光头党文化，将无神论、无政府主义、社会主义、嬉皮士精神相混合的朋克音乐文化。这些混杂的青年亚文化因为具有团结力而受到部分青年的追捧，但它们所造成的社会破坏力也是显而易见的。新生代作家要想承担俄罗斯文艺重构的使命，似乎还有很长的一段路要走。

二 "年轻诗歌"：解构到建构的回环往复

作为一种诗歌流派，"年轻诗歌"是当代俄罗斯文化多样性和多元性的表征。从活跃的不同时期来看，"年轻诗歌"的人群可以划分为两代。第一代"年轻诗人"大多出生于20世纪六七十年代，并于90年代俄罗斯文艺重构时期发表作品。其中的代表人物有沃坚尼科夫、达维多夫、利沃夫斯基、基里尔·梅德韦杰夫、斯捷潘诺娃、巴甫洛娃等。第二代"年轻诗人"则是出生在20世纪80年代，直到21世纪初才崭露头角的21世纪诗人，如尼特琴科、尼基金、安娜·鲁斯、茹马古洛夫、米娜科娃等。从当代俄罗斯文艺进程的角度来看，"年轻诗歌"既是文化转型的结果，又是文艺重构的必然结果。对于第一代"年轻诗人"来说，他们所受到的文学滋养主要来自20世纪80年代的"地下文学"

---

① 孙磊：《俄罗斯"新生代"作家的历史叙事》，《外国文学》2018年第1期。

"抽屉文学"。在20世纪80年代中期戈尔巴乔夫改革时期，非官方诗歌获得了迅猛发展的机会，它们以"地下出版物"和"境外出版物"为载体，获得了大量的读者。在非官方诗歌领域，观念主义诗歌因全面否定政治抒情诗模式而受到追捧。观念主义诗人以简单化和荒诞化的书写拒绝、解构社会主义现实主义文学话语模式，转而追求什克洛夫斯基意义上的"陌生化写作"，其表述形式既有艺术话语，又混杂着科技语和日常口语。这对文化转型初期登上文坛的第一代"年轻诗人"来说，既是一种引导又是一种激励。"年轻诗人"们的反叛意识和革新精神都源于这一新型社会文化话语，观念主义诗歌的"非诗"创作理念由此在年轻诗人群众中扩展开来。在"非诗"创作理念中，语言艺术是一种解构苏维埃诗歌传统的手段，是一种"精致的、危险的游戏"①。从观念的源头来说，20世纪50—80年代的苏联地下文学提供了重要的经验。由此，"年轻的诗"发展为20世纪90年代俄罗斯诗坛的主流并不奇怪。

第二代"年轻诗人"出场的语境发生了变化。他们大多通过处女作奖、新人奖、伊利亚奖、鲍里斯·索科洛夫奖、"迷途的无轨电车"等诗歌奖项，利普吉青年诗人代表大会等诗歌集会，以及一些诗歌赛事亮相。似乎一开始，第二代"年轻诗人"就被各大主流文学杂志列入"经典化"的规划中，他们的诗歌因此频繁地出现在《十月》《星》《新诗界》《民族友谊》《涅瓦》《大陆》和《阿里翁》等大型期刊中。与此同时，志同道合的"年轻诗人"还联合出版诗歌合集，自办诗歌网站、诗歌俱乐部、诗歌期刊，创立诗歌奖项并举办诗歌大赛，以此推广他们的价值观念和审美情趣。从外部支持和内部努力来看，第二代"年轻诗人"已经成为当代俄罗斯诗坛的最重要的力量。

就创作特征而言，第一代"年轻诗人"在致力于解构传统的同时，

---

① 马卫红：《当代俄罗斯"年轻诗歌"的发展及其特征》，《沈阳师范大学学报》（社会科学版）2012年第5期。

也极力主张强化创作个性。解构苏维埃文学的方式是从观念主义诗歌那里继承"非诗"创作理念和俄国形式主义诗学主张，在诗歌话语中强化了夸张、讽拟、变形等手法，甚至加入了大量的反逻辑、散文化、互文、拼贴、戏仿等后现代主义诗歌元素，从而使得"年轻诗歌"怪诞不羁而又充满力量。在沃坚尼科夫的诗集《应该怎样生活——要想成为被爱的人》《男人也能模仿性高潮》中，充斥在诗歌文本中的是报刊摘录与人物采访，或者读者问答的对话片段和报幕词，广告传单、照片、交通票据和展览会门票与梦境实录混杂一处，成为诗集的组成部分。这根本不是传统意义上的诗歌集录，而"更像是作者的云游札记或者旅行纪念册，甚至可以说是作者意识的流动"①。事实上，这是一种后现代主义观念中的艺术语言姿态，是"年轻诗人"群体崇尚的诗歌试验形式。我们可以将这种解构传统诗歌表达形式的诗歌称为荒诞的抒情诗，或是怪诞的诗化散文。不过，正是由于这种怪诞的特征，"年轻诗歌"在展现诗人创作个性方面体现出巨大的优势。诗歌形式类别上的相似性，并不妨碍抒情主人公的精神个性呈现。在这些"非诗"的陈述中，"我"总是自觉的、内省的精神存在。在利沃夫斯基的诗中，"我"对任何事都缺乏信心，"我"是脆弱而敏感的："我可以多写却很少写/直到现在我仍不能摆脱这种罪恶感/本该干点儿别的事/却白白为此浪费时间。"而梅德韦杰夫则直言："我不能安慰任何人，明白这一点我很惶恐。"斯捷潘诺娃甚至问自己："你去哪儿，我？我将在何处醒来？"②第一代"年轻诗人"的"身体书写"也是一种沉思方式。巴甫洛娃通过女性的"身体"观念与"性"观念去思考女性的存在方式，斯捷潘诺娃则把"身体"和"性"纳入日常生活的沉思中，试图通过它们完成"性"的隐喻与历史文化的关系。

相对而言，第二代"年轻诗人"的文学建构意识更加鲜明。其一，

---

① 马卫红：《当代俄罗斯"年轻诗歌"的发展及其特征》，《沈阳师范大学学报》（社会科学版）2012年第5期。
② 马卫红：《俄罗斯观念主义诗歌的反美学特征》，《俄罗斯文艺》2012年第1期。

在多维面向中复归文学传统。这方面非常具有代表性的是茹马古洛夫，他致力于把自己的诗歌打造为连接过去与未来的纽带，因而在主题和情节倾向上，他都有意识地向俄罗斯文学传统靠近。尼基金的诗喜欢回到"童年记忆"中，他认为能够在那里找到真实可感的世界，也能发现真实的自我。尼特琴科的诗歌更是陷入"记忆"不能自拔，仿佛那过往的一切只是未来在当下的投射。其二，拒斥庸常存在，在现实批判中走向精神存在。在西方后现代主义冲击的20世纪90年代文坛，绝望、惶恐、焦虑情绪四处蔓延，而在第二代"年轻诗人"这里却看不到任何精神颓败的信息。他们传达的主体观念是振作抖擞、直面现实的，由此我们能够看到捷列尼琴科诗歌中热爱生活的主人公，发现库西莫夫的诗总是由充满爱意的新人担当主角，看到库德里亚舍娃对冷漠现实的抨击。这种有意的文学传统建构，实际上正是当代俄罗斯文艺重构的主要方向。

三　先锋文学：剧本技术与理念的探索尝试

就当代俄罗斯文艺的实际而言，还没有哪一种艺术形式能比先锋文学剧本更有资格代表多元文化的碰撞与融合。以"词语转换"为代表的俄罗斯实验剧剧本起源于20世纪80年代中期的英国，它以现代主义和后现代主义艺术手法关注现实与人的精神世界，是典型的欧美先锋戏剧形式的移植。"词语转换"戏剧于欧美掀起高潮的1997—2007年，也是俄罗斯"词语转换"戏剧的黄金时期，因而形成了与欧美戏剧实验的共振。我们需要知道"词语转换"戏剧剧本的先锋性和实验性在哪里。所谓"词语转换"戏剧剧本乃是用形成纪实剧（Docudrama）的技术形式来命名的一种实验剧剧本。据王树福考察，"词语转换"的戏剧技术主要体现在创作环节，流程如下。

剧作家为自己确定一个有社会意义的主题、问题和观点。如果他的这种主题"感染"了导演和演员团体，那么共同劳动就可以开始了。演员们自己手上带着口述录音机"走向民间"，对一些人就确定的主题进行提问（人越多越好）。记录下访谈后，演员顺便认真观察自己感兴趣的人物，记下所有看到的性格特征——言语特点、手势等。演员将收集到的所有材料转交给剧作家，剧作家会"破译"出材料内涵，不对其进行编辑，留下所有所谓"信息库"的原有特性，包括停顿、感叹、呼气、结巴等。然后，剧作家在这些材料基础上撰写剧作。问题的复杂性在于，作者没有权利编辑有自己人物的文本。他只可以调整结构，进行删减。但是，根据道听途说的"情节"虚构自己的故事，在需要的地方设置悬念或是像我们所说的，在没有达到"戏剧结"的地方进行添加——这是无权利去做的。①

在王树福译介的这段伊萨耶娃的创作谈中，"词语转换"剧本具有以下几个特征：其一，剧作家要确定一个主题；其二，由演员亲自采访、记录，收集戏剧创作资料；其三，剧作家根据主题删减采访记录，创作剧本，保留的话语要做到"逐字逐句"（Word to Word）的"原汁原味"。因此，这并非是传统意义上的写作，而是一个为证实某种事实而进行的"构思—收集—整理"工作。这就是"词语转换"的技术，它的拉丁语词汇是 verbatim，意即"一字不差"。因此，通过这种方法创作的纪实剧又称为"维尔巴基姆戏剧"（Verbatim Rheatre）。实际上，目前的"词语转换"戏剧已经不局限于民间访谈，其材料还包括报纸、期刊、政府报告、通讯等，因而又被称为"事实戏剧""调查戏剧""证人戏剧""自传体戏剧""逐字逐句戏剧"，甚至还有人称它为"种族剧"（Ethnodrama）。② 不管名称为何，它的总体特征就是以事实为基础，剧作家要忠于"事实"，客观呈现。这种纪实剧以古希腊剧作家普律尼科司（Phrynichus）在公元前492年创作的悲剧《米利都的陷落》（*The Capture of Miletus*）为源头，伦敦皇家剧院开创的"词语转换"戏剧则以俄罗斯"白银时代"的先锋实验剧和苏联"蓝色衬衫"戏剧为

---

① 王树福：《"词句转换"：一种先锋戏剧理念的兴起》，《外国文学研究》2012年第1期。
② Martin, Carol, *Theatre of the Real*, Palgrave Macmillan, 2013, p.5.

源头。苏联的"蓝色衬衫"纪实剧在20世纪30年代开始了它的西行之旅,它首先被英国的左翼政治团体所采用,如团结剧院(Unity Theatre)。英国团结剧院对布莱希特的表现主义戏剧观念深信不疑,同时钟爱建构主义体裁,因而他们在1938年推出的第一部作品《公共汽车售票员》(Busmen),采用的就是布莱希特式抽象风格的舞台设计,且在"对话表演"中采用了自然的生活对话方式。在接受苏联的纪实剧模式后,他们的戏剧开始集中展现苏联和东欧社会主义国家报刊新闻中的社会生活,从普通人的生活真相到社会纪实,再到历史事件的呈现,体现了鲜明的"报纸美学"特征。[1] 从1939年开始,美国联邦剧院也开始采用报刊纪实剧模式,由戴维斯(Hallie Flanagan Davis)和莫里斯·沃森(Morris Watson)负责的剧目基本上都变成了大型的"活动报纸"。它们最初被构想为"新闻真人秀",但也因此不得不在舞台布景方面花费力气,尤其是涉及农业、住宅和大规模劳动力集中作业的场景。在这种以普通人为主角的戏剧中,任何波澜壮阔的历史事件都是作为背景存在的。舞台中间站立或行动的总是那些不知名的小人物,他们只是作为一种戏剧符号来面向观众讲话,使命是澄清某种"事实"。因此,它不可能是剧作家想象的,而大多是新闻记者与戏剧团体共同完成的。作为联邦剧院的一个项目,"新闻真人秀"戏剧直到20世纪60年代初才终止。[2]

现代纪实剧的另一个开端在德国。受到布莱希特的影响,德国表现主义戏剧一开始就表现为"纪实剧"的模样。厄文·皮斯卡托(Erwin Piscator)也是一位热衷于表演形式创新的戏剧家,他在实验剧中引入各种"技术",如电影、传送带、标语、解说牌等,试图通过大众能够接受的形式揭示生活的"绝对真相"。在1925年创作的《无论如何》

---

[1] Chambers, Colin, "Unity Theatre and the Embrace of the Real", *Documentary Theatre Past and Present*, edited by Alison Forsyth and Chris Megson, Palgrave MacMillan, 2011, pp. 38–52.

[2] Mason, Gregory, "Documentary Drama from the Revue to the Tribunal", *Modern Drama*, No. 3, 1977.

(*In Spite of Everything*)中,皮斯卡托以蒙太奇和拼贴形式展现了一份政治文件,而不是角色的内部生活。① 进入20世纪60年代,德国的纪实剧开始完全追随布莱希特的脚步,力图将"间离效果"最大化,由此将"重组历史文件"演变为观察历史的新视角。例如:通过庭审记录揭示纳粹主义及其种族灭绝政策的后果。根据皮特·韦斯(Peter Weiss)的调查,德国纪实剧采用的原始资料概括起来有14种,包括"会议记录、文件、信件、统计表、股票交易公报、银行和企业资产负债表、官方评论、演讲、访谈、名人口述记录、报纸新闻或广播通讯、照片、纪实电影,以及所有其他媒体能够见证的现场报道"②。德国纪实剧最初传播到以色列和中东地区,受到社会底层群众和边缘群体的欢迎,进而又传到美国,在美国工人群体中找到了自己的受众。在后现代主义风格已经赢得市场口碑的环境中,在美国政治逐渐走向公开化的背景下,美国纪实剧的发展也变得更加具有实验性。除了保持基于报刊的这一特征,美国自由大剧院、南方剧院等上演的纪实剧开始谨慎地出现虚构的故事与人物,诸如马丁·杜伯曼的《白色美国》这样的一些作品,采用的只是"报纸叙事"方式,而融入其中的还有黑人音乐等非新闻要素。虚构成分的增加同样体现在20世纪70年代的英国纪实剧中,不过它并未形成气候,主要因为受到彼得·奇斯曼(Peter Cheeseman)的斯托克地方纪实剧的影响。在《为谢尔顿酒吧而战》(*Fight for Shelton Bar*, 1977)、《举起手来!》(*Hands Up, For You the War Is Ended!*, 1971)等作品中,彼得·奇斯曼专注于对采访记录的精确转述,从而成为"词语转换"戏剧的开拓者之一。20世纪末美国纪实剧的发展主要与奇斯曼和英国其他"词语转换"戏剧家的方法启示有关。

从"词语转换"戏剧的形成来看,尽管苏联的"蓝色衬衫"戏剧处于关键的源头位置,但在发展中则主要是由英美剧作家的审美实践建

---

① Mason, Gregory, "Documentary Drama from the Revue to the Tribunal", *Modern Drama*, No. 3, 1977.

② Weiss, Peter, *Notizen zum dokumentarischen Theater*, Suhrkamp Verlag, 1971.

构的。尤其在英国,"词语转换"已经成为单独的实验剧种,有众多剧作家参与其中。就成绩而言,欧美的"词语转换"戏剧也是令人瞩目的。自 1997 年以来,英国推出的"词语转换"剧目有几百种,其中著名剧目包括理查德·诺顿 – 泰勒的《纽伦堡》《正义之色》《为战争辩护》《流血星期天》《追寻回答》,维克多里亚·布里坦与吉莲·斯洛沃的《关塔那摩》,戴维德·赫尔的《永久之途》《发现素材》,罗宾·索温的《对话恐怖分子》,塔尼卡·古普塔的《角斗士游戏》,格雷戈里·贝克的《黑色钟表》,彼得·摩根的《弗罗斯特对话尼克松》等。① 这些实验剧力图通过采访、纪实来揭示社会生活的局部现实,或是政治家和历史学家们努力掩盖的事实。在 20 世纪 90 年代的美国戏剧界,剧作家普遍关心的则是重大历史事件与个体身份塑造的关系,如安娜·戴弗·史密斯(Anna Deavere Smith)在《镜中之火》(Fires in the Mirror,1992)中呈现的单一个体面对重大社会事件的意识活动,或是安妮·尼尔森的《断背》(The Guys,2001)、捷斯卡·布兰克与埃里克·詹森的《无罪》(The Exonerated,2002)中所展示的独特的个人心路历程。② 欧美"词语转换"剧作家的信念是揭示真相而非道德仲裁,所有的技术手段,包括采用新媒体和资料投影,都是为呈现真相服务的。不过,尽管"词语转换"剧继续采用民间采访的形式,但由于大量"新技术叙事"手段的运用,导致探索事实和表现现实之间的界限日益模糊。尤其是在难民和移民事件的呈现中,虚构成分呈现出逐渐增加的趋势,进而导致"词语转换"戏剧在揭示事实方面变得不纯粹了。③ 新近的美国"词语转换"剧有复归政治纪实剧的趋势,恐怖分子、弗拉基米尔·普京、施瓦辛格等纷纷进入纪实剧,各种法案的档案、证人陈述、庭审记录、媒体报道,以及相关人士访谈,成为政治纪实剧或社会纪实剧的主

---

① 王树福:《"词句转换":一种先锋戏剧理念的兴起》,《外国文学研究》2012 年第 1 期。
② Collins – Hughes, Laura, "The Play's the Thing: The Dramatic and Narrative Appeal of Documentary Theater", *Nieman Reports*, 2015, Summer, p. 8.
③ Jeffers, Alison, *Refugees, Theatre and Crisis: Performing Global Identities*, Palgrave Mac-Millan, 2012, p. 56.

要"证据"。

由于意识形态等方面的原因,苏联的纪实剧走了一条本土路线。从苏维埃政权成立之初,到"蓝色衬衫"剧团将"工人新闻真人秀"标准化,再到20世纪三四十年代包戈廷的"列宁题材三部曲",苏联文学界已经拥有了成熟的纪实剧本表现技术。即使到了20世纪六七十年代,苏联剧作家"依据历史、政治、书信及其他文献而创作"的纪实剧也非常令人瞩目。①苏联著名戏剧家M.沙特罗夫的纪实剧贯穿了20世纪60年代到20世纪80年代的苏联戏剧史,他的《七月六日》《红茵蓝马》《我们必胜!》《良心专政》《前进……前进……前进……》等实验戏剧作品,不仅深受苏联国家剧院的赏识,而且对"外省剧院和大学戏剧的试验与探索"有着深刻的影响,"推动着当代俄罗斯戏剧的发展与更新"②。如今,在英美"词语转换"戏剧的技术启示下,众多的先锋戏剧家和理论家参与其中,形成了蔚为壮观的俄罗斯纪实剧浪潮。

尽管"词语转换"戏剧是一个先锋、实验剧种,但在俄罗斯戏剧界是连接当代文艺和文学传统的一种方式。其一,批判现实主义传统。在伊萨耶娃的《第一个男人》中,批判物欲横流、情感淡漠、精神苍白的现实成为鲜明的主题。能够展现这一社会现实的就是剧中的纪实表演,三个先后独立出现的女人自言自语,没有肢体语言也没有外貌描写,却体现了冷漠的人际关系。其二,关注小人物存在的传统。俄罗斯"词语转换"剧表现的对象既有流浪汉、酒鬼、舞女、吸毒者,又有明星粉丝、士兵、农民和搬运工,甚至包括罪犯与囚徒。这类作品包括罗季奥诺夫与库罗奇金合作的《无家可归者》、卡鲁什斯金赫的《战士家书》、罗季奥诺夫的《摩尔达维亚人的争夺纸盒之战》、卡鲁让诺夫的《草叉》、辛金娜的《激情之罪》、列瓦诺夫的《一百普特爱情》、纳尔

---

① 李红:《世纪之交的俄罗斯戏剧》,《戏剧文学》2009年第5期。
② 王树福:《"词句转换":一种先锋戏剧理念的兴起》,《外国文学研究》2012年第1期。

申的《荒诞的网域》、尼基佛洛夫的《金钱剧本》,以及扎巴鲁耶夫与津兹诺夫合作的《美女们》。在宏大的社会文化转型中,小人物的心路历程及其与社会、历史的关系,成为俄罗斯"词语转换"剧最热门的表现对象,因为除了这种纪实剧,能够驾驭他们的其他文学形式似乎并不受到文化市场的欢迎。其三,在纪实中倾听"俄罗斯性"。"词语转换"意味着一种吸收方言的方式,也意味着倾听个体心灵和精神世界的新方法。俄罗斯文学对方言的关注,早在巴赫金的研究中就已经被上升为一种现象。不过,这种传统中的话语狂欢还是在说与讲的层面上,而"词语转换"戏剧则进入"倾听"的层面。经由戏剧舞台的安排,"词语转换"剧能够让主人公的话语变成观众欣赏的焦点,而这在把握人物性格、揭示生活真相方面,无疑是一种全新的方式。① 在维系自身与文学传统方面的努力,一方面表明当代俄罗斯文艺重构方向的明晰性,另一方面也说明俄罗斯作家们始终将文艺的"俄罗斯性"放在艺术创作的首要位置。

对文学传统的继承与发展,并不妨碍俄罗斯"词语转换"剧本在艺术表现理念方面的创新。根据王树福的研究,"反布尔乔亚式或反魅惑式的自我姿态""超自然主义或超分析性的先锋特质""如实反映社会现实和精神本质的新社群性"是俄罗斯"词语转换"戏剧的重要审美取向。② 正是由于这种审美取向,诸如"H. 科利亚达、A. 希缅科、M. 阿尔巴托娃、M. 乌加罗夫、A. 热列兹佐夫、O. 穆希纳、E. 格列米纳等"一些年轻的剧作家,"已然形成派别",他们利用"'实情令人沮丧'的逼人体验"来传达一种痛苦,从而"表现出一种新的世界感受"。③ 因此,"词语转换"戏剧是当代俄罗斯文艺重构形式的典型之

---

① Birgit, Beumers, and Mark Lipovetsky, *Performing Violence: Literary and Theatrical Experiments of New Russian Drama*, Intellect Ltd., 2009, p. 215.
② 王树福:《"词句转换":一种先锋戏剧理念的兴起》,《外国文学研究》2012 年第 1 期。
③ [俄] 符·阿格诺索夫:《20 世纪俄罗斯文学》,凌建侯等译,中国人民大学出版社 2001 年版,第 636 页。

一,它将传统与先锋、实验与探索、借鉴与融合、本土与域外、社群与民族等融汇,从而形成了与欧美的"词语转换"剧有别的内涵戏剧。尤其重要的是,从舞台实践到电影银幕,俄罗斯的"词语转换"剧已经实现了俄罗斯戏剧的重要转型,它既保持了俄罗斯戏剧的品性,又具有融入世界文学和文化市场的竞争力。

总体来说,从新生代作家到"年轻诗人",再到"词语转换"派实验剧本,当代俄罗斯文艺重构的面向已经更加多元化。新生代作家操持着似是而非的文艺样式,不会坚定地走现实主义或现代主义的道路,也不会执着于后现代主义或后现实主义,他们只在意更出色地书写当代俄罗斯的年轻人——他们的思想、他们的情感、他们的灵魂。"年轻诗人"从最初的快意解构,走向寻找善意的、有责任感的、有担当的年轻人。"词语转换"派则把最初诞生于本土的话剧形式重新引进俄罗斯,创造出有别于欧美的同时又具有鲜明俄罗斯情感形象的实验剧剧本。这些文艺重构形式与苏联解体后的其他艺术重构一道,参与和制造当代俄罗斯文化转型,使"新俄罗斯文艺"的形象更加鲜明。

第二节　电影——卫国战争题材的主旋律高唱

众所周知,苏联是在国际上具有重要影响的电影大国,曾在世界电影发展历史中做出重大贡献。十月革命胜利后,国家对于电影事业高度重视,在注重培养专业技术人员的同时,还建设了以莫斯科电影制片厂为代表的覆盖全国的电影生产基地,实现了国家电影繁荣发展,涌现出爱森斯坦、普多夫金、塔可夫斯基、卡拉托佐夫、米哈伊尔·罗姆、梁赞诺夫等一批世界电影巨匠,拍摄了《战舰波将金号》《雁南飞》《莫斯科不相信眼泪》《普通法西斯》《两个人的车站》等风格鲜明的优秀作品,创造性地发展出新浪潮、蒙太奇和诗电影等独具特色的电影领域的苏联学派,电影技术和理论发展都在世界上居重要位置。然而,伴随着戈尔巴乔夫时代电影改革的彻底失败、苏联解体后价值观念混乱带来的创作困顿、体制转型期好莱坞大片无限制侵袭等,俄罗斯电影业呈现出全面衰落态势,集中表现为国家电影制片厂萎缩破产、国产影片单纯追求利益造成暴力色情影片在市场泛滥、价值观念混乱错位后的质量下滑和电影院观众大量流失等系列问题,俄罗斯民族电影面临着整体衰颓的局面。为此,叶利钦时代为帮助民族电影走出危机,采取了一系列国家措施予以扶持,主要包括国家重建俄罗斯电影委员会,通过《国家电影法》,将国家支持电影的措施、对电影投资和对电影活动实行调节关税政策以法律形式加以确认;整顿重组国家电影厂,实行股份化;鼓励组建民营电影公司,兴建国家电影放映综合体,创新电影发行放映模式;加快电影、录像和电视的一体化进程等。上述措施的实施,在一定程度上扭转了俄罗斯民族电影下滑的劣势,找到了社会体制转型下促进民族电影新生的正确道路。①

普京执政以后,特别注重俄罗斯民族电影发展,以强化爱国主义、强国精神和传统文化为核心,围绕"新俄罗斯理念"的意识形态重建工程,以提振民族精神、推广国家形象和打造新型电影工业为宗旨,采取国家规划项目重点资助扶持,改革电影机构和运行模式,鼓励民营资本参与实行多元化的投资结构等系列举措,有力提升俄罗斯民族电影的市场竞争力并激活艺术生命力,电影投资份额、制作技术、票房业绩和海内外影响虽然与苏联时期仍有差距,院线市场仍主要被好莱坞电影占据,但国家体系化电影扶持政策的成效已经显现,有效促进了俄罗斯电影业的复苏和国家文化软实力的提升。其中,卫国战争题材电影因其独特的历史地位、鲜明的国家色彩、强烈的民族精神而成为自"二战"后苏联及俄罗斯各时期电影拍摄的重点选题,特别是进入普京时期,俄罗斯官方延续苏联传统将卫国战争题材电影作为高扬爱国主义、凝聚民族力量和塑造国家形象的重要手段并予以支持,成为当代俄罗斯文艺政策的重要内容之一。本节将以普京时期卫国战争题材电影为例,着力探讨当代

---

① 李芝芳:《当代俄罗斯电影》,文化艺术出版社 2003 年版,第 32—40 页。

俄罗斯国家文化战略和电影政策影响下的卫国战争题材电影的拍摄情况，为研究文艺政策与电影实践之间的交互影响提供可能。

一 苏联伟大卫国战争及其爱国主义精神

卫国战争在俄罗斯史和世界史上都占有十分重要的地位，它给苏联人民带来了惨痛的灾难，不仅承载了苦难的战争记忆，还是提振民族精神和增强民族自信心的重要法宝，成为持续激励俄罗斯民族前行的力量源泉。

（一）苏联卫国战争在俄罗斯史和世界史上的地位

第二次世界大战中，德国发动了入侵苏联的战争，这是对世界人民生死存亡的严峻考验。从1941年6月22日起，苏联人民开始了伟大的反法西斯卫国战争。苏联人民在这场战争中获得了伟大的功绩，1995年俄罗斯政府规定永久纪念卫国战争，决定把每年的5月9日定为卫国战争胜利日，对俄罗斯民族而言，这是苏联人民战胜德国法西斯取得伟大卫国战争胜利的重要日子，是值得铭记的重要历史，因此每年都会有各式各样的纪念活动，比如莫斯科红场阅兵、军团游行、展览革命遗迹、歌唱演讲比赛等。

城市承载了不可磨灭的历史记忆，在这场持续五年的战争中，许多英雄城市涌现出来，像是我们熟知的列宁格勒（现名为圣彼得堡）、莫斯科、斯大林格勒（现名为伏尔加格勒）、塞瓦斯托波尔等。每一座城市都有着可歌可泣的故事，正是苏联人民的奋力抵抗，让这些城市永垂不朽。列宁格勒是俄国十月革命的发祥地，对保护苏维埃政权有着重要意义，在长达九百多天的战役中，列宁格勒顶住了围困和饥饿。莫斯科在俄罗斯人民心中有母亲之称，面对德军的进攻，人们丝毫没有退缩的想法，反而冒着炮火前仆后继，英勇奋斗，"苏联虽大，但已无路可退，因为后面就是莫斯科"。斯大林格勒保卫战是反法西斯战争胜利的伟大转折点，苏德双方伤亡近200万人，战争状况空前惨烈，但苏联人民保卫家园的决心坚定不移。

苏联在这场战争中建立了不朽的功勋，但也付出了惨痛的代价。据统计，"战争给苏联造成了超 2000 万人的死亡，1710 座城镇、超过 7 万个村庄和 3 万家工矿企业被毁，直接经济损失估计高达 25600 亿卢布"①。战争造成的损失不能用简单的数字估算。战争注定是一场悲剧，它使人们失去了宝贵的生命，破坏了平静美好的生活，给当年几乎所有的家庭都带去了难以抚平的伤痛，甚至每一个家庭中都曾收到阵亡通知书，大部分年轻人英勇牺牲，把青春埋葬在战场上，整整一代人的生活被战争完全毁掉。时至今日，严酷的战争遗传下来的历史记忆依然时时提醒俄罗斯人民战争的恐怖。

苏联的卫国战争具有极其重要的历史意义，它是苏联历史上最大型的全民族抗击侵略者的战争，显示出苏联人民的爱国主义精神和民族气质，在反法西斯的战争中发挥出巨大的力量。苏联军民众志成城，为守护家园和保护国家的领土不受侵犯，甘愿流尽最后一滴血，这种团结起来共同对抗侵略者的精神显得无比可贵。最后在斯大林的指引和苏维埃政权的领导下，苏联取得了卫国战争的全面胜利。在进行反法西斯战争的过程中，苏联人民忍受巨大的民族牺牲，孤军作战，对抗德军百分之七十的兵力，全面抵御了德国法西斯的侵略，用生命换来卫国战争的胜利。

卫国战争的记忆不仅仅是俄罗斯的，也是所有苏联加盟国的，每位苏联人都为卫国战争的胜利而感到骄傲。残酷的战争是俄罗斯民族共同的伤痛，历史永远会铭记战争带来的悲剧。苏联各民族曾经面临共同的命运，卫国战争的胜利是苏联全体人民浴血奋战、艰苦奋斗的结果。在战争来临的时候，不同民族的人紧紧团结在一起，这是战胜德国法西斯的关键。普京强调，"这场胜利的精神与道德意义是不会改变的"②，当

---

① 周尚文、叶书宗：《新编苏联史（1917—1985）》，上海人民出版社 1999 年版，第 119 页。
② 《普京胜利日致辞：团结起来的俄罗斯人民不可战胜》，https://news.china.com/socialgd/10000169/20200510/38199390.html。

下重新解读卫国战争,能够为俄罗斯民族精神注入新的活力,为俄罗斯民族的团结提供精神纽带与桥梁。

(二) 苏联卫国战争与俄罗斯民族精神

俄罗斯人民对自己的祖国有着深沉的热爱之情。俄罗斯的爱国主义情感曾一度被斯拉夫派通过东正教中的聚合性理论来进行定义,无独有偶,伟大的作家托尔斯泰也曾用群因素来形容这种聚合性的特征。根据托尔斯泰的群因素理论,俄罗斯人民有着像蜜蜂一样群居而紧密的团结精神,他们对于自己的热土、故乡和乡亲们永远怀有不可磨灭的眷恋之情。而恰恰是这种同气连枝的精神造就了俄罗斯整个民族的集体主义和爱国主义精神。尤其是在第二次世界大战中,在抗击德国法西斯的惨烈、悲壮的卫国战争中,整个民族所展现出来的无比强大的民族聚合力和群体凝聚力,无疑是俄罗斯民族的历代统治者团结民众和凝聚国家力量的重要武器。这种历史沉淀下来的民族气质充分彰显在俄罗斯人民的性格中,"在国家面临生死存亡的危急时刻会迸发出非凡的爱国主义激情、勇气、耐力和勇敢、顽强、坚忍不拔、牺牲精神"[①]。在遭遇外来侵略时具有强大的凝聚力和爱国精神,1812年抗击法国入侵的自卫反击战,俄罗斯人民英勇抵抗,赶走了拿破仑军队,保卫了俄国的民族独立。在1941—1945年的苏联卫国战争中,又一次突出地表现了苏联人民强烈的爱国主义精神,在漫长的战争岁月里,苏联人民时时刻刻和自己的祖国在一起,不惜流尽鲜血,来保卫苏维埃每一寸土地,正是这种深沉热烈的爱国主义精神使苏联最后战胜了德国法西斯,这成为俄罗斯民族精神的重要特征之一,即热爱祖国、忠于人民。

几十年来,卫国战争激发出的爱国主义精神已深深根植于俄罗斯民族基因之中,与爱国主义精神融为一体的是众志成城的集体主义精神,在战争中表现为前线与后方、国家领导人与普通百姓、军队与士兵、各

---

① 荣洁:《俄罗斯民族性格和文化》,《俄罗斯中亚东欧研究》2005年第1期。

民族之间的互帮互助和团结友爱,这种集体精神不仅仅体现为苏联军队的团结一致,更激发了苏联全民族的战斗精神。军人和普通民众之间几乎没有界线,妇女、儿童、老人都踊跃参战。据统计,"战争期间,苏联军民超过1.16万人成为'苏联英雄'。在莫斯科保卫战的一个多月时间,仅仅妇女儿童就构筑了700公里反坦克堑壕,挖掘了超300万立方米的泥土,修筑了超3800个临时和固定火力点"①。整个苏联和全俄罗斯民族的人民都为反法西斯战争的胜利做出了不可磨灭的贡献。

同时,苏联人民还表现出了浴血奋战、不怕牺牲的英雄主义精神,全民族的人都在用自己的鲜血和生命来抗击敌人。战争中涌现出一大批可歌可泣的民族英雄,女狙击手柳德米拉、潘菲洛夫的勇士、坚贞不屈的卓娅等,他们是千万英雄人民的代表。苏联红军不屈不挠、奋勇杀敌,勇敢无畏地同敌人作战,明知必死无疑,依然坚持前进,粉碎了"闪电战"的袭击,打败了德军百万以上的精锐部队,在莫斯科保卫战和斯大林格勒会战中以弱胜强,其所体现的牺牲精神永远激荡在人民心中。

卫国战争给苏联人民带来了深重的灾难,伟大的俄罗斯人民以自己的鲜血和顽强不屈的民族精神,战胜了外来侵略者,保卫了国家尊严,在废墟和荒芜中重建家园,再现大国的精神风采。卫国战争中显现的民族精神沉淀为宝贵的精神财富,渗入俄罗斯人的血脉之中,成为俄罗斯政府用来团结民众和振奋民心的重要思想武器。与此同时,从苏联到俄罗斯,卫国战争作为重要的历史记忆,长期以来是艺术家们创作的重要题材之一。

二 苏联卫国战争题材电影的发展谱系

在俄罗斯历史上,文学和电影曾经取得了辉煌的成就,赢得了国际

---

① 《伟大卫国战争永载俄罗斯和人类史册》,http://www.banyuetan.org/chcontent/sz/hqkd/201555/133616.shtml。

社会的认可,帮助俄罗斯树立了艺术大国的国家形象。卫国战争作为传统的题材,一直以来,在艺术创作中占有重要的地位。战争的残酷性和灾难性成为艺术家创作的巨大动力,同时,传承伟大的卫国战争精神成为艺术家不可推卸的责任,他们以悲天悯人的情怀通过不同的艺术形式讲述战争,多角度再现战斗生活,如绘画、雕塑、音乐等,最具代表性的艺术形式当属文学和电影。

(一) 苏联卫国战争文学传统

从1941年卫国战争爆发到当今的21世纪,卫国战争文学的创作连绵不断,这些有影响力的文学作品为电影创作奠定了良好基础。

卫国战争初期,"文学率先显示出创作方式的优势,大批作家深入前线和后方的斗争生活中,在与人民一道拿起武器保卫祖国的同时,把苏维埃人民的战斗生活和抗战决心及时地表现了出来"[①]。卫国战争在文学中得到了深刻全面的反映。奔赴战场的苏联作家拥有独特的战场体验和人生经验,以高度的责任感记录下战争的残酷及信念的力量,比较有影响力的作品有瓦西列夫斯卡的《虹》、西蒙诺夫的《日日夜夜》、戈尔巴托夫的《宁死不屈》和法捷耶夫的《青年近卫军》等,不仅给浴血战斗的苏维埃人民以极大的精神鼓舞,同时也向世界宣传了苏联在反法西斯战争中的积极作用。

战后初期,大批从前线回来的作家积极投入有关卫国战争的重大事件和英雄行为的创作中,形成了卫国战争文学的第一次浪潮,代表性的作品有维克托·涅克拉索夫的《在斯大林格勒的战壕里》、波列沃依的《真正的人》等,主要反映战争的非人性和残酷性。20世纪五六十年代,肖洛霍夫的短篇小说《一个人的遭遇》标志着卫国战争文学的第二次浪潮出现,战争毁灭了主人公索科洛夫的家庭和幸福,但他没有失去生活的斗志,收养孤儿万尼亚,迎接命运的考验。同时期以瓦西里耶夫和阿斯塔菲耶夫为代表来自前线的年轻作家也逐步从歌颂革命英雄转

---

① 贺红英:《文学语境中的苏联电影》,中国电影出版社2008年版,第41页。

向歌颂普通士兵，着力描写战争的局部和刻画战争的真实性，反映苏联人民为战胜德国法西斯而付出的巨大牺牲。

20世纪七八十年代，前线作家创作日益成熟，战后出生的作家也崭露头角，这个时期卫国战争文学涌现出大批内容丰富而风格多样的优秀作品，形成空前繁荣的局面，掀起了卫国战争文学的第三次浪潮。拉斯普京的《活着可要记住》细致刻画了逃兵安德烈的心理状态，从道德的角度去思考战争所带来的人性问题，即普通人对国家和人民的责任问题；瓦西里耶夫的《这里的黎明静悄悄》描写了战争带给五个女兵的悲剧，控诉战争摧残了美丽的生命；阿列克谢耶维奇的《战争中没有女性》是一部全景式纪实文学作品，通过采访众多参加过卫国战争的女性记录下时代的苦难；此外还有阿斯塔菲耶夫的《陨星雨》和《牧童与牧女》等，这些作品从不同的角度展现了战争的各个方面，把战前和战后生活联系起来，探索战争留给人类的共同问题。

苏联解体后，卫国战争文学的热潮虽已退去，但相关的创作从未停止，俄罗斯文学界一直保持着对卫国战争主题的关注，"从不同的观念和立场出发，表现出对待卫国战争的态度分歧、展现卫国战争角度的多样化，以及表现方式的多元化"①。同时，出版界再版了一系列关于卫国战争的文学作品，纪实性文学再度兴起，回忆录、日记、书信成为热点，人们更加客观而全面地看待卫国战争。

回顾苏联卫国战争文学的发展历程，一方面，它增强了苏联人民的自信心，为战胜法西斯和战后重建提供了精神动力；另一方面，它深刻地影响了卫国战争电影的创作，大量优秀的电影作品都是根据战争文学作品改编而成的，如《青年近卫军》《一个人的遭遇》《这里的黎明静悄悄》等，这奠定了苏联电影在世界影坛的地位。与此同时，电影流派的发展与文学流派的发展基本保持一致，战争题材文学创作的原则和方法也被运用到电影创作中。

---

① 侯玮红：《俄卫国战争文学的新书写》，《光明日报》2015年11月14日。

(二) 苏德战争题材电影的总体面貌

众所周知,苏联电影,不仅具有高超的艺术性,还富有深刻的思想性,在世界电影发展历程中占有举足轻重的地位。从 1945 年的卫国战争结束至今七十多年的发展历程中,俄罗斯尽管政治语境发生了变化,但卫国战争中苏联军民众志成城抗击德国法西斯的感人事迹不断被搬上电影银幕,是电影创作取之不尽、用之不竭的源泉。七十多年来,不管是苏联还是当今的俄罗斯,电影创作人对卫国战争的探索精神一脉相承。

电影是记录战争史实的艺术载体之一,回顾苏联的电影创作,表现卫国战争题材的影片在其电影发展史中占有重要地位。"一方面,苏联电影艺术的最高成就与卫国战争题材相关;另一方面,苏联电影发展的各个阶段,其最显著的特征均体现在描写战争的影片之中。"[①] 卫国战争题材电影不仅承载着苏联人民同仇敌忾的爱国主义精神,更弘扬了和平正义的人道主义精神,同时也是当代俄罗斯主旋律电影之一。从总体上看,在苏联电影的历史发展中,表现卫国战争题材的电影创作经历了四个高潮。

卫国战争期间由于经济萧条和生产环境的限制,苏联的电影业受到重创,为了全力支援前线、抗击侵略者,大批的电影制作人都以战士的身份上了前线。战争前期主要拍摄了《玛申卡》《虹》和《她在保卫祖国》等表现战争中真人真事的电影;战后代表性的作品是格拉西莫夫的《青年近卫军》和彼得罗夫的《斯大林格勒大血战》,表达了苏德战争时期苏联人民在国家民族生死存亡的重要时刻所具有的慷慨激昂的战斗意志和牺牲自己战胜侵略者的巨大勇气,谱写了爱国主义、英雄主义的颂歌。这些影片鼓舞苏联军民团结在一起,共同保卫国家。

从战后到 20 世纪 50 年代中期,在"社会主义现实主义"的倡导

---

① 李芝芳:《悲凉壮阔总关情——撞击中国人心灵五十年的前苏联卫国战争电影》,《艺术评论》2005 年第 4 期。

下，伴随着对斯大林个人崇拜的狂热，电影创作陷入僵局。1956年苏共二十大召开，理论上的教条主义思想都受到彻底批判，苏联电影的禁区被突破，创作环境相对宽松，出现了一个"解冻期"。这个时期拍摄的苏德战争题材影片有卡拉托佐夫的《雁南飞》、邦达尔丘克的《一个人的遭遇》、丘赫莱依的《士兵之歌》和安德烈·塔科夫斯基的《伊万的童年》等，形成了苏联电影创作的新浪潮。这些影片的视角由"英雄人物"转向现实生活中的普通人，他们并非战争的主角，但成为战争的牺牲品，通过对战争时期个体命运的关注，揭示了战争对个人、对家庭、对国家和对全人类的危害。

20世纪七八十年代的苏德战争题材影片类型更加多样，既有表现战争进程的史诗大片，比如我们熟知的"卫国战争三部曲"——《莫斯科保卫战》《斯大林格勒保卫战》和《解放》，都以波澜壮阔的历史事件为叙述背景，展现了苏德战争中著名的三大战役，力图反映出当年战争的全貌，穿插大量历史文献镜头，场面宏大壮阔；也有表现局部战争的影片，如改编自瓦西里耶夫的同名小说的《这里的黎明静悄悄》；还有表现人性与道德的影片，如彼得·托罗洛夫斯基的《战地浪漫曲》。这些影片延续前期风格，真实地表现了战争的残酷性，同时把爱国主义与人道主义相结合，展现人性的光辉，赞美普通人的坚定的意志和美好的心灵。

2000年之后，"俄罗斯社会在苏联解体后的艰难困境中十分渴望歌颂俄罗斯民族精神的影片，以此振奋民族士气，爱国主义题材因而在俄罗斯新一代导演的手中得到了延续复苏"[1]，因而苏德战争题材电影回归银幕。一方面，继承苏联电影的优秀传统，表现普通战士为保卫祖国付出鲜血和生命，如尼古拉·列别捷夫的《星星》，还有经典电影《这里的黎明静悄悄》的翻拍系列，为经典电影注入生命活力。另一方面，表现出商业化的发展趋势，在电影手法和拍摄技术上有了新的开拓，如

---

[1] 张平：《普京的俄罗斯文化观》，《学术探索》2014年第2期。

安德烈·马留科夫的《我们来自未来》通过"穿越"的形式使青年人接受爱国主义的洗礼;费多尔·邦达尔丘克的《斯大林格勒》采用IMAX-3D技术。总的来说,苏德战争题材的新生,激发了俄罗斯民众对国家的热爱与认同,促进了俄罗斯电影的繁荣与发展。

除此之外,俄罗斯还与苏联其他加盟国合作拍摄了许多反映苏德战争历史的电影,比如《布列斯特要塞》和《女狙击手》,这两部电影都宣扬了苏联人民的爱国团结,战争来临的时候,所有的苏联人民紧紧团结在一起。基于共同的民族精神和爱国意识,尽管苏联已经解体,但是苏联的组成国家仍在以自己的独特方式纪念着苏德战争。七十多年过去了,时代在不断变化,世界各国人民对和平与正义的追求却不曾改变,那些峥嵘岁月里关于苏德战争的故事依然不断被搬上电影银幕,感动一代又一代的人。

三 普京执政前苏德战争题材电影发展的基本状态

苏联解体后,叶利钦政府确立了西方政治体制,俄罗斯走上了资本主义发展道路。经济上转变为自由资本主义市场经济体制,实行经济自由化、私有化,由于缺乏政府的宏观调控,引发了全面的经济危机;同时,社会急剧转型和西方思想的大量涌入,给俄罗斯人带来巨大的思想冲击,出现前所未有的文化危机。俄罗斯社会转型期产生的弊端对电影产业产生了不良影响,电影产业遭受严重的破坏。

(一) 普京执政前苏德战争题材电影衰退的背景

一是电影生产急剧萎缩。盖达尔政府推行的"休克疗法"使俄罗斯经济形势进一步恶化,卢布贬值,物价上涨,电影生产和服务费用也随之上涨,电影生产资金不足,电影生产的数量急剧下降。有学者统计,"从1992年到1996年俄罗斯电影生产逐年萎缩,到1996年降至最低,年生产影片27部"[①],同时"1997年有49部影片已投拍,但由于

---

① 李芝芳:《当代俄罗斯电影》,文化艺术出版社2003年版,第10页。

资金匮乏,其中有 23 部陷于停顿。1998 年完成了 51 部;1999 年,截至当年 10 月,完成了 30 部,另有 38 部已列入计划或已经开拍,影片生产仍停留在两位数的低水平上"①。俄罗斯国有电影制片厂也纷纷出现危机,莫斯科电影制片厂、高尔基少年儿童电影制片厂和列宁格勒电影制片厂等都处于资金周转的困境之中。在这种情况下,表现苏德战争的影片屈指可数。

由于资金短缺,电影拍摄技术和设备落后,导致电影质量下降,表现手法简单拙劣,"既没有了以前的表现爱国主义的战争史诗片,也没有苏联电影所擅长的伦理道德片"②。大多数的电影导演仿效西方大力拍摄侦探片、恐怖片、色情片,暴力、犯罪、凶杀、色情的文化垃圾充斥银幕,破坏了电影积极健康的主题,背离了苏联电影的优秀传统,电影创作渐渐失去艺术性和思想性,从而渐渐失去了观众。电影生产领域处于一种混乱的状态,这给俄罗斯民族电影产业的发展造成了极坏的影响,甚至影响了电影美学的一些理论,出现了"审丑的美学"。

二是电影发行放映机制改变。苏联时期,电影产业与国家的联系十分密切,电影生产由国家统一管理,采用严密而有序的发行放映体系;电影企业归国家所有,每年国家对其投入巨额资金,电影创作人直接对国家负责,这些举措保护了国产电影,保证了电影的质量,涌现出一大批经典作品,确保了国家电影事业有序发展。

苏联解体后,国家的政治经济文化危机对俄罗斯电影产业的发展产生了不良的影响,政府不再拥有对电影的统一垄断的权利,任何一个单位都可以轻而易举地获得发行许可证。电影经营主体由国家转向个人,私有化代替原先的国有电影发行机制,"新兴的电影企业并不积极参与电影生产活动,而是彻底占领了发行领域,电影发行采取各自为政的分

---

① [美] L. 梅纳什,章杉译:《莫斯科还是相信眼泪的——转型期俄国电影的问题与希望》,《世界电影》2002 年第 1 期。
② 李芝芳:《当代俄罗斯电影》,文化艺术出版社 2003 年版,第 30 页。

散经营方式"①，个体发行公司以追求最大的经济利益为主，尽量安排能够盈利的外国影片，尤其把美国大片作为发行重点。这使得电影发行放映体系逐渐瓦解，苏联时期构建的电影工业大厦倒塌，曾经保证苏联电影生存的电影市场消失。

三是外国影片冲击俄罗斯电影。苏联时期，由于受到美苏冷战的影响，国家强调意识形态，对外国影片进口控制非常严格，尤其限制美国影片进口。苏联解体后，俄罗斯在政治经济上与西方国家接轨，文化上向欧美学习，观看外国影片成了新的需求。一方面，由于观众的猎奇心理，俄罗斯人想快速了解西方世界，观看美国影片成为他们满足求知欲望的途径；另一方面，人们精神信仰空虚，丧失了民族自信心，盲目崇拜西方文化，在美国影片中寻找精神寄托。

在全球化的影响下，电影产业日趋国际化，美国电影凭借自身优势迅速占领国际市场，并且借助好莱坞的影响称霸世界电影行业。俄罗斯全面开放电影市场，对影片进口不再进行限制，由于美国电影在价格上存在明显优势，比投资生产本国电影获利更多，电影发行商热衷于直接购买美国影片。因此，美国影片迅速占领俄罗斯电影市场。无论是在数量上，还是在质量上，俄罗斯国产电影都无法和美国影片竞争，俄罗斯本土电影的发展遭受巨大阻力。

总而言之，苏联解体后的十年时间里，俄罗斯在电影生产、发行和放映的改革过程中，电影工作者很少关注电影的思想和艺术水平，丢掉了本民族的优秀传统文化元素，同时拍摄设备和技术落后，难以生产出高质量的电影；加上引进低俗的外国影片，久而久之，观众产生审美疲劳，影院观众不断流失，收入随之减少，电影产业难以维持生存。

(二) 普京执政前苏德战争题材电影衰退的原因

苏德战争题材曾是苏联电影创作的艺术源泉，无论是在思想艺术上，还是在表现手法上都取得了非凡的成就，在世界电影史上留下了浓

---

① 李芝芳：《当代俄罗斯电影》，文化艺术出版社2003年版，第15页。

墨重彩的一笔。同时，苏联时期，战争片也是塑造国家形象的重要工具之一。然而在俄罗斯社会转型和俄罗斯民族电影陷入危机的背景下，苏德战争题材电影的影响力逐渐衰退，几乎处于停产状态，主要有以下两方面的原因。

一方面是大众文化的兴起和西方文化的涌入。以美国文化为代表的大众文化是现代工业社会的产物，各式各样的文化消费品改变着俄罗斯人的生活方式和审美趣味，"大量引进西方（尤其是美国）的各种影片（武打片、暴力片、色情片），影片的录像带和光盘充斥电影市场，形成了西方和美国好莱坞电影对俄罗斯电影的'侵略'"[1]。这使得处于变革时期的俄罗斯民众深受其影响，潜移默化地接受了西方的价值观和文化思想，抛弃了传统的文化价值观念。苏德战争题材电影本身带有浓厚的意识形态色彩，苏联解体，国家的意识形态呈真空状态，人们对社会主义失去信仰，这类描述苏联抗击德国法西斯的电影久而久之不再符合大众的审美，电影制作人也逐渐把目光转向其他题材。

另一方面是电影拍摄失去国家支持。电影艺术作为一种民族文化和国家形象的宣传工具，本身带有鲜明的意识形态性质，容易受到社会环境和政治语境的影响。苏联时期，苏德战争题材电影是开展公民爱国主义教育，维护社会秩序，净化社会生活环境，强化公民道德认知，加强苏联社会主义意识形态宣传的重要思想武器，同时也是塑造国家形象的重要手段之一；这表现在苏联时代的苏德战争影片中，军民众志成城抗击德国法西斯入侵，宣扬苏联人民在苏德战争中表现出的伟大民族精神和爱国主义热情，强调苏联在世界反法西斯战争中的领导作用，塑造了苏联团结强大和世界解放者的国家形象。所以，苏联政府支持苏德战争题材电影的发展，并且愿意投入庞大的资金支持其拍摄。

苏联解体后，苏德战争题材电影失去了对国家形象的宣传功能，与国家意识形态产生了隔阂，只能悄然退出历史舞台。由于经济衰退，国

---

[1] 任光宣：《俄罗斯文化十五讲》，北京大学出版社2007年版，第327页。

家也无法拿出充足的资金来继续支持战争影片的拍摄。随着市场经济的兴起，电影作为一种文化商品，必须接受市场的考验，而战争题材的影片盈利较少，拍摄难度大，私人性的企业难以投资拍摄，从此，苏德战争影片不再是国家支持的重要影片。在错综复杂的背景下，直到普京执政前苏德战争题材影片的生产数量非常少，优秀的影片更是凤毛麟角。总的来说，苏联解体后，处于迷惘时期的俄罗斯人彻底否定苏联政权和苏联时期取得的巨大成就，甚至回避伟大的苏德战争，失去国家支持的苏德战争题材电影找不到自己的存在价值，苏联时期建构起来的伟大团结的社会主义国家形象也随之消失。

总而言之，苏德战争印证了伟大的俄罗斯民族精神，是文学和电影的创作源泉。电影作为一种特殊的意识形态表达方式，电影产业的发展与国家的整体利益紧密相连，苏联时期的苏德战争题材电影在塑造国家形象的过程中发挥了举足轻重的作用，成为凝聚民族精神、促进社会团结的重要方式。苏联解体后的一段时期，苏德战争题材电影一直处于衰落甚至消失的状态，直到2000年普京上台执政，俄罗斯电影迎来了整体复苏，苏德战争题材电影也开始重返影坛。

四 普京时期卫国战争题材电影与文艺政策关联

苏联解体后，意识形态的冲突和经济体制的改革等诸多原因使苏德战争题材电影销声匿迹。2000年以后，随着俄罗斯的复兴，如何重建民族自信，如何塑造新的国家形象成为俄罗斯面临的紧迫任务之一。在时代的召唤之下，伟大的苏德战争呼应了俄罗斯新时代的诉求。在这种情况下，苏德战争题材电影再次担起使命。本小节主要探究普京时期俄罗斯电影政策的价值导向和民族电影产业发展的扶植机制，为分析苏德战争电影如何塑造国家形象提供理论支持。

（一）普京执政前俄罗斯文化领域的危机状态

一个民族的文化对建立和增强公民认同感，保障国家民族的团结，维护文化和语言空间的统一具有重要作用。然而，苏联解体带来的各种弊端，产生了许多的不良影响，这反映在文化外交方面，俄罗斯在国际社会的地位一落千丈，并且受到其他国家的敌视，如何重塑国家形象成为俄罗斯亟待解决的问题。

（二）意识形态真空和文化价值迷失

普京上台后，面临国家意识形态严重缺失的问题。叶利钦时期曾一度奉行"全盘西化"的自由主义政策，西方社会的各种思想大量涌入，"随着苏共的垮台，空洞而简单化的正统意识形态说教成为过去，与之相对简单化的自由主义口号骤然泛起。随之俄罗斯出现了一个各种思想杂乱纷呈的局面，如西欧社会民主主义思潮，保守主义思潮，自由主义思潮等"①。在如此复杂多元的政治思潮下，没有任何一种思潮是主导的国家意识形态，苏联时期建立的社会主义意识形态大厦轰然倒塌，新的意识形态尚未建立起来。

社会主义文化开始迅速衰落，原有的文化价值成为过去式，人们处于迷惘的状态，很多人失去原有的精神信仰，文化领域出现了混乱。在俄罗斯国内甚至有些人否定苏联70年的辉煌历史，并且进而否定苏联社会主义，毫不留情地对历史事实进行伪造和曲解；国际上，西方国家否定"二战"期间苏联及苏联红军做出的历史贡献，甚至篡改第二次世界大战的结果，捍卫历史的真相成为俄罗斯重建民族国家认同的过程中不得不面对的问题。与此同时，俄罗斯的民族文化面临着严重的生存危机，经典高雅的艺术作品无人问津，各种庸俗、恐怖、暴力、犯罪、色情的文化充斥书店、银幕，加之政治腐败和经济的不稳定使许多俄罗斯人悲观失望，人们在低俗的文化中寻求精神慰藉。

更为严重的是国家意识形态真空和文化价值迷失给年青一代带来不良影响，处在成长期的青少年顺应当时社会情况追逐西方文化，对俄罗斯本民族文化的认同感降至最低，对国家的历史文化持虚无主义的态度，出现了酗酒、吸毒、暴力和道德滑坡等不良现象，有的青少年甚至

---

① 张树华、刘显忠：《当代俄罗斯政治思潮》，新华出版社2003年版，第15页。

辍学或离家出走，未成年人的犯罪率大幅上升，青少年缺乏规范的行为指导理论，教育领域出现了不可忽视的问题。普京指出："我们如何教育青年，关系到俄罗斯能否生存和发展，关系到俄罗斯能否成为现代化的、有前景的、强劲发展的国家。"①总之，重视青少年的爱国主义教育，让青年一代的个人志向、奋斗行动与祖国需要、人民期盼高度契合，这关系着俄罗斯民族的未来，关系着俄罗斯国家的前途命运，也是国家经济富足和社会稳定发展的重要条件。

"促进青年一代的道德观念培养和健康成长，共同关注在孩子们和青年人身上培养爱国主义情操，培养对祖国的热爱，培养对祖国历史、文学的热爱。只有精神道德健全的社会，才能够和谐安稳地存在和持续地发展。"②因此，应抵制当代大众流行文化中消极负面的东西，让祖国历史上的英雄人物而不是屏幕上的"明星"，成为青少年的偶像。只有使这种正面精神道德种子稳稳地扎根于青年人的心中，才能逐渐长成坚韧挺拔的大树，抵抗消极精神和不良道德的侵蚀。

历史承担着一定的社会责任，联结着过去、现在和未来。俄罗斯历史学家彼得罗夫认为，"历史可以帮助我们确定民族属性，解释伟大的历史事件，指明俄罗斯社会发展的方向，尊重并继承自己历史的民族才会有真正的未来。俄罗斯政府要让全世界人民正视俄罗斯历史"③。值得一提的是，"普京尤其重视俄罗斯的历史文化，期望回到民族传统中去寻求未来的发展之路，决心确立俄罗斯国家民族独立自强的对外形象"④。苏联虽已解体，但是对于当今的俄罗斯人来说，苏德战争仍是重要的历史记忆。战争在一定程度上与国家的前途命运紧密相连，无数革命先辈用牺牲换来和平，捍卫国家尊严。苏德战争团结了苏联人民，铸就了辉

---

① ［俄］普京：《普京文集（2012—2014）》，华东师范大学国际关系与地区发展研究院、华东师范大学俄罗斯研究中心编译，世界知识出版社、华东师范大学出版社2014年版，第149页。

② ［俄］普京：《普京文集（2012—2014）》，华东师范大学国际关系与地区发展研究院、华东师范大学俄罗斯研究中心编译，世界知识出版社、华东师范大学出版社2014年版，第166页。

③ 陈余：《从历史碎片中重塑俄罗斯未来》，《社会科学报》2012年9月27日。

④ 岳璐：《当代俄罗斯建筑艺术与国家形象塑造》，《俄罗斯学刊》2013年第5期。

煌。通过纪念苏德战争的相关活动，牢记历史、守护国家的历史文化成为当代俄罗斯人不可推卸的责任与使命。在俄罗斯国家意识形态真空和文化价值迷失的情况下，国家拍摄一系列爱国主义的电影，尤其是苏德战争题材影片，为俄罗斯社会提供了鼓舞人心的力量。

(三) 文化大国形象衰落

俄罗斯是一个文化大国，有着丰富的传统文化资源，涌现出大量世界级的文化大师，有普希金、屠格涅夫、契诃夫、列夫·托尔斯泰、陀思妥耶夫斯基等文学巨匠，也有恰达耶夫、索洛维约夫、别尔嘉耶夫等哲学大师，还有柴可夫斯基、康定斯基、爱森斯坦等艺术家，他们是俄罗斯的象征和骄傲，同时奠定了俄罗斯优秀的文化传统，为世界文化提供了宝贵的资源。由此，俄罗斯的文化形象得到了国际社会的认同与肯定，提到俄罗斯就会联想到艺术大国的形象。但是冷战期间，美国和苏联在国家意识形态、社会政治制度和经济体制等方面存在巨大差异，以美国为首的西方媒体故意对苏联进行大量负面的报道，把苏联刻画成专制独裁的极权主义国家。苏联解体后留下许多历史问题，积重难返，叶利钦政府无法力挽狂澜，政治腐败、经济凋敝和文化衰落等问题极大地影响了俄罗斯的国家形象和国际地位，其国际影响力急剧下降。

普京曾忧虑地感慨道："俄罗斯正处于其数百年来最困难的历史时期，首次真正面临沦为世界二流国家，甚至三流国家的危险。"① 更为糟糕的是，俄罗斯文化在世界中的影响力和参与度逐渐降低，民族文化自信下降，国家形象也因此遭遇了前所未有的危机。反观当下，俄罗斯的复兴和崛起并未全方位改善俄罗斯的国际形象，普京政府展现出来的强硬外交风格引起了西方世界的不满。此外，进入21世纪以来，车臣战争、俄罗斯与格鲁吉亚战争、俄罗斯与乌克兰冲突使得俄罗斯与一些

---

① [俄] 普京：《普京文集 (2000—2002)》，中国社会科学院俄罗斯东欧中亚研究所编译，中国社会科学出版社2002年版，第8页。

国家的关系变得紧张,这进一步损害了俄罗斯的国家形象。

因此,在俄罗斯面临国家形象全面衰落的危机之时,普京首先在文化领域采取了一系列重新塑造国家形象的措施,如重拾大国文化传统,举办俄罗斯文化年,重新编审历史教科书,发掘文化遗产,重视"二战"庆典活动,拍摄苏德战争题材电影等,使人们深入了解本国的历史文化,从心理层面唤起人们的情感共鸣,不断加强国内民众对自己国家和民族的理解,助力于维护俄罗斯的国家形象。

(四)普京时期俄罗斯电影政策的价值导向

众所周知,在国家文化复兴的进程中,电影艺术发挥了举足轻重的作用,电影作为文艺的重要组成部分,在引领社会主流价值观念、提升大众艺术审美品位等方面肩负着重要的职责。电影具有润物细无声的作用,会影响人们的思想价值观念和世界观。此外,电影佳作本身是一张具有说服力的国家名片,电影中塑造的国家形象也更加富有感染力。为重振俄罗斯民族精神和提升国家形象,俄罗斯政府在制订国家电影发展计划时,积极鼓励电影工作者创作表现爱国主义主题的电影,比如体育竞技题材、航空航天题材和苏德战争题材。

1. 弘扬爱国主义精神,增强民族文化自信

爱国主义传统在俄罗斯源远流长,"大平原、黑土地,以及由此而生成的村社组织,培养了俄罗斯人那种将自己奉献给与俄罗斯土地相关联的宗教集体主义"[①]。在历史的沉淀中,俄罗斯民族把对宗教信仰的坚定不移和对村社集体生活的依赖转变为对国家的忠诚热爱,在国家受到侵犯之时,用生命保卫祖国义不容辞。从古至今,不管俄罗斯体制如何改变,爱国主义都是俄罗斯民族中永恒不变的精神血脉,也是官方政府大力倡导的核心价值观念。当今时代,随着全球化的深入发展,"爱国主义作为凝聚国民力量的基本精神动力,具有强大的政治引领、民心感召、组织动员等功能,在国家和民族的发展中发挥着维护祖国统一、

---

① 宋瑞芝:《俄罗斯精神》,长江文艺出版社2000年版,第13页。

捍卫国家利益、推动社会进步的巨大作用"①。当前大力弘扬爱国主义是凝聚民族精神的重要手段之一，世界各国都十分强调爱国主义的重要性。

苏联解体后，俄罗斯在转型的过程中遭遇了许多困难，经济衰退，文化混乱，国际形象一落千丈，国内人民意志消沉，精神不振。因而，重塑强国之梦，俄罗斯必须先从心理层面唤醒俄罗斯国民的民族精神。爱国主义响应俄罗斯时代的呼唤，"我们需要共同找到某个能团结整个多民族的俄罗斯的因素。除了爱国主义之外，没有任何东西能够做到"②。这是普京对爱国主义做出的高度评价，在普京的文化政策中，爱国主义更是一种统一的社会共识，是团结各民族与社会各阶层的重要因素。在国家艰难危亡之时，爱国主义往往能产生巨大的凝聚力。爱国主义不仅是一种精神传承，还是一种重要的战略思维。在俄罗斯面临的局势下，爱国主义是国家统一和领土完整的前提保障。

国家法律层面的爱国主义措施产生了强大的推动作用，俄罗斯政府最早从2001年实施"俄罗斯公民爱国主义教育规划"，在取得了阶段性成果的基础上，俄罗斯决定每5年颁布一部以爱国主义教育为核心内容的国家发展纲要，即《俄罗斯联邦公民爱国主义教育国家纲要》，肩负着传承爱国主义的使命。发展到今天，俄罗斯已经形成了十分完善的爱国主义教育体系，并且积极开展社会服务。与苏联时期相比，普京时期的爱国主义教育非常重视公民的爱国行动，加强公民的军事爱国主义教育，开展爱国主义教育活动，保护历史文化遗产，尤其重视强化苏德战争的记忆，每年都会举办庆祝卫国战争胜利的大型活动，如5月9日"胜利日"，会在莫斯科红场举行盛大的阅兵仪式，"不朽军团"游行，表彰革命老战士，号召俄罗斯公民铭记历史，尊重国家历史，维护国家的团结统一。

电影业是重要的经济产业之一，与大众传媒一起对现代人的世界观

---

① ［美］曼纽尔·卡斯特：《认同的力量》，曹荣湘译，社会科学文献出版社2006年版，第5页。

② ［俄］普京：《普京文集（2000—2002）》，中国社会科学院俄罗斯东欧中亚研究所编译，中国社会科学出版社2002年版，第9页。

产生重大影响，每个人基本上都会受到电影的影响。苏德战争题材电影是高扬爱国主义和提振民族精神的重要载体，也是展现俄罗斯精神的重要方式，进入21世纪以来，普京借此发挥教育功能，大力弘扬主流价值观念，强化俄罗斯大国的形象。"为了重新唤起俄罗斯人民的强国之梦，激发俄罗斯人民的爱国主义热情，决定以纪念反法西斯卫国战争胜利60周年为契机，要求从2002年起每个季度要拍出一部有关'二战'的电影。"[①] 众所周知，在伟大的卫国战争中，苏联人民不惜牺牲自己来捍卫国家完整。尽管后来苏联解体，国家意识形态和政治体制发生了重大变革，但先辈保卫祖国的历史功绩名垂千古，成为激励人们前进的精神动力。

伟大的爱国情怀沉淀在苏德战争题材影片中，用光辉的榜样教育青年一代守护自己的国家。由俄罗斯著名导演安德烈·马留科夫执导的电影《我们来自未来》，叙述了四个生活在和平年代的俄罗斯青年，他们是社会上的小混混，没有固定的工作，以挖掘"二战"战场、贩卖烈士遗物为生，甚至信仰纳粹主义。在一个偶然的机会中，他们穿越到1942年，亲历了苏德战争的激荡惨烈。在炮火纷飞的战场上，四位青年体会到了革命先辈守卫国家的艰辛，懂得了和平生活来之不易。他们从战场回到现实生活后，痛改前非，把理想付诸行动，坚定爱国的信念。总而言之，从苏德战争历史的痛苦记忆中，当代俄罗斯青年获得了通向未来的精神力量，增强了成为祖国捍卫者和爱国者的信念。在追忆苏德战争的过程中，俄罗斯民众意识到祖国的强大，增强了对国家的认同感，更加热爱祖国。

2. 传承经典电影艺术，塑造良好国家形象

民族的历史文化在国家形象塑造的过程中起着非常重要的作用，电影艺术作为文化传播的途径之一，不仅发挥着艺术审美的功能，而且承担一定的文化使命，"艺术作为富有特殊感染力的符号表意系统，总会

---

① 张焰：《回归传统 再铸辉煌——进入新世纪的俄罗斯电影》，《电影评介》2008年第22期。

以特定的媒介手段和表现形式去呈现国家形象"①。同时，电影也发挥着重要的国家意识形态作用，其"通过整合和提供合法化的论述，具有一种隐蔽和象征性的特点"②，潜移默化地传播民族文化和价值观念，从而增强民族认同感，促进国家形象的提升。

在信息化、全球化时代，国与国之间的竞争重心已经从传统的硬实力逐渐转向文化、政治价值观和国家形象等软实力层面。国家形象是"国家的外部公众和内部公众对国家本身、国家行为、国家的各项活动及其成果所给予的总的评价和认定"③。通过电影可以展示出一个国家人民的精神风貌，也可以向世界展示国家形象。有目共睹的是美国凭借好莱坞电影获得了强大的文化软实力，如《美国队长》《阿甘正传》《当幸福来敲门》等塑造了个人英雄主义，传播自由与平等的美国精神，这为美国建构国家形象提供了强有力的帮助。因此，国家形象作为一种隐形的力量，具有强大的影响力，其不仅是构成软实力的重要因素，也是一个国家综合实力的体现。

苏德战争题材电影在俄罗斯电影史上取得了辉煌的成就，一定程度上代表了苏联电影的整体水平。进入21世纪，普京的文化观延续了俄罗斯民族的文化特色，大力弘扬俄罗斯民族文化传统，珍视俄罗斯电影在世界电影中的作用，利用本国优秀的文化资源，坚守文化立场，保持民族特色，围绕苏德战争这个传统题材，继续创作出一批优秀的电影，发挥了增强国家认同、塑造国家形象的作用。

良好的国家形象是一种宝贵的资源，相当于一张优秀的国家名片。俄罗斯苏德战争题材电影塑造了全民团结抗敌的国家形象，不仅重视影片的艺术性，还传达出人文关怀的精神。列宁格勒保卫战是近代战争历史上围困时间最长的战役，俄罗斯导演亚历山大·布拉夫斯基以该历史

---

① 王一川：《国家硬形象、软形象及其交融态——兼谈中国电影的影像政治修辞》，《当代电影》2009年第2期。
② 戴锦华：《电影批评》，北京大学出版社2004年版，第186页。
③ 管文虎：《国家形象论》，成都科技大学出版社2000年版，第23页。

背景拍摄的电影《列宁格勒》讲述了英国女记者凯特在战争前线采访时，不幸与自己的丈夫菲利普失散，被困在列宁格勒，幸运的是她得到了列宁格勒女警妮娜的帮助与保护。两位女性相依为命，与饱受饥饿寒冷折磨的苏联军民共同坚守在冰天雪地的战场。苏联军民忍受饥饿与围困，勇敢面对苦难，在战争最艰难的时刻，妮娜对英国女记者凯特施以援手，敢于牺牲自我，彰显了俄罗斯民族中的人道主义精神。这部具有爱国主义色彩的影片，不仅反思战争，而且追忆了苏德战争历史，凝聚了民族精神，宣扬了苏联人民在战胜法西斯过程中做出的突出贡献，映照了当下的俄罗斯同样是负责的、有担当的国际大国的形象。

除此之外，苏德战争题材电影还体现了山川壮美、幅员辽阔的自然特征。电影中经常出现的意象有郁郁葱葱的森林，覆盖着皑皑冰雪、无边无际的大地。《这里的黎明静悄悄》和《星星》中的主人公在广袤的森林空间中与敌人展开战斗，一方面森林是作战的天然屏障，可以与敌人自由地展开战斗；另一方面森林蕴藏了无限可能，能够起到制造悬念、扣人心弦和渲染紧张气氛、推动情节发展的作用。苏德战争题材电影对山川河流场景的再现，展现了人们宽阔博爱的胸怀，唤起了人们对祖国最原始的热爱，尽管斗转星移、时空变换，这壮美辽阔的河山屹立不倒，它们始终是国家形象的组成部分。

（五）普京时期民族电影产业发展的扶持机制

普京执政以后，俄官方对俄罗斯民族电影的发展表现出前所未有的重视。为"打造以爱国主义和强国意识为核心的俄罗斯精神"[①]，一批表现苏联时代，表现苏德战争的影片重新走上银幕。与此同时，俄罗斯出台了一系列促进电影发展的国家政策，实施了对以苏德战争题材电影为代表的爱国主义电影的重点扶持。

1. 促进电影发展的主要国家政策

在俄罗斯的文化事业中，国家和政府作为主心骨一直发挥着重要

---

① 戴慧：《普京加快国家文化建设的构想、定位及实践》，《学术交流》2015年第1期。

的作用，全俄电影的保护、使用和发展的程序由国家制定。俄罗斯民族电影的发展与政府的大力支持密不可分。普京在当选俄罗斯总统之后，表现出了对电影产业的兴趣，开始挖掘电影产业的潜在价值，实施了一系列推动电影发展的措施。普京首先对电影机构进行了调整，取消国家电影委员会，将其直接并入国家文化部。同时，在俄联邦文化部内成立电影总局。2008年，普京专门成立国家电影发展委员会，亲自挂帅担任主席，并且成立由国家控股的电影放映公司，从而加强对电影产业的监管，保证电影产业在官方政府的统一领导下朝着良好的方向发展。除此之外，"2001年普京签署了发展俄罗斯电影的两个总统令《国家电影制片厂实行股份化》和《创办俄罗斯电影发行公司》，实现电影制片厂国有化，创办国家电影发行公司。2002年通过了《关于国家支持和发展民族电影生产的措施》，开始实行电影生产的国家订购机制"①，这些电影法律政策的颁布实施，为调整好电影生产、发行和放映之间的关系创造了条件，营造了良好的发展环境，促进了民族电影的发展。

在当今俄罗斯，国家是文化产业和文化机构的主要战略投资者，俄罗斯政府丰厚的资金扶持政策是电影产业生存和发展的重要因素。为了确保国产电影产业的正常运转，俄罗斯建立了基本完备的资助机制，在国家组织上，主要借助文化部和俄罗斯电影基金实施；在资助制度上，"俄罗斯电影资助主要包括宏观和微观两大方面，宏观方面主要为1996年第126号联邦法《关于俄电影工业的国家资助》；微观方面主要指具体的拨款的文件"②，如《"俄罗斯文化"联邦目标纲要》（2012—2018年）"③。相关数据表明，俄罗斯对电影的拨款呈逐年递增趋势，"2010

---

① 田刚健：《普京时期（2000—2008）俄罗斯的文艺与文化政策研究》，博士学位论文，黑龙江大学，2014年。

② 田刚健、张政文：《当代俄罗斯大国重建中的文艺战略研究》，中国社会科学出版社2019年版，第226页。

③ Федеральная целевая программа "Культура России(2012 – 2018 годы)". УТВЕРЖДЕНА постановлением Правительства Российской Федерации от 3 марта 2012 г. № 186.

年拨款49亿卢布，2011年47亿卢布，2012年58亿卢布，2015年上升到61.7亿卢布，2016年61.2亿卢布"①。这不仅使俄罗斯民众重新支持本国电影，而且电影制片厂也获得了充足的资金保障，促进了民族电影产业的稳定发展。

随着俄罗斯国民经济的恢复发展，普京政府逐渐认识到文化软实力的重要作用，2000—2014年，文化和电影业支出在俄联邦统一预算总支出当中的占比从1.36%变为1.48%，在2005年达到了最高水平1.89%"②，在不断加大对电影产业的资金支持力度的同时，国家意识到开拓国家市场的重要性，努力寻找并创造电影发展的机遇，积极寻求国际社会的文化援助和文化合作。2002年，俄罗斯创立了自己的"奥斯卡"奖，即"金鹰奖"，该奖项提高了俄罗斯电影在国际社会的知名度，有力地推动了俄罗斯民族文化在世界范围内的传播。与此同时，俄罗斯积极在世界上举办电影周和电影节，我们相对熟知的有莫斯科国际电影节和圣彼得堡国际电影节。此外，在"一带一路"的背景下，俄罗斯积极在中国寻找发展机会，曾在北京、上海、西安、哈尔滨等地举办多场俄罗斯电影节，展映了《圣诞树》《大剧院》等多部优秀影片，加深了中俄两国彼此之间的文化交流。总而言之，通过国际电影节和电影津贴资助，一方面不仅可以全面展示俄罗斯的优秀影片，为促进电影发展提供交流平台；另一方面为提高俄罗斯的国际文化地位奠定了基础，并且在很大程度上宣传了俄罗斯国家形象。

2. 俄罗斯对爱国主义题材电影的扶持措施

俄罗斯为了重振电影业的大国国际地位，并借助电影塑造国家形象，政府在制订俄罗斯国家电影发展计划时，尤其提倡创作表现爱国主义精神的电影作品。普京执政以来，在2001年颁布的《"俄罗斯文化"

---

① 李玥阳：《新世纪的俄罗斯电影之梦》，《电影文学》2019年第19期。
② 参见 Стратегия государственной культурной политики на период до 2030 года。

联邦目标纲要》（2001—2005 年）中指出："在创作方面，提倡表现公民爱国主义思想，肯定社会精神价值，具有人道主义理想、社会意义、能够真正丰富俄罗斯社会生活的作品；在生产方面，在原有基础上建立国家订购机制，创作符合国家利益和社会利益的作品。"[1] 这首先是在国家政策层面对爱国主义题材电影予以肯定和支持，为民族电影的持续发展提供制度保障。随后，俄罗斯政府又连续颁布了《"俄罗斯文化"联邦目标纲要》（2006—2011 年）和《"俄罗斯文化"联邦目标纲要》（2012—2018 年）等三个纲要。其中包含了促进俄罗斯文化统一性、塑造新的俄罗斯国家形象、推动民族文化融入世界文化等措施，并且以爱国主义为核心精神，优先支持体现国家主流价值观的文艺创作，保护和利用俄罗斯历史文化遗产，将其作为体现全俄罗斯民族独特性和生命力的综合价值的载体而加以保护。

俄罗斯对其电影发行的资助主要依靠文化部和俄罗斯电影基金，运用多种手段对其境内外的电影发行进行资助。为了满足国家发展任务的要求和民众的期待，俄罗斯政府对电影业的财政支持力度逐年加大，"2000—2014 年，文化和电影业支出占国内生产总值的比重从 2000 年的 0.39% 增长到 2014 年的 0.57%"[2]。需要特别指出的是，"俄罗斯政府对电影生产资助优先拨款的主要是军事题材、爱国主义题材和历史题材的电影。军事题材的电影是在俄罗斯最常见的电影，该题材电影在展示俄罗斯英雄主义情结、呼唤爱国主义精神的同时又常伴有对战争的反思"[3]。这些资助措施不仅使导演的目光转向战争题材电影，而且促使其成为俄罗斯电影的主要特色之一，同时，该类型的电影在国际社会获得了广泛认同。

2013 年由尼古拉·列别捷夫导演的体育类电影《传奇 17 号》是俄罗斯爱国主义题材电影的经典案例，在国内外都收获了巨大成功，讲述

---

[1] 李芝芳：《当代俄罗斯电影》，文化艺术出版社 2003 年版，第 54—55 页。
[2] 参见 Стратегия государственной культурной политики на период до 2030 года。
[3] 刁利明：《俄罗斯电影生产及国家资助政策研究》，《西伯利亚研究》2015 年第 4 期。

了苏联时期一名叫哈拉莫夫的冰球运动员的传奇故事,这部影片宣传了爱国主义精神,受到了俄罗斯总统普京的高度评价。普京认为有价值的电影是"能让观众为自己的人民和历史骄傲的影片"①。除此之外,苏德战争题材类的电影《布列斯特要塞》《斯大林格勒》都受到过俄罗斯政府的资助,这也是国家定制制度的表现之一。

经历剧变的俄罗斯一度处于崩溃的边缘,由国家意识形态真空和文化价值迷失所引发的各种问题严重损害了俄罗斯的国家形象。普京在俄罗斯传统价值观的基础上,提出构建国家形象的崭新战略,并把其思想投射到俄罗斯文化政策之中。俄罗斯电影政策以爱国主义为价值导向,弘扬俄罗斯的历史文化传统,大力扶持爱国主义题材电影,给予政策扶持和资金支持,拍摄了一批与苏德战争有关的电影,以此来唤醒俄罗斯的民族精神,塑造积极正面的国家形象,为俄罗斯文化软实力的提升提供了重要的国家政策向导和扶持力量。

五 普京时期苏德战争题材电影的政策实施和艺术实践

电影作为国家文化的载体之一,在一定程度上承担着塑造和宣传国家形象的重要使命,不仅可以使本国民众增强民族认同感,还可以增强国际社会的认同。俄罗斯民族向来以"战斗民族"著称,对于俄罗斯来说,战争是塑造国家形象的一种选择。当下,俄罗斯拍摄苏德战争题材电影是塑造国家正面形象的有效途径,同时也是直接表达官方主流价值观和思想意识形态的重要手段,电影有助于展现生动形象的国家文化,从而为国家形象塑造提供有意义的帮助。

(一)民族传奇与英雄叙事的重写——《布列斯特要塞》

2010年由亚历山大·科特执导,俄罗斯和白俄罗斯合拍的《布列斯特要塞》是一部反映苏联时期苏德战争的良心之作。影片的故事情节简单,1941年6月22日,驻守在边境小镇布列斯特要塞的八千名苏军

---

① 普京:《靠政府出资不能发展俄罗斯电影业》,《光明日报》2013年5月31日。

将士，面对德军的突然进攻，在艰难的困境之中同敌人进行殊死搏斗，最终寡不敌众，全军覆没。这部电影不仅从叙事内容上呼应了俄罗斯的人民群众对于早期苏德战争的历史记忆，而且也在思想意蕴上表现了一种坚韧不屈、向死而生的俄罗斯民族精神，实现了战争历史与民族记忆的统一，并将这种精神融入当代俄罗斯人的集体认同之中，用战争电影呼唤民族精神的复兴。

1. 重述卫国战争历史，强化民族集体记忆

历史上，俄罗斯民族多灾多难，"在俄罗斯人的意识中，战争对于民族的历史记忆具有决定性影响。俄罗斯民族是在与外族的频繁战争中成长起来的，国家的建立是与战争伴生的"①。战争与国家命运紧密相连，在抗击敌人的一次次斗争中，俄罗斯民族逐渐团结在一起，共同面对民族灾难。俄罗斯人先祖最早建立的国家基辅罗斯，坐落在森林和草原的交接处，经常受到游牧民族的侵袭，战乱纷扰不断。此后，俄罗斯民族先后遭受蒙古人的征服和统治、德意志骑士团和瑞典封建主的威胁，还有拿破仑的入侵；国内战争时期，长期的内战和外国的干涉，都加重了俄罗斯民族的灾难。1941年6月22日，布列斯特要塞打响了苏德战争的第一枪，从此开始了历时五年的战争。长期以来的战争唤起了俄罗斯人民心中的家国情怀，激起了每一位俄罗斯人的爱国之情。

随着对苏德战争历史的挖掘，布列斯特要塞的事迹逐渐被人们熟知，作为苏德战争中最早发生的一次战役，它成为一种特殊的文化符号。布列斯特要塞战役对于苏联和当今的俄罗斯有着极其重要的意义，留存下来的精神永垂不朽，它不再是传统意义上的失败之战。战争铸就了团结英勇的精神，锻造了民族精神和民族性格。法国社会学家莫里斯指出："集体记忆不是在保存过去，而是借助过去留下的物质遗迹、仪式、经文和传统，并借助晚近的心理方面和社会方面的资料，也就是说

---

① 张昊琦:《苏联卫国战争与历史记忆》,《国外理论动态》2015年第6期。

现在，重构了过去。"① 当下俄罗斯电影制作人以苏德战争为载体，用影片的讲述方式对俄罗斯民族的集体记忆进行了构建，回顾了民族的苦难历史，在展现残酷战争生活的同时，联通战争记忆与民族情感，激起了人们心中的爱国之情，向世界呈现出一个坚韧不屈的国家形象。

电影《布列斯特要塞》中的苏联士兵在没有援兵的情况下，从6月22日坚守到6月底，直到全军覆没，尽管这场战役的结局是失败，但誓死抗击敌人的精神不朽，最大限度地弘扬了爱国主义精神。影片正是通过重述苏德战争历史来强化民族集体记忆，使人们的记忆回到这段历史之中，并将民族自信和民族自豪感注入国民心中。战争造就国家认同，人们通过回顾历史加强对自己祖国的认同。在逆境和民族灾难面前，苏联军民的爱国热情和英雄主义精神被极大激发出来，正如影片的主题曲，这里再也没有你的身影，或许你以另一种方式栖息。战争中的英雄已经不在了，但精神永驻人们心中。

苏联解体之后，俄罗斯在寻求新发展道路的过程中屡受挫折，需要一种力量重振民族自信心。普京政府希望借助战争题材电影唤起俄罗斯民众对苏联时代强国荣光及革命先辈牺牲精神的集体记忆，从而加强人们的爱国意识，振兴民族精神，继而为国家文化和政治服务。布列斯特要塞战役是苏联军民在困境之中坚贞不屈的反击之战，迎合了当下俄罗斯人民振兴国家、重振雄风的心理。电影《布列斯特要塞》体现了伟大苏德战争的精神和传统，影片回到苏德战争的源头，将战争中反映出的民族精神与民族集体记忆相结合，激发人民心中的爱国情绪和民族自豪感，从而唤起民众对苏德战争历史的记忆，增强人民的国家荣誉感。经过二十多年的发展，俄罗斯逐渐走上复兴之路，尽管国家的意识形态发生了变化，但俄罗斯敏锐地意识到历史文化和战争记忆的重要性，传承苏德战争精神成为俄罗斯人的使命与担当。

---

① [法]莫里斯·哈布瓦赫：《论集体记忆》，毕然、郭金华译，上海人民出版社2002年版，第200页。

2. 塑造战争人物群像，歌颂平凡英雄

在第二次世界大战中，全体苏联人民做出了巨大的牺牲，在这一抗战过程中做出贡献的所有人都可以被称为英雄。当下的俄罗斯需要英雄，用英雄的精神鼓励国民，而用电影赞美国家英雄是一种潜移默化的教育方式。《布列斯特要塞》重点刻画了一组形态各异的人物群像，他们既是平凡的普通民众，又是一个个鲜活真实的英雄，也是不惜牺牲个人生命来保卫祖国的奉献者。此外，本片值得称赞之处在于立足真实的历史进行合理艺术创作，将一个个真实的战斗英雄还原出来，人物塑造独特，具有艺术感染力，通过大大小小的战斗，用细腻朴实的表现手法再现战争。

苏德战争题材电影重在讲述英雄在战争中的所作所为，将人物性格和思想情感蕴藏在电影之中。导演亚历山大·科特并没有对影片中的苏军战士进行神圣化的描写，而是立足史实，真实地刻画了战争中具有人性的英雄，他们感情丰富，热爱生活。电影从细微之处入手，以小见大，传达出要塞军民不怕牺牲的英雄主义精神。影片开头是充满诗情画意的场面，勾勒出一幅祥和美好的图景，战争前夕，布列斯特要塞里的人们在广场上载歌载舞，士兵们过着闲适自在的生活，这样安详和谐的场景如世外桃源般静谧美丽，并且充满浓郁的生活气息。然而布列斯特要塞作为重要的边境防线，这样的平静如同暴风雨前的安静，制造了一种情绪上的错觉，恰恰预示着战争即将到来。

电影的主人公阿基莫夫是在战争中成长起来的，他是战争中少年英雄的代表。战争爆发之前，他还是一个贪玩的孩子，在军乐队中吹着大号，过着无忧无虑的日子；战役打响之后，他在纷乱的炮火中勇敢地穿梭，寻找基热瓦托夫上尉的女儿安雅，为苏军传递信息，机智地运送水源，枪杀了一名德军。在这个过程中，阿基莫夫磨炼了意志，完成了人生的蜕变，成长为一名英勇的小战士。阿基莫夫是战争的幸存者，他是战士们心中的寄托，象征着俄罗斯民族的未来与希望，他把布列斯特要塞的故事记载下来，让全世界的人民记住这个伟大的地方，他也肩负着传承民族精神的职责。

电影中的另一个主要人物是政委福明,他和妻子阔别已久,本打算将妻子接到布列斯特要塞暂住,但因为没买到火车票取消了这个计划。在混乱的战斗中,他临危不乱,主动承担起总指挥的重任,迅速将官兵组织起来,有条不紊地进行指挥。在敌人用伤员作为人质强行进攻的紧急时刻,他孤身面对敌阵,机智冷静,化险为夷,瓦解了敌人的企图,拯救了被敌人当作盾牌的平民百姓,即使弹尽粮绝也始终没有动摇抵抗的意志。政委福明把他人安危置于个人生死之上,被捕就义时大义凛然,"我是政委,共产党员,犹太人",显示了英雄大无畏的牺牲精神。

此外,影片中还有众多的平凡人物,为突出影片的主题思想起到了重要的作用。例如基热瓦托夫上尉对母亲、妻子和女儿的牵挂和关爱,让家人投降而自己坚持和战士们顽强抵抗;一对自杀殉国的军官夫妇,表情从容淡定,没有丝毫犹豫;乐观开朗的胖子中尉,平日里马马虎虎,在生死时刻仍即兴表演几天前排练的俄罗斯民族舞蹈;用自己的血肉之躯压下手榴弹保护儿童的无名士兵;开始的时候只顾自己逃命,最后看到爱人惨死在敌人枪下,选择与德军同归于尽的司机;还有那个夜以继日救助伤员最后自杀的军医。无论战斗结果如何,这些普通的军人已经光荣地完成了自己的使命,他们在战争中做出的英勇壮举,突出体现了苏联军民顽强坚韧的英雄主义精神。

布列斯特要塞的这些普通的苏联人,在强敌入侵、力量悬殊、国运危悬的紧要关头,一个接一个奋起抗争,甚至许多士兵举着凳子、铲子就冲出营房与敌人展开战斗,前仆后继,战死沙场,彰显英雄本色,虽败犹荣,没有一个士兵是屈服的,正是这些勇敢坚强的保卫者铸就了"英雄要塞"。保持战斗者的姿态是俄罗斯民族永恒的基因,民族灵魂坚不可摧。影片将对平凡人民英雄的塑造与俄罗斯英勇不屈的反抗精神有机结合在一起,成为爱国主义的重要载体,其展现的不仅仅是对民族历史的深切追忆,更多的是对民族精神的有力推崇,激励当下俄罗斯民众团结一致,共同为国家复兴努力奋斗。

（二）反思维度和女性视角的创新——《这里的黎明静悄悄》

电影《这里的黎明静悄悄》根据苏联著名作家鲍里斯·瓦西里耶夫的同名小说改编，经常闪耀在银屏之上。1972年由俄罗斯著名导演斯坦尼斯拉夫·罗斯托斯茨基执导的老版影片早已成为经典，影片讲述了苏德战争时期，负责守卫车站的瓦斯科夫准尉带领两个班的青年女兵驻扎在一个小村庄里。有一天，班长丽达发现了空降的德国兵。于是，瓦斯科夫带领一支由五位姑娘组成的小分队到森林里搜捕敌人。在与德寇交战的过程中，可爱勇敢的姑娘们一个个壮烈牺牲。2015年，俄罗斯导演列纳特·达夫列吉亚罗夫将这个故事翻拍，为其注入新的内容，表现出对战争与生活的严肃思考。

1. 经典影片翻拍，反思战争创伤

苏德战争是俄罗斯电影的传统主题，关于这个主题的影片已经拍摄了几十年。七十多年来，关于苏德战争的事迹不断地被搬上银幕，尽管时代发生了变化，但是故事里的人物对和平生活的追求从来没有改变。21世纪以来，俄罗斯继续拍摄了大量的苏德战争题材的电影，总结起来主要有两方面原因：一方面，苏德战争是苏联经历的规模最大、付出代价最大的战争，苏联全国有2700万人失去了生命，战争不仅阻碍了国家的发展进步，而且给千千万万的家庭和个人带去痛苦的经历。另一方面，时代在变化，当代人的审美也在变化。"对经典战争电影的翻拍并不容易，既要保留其传统的美学价值，又要考虑当今电影的国际观众审美品位，考虑当代人的审美接受。"① 因此，普京政府站在新的时代起点上，不断对历史事件进行回望，挖掘历史文化中蕴藏的宝贵精神财富。电影翻拍正是在内容上对苏德战争这段历史进行反思，以现代的艺术表现形式进行重新创造，再从战争视角出发，在思考个体命运的同时，忧患全人类的未来。

---

① 李一帅：《跨世纪的经典战争电影翻拍——俄罗斯〈这里的黎明静悄悄〉两个版本比较》，《电影评介》2018年第3期。

《这里的黎明静悄悄》作为一部跨越时空的经典作品，其中蕴含的民族精神和价值观念是一脉相承的，同时这个故事经久不衰，其最大的魅力在于悲剧之美，由战争造成的个人悲剧更能得到人们的同情，美丽动人的姑娘在残酷的战争中纷纷牺牲，这种悲伤的基调最能打动观众，从而使得电影本身更加具有吸引力和感召力，带来心灵的震撼与洗礼。为了兼顾电影的艺术性与当下审美趣味，2015 年版的电影有较大的变动，在叙事视角上，以第三人称讲述，采取全知全能的叙事视角，用旁白的方式逐一介绍五位姑娘的战前经历和苏德双方的作战情况，不仅普及了苏德战争历史知识，而且真实、具有说服力。

　　众所周知，在战争题材电影中，导演往往以陌生化的方式给观众建立一种全新的印象，影片开篇往往不直接叙述战争，而是以美好浪漫的日常生活和激烈残酷的战争形成强烈的对比效果，因此，更易使人们产生情感的共鸣。2015 年版的《这里的黎明静悄悄》更多采用了浪漫主义的叙事手法，电影开场介绍全国各处的紧张战争局势，但是在车站这个角落里一切似乎安然无恙，小站村庄保持着美如画的自然风光，农户们在田地里忙着耕种，士兵们甚至呈现出懒散的状态，空气中弥漫着酒香，营造了一种和平年代田园牧歌的感觉。甚至，我们可以欣赏到俄罗斯森林湖泊的美丽静谧，这与后面姑娘们一个个牺牲时的悲惨画面形成巨大的反差，从而深刻震撼人的心灵。

　　时代虽然发生了变化，但对战争的反思更加深刻。战争对任何个体来说都是一场毁灭性的灾难，但即使在艰难时期，人们也不会放弃对爱与幸福的追求。影片《这里的黎明静悄悄》渲染了战争和女性的对立关系，关注到了每个姑娘的生活与命运，她们曾经对幸福美好的生活满怀憧憬，她们是母亲、孩子、学生，是他人的亲人、恋人、朋友，却无法逃离残酷战争的迫害，她们在美丽的大森林里悲壮地倒下，让所有的观众哀痛悲伤。战争摧毁了美好的一切，对于战争中的普通人来说，对美好生活的向往和追寻是他们的梦想，他们期待的是朴实和平静的生活。然而电影结束之时，幸存的准尉又迎来了五位年轻的女兵，这预示着战争还要继续下去，又一批年轻的姑娘即将投入新的战斗。在战争的艰苦环境中，她们的命运依旧不可预测，悲剧似乎在等待着她们。

2. 突出女性视角，歌颂人性光辉

在俄罗斯文学中，我们看到了许多伟大的女性，《叶甫根尼·奥涅金》中的达吉娅娜，《罪与罚》中拉斯柯尼科夫的妹妹杜尼娅，《母亲》中的尼洛夫娜，她们勤劳而勇敢，虽在困境中饱受苦难的折磨，但仍然追求光明、正义与真理，继承了俄罗斯民族坚韧不屈的美德。战争中本不该有女性，女性作为弱势群体，是被保护的对象，本应该是远离战争的，但在苏德战争中，涌现出了许多耀眼的女性。在国家危难之时，成千上万的女性主动请缨，背负起前往战场作战的重任，她们的身影频频出现在战场之上，扮演了各种各样的角色，她们是狙击手、飞行员、炮兵、通信员、医生和护士，以坚韧勇敢的精神与敌人斗争。她们为战争的胜利做出了不可磨灭的贡献，再一次向世界人民展示了俄罗斯民族女性的光辉形象。

新版《这里的黎明静悄悄》做到了将现实主义与理想主义进行完美的结合，影片采用对比的表现手法，和平年代，五位年轻的姑娘过着幸福平静的生活，追逐着爱情与理想，她们的生命如鲜花般绽放，对美好生活有着无尽的向往；然而战争爆发后，她们穿上了军装，扛起了长枪，义无反顾地奔赴战场。影片着重突出女性视角，这里的女性形象不是单一刻板的，而是生动活泼的，她们来自不同的环境，有着不同的身份和气质，但都追求着爱情与美好的生活，这凸显了女性与战争相冲突的一面。美好的姑娘与残酷的战争形成强烈的对比，从而突出战争给女性带来的巨大灾难。一方面真实地表现了战争的残酷性，五个姑娘接连牺牲的悲剧令人窒息和悲痛；另一方面它又充分赞美了姑娘们忠于祖国、视死如归的爱国主义精神。

电影重点表现了姑娘们英勇就义的牺牲精神，她们如花朵一般的生命纷纷凋零，一个个香消玉殒。在一望无际的俄罗斯白桦林里，似乎蕴藏着残酷的静谧，这优美如画的景色更加衬托出女性的悲剧命运。年轻美丽的姑娘一个个逝去，丽萨在回去求援的路途中，陷入沼泽，被泥浆吞没；热妮娅跳到湖中，一边唱歌一边戏水来迷惑德军；迦尔卡第一次参加战斗，不敢开枪，被敌人打死；丽达为了不连累瓦斯科夫而饮弹自尽；冉妮娅勇敢地引开敌人，庄严地牺牲了自己。在生死的关键时刻，她们是真正的勇士，勇敢地面对战争、参与作战，积极发扬集体主义精神，为掩护队友不惜牺牲自己，充分体现了真善美的高尚品格，她们身上闪烁着人性的光辉。

虽时过境迁，但《这里的黎明静悄悄》传达出的反对法西斯和反对战争的主题永不过时。姑娘们本应远离战争，享受美好的青春，然而她们的结局是悲惨的，五位姑娘的牺牲是对战争的控诉，强烈谴责了战争对美好生活的毁坏和对女性的摧残。战争是无比残酷的，但战争中的人是有温度的，在战火下人们依然心怀希望和感动。相对男性，女性的感情更加细腻，在战争中多了一份博爱的关怀和对弱势群体的关照。从女性视角描写战争的电影还有《女狙击手》《列宁格勒》等，这些苏联女兵的身上闪烁着美丽的光芒，她们从不停止对爱和美的追求，不仅有战士钢铁般的意志，也有女人的博爱柔情，她们维系与传承了俄罗斯民族坚韧的性格，导演以此寄托了对俄罗斯女性的崇高敬意。

（三）高科技与商业运作相结合的典范——《斯大林格勒》

斯大林格勒战役是苏德战争中最惨烈的战役之一，也是第二次世界大战中的一场转折之战。在世界电影史上，曾有许多表现斯大林格勒战役的电影，近年来，最为人熟知的两部电影分别是2001年法国导演让·雅克·阿诺导演的美国版的《兵临城下》和2013年费多尔·邦达尔丘克执导的《斯大林格勒》。《斯大林格勒》在俄罗斯电影史上以大制作、大投资和大场面的姿态出现，成为俄罗斯首部以3D格式拍摄，并且以IMAX-3D形式放映的电影。这部电影一经推出，就带有好莱坞商业大片的鲜明印记，同时又有着俄罗斯自己的民族特色，彰显了俄罗斯人民坚韧不拔的民族性格，弘扬了强烈的爱国主义民族精神。

1. 3D 电影技术的视觉奇观

伴随着当代科学技术的发展,高质量、高科技的电影制作成为新的发展方向,创新电影的拍摄方式并且融入现代技术是如今电影的发展趋势。当下的影视大片不仅有着豪华的电影场面,而且讲究视觉效果和高超的电脑特技。3D 电影技术是电影创作的一次革命,不仅改变了电影的"外貌",赋予电影画面更多的信息,给观众带来全新的观影感受,而且带来了新的电影叙事手法,激发了当代导演的创作力和想象空间。同时,3D 电影技术"作为一种新的媒介形式,其具有独特的美学特征,融合了'真实感'、数字化、立体感、多媒体性于一体。新时期以来,它是电影视觉美学的又一次革命"[①]。众所周知,人们走进电影院主要是为了放松身心、愉悦感官。因此,如果一部影片能够真正打动观众,除了真实感人的故事人物之外,画面的效果也是十分关键的,有深度的、有震撼力的画面能够引起人们心理层面的共鸣和对电影内容的思考。而用 3D 技术制作的 3D 电影画面更加逼真形象,具有强大的说服力,丰富了人们的想象力,观众可以轻松地形成直接感触,构成一种强有力的视觉冲击感,从而获得良好的观影体验。

俄罗斯苏德战争题材电影在充足资金的支持下,努力与国际电影发展接轨,电影制作人积极借鉴好莱坞的高科技,尝试用现代技术丰富电影的影像画面。虽然《斯大林格勒》涉及的基本上都是局部战争和小规模战斗,但影片以小见大,往往从气势上取胜,突出战争景观的空间性,依托宏大场面和电脑特技来营造视觉奇观,不仅更加逼真地再现了苏德战争历史状况,有力地烘托了战争的氛围,使观众拥有穿越时空的体验,切身感受当时的场景,而且起到深化电影主题的表达效果,提高了战争电影的可观赏性。影片《布列斯特要塞》和《斯大林格勒》是

---

① 杨家芳、王德兵:《3D 电影:营造一种真实"视界"》,《西部广播电视》2017 年第 1 期。

展现 3D 技术的例证，两部影片都精彩非凡。

2013 年费多尔·邦达尔丘克执导的《斯大林格勒》以高科技著称，高超的 3D 技术能够全面地表现战争规模。电影开篇就是恢宏壮大的战争场面和强烈的视听冲击：德军从伏尔加河畔登陆，苏联士兵从地平线上纷纷跃出，表情扭曲可怕，怒吼着冲向德军。此外，广阔的海陆空立体场景展示，从飞机投弹到炸弹爆炸，逼真的断壁残垣，炮火连成海洋，营造了十分真实的战争临场感，带给观众与众不同的视觉冲击与震撼，由此使观众获得良好的观影体验。而观众能够身临其境，与电影中的主人公共同感受战争带来的悲伤与胜利的喜悦，从而更加深刻地认识战争、反思战争。同时，3D 技术带来的视觉奇观很好地牵制住了观众的注意力，影响人们观影时的心理状态。苏德战争距今已七十多年，观众回顾那段历史，尤其是战争决胜时刻的画面，通过 3D 眼镜可以与影片中的人物一起欢呼胜利。与此同时，电影唤起沉睡的历史记忆，让观众体验到胜利的喜悦，借此找回俄罗斯昔日强国的风光，这对于提振俄罗斯民族精神和宣传国家形象具有重要的意义。

2. 好莱坞商业片的运作模式

综观苏联时代的苏德战争电影，有的影片单纯重视意识形态的表达，宣扬国家和领导人的权威，比如《围困》《解放》《斯大林格勒保卫战》等；有的影片注重结合社会个人遭遇使大众产生感情共鸣，比如《伊万的童年》《一个人的遭遇》《雁南飞》等，其表现方式和叙事手法较为单一，而当下俄罗斯拍摄的苏德战争题材电影吸取了好莱坞的成功经验，在营销策略上借助商业化和娱乐化的方式，进行全球宣传；在叙事上重点突出俄罗斯民族特色，如重视镜头语言与现实主义经典叙事，提供了符合时代潮流的文化传播方式，在国际影坛上实现了更加广泛的传播。

费多尔·邦达尔丘克版本的《斯大林格勒》在很大程度上借鉴了好莱坞电影的拍摄理念与宣传策略，主要采用了好莱坞商业片的电影大制作方式和大场面应用，与此同时，电影市场营销的定位和手段与之相辅相成,提前在其他国家宣传,举办导演、主演专访活动。在市场经济下,商业性是电影的首要属性,电影生产在一定意义上也是商品生产。战争影片作为电影产业中的重要题材,"从观赏性来说,战争本身就具有很强的可看性,引人入胜的情节内容,激烈紧张的战斗场面,战争双方的生死较劲都具有较强的吸引力"①。除此之外,大众消费观念的转变,商业元素的注入也更多地迎合了大众的审美需要。为了满足时代的审美需求,邦达尔丘克在2013年版的《斯大林格勒》中较好地融合了英雄与爱情元素,这正是当下人们喜欢的电影风格。为兼顾这两种元素的平衡发展,导演进行了新的创作改写,从普通人的角度出发,赋予本部电影更多的看点。

在好莱坞电影中,爱情是构成战争冲突的重要元素之一,这使得电影情节和情感表现出一定的复杂性和多元性,从而使电影发挥出巨大的张力,高度契合了当代人的审美需求。同时,爱情也是电影中的永恒主题,如何恰当地讲述一个爱情故事,关系着电影的好看与否。有学者曾经谈道,"恋爱事件在多数好莱坞电影里都处于中心地位"②,电影常常围绕着爱情产生一系列的故事和话题,在《斯大林格勒》中非常明显地表现出两条爱情线索互相呼应的状态,士兵与卡嘉,卡恩与玛莎,这两组爱情对照分别刻画出战争中不同境遇下的人物的爱情姿态。

在宏大的战争背景下,导演试图挖掘人与人之间的关系,着重表现个体在战争中的生活状态。电影中六位战士都不同程度地喜欢上了卡嘉,当知道卡嘉即将过生日时,他们决定为她举办一场难忘的生日晚会,并且送她一份独特的生日礼物——战士们冒着炮火为卡嘉寻到一个盛满热水的浴盆。亚历山大·索洛夫在战前是一名歌唱家,他身穿西服,弹起钢琴,深情地演奏起著名的抒情歌剧《星光灿烂》。卡嘉的生日晚会构建了一个超现实的温馨浪漫的世界,暂时缓解了战争带来的紧

---

① 李芝芳:《当代俄罗斯电影》,文化艺术出版社2003年版,第138页。
② 克莉丝汀·汤普森:《好莱坞怎样讲故事:新好莱坞叙事技巧探索》,李燕、李慧译,新星出版社2009年版,第14页。

张与压力,舒缓了恐惧的心理状态。同时,在一定意义上,卡嘉是家园故土的守护者,战士们屡次劝说卡嘉退到战后,她都坚持留在前线与战士们并肩作战。此外,少女卡嘉象征着伟大的祖国母亲,是苏德战争时期勇于奔赴战场的千千万万苏联女性的代表。卡嘉有着祖国母亲般的博爱和温暖,她用爱的胸怀将六位战士紧密地聚集在一起,这也是卡嘉个人对和平生活的追求。战士们对爱情拥有充实热烈的激情,他们每个人都小心翼翼地呵护卡嘉,进而把对卡嘉的尊敬和爱护之情转变为对俄罗斯大地的深沉之爱,为了祖国母亲而战,为喜欢的姑娘而战,爱国家,也爱人民。

在电影中形成鲜明对照的是德国军官卡恩和苏联普通女子玛莎的爱情,他们的爱情跨越两个敌对的国家,从开始就注定是悲剧性的。身在异国他乡作战的卡恩是一位重情重义的军人,在他身上表现出了自我选择的矛盾性,他既是侵略者也是受害者,他非常痛恨和厌恶战争:"该死的战争,该死的国家。"他不喜欢人与人之间的相互残杀,甚至抗议自己的上级烧死无辜的犹太人。然而,他爱上了和妻子相像的俄罗斯姑娘玛莎,他对玛莎的关照是真心实意的,不仅分给玛莎食物,还让她躲进塔楼,竭尽全力保护她。但战争粉碎了美好的爱情,卡恩爱得痛苦而挣扎,玛莎的屈从违背了道德,他们的爱情只能以悲剧收场。这场特殊的爱情印证了战争中人性的复杂,也为电影本身增加了商业色彩。

总的来说,进入 21 世纪以来,在苏德战争题材电影中有许多娱乐性和商业性的元素,这也是实现自身转型与国际接轨的方式,进而成为塑造国家形象的手段之一。邦达尔丘克在接受采访时曾这样谈道:"卫国战争题材是俄罗斯电影的一个永不枯竭的源泉,苏联时期关于斯大林格勒保卫战的电影已经很经典,但当代年轻人也需要属于自己时代的、用自己特有语言来讲述的历史。"[①] 影片中加入众多的商业元素能够最大限度地激起观众的兴趣,尤其是吸引年轻人的眼球,引发大家观影的

---

① 杨政:《大片〈斯大林格勒〉好评如潮》,《光明日报》2013 年 10 月 14 日。

欲望，从而收获更多的票房，并带动电影产业的发展。在价值观念多元化的背景下，接受者的审美要求也越来越高。俄罗斯苏德战争题材类型的商业大片，勇于承担起塑造国家形象的文化使命，这是值得我们国家学习的。

21世纪以来，俄罗斯涌现出许多优秀的苏德战争题材电影。相比苏联时代的苏德战争题材电影，普京时期的苏德战争题材电影是在"新俄罗斯理念"的指导下拍摄的，体现了俄罗斯的文艺政策，彰显了当今俄罗斯的主流意识形态。在主题思想上，一方面，影片勇于面对历史上的失败之战，传达了对苏德战争胜利的缅怀纪念，告诫当今的俄罗斯人牢记先辈的伟大功勋，弘扬爱国主义精神和传统；另一方面，电影又间接地表达了对战争及苏联历史的深刻反思，捍卫世界和平，祈祷永无战争。在叙事上，电影多采用个人视角，尤其是女性视角，突出人物的个性化，歌颂平凡英雄与美好的人性光辉。此外，还积极运用3D电影技术，并采取好莱坞商业化的运行模式，保持高标准，努力满足观众的期待视野。

综观这些战争影片，其呈现出统一的俄罗斯国家形象，军民团结在一起抗击德国法西斯、热爱祖国、不怕牺牲的英雄主义气概，向世界展现了俄罗斯民族爱国团结的良好精神风貌。同时，苏德战争题材电影还勾勒出一个拥有悠久的文学传统、尊重历史文化遗产的大国形象，并且以高科技还原当时的战争场面，逼真地再现作战过程，印证了当今俄罗斯的军事力量，彰显了军事强国的形象。普京时期，重视"二战"庆典活动，重拾苏德战争记忆，重拍苏德战争题材电影，这对传播文化和宣传国家形象具有重要意义，也将继续支持俄罗斯国家形象塑造。

"一个民族的自我认同和身份意识是在与其他民族的接触和冲突中，特别是在灾难性的创伤中逐渐形成的。"① 优秀影片中展现出来的国家

---

① 王炎：《美国往事：好莱坞镜像与历史记忆》，生活·读书·新知三联书店2010年版，第95页。

形象，传达的价值观念必定是积极向上的，可以间接地传播本国的文化，并且得到世界人民的支持与肯定。伟大的苏德战争集中彰显了俄罗斯民族精神，具有穿越时空的价值与意义。中俄两国是在政治、文化和外交各领域关系密切的好邻居、好朋友、好伙伴。苏联及俄罗斯文艺无论是在过去还是在当代，都对中国文艺发展具有重要的影响，其中苏德战争题材电影成为一代甚至几代中国人的集体记忆和情感寄托，其波澜壮阔的大场景调动、多线并举的情节设置、典型鲜明的人物形象塑造等社会主义现实主义美学风格更深深地影响了中国相关爱国主义题材电影的拍摄和创作。

普京时期，苏德战争题材电影拍摄呈现出全新特色，俄罗斯政府从国家政策和资金等方面对民族电影业进行了扶持，大力挖掘苏德战争题材资源，投入大量资金，拍摄了《这里的黎明静悄悄》《布列斯特要塞》《斯大林格勒》等多部优秀影片，做到了思想性与艺术性的完美结合。同时，这些国家的扶持措施在国家意志、精英思想、市场运作与民间文化的"合力"下有力促进了俄罗斯电影业的复苏和国家形象的提升。电影创作者应该充分利用国家创设的条件，发挥好电影作为传播媒介在文化对外交流和提升国家文化影响力方面的重要作用。在国际舞台上，中国和俄罗斯都是具有世界影响力的国家，两国的电影发展道路有许多相似之处，普京时期俄罗斯苏德战争题材电影塑造国家形象的经验对我国的战争题材电影制作和国家形象塑造具有启示意义和借鉴价值，主要包括以下三个方面。

首先，国家应更加注重对爱国主义题材电影的扶持和引导，将其纳入国家形象塑造的整体规划中进行顶层设计，以强化爱国主义、强国精神和中华优秀传统文化为宗旨，围绕"中国精神""中国力量"和"中国气派"等核心理念，提振中华民族精神，推动建立新型的电影产业。国家也要加大财政支持力度，重点有方向性地支持爱国主义题材电影，如航天电影、体育竞技电影、"二战"电影、军事电影等；同时，宏观监管电影市场，支持民间力量的参与，推广和宣传正义善良、顽强勇敢、创新活跃、包容开放的中国形象。

其次,应强化电影在塑造国家形象时的文化安全和民族本位观念。在多元价值体系并存的全球化时代,保持国家核心价值观和主流文化的主导地位,是确保意识形态安全和文化自立自强的基本要求。在坚持民族本位的前提之下,电影创作才能在深厚的历史文化土壤中开花结果,并且焕发出光彩,保持旺盛的生命力。为此,中国当代电影创作者应努力利用好我们丰厚的战争文化资源,努力创作突显社会主义核心价值观和时代主旋律、突出民族本位和中国风格的电影,将思想性、商业性和艺术性俱佳的电影产品推广到国外,也将富有正义力量和民族魅力的中国形象推向世界。

最后,应注重将爱国主义题材影片中的创新性与时代性相结合,在坚持爱国主义思想品质和中华美学风格的基础上,把握构建人类命运共同体的时代主题,激活历史、战争、体育等相关电影传统题材资源,对其进行再挖掘和创造性转化,拍摄出思想价值高、艺术水准高、具有跨地域魅力的电影作品。此外,国家要建立健全电影政策,营造良好的电影发展环境,学习先进的电影拍摄技术,支持重点影视项目开发,从而创造出高质量的电影作品,进一步释放全民族文化创造力,在国家形象塑造中增强民族电影的感染力和市场竞争力。

"让收藏在博物馆里的文物、陈列在广阔大地上的遗产、书写在古籍里的文字都活起来,让中华文明同世界各国人民创造的丰富多彩的文明一道,为人类提供正确的精神指引和强大的精神动力。"[①] 在塑造中国形象和实现中国梦的过程中,中国电影以网络化、信息化、全球化时代传播领域的独特优势承担着历史重任,借鉴包括当代俄罗斯苏德战争题材电影在内的世界先进经验,拍摄具有中华民族文化特色的电影,既继承优秀的文化传统,又融入时代元素,加快把当代的中国形象传播出

---

① 《习近平在联合国教科文组织总部的演讲》,http://news.xinhuanet.com/politics/2014-03/28/c_119982831_3.htm。

第五章　当代俄罗斯文艺政策文化战略导向下的文艺生态

去，应是我国今后电影研究和实践的努力方向。

第三节　戏剧——国家形象推广的经典表达

戏剧作为一种文化元素，反映了社会的精神生活面貌。俄罗斯戏剧的发展历史是俄罗斯历史的重要组成部分，不研究它就无法全面了解俄罗斯的发展情况。俄罗斯的戏剧艺术曾在相当长的一段时间内取得了极高成就，19世纪的俄罗斯戏剧艺术走在了俄国文艺甚至是世界文艺的前列——果戈理的《钦差大臣》、契诃夫的《万尼亚舅舅》《樱桃园》、高尔基的《在底层》等，对中国乃至世界文艺的发展都起到了不可忽视的影响和推动作用。研究俄罗斯戏剧艺术政策的历史沿革，了解俄罗斯历代执政者对戏剧的态度，能够帮助我们更清晰地把握俄罗斯戏剧艺术的发展脉络。本节从戏剧及其相关政策沿革发展的历史维度梳理沙俄时期、苏联时期，以及新俄罗斯初期戏剧方面战略的特点及影响。普京执政前俄罗斯戏剧政策的发展流变轨迹，为进一步研究当代俄罗斯戏剧艺术政策的核心理念、主要形态、运行体制和影响效果等提供了话语背景。

一　普京执政前俄罗斯戏剧艺术政策的历史沿革

俄罗斯民间戏剧有着丰富而久远的历史，普希金说："戏剧诞生在广场上，它是民众的娱乐。"① 如同所有的文化起源，俄国古代民间戏剧的主要源泉是民间庆典、节日、婚礼、宗教仪式，以及劳动人民对自己思想和愿望的表达，这类民间戏剧主要包括木偶戏、熊戏和演员扮演的戏剧，其中彼得鲁什卡喜剧是木偶戏中最受欢迎的类型，高尔基论及彼得鲁什卡时说："这是民间木偶喜剧中不可战胜的英雄，他战胜了一切——警察、神父，甚至魔鬼和死神，而他自己则是不朽的。在这个粗

---

① ［俄］普希金：《普希金论文学》，张铁夫、黄弗译，漓江出版社1983年版，第91页。

鲁纯朴的形象中,劳动人民体现了自己本身,体现了那种归根结底是他来战胜一切的信心。"① 滑稽戏剧在民间流传最广的是《小舟》和《沙皇马克西米利安》,《小舟》具有英雄格调和浪漫主义色彩,《沙皇马克西米利安》则是揭露政治的历史剧。

但沙俄时期的戏剧艺术以宫廷戏剧和宗教戏剧为主,统治者借戏剧的手段宣扬专制皇权与宗教神权,反映统治阶级的思想。由于民间戏剧大多蕴含着对统治阶级的强烈反抗意识,沙皇政府和教会不断对流浪的民间戏剧艺人采取强制手段。1648 年,沙皇阿列克谢·米哈伊洛维奇下令禁止流浪艺人的一切活动,但人民的喜爱使民间戏剧屡禁不止。② 这些传统的戏剧艺术仍保留在民间,在很长一段时间内是俄罗斯戏剧的主要形式,并成为后来俄国职业戏剧的民族根源。

(一)欧化强国的文艺途径——彼得一世和叶卡捷琳娜二世时期的戏剧改革

列宁在《关于民族问题的批评意见》中提出"每一种民族文化中都有两种民族文化"的学说,戏剧也是同样的道理,"一体两面"的思维模式是了解俄国和俄国戏剧的钥匙。17 世纪,刚刚摆脱鞑靼人近 300 年统治的俄罗斯几乎完全隔绝于西欧迅猛的经济文化发展,各方面都处于十分落后的状态。与此同时,俄国开始受到西欧的影响。为跟上欧洲的脚步,历任沙皇进行了多次西化改革,其中彼得一世和叶卡捷琳娜二世的作用尤为重要。

彼得一世在他的统治时期内(1682—1725 年在位)对沙俄进行了一系列大刀阔斧的改革,不仅在军事、政治、经济等方面学习西方,在文化领域也全面引入西欧的经验,强调开明和有教养的欧洲人对俄罗斯发展的重要性。彼得一世非常重视戏剧的教育作用,认为戏剧是一项能促进社会进步的文化事业,他将因阿列克谢·米哈伊洛维奇逝世而停滞

---

① 王爱民、任何:《俄国戏剧史概要》,中国戏剧出版社 1984 年版,第 12 页。
② 王爱民、任何:《俄国戏剧史概要》,中国戏剧出版社 1984 年版,第 10 页。

不前的戏剧业务重新拾起,于1702年在红场建造了一座不局限于贵族阶层的国立公共剧院。正如俄国思想家别林斯基所说:"俄国文学不是土产的而是移植过来的植物。"① 18世纪俄国戏剧同其他文学样式一样,带有极大的模仿性质,为了顺应崇尚欧洲的潮流,剧院上演的剧本大部分是从西欧翻译过来的。② 虽然缺少创新性,但西欧的剧团带来的各种风格与流派的戏剧作品,为俄罗斯戏剧打开了一扇新的大门,俄罗斯本土的许多剧作家在这一时期涌现,通过翻译和改编外国剧本,积累了丰富的戏剧创作经验。同时,学校戏剧在这一时期得到了广泛的发展,在当时的圣彼得堡、莫斯科、基辅等大城市都有学校剧团的演出,学校戏剧摆脱了宗教文化的羁绊,推动了俄罗斯戏剧走向现实化。③ 18世纪后期,俄国戏剧的发展在一定程度上有赖于叶卡捷琳娜二世(1762—1796年在位)的推动。1766年,剧院的拨款总额高达138410卢布,女王的倡导使戏剧受到上层社会的欢迎,促使戏剧艺术繁荣发展。随着叶卡捷琳娜二世统治下的帝国剧院的发展,庄园中的农奴剧院的数量也大大增加。在18世纪90年代,莫斯科大约有15家私人剧院,有160名男演员和女演员,以及226名音乐家和歌手。这些私人剧院拥有乐团、歌剧团甚至农奴芭蕾舞团。④ 可以说,这一时期的俄国戏剧得到了自上而下的推广,发展十分迅速。

虽然这一时期的戏剧改革多为统治阶级的利益服务,彼得一世创办公共剧院的最初目的也是借戏剧手段来宣传自己的功绩与改革主张。但得益于彼得一世和叶卡捷琳娜二世的欧化改革,戏剧作为面向社会各阶层的、大众化的艺术,被沙皇政府大力推广。在18世纪,戏剧创作在整个俄国文学创作中占有十分重要的地位,甚至成为文学创作的主要形式。苏联戏剧史家达尼洛夫说:"凡是18世纪优秀的俄国文人,不管他

---

① [苏]高尔基:《俄国文学史》,缪灵珠译,新文艺出版社1956年版,第19页。
② 冉国选:《俄国戏剧简史》,河南大学出版社1992年版,第17页。
③ 冉国选:《俄国戏剧简史》,河南大学出版社1992年版,第18页。
④ 维基百科:《俄罗斯剧院的历史》,https://wiki2.info/История_ театра_ в_ России。

在悲剧写作方面有无真正的天才,也必须要跻身于古典主义悲剧作家之列。"① 彼得一世和叶卡捷琳娜二世积极的戏剧政策使俄国戏剧从封闭走向开放,在整个俄罗斯戏剧发展过程中起到了重要作用。

(二) 知识分子的启蒙召唤——从冯维辛到契诃夫的民族戏剧发展道路

从古代的木偶戏和滑稽戏剧的自身发展,到欧洲戏剧的大量引入,经历漫长的磨合与探索后,曾处于蒙昧状态的俄罗斯民族戏剧在18世纪后期迎来了属于自己的高光时刻,涌现出大批优秀的剧作家和作品。自诞生以来,俄罗斯民族戏剧是在沙皇政策的影响乃至控制之下发展的,或是辛辣讽刺,或是反抗控制;而在18世纪后期它摆脱了此前对西欧戏剧单纯的模仿、改写,更加深刻地反映了沙皇俄国的种种社会现实,进一步巩固了俄国戏剧乃至俄国文学的现实主义创作倾向。

冯维辛的代表作《纨绔少年》(1782年)真实地描述了18世纪末农奴制的灾难性影响。这部剧作开创了俄罗斯社会讽刺喜剧的先河,也是俄国现实主义戏剧的重要开端。格里鲍耶陀夫的《智慧的痛苦》(1824年)和普希金的《叶甫盖尼·奥涅金》(1823—1831年)则被别林斯基视为"真正地、广阔诗意地描写俄罗斯现实生活的典范"②。1826年,沙皇实行剧本审查制度,莱蒙托夫的《假面舞会》(1835年)成为这一制度下的牺牲品,市面上空洞无聊的闹剧和低俗的杂耍随处可见。③ 此后,果戈理的著名代表作《钦差大臣》(1836年)以辛辣的讽刺手法揭露了农奴制下俄国的腐朽黑暗,改变了以法国戏剧为代表的西欧戏剧影响下俄国戏剧界思想肤浅、手法粗俗的局面,将俄罗斯戏剧推向世界前列。19世纪末,契诃夫继承了俄国民族戏剧关注现实的发展

---

① 王爱民、任何:《俄国戏剧史概要》,中国戏剧出版社1984年版,第24页。
② 常颖:《俄罗斯民族戏剧——从冯维辛到契诃夫》,中国水利水电出版社2017年版,第2页。
③ 常颖:《俄罗斯民族戏剧——从冯维辛到契诃夫》,中国水利水电出版社2017年版,第3页。

脉络，挖掘出从未被重视的普通公民视角，从小人物身上窥探社会历史的原因，以《三姐妹》（1900年）和《樱桃园》（1904年）等为代表的作品被视为20世纪西方现代戏剧的开端。

俄罗斯知识分子笔下的戏剧作品不同于宫廷剧或是宗教剧，它们大多为沙皇统治下的普通民众发声，带有思想层面的启蒙召唤作用，具有相当的文学审美价值，许多经典作品流传至今，被多次改编，搬上舞台，几百年来逐渐塑造出独属于俄罗斯的民族形象。

（三）全俄戏剧的经典地位——代表性剧院和戏剧学校的建立

戏剧艺术不仅依靠作家的创作，更需要向观众展现表演的平台和传承发展戏剧艺术的空间。随着戏剧艺术的发展，出现了一大批剧院和学校，其中一些几经波折流传至今，成为俄罗斯戏剧的经典场所。

1672年，沙皇阿列克谢修建了俄国第一座宫廷剧院，也是俄罗斯历史上第一家剧院。同年10月17日，宫廷剧团在该剧场首次公演。① 剧目题材取自《圣经》和一些历史故事，以强烈的政治色彩歌颂专制皇权。随着沙皇阿列克谢的逝世，这座剧院被废除。1756年8月30日，伊丽莎白皇后建立俄罗斯剧院，由剧作家 А. П. 苏马罗科夫任院长，这是俄罗斯第一家专业剧院。② 到18世纪末，俄罗斯已拥有好几家公共剧院、一家戏剧学校和于1786年创刊的杂志《俄罗斯戏剧》。③ 剧院不仅在俄罗斯摆脱中世纪桎梏、走向启蒙运动的路途中扮演了关键角色，并且已成为俄国社会公共活动的重要场所，在一定程度上促进了公民社会的发展。1776年3月28日，叶卡捷琳娜二世授予检察官皮约特·乌鲁索夫亲王一项特权——建造莫斯科剧院以维持表演、假面舞会及其他娱

---

① 王爱民、任何：《俄国戏剧史概要》，中国戏剧出版社1984年版，第19页。
② Ветелина Лариса Германовна, "РОЛЬ ТЕАТРА В ФОРМИРОВАНИИ ПРАВОСЛАВНЫХ ЦЕННОСТЕЙ РОССИИ В ПЕРИОД ЕГО СТАНОВЛЕНИЯ（XVI – XVIII вв.）", Ипатьевский вестник, 2019. № 7.
③ [美] 尼古拉·梁赞诺夫斯基、马克·斯坦伯格：《俄罗斯史》，杨烨等译，上海人民出版社2013年版，第287页。

乐活动，即俄罗斯莫斯科大剧院和芭蕾舞剧院的前身。① 1783年7月12日，叶卡捷琳娜二世批准了一项允许戏剧委员会建立"管理音乐和表演"的机构的法令。1783年10月5日，圣彼得堡大剧院开幕，这是马林斯基剧院（马林斯基国家学术剧院）的前身。② 这两所剧院的实力至今在俄罗斯乃至世界范围内仍保持领先水平，不仅连年被俄罗斯民众评为国内最受欢迎的剧院，更是以众多经典剧目享誉全球，成为俄罗斯文化的实体象征。1898年，К. С. 斯坦尼斯拉夫斯基和 В. И. 聂米罗维奇·丹钦科创建了莫斯科艺术剧院，斯坦尼斯拉夫斯基在剧院实践的基础上创立了自己的表演体系，对俄罗斯戏剧乃至世界戏剧领域的改革与发展具有重要意义和深远影响。③ 芭蕾舞剧作为俄罗斯戏剧艺术中的璀璨明珠，它在俄罗斯的发展兴盛同样离不开沙皇的突出贡献。彼得大帝大力倡导西式生活，举办各种戏剧演出和舞会，当时俄国的贵族将学习西方的舞会舞蹈作为一种时尚潮流。"彼得时代翻开了俄罗斯教育史上新的一页……学习的习惯也进入贵族阶层的生活方式中。"④ 于1738年应运而生的俄国第一所芭蕾舞学院——皇家芭蕾舞蹈学院，也即后来的瓦岗诺娃芭蕾学院，标志着俄罗斯系统的学校舞蹈教育正式启动。西方芭蕾的特色与俄罗斯本土的民族文化和审美风格相结合，逐渐形成了新的学派——俄罗斯芭蕾学派。瓦岗诺娃芭蕾舞学院在今天仍是世界顶级芭蕾舞学院之一，同时也是马林斯基芭蕾舞团的直属学校。

（四）苏联时期戏剧艺术政策概述

1917年11月7日，十月革命后诞生了世界上第一个社会主义国家政权——俄罗斯苏维埃联邦社会主义共和国。1922年12月30日，苏维埃社会主义共和国联盟正式成立。布尔什维克上台后，对革命前的文化

---

① 莫斯科大剧院官网，https：//www.bolshoi.ru/。
② 马林斯基剧院官网，https：//www.mariinsky.ru/。
③ 常颖：《俄罗斯民族戏剧——从冯维辛到契诃夫》，中国水利水电出版社2017年版，第4—5页。
④ 李小桃：《俄国的教育与俄罗斯知识分子的诞生》，《外国语文》2009年第25期。

遗产进行了彻底的审查。苏联史学的特点是依赖主流意识形态,对与文化史,特别是与戏剧史有关的问题的处理,是由党的方针决定的。① 许多旧的价值观被抛弃,苏联领导人建立了自己的指导方针,以建设社会主义文化。

统一社会思想、保持意识形态的纯洁性,是苏维埃政权建立初期的文化政策基本方针,这一时期列宁的言论和著作是党和国家文化工作的最高指导方针,他坚持党对思想文化工作的绝对领导,对文化教育事业实行高度集中的领导,在一定程度上缓解了当时文化事业的混乱局面,但同样带来了机构臃肿、人浮于事的问题,且战时的政治教育政策要求戏剧部门完成一定的政治任务,并未能真正保障戏剧本身的稳定发展。此外,长时间的革命和战争导致社会和经济的崩溃,人们根本没有时间和钱去看戏,剧院失去了大部分观众。许多文化人物,包括作曲家、剧作家、演员、歌唱家,也纷纷离开了苏联,"芭蕾艺术的时钟在1917年停止摆动了……俄国芭蕾舞僵硬的传统主义加上苏联社会生活中许多其他限制条件,导致苏联最好的芭蕾舞演员中有不少人投奔到西方国家"②。

1920年年底苏联国内战争结束,进入和平建设时期,政府的当务之急是从广大群众中培养人才,发展文化教育事业被提上了重要的议事日程。列宁将提高群众的文化和政治水平作为对抗官僚主义作风、反对贪污腐败的必要前提。为克服财政困难导致的文化事业停滞,政府采取紧急措施,允许剧场等文娱场所私营化,主动打破了单一的国营渠道,改变了僵化的戏剧事业管理体制,有助于戏剧事业的繁荣和群众文化生活的活跃。③

---

① Яговкина Анна Николаевна, "Отечественная историография истории русского провинциального театра второй половины XIX начала XX века", Вестник Удмуртского университета. Серия История и филология, 2012. No. 3.
② [美]尼古拉·梁赞诺夫斯基、马克·斯坦伯格:《俄罗斯史》,杨烨等译,上海人民出版社2013年版,第584页。
③ 马龙闪:《苏联文化体制沿革史》,中国社会科学出版社1996年版,第44页。

弗拉基米尔·马雅可夫斯基 1918 年创作的《宗教滑稽剧》是第一部反映俄国十月革命的剧本，开创了社会主义政治宣传剧的先河。同时期还出现一种群众广场剧，如《走向世界公社》和《攻占冬宫》。1920 年，梅耶荷德提出戏剧十月革命的口号，要求戏剧创作为政治服务。20 世纪 20 年代中期，各地区陆续出现了各种上演政治文艺与革命戏剧的民间剧场，如青工剧院和兰衫剧社。[①] 可见苏维埃初期的戏剧政策在一定程度上活跃了戏剧市场，也将戏剧政治化和意识形态化。这种将文化与政治紧密结合的管理模式开启了此后七十多年苏联文化专制主义的历程，为斯大林时期的极"左"文艺战略埋下了伏笔。

1924 年列宁逝世，苏维埃政权进入斯大林时期。1928 年，斯大林发起反"右倾"运动，取消新经济政策，实施俄罗斯经济、政治和意识形态的"大转变"。这一时期的文艺战略完全为高度集权的政治制度服务，变成一种专制主义下的政治斗争文化，大搞个人崇拜主义，以大批判、大整肃的手段打压一切非无产阶级的思想意识。这种强硬的控制手段直接导致群众思想僵化，带来了学术文化和艺术的衰落和萎靡。[②]

这一时期，苏维埃政权提出要在革命中描写现实，强调文艺的教育作用，而对文艺本身的多元性则横加阻拦。在全国范围内开展的语言辩论和关于形式主义的辩论又将创作方法极端化和标准化，迫使艺术家放弃了自己的多样化艺术探索，使苏维埃文化进入了一元化发展时期。[③]

社会主义现实主义创作理念的确立将苏联戏剧的发展推向一个新高潮，这一时期戏剧文学虽然在表达主题上受到严重限制，但戏剧题材得

---

① 常颖：《俄罗斯民族戏剧——从冯维辛到契诃夫》，中国水利水电出版社 2017 年版，第 5—6 页。

② 马龙闪：《苏联 30 年代的"大批判"与联共（布）政党文化的形成》，《俄罗斯学刊》2013 年第 1 期。

③ 田刚健、张政文：《当代俄罗斯大国重建中的文艺战略研究》，中国社会科学出版社 2019 年版，第 34 页。

到了丰富，写作技巧渐渐成熟。维什涅夫斯基的《乐观的悲剧》（1933年）等反映国内战争；包戈廷的《速度》（1930年）等描写经济振兴；基尔尚的《粮食》（1930年）等描写农村变革；阿菲诺格诺夫的《恐惧》（1931年）等描述知识分子的生活；波戈廷的《带枪的人》（1937年）等描写了列宁的事迹。① 法国戏剧家保尔·格赛尔对这一时期的苏联戏剧的评价很高，认为它拥有强大的教育力量，苏联戏剧承担着"发挥戏剧教育作用，提高人民的道德品质，为其提供精神导向的使命。这是一团凝结着智慧、道德、社会责任的巨大火焰；为当时的苏联社会提供了一种生存所必需的信仰……艺术甚至扮演了宗教的角色，戏剧院、歌剧院、音乐会、电影院——这是苏联的现代教堂"②。在苏德战争时期（1941—1945年）诞生了一系列战争剧，表达爱国主义思想，如 Л. М. 列昂诺夫的《侵略》（1942年）、К. М. 西蒙诺夫的《俄罗斯人》（1942年）、柯涅楚克的《前线》（1942—1943年）等。③ 在动荡不安、战火纷飞的年代，人们急需精神上的鼓励和安慰，社会主义现实主义戏剧在教育群众、凝聚人心等方面的意义得到了突显。20世纪40年代末，苏美冷战趋向白热化，意识形态的对抗达到顶峰，苏联政府将西方的一切视为资产阶级产物并加以批判，导致其自身隔绝了与世界文化的沟通，走向文化专制的极端，戏剧艺术受到严重的审查与控制，走向肤浅和虚伪，与艺术几乎完全脱节。

从1953年斯大林逝世后大范围平反冤假错案、释放无辜入狱者和反个人崇拜，到1964年10月赫鲁晓夫被迫辞职，再到1968年苏联出兵捷克斯洛伐克这一历史时期，被称为苏联的"解冻"时期。④

---

① 常颖：《俄罗斯民族戏剧——从冯维辛到契诃夫》，中国水利水电出版社2017年版，第6—7页。
② Амон - Сирежольс К, "Французские путешественники - зрители советского театра (1920 - 1940)", Новые российские гуманитарные исследования. 2013. №. 8.
③ 常颖：《俄罗斯民族戏剧——从冯维辛到契诃夫》，中国水利水电出版社2017年版，第7页。
④ 马龙闪：《苏联文化体制沿革史》，中国社会科学出版社1996年版，第222页。

赫鲁晓夫在苏共第二十次代表大会上严厉指责斯大林及其在肃反运动中犯下的罪行，呼吁在苏共全党清除对斯大林的个人崇拜造成的严重危害，这一时期"解冻"思潮促进了思想解放，客观上反映出政策改革的要求。

赫鲁晓夫的文化政策总体来讲就是放松斯大林时期的严格管制和禁令，为20世纪三四十年代遭受不公正待遇的知识分子平反。在戏剧方面表现为颁布《关于修正对歌剧〈伟大的友谊〉〈鲍戈丹赫梅利尼茨基〉和〈全心全意〉的错误决定》，为戏剧导演弗·艾·梅耶霍德和作家伊·埃·巴别尔等恢复名誉，遭禁的德·德·肖斯塔科维奇的歌剧《姆钦斯克县的麦克白夫人》得以解禁上演，等等。① 1954年和1959年的两次苏联作家代表大会修改了对社会主义现实主义的定义，将其规定为"要求艺术家从现实的革命发展中真实地、历史地和具体地描写现实"②，拓展了社会主义现实主义的理论空间，文艺创作焕发生机，出现了史泰因的《专案审查》（1954年）、A. H. 阿尔布佐夫的《伊尔库茨克的故事》（1959年）等描写现实生活冲突、批判个人崇拜主义、恢复人的精神尊严的戏剧。20世纪60年代的戏剧重视挖掘伦理和道德观，如 A. B. 万比洛夫的《六月的离别》（1965年）、罗佐夫的《婚礼之日》（1964年）等。③ 威廉·陶伯曼在《赫鲁晓夫全传》中评价赫鲁晓夫时期的改革"尽管笨拙而不稳定，但在斯大林造出的一片沙漠中浮现出一个初步的公民社会"④。

但相对宽松的政策如昙花一现，受到经济危机和党内矛盾的影响，苏联的各项事业再度陷入混乱，文化上基本保留了过去高度集中的强制

---

① 田刚健、张政文：《当代俄罗斯大国重建中的文艺战略研究》，中国社会科学出版社2019年版，第36—37页。
② 马龙闪：《苏联文化体制沿革史》，中国社会科学出版社1996年版，第314页。
③ 常颖：《俄罗斯民族戏剧——从冯维辛到契诃夫》，中国水利水电出版社2017年版，第7页。
④ ［美］威廉·陶伯曼：《赫鲁晓夫全传》，王跃进译，中国社会科学出版社2009年版，第220页。

命令体制。1957年苏联作家协会召开会议，认为"解冻"造成了文化上的混乱，提出要保卫"党性""人民性"和社会主义现实主义。苏联戏剧家协会、苏联电影家协会等也相继召开会议，强调党的领导和党的文化艺术基本原则。苏维埃政权在官方文化政策制定过程中的保守主义倾向逐渐加强，文化审查的力度大大提升，禁止出版传播偏离社会主义现实主义的作品。①

1964—1982年勃列日涅夫任期内，苏联的军事实力超过美国，成为世界军事强国。勃列日涅夫推出勃列日涅夫主义，重新确定党高于一切的政治原则以维护个人统治的稳定，大搞个人崇拜，苏联社会经济发展再次陷入停滞，文化上也重新采用斯大林时代对文学艺术进行绝对控制的文化专制主义。从20世纪60年代至80年代初，俄罗斯主流戏剧带有强烈的政治批判倾向，哲理寓言剧迅速发展，传统主题结构发生深刻变革。②

1985年戈尔巴乔夫上台，为突破原有政治体制束缚，激发国家经济发展活力，缓和冷战状态，他倡导自由、民主、多元化的"新思维"改革，苏维埃文化政策随之发生了显著变化并彻底"解冻"。在意识形态领域，戈尔巴乔夫提出社会主义观念的多元化，这从根本上动摇了斯大林的社会主义思想。戏剧方面的政策变革也体现出这种大幅度的"解冻"，1987年，苏联文化部对六十多个剧院进行改革试验，赋予剧院在剧本编写、出版、表演方面的独立决定权；文化部门可以对剧院的工作提出建议，但不能以行政手段干涉；在经济上剧院自负盈亏，可以自行决定票价；在剧院内部管理上，由选举产生的艺术委员会负责剧院的创作和演出；等等。③ 此前收紧的政策迅速转向全方位的"解冻"，文艺领域的"新思维"改革逐渐过激和失控。此外，大量西方低级文艺作

---

① 任光宣：《俄罗斯文化十五讲》，北京大学出版社2007年版，第271页。
② 任光宣：《俄罗斯文学简史》，北京大学出版社2006年版，第299页。
③ 田刚健、张政文：《当代俄罗斯大国重建中的文艺战略研究》，中国社会科学出版社2019年版，第44页。

品的引进更是加速了苏维埃文化的瓦解崩溃,人们一方面怀疑社会主义理想,另一方面受拜金主义价值观的影响,整个苏联社会陷入停滞与精神混乱,为国家体制最终瓦解埋下伏笔。

(五) 新俄罗斯初期戏剧艺术政策概述

1991 年 12 月 25 日苏联解体,一系列西方资产阶级政治制度的基本原则在俄罗斯得到确立,俄罗斯走上资本主义的发展道路,经济社会面临着急剧的变革与转型,俄罗斯文化陷入了巨大混乱和危机。国家发展道路的不稳定、意识形态的缺失、最高领导人之间的政治纷争、低俗文化的盛行和社会道德的薄弱,构成了转型期俄罗斯的文化生态。

1. 苏联解体后俄罗斯社会的整体精神惶惑和戏剧发展危机

苏联解体后,国家缺乏统一的意识形态,新生的俄罗斯政府既无法凝聚民心,又缺乏政治权威,国家的组织能力急剧下降。苏联解体后俄罗斯社会整体的精神危机并不是从 1991 年才开始的。20 世纪 70 年代初,中学毕业生大量增加,然而在 1975 年,只有不到四分之一的毕业生考入高中。20 世纪七八十年代,国民教育问题日益突出,青少年的实际知识结构无法满足社会职业要求,导致了青少年的社会道德问题。[①] 社会问题调研机构的数据表明,当时俄罗斯年轻人对知识、奉献和社会责任的渴望大幅降低,只有少数年轻人表示"愿为社会多做贡献,为国家分担困难,希望获得文学、艺术、科学等精神财富"[②]。随着苏联解体后的思想自由化和经济市场化,加之西方消费主义的影响,低级的大众消费文化的思潮已成为 21 世纪的主流社会观念,颠覆并解构了俄罗斯的传统意识形态,形成充满禁忌和混乱的文化环境。[③]

[①] 马龙闪:《苏联文化体制沿革史》,中国社会科学出版社 1996 年版,第 301 页。
[②] 海运、李静杰:《叶利钦时代的俄罗斯 (政治卷)》,人民出版社 2001 年版,第 374 页。
[③] 王树福:《从"万比洛夫派"到"新戏剧":当代俄罗斯戏剧源流与发展考》,《戏剧 (中央戏剧学院学报)》2011 年第 4 期。

新俄罗斯的戏剧艺术遭遇严重的危机，如体制转型带来的剧院运行危机、文化转换带来的身份危机、社会转型带来的戏剧创作危机。伊戈尔·莫特罗年科将20世纪90年代上半期评价为戏剧发展中的"停顿时期"。① 戏剧评论家巴维尔·鲁德涅夫认为1988—1995年是俄罗斯戏剧行业"耻辱的7年"。②

2. 叶利钦时期的戏剧艺术政策及实践评述

面对危机，叶利钦政府采取了一系列措施。1992年9月30日，组建了俄罗斯联邦文化部，成立了专门的戏剧艺术管理局。1992年俄罗斯新宪法颁布前，叶利钦政府便通过了《俄罗斯文化立法基本法》，为制定和实施文化政策提供了法律依据和保障，并将国家文化安全和国家利益作为文化政策的最高目标。1993年以来，俄罗斯政府制定并实施了《俄罗斯文化遗产保护和文化发展》（1993—1995年）、《保护和发展俄罗斯文化艺术》（1997—1999年）等文艺政策，大力发展文化事业。③ 20世纪90年代末，政府推出了"关于俄罗斯联邦剧院和戏剧活动"的联邦法草案，为俄罗斯联邦境内的戏剧活动确立了基础。④ 叶利钦政府虽然采取了相应的政策来挽救文化危机，但效果十分有限。

俄罗斯国立艺术研究所进行的一项长期调查显示，1975年和1985年，分别有7020万人和7210万人到剧院观看戏剧表演。2000年，这个数字下降到1400万。剧院被俄罗斯和外国的经典剧目，以及刚刚涌入俄罗斯的西方荒诞派和后现代主义戏剧占据，舞台上几乎没有俄罗斯当

---

① МОТРОНЕНКО, ИРИНА, "В поисках новых текстов" Драматургия и театр: Сборник научных трудов. Тверь: Издательство Тверского государственного университета, 2005, p. 305.

② РУДНЕВ, ПАВЕЛ, "Памями Алексея Казанцева", Деловая газета, 2007.09.06.

③ 任光宣：《俄罗斯文化十五讲》，北京大学出版社2007年版，第318页。

④ Мельникова Елена Викторовна "Проблемы реализации основных направлений государственной политики Российской Федерации в сфере театральной деятельности (конец 1990–х – начало 2000–х гг.)", ОНВ. 2015. №1, p. 135.

代剧作家的作品。①

沙俄时期的戏剧艺术创造了俄罗斯戏剧史上的巅峰时刻，人才辈出，名作大量涌现，这一时期戏剧发展的盛况一方面离不开复杂的社会历史背景，另一方面更是得益于自彼得一世开始的西化改革下积极倡导戏剧发展的文化政策。苏联时期，戏剧事业虽坎坷前行，但仍不时有领导人自上而下的宽松文化政策进行扶持，革命年代知识分子的创作激情、人民群众观看戏剧表演的热情更是只增不减。而无论是利用戏剧舞台宣扬君主的丰功伟绩，还是利用戏剧广泛地发动群众、宣传革命思想，国家的戏剧艺术政策始终反映着统治者的政治文化主张，普京时期的戏剧政策很好地顺应了这一特点。随着1991年苏联解体，俄国的政治结构、社会制度和经济体制遭受巨大冲击，发生了剧烈的变化，人民的思想文化认同陷入了深刻的矛盾和混乱，加上西方资本主义文化严重冲击国内造成经济衰退，俄罗斯文化安全面临威胁，戏剧发展陷入停滞状态。普京曾对此充满忧虑地表示："如今的俄罗斯不仅承受着全球化对国家身份认同的客观压力，还要承担20世纪我国两次国家体制瓦解所遗留的灾难性后果。传统和历史断裂、社会道德败坏、相互信任和责任感不足，对国家文化和精神造成了毁灭性打击，这正是我们现今所面临的许多问题的根源。"② 可以说，俄罗斯戏剧在普京执政前的很长一段时间里走的都是下坡路，但这同时为普京的戏剧艺术政策乃至文艺政策的制定提供了广阔的空间。

二 普京时期俄罗斯戏剧艺术政策的制定背景与核心理念

任何政策的制定都以相关领域的现实困境作为基本导向，戏剧艺术政策也不例外。苏联解体后的很长一段时间里，俄罗斯戏剧界遭受严重

---

① 潘月琴：《"后苏联"时期俄罗斯戏剧的发展面貌》，《戏剧（中央戏剧学院学报）》2012年第2期。
② ［俄］普京：《普京文集（2012—2014）》，华东师范大学国际关系与地区发展研究院、华东师范大学俄罗斯研究中心编译，世界知识出版社、华东师范大学出版社2014年版。

创伤,剧院产业作为确保剧院活动实施的组织和经济体系,不能完全满足观众和戏剧艺术工作者的需要;长期的经济低迷导致剧院和观众无法满足发展戏剧事业、欣赏戏剧艺术的资金需求;戏剧教育质量不高,无法为戏剧行业输送优秀人才。总体来讲,普京执政初期的俄罗斯戏剧领域存在以下几方面的问题。

一是全俄剧院分布不均衡、人民的文艺权益享受不充分。俄罗斯官方统计数据显示,近年来联邦政府所属的国立剧院和地方政府所属的市立剧院的数量呈增长态势,2011—2018 年,俄罗斯文化部管辖范围内的官方剧院从 598 座增长到 619 座,这种国家和市政剧院网络的发展提高了俄罗斯人民对戏剧艺术的接触程度。但是,人们对戏剧艺术的需求远不能被完全满足。国家艺术研究院在 2019 年对剧院观众进行的全俄社会学民意测验显示,几乎一半的受访者(46.7%)表示他们需要新建的剧院。据统计,在俄罗斯的 80 个拥有 10 万—25 万人口的城市中,有 23 个城市既没有戏剧剧院,也没有青年剧院;在人口不足 10 万的城市中有 34 家剧院,但这不能弥补大城市剧院数量的短缺。在儿童和青年剧院方面,青年剧院从 2011 年的 69 座增加到 2019 年年初的 71 座,木偶剧院从 2011 年的 105 座增加到 2019 年年初的 108 座,这种增长显然不能满足青少年的戏剧欣赏需求。①

除了官方剧院外,俄罗斯还有许多私立剧院。据专家估计,到 2019 年,俄罗斯联邦境内有 600—800 家私人剧院,这些剧院正在增加俄罗斯公民接触戏剧艺术的机会。大多数私人剧院位于莫斯科、圣彼得堡和俄罗斯其他主要城市。然而这些在戏剧艺术方面没有什么突出成就的私人剧院在大多数情况下向公众提供的剧目数量有限,且质量不高。

二是戏剧业务发展资金短缺、剧院转型发展艰难。在资助剧院活动

---

① Концепция долгосрочного развития театрального дела в Российской Федерации на период до 2030 года(ПРОЕКТ),http://www.stdrf.ru/.

的基础预算资金方面，俄罗斯文化部剧院的预算资金总额从2011年的366亿卢布增加到2018年的681亿卢布，增加了近90%。但以可比价格计算，2018年以预算资金为代价的剧院融资仅比2011年增加17%，未超过2013—2014年该指标的价值。① 也就是说，自2014年以来，尽管剧院的数量名义上增加了21个，但用于国家和市政剧院活动的各级财政预算支出并未真正增加。由于客观原因，绝大多数剧院无法通过市场手段达到绝对的自给自足，而通过提高票价来增加剧院自身收入的机会也十分有限。因此，预算资金是传统的俄罗斯剧场保留和发展的主要保障。

在这种情况下，剧院门票价格方面也并不乐观。根据《俄罗斯联邦文化立法基础法》第52条，文化组织可独立确定有偿服务和产品的价格（关税），包括门票价格。但实际上，剧院在此问题上的独立性通常受到地方自治机构的直接或间接的限制。在某些地区，由于需要确保消费者对剧院艺术的可及性，公立剧院被禁止提高门票价格；而在另一些地区，由于没有获得必要预算资金，剧院被允许通过任何方式增加收入，包括提高票价。

由于以上原因，对整个国家和各个地区的戏票平均价格水平进行的分析可知，自2011年以来，戏票价格的增长已经超过了通货膨胀和俄罗斯公民平均工资的增长。这意味着，每年因票价而被限制观剧的人群正在扩大。尤其需要注意的是，自2016年以来，儿童剧票价的平均涨幅一直高于剧院平均票价的涨幅。2011—2018年，剧院门票的平均价格上涨了2.1倍，儿童剧门票的平均价格上涨了2.7倍。② 诸如此类的剧院业务发展资金短缺、剧院门票价格过高的情况，在很大程度上限制了普通民众接触戏剧艺术。

---

① Концепция долгосрочного развития театрального дела в Российской Федерации на период до 2030 года（ПРОЕКТ），http：//www.stdrf.ru/.

② Концепция долгосрочного развития театрального дела в Российской Федерации на период до 2030 года（ПРОЕКТ），http：//www.stdrf.ru/.

三是戏剧专业人才培养工作不到位，戏剧教育体系亟待完善。在俄罗斯当前与艺术领域的教育计划有关的规定中，存在以下几方面的矛盾和问题：忽略了以小组和个人形式进行课堂教学的需要；在设置"舞台动作""整形教育""舞蹈""表演技巧"等学科的同时，忽略了体育教育的必修性质；没有考虑对于实践学科的教师而言，其学历水平不应以科学作品的数量来衡量，而应以其在艺术领域的个人成就来衡量；以形式化的标准评估绩效，这些标准与高校及其毕业生的实际创造性成就相去甚远；录取基准数设置和分配不合理；由于学费高昂，与私立大学相比，艺术类国立大学竞争力低下；等等。① 这些实际存在的问题导致俄罗斯戏剧专业人才培养工作不到位，戏剧教育体系不完善，亟须通过修改相关的法律法规及改革戏剧教育制度来解决。

诸如此类的种种问题表明俄罗斯戏剧的发展仍处于困顿之中，须变革，而这样的重大改变非国家干预无法达成。为重振戏剧传统，利用戏剧凝聚民心、展现大国形象，普京时期俄罗斯的戏剧艺术政策逐步提出并实施的。

普京时期俄罗斯文艺政策的核心理念是"新俄罗斯理念"，在对内凝聚民族精神、对外塑造国家形象等方面能够起到重要的支撑和促进作用，戏剧艺术作为俄罗斯文艺战略的重要一环同样以此为依据，结合文化软实力思想，形成了对内与对外两个维度的发展理念。普京曾在俄罗斯外交部大使和俄罗斯联邦海外常驻代表的会议上强调："要加强俄罗斯的软实力建设，避免俄罗斯的国际形象和国际立场受到曲解，要利用软实力获取自身的利益。"② 他所提出的"新俄罗斯理念"中的"强国意识"，便包含利用文化软实力来塑造新时期俄罗

---

① Концепция долгосрочного развития театрального дела в Российской Федерации на период до 2030 года (ПРОЕКТ), http://www.stdrf.ru/.
② "Выступление Президента РФ В. В. Путина на совещании в МИД России послов и постоянных представителей РФ за рубежом", 9 июля 2012 г, http://kremlin.ru/transcripts/15902.

斯大国形象的思想。

普京执政以来高度重视文化软实力在实现国家文化认同、塑造俄罗斯文化强国形象中的重要作用。面对叶利钦执政后期的政治动荡和民心不定的双重危机，普京敏锐地认识到人民对政府的不信任，以及文艺领域的道德沦丧是导致民众普遍失去对本民族文化与民族身份认同感的重要原因，他以"新俄罗斯理念"填补了意识形态领域的真空，重新构建起思想领域的核心价值，并以此为导向制定了一系列文艺政策，在凝聚民心、重拾民族自信心方面起到了积极作用。与此同时，他在《变革中的世界与俄罗斯：挑战与选择》一文中指出："全世界对思想意识、文化领域的兴趣复苏了，这一点表现在社会和经济联入全球信息网络。这给俄罗斯在创造文化价值方面提供了新的机会……对于俄罗斯来说，不只是保护自己文化，而且可以把它当作走向全球市场的强大因素……这不是要建立帝国，而是文化传播；不是大炮，不是政治制度输入，而是教育和文化的输出。"[①] 基于此，普京时期戏剧艺术政策制定的核心理念体现为对内保护传统文化、团结民众，对外塑造强国形象、实施文化外交。

普京高度重视戏剧艺术的发展，为解决戏剧领域的诸多问题，他曾多次提及政府部门有义务为戏剧团体的运作创造有利条件。考虑国家对戏剧艺术支持的客观需要，为确保维护戏剧事业的动态发展，普京执政以来，俄罗斯政府制定了大量保障戏剧长期发展的基础性政策文件，具体如下。

《"俄罗斯文化"联邦目标纲要》：《"俄罗斯文化"联邦目标纲要》以下简称《纲要》（2001—2005 年）（2006—2011 年）（2012—2018 年）作为俄罗斯文化事业建设发展的一项指导性国策，遵循"新俄罗斯理念"，明确了 21 世纪俄国文化发展的七大任务——"保

---

① ［俄］普京：《变革中的世界与俄罗斯：挑战与选择（下）》，彭晓宇、韩云凤译，《当代世界与社会主义》2012 年第 4 期。

第五章 当代俄罗斯文艺政策文化战略导向下的文艺生态

护国家文化遗产、促进俄罗斯文化整体统一性、保障人民群众依法享受俄罗斯文化信息资源的权利、培养和保护优秀的文化人才、保障文化信息化建设、支持专业艺术创作，以及塑造俄罗斯的国际形象"①。在戏剧发展领域，《纲要》明确规定对剧院的创作活动给予财政补贴奖励，鼓励各级剧院组织排演原创的剧本，促进戏剧产业的繁荣发展。2015 年度的补贴额度约为 836 万卢布，2016 年达到 2866 万卢布，2017—2018 年则达到了 4800 万卢布②，这些拨款为戏剧事业发展提供了充足的资金支持。

《俄罗斯联邦 2008—2015 年文化艺术教育发展构想》：2008 年 8 月 25 日批准的《俄罗斯联邦 2008—2015 年文化艺术教育发展构想》（以下简称《构想》）是针对文化艺术教育政策框架不健全不完善等问题提出的，它以构想的形式确定了俄罗斯文化教育领域建设与发展的基本方针，以满足公民对文化教育的需求，构建起一套俄罗斯文艺从业者的专业培养体系。在戏剧领域，《构想》提出要发展俄罗斯联邦主体下辖的美术类、音乐类、舞蹈类、戏剧类和文化教育类的中等专业院校及其他学校（学院），保障中小学—中等学校—高级院校这一三级教育机构链的各个环节平稳运行。同时要照顾到戏剧演员培养的特殊性，要为学生提供足够的演出机会，组建类似剧团的学生团体，以保证可以在教学期间举办教学戏剧演出；邀请各大剧院的艺术总监主持学校的教学活动，对未来的演员进行全面的职业培训。③

《俄罗斯国家文化政策基础》：2014 年 5 月 16 日发布的《俄罗斯国家文化政策基础》同样以《俄罗斯联邦宪法》为基础，由当代俄罗斯

---

① Федеральная целевая программа "Культура России" (2012 – 2018 годы), http://archives.ru/sites/default/files/186 – prill.doc.
② Федеральная целевая программа "Культура России" (2012 – 2018 годы), http://archives.ru/sites/default/files/186 – prill.doc.
③ Концепция развития образования в сфере культуры и искусства в Российской Федерации на 2008 – 2015 годы, https://culture.gov.ru/documents/o_ perspektivakh_ razvitiya_ sistem353572/.

文化发展的目的原则、战略任务、相关法律保障三大部分组成，出于传承俄罗斯文化的社会使命，提出"将一系列作为俄罗斯民族特质基础的道德、美学价值观传给新一代"的思想，旨在提高文化的社会地位，促进文化对国家政策和社会生活各领域的影响。在戏剧领域，它强调"伟大的俄罗斯戏剧艺术是俄罗斯民族文化遗产不可分割的一部分"；"俄罗斯理应为自己的戏剧艺术和芭蕾艺术等感到骄傲。在我们最受认可和尊重的同胞中有音乐家、歌剧艺术家、指挥家、导演和芭蕾舞演员"①。它强调在中学教学中培养孩子们理解和创作戏剧艺术作品的技能，阅读和理解复杂的文本可以帮助青少年培养审美情趣和价值取向，从而保证个体的和谐发展。同时，要采取措施保障城市和村镇的居民欣赏戏剧的机会，让他们能够欣赏到更好的专业艺术表演，以减少小城市人口的流失。②

《2030年前国家文化政策战略》：俄罗斯联邦政府2016年2月29日通过的《2030年前国家文化政策战略》（以下简称《战略》）是基于跨行业原则的战略性计划文件，建立在《俄罗斯国家文化政策基础》之上，涵盖各种文化活动、人文教育、民族关系、海外俄罗斯文化援助和国际人文合作，以及公民道德和自我教育、启蒙教育，开展国际合作，建立国家信息空间等国家和社会生活领域。在戏剧方面，《战略》强调要支持国内外优秀的音乐戏剧团体开展巡演活动，确保不同地区的居民都能享受到好的戏剧表演；举办大型国际音乐节、戏剧竞赛和艺术节，如柴可夫斯基音乐节、"贝加尔之星"音乐节、契诃夫国际戏剧节等，为之提供相应的财政和技术支持。此外，要发展经典音乐领域、歌剧和芭蕾艺术领域，以及戏剧领域的职业教育，以保证俄罗斯艺术家在国际上的高超职业水准和竞争力。在财政资金的分配上，需要提高对戏

---

① Основ государственной культурной политики, https://culture.gov.ru/documents/project-document-public-discussions-1205140.

② Основ государственной культурной политики, https://culture.gov.ru/documents/project-document-public-discussions-1205140/.

剧人才及剧院设施投资的有效性和针对性，政府应将自身的部分责任和功能移交公共机构，对戏剧活动家协会提供补助以供其支持戏剧活动的发展。①

三 当代俄罗斯戏剧艺术政策的核心文件——《俄罗斯联邦戏剧事业长期发展构想》

为长久振兴戏剧事业，俄罗斯政府和俄罗斯戏剧协会以之前提到的各类文艺政策为参考依据，结合俄罗斯联邦戏剧事业的发展现状，制定了以十年为期限的《俄罗斯联邦戏剧事业长期发展构想》（以下简称《构想》），该构想目前已经产生两个文件，分别是2011年批准并实施的《俄罗斯联邦2020年前戏剧事业长期发展构想》（2011年12月23日第19号）和正在制定中的《俄罗斯联邦2030年前戏剧事业长期发展构想（草案）》。《构想》是当代俄罗斯戏剧艺术政策的核心文件，明确了俄罗斯戏剧的主要发展方向、发展目标和任务。

（一）《俄罗斯联邦戏剧事业长期发展构想》的目标和任务

为进一步发展戏剧事业，《构想》提出俄罗斯戏剧领域的整体目标，即形成规范的法律组织和经济机制来管理俄罗斯戏剧事业，为发展各种类型的戏剧艺术创造必要条件，充分支持剧院的创造性活动，满足和发展俄罗斯人民对戏剧艺术的需求，让戏剧艺术得到充分、自由的发展。

2011年批准并实施的《俄罗斯联邦2020年前戏剧事业长期发展构想》作为俄罗斯戏剧事业发展远景规划的第一阶段内容，其主要目标是在2012—2020年这近十年间，借鉴世界戏剧的优秀经验，保护和继承俄罗斯的戏剧传统和经典戏剧成果，调动各方面的组织能力和财政能力支持剧院和戏剧学校发展，为当代俄罗斯戏剧事业提供全方

---

① Стратегия государственной культурной политики на период до 2030 года, https://docs.cntd.ru/document/420340006.

位保障。①

2019年12月，俄罗斯戏剧协会主席亚历山大·卡利亚金在莫斯科举行的第八次全俄剧院论坛"21世纪新戏剧"上拟定了《俄罗斯联邦2030年前戏剧事业长期发展构想（草案）》，将其作为俄罗斯未来十年戏剧发展的纲领性文件。作为俄罗斯戏剧事业发展长期构想的第二阶段内容，它延续了上一阶段的整体框架，将2030年前俄罗斯戏剧事业的发展目标定为形成规范的戏剧相关法律法规、戏剧组织和经济机制，鼓励剧院的创造性活动，确保并发展俄罗斯人民对戏剧艺术的需求，推动戏剧事业自由、活跃发展。②

针对当前俄罗斯戏剧事业发展中面临的瓶颈和困难，《构想》提出以下长期任务：在剧院建设和管理方面，创造条件发展各种类型的戏剧艺术和专业剧院，降低公众欣赏戏剧艺术的门槛，规范剧院组织高级管理人员的组建制度，确定戏剧制作者在联邦法律中的法律地位；在资金方面，利用各种手段为戏剧事业提供经济支持，包括从各级剧院的预算中直接补贴核心活动，在市场竞争的基础上向独立的非营利戏剧项目提供资金支持，以促进赞助捐赠基金的发展；在戏剧人才培养方面，采取必要措施，通过各级教育方案，把从职业培训到研究生培训和实习培训的工作做到位，并提高剧院的整体水平和再教育功能。此外，还要在戏剧领域具体落实国家文化政策纲要的规定，将文化领域的部分管理权下放给公共机构；更有效地给予剧院工作人员实质性和非实质性奖励，在这一领域建立职业竞赛体系，授予相应的荣誉头衔等。为此，《构想》拟定了三个阶段的具体任务（以2030年前版本为参考）。

2022年前在远离人口中心的地区扩大全国的剧院网络，增加剧目

---

① Концепция долгосрочного развития театрального дела в Российской Федерации на период до 2020 года, http://www.mkrf.ru/.

② Концепция долгосрочного развития театрального дела в Российской Федерации на период до 2030 года, http://www.stdrf.ru/.

演出的地点和场次；建立一个统一的联邦—地区综合戏剧发展基金，以支持戏剧业的私人倡议和实验项目；提供授予艺术家、导演、编舞、指挥家、剧作家、制作设计师、服装设计师、灯光设计师等俄罗斯联邦荣誉头衔的优先权，使提名剧院工作人员获得俄罗斯联邦荣誉称号的所有程序透明化；拟定并提交俄罗斯联邦立法机关对俄罗斯联邦民法典的修正案，以便确定剧院制作人的法律地位；等等。

2025年前制定和实施戏剧活动的组织和法律形式的备选方案，为国家和剧院之间的互动提供新条件，使其适应戏剧创作过程中的具体要求；为独立戏剧项目的预算拨款及公立剧院与非公立剧院在独立创作项目中的合作创造合法条件；对俄罗斯联邦现行法律和其他规范性法律文件进行修改，制定教育标准，确定预算资助的教育录取目标，以及戏剧教育组织的录取、许可证发放和认证程序。

2030年前继续发展巡回演出活动，确保在《构想》实施期间每年巡回演出的次数不低于2019年的水平，特别关注边远地区及没有自己的剧院的城市；采取措施，鼓励公立剧院吸引额外的资金来源——慈善捐款、赞助和租赁协议、捐赠基金等。

(二)《俄罗斯联邦戏剧事业长期发展构想》的实施措施

为有效实现上述目标，《构想》提出了以下几个具体实践措施，包括保障公民参与戏剧艺术活动的相关权利；发展不同类型戏剧艺术和专业剧院；改善公立剧院的组织和法律形式，扶持私立剧院建设；多种方式筹集剧院资金；加强戏剧教育和戏剧理论研究，完善剧院人才配备等。

第一，保障公民参与戏剧艺术活动的相关权利。《俄罗斯联邦宪法》第44条规定，"俄罗斯公民可获得戏剧艺术是落实参与文化生活和获取文化价值的宪法权利的重要因素"。为保障公民参与戏剧艺术活动的相关权利，增加公民接触戏剧的机会，《构想》提出，要在地理（剧院网络、剧院巡回演出）、经济（价格政策）、信息（戏剧宣传）和戏剧供应的多样性方面，向公众提供戏剧艺术。国家和地方机构应与各种所有制形式和法律形式的戏剧组织密切合作，解决向公众提供戏剧艺术的问题。

在剧院自身建设方面，《构想》认为，剧院的成功与否取决于它在当地社会生活中的适应程度。应有效利用公关技术建立和维持剧院的正面形象，提升知名度、独创性和吸引力，并利用大众媒体进行宣传，"一个小镇的剧院可以，且应该成为它的名片、主要的文化机构、创造力和社会生活的中心"。而剧院的建设与宣传工作不单单是剧院自身的任务，国家行政机关和地方自治机构应给予相应的支持。作为俄罗斯最具代表性、普及面最广的戏剧活动，自 2014 年推出至今，戏剧大巡演项目取得了良好进展，2019 年俄罗斯戏剧年大巡演的范围覆盖了俄罗斯联邦所有的 85 个行政区。为保障大巡演项目的顺利开展，《构想》指出，应考虑到特定地区的实际经济状况，进一步提供相应的财政支持。应优先支持巡回演出剧目中的大型节目，并设立一个定期轮换的专家委员会，保障巡演节目选择的公开性、参演剧院标准的公开性。在剧院票价管理方面，《构想》提出，剧院作为文化组织应为学龄前儿童、学生、残疾人和应征入伍的士兵提供福利，对某些类别的公民在购买国家剧院和地区剧院的门票方面给予优惠待遇，如应将非工作的退休人员和大家庭的儿童添加到有权享受此类福利的公民类别中。财政资金应从适当水平的预算中弥补普通票和优惠票之间的差额，让剧院最大限度地吸引观众，使那些由于经济原因无法负担票价的人能够轻松地享受戏剧。

第二，发展不同类型戏剧艺术和专业剧院。国家艺术史研究院进行的一项广泛的社会学研究显示，超过 30% 的观众对创新作品持积极态度。此外，19 岁以下的观众对创新作品的兴趣比对传统作品的兴趣更大，60 岁以上的观众中有 60%—70% 的观众更喜欢传统戏剧，而在 19

岁以下的观众中，喜爱传统戏剧的只有33%。① 戏剧是随时代发展而不断自我更新的艺术，新的思想不断涌现，戏剧艺术无论是在形式上还是在内容上都不断地推陈出新，《构想》对此指出，剧场在推出剧目时，必须考虑不同年龄段观众的请求，以免失去其观众群体的代际延续性。在歌剧和音乐剧方面，大多数俄罗斯歌剧院仅保留25—30个曲目，歌剧院变成一个虚有其表的参观场所，这种趋势带来了歌剧院博物馆化的危险。《构想》提出应借鉴其他国家的经验，组织音乐会演出，录制民族作品，在可能的情况下用于正式舞台表演。在芭蕾舞方面，当代俄罗斯的芭蕾舞发展环境欠佳，私立剧院无版权、低质量的表演贬低了芭蕾舞的艺术价值，多数芭蕾舞剧院的音响效果等硬件设施也不符合要求。《构想》认为，亟须系统地提供赠款支持，以激发年轻的芭蕾舞演员在非首都剧院工作的热情，同时要加强芭蕾舞教育，恢复为期五年的专业舞蹈培训。对于近年来新兴的实验剧等新型戏剧艺术，《构想》考虑要建立一个独立的机构来支持和发展新戏剧，重视艺术多样性的增长和对戏剧多样性的发展，重视年轻人的优先选择。对于儿童和青年剧院而言，最重要的是改变学生被强制要求到剧院看剧这一标准化的规定，未来一段时间内应加强针对专门面向青少年的剧院的研究，明确它们的发展方向，用优秀的作品培养新一代观众的艺术品位。

　　第三，改善公立剧院的组织和法律形式，扶持私立剧院建设。俄罗斯绝大多数公立剧院服从于非营利组织的统一运行规则，没有考虑到戏剧活动的细节和特殊性，从而阻碍了剧院的正常创作工作。针对这一点《构想》提出，要改善公立剧院的管理和融资模式，改变其活动的组织和法律形式。在这些法律和组织形式的框架内，要尽可能地联合建立国家权力机关和地方自治政府，并吸引私人资本投资，在今后十年中寻求各种可能性，使国家和市政戏剧部门的法律组织形式多样化。《构想》

---

① Концепция долгосрочного развития театрального дела в Российской Федерации на период до 2030 года, http://www.stdrf.ru/.

还提出，为支持私营剧院和独立戏剧组织的发展，应为这些组织提供免费的演出场所、排练设备等基础设施和优惠贷款政策，有针对性地建立民营剧院法律支持机制。①

第四，多种方式筹集剧院资金。由于客观原因，通过提高票价来增加剧院自身收入的机会有限。在这种情况下，预算资金是为人民提供戏剧艺术的国家层面的保证，因此俄罗斯戏剧艺术的发展离不开基础财政预算的支持。俄罗斯剧院在2018年筹集的20.2亿卢布慈善和赞助资金中，联邦剧院筹集了11.5亿卢布，占56.9%。②但对于大多数地区和市立剧院来说，这一项收入微乎其微。《构想》在提出应修改相关法律的同时，建议引入其他融资渠道和方式，如给予潜在捐助者税收优惠；降低300万卢布的起始门槛；以1∶1∶1∶1的比例启动共同出资模式，根据该模式，剧院自行筹集的资金将增加三倍。同时，要设立专门的戏剧艺术发展基金，以竞争的方式进行分配。

除了公立剧院，俄罗斯境内相当一部分的私立剧院只能以补贴的形式申请特定创意项目的赠款，但这不足以支撑其长期的发展，许多成熟的创意团队需要政府资金在其活动的各个方面提供支持。为此，《构想》对私营剧院的资金支持也提出了改良方案，首先应继续为已宣布的创意计划提供长期补贴；其次则是引导私立剧院与公立剧院合作。独立戏剧团体可以获得一定的演出机会，不仅有助于形成新的剧院团体，扩大和增加针对特定城市和地区居民的戏剧表演的种类，而且有助于更有效地使用公立剧院的舞台设施，做到充分利用资源。

第五，加强戏剧教育和戏剧理论研究，完善剧院人才配备。人才是事业发展最重要的动力，为更好地培养戏剧人才，为戏剧事业不断提供新鲜血液，《构想》提出，应增加戏剧大学表演团体的针对性培训，根

---

① 李迎迎：《〈俄罗斯联邦2020年前戏剧事业长期发展构想〉解读》，《戏剧文学》2013年第3期。

② Концепция долгосрочного развития театрального дела в Российской Федерации на период до 2030 года, http://www.stdrf.ru/.

据具体情况，同时设置全日制和非全日制教育；对芭蕾教学而言，要确保新教师的成长，并确保他们在教育机构及芭蕾舞团中的教学实践，保障舞蹈传统的连续性。《构想》认为，戏剧是一种综合的、实践的艺术，剧院作为社会组织，应为艺术领域的高等和中等专业教育机构毕业生提供就业机会。应当让戏剧教师同时成为艺术领域其他专业的代理导演、演员、编舞者、艺术家，让他们在实践中丰富戏剧创作和表演经验，推动教学内容和形式的完善。国家也应在法律层面对戏剧领域的特定专业做出资格认定，如戏剧制片人、戏剧评论家等，用法律给予他们职业保障，以减少戏剧人才的流失。

《构想》指出，戏剧理论研究是戏剧事业发展的基础，国家应支持戏剧艺术专业的学生参加相关国际会议，为青年学者提供到优秀戏剧研究中心深造的机会。同时要大力扶持戏剧出版社发展，将戏剧评论、戏剧史研究、戏剧理论和戏剧分析有机结合起来；利用互联网平台记录总结俄罗斯各地的戏剧生活，建立全俄罗斯的"戏剧学网"。[①]

(三)《俄罗斯联邦戏剧事业长期发展构想》的主要特点

《构想》充分体现了普京文化强国的目标——维护文化安全，构建俄罗斯统一的文化空间，实现文化大国复兴。在戏剧领域表现为国家控制戏剧领导权，保护公民获得戏剧艺术的权利，保护俄罗斯戏剧文化遗产和特色。据此可以总结出当前俄罗斯戏剧发展政策的主要特点，具体如下。

1. 坚定国家利益至上的战略定位

2014年2月3日，普京在总统文化与艺术顾问会扩大会议上的讲话中引用了利哈乔夫的一段论述："文化是宏大的整体的现象，它把人们凝聚为人民、民族。我们都明白文化在俄罗斯的发展过程中，在巩固俄罗斯的威望和世界影响中，以及保护俄罗斯国家与民族主权方面所起的

---

① Концепция долгосрочного развития театрального дела в Российской Федерации на период до 2020 года，http：//www.stdrf.ru/.

巨大作用。如果没有文化，也就不能明白什么是主权，也不能明白为什么而斗争。"① 2012 年 12 月 19 日批准的《2025 年前俄罗斯联邦国家民族政策战略》同样指出，"普及和传播俄罗斯联邦各民族经典和现代文学艺术作品，支持节日、竞赛和国家创作团体巡回演出，是加强俄罗斯联邦多民族人民团结的重要方向"。《构想》立足于普京"新俄罗斯理念"中增进国家认同、凝聚民族精神、保护文化遗产、推动文化事业和产业发展的观点，注重构建俄罗斯统一戏剧空间，利用戏剧大巡演及各种戏剧文化节、戏剧奖项，以戏剧艺术为媒介，凝聚俄罗斯联邦各地区人民的民族文化认同感，增强当代俄罗斯的文化自信，推动文化强国战略的实施。

2. 保障公民戏剧权益的核心理念

普京在提到国家文化政策的制定时曾说："国家文化政策应该涉及人民生活的方方面面，起到保护传统文化和传统价值观，增进人与人之间的信任，提升公民对国家发展的责任心与参与度的作用。"② 正因如此，提高人民群众对戏剧生活的参与度、保障公民接触戏剧文化，成为《构想》的一大核心要点。为增加公民接触戏剧的机会，《构想》提出，首先要加强剧院自身建设，构建起完善的、覆盖整个俄罗斯联邦的剧院网络，组织戏剧巡演活动等；其次要用多种手段降低普通民众观看戏剧的成本，如为部分人群提供免费门票、为剧院提供更多的财政和社会资金支持等。这些内容针对的是当前俄罗斯剧院网络不发达，人民对戏剧的接触度不高，剧院业务发展资金短缺，剧院门票价格过高的实际情况，都立足于保障公民接触文化、保障公民戏剧权益的积极信念。

3. 遵循政策导向与市场原则相结合的运行方式

虽然在《构想》中，剧院被认为是"非营利组织，盈利不是其存

---

① Заседание президиума Совета по культуре и искусству, http://www.kremlin.ru/events/president/news/20138.
② Заседание президиума Совета по культуре и искусству, http://www.kremlin.ru/events/president/news/20138.

在和发展的根本动机",但它也同时承认俄罗斯联邦境内的600—800家私人剧院正在扩大俄罗斯公民获得戏剧艺术的机会,肯定这些根据市场规律发展起来的非国有剧院在促进戏剧艺术发展、构建俄罗斯统一戏剧文化空间方面的价值。并且《构想》规定从2019年开始,根据"交流巡回演出计划",剧院只能得到旅费和装饰品费的补偿,其他一切住宿和演出改编的费用都通过售票收入来支付。同时,《构想》建议改善公立剧院的管理和融资模式,改变其活动的组织和法律形式。要尽可能地联合国家和地方政府建立不同的文化实体,并吸引私人资本投资。这与普京政府从俄罗斯社会经济发展的实际出发逐步形成的"政府主导、国企支撑、自由竞争三位一体的市场经济体制"[①] 相一致,反映了俄罗斯戏剧产业现行的市场化运营方式。

四 2019俄罗斯戏剧年——普京时期俄罗斯戏剧艺术政策的实践范例

2019年俄罗斯举办专题戏剧年活动,此次戏剧年的各项活动在戏剧演出、戏剧研究、俄罗斯统一戏剧空间构建、戏剧人才培养、国际戏剧文化交流等方面,堪称当代俄罗斯戏剧政策实践的典型范例。下面,我们将从举办宗旨、具体活动,以及实施效果三个方面对2019俄罗斯戏剧年进行评述,并总结概括其在实施过程中的成败得失。

(一) 2019俄罗斯戏剧年的举办宗旨和政策背景

举办戏剧艺术主题年的想法一直被俄罗斯戏剧工作者协会积极推广,早在2011年,俄罗斯戏剧协会主席、莫斯科剧院艺术总监亚历山大·卡利亚金就与当时担任俄罗斯总理的普京探讨过《俄罗斯联邦2020年前戏剧事业长期发展构想》的制定。2018年4月28日,普京与卡利亚金再次于克里姆林宫会面,提及未来十年新的《构想(草案)》的制定,并以总统令的形式将2019年正式确定为俄罗斯的戏剧年。普

---

① 赵传军:《普京经济学》,《求是学刊》2014年第1期。

京在总统令中要求，在 2018 年 6 月 1 日之前成立一个俄罗斯联邦举办戏剧年组织委员会，确保制订和批准在俄罗斯联邦举办戏剧年的主要措施计划，并建议俄罗斯联邦行政当局在戏剧年举办期间采取必要的支持措施。①

普京在与剧院专业人士的谈话中说道："戏剧汇集了音乐、歌唱、绘画和舞蹈，是最流行和多面的艺术，即使在互联网时代，戏剧仍然具有现实意义，它是一种灵活的艺术，可以反映当今最紧迫的问题。"②他强调，应当仔细考虑如何组织戏剧年的各项活动，不仅要促进戏剧艺术的发展，更要使它有益于社会和国家。颁布与戏剧相关的法律条文、举办戏剧年等展现了政府对戏剧艺术发展的高度重视，体现出普京将戏剧的发展视为国家文艺政策实施的关键内容，甚至将其作为俄罗斯文化复兴、文化强国建设中的重要战略环节。

戏剧年的开幕典礼于 2018 年 12 月 13 日在雅罗斯拉夫尔的费·沃尔科夫俄罗斯国家学术戏剧剧院举行，普京在开幕式上发表讲话："我强烈希望俄罗斯戏剧年能做的不仅仅是推动戏剧事业发展，更要帮助戏剧家们巩固他们在我国的地位，并再次将我国的优秀戏剧成果带到世界各地。当然，戏剧年最主要的任务是使俄罗斯的戏剧爱好者有机会欣赏艺术家的表演。"③普京时期的戏剧艺术政策延续了文艺政策中的两大核心要素，即普京的文化软实力发展战略——对内凝聚民族精神，对外塑造国家形象。基于这样的战略高度，发展戏剧艺术、增加人民群众接触戏剧的机会、向世界传播推广俄罗斯当代戏剧等内容成为 2019 俄罗斯戏剧年的举办宗旨。

戏剧艺术曾经是俄罗斯文化辉煌的象征，但苏联解体后鲜有令人印象深刻的、新的俄罗斯剧作家和戏剧作品，更遑论享誉世界的戏剧表演

---

① Встреча с Александром Калягиным，http：//kremlin.ru/events/president/news/57379.
② Встреча с деятелями театрального искусства，http：//kremlin.ru/events/president/news/59400.
③ Открытие Года театра в России，http：//kremlin.ru/events/president/news/59401.

舞台。当代俄罗斯戏剧领域危机重重,这也是普京将 2019 年设立为戏剧年的重要原因之一,他希望以国家层面的介入,引起人们对戏剧问题的关注。首先,戏剧方面的立法还未完善,各项决策的制定无法找到明确依据。其次,俄罗斯的许多老旧剧院的硬件设施都需要重建和大修;受制于资金的匮乏,许多剧院没有机会邀请专家(导演、编剧、艺术家等)来推动剧院的发展,这导致在剧院工作人员的培训方面也存在问题,工资水平低,儿童和青少年剧院几乎没有发展。

因此在戏剧年内,要调整戏剧立法框架,以降低戏剧领域的各项活动的争议;同时,对全国各地的主要剧院进行大修和现代化改造,2019年将成为俄罗斯剧院新的起点;增加剧院建设、人才引进方面的资金,并为剧院的巡回演出提供资金支持;要重视戏剧从业人员的培训工作,增加戏剧教育机构的预算名额等。虽然这些问题在 2019 戏剧年不能全部解决,但在戏剧年结束后会拟定《俄罗斯联邦 2030 年前戏剧事业长期发展构想(草案)》这一戏剧领域未来十年的发展计划,为振兴俄罗斯戏剧事业提供有力的政策支撑。

(二) 2019 俄罗斯戏剧年的活动概况与效果评价

戏剧年的活动覆盖了俄罗斯联邦的所有地区,俄罗斯联邦的 85 个地区举办了大约 25000 种与戏剧相关的文化活动,其中主要活动包括戏剧奥林匹克、"金面具"戏剧节、契诃夫国际戏剧节、儿童戏剧项目和全俄戏剧大巡演活动。

1. 各类戏剧节与戏剧演出活动

在戏剧年,俄罗斯联邦各地区举办了异彩纷呈的戏剧节和戏剧演出活动,包括夏季各地区戏剧节、小城市戏剧节等。其中影响力最大、组织形式最为完善的两大戏剧节分别是第 25 届"金面具"戏剧节和第 14 届契诃夫国际戏剧节,前者是俄罗斯国内最具权威性的俄罗斯国家剧院奖的颁奖节,后者则是目前国际上最有影响力的戏剧文化节之一。

"金面具"戏剧节是苏联导演、编剧米哈伊尔·乌里扬诺夫倡议,由俄罗斯戏剧协会于 1993 年设立的。各种类型的戏剧艺术——话剧、芭蕾舞剧、现代舞剧、歌剧或音乐剧、木偶剧，都可以在这里向专业评审团展示。设立"金面具"奖的主要目的是维护和发展俄罗斯戏剧艺术的优秀传统，评选出各类戏剧艺术中的最佳作品，构建并强化俄罗斯统一的戏剧文化空间，对优秀的戏剧编剧和戏剧演员给予认可和鼓励。著名戏剧家乌林在戏剧工作者的座谈会上提及"金面具"奖时说："在它存在的 25 年时间里，有超过 400 个剧院参与竞赛，上演了 3700 多个节目，这个奖项在地理上把俄罗斯的 138 个城市联结起来，参赛的剧院种类有话剧院、青少年剧院、木偶剧院、歌剧与芭蕾舞剧院和歌舞剧院，这种真正的戏剧联欢在世界上是史无前例的。"① 普京在向第 25 届"金面具"戏剧节开幕式发去的问候中说道："（'金面具'节）以高度专业的方式为发展和普及戏剧艺术做出了积极贡献……非常重要的是，莫斯科的居民和游客，以及来自俄罗斯其他城市和外国城市的居民，将能够观看由有影响力的评审团成员选出的最佳剧本的演出。我相信他们所有人都会留下深刻印象，并且意识到现代俄罗斯戏剧的强大潜力。"② 据统计，共有 1093 部戏剧作品参加 2019 年第 25 届"金面具"奖竞选，其中 63 部作品入选主要竞赛单元。③

成立于 1992 年的契诃夫国际戏剧节同样由俄罗斯戏剧协会发起，已成为当今俄罗斯文化外交的重要组成部分。契诃夫国际戏剧节不仅彰显着俄罗斯民族戏剧的独特魅力，也在发展世界戏剧艺术方面做出了突出贡献。在不断发展的过程中，戏剧节参演剧目不再局限于契诃夫的作品，而是扩展到各种题材；演出类型也不局限于戏剧，还包括歌剧、芭蕾、哑剧、杂技和现代舞蹈等。1992 年以来，契诃夫国际戏剧节共接纳了来自世界 51 个国家的 500 多场演出，超过 300 个戏剧团体的作品

---

① Встреча с деятелями театрального искусства, http：//kremlin. ru/events/president/news/59400.
② 《普京向第 25 届俄罗斯国家戏剧节金面具的与会者、组织者和嘉宾致以问候》，http：//en. kremlin. ru/events/president/news/59710。
③ 俄罗斯"金面具"奖官方网站，https：//www. goldenmask. ru。

在此得到展示。① 2019年5月15日至7月21日，第14届契诃夫国际戏剧节于莫斯科举办。为纪念中俄建交70周年，中国成为该届戏剧节的主宾国，上海张军昆曲艺术中心以昆剧《牡丹亭》为戏剧节正式拉开帷幕。此外，还有上海大剧院的芭蕾舞剧《永恒的回声》，以及中国国家大剧院融合京剧元素的舞剧《兰陵王》等，② 这是中俄两国以戏剧交流方式实现国家文化外交的创举。普京在第14届契诃夫国际戏剧节的祝贺词中谈到其在国际交往中的重大意义："这类大型活动可以促进国际人文合作，巩固世界人民友谊，加深各国人民之间的相互理解。"③契诃夫国际戏剧节对内实现了民族文化的保护传承，对外完成了国家形象的塑造及展示，作为国家文化外交的重要平台，在加强中俄国际关系等方面起到了重要作用。

2. 全俄罗斯统一戏剧文化空间的构建

戏剧巡演活动在苏联早期曾拥有过辉煌的历史，苏联解体前后呈衰败的状态，普京执政后，大巡演项目在新时期逐渐恢复生机。《2030年前国家文化政策战略》提出，要鼓励各大剧院展开巡演活动，形成统一的俄罗斯戏剧文化空间，保障联邦各地区人民有欣赏优秀的戏剧作品的权利。在国家政策的引导和支持下，大巡演项目从单纯的戏剧活动上升至国家战略行为，成为俄罗斯戏剧活动中最具代表性的实现形式。④

戏剧大巡演作为整个戏剧年的最大项目之一，于2019年1月18日至11月12日举行，巡演范围横跨整个俄罗斯联邦。巡演以接力赛的形式举办，地区剧院进行巡回演出，并将特殊的"戏剧年"标志——古

---

① Международный театральный фестиваль им. А. П. Чехова，https://www.culture.ru/events/384885/mezhdunarodnyi-teatralnyi-festival-im-a-p-chekhova.

② Куделина Елена Альбертовна. Год театра в России и чеховский фестиваль//Власть，2019，№ 5.

③ Путин направил приветствие участникам Чеховского фестиваля — 2019，https://tass.ru/kultura/6429380.

④ 张变革、任晓舜：《大巡演与俄罗斯统一的戏剧文化空间》，《福建艺术》2020年第8期。

希腊圆形剧场的小雕像，上面刻有俄罗斯联邦所有地区标志的纹章——传递给下一个参赛剧院。在大巡演期间，俄罗斯联邦 85 个行政区内的 93 个城市共有 203 个剧院和文化机构参与，超过 700 万观众观看了 450 场戏剧表演活动。① 在表演之外，每个地区还举办了有关剧院历史的移动摄影展览，主要演员和导演举办了大师班和创意会议。联邦旅游活动中心主任埃琳娜·布卢科娃说："大巡演项目已经覆盖了整个国家，并满足了最多元化的剧院观众的兴趣和品位。戏剧是俄罗斯最重要且需求最大的艺术形式之一，巡演活动使戏剧艺术能够在中心城市和最偏远的地区同时得到发展和更新。"② 戏剧大巡演活动推动了俄罗斯城市与城市之间的剧院建立紧密的联系，在俄罗斯广袤的国土上建立同一戏剧文化氛围，让民众和戏剧创作者在不断欣赏和交流的过程中达到一种精神层面的深度融合，从而构建起俄罗斯统一的戏剧文化空间，保障了俄罗斯优秀的戏剧文化传统的有效传承。

3. 戏剧人才的培养工作

在与记者进行的关于俄罗斯举办戏剧年的对话中，亚历山大·卡利亚金谈到将戏剧科目纳入学校课程的想法："引入这一主题将有助于孩子们学习我们的文化和经典著作所写的俄语，以理解作品作者的思想。"③ 类似的戏剧教育想法在相关政策文本中也得到了体现。《俄罗斯联邦 2020 年前戏剧事业长期发展构想》强调，国家要重视扶持青少年剧院，大力培养优秀青少年戏剧人才；《2030 年前国家文化政策战略》中也明确提出要在大巡演项目中提高青少年剧院的占比。这些政策的中心思想都是通过从青少年阶段培养民众对戏剧的爱好和了解，为未来的戏剧发展打下基础。

---

① Театральный марафон，https：//2019. culture. ru/marathon.
② Более 2000 спектаклей прошло по программе *Большие гастроли* в рамках Года театра，https：//www. culture. ru/news/255301/bolee - 2000 - spektaklei - proshlo - po - programme - bolshie - gastroli - v - ramkakh - goda - teatra.
③ 2019 год объявлен годом чего в России и чему посвящён по указу президента，https：//kopilpremudrosti. ru/2019 - god - objavlen - godom - chego. html#teatr.

戏剧人才培养工作作为戏剧年的一部分，体现为"儿童戏剧"这一文化和教育项目，包括作文和绘画比赛、儿童节和大师班、讲座和文艺表演等。2019年4月1日至9月30日，全国11—17岁的儿童可以参加"写剧本"的写作比赛，6—10岁的儿童可以参加与剧院有关的绘画比赛，竞赛组织者收到了来自俄罗斯72个地区的3174幅作品，最佳作品的作者获得了俄罗斯戏剧艺术学院的额外学分。此外，还包括在莫斯科举办的"莫斯科—剧院—学校"学校剧团节，为学生举办了专家参与的公众表演活动和编舞大师班，与莫斯科艺术剧院学校等专业院校进行合作。①"儿童戏剧"作为广泛的文化和社会项目，为儿童和青年观众提供了能更充分地了解俄罗斯戏剧及其历史和文化底蕴的机会，成为当代俄罗斯戏剧人才培养的摇篮。

4. 戏剧理论问题的研究工作

在戏剧年举办期间，以俄罗斯戏剧协会为中心，开展了一系列针对戏剧问题的研究工作，包括《俄罗斯剧院百科全书》的出版筹备；与主要演员、导演和剧院专家的研讨会；致力于保存独特的戏剧专业和其他相关主题的圆桌会议等。其中最重要的专项会议是在全俄戏剧大巡演期间举行的八期"21世纪新戏剧"论坛，主要讨论俄罗斯的戏剧业务问题，第八次论坛在莫斯科举行，并在这次论坛上通过了《俄罗斯联邦2030年前戏剧事业长期发展构想（草案）》。② 在戏剧年内，全俄罗斯有400所剧院的3000余人参加了各种研讨会、大师班、演员技巧实验室、编剧班、化妆师班、道具师班、灯光师班、木偶造型师培训班等。③ 这些戏剧研究工作加强了俄罗斯戏剧工作者之间的联系，让戏剧领域的人才培养困境得到了缓解，在一定程度上起到推动俄罗斯戏剧事

---

① 《Театр – дети》，https：//2019. culture. ru/for – children.
② Всероссийский театральный марафон стартует в январе во Владивостоке, https：//www. culture. ru/news/253906/vserossiiskii – teatralnyi – marafon – startuet – v – yanvare – vo – vladivostoke.
③ СЧИТАЙТЕ, ЧТО МЫ НАЧАЛИ ЖИТЬ ПО – НОВОМУ АЛЕКСАНДР КАЛЯГИН ПОДВЕЛ ИТОГИ ГОДА ТЕАТРА，https：//teatral – online. ru/news/26215.

业发展的作用。

5. 国际戏剧交流活动

戏剧奥林匹克成立于1993年,由世界著名戏剧导演西奥多罗斯·特佐普洛斯倡议,于1994年首次在剧院的故乡——希腊的德尔斐市举办。① 2019年6月15日,第8届国际戏剧奥林匹克的开幕典礼在圣彼得堡举行,作为戏剧年最盛大的国际文化交流活动,戏剧奥林匹克为促进全球戏剧艺术发展、促使来自不同国家的剧院工作者之间进行交流对话提供了良好的平台。主要的演出舞台在亚历山大剧院,共举办了30场演出活动,有来自15个国家和地区的剧院参演,包括法国的诺拉·布杜剧院、德国的柏林乐团、比利时的FC伯格曼剧团、中国的北京人民艺术剧院、匈牙利的国家大剧院、希腊的阿蒂斯剧院、日本的斯科特戏剧公司、波兰的老剧院、意大利的短笛剧院、印度的荷鲁斯剧院、罗马尼亚的布兰德拉剧院等。②

在2019年11月14—16日举行的戏剧奥林匹克论坛上,作为此次活动的艺术协调员,戏剧导演瓦莱里·福金称,戏剧奥林匹克的举办使更多的人参与剧院的演出,仅在俄罗斯,奥林匹克节目的表演就持续了六个月以上,涵盖了从加里宁格勒到符拉迪沃斯托克的各个城市。他在采访中说:"戏剧奥林匹克的巨大优势在于,昨天没有朝着剧院方向看去的人今天都转向了那里。"③ 国际戏剧奥林匹克于2019年在俄罗斯举行,强调了俄罗斯在全球戏剧领域的地位,它不仅向世界展现了俄罗斯作为历史悠久的戏剧大国的优秀素养,更是作为国际戏剧文化交流碰撞的平台,为国际戏剧项目的发展及通过戏剧艺术语言寻求通用的交流方式做出了贡献。

---

① Опубликована предварительная программа спектаклей Международной театральной олимпиады — 2019, https://www.culture.ru/news/254075.

② Опубликована предварительная программа спектаклей Международной театральной олимпиады — 2019, https://www.culture.ru/news/254075.

③ Творить, объединяяМеждународная театральная олимпиада 2019 бьет рекорды, https://www.kommersant.ru/doc/4149674.

2019年作为戏剧年，为俄罗斯整个戏剧行业的发展带来了新的动力，并且在很大程度上增加了观众对戏剧表演的兴趣；兴盛于苏联时期的戏剧大巡演活动也在中断搁置后再度开启，加强了俄罗斯联邦各区域间的交流合作，促进了俄罗斯统一文化空间的构建。有关戏剧年各大活动的照片的展览于2019年12月底在莫斯科综合大楼的媒体中心展馆开幕。莫斯科文化部负责人亚历山大·基博夫斯基接受塔斯社采访时说："在这里，我们能够捕捉到现代俄罗斯戏剧的编年史。"① 事实上，戏剧年不仅在各个层面加速了俄罗斯戏剧事业的发展进程，更真正将戏剧艺术重新融入当代俄罗斯人民的日常生活。2019年10月进行的一项民意测验显示，大多数俄罗斯人（63%）都知道2019年被宣布为俄罗斯戏剧年，并且其中77%的人赞成这一倡议，认为戏剧年提升了民众对戏剧艺术的兴趣。② 在整个2019年中，戏剧成为整个社会讨论的热门话题，俄罗斯大小城镇的居民观看了各种各样的戏剧表演、街头节庆和戏剧讲座。俄罗斯这个古老的戏剧大国借此次戏剧年的宣传，找回了在苏联盛极一时的戏剧传统，利用优秀的戏剧作品引发广泛的精神共鸣，起到了在新时期凝聚民族精神的作用。

此外，正如《2030年前国家文化政策战略》中设想的，今后俄罗斯戏剧发展的重点不再是借鉴外国戏剧的优秀经验，而是进一步扩大俄罗斯本土戏剧的世界影响力；在剧院自身的发展中，俄罗斯戏剧政策的重点将从保护经典剧目和剧院，转向降低各地区之间剧院发展的不平衡性。这些设想在2019戏剧年得到了良好的落实：第25届"金面具"戏剧节、第14届契诃夫国际戏剧节，以及第8届戏剧奥林匹克的成功举办，让世界看到当代俄罗斯戏剧事业蓬勃发展的精神面貌，提升了俄罗斯戏剧文化的国际影响力；全俄戏剧大巡演项目的开展，则极大地促进

---

① Творить, объединяя Международная театральная олимпиада 2019 бьет рекорды, https://www.kommersant.ru/doc/4149674.

② *Слово театр звучало в широком публичном поле* В России завершается Год театра, https://www.gazeta.ru/culture/2019/12/25/a_12883778.shtml.

了全俄的戏剧普及、城市之间戏剧艺术的交流，改善了边远地区剧院分布不平衡的状况。日渐重视本国文化发展的俄罗斯戏剧艺术，在某种程度上体现出当代俄罗斯作为戏剧大国的文化自信。

尽管普京政府为复兴俄罗斯戏剧事业做出了诸多努力，但不可否认的是，由于普京执政前俄罗斯社会在相当长的一段时间内陷入价值观念的混乱与经济发展低迷的状态，普京以"新俄罗斯理念"重振俄罗斯整体精神风貌的愿望可能不会在短短二十年间迅速实现。在戏剧年开始前，俄罗斯戏剧事业存在诸多问题，许多年代久远的剧院的建筑都需要进行彻底修理；演员的薪资水平限制了年轻人才的涌入及剧院吸引合格人才的能力；剧院的现代化建设需要投入巨大成本，但即使是大型剧院也无法负担得起高昂的费用；等等。但在戏剧年结束后，大部分剧院仍然没有得到地方政府足够的资金支持。根据戏剧协会主席亚历山大·卡利亚金的说法，即使剧院翻新工作正在进行，也不可能照顾到所有有需要的剧院。① 叶卡捷琳堡科利亚达剧院的负责人尼古拉·科利亚达则说："如果允许拥有私人剧院，那么也应向它们提供国家支持。"剧院的演出并没有改善整个剧团的福利待遇，仅靠少量的政府资金和剧院微薄的门票收入几乎无法自给自足，戏剧年对剧院来说是"用钱赚钱"。② 可见，尽管政府在政策中提出了各种向国家剧院和私营剧院划拨资金的措施，但仍存在资金投放不到位或资金不足的状况，政策落实力度有待加强。

作为文艺政策的重要组成部分，普京时期俄罗斯戏剧艺术政策充分体现了当代俄罗斯政府保护并弘扬本民族优秀文化传统、保障俄罗斯多民族国家的统一文化土壤、保障人民接触文化、将发展文化提升至国家形象塑造和民族精神凝聚层面的文艺政策总体精神。本书梳理了沙俄以

---

① СЧИТАЙТЕ，ЧТО МЫ НАЧАЛИ ЖИТЬ ПО – НОВОМУ АЛЕКСАНДР КАЛЯГИН ПОДВЕЛ ИТОГИ ГОДА ТЕАТРА，https：//teatral – online.ru/news/26215.

② Сошли со сцены：почему итоги Года театра не впечатлили культурное сообщество，https：//iz.ru/975428.

来俄罗斯戏剧艺术政策的历史沿革,立足于分析普京时期戏剧艺术政策的核心理念、主要形态、运行机制和效应影响,以2019俄罗斯戏剧年为实例,全面展示普京时期俄罗斯戏剧艺术政策的理论和实践内容,得出以下结论。

第一,在社会制度整体转型的情况下,与苏联时期相比,当代俄罗斯戏剧政策在核心理念、价值取向和运作模式上都发生了重大变化。既保留了"俄罗斯理念"中传统的强国意识、民族性格等经典内涵,也融入了普京的"新俄罗斯理念"中国家作用、社会团结等新的价值观念,将戏剧艺术提升至保护俄罗斯统一文化空间和维护俄罗斯联邦领土完整的战略高度。

第二,考察当代俄罗斯戏剧艺术政策的主要形态和运作方式,能够发现当前俄罗斯的戏剧事业在国家统一管理的同时,也具有一定的自由发展空间,但最高领导人的意志和价值取向仍是影响俄罗斯戏剧艺术发展的重要因素。这种管理机制一方面保证了政府对戏剧产业的话语权和影响力,保证了国家统一的战略意志和文艺观念。但另一方面,如何在制度上保障政府在戏剧领域的财政支持和监督义务的同时,充分调动戏剧工作者和民间戏剧机构开展戏剧工作的积极性和创造性,维护戏剧艺术创作的思想和环境自由;如何在当前全球化、网络化、阅读碎片化的背景下发展戏剧事业,鼓励新生代作家进行戏剧创作;如何让戏剧文学、戏剧舞台在当前获得读者和观众的支持,这些问题应该成为俄罗斯政府今后政策调整的重点。

当前,中国和俄罗斯作为具有国际影响力和话语权的文化强国,都把提高国家软实力和文化竞争力看作实现大国复兴的重要手段;同时,中国也拥有源远流长、异彩纷呈的戏剧发展史,京剧更是作为国粹之一得到政府的高度重视。因此中俄在戏剧艺术领域的发展中有很强的可比性和参照、借鉴意义,分析俄罗斯戏剧政策的基本特征、实践思路,以及不足之处,对我国戏剧事业的发展及文化强国的建设具有以下借鉴和启示。

第一，树立文艺政策的核心价值，以保护国家利益和人民文化权益为最高目标。"新俄罗斯理念"是普京时期俄罗斯文艺战略的核心价值，既继承俄罗斯的优秀文化传统，又顺应全球化趋势，符合当代俄罗斯国情。它对挽救普京执政初期的社会危机，重建俄罗斯的意识形态和主流文化，维护俄罗斯文化的独立性，保护俄罗斯人民的文化权利具有重要作用。鉴于此，我们要吸收俄罗斯的经验，把我国的优秀传统文化思想和经典民族文化文本与新时代中国特色社会主义文化理论体系相结合，大力弘扬以爱国主义为核心的民族精神和以改革创新为核心的时代精神，在此基础上制定符合中国国情和文化发展规律的文艺政策，切实提升我国文化软实力。

第二，加强国家对戏剧领域的引导作用，强化戏剧立法工作，是推动戏剧事业有序发展的重要保障。通过研究普京执政以来的戏剧相关政策可以发现，当代俄罗斯政府在戏剧领域拥有高度的话语权，颁布的一系列政策法规和纲要全方位左右着戏剧事业的动向和进程，将2019年作为戏剧年这一创举更是在政府的步步领导和监督之下策划并实现的，政府在当代俄罗斯戏剧事业的发展进程中给予了高度的意识形态引导和资金、政策扶持，有效地激活了俄罗斯戏剧艺术的潜在能量。因此，我国应进一步强化戏剧立法工作，平衡好政策调控与文艺创作自由的关系，用健全的文化法制体系推动戏剧事业有序发展。

俄国文学是俄罗斯引以为傲的精神标签，中国文学也同样是我们国家的无价之宝，但无论拥有怎样辉煌灿烂的过去，文化发展和文艺政策的重点应当始终着眼于未来，我们不仅要让经典作品在当代焕发生机，更要鼓励新生代作家不断生产出符合时代要求、反映时代特色的佳作。普京时期的戏剧政策的确促成了俄罗斯剧院的建设与各项大型戏剧活动的举办，在宏观层面上支持了戏剧发展；但在具体的戏剧创作领域，尤其是推动代表性戏剧文学的创作上，似乎并未起到十分明显的成效，戏剧在当代远远不够深入人心。民族自信心的提升与文化认同感的增强不仅源于扎实的文化传统，更来自反映新潮流、新思想的优秀当代文艺作品，我国戏剧政策的制定应引此为戒，以包容开放的姿态鼓励新剧创作。

正如习近平总书记所言："中国人民在实现中国梦的进程中，将按照时代的新进步，推动中华文明创造性转化和创新性发展，激活其生命力，把跨越时空、超越国度、富有永恒魅力、具有当代价值的文化精神弘扬起来……为人类提供正确的精神指引和强大的精神动力。"① 在实现中国梦、以戏剧为载体塑造新时代中国形象的过程中，应立足于继承优秀传统戏剧文化、弘扬新时代戏剧特色，借鉴普京时期俄罗斯政府一系列扶持戏剧发展、力图戏剧复兴的政策和实践经验，利用戏剧这一历史悠久、文化底蕴深厚的艺术形式将包容开放、继往开来的新时代中国形象向世界推广。

---

① 《习近平在联合国教科文组织总部的演讲》，http：//news. xinhuanet. com/politics/2014 - 03/28/c_ 119982831_ 3. htm。

第六章 人类命运共同体理念与当代中俄文艺战略比较

构建人类命运共同体是习近平同志坚持马克思主义立场和观点，聚焦人类社会发展，统筹国内国际大局提出的重要战略思维。面对大变革、大发展的时代命题及世界发展中出现的诸多突出治理难题，人类命运共同体传承和发展中华优秀传统文化，秉持独立自主的和平外交政策，总结历史经验、把握现实问题、探索未来道路，体现了中国人民对人类美好未来的向往与追求，彰显了大国的责任和担当。构建人类命运共同体，旨在建设一个长久和平、普遍安全、共同繁荣、开放包容、绿色美丽的新世界，是以东方智慧描绘出的合作共赢、交流互鉴、共建共享、绿色低碳的人类未来发展蓝图。"人类命运共同体"思想作为习近平新时代中国特色社会主义思想的重要内容，蕴含着深刻的现实逻辑和理论逻辑、历史维度和实践维度、中国智慧和世界眼光，博大精深、内涵丰富；如何深入领会和阐释其在国际文化交往中的指导思想，认识其在新的历史条件下参与全球治理、应对现代社会分裂危机、引领世界秩序重建的"中国方案"意义，并在此基础和前提下深入探讨中俄文艺战略的政治性、民族性异同，在特殊性中寻求认同合作的可能性和操作性是本课题研究的出发点和落脚点，本章我们将在中俄文艺战略的比较中，一方面关注中俄文艺精神的民族性底色与现实政治诉求的表里关系，比较分析俄罗斯文艺政策从苏联到俄罗斯的发展变化轨迹及中华人民共和国成立后各时期文艺政策导向，研究中俄文艺政策法规在不同历史时期的异同和作用特点等；另一方面则从空间上，横向比较分析有相近发展经历和处于相同发展阶段的中俄两国文艺政策，以期为推动中俄两国人文领域合作及中国当代文艺政策制定、发布、实施、贯彻和总结提供有益的启示与借鉴。

第一节　民族性传统视域下中俄文艺精神比较

中华民族作为世界上唯一没有文化断层的民族，有着悠久灿烂的传统文化。中华优秀传统文化所蕴含的人文理念、哲学思想、道德观念、处世之道等，在当代中国特色社会主义建设中依然发挥着重要作用。中华人民共和国成立以来，马克思主义理论在中华大地得到了充分的科学实践，完成了与中国社会实际的有机融合，突显了中华民族的民族特色。在文艺领域，以习近平同志为核心的党中央新一代领导集体认真汲取中华传统文化的精髓，高举马克思主义精神旗帜，推动对中华传统价值体系的升华，增加了人民的民族认同感与自豪感，为实现社会主义文化强国目标奠定了坚实的基础。

一　礼乐治国——中华民族的文艺传统

中华文明辉煌灿烂，源远流长。礼乐文明，是中华民族文化的共同创造，是中华传统文化的核心展现，内涵深厚。[①] 礼乐文明起源于西周，《周礼》所述的礼乐制度是中国有史以来最为系统、最为完备的礼乐制度，是礼乐文明发展过程中的一个重要里程碑。春秋战国时期，以孔子为代表的儒家学派在总结西周礼乐制度的基础上进行了反思与创新，其倡导礼与乐的融合，完善了礼乐的实践内容，使礼乐逐渐涵盖人们生活的方方面面，让礼乐真正融入社会。

礼乐作为反映中国传统文化价值观的核心范畴，几千年来以自己

---

① 项阳：《礼乐文明：中华民族共同的文化创造与标志性存在》，《艺术学研究》2020年第2期。

独特的教育功能规范引导着古代中国人的政治生活、社会生活，以及精神生活。通过礼乐的紧密联系而构成的礼乐典章制度和独特的文化传统，不仅使人们在潜移默化中受到熏陶和教化，而且将传统中国社会的制度规范和内在精神生活融为一体，铸就了中华文化的重要象征。① 这也衍生出了中华民族传统治国理政的方式——礼乐治国。"礼"是对人的行为进行约束的规范，"乐"则陶冶人的道德情操，使人的心灵得到净化。礼乐治国将"礼"和"乐"结合起来，由外向内地对人的道德行为进行教化，维护社会的和谐与稳定。它不仅为中国历代统治阶级治国理政提供经验，也为当代中国文艺政策的制定和实施提供了借鉴。

习近平总书记关于文化建设的重要论述是在传承和发展民族文化的基础上形成的，其民族性特点主要体现在对民族文化的继承和对民族文化的创新两个方面。② 新时代文艺政策的价值导向在礼乐文明"民为邦本""礼法合治""和合共生"等重要内容的基础上进行了传承和发展，赋予了社会主义行为公约和道德规范新内容，将礼乐文化与现代文明巧妙融合。这既展现了中国优秀传统文化的博大精深，也彰显了中华民族的创造活力。

礼乐治国的本质在于将人文生命关怀与道德行为规范相契合。通过"礼"规范人与人的关系，通过"乐"来培养人平和、和谐的情感。"礼"是显性的制度要求，"乐"是隐形的心灵熏陶。新时代中国的文艺政策承袭了礼乐治国的本质，是礼乐精神的时代表达。党的十八大以来，党和政府为规范文艺活动颁布了一系列法律法规和发展规划，对人民的文艺活动进行了规范。《中华人民共和国公共文化服务保障法》坚持以人民为中心，坚持社会主义先进文化的前进方向，对人民群众的

---

① 宋冬梅：《礼乐、秩序与中华人文精神——以儒家礼乐思想为中心》，载《首届"中华传统文化与华夏文明探源"国际论坛论文集》，2018年。
② 翟淑君：《深刻理解习近平总书记关于文化建设重要论述的民族性和人民性》，《青海日报》2018年11月5日。

公共文化服务进行了规范。《文化部"一带一路"文化发展行动计划（2016—2020年）》则为中华文化的"走出去"确立了要求。这些法律的制定与实施提高了人们开展文艺活动的行为自觉，促进了文化的和谐发展。"礼治"使文艺发展井然有序，而将其与"乐治"结合，社会生活才能实现由内到外的安定。"乐治"重视教化的作用，它通过平和的方式对人的思想行为进行感化和改造，在潜移默化中培养人的规范意识。当代中国文艺政策也看重人的思想意识，尊重人的主体地位。其倡导通过传统文化的熏陶来激发人们心中的爱国情感和民族意识，从而为国家的繁荣和民族的复兴做出应有的贡献。中国传统文化是马克思主义中国化的基础，中国特色社会主义文化的发展必须以中华优秀传统文化作为支撑。当代中国文艺方针推动文艺走民族化道路，在马克思主义的指导下彰显本民族文化特色。《在文艺工作座谈会上的讲话》提出文化是民族生存和发展的重要力量，对社会主义文艺的意识形态属性和功能进行了深刻阐释，肯定了中华民族的精神支撑和灵魂依靠——中国精神。它在新的历史条件下弘扬了中华民族优秀的文化传统，是中国古代礼乐治国观念的延续。

总之，中国当代文艺政策的制定和实施从中国古代礼乐治国的传统中汲取精华，重视对中华民族传统经典的传承，注重对君子品格的培养，为达成社会主义文化强国目标、实现中华民族的伟大复兴提供了人才保障，指明了清晰的方向。

二 帝国意识——俄罗斯民族文艺的历史遵循

中国古代专制统治下的礼乐治国思想为当代中国政府推动文艺发展提供了经验，而俄罗斯沙皇专政产生的帝国意识则成为俄罗斯民族文化传统的历史遵循。帝国是一个中央集权的强大国家，具有民族多样性、宗教信仰多样性和区域社会经济发展不均衡等特征。帝国政策则具有不同的意识形态依据（征服世界、在世界上确立"自己的"宗教价值观、将其他国家和民族并入"自己的"文明体系，等等），这些依据都是同帝国思想紧密联系在一起的。① 俄罗斯在苏联解体之前一直以帝国形象示众，其灿烂历史的取得离不开帝国思想的指引，帝国意识一直是俄罗斯人最根本的政治文化心理，是贯穿俄罗斯文艺发展历程的重要线索。

俄罗斯民族在帝国形成很久以前就有了帝国诉求，当时主要表现为一种救世意识（弥赛亚意识）和东正教民族是世界中心的观念。② 1458年，东罗马帝国的轰然倒塌使东正教中心转移到莫斯科。此时的莫斯科公国虽然仍被蒙古人统治，但俄罗斯人心中的救世与强国观念已然形成。1480年，莫斯科公国推翻了蒙古人的统治，俄罗斯人的帝国意识也渐渐膨胀。随着"第三罗马"理念在俄罗斯的兴起，俄罗斯民间的帝国意识更加兴盛。"第三罗马""救世主说""大俄罗斯主义"随后也一直是俄罗斯人挥之不去的情结，并逐渐被岁月锤炼成为俄罗斯人整体的强国信仰。③ 在当代俄罗斯意识形态重建过程中，俄罗斯帝国意识作为民族主义诉求和民族认同的核心，成为文化发展的一股潮流。当今的俄罗斯文坛也依然在进行着对俄帝国复兴的社会主题话语的多重建构。

帝国模式的维持和发展不仅需要政治与军事力量的高度集中，也需要文化意识形态的相对统一。这一模式直至今日依然影响着当代俄罗斯文艺的发展。当代俄罗斯文艺虽然已经广泛接受外来思想，发展日益多元化，但其仍离不开政府的协调。俄罗斯政府在文艺发展的过程中仍然扮演着极为关键的角色，其制定的相关文艺政策突出俄罗斯民族和谐与国家统一之间的关系，政府主导性强，具有"俄国化"的特色。普京时期的俄罗斯文化法律法规与国家文艺政策具有强烈的统摄性特征，

---

① ［俄］尤·亚·彼得罗夫：《帝国论与俄罗斯帝国的形成及其特点》，《史学史研究》2013年第1期。
② 李述森：《荣耀与包袱——论帝国模式对俄罗斯国家发展道路的影响》，《俄罗斯中亚东欧研究》2005年第2期。
③ 田刚健、张政文：《当代俄罗斯大国重建中的文艺战略研究》，中国社会科学出版社2019年版，第96页。

突出国家对文化与文艺的一元化要求，强调文化与文艺的人民主张，不讲究个体价值与趣味诉求，而具有极强的社会针对性和民众问题意识，直接体现政府当局的政权意志。① 这在一定程度上体现了俄罗斯帝国意识下的政治和文化的专制主义特征。2014 年，普京将《俄罗斯国家文化政策基础》上升为国家意志，从文艺法规政策建设角度保障公民的文化权利，从突显"俄罗斯人"自我认同角度巩固大国文化复兴的思想基础，从构建统一文化空间角度保障多民族国家独特性和完整性，从而形成了以"新俄罗斯理念"为指导的文艺和文化发展的基本目标和方针。② 2016 年俄罗斯颁布的《俄联邦 2030 年前国家文化政策战略》是指引未来俄罗斯文艺发展的纲领性文件。它系统阐述了俄罗斯未来文艺发展的目标和要求，对统筹和规范俄罗斯的文艺活动发挥了重要作用。上述法规规划的颁布，体现了俄政府对文艺发展的管理与协调，彰显了俄罗斯的民族诉求和全面振兴俄罗斯的国家意志。此外，由俄罗斯政府颁发的文艺奖项也是俄罗斯宣扬官方立场、规范文艺发展的重要途径。普京计划实施国家意识与保守主义相结合的举措来引导文艺发展，如签署《关于完善俄罗斯联邦国家科技文艺奖和文化艺术奖制度条例》等来弘扬爱国精神，凝聚文化自信，增强国家身份认同。这也成为当代俄罗斯文艺政策的独特形态。

"新俄罗斯理念"中的"强国意识""国家观念"是俄罗斯帝国意识的延伸，俄罗斯政府以国家主权为基本立场，以国家权威为核心，致力于凝聚民族精神；复兴俄罗斯的文艺战略继承了俄罗斯的历史传统。但我们也应认识到，传统帝国意识同和平与发展的全球主题之间的矛盾也是政府制定文艺政策时亟须处理的问题。

---

① 张政文：《普京时期俄罗斯文化政策的历史视角》，《俄罗斯东欧中亚研究》2017 年第 1 期。
② 田刚健：《公共阐释视角下的"俄罗斯理念"演变研究——兼论当代俄罗斯文艺政策的价值导向》，《社会科学辑刊》2018 年第 3 期。

第二节　人类命运共同体背景下中俄文艺政策理念比较

"人类命运共同体"思想用世界性的眼光来关照中国特色社会主义道路的命运，在此基础上拓展了中国特色社会主义的发展道路及理论。"中华民族共同体"如何在历史的拐点上通过"亚洲命运共同体"的纽带而走向"人类命运共同体"，这是中国特色社会主义道路和理论必须面对和回答的重大而现实的问题；如何使中国的发展具有更多的世界性色彩和眼界，如何使中国特色社会主义转变成"人类命运共同体"视域下的现代社会主义，对于这些问题，习近平同志的"人类命运共同体"思想给予了初步的回答，"人类命运共同体"思想是对邓小平"世界是开放的世界"理论的最新阐释和具体规划，是对江泽民文明多样性思想、胡锦涛"和谐世界"思想的深化与升华；"人类命运共同体"思想提出的"五位一体"是中国特色社会主义建设"五位一体"理论的世界化；人类命运共同体的中国智慧、中国胸襟和中国方略，为中国特色社会主义道路的中国治理与全球治理提供了互动的平台，并指出了摆脱零和博弈的人类共同发展的根本出路。特别值得注意的是，"人类命运共同体"思想在中华民族精神与世界各民族的民族精神的比较基础上，提出中华民族第一次从人类文明的新高度思考人类发展的命运问题，是对中华文化内涵也是对世界文明内涵的新提升。"人类命运共同体"思想中"五位一体"的理念，其本质是对人类共生性关系的发展过程中所展现的整个人类文明进程的重新思考与度量，其中内蕴的共同体意识和思维方式，秉承了中华民族优秀传统文化的"天下观""整体观"和"和合观"，继承和创新了中华民族传统文化中的文明交往观，并在"人类命运共同体"的终极性视域下，赋予了新的时代价值。

一 以人民为中心的新时代文艺战略思想

中国自古以来就有"民为邦本"的说法,"水能载舟,亦能覆舟"也展现出了历代统治阶级对人民的重视。中国共产党自建立以来始终站在为人民服务的立场上,全心全意为人民服务是全体共产党人的核心价值观。中华人民共和国成立后,毛泽东根据中国发展实际,将古代民本思想与马克思主义理论相结合,创造了群众路线,丰富了传统民本思想的内容,进一步明确了人民在社会发展中的重要地位。人民是文艺的表现主体,是文艺的消费主体,是文艺鉴赏和评判的主体。在新的社会背景下,以人民为中心、为人民服务是对人民群众历史创造者身份的敬重,是对党的群众路线的践行,是习近平文艺理念的重要内容和核心诉求,也是其制定文艺政策的思想指南。

随着人民生活水平日益提高,人民的精神文化需求也不断增长。新时代文艺要反映人民心声,更应该抓住文艺为人民服务这一根本方向。《中华人民共和国公共文化服务保障法》以满足人民精神文化需求为出发点和落脚点,从法律的角度确立了公共文化服务的目标和方向,保障了人民群众的公共文化需求。《在文艺工作座谈会上的讲话》(以下简称《讲话》)提出了坚持以人民为中心的创作导向。人民需要文艺,因此《讲话》要求抓好文化建设,增加社会精神文化财富。从事文艺创作的文艺工作者,应当讲好中国故事、传播中国声音、传递中国精神,在为人民提供优秀作品的同时向世界展现中国风貌。人民生活是文艺创作的源泉,要创作出人民喜闻乐见的作品就要反映人民生活,抒发对人民的关切,表达对人民的热爱,从而达到文艺为人民服务的要求。《中共中央关于繁荣发展社会主义文艺的意见》要求文艺为人民抒情,深入生活,扎根人民,服务广大基层群众。在党的十九大报告中,习近平总书记提出社会主义文艺是人民的文艺,发展中国特色社会主义文化有三个"坚持"重大原则:"要坚持为人民服务、为社会主义服务,坚持百花齐放、百家争鸣,坚持创造性转化、创新性发展,不断铸就中华文化新辉煌。"坚持为人民服务就是文化未来发展的方向。

社会主义的人民性追求使文艺创作与人民的生活紧密结合,文艺道路日益宽广,艺术形式愈加多样。艺术风格和文艺流派摆脱束缚,自由发展,人们的创造性被激发,在满足日益增长的审美需要中增强人民的文化自信,文艺在社会文明程度的提高过程中发挥着越来越强的引导作用。① 和平年代书写美好生活,疫情期间高颂抗疫精神。文艺越来越成为人民群众日常生活中不可或缺的精神食粮。诗歌、散文、戏剧、小说、电影等艺术形式也百花齐放,满足了人民不同的精神文化需求。文艺建设的目的是让人民体验文艺发展的成果,从而更好地进行现代化建设。新时期的文艺工作者应当将学术研究与造福人民联系起来,让文艺服务人民,满足人民的社会化情感需求,给人的心灵提供美好的栖息地,增强人民的文化自信。当代文艺政策将文艺与人民的关系置于中华民族伟大复兴的历史语境中,也使文艺发展体现了鲜明的时代精神和民族特色。

人民至上是马克思主义根本立场的集中体现,当代文艺政策始终坚持"以人民为中心,为人民服务"的发展思想,坚持维护广大人民的根本利益,把人民对美好生活的向往作为奋斗目标。② 以习近平同志为核心的党中央领导集体立足于中国特色社会主义道路和当代文艺实践,创新性地丰富了马克思主义为人民服务的内涵,将马克思主义的根本立场与当代中国文艺实践相结合。这既是对古代民本思想的传承,也是以人民为中心的马克思主义文艺观的新发展。

二 "新俄罗斯理念"引导下的当代俄罗斯文艺战略思想

普京将传统文化精髓"俄罗斯理念"与现代化强国战略相结合,

---

① 范玉刚:《以人民为中心的创作导向——习近平文艺思想的人民性研究》,《文学评论》2017年第4期。
② 王易:《习近平新时代中国特色社会主义思想的人民性意蕴》,《人民论坛》2020年第24期。

提出了其第一个总统任期内关于国家意识形态建构和文化强国战略的理论基石——"新俄罗斯理念",并将其作为文艺战略的价值导向和基本遵循。他将传统"俄罗斯理念"中的"东正教、君主专制和民族性"改造为"爱国主义""强国意识""国家观念"和"社会互助精神"四大要点,赋予古老的俄罗斯民族精神价值以全球化和时代化内涵,用以填补苏联解体后延续多年的意识形态真空,再造俄罗斯国家核心价值体系和主流文化。[①] 在"新俄罗斯理念"的指引下,俄罗斯文艺在保留其爱国主义、宗教思想的传统民族性特征的同时,焕发出了新的时代活力。

(一)爱国主义——俄罗斯民族文艺认同的精神支撑

每个民族在发展过程中都会形成独特的民族精神。与中华民族的爱国主义精神相同,它也是俄罗斯民族精神的核心内容。俄罗斯人的爱国主义精神建立在其强烈的强国意识之上,在国家面临生死存亡之时,俄罗斯民族往往会迸发出非凡的勇气与力量。在1812年俄法战争中,俄罗斯民族齐心协力、奋勇杀敌,力挫不可一世的拿破仑。"二战"中的莫斯科保卫战和斯大林格勒战役更彰显了俄罗斯人坚韧不拔、勇于牺牲的精神。在军事实力不如对方的这些战役中,正是俄罗斯人的满腔爱国热情使他们获得一场又一场的胜利。俄罗斯的爱国主义精神不仅表现为对历史的尊敬和对祖国的热爱,还体现为俄罗斯强国的历史使命及其作为当今世界大国的责任感。它既是俄罗斯民族保家卫国的内部动力,也是俄罗斯文艺民族认同的精神支撑。

中俄两国在制定政策方面,都注重国家意志对发展的调控。为了强化爱国主义精神、重振俄罗斯民族文艺,普京上台以来实施了一系列相关举措,其中最为关键的是制定和实施了《"俄罗斯文化"联邦目标纲要》(2001—2005年)(2006—2011年)(2012—2018年)(以下简称《纲要》)。《纲要》是俄罗斯文化事业发展的指导性长期国策,是俄罗

---

① 田刚健、张政文:《当代俄罗斯大国重建中的文艺战略研究》,中国社会科学出版社2019年版,第83—84页。

斯大国重建和实现文化强国梦的总体规划，集中体现了国家政策主体的文化意志。[①]它倡导保护国家的文化遗产，推动俄罗斯文化统一，并对俄罗斯国家形象进行重塑。这些任务使俄罗斯民族的爱国精神和民族情怀得到淋漓尽致的体现。《纲要》在保障各民族文化独特性的同时，巩固了国家统一的文化空间，保护了俄罗斯民族文化遗产与民族特色的国家文化意志和文化发展理念。[②]

后苏联时代，俄罗斯重建涉及的诸多问题中，最主要的是民族国家观念的认同问题。普京偏爱俄罗斯民族主义，重视俄罗斯历史上军事、科学、文化方面的突出成就。如恢复亚历山大·亚历山德罗夫谱写的《苏联共产党之歌》，用苏联国歌的旋律重新修改俄罗斯国歌，恢复俄罗斯帝国时代克里姆林宫的守卫模式等。[③]这一系列举措是对普京文艺政策民族性的深刻诠释，对于挽救动荡之时俄罗斯民族的自尊心，增强俄罗斯的民族凝聚力具有重要作用。

教育决定国家和民族的未来。当代俄罗斯以爱国主义和文艺启蒙为核心，明确将俄罗斯艺术教育作为公民教育的重要组成部分，彰显艺术教育政策的人文性；以传承经典优秀作品为重点，加大艺术教材编写和教法改革力度，弘扬艺术教育政策的民族性。为缓解或消除民族精神危机，俄罗斯决定改变以俄国中心主义掩盖世界文化思潮的发展、背离哲学从认识论转向语言论、远离现象学研究等状况，用"自然哲学"或"科学哲学"替代苏联"自然辩证法"，重新关注本土思想家和作家及其思想与作品的现代性价值。[④]普京上台后，学习和珍视俄罗斯的悠久历史，按照每五年颁布一次的《俄罗斯联邦公民爱国主义纲要》对国

[①] 田刚健、张政文：《当代俄罗斯大国重建中的文艺战略研究》，中国社会科学出版社2019年版，第131页。
[②] 田刚健、张政文：《当代俄罗斯大国重建中的文艺战略研究》，中国社会科学出版社2019年版，第135页。
[③] 林精华：《俄联邦的俄罗斯帝国传统——关于认识后苏联文学的方法论问题》，《俄罗斯研究》2011年第2期。
[④] 林精华：《想象俄罗斯》，人民文学出版社2000年版，第298—299页。

民进行爱国主义熏陶，确保爱国主义在国民教育方面的基石作用。俄罗斯政府一方面将"新俄罗斯理念"中的"爱国主义"潜移默化地融入国民教育，实现国民艺术教育与爱国主义教育、公民审美道德教育的深度融合；另一方面弘扬俄罗斯传统文化和民族精神，确保国家的文化安全。① 这与习近平总书记所提出的要把加强青少年的爱国主义教育摆在更加突出的位置，把"爱我中华"的种子埋入每个孩子的心灵深处，让爱国主义精神代代相传有异曲同工之妙。

总之，文化弥合了俄罗斯多民族间认同的差异。普京持续强化爱国主义、强国意识、国家作用和社会团结作用，发挥其在国家认同和俄罗斯文化建设上的基础性作用，在精神文化领域构筑强大、统一、独立并遵循自身社会发展模式的俄罗斯。② 而一系列以爱国主义为基础的文艺政策的实施则推动了俄罗斯各民族的和谐交流与国家统一，成为团结俄罗斯、振兴俄罗斯的精神之魂。

（二）宗教思想——俄罗斯文艺政策的思想内涵

宗教思想是俄罗斯文艺政策区别于中国文艺政策的独特思想内涵。别尔嘉耶夫曾指出俄罗斯民族与东正教的密切联系："俄罗斯民族，就其类型和精神结构而言，是一个信仰宗教的民族。俄罗斯的无神论、虚无主义、唯物主义都带有宗教色彩。俄罗斯人的内心深处也保留着东正教的痕迹。"③ "新俄罗斯理念"也与东正教的救世主观念、历史使命感、王权至上思想联系密切。

作为一个民族国家的俄罗斯，其发源于乌拉尔以西的欧洲，而这种地理上的归属决定俄罗斯文明客观上具有欧洲文化的基因，利哈乔夫声称，"罗斯的基督教化及与拜占庭宫廷通婚，把罗斯引入了根基多元化

---

① 田刚健、张政文：《当代俄罗斯大国重建中的文艺战略研究》，中国社会科学出版社2019年版，第177—179页。
② 田刚健：《国家主义与市场机制下的文化大国重建之路——论当代俄罗斯文化政策的核心理念和发展规划》，《苏州大学学报》（社会科学版）2017年第3期。
③ [俄] 别尔嘉耶夫：《俄罗斯思想》，雷永生、邱守娟译，生活·读书·新知三联书店1995年版，第245—246页。

的欧洲民族大家庭",由此使得"俄国文化始终是一种独特的欧洲文化,并且体现了与基督教相关的三种特性,个性原则、容易接受其他文化的普世主义和追求自由。斯拉夫主义者无一例外地指出了俄罗斯文化主要特征——综合性、共同性,它表现为基督教趋向于追求普遍性和精神性的原则"。[①] 俄罗斯由文化立足,东正教精神是俄罗斯的民族意识、思想观念、文化理解和生活经验的重要维度,是"俄罗斯理念"的基本成分。[②] 俄罗斯的宗教思想是以拜占庭东正教为基础,融合俄罗斯的民族文化,并随着时代不断发展的精神价值。与其他宗教相同,俄罗斯东正教有着传统的虔敬心理和神秘主义的特征,其核心是基督崇拜。东正教认为自己为基督教的正统,视天主教为异端。俄罗斯由于受到"第三罗马"思想的影响,具有一种强烈的民族神圣观念与历史使命感。俄罗斯人历来具有振兴东正教的救世主观念,他们认为只有俄罗斯的兴盛和俄罗斯民族的强大才会让上帝的事业繁荣,让东正教复兴。宗教的特殊使命与俄罗斯国家和民族的强大的联系神化了俄罗斯帝国,神化了帝国的强盛意志。[③] 宗教性带来的强烈的救世主义也是俄罗斯民族中心论、大俄罗斯主义、集体主义、专制主义的思想源泉。[④] 通过东正教的广泛信仰,"莫斯科—第三罗马"给俄罗斯提供了自觉的民族精神信念,它构筑了俄罗斯文明的核心理念之一。这一弥赛亚理念是深入人心的,几乎影响了俄罗斯境内的犹太人、伊斯兰教信徒、哥萨克人,神圣的俄罗斯、俄国民族主义意识、斯拉夫主义、泛斯拉夫主义、激进主义、陀思妥耶夫斯基和托尔斯泰的普世性价值等,都得到了这个弥赛亚理念的大力支持。早在1870年民粹主义者就提出"全人类利益高于一

[①] 林精华:《想象俄罗斯》,人民文学出版社2000年版,第17—18页。
[②] 田刚健:《公共阐释论视角下的"俄罗斯理念"演变研究——兼论当代俄罗斯文艺政策的价值导向》,《社会科学辑刊》2018年第3期。
[③] 雷永生:《宗教沃土上的民族精神——东正教与俄罗斯精神之关系探略》,《中国青年政治学院学报》1998年第1期。
[④] 欧阳康、陈仕平:《论俄罗斯民族精神的主要特性》,《华中科技大学学报》(社会科学版)2008年第1期。

切"的命题,反对西方工业文明的殖民主义扩张,对抗资本主义,试图用俄国自身的地方性价值观颠覆具有现代性特色的欧洲主流文明。这种反现代性的思想和行为甚至演化成为俄国的一种民族性传统,贯穿20世纪东西方冷战的整个过程。直到今天,这种情形还在延续。① 此外,俄罗斯东正教将王权与教权统一,认为王权凌驾于教权之上的观念也催生了俄罗斯帝国意识,对当今俄罗斯文艺政策的制定和实施产生了深远影响。

从俄罗斯历史来看,俄罗斯东正教一直是俄政府特殊照顾的对象。普京执政后,致力于推动东正教发展,并借助东正教的力量来规范人民的思想。俄罗斯借助东正教影响实施的文艺政策主要以重塑国家形象、凝聚民族精神、遏制道德滑坡、增强国家认同和文化软实力为核心,综合运用各种手段,鼓励东正教成为主流文艺的精神内涵并间接作用于大众文化,从而潜移默化地实现重建国家意识形态的政治诉求。② 当代俄罗斯非常重视东正教的历史作用和精神力量,颁布了以《"俄罗斯文化"联邦目标纲要》为代表的战略规划来维护东正教文化在俄罗斯文艺中的重要地位。东正教的教义有重精神轻物质的价值导向,其蕴含的人道主义、爱国主义精神与俄政府推行的保守主义的思想导向也有相似之处。在教育领域,俄罗斯用爱国、责任、正义等东正教价值观和道德观影响俄罗斯人民。普京重视东正教对人民道德教化的作用,他支持东正教文化基础课进入课堂,汲取东正教的思想精华来培养青少年的道德情操,促进宗教教育与国民教育的融合。为重新树立俄罗斯的国际大国形象,俄罗斯专门成立了一个对外地区和文化合作局,并由总统办公厅直接领导。普京个人也十分尊重俄罗斯文化传统,希望通过促进神学宗教向伦理宗教过渡,将信仰转变成日常生活方式从而维护俄罗斯的社会稳定。普京经常出席与东正教相关的系列活动,肯定宗教对增强民族认

---

① 林精华:《想象俄罗斯》,人民文学出版社2000年版,第23—24页。
② 田刚健、张政文:《当代俄罗斯大国重建中的文艺战略研究》,中国社会科学出版社2019年版,第99页。

同感的重要意义，并支持宗教的生活传统。在担任总统后，普京曾朝拜过宗教圣城耶路撒冷，他每年也会去教堂与教徒庆祝新年，拉近与教徒的距离，这也为其执政获得了更多的支持，加快了车臣问题等国家重大问题的解决，为俄罗斯文艺发展创造了和平稳定的环境。

然而，任何一个民族的传统文化在存在精华的同时也往往伴随着糟粕。东正教部分教义过于迷信，背离科学，这无疑将阻碍社会的进步。俄政府的当务之急是剔除宗教思想中的弊端，使东正教更好地为民族团结、社会发展服务。此外，普京也面临着在众多宗教团体中如何扮演执政者的问题。普京签署的《国家公务员行为通则》明确规定公务员要保持政治上的中立，避免过分推崇某一教会而产生歧视现象。普京深知，对待历史传统应采取辩证的方法，俄罗斯应当坚定不移地保留自己的民族特色，不能在全球化浪潮中迷失自我，只有这样，才能实现振兴俄罗斯民族和国家的宏伟目标。总体来说，俄罗斯民族在与众不同的历史传统和地缘政治下形成的宗教意识给俄罗斯的民族性格和俄罗斯人的行为方式留下了深刻的烙印，这是研究俄罗斯民族精神与民族文化的有力佐证，对当今俄罗斯文艺政策的制定产生了深远影响。

作为对中华民族伟大复兴战略目标和发展道路的明确判断，中国梦已经成为中国国家发展战略的核心理念。倡导人类命运共同体理念，把中国人民的利益同世界各国人民的共同利益结合起来，与实现中华民族伟大复兴的中国梦在宗旨目标上是高度一致的。人类命运共同体理念赋予中国梦更加深刻的世界意义，把中国梦同世界梦联结起来，体现了中国将自身发展与世界共同发展相统一的全球视野、世界胸怀和大国担当。倡导人类命运共同体理念，为习近平新时代中国特色社会主义外交思想的形成奠定了基础。党的十八大以来，以习近平同志为核心的党中央，统筹国内国际两个大局，大力推进外交理论与实践创新，强调对外工作要有鲜明的中国特色、中国风格、中国气派，并就新形势下中国外交的目标、原则、途径等问题做出全面深入的阐述，形成中国特色大国外交的基本框架。构建人类命运共同体的思想是习近平新时代中国特色社会主义外交思想的核心成果，是对人类文明进程和发展前景进行深入思考和判断的产物。它延续中国外交政策一贯的基本原则，将中国的自身繁荣强盛与世界的和平发展联系起来，占据了时代发展和人类道义的制高点，全面提升了中国外交思想的目标定位，已经成为引领中国特色大国外交的一面旗帜。在人类命运共同体理念的指导下，构建新型国际关系、践行正确义利观、推进全球治理体系变革、推动"一带一路"建设等重大外交理念得到创新并相继施行，把中国特色大国外交的理论创新推向新的历史高度，极大地丰富了习近平总书记治国理政的思想体系。

不同的国情造就了中俄两国文艺政策的不同价值导向。中华传统文化为中国人民留下了宝贵的精神财富。中华文明的礼乐治国与新时代中国特色社会主义思想相结合，顺利地融入当代中国文艺战略的理论建构。"礼教精神""修齐治平""社群本位"的古代治理原则也在新时代文艺治理中得到了充分实践。与此同时，马克思主义理论也一直是武装人民头脑的思想武器，人民性是在中国当代国情下对古代"民为邦本"的传承，其充分尊重人民主体地位，彰显了为人民服务的党的价值理念。俄罗斯则通过对"俄罗斯理念"的重新诠释来重塑俄罗斯的传统精神价值。普京阐释的"新俄罗斯理念"通过弘扬俄罗斯历史传统，强化爱国主义思想，唤醒俄罗斯的强国意识、民族精神和道德力量，其中的宗教性和民族性正是普京提高俄罗斯文化软实力、推动俄罗斯现代化进程的重要因素。[①] 兼具东西方特点的俄罗斯人在审美形式、艺术趣味、价值判断乃至生活方式上认同西方；在审美创造方面却注重东方式的感悟、灵感，强调审美活动的社会学意义、社会责任感、公民意识等。俄罗斯文明的东西方双重性，导致其文化处于无根状态。而这种无根性致使俄罗斯知识分子一直有深重的忧患意识、忧郁气质和焦虑心

---

① 田刚健、张政文：《当代俄罗斯大国重建中的文艺战略研究》，中国社会科学出版社2019年版，第124页。

态，他们不断寻求俄罗斯民族性的归属，探究人民的精神构造。① 作为有着悠久文明的两个文化大国，中国梦与俄罗斯强国梦高度契合。两国都致力于提高本国文化竞争力，从而早日实现大国复兴。在推动文艺发展的政策导向上，两国也具有诸多相似性。首先，坚持民族本位立场。中俄都是拥有多民族的国家，因此在文艺政策制定上都突出民族认同感和凝聚力，中国坚持中国精神是社会主义的灵魂，俄罗斯政策所展现的爱国主义、帝国意识、宗教思想也是俄罗斯民族精神的重要因素，二者都突显了民族性。其次，充分发挥政府主导作用，加强政府对文艺发展的调控。两国都为文艺发展制定了详细的法律法规和完备的发展规划，注重文艺顶层设计的建构，为文艺发展道路指明了方向。两国在发挥国家主导作用的同时，并未忽视文艺市场的调节作用，而将国家主导与市场调节相结合，推动文艺平稳健康发展。再次，两国都注重核心价值观在文艺发展中的导向作用，推动核心价值观在文艺领域的建构。两国文艺政策不仅对各自悠久的传统进行了细致的观照，也结合了当代两国文艺发展所遵循的价值规范，彰显了历经千年沉淀而成，并随着时代不断发展的两国核心价值。最后，两国都极为看重人民在文艺发展中的主体作用，积极推动文艺为人民服务，夯实文艺发展根基。

文艺作为世界各国人民沟通与交流的桥梁，传达了人类共同的精神追求，为人类命运共同体的构建凝聚全球共识，这并非时代发展强加给它的任务，而是其与生俱来的特性和功能。中俄文艺所蕴含的思想感情和价值取向与人类命运共同体理念的精神内涵，均以全人类的根本需求为基础。文艺以其独特的艺术性为不同文化群体之间的深入沟通破除障碍，使其在愉悦的审美体验中敞开心扉，在潜移默化中对人类共同的问题产生心灵的共鸣，同样与建构人类命运共同体的现实需求相契合。本课题的研究就是着眼于以人类命运共同体的中国智慧和价值理性为引领，通过对中俄两国文艺民族性的研究，阐释中俄文艺精神的异同，并

---

① 林精华：《想象俄罗斯》，人民文学出版社2000年版，第53页。

以此为基础比较当代中俄两国文艺政策的整体背景、现实动机、深层心理和战略目标，希冀我们的研究能够为中俄文艺领域合作路径提出有关决策建议，为我国对俄外交战略、经济文化交流战略，以及我国文化强国战略提供资政参考，从而为牢牢掌握发展中国特色社会主义文艺事业的主动权和话语权，提升国家文化软实力和国际竞争力，实现"两个一百年"奋斗目标，实现中华民族伟大复兴的中国梦提供精神动力。

第七章　当代俄罗斯文艺发展的方向与未来

尽管对俄罗斯文艺重构的方向有着众多的研究、预测和评估，但结论上还是众说纷纭、莫衷一是。确实，当代俄罗斯文化语境中存在着诸多不确定和不可预测因素，但这并不意味着我们无法辨别俄罗斯文艺发展的方向。首先，我们可以通过研究俄罗斯文艺重构与俄罗斯文化转型的关系来确定，对于这一点，我们会发现俄罗斯文艺重构的方向始终先于整个大的文化转型，例如早在 20 世纪 50 年代初就开始酝酿的文艺重构，到了 20 世纪 80 年代中期才发挥文化转型的作用。虽然文艺重构需要理想的文化环境和思想氛围，但对于文艺自身来说，它不需要成熟的文化条件就可以存在，正如某些凭借文艺和美学自觉而出现的地下文学、抽屉文学、边缘文学。1985—1991 年，俄罗斯文学佳作迭出，实际上正是文艺重构累积的效果，由此我们可以在俄罗斯知识分子和作家的文化信念方面寻找突破口。其次就是研究俄罗斯文艺发展过程中的危机意识、求变意识和文学主流意识。从"黄金时代"到"白银时代"，从苏维埃文学到"青铜时代"，俄罗斯文艺总能够表现出它的特质，也就是作家们对俄罗斯文学主流的无意识把握，这为我们追寻俄罗斯文艺重构的方向提供了重要的思路和依据。再次，我们可以通过当代俄罗斯文艺重构的表现与成就来判断它的未来。苏联解体后的俄罗斯文艺尽管受到各种冲击，但其形态的完备性、文艺经典的继承性，以及开拓进取的精神，使得俄罗斯文艺在国际范围内的经典化过程得以延续。大众文学的发展、充分的市场条件和国家文化发展战略的支持，是俄罗斯文艺得以站稳脚跟的主要原因。因此，从文化市场和国家文化战略的角度去把握当代俄罗斯文艺重构的成就，并以此作为判断俄罗斯文艺重构方向的依据，应该不是一个误区。

第一节　当代俄罗斯文化危机意识与文学创作关联

俄罗斯当代著名作家、批评家邦达连科曾经慨叹，"重建起始之际，我们的后现代主义者、不忌秽言的维克多·叶罗菲耶夫就决定'为苏维埃文学悼念亡魂'了。大约过了五年，同样在这家《文学报》上，《悼别俄罗斯文学》便粉墨登场了"①。无独有偶，同样的论断曾出现在1917年"十月革命"后的俄罗斯文坛，也就是叶甫盖尼·扎米亚京的悲观表述，俄罗斯文学没有未来，只有过去。然而不久，俄罗斯文坛就涌现出一个个闪着光的名字，布尔加科夫、叶赛宁、肖洛霍夫、巴别尔，高尔基仍然保持着旺盛的创作力，海外的布宁也维持着代表俄罗斯文学最高水平的艺术创作。即使在苏维埃政治高压时期，仍然涌现了索尔仁尼琴这样的大作家。维克多·叶罗菲耶夫、德米特里·普里戈夫、弗拉基米尔·索罗金等当代俄罗斯文坛巨匠，由于较高的文艺成就而获得一席之地，于是过早地开始"追悼苏维埃文学的亡魂"。由于某种偏见、成见或者因为某种愤懑情绪的存在，很多人看不到苏维埃文学已经形成了自己的传统，它在20世纪90年代初期尤里·邦达列夫的长篇小说中，在阿列克谢耶夫的《斯大林格勒》中，在丹尼尔·格拉宁的《野牛》和杜金采夫的《穿白衣的人们》中。无论是叶甫盖尼·诺索夫、弗拉基米尔·鲍格莫洛夫等倾向于"本土的俄罗斯"重建的乡土小说家，还是巴克兰诺夫、瓦西里耶夫、尤里·达维多夫等倡导重建

---

① ［俄］邦达连科：《何谓俄罗斯当代文学中的主流文学?》，张兴宇译，《俄罗斯文艺》2008年第1期。

"文明的俄罗斯"的自由派作家,他们的小说都未脱离苏联文学的风格与情节倾向。至少可以说,从苏联解体到今天,苏维埃文学传统从未真正离开过,它只是被各种表象掩盖掉了。就此而言,有关于俄罗斯文学消亡的论调,有关苏维埃文学死亡的断言,最终都将落入被嘲笑和被讥讽的境地。

俄罗斯文学能够在断裂的过程中取得辉煌成绩,有两个不可或缺的意识要素,即文学的危机意识与俄罗斯文学主流意识。对于文学危机意识而言,扎米亚京和叶罗菲耶夫的文学发展判断就是典型的例子,尤其是在当代俄罗斯文艺重构过程中,各种流派如绚丽花火照亮夜空,天明之后却发现它们似乎已经无影无踪;然而这并非俄罗斯文艺发展的事实,我们需要看到那些已经沉淀下来的作家和作品。就苏联解体后整个重建期的作家来说,他们大多出生在第二次世界大战初期,在经历了所谓令人绝望的苏维埃文学阶段后,依然有那么多左翼的或右翼的作家。在诗歌方面有鲁布佐夫、楚洪采夫、布罗茨基、库兹涅佐夫夫、阿赫玛杜琳娜、格鲁什科娃、库什涅尔、列舍托夫、祖尔菲卡罗夫、维索茨基、费尔索夫、索罗金、索斯诺尔,以及米哈伊尔·叶列民等。在俄罗斯文艺重构时期,还有众多诗歌才俊进入文坛,他们等待的可能就是积淀。重构时期的小说家名单也足够长:拉斯普京、比托夫、利哈诺索夫、尤里·科瓦尔、普罗哈诺夫、马卡宁、利楚金、叶罗菲耶夫、万比洛夫、柳德米拉·彼得鲁舍夫斯卡娅、尤里·谢列兹涅夫、库尔巴托夫等。此外还有众多活跃在实验剧、先锋电影领域的优秀剧作家。一个流派的消逝或者一种文学思潮的退去,是文学历史中最为司空见惯的事情,不需要惊诧,更不能悲观。然而,我们也必须确认这一点,那就是这些活跃在重构时期的作家、诗人,最初都有着浓厚的文学危机意识,他们希望通过引入某些文学技术来改变俄罗斯文艺的局面,正如拉斯普京、马卡宁、柳德米拉·彼得鲁舍夫斯卡娅等人所做的那样。

然而,仅仅凭借危机意识和创新意识,俄罗斯文化重建期的俄罗斯作家还是很难被经典化,文学主流意识在这些作家的创作和被经典化的过程中发挥了重要作用。在过去的苏维埃文坛中,诗人尼古拉·吉洪诺夫和埃杜阿尔德·巴格里茨基能够取得斐然的成就,正是他们向尼古拉·古米廖夫学习的结果。这个过程如同陀思妥耶夫斯基、列夫·托尔斯泰向普希金、果戈理、契诃夫等人吸收文学营养一样。在当代俄罗斯文艺重构时期,受到"本土的俄罗斯"文化滋养的乡村民众被自由派改革激怒,怒火中烧却无处发泄,这种文化对抗自19世纪似乎一直是俄罗斯文艺所表现的一个焦点,而这个传统则出现在瓦连京·拉斯普京的中篇小说《伊万的女儿,伊万的母亲》中,以及别洛夫的《和谐》与阿斯塔菲耶夫的《被诅咒的与被杀戮的》等小说之中。回归文学传统的例子不胜枚举,彼得·克拉斯诺夫、薇拉·格拉科基昂诺娃在乡土文学传统中找到了自我;某些作家更崇拜莫斯科流派作家的喜怒无常和狂狷,诸如谢达科娃、格里高利耶夫、索科洛夫等人便喜欢"在地下环境中我行我素";而叶罗菲耶夫、叶甫盖尼·波波夫等人围绕着阿克肖诺夫的《大都会》展开文学想象,尤里·波利亚科夫等20世纪50年代出生的作家,体验着孤独。① 至于20世纪60年代出生的天才作家——巴维尔·克鲁萨诺夫、维克托·佩列文和德米特里·戈尔科夫斯基,似乎都喜欢单打独斗,喜欢提供特殊的文艺个案,然而将这些个案汇聚到一起,我们依然能够看到俄罗斯文艺中某些常见的主题。追求曲折叙事的尤里·波利亚科夫,探寻哲理观念表达的尤里·科兹洛夫,以及离不开基督教情结的诗人奥莉佳·谢达科娃与奥列霞·尼科拉耶娃,他们都因为在俄罗斯文学主流意识的滋养中向前辈作家靠近,从而使得俄罗斯文学传统得以延续。基于此,邦达连科将文学主流概括为"在俄罗斯文学、随后在苏联文学和后苏联文学中从来没有消逝的主要倾向"②。

---

① [俄]邦达连科:《何谓俄罗斯当代文学中的主流文学?》,张兴宇译,《俄罗斯文艺》2008年第1期。
② [俄]邦达连科:《何谓俄罗斯当代文学中的主流文学?》,张兴宇译,《俄罗斯文艺》2008年第1期。

当代俄罗斯文坛的文学主流意识也可以从流派更迭的表现上得到验证。在整个重构时期，纷繁复杂的后现代主义文学打着"异样文学"的旗号风行一时，他们抛弃了俄罗斯文学中深刻的人文主义传统，转而向萨沙·索科洛夫作于20世纪70年代的《傻瓜学校》靠拢，表现"无个性"的意识流。在这部后现代主义经典小说中，作为主角的少年是个缺乏智力和记忆力的白痴，总是沉湎于虚幻的内心世界和完全属于他自己的世界景观。于是在重构时期，俄罗斯文艺作品中象征着"空无"的"傻瓜"形象鱼贯而出，他们是渥伊诺维奇、妥富巴托夫、叶罗菲耶夫、皮耶祖赫、索罗金等后现代作家心目中理想的表现对象。与此相关的，就是在整个20世纪90年代的俄罗斯文坛弥漫的感伤、绝望和"世纪末"的死亡情绪。然而，随着这些后现代作家向文学主流的复归，后现代文学景观也就成了过去。在其他方面，当代俄罗斯作家有意识地向"黄金时代""白银时代"的文艺和哲学靠拢，复苏宗教意识，接续俄罗斯文艺表达俄罗斯思想的传统。佩列文等人在文学寓言化方面的努力，表明文学主流意识在俄罗斯文艺重构方向上发挥了重要作用。

因此，从文学的危机意识和文学主流意识的双重重构作用的角度来说，当代俄罗斯文艺一方面受到欧美文学观念的冲击，积极求新求变，而另一方面在文学传统——表现和表达俄罗斯性的规约下，作家们又能够将文艺创新与复归传统结合起来，从而在保证俄罗斯文艺特质的前提下融入世界文学。对此，当代俄罗斯作家并非充满信心，近三十年的文化动荡和经济萧条令俄罗斯人不敢轻易言谈未来，对当前俄罗斯文学发展的现状也不是很满意、乐观。著名的乡土作家安德烈·安季平甚至直言，他不喜欢俄罗斯当代文学作品，因为它们不能满足他的文学需求，"除少数作品外，当代文学大多只浮于文本表面，缺乏深沉内涵，离经典文学越来越远"，只是"以自我为中心，自私、封闭、自恋"，很难影响读者；那些"层出不穷的文学奖项的颁发重于文学本身在国家和人民中造成的影响"，而并不关注作品真正的意蕴；不过俄罗斯文学的未来并非没有希望，因为有"米哈伊尔·塔尔科夫斯基、扎哈尔·普里列平、罗曼·先钦和其他一些优秀的作家"，更年轻的一代作家，诸如普拉东·别谢金、叶莲娜·图鲁舍娃，他们是文学新时代到来的希望，因为他们能够"写出有价值的，能反映生活实际的作品，而不仅仅局限于文本本身"。①

第二节 当代俄罗斯文化战略与文艺发展预测

正如林精华指出，尽管当代俄罗斯文艺取得了一定成就，但种种迹象表明，它并未脱离文化转型的轨道而进入稳定的发展期，尤其是当代俄罗斯文艺中存在着三种难以克服的危机。② 其一是作家结构危机。哈科夫斯基、尤里·纳吉宾、加夫里拉特洛·耶波尔斯基、沃尔科夫等老作家相继去世，德鲁尼娜、康德拉季耶夫相继自杀，卡拉布奇耶夫斯基、维诺库罗夫、罗日杰斯特文斯基等文坛巨匠也相继离开人世，让本来青黄不接的俄罗斯文坛雪上加霜。其二是文学秩序危机。索尔仁尼琴作品不断被自由派杂志重新发表，并带动苏联时期被封禁的作品大规模复苏，以至让很多批评家感到苏联从没有过去，而是始终处于"当代状态"。早期基督教传统的复活也具有这种特征，爱波斯坦对此描述道："当代就是某种事件已经发生并仍发生影响的时间"，"对我们今天的俄国人而言，早期基督教时代比起启蒙运动时代更为当代"，"因为我们是在这一时间的后面，对我们而言，当代边界扩展其自身到包括整个世纪，一个迄今仍未阅读索洛维约夫和尼采的世纪"，"当代从不是从前，更是我们时代本身，我们未与时俱进，没有赶上时代"。③ 把东正教在

---

① 牧阿珍：《来自西伯利亚乡土的苦涩诗意——安德烈·安季平专访》，《世界文学》2018年第3期。

② 林精华：《未完成的文化转型：后苏联俄国文学20年的三种危机》，《俄罗斯学刊》2012年第5期。

③ Mikhail Epstein, *After The Future: The Paradoxes of Postmodernism and Contemporary Russian Culture*, Universiy of Massachusetts Press, 1995, p.7.

文学中的复苏视为"当代俄罗斯文学"保守主义兴起的表征,实际上一直是自由派文学的观点,但这确实反映出俄罗斯文学秩序的混乱。这种局面的美学说法叫作多元并举,但未必有利于俄罗斯文学重新开创世界文学的局面。其三是作家组织危机。"解体"后的苏联作家协会分裂为7个协会,各种新的文学机构也在不同党派的支持下不断涌现,宣称走向自由的文艺似乎并未摆脱其作为政治工具的定位,这加剧了当代俄罗斯文艺的危机,而不是促使其繁荣。在三种危机的夹击中,俄罗斯文艺无法在短期内形成鲜明的俄罗斯品格,而这正是普京政府所担忧的文学发展局面。

普京政府的文化发展战略总体上是为了宣传"新俄罗斯"与"大俄罗斯"形象而设定的,这个中长期文化发展规划中的文学、电影、戏剧部分较为明晰,即通过国家评奖机制、对外出版合作等方式,引导俄罗斯文艺创作发展的方向。这一点从联邦政府2004年设立的最高文学艺术奖项——俄罗斯国家文艺奖上即可看出。俄罗斯国家文艺奖设立的宗旨是弘扬"新俄罗斯文学",但就本质而言,这种"新俄罗斯文学"主要是弘扬俄罗斯文化与文学传统,并在读者和民众中激起爱国主义和民族主义情绪。由此可见,该奖项无论是在形式上还是在价值取向上,都与苏联时期的斯大林文学奖和苏联国家文艺奖没有区别,它们都在呼求一种表达统一文化空间的文学,都在维系一种能够传承文艺经典的大国文学。不过,从俄罗斯国家文艺奖的运转方式上看,它与苏联时期的最高文艺奖又有很大的不同。这个最高奖项不再要求文学传达"统一的政治思想",而是鼓励文艺思想的多元化,并希望以此带动俄罗斯文学和文化的产业化。文学与文化产业化的目的依然是扩大"新俄罗斯文学"的传播,树立新俄罗斯形象。换言之,凡是以优秀的俄罗斯文学艺术传播新俄罗斯形象的作品,都可能受到国家文艺奖的青睐。这样,国家文艺奖就在文艺政策层面引导当代文艺朝着新俄罗斯文艺的方向发展。在普京看来,文艺发展是新俄罗斯文化建设的重要一环,只有"立足于俄罗斯人民在千余年的历史中创造的基本道德——精神价值观，也就是坚持传统的价值观"①，才能真正扭转俄罗斯社会文化混乱的情况。新俄罗斯文学的精神基础和价值基础都在彼得大帝改革之后形成的俄罗斯千年文化中，而它们也是突显新俄罗斯大国形象的文化内核。普京政府希望建立思想与情感、自由与秩序、传统与当代相统一的大国形象，这就必须依赖于俄罗斯民族文化传统——始终处于融合之中的"娜塔莎"文化，包括现代价值观念和国家观念的传播，俄罗斯知识分子的爱国主义精神吁求，从上至下的强国意识与社会团结意识。与此同时，普京政府的"新俄罗斯理念"还包含具体的"公民观念"要求，即团结、统一、爱国、爱家，追求真善美、责任感和良知的核心价值观。② 为此，普京政府规划了一系列结合国家意识与保守主义的文化强国战略，以应对苏联解体后形成的文化失范，并促成具有鲜明现代倾向的文化转型。通过一系列的文化治理和文化发展举措，普京政府已经取得了一定的成绩，当代俄罗斯文艺的种种重构面向在推进国家认同、凝聚民族精神、塑造新俄罗斯形象方面发挥了重要作用。因此，新俄罗斯文艺不只是俄罗斯文化竞争的软实力代表，也不仅仅在于复兴文艺大国形象，而是承担着新俄罗斯意识形态建构、彰显俄罗斯民族精神和引导社会文化价值的重任。

不过需要注意的是，俄罗斯联邦政府目前已经推出三期文化战略规划，或者说是三种版本的《"俄罗斯文化"联邦目标纲要》（以下简称《纲要》），分别为 2000—2005 年规划，2006—2011 年规划，2012—2018 年规划。这表明，新俄罗斯文化战略规划还处于试验和调整中，因为对于文化战略规划来说，它不可能是短期的，而三个版本的《纲要》恰恰采用的是短期规划形式，内容上却是长期的文化战略。如果详细比较这三个版本的规划内容和调整方向，我们会发现，制约俄罗斯联

---

① ［俄］普京：《普京文集（2002—2008）》，中国社会科学院俄罗斯东欧中亚研究所编译，中国社会科学出版社 2008 年版，第 465 页。

② 张政文：《重塑大国形象——当代俄罗斯文艺形势的总体特征》，《中国社会科学报》2014 年 8 月 27 日。

邦制定新俄罗斯文化战略的主要因素是尚处于文化转型中的当代俄罗斯文化现实，以及欧美文化市场对于新俄罗斯文艺的文化品位要求。在西方文化市场上，代表俄罗斯文艺形象的典范是俄罗斯"黄金时代""白银时代"的作品，是纳博科夫、布罗茨基这些俄裔流亡作家书写的各种文化形象，是"黄金时代"以来俄罗斯知识分子的个性思想，是带着浓厚俄罗斯文化品格的俄罗斯音乐、舞蹈、歌剧和芭蕾舞剧。如果新俄罗斯文艺不具备传统文艺的品质，而是单纯模仿欧美文艺，那么它必将丧失"俄罗斯性"，也就更谈不上什么"新俄罗斯性"了。当代俄罗斯文化现实则是典型的"转型状态"，垂直性文化自不必说，它们从彼得堡到莫斯科，随地可见，随处可寻；但驳杂的平行性文化也蔚为壮观——欧美格调与俄罗斯格调并行不悖，青年亚文化与经典文化并驾齐驱，俄罗斯传统的大众文艺与欧美流行文艺争奇斗艳。更为关键的是，俄罗斯致力于建构符合西方要求的自由市场机制，而文化的产业化、市场化与驳杂的文化转型景观交织一处，让俄罗斯联邦政府难以判断和掌控俄罗斯文化转型的趋势。正是在这样的情形中，俄罗斯联邦不得不对其文化发展战略多次调整，力图通过大力扶持符合"新俄罗斯理念"的文艺生产来重构大国形象。尽管收效甚微，与国家文艺奖形成竞争的文艺奖项也多不胜数，但俄罗斯联邦政府的决心并未改变。这意味着一场关键的文化博弈正在俄罗斯与西方国家之间展开，当代俄罗斯文化转型充满变数。

概括普京政府推广文化强国战略以来的文艺实绩，我们可以从五个方面来把握。其一，人道主义和现实主义文艺传统的复归。从传统的现实主义到富有浓郁宗教情怀的乡土文学，再到后现实主义文学，"黄金时代"以来的人道主义和批判精神越来越多地获得了文学出场的机会。谢根尼的小说《流行明星》及据其改编的电影《普斯科夫任务》，将目光聚焦在苏德战争期间的神父亚历山大身上。他以圣徒精神和人道主义气节抵抗纳粹，引起了整个俄罗斯社会的震动，从宗教界到政界再到社会民众，一致认为这是对俄罗斯精神的伟大阐释。究其实质，这也是俄罗斯文学传统中最为闪光的一面，它是与众不同的俄罗斯情感。对于当代俄罗斯文艺的重构来说，表达、书写独特的俄罗斯精神和情感，已然不可或缺。其二，依托于自由市场创造多元化文艺形态。普京的"新俄罗斯理念"的构想和俄罗斯联邦的文化发展战略，都强调西方现代文明之于俄罗斯文艺发展的重要性，而在对外出版资助方面，也强化了俄罗斯价值观念、俄罗斯精神与西方文艺形式的结合，从而为俄罗斯文艺的多元化发展提供了最基本的保障。维克多·叶罗菲耶夫的《俄罗斯美女》是目前当代俄罗斯文学对外出版中销量最大的作品，其后现代主义戏谑风格与意识流手法，以及存在主义的哲学主题探讨，都来自现代西方文学传统，大有"白银时代"作家积极吸收外来艺术手法进行文艺革新的风范，但就内容而言，它确实借助了一位外省美女的传奇经历揭示了俄罗斯的社会现实——崇高与卑劣的倒错，丑陋与美善的颠倒。叶罗菲耶夫在西方文化市场获得的青睐鼓励了一批年轻的俄罗斯新锐作家"走向西方"，而这些作家也非常清楚西方人需要的那些表达俄罗斯情感和思想的作品，他们需要时间消化文化与文艺传统，以锻造出既符合西方文化市场口味又能展现俄罗斯精神的作品。其三，自2006年普京实施新政以来，俄罗斯联邦政府期冀的"新俄罗斯文艺"逐渐受到国际文学市场的欢迎与重视。别楚赫创作的《国家的孩子》就是一个鲜明的例子，小说通过文学沉思的方式重新诠释了"十月革命"，认为"十月革命"并非苏维埃文化的开端，而是基督救赎精神与基辅罗斯千年梦想的实现。小说中体现了鲜明、独特的俄罗斯民族性，同时也将基督教的救世性沉思形象化，而这似乎正是俄罗斯大国形象的文化内蕴。《国家的孩子》在国际文学市场上的成功，标志着新俄罗斯理念与新的国家形象、民族形象的成功输出，也表明当代俄罗斯文学艺术的重构能够在文化发展战略中承担重要的使命。其四，当代俄罗斯文艺在重构过程中能够与文艺批评形成相互依存和相互促进的关系，保持了文艺批评在文学发展中的地位和作用。在这方面，里亚布采夫的《千年俄罗斯》、格奥尔吉耶娃的《文化与信仰》，以及以捍卫经典著称的伊凡诺娃的当代文学批评，都在通过不同途径把俄罗斯的大国形象、救世情怀和人道主义精神展现出来。即使是后现代主义批评家们，也在努力地阐释着俄罗斯后现代主义文学的独特风格与品质。其五，俄罗斯严肃文学最终跳出了在文化市场中的不利局面，以不断调整的文艺创新手法和复归于文学传统的努力，为自己重新赢得了市场，同时增加了它的国际文化市场竞争力。因此说，苏联解体以来的俄罗斯文艺尽管受到了各种各样的冲击，但依然保持了完备的俄罗斯风格形态，包括俄罗斯作家的经典化冲动与开拓进取的精神。当代俄罗斯文艺重构的成果，是作家、读者、批评家，以及国家文化战略的支持、文化市场的自我矫正努力联系在一起产生的。

诸多证据表明，国家的文化发展战略及联邦政府对文艺发展的支持，正在成为俄罗斯文艺重构的重要推动力。尽管当代俄罗斯文化语境中存在着诸多不确定和不可预测的因素，但俄罗斯文化与文艺的传统和新质，自由文化市场环境，多元的文艺批评意识等，能够被国家文化发展战略加以整合，变成俄罗斯文艺未来发展的优势要素。当然，国家干预措施的出现，会影响俄罗斯文学的自由表达，而自由文学的发展又是俄罗斯文化发展战略实现的基础，由此二者之间会形成潜在的矛盾与张力。但从文艺重构的角度说，二者的矛盾与张力可以通过实现俄罗斯文学的世界化来解决。自由主义文学的目标就是融入世界文学，在这个过程中，它对于文化的选择和再造是积极主动的，而非被动承受。对于自由艺术而言，在资本主义市场环境下，它能够选择更具有活力的、灵活的文化材料进行文学表达；而对于消遣、娱乐文学而言，它会更多地受到市场需求的限制，作为快餐性文学，其绝大部分并不能沉淀为文化。在这种情况下，国家文化战略的适当干预，对于平衡自由主义的严肃文学与大众文学有积极的意义。在国家文化发展战略纲要中，联邦政府对于艺术的民族性、本土性与世界性做出了种种要求，它们实际上并不能抑制自由艺术的自律性。相反，它会让俄罗斯文艺更为自觉地选择方向。俄罗斯政府可以将优秀的自由艺术或符合政府意愿的艺术在国际上推介，在各种国际书展和国际评奖中展现"新俄罗斯理念"。因此，国家文化发展战略对于当代俄罗斯文化转型和文艺重构，都是一项决定性要素。至于文艺批评，正如我们在之前所论述的那样，各种批评话语都拥有生存发展的空间，它们永远是文艺发展并不友好但又不可或缺的伙伴，在催生经典文艺、推介经典作品方面，文艺批评有着不可取代的作用。俄罗斯政府已经认识到这一点，加大了对学院派学术研究的资助力度。尽管文艺批评著作在其中占据很小的份额，但这足以鼓励文艺理论和文艺批评及时地站到文艺发展的这一边。

综上所述，以俄罗斯千年文化传统为根基，以西方优秀文艺作品为参照，通过文艺打造、展现新的"俄罗斯性"，塑造俄罗斯的新大国形象，既是俄罗斯文学主流的要求，也是国家文化发展的需要，因而在未来较长的时间里将会成为俄罗斯文学重构的方向。

附　　录

附录一　《"俄罗斯文化"联邦目标纲要》(2012—2018年)

Федеральная целевая программа Культура России
(2012 – 2018 годы)

俄罗斯联邦政府通过以下决定：

1. 批准提出的《"俄罗斯文化"联邦目标纲要》(2012—2018年)（以下简称《纲要》）。

2. 俄罗斯经济发展和贸易部及俄罗斯联邦财政部在制定联邦年度预算草案时上述第一条规定中的《纲要》纳入依靠联邦预算资金支持的联邦目标纲要名录。

3. 要求各个联邦主体的权力执行机关在制定2012—2018年地区目标纲要时考虑该政府令确定的纲要中的各项规定。

4. 要求俄罗斯联邦文化部连同俄罗斯联邦经济发展部和俄罗斯联邦财政部在《纲要》实施框架内制定俄罗斯联邦政府令草案，并于2013年1月1日前按规定送交俄联邦政府。该命令草案规定了从联邦预算中以补贴的形式提供资金的规则，这笔资金用于支持当代艺术领域的创新项目。

俄罗斯联邦总统 B. 普京

附 录

"俄罗斯文化"联邦目标纲要(2012—2018年)概览

《纲要》情况	《"俄罗斯文化"联邦目标纲要》(2012—2018年)
制定《纲要》的依据	2012年2月22日通过的第209-p号俄罗斯联邦政府令。
《纲要》的国家订购者	俄罗斯联邦文化部、俄罗斯联邦档案署、俄罗斯联邦出版与大众传媒署、俄罗斯联邦文化预算机构"国立艾尔米塔什"博物馆、国家文化预算机构"俄罗斯联邦电影基金会"。
《纲要》的国家订购协调者	俄罗斯联邦文化部。
《纲要》的基本执行者	俄罗斯联邦文化部、俄罗斯联邦出版与大众传媒署、俄罗斯联邦档案署。
《纲要》的目标和任务	保护俄罗斯文化的独特性,为公民平等地获得文化珍品创造条件,发展和实现每一个个体的文化和精神潜能; 为提高文化艺术领域内服务水平和多样性创造条件,使文化机构的工作实现现代化; 保障每一个个体的文化和精神潜能得到发挥的可能性; 使文化领域实现信息化; 使既保留俄罗斯传统的优秀流派又符合当代要求的艺术教育系统和文化艺术人才的培养系统实现现代化; 发现、保护和普及俄罗斯联邦各民族的文化遗产; 在国际社会建立俄罗斯文化的积极形象。
《纲要》的最重要参数和指标	国家所有且状态良好的文化遗产项目占全部国有文化遗产项目的份额; 国有且状态良好的文化机构占全部国有文化艺术机构的份额; 参与戏剧—音乐会活动的人数增量(与同一个基础年做对比); 俄罗斯电影占俄罗斯境内放映电影总量的份额; 拥有官方网站的文化机构占文化机构总数的份额;

续 表

《纲要》情况	《"俄罗斯文化"联邦目标纲要》（2012—2018 年）
《纲要》的最重要参数和指标	俄罗斯图书馆自有的电子目录中图书馆记录的增量（与上年相比）； 相关信息被纳入俄罗斯联邦各民族文化遗产项目的国家统一电子名录的文化遗产项目的数量占全部文化遗产项目总数的份额； 拥有现代化物质—技术设备（包括儿童艺术中学）的文化教育机构占所有文化教育机构总数的份额； 在艺术中学学习的儿童占全部儿童数量的份额的增量； 文化遗产项目的状态和使用受到监控的联邦主体的数量占俄罗斯联邦主体总数的份额； 以任何形式向公众开放的博物馆设施的数量占全部博物馆设施数量的份额； 博物馆的每人每年访问量； 处于能够长期（永久）保存状态的国家档案文件的数量占国家档案文件总数的份额； 与规定相比，图书馆图书资源成套水平的增量； 图书馆的每人每年访问量； 境外文化活动的增量（与上年相比）； 文化休闲活动参与者的增量（与上年相比）； 为视力残障人士出版图书的数量。
《纲要》实施的期限和阶段	期限：2012—2018 年。 第一阶段：2012—2014 年。 第二阶段：2015—2018 年。
《纲要》资金的来源和数额	《纲要》资金的总额为 1928.6303 亿卢布（根据当年价格计算），其中，俄罗斯联邦预算资金 1865.1357 亿卢布，其他来源资金 63.4946 亿卢布，各联邦主体预算资金 38.5898 亿卢布，预算外资金 24.9048 亿卢布。 1154.9158 亿卢布用于资本投资，9.1565 亿卢布用于科研实验，764.558 亿卢布用于其他需求。

附　录

续表

《纲要》情况	《"俄罗斯文化"联邦目标纲要》（2012—2018年）
《纲要》实施的最终目标和社会经济效益指标	到2018年扩大国家所有且状态良好的文化遗产项目占全部国家所有文化遗产项目的份额至45.3%； 到2018年扩大国家所有且状态良好的文化机构占全部国家所有文化艺术机构的份额至72.8%； 到2018年扩大参与戏剧—音乐会活动的人数增量为4.2%（与同一个基础年做对比）； 到2018年扩大俄罗斯电影占俄罗斯境内所有放映电影总量的份额至28%； 到2018年扩大拥有官方网站的文化机构占所有文化机构总数的份额至94%； 到2018年扩大俄罗斯图书馆电子目录中图书馆记录的数量增加2.3%（与上年相比）； 到2018年扩大相关信息被纳入俄罗斯联邦各民族文化遗产项目的国家统一电子名录的文化遗产项目的数量占文化遗产项目总数的份额至52%； 到2018年扩大拥有现代化物质—技术设备（包括儿童艺术中学）的文化教育机构占文化教育机构总数的份额至20.5%； 到2018年，学习艺术的儿童总数达到目前儿童学生总数的12%； 到2018年扩大文化遗产项目的状态和使用受到监控的俄罗斯联邦主体的数量占俄罗斯联邦主体总数的份额至100%； 到2018年扩大以任何形式向公众开放的博物馆设施的数量占全部博物馆设施数量的份额至34%； 到2018年增加博物馆的每人每年访问量到0.9次； 到2018年扩大处于能够长期（永久）保存状态的国家档案文件的数量占国家档案文件总数的份额至24%； 到2018年与规定相比，扩大图书馆图书资源成套水平达到规定的92%； 到2018年增加图书馆的每人每年访问量至4.6次； 到2018年扩大境外文化活动的增量（与上年相比）至1.22%； 到2018年扩大文化休闲活动参与者的增量（与上年相比）至7.2%； 为视力残障人士出版图书（每年61部）。

（一）《纲要》所解决的问题的特点

当代俄罗斯发展的一个特点便是社会对文化的关注度提高。在俄罗斯联邦政府2008年11月17日第1662-p号命令通过的《2020年前俄罗斯社会经济长期发展构想》中，文化在人力资本构成中占重要地位。

文化环境现在已经逐渐成为当代社会的重要概念，不是国家调控独立领域，而是复杂且多层次的系统，只能通过考虑众多复杂因素，联合各个部门、各种社会制度和商业力量来解决该领域的问题。

国家文化政策的优先方向是解决以下任务。

第一，在青年人心中培养法治民主、公民性和爱国主义、崇尚创新文化和自由创作的观念。

第二，发展民族文化潜力，保障社会各阶层享受国家和世界文化的途径畅通。

第三，保护俄罗斯联邦各民族的文化珍品和传统，保护俄罗斯的物质和非物质文化遗产，将俄罗斯的物质和非物质文化遗产作为文化和经济发展的资源。

第四，保障俄罗斯文化在国外有较高威望，扩大国际文化合作。

俄罗斯联邦具有巨大的文化潜力，但是这个潜力到目前为止尚未被全部利用起来。尽管近十年间实施的一系列纲要措施实现了某些指标的增长，但是这些措施并未对文化形势起到决定性的积极影响。20世纪90年代文化形势被严重破坏。2009年5月12日第537号俄罗斯联邦总统令通过了《俄联邦2020年前的国家安全战略》，根据该战略，文化领域内最重要的国家安全威胁是对满足社会边缘阶层精神需求的大众文化产品的把持，以及对文化设施的非法侵占。

文化领域内实施联邦目标纲要的正面经验已有近十五年。尽管国内和世界经济震荡，但是得益于《发展和保护俄联邦文化和艺术联邦目标纲要》《"俄罗斯文化"联邦目标纲要》（1997—1999年）（2001—2005年）（2006—2010年）的实施，俄罗斯得以成功地克服文化发展的衰退，扩大了国家和社会参与支持文化事业的形式和规模。

如果不实施将可能引起以下后果。

第一，联邦执行机构、各个联邦主体执行机构，以及自治地区机构行为的不协同，会削弱这些部门的责任，并且会出现文化领域内国家待解决问题的无序性。

第二，无法有效使用预算资金，无法有效吸引预算外资金。

第三，文化机构的物质—技术基础恶化，俄罗斯人日常生活品质的下降。

第四，文化领域人才的培养水平降低。

第五，俄罗斯联邦多民族文化的独特性不能得到发展，公民的精神价值无法发挥。

第六，弱化俄罗斯联邦多民族的文化精神整体性。

第七，国家对于俄罗斯文化的总体状态的影响作用受限。

第八，为公民发挥自我创造性而提供条件的进程减缓。

对于发展文化来说，这些纲要具有十分重要的作用。当然，可以根据俄罗斯联邦政府一些单独的决定来采取一些单独的措施，而某些措施是由某个独立的政府部门来完成的。这些措施的独立性和不系统性迟早会导致国家文化政策的整体性遭到破坏，预算资金的低效利用，俄联邦各区域间的联系弱化，在文化现代化的过程中及文化适应市场关系的新机制中出现不可预测的复杂性，最终削弱俄罗斯各民族的精神统一，限制国家对于文化形势的积极影响。

制定并分析两种形成和实施《"俄罗斯文化"联邦目标纲要》（2012—2018年）（以下简称《纲要》）的方法用于选择解决文化领域问题的手段。

第一种方法（现实主义的）是依靠《纲要》制定的方法，是对《纲要》的合乎逻辑的延伸。这个方法的资金基础可以解决一系列的当前任务，一些新的能够满足当代文化发展要求的新措施还在不断补充中。

第二种方法（乐观主义的）源于完成国家文化发展战略目标和解决面临任务的必要性。为此，发展当代艺术、文艺教育、文化信息化的优先方向突显出来，给出论据和措施清单，并在此基础上确定了资金支持的必要规模。形成并利用创新方法和观点来解决科学研究任务，在文化领域大力应用信息传媒技术。

对于第一种方法来说最可能的风险涉及根据已有资源对文化领域进行财政支持的规模缩减。

为了预防不良后果，在制定《纲要》时考虑以下原则。

第一，在所有主要联邦主体和文化进程参与各方广泛互动的基础上（国家权力机关和自治地区当地的权力机构、社会和其他非官方组织），综合解决实施国家文化政策面临的问题。

第二，《纲要》中有关保护和发展本国文化和文化遗产的各项措施受到社会普遍关注。

第三，支持《纲要》的优先创新和投资项目，在文化机构的工作中使用现代的行政、信息和其他技术。

第四，《纲要》的各项方案和措施要适应正在改变的俄罗斯文化发展的内部和外部条件。

第五，要坚持根据条件变化来实施独立的《纲要》项目和措施。

从已取得的成果和费用开支的角度来看，在上述第二种制定纲要的方法框架下，依靠加快实施跨地区的项目、提高文化服务质量，有可能保证《纲要》各项措施实施的效益最大化。

（二）《纲要》的主要目标和任务，包括其实施的期限和各个阶段，以及完成过程中体现出的目标指标

《纲要》最主要的战略目标是保护俄罗斯文化的独特性，为公民平等获得文化珍品创造条件，发展和实现每一个个体的文化和精神潜能。

完成该目标应当解决以下任务。

第一，为提高文化和艺术领域内的服务的质量和为多样性创造条件，应使文化机构的工作现代化。

附　录

第二，保障所有俄罗斯公民享受文化财富、发挥文化潜能的可能性。

第三，文化领域的信息化改革。

第四，对于那些负责保护俄罗斯优秀的文化传统同时又满足当代需求的文化艺术教育和培训机构来说，这个系统需要现代化更新。

第五，发现、保护和普及俄罗斯联邦的文化遗产。

第六，在国际社会树立俄罗斯正面的文化形象。

在六个方面的框架下完成《纲要》目标和解决上述任务。

为提高文化服务的质量和多样性，以及使文化机构的工作现代化，上述任务的解决要在发展文化艺术教育、投资文化事业和发展物资与技术基础的框架内进行调整。

为了完成上述任务确定了以下主要的目标指标。

第一，到2018年扩大国家所有且状态良好的文化机构占全部国家所有文化艺术机构的份额至72.8%。

第二，到2018年扩大参与戏剧—音乐会活动的人数增量为4.2%（同一个基础年做对比）。

第三，到2018年扩大俄罗斯电影占俄罗斯境内放映电影总量的份额至28%。

第四，到2018年扩大文化休闲活动参与者的增量（与上年相比）至7.2%。

第五，为视力残障人士出版图书（每年61部）。

解决文化领域信息化的任务，要在文化领域应用信息传播技术，同时还要考虑某些保护文化遗产的措施。

目前，根据俄罗斯总统和俄罗斯联邦政府设定的构成信息化社会和在此基础上提高公民生活水平的任务，在文化领域应用信息传播技术迫在眉睫。在保障俄罗斯联邦公民最大限度享受文化财富，使收入水平、社会地位和居住地不同的公民能够参与文化生活方面，以及保障残疾人士享受文化财富方面，信息技术起到重要的作用。

上述任务完成的水平要依据以下指标进行评估。

第一，到2018年扩大拥有官方网站的文化机构占文化机构总数的份额至94%。

第二，到2018年扩大俄罗斯图书馆自有的电子目录中图书馆记录的增量为2.3%（与上年相比）。

第三，到2018年扩大相关信息被纳入俄罗斯联邦各民族文化遗产项目的国家统一电子名录的文化遗产项目的数量占文化遗产项目总数的份额至52%。

要采取一系列措施保护和发展俄罗斯独特的培养音乐家、演员、导演、舞蹈设计家、画家、雕塑家、设计师和电影艺术工作者等的艺术人才的三层次系统。要特别关注当代创新艺术门类的人才培养，对儿童艺术学校的设备进行现代化改造，使文化教育机构的物质基础得到发展和现代化。

为了完成上述任务确定了以下主要的目标指标。

第一，到2018年扩大拥有现代化物质—技术设备（包括儿童艺术中学）的文化教育机构占所有文化教育机构总数的份额至20.5%。

第二，学习艺术的儿童达到2011年儿童学生总数的12%。

第三，在解决发现、保护和普及俄罗斯联邦各民族文化遗产方面主要关注文化遗产的保护。要依靠一系列的措施来发现、保护、保存和普及文化遗产设施，包括俄罗斯文化和历史的可移动和不可移动的文物遗迹，以及具有考古价值的遗产设施，保证博物馆文物的完整性，发展博物馆，发展档案事业和图书馆。

为了完成上述任务确定了以下主要的目标指标。

第一，到2018年扩大国家所有且状态良好的文化遗产项目占全部国家所有文化遗产项目的份额至45.3%。

第二，到2018年扩大文化遗产项目的状态和使用受到监控的俄罗斯联邦主体的数量占俄罗斯联邦主体总数的份额至100%。

第三，到2018年扩大以任何形式向公众开放的博物馆设施的数量占全部博物馆设施数量的份额至34%。

第四,到2018年增加博物馆的每人每年访问量到0.9次。

第五,到2018年扩大处于能够长期(永久)保存状态的国家档案文件的数量占国家档案文件总数的份额至24%。

第六,到2018年与规定相比,扩大图书馆图书资源成套水平达到规定的92%。

第七,到2018年增加图书馆的每人每年访问量至4.6次。

在国际社会建立俄罗斯文化的积极形象的问题主要关注俄罗斯参与国家文化进程,支持本国艺术家赴海外巡演和展览,在主要的国际书展和洽谈会上展示当代俄罗斯文学和出版物,支持将俄罗斯作家的作品翻译成外文,积极开展宣传俄罗斯专业艺术、文化成就和各民族文化的工作。

完成这一任务需要到2018年扩大境外文化活动的增量(与上年相比)至1.22%。

2018年要完成各项战略目标,分为两个阶段。

第一阶段(2012—2014年)是初步阶段,要根据国家的整体经济形势来保持必要资金支持的稳定性。要支持专业艺术,激励创作新的当代作品,完成必要的修复工作,开展文化活动,夯实文化机构的物质基础,这将会保障提供给公民的各种文化财富和服务的必要质量。保护文化遗产首先要保护和研究考古项目,以及特别支持俄罗斯参与国际文化进程。

第二阶段(2015—2018年)是发展阶段,要加大财政拨款支持新的文化艺术首创的力度。要在不同的文化领域开展有意义的项目,在俄罗斯联邦各领域发展中文化都应发挥积极作用。在文化领域应用信息传播技术,对文化遗产设施开展必要的修复工作,在各个联邦主体建设新的文化艺术设施。

要采取措施扶持联邦的、地区的和地市级别的文化、艺术、教育和电影机构,向这些机构提供专业设备、交通工具、乐器、教材和文献资料。要扩大专项支持艺术团体、发起人、执行者和其他艺术进程的参与者制度清单，其中也包括加大补贴的力度。

《纲要》要考虑遵守在所有联邦主体开展各项活动的固有原则。这特别涉及巡演活动、支持青年人才、系统修复工作、巩固物质技术基础和文化领域的信息化。根据科研结果逐渐扩大对这一领域工作的资金支持的总额。

（三）《纲要》措施

《纲要》将采取最重要和最高效的项目和措施来发展戏剧、音乐、造型艺术、马戏、当代艺术和电影业产品，完善具有当代艺术新技艺的人才的培养系统。应用信息传播技术，建设和巩固物质技术基础等方向还有大量待完成的工作。不同联邦主体修复文化遗产的工作规模在扩大。将各种具体项目纳入《纲要》的条件是这些项目需要明确指向完成《纲要》目标。要按规定在公开遴选程序的基础上选择满足《纲要》要求的项目及其执行者。

满足国家需求、依靠财政资本投资的项目清单详见附件7，这些项目的实施要依靠联邦财政2012—2018年的专项投资计划。

在选择某个项目作为财政支持项目时，要考虑文物保护机构对每一个项目的技术状态做出的有关结论。

国家要支持旨在进行基础建设和修复投资回报时间较长的区域投资项目，联邦预算向各联邦主体拨款要按照拨款机制。

要运用标准的方法来明确文化领域面临的目标和任务，以及确定《纲要》各项指标的数值。俄罗斯专家在文化进程管控领域的研究成果、国际组织的推荐、联合国教科文组织有关文化遗产状态评估和图书馆配套标准方面的推荐和标准是文化长期发展的标准。还要注意广泛监察文化进程，包括获得的有关文化遗产项目状态的详细信息。

（四）纲要的资源基础

《纲要》的实施依靠联邦预算、各联邦主体预算，以及预算外资金。

《纲要》的资金总额为 1928.6303 亿卢布（根据当年价格计算），其中联邦预算 1865.1357 亿卢布，各联邦主体预算 38.5898 亿卢布，预算外资金 24.9048 亿卢布。1154.9158 亿卢布用于资本投资，9.1565 亿卢布用于科研实验，764.558 亿卢布用于满足其他需求。

文化发展进程必须吸引预算外资金，利用现行的市场机制，必须依赖国家—个人合作协同进行实质支持。在实施旨在发展单独的文化领域、保护和利用文化遗产、扩大区域文化吸引力和提高文化服务的质量的各个项目时，所有权力机关、商业机构、科学和社会组织要有效互动。

近些年，这样的各方参与互动在联邦、区域和地方层面都得到了保障，其中也包括通过实施相应的文化目标纲要得到的保障。

此外，大多数联邦主体都制定了有关发展文化的方案、战略和区域纲要，这些方案、战略和区域纲要中规定了在全俄罗斯联邦发展文化战略的框架下要共同进行资金支持和参与。区域制定文化发展方案应当着眼于中长期。现在已经积累了使用《纲要》方法管理文化领域的一定的正面经验，其中还要应用国家个人合作的机制，这一机制使俄罗斯在各层次执行机关、商业和其他利益相关方通力协作的基础上，可以解决提高文化服务市场竞争力所面临的一系列问题。

在制作和传播戏剧、音乐和马戏艺术领域的产品，以及支持生产电影产品时，需要吸引预算外资金以显示出自身的活力。预算外来源资金应当用于支持现代艺术人才的创作项目，组织和开展全俄罗斯表演比赛、青年作者比赛和表演者的首演，以及用于保障民族创作和艺术的项目。在涉及俄罗斯参与国际文化进程时，支持本国艺术家在海外的巡演及国外优秀艺术团体参加俄罗斯艺术节等各项活动，预算外投资都起到十分重要的作用。

计划进一步开展这种各领域各层次的国家—个体合作，因此吸引预算外资金对促进未来文化的良性发展很重要。

(五)《纲要》的实施机制

《纲要》的领导者是俄罗斯联邦文化部,对《纲要》实施、最终效果、专项高效利用资金负责,并确定管理《纲要》实施的形式和方法。

俄罗斯联邦文化部作为《纲要》的制定协调方,在其实施过程中要遵守以下几点。

第一,要保障国家准备和实施《纲要》,要保障对联邦预算和预算外资金的分析与合理使用。

第二,按照规定制定俄罗斯联邦政府关于《纲要》变更和提前终止《纲要》的决定草案。

第三,在职权范围内制定完成《纲要》必要的标准法案。

第四,准备《纲要》实施的季度报告。

第五,完成《纲要》实施的季度财务报表。

《纲要》的制定协调方确定《纲要》制定方每年的计划和《纲要》实施的报告,确定《纲要》制定方提出的各项目标指标。

《纲要》的国家制定方需要做到以下几点。

第一,参与准备《纲要》实施过程、取得成绩和资金利用效率的报告。

第二,完成《纲要》实施的季度财务报表。

第三,按规定准备下一年度《纲要》措施清单的修订建议,明确各项活动的费用,以及制定《纲要》实施的机制。

第四,制定监察《纲要》实施的各种数值清单。

第五,在竞标的基础上选择执行方,以及每个活动的供应方。

第六,与《纲要》的主要参与者协商活动完成的期限、资金的来源和规模。

第七,向《纲要》国际定制协调方提供有关《纲要》实施的战略、咨询和分析信息。

第八,组织运用信息技术来管理和控制《纲要》实施过程。

第九,组织信息发布,包括以电子形式发布有关《纲要》实施进程及取得成果的信息、关于资金使用情况的信息、吸引预算外资金的情况、开展《纲要》参与者竞选的信息，以及《纲要》投资者的参与规则。

纲要实施前俄罗斯联邦文化部应当做到以下几点。

第一，确定管理《纲要》实施的章程，形成《纲要》实施的组织—资金计划。

第二，确定《纲要》各项活动的协调机制及这些措施的资源保障。

第三，制定程序，确保有关《纲要》实施的各项目标指标、监察结果、执行者参与条件，以及胜出者的选拔标准等信息的公开性。

(六)《纲要》社会经济和生态效果评估

文化的基本特点在于文化活动的最重要结果具有延迟性社会效应，体现在提高智力潜能、改变价值取向和个体的行为准则等方面，文化的基本特点还在于最终可以改变社会的功能基础。

要利用能够反映文化活动当前效果的评价系统和数字指标。与此同时，纳入《纲要》的具体项目可以包含自身特有的效果指标。《纲要》的国家定制方和定制协调方对《纲要》和《纲要》每一个单独的子项目实施效果进行评估。

《纲要》的主要社会经济效益是提升文化在俄罗斯公民生活中的社会性作用，相应地提升公民的生活质量，巩固俄罗斯作为文化大国的形象，形成实现国家现代方针的良好社会氛围。这一效果随着时间推移将会体现在以下几个方面。

第一，巩固国家统一的文化空间，这一空间在保障各民族自身独特性的同时对保护国家完整起到促进作用。

第二，为发展活动、文化艺术服务和信息的多样性与可通达性创造良好条件。

第三，为俄罗斯文化与世界文化进程的融合、发展文化交流的新形式和新方向创造良好条件。

第四，激活文化的经济发展，吸引非国家资源的文化投入。

第五，在自由市场的条件下保障青年艺术家的竞争力，包括在国际市场的竞争力，保障青年人美育的发展。

发展文化的任务与保护环境的任务紧密相关。通常，这种联系体现在保护文化风景和名胜古迹方面，体现在博物馆、保护区方面。形成保护名胜古迹和历史文化区域的系统与解决生态问题和保护自然遗产直接相关。因此，《纲要》要解决文化发展的问题需要考虑保护环境方面的问题。

根据《纲要》确定的各项目标指标的实际完成水平对《纲要》的实施效果进行评估。

《纲要》的实施提高了俄罗斯联邦文化项目的利用效果。

《纲要》的经济效益将会与它依靠国家—个体合作、依靠为商业建立吸引经济的条件而吸引到的文化附加投资有关。这同样还涉及文化在历史区域、建立文化旅游基础设施中作用的提升。这将会增加额外的工作机会，补充各层次的相应预算，保障国内生产总值的提升。

（译自 https://www.mkrf.ru/）

附录二 《俄罗斯国家文化政策基础》

（第808号俄罗斯总统令2014年12月24日签发）

Основы государственной культурной политики

(утв. Указом Президента РФ от 24 декабря 2014 г. N 808)

该法令确立了国家文化政策的主要方向，并构成了俄罗斯联邦立法和其他监管俄罗斯联邦文化发展进程及公共和市政方案的法律和其他法律行动的基本文件。

该法令的法律基础是《俄罗斯联邦宪法》。

该法令是国家文化政策的目标和战略目标，以及实现这些目标的关键原则。

国家文化政策旨在为实现经济繁荣、国家主权和文化认同提供优秀的文化和人道主义保障。

国家文化政策是俄罗斯联邦国家安全战略的一部分。

(一) 前言

俄罗斯是一个创造了伟大文化的国家。在整个俄罗斯历史长河中，恰恰是文化的聚集及向新一代人传承民族的精神体验，这二者保障了俄罗斯多民族国家的统一，并且在诸多方面确定了俄罗斯对世界的影响。

当今，在全球化思想信息竞争日趋白热化的条件下，在20世纪发生的那场国家灾难所造成的后果还没有被完全克服的情况下，俄罗斯文化的这种特性对于国家的未来具有决定性作用。

如果没有文化，就不可能保证社会质量的提高，无法保证社会团结公民、决定并实现共同发展目标的能力。如果一个人无法形成道德的、负责的、独立思考的和具有创造性的人格，也就不可能确立全民族发展的思想体系。

国家文化政策来源于对文化的最重要的社会使命的认识。这一使命是将一系列作为民族特质基础的道德的、美学的价值观传递给新一代人。对自身文化的了解和参与奠定了人们心中的基础道德优先方向，对历史、传统，以及民族精神基础的尊重使得每一个人的天赋和能力得到彰显。

国家文化政策的基础是对文化巨大的培育作用和启蒙潜力的认可，以及对文化在个性形成过程中的重要作用的认定。

在保护各民族文化和民族独特性的基础上，保障俄罗斯多民族国家的统一性的文化土壤使得国家文化政策中必须体现各地区、各民族的文化特性。国家文化政策要促进俄罗斯各地区文化生活的丰富性，促进跨地区文化协作的发展。这是生活质量提高的重要因素，是俄罗斯联邦各个主体动态发展的保证，不仅是文化空间统一的基础，而且是俄罗斯国家统一的基础。

国家文化政策旨在提高文化的社会地位，促进文化对所有国家政策和社会生活各领域的影响。这一政策不是一次性的一系列纲要和措施，而是一个不间断的动态过程，根据国内和国外的形势不断修正，考虑新出现的各种问题，当最初选择的方法无法达到规定的目标时，应当对行动方法做出调整。

国家文化政策的基础是《俄罗斯联邦宪法》所规定的公民自由和权利及公民和国家的义务与责任。

(二) 国家文化政策的目的、内容和原则

俄罗斯国家和社会在现今历史阶段的目标是建立一个在各个领域强大的、统一的和独立的俄罗斯，遵循自身的社会发展模式，同时还是一个与所有民族、国家和文化进行开放合作和活动的国家。

为了达到这个目标，必须有一个特点鲜明、能够持续有序地实施的国家文化政策。这是由俄罗斯的多民族性决定的。文化作为传承和再造传统俄罗斯社会的道德价值观的主要媒介的历史作用，决定了公民认同感的来源。

国家文化政策的目标是俄罗斯精神的、文化的、民族的自我认定，团结俄罗斯社会，在利用民族文化所有潜力的基础上培养道德的、独立思考的、富有创造力的，以及负责任的个体。

当代国家文化政策的内容是在俄罗斯传统的道德价值观、公民责任感和爱国主义精神的基础上，通过掌握俄罗斯的历史和文化遗产、世界文化，发展个体的创造能力、从美学的角度理解世界的能力，以及参加各种不同形式的文化活动来创建并发展公民的培育和启蒙体系。

理解俄罗斯传统道德价值观的基础是人类创造的、所有宗教共有的准则，以及保障充实的社会生活的各项要求。

最重要的是诚实、守法、爱国、无私，不接受暴力、偷盗、诽谤和嫉妒心，家庭观念、纯洁、热心和慈悲心、守信、对长辈的尊重、对诚实劳动的推崇。

将恢复、传承和再造个人和社会生活价值基础的任务视为国家的优先方向，这使得我们可以保护公民文化的统一性，保证俄罗斯国家的独立、强大和动态发展。从一方面讲，可以消除公民对政权的不信任；从另一方面讲，可以克服社会的坐享其成的心理。实施这样的国家文化政策无疑将促进人们创建并发展公民社会制度、积极参与地方治理，以及从总体上提升公民责任感。

当代俄罗斯社会的状态使得俄罗斯重视文化的优先培育和启蒙功能。这使得文化对个性形成、教育人文化、青年的顺利社会化、建立有效的有助于个性发展的信息媒介等过程的作用得到实质性强化。

应当遵循以下原则来制定国家文化政策。

第一，文化对国家政策的各个方面和社会生活的各个领域都应产生影响。

第二，将俄罗斯文化视为世界文化不可分割的一部分。

第三，在自然人和法人的财产利益面前，社会法律的优先方向是保护俄罗斯物质和非物质的文化遗产。

第四，将国家文化政策的目标的综合性与文化活动的主体、客体的独特性相结合。

第五，在实现公民享受文化珍品和参与文化活动的权利时，注重公民的地域和社会阶层平等。

第六，在评估国家文化政策所达到的目标时，优先考虑实质性指标。

(三) 国家文化政策的战略任务

国家文化政策的实施要解决一系列战略任务，这些任务中的一部分在当今国家控制文化的实践中要么无关，要么间接相关，但是它们对国家的社会和文化发展都有重要的意义，并且在同等程度上都属于文化活动的官方和非官方领域。

因俄罗斯所有民族的物质的和非物质的文化遗产能够体现俄罗斯民族独特性和生命力而对其加以保护。

在制定和实施国家文化政策时，对"俄罗斯联邦民族文化遗产"这一概念要在广义上加以阐释。这一概念应当包括所有形式的物质遗产——具有历史和建筑价值的、体现独特工程和技术方案的楼宇建筑，城市建设设施，工业建筑遗迹，历史和文化景观，具有考古价值的对象和考古遗迹本身，纪念碑，雕塑，纪念遗址等。毫无疑问，日用工艺品和民族手工制品，所有能够最大限度地保留过去岁月里人们生活的各个侧面和特点的物质世界的种类繁多的事物，如文件、书籍和照片等，也就是说所有博物馆、档案馆和国家图书馆的馆藏文物也应被包括在内。

文化遗产还包括非物质文化遗产，包括语言、传统、风俗、方言、口头艺术、传统的生活方式，以及各个民族对世界构造、民族性和族群的理解。

伟大的俄罗斯文学、音乐、戏剧、电影遗产，以及俄罗斯独特的艺术人才培养体系是俄罗斯民族文化遗产不可分割的一部分。

因此我们所理解的俄罗斯文化遗产是所有俄罗斯文明积累下来的精神的、道德的、历史的、文化的经验的汇聚。由此，文化遗产是发展和保护国家统一和独特性的基础与源泉。

对俄罗斯文化遗产全方位价值的认定不仅体现了"二战"后形成的国际上对于人类对其所创造的文化珍品的责任的观点，同时也体现出俄罗斯今后发展的来源与基础别无他选。

国家文化政策最重要的任务是使大众接受上一代人所积累的历史和文化经验，将其视为个体和整体发展所必需的条件。

当谈到保护文化遗产时，应当了解，这里所提到的"保护"不仅是保护那些已经存在的，或者在某种程度上讲是过去已经意识到的事物。对于文化遗产的保护还意味着对其进行不断的补充，因为我们经历的每一天都在创造历史；还意味着持续的研究过程，因为我们的认知技术和对世界与人类历史的理解总是在不断完善；还意味着对遗产的不断了解，因为每一个新的历史阶段都为我们提出了新的问题。同时，形式多样的人类和社会掌握之前所积累下来的历史和文化经验的过程同样属于对文化遗产的保护。

国家文化政策的任务还包括以下三点。

第一，系统化，扩大并发展在教育过程中的使用文化遗产设施，利用图书馆、档案馆以及俄罗斯博物馆、保护区的科学和信息潜力的现存经验。

第二，为了实质优化文化遗产设施、城市和村落的历史环境、特定地区的传统生产方式保护区及土地利用制度，发挥地方手工业的作用，改变区域发展和当地规划的模式；还要提高保护俄罗斯小城市文化的措施效率，为文化旅游的发展创造条件。

第三，激发公民自愿参与民族、地方的考古活动的主动性，提高公民发现、研究和保护文化遗产项目的积极性。

将俄语作为俄罗斯联邦公民和文化统一的基础并对其加以发展与保护——俄语是俄罗斯联邦的官方语言，也是跨民族交流的语言。

俄语是俄罗斯文化和国家得以统一的基础和前提。俄罗斯通过不同民族与不同文化、宗教和语言相融合的道路形成俄罗斯的多民族的性格，将俄语的作用定义为俄罗斯文明存在的基础。

俄语标准语拥有无穷的可能性来表达最复杂的概念和形式、最细腻的情感和情绪色彩。俄语在很大程度上能够适应来源于其他语言和文化的词汇和概念，而不破坏其固有的本性和发展规律。同样，俄语还能够在很大的程度上反映社会发展的每一个历史阶段的特点和问题。

国家文化政策有保护俄语的任务，首先要为公民提高掌握俄语的质量创造必要的条件，这包括公务员、记者、政治家、教育者，以及所有工作中需要有公开性质交流的人。保护俄语不论民族、居住地，要实质提高教育质量。在俄罗斯不应当有接受了中学教育但还不能掌握哪怕是口语性质的俄语的公民。针对外国人要为其在俄罗斯从事工作及保护权利提供学习俄语的条件。俄语在作为俄罗斯联邦官方语言使用时，对俄语标准语的当代形式进行改变和确定科学性与专业性的保障系统同样是对俄语的保护。

俄罗斯国家文化政策在为俄罗斯联邦各个民族的语言的保护和发展、为俄罗斯公民的双语性、为在纸质和电子媒体中使用民族语言提供必要条件的同时，应当保证作为跨民族交流语言的俄语的发展。要支持将以俄罗斯各个民族语言写就的文学作品翻译成俄语，实现这些译作在全国范围内的出版和发行。

对俄语、俄语语法结构和功能性，研究古迹，建立俄语科学院词典和电子语料库这些工作的组织和支持同样属于国家文化政策的直接任务。

发展俄语还需要致力于其在世界的推广，在国外支持和拓展俄语群体，扩大在世界各国特别是独联体各国及所谓"后苏联"空间内的各国对俄语和俄罗斯文学的兴趣。

发展俄语要加强俄语在网络中的存在感，这包括同其他国家的官方语言对俄语的排挤进行斗争。让俄罗斯对时事的评价能最大限度地被世界看到尤其重要。在这方面能否成功取决于对于外国受教育居民来说有益有趣的俄语网络资源的丰富与否，尤其是在其他国家其本国语言未覆盖的信息空间。必须从实质上扩大优质网络资源的数量，这些资源能够让各国公民研究俄语，获得关于俄语和俄罗斯文学的信息。

支持本国文学的发展，恢复公民阅读的兴趣，为发展图书出版业提供条件，保障公民能够获得俄罗斯经典和当代俄罗斯文学作品，以及用俄罗斯各民族语言写就的作品。

在俄罗斯的精神和文化生活中，俄罗斯文学占据着特殊的地位。正是伟大的俄罗斯文学形成道德理想，传递给新一代人宝贵丰富的民族精神。没有当代文学就意味着没有俄罗斯精神、文化和道德的自我认同。

支持当代文学创作、图书出版业、出版文学刊物是国家文化政策的最重要任务之一。要不断支持出版经典的俄罗斯文学作品及对本国文学史的研究。恢复公民对阅读的兴趣与这些任务不可分割。对复杂的文学作品没有深思熟虑的阅读便无法掌握俄语中所蕴藏的巨大的财富，也无法学会表达和理解当代现实复杂的含义。当一个人不但无法表达所阅读内容的含义，也无法口头或者书面表达自身的想法，如果放任不管，那么公民的功能性无知将持续增长，后果更加可怕。这个趋势可怕不仅因为俄罗斯社会的文化水平整体下降，同时相当数量的公民参与社会和国家事务的机会也会受限。

国家文化政策应当完成增加公民获得经典和当代的俄国和世界文学作品、儿童文学、俄罗斯各个民族语言作品的机会的任务。为此，在为薄利的图书出版领域的发展和在全国范围内不同出版社图书制品的发行系统的恢复创造条件的同时，必须发展图书馆。作为文化启蒙的核心，当代图书馆应当通过薪酬合理、受过良好教育的专家人才得到保障，当代图书馆应当组织由学者、政治家、教育家、作家、藏书家参与的正式文化教育活动，还应当提供法律、生态、消费及其他信息服务。图书馆应当是一个交流的俱乐部，运用当代信息交流技术，建立自己的反映当地历史的地方志信息库。

支持和发展有助于个性形成的信息环境。

国家文化政策对于信息环境是所有纸媒、广播电视、网络，及其在这些媒介的帮助下得以传播的文本和虚拟领域材料、信息的总和，同样还包括已建或在建的数字档案馆、数字化图书馆等。

只有在所有的信息和材料是由正确的标准语言表述、信息是由专业的记者来提供、广播和电视提供经典和当代艺术的作品、网络提供了通达民族数字信息和文化资源的途径时，有利于形成个性的信息环境才可能存在。

对图书馆、档案馆和博物馆进行数字化建设，建立国家电子图书馆和国家电子档案馆（音乐、绘画等），进一步形成统一的国家电子知识空间是十分重要的。

必须找到提高网络资源质量的有效形式和方法。在纸质时代最聪明的、受过教育的、有专门知识的从事文章和书籍写作的人的数量有限。他们的文字受限于专业的评价，其文字的现实对象、内容、语言的质量、有异性、必要性受到修正，专家来确定作品需要有多少发行量，以及在哪发行。人们知道谁来负责具体的文本，甚至如果作者以笔名来写作。

而现在，在巨大空间内所有能够使用电脑和互联网的人，不论其教育程度、视野、生活经验、知识、心理健康和真实意图是什么样的，都能够创造和传播一些东西。因此信息空间被污染，而这些污染对人们的影响并不被承认，但是，这些污染已经可以和我们呼吸的空气、我们饮用的水资源受到的污染相提并论。在这样的情况下，公民的媒体信息文化水平成为社会发展的最重要的因素之一。媒体和信息化的文化素质包括知识、能力、理解哪些信息何时被需要的必要的技能；在何处及如何获得信息；如何客观地评价和组织信息；如何符合伦理地使用信息。这需要教育、批判思维、专业或教育领域或领域外的行为技能，还包括所有类型的信息资源，口头的、书面的和数字的。

寻求方法以解决电子信息方面的问题，特别是网络资源的保护问题。音频文件、电子资源、电子书、网站、社交媒体等在改变着保护信息的概念性方法。现在大量的极其珍贵的电子信息资源已经遗失。大量形成于 Instagram、YouTube、Facebook、Twitter、Google 的大众信息被保存在美国的信息库内，甚至保存在国会图书馆，而相对来说在俄罗斯这些资源都没有被保存。

建立电子信息保护的国家计划也属于国家文化政策的任务。

广泛吸引儿童和青年人参与认知、创造、文化、地方志的慈善组织、联合会和团体。

国家在文化领域的行动首先要对俄罗斯公民的青年一代发力。俄罗斯的未来取决于能否成功地培养和发展个人的创造力，以及是否为实现这个目标提供了良好的条件。如果个人得不到社会生活中的切实经验，得不到与其他人的互动，得不到交流技能，没有对其他观点和立场的宽容，没有对自身、对亲人、对身边人的责任感等的培育，就无法培养出一个负责任的、完全掌握社会生活技能的、由衷地爱国并为祖国服务的个体。对于儿童和青少年来说，形成积极的公民意识并吸引他们加入创造未来的过程，这是十分重要的。

全方位地支持建立旨在开展创造性、慈善的、认知行为的儿童和青少年组织、联合会、运动也是国家文化政策的任务。权力机关和国家文化制度的任务是切实保障儿童和青少年参与决策那些足以影响他们生活的决定，最大化地展现他们的才能和天赋，以及为培养儿童和青年组织中具有领导能力的人创造条件。这些组织的工作人员应当掌握一定的实际的教学技能，了解各个年龄段的心理特点，掌握纠正儿童和青少年行为的方法。这些组织的创立者和这些组织的参与者应当设立官方和非官方的服务分层机构，机构能够根据不同类别的儿童和青少年来开展活动。

这一领域的工作是使儿童和青少年在团队中得到具有社会意义的工作技能，与此同时获得新的知识和能力。

当有关家乡、村落、边疆区的过去知识成为一种被社会积极需求的活动时，儿童和青少年组织在研究和保护当地文化、地方志方面的行为就具有特殊的意义。这使得他们形成了有关故乡生活的民族、文化、宗教的概念，使得他们能够理解地区的世代经验和人们的出生地以前的生活状况。

应当吸引俄罗斯地理学会、俄罗斯历史学会、俄罗斯战争历史学会、正在建设中的俄罗斯文学学会，以及类似机构参与并影响儿童和青少年团体。

发展俄罗斯及各民族文化，为专业的创作活动、公民的自主创作行为提供条件，保护、建立并发展必要机构。

社会发展的能力直接取决于文化、专业艺术的发展水平，取决于公民参与各种不同形式的文化活动的次数与表现。

对过去取得的成绩当然值得骄傲，但是这并不够。在俄罗斯，只有在国家和社会得到不断支持的情况下，当代专业艺术才可能达到较高的水平。对于当代文化作品、音乐、美术和戏剧的创造者的支持尤为重要。哪怕是天才的作品，其创作阶段的价值也不是十分明显，但是扼杀了个性的天赋这不仅是个体的悲剧，从总体上讲，对民族文化也是沉重的打击。苏联时期的专业创作扶持形式在当代背景下已经无法被接受，因此国家文化政策的任务应当是建立一个不断培育新的具有民族创作潜力的天才艺术家并支持、开发其潜力的系统和机制。

俄罗斯理应为自己的音乐、戏剧艺术和芭蕾艺术等感到骄傲。最受认可和尊重的人有音乐家、歌剧艺术家、指挥家、导演和芭蕾舞演员。但是表演艺术的总体发展水平呈下降趋势，专业艺术团体对于艺术人才的需求无法得到满足，培养质量下滑。近期出现了是否有必要吸引国外音乐家加入音乐团体工作的问题。国家文化政策的一个任务便是解决表演艺术发展的问题，这一问题的解决需要采取一系列措施，并且消耗相当长的时间。

国家非常关注俄罗斯本土电影业的发展，也为此消耗了大量的资源。国家支持的主要方向是观众电影业，这可以扩大在俄罗斯银幕上放映的本国电影数量。但是还需要将电影作为一门艺术来扶持、发展。为电影业、创作实验提供实质上的更加有利的条件，以及支持儿童与青少年电影、纪录片、科幻片、动画电影等类型的创作是俄罗斯文化政策的重要任务。

保护民族文化传统、支持建立在此基础上的民间创作是国家文化政策的任务。这些民间创作在俄罗斯构成了最宝贵的民族文化多样性，并且在很多方面哺育着专业文化，同时也是公民认同感的重要部分。

俄罗斯及各民族文化的发展需要专业的创作活动和公民自主的创作行为来创造法治的、社会的和物质的条件。

有一种观点认为，通过保障数十家大型的剧院、乐团和创作团体就可以完成国家的文化发展的任务，这种观点不仅是错误的，而且是危险的。因此需要让百位高水平的音乐家加入国家乐团，各类儿童音乐学校需要招收一万名具有音乐天赋的孩子。听众、观众、博物馆和画廊的参观者的文化水平也是社会文化高水平发展的重要体现。公民高水平的文化储备是专业艺术顺利发展的必要条件。

在中学教学大纲中应当培养儿童进行理解和创作艺术作品的技能，这是必要的。这些艺术包括美术、音乐艺术、口技和戏剧艺术等。掌握艺术的语言，能够理解伟大的音乐、绘画和戏剧所传递的信息，其重要性不亚于全面掌握母语，能够阅读并理解复杂的文本。对伟大艺术的理解和交流使人们可以发展形象思维、情感理解能力，帮助培养品位、美学标准和价值取向，因此能够保证个体的和谐发展。

在制定和实施国家文化政策时，应当考虑国家对大众化管理的必要形式和充足形式。这些形式既是影响公民文化的主要因素，也是专业文化与大众文化进行互动的主要因素。

最大限度地吸引公民参与创作活动，发展文化启蒙教育的任务已经摆在面前，但是全面解决这些问题还需要团结各级权力机关，减少在共同使用资源时的障碍。为了让每一个热心于自己的工作、有才华的专业人士能够得到工作的支持和各种有利条件，必须在文化娱乐领域建立一个积极选拔人才的系统。

建立一个专业的和个体创作的物质保障机构，以及支持该机构并使其现代化是十分迫切的任务。这里不仅要考虑具体的需求，还要考虑各个地区、城市和村落已经形成的传统，这一点特别重要。

支持现有的、重建的机构，以及与不同文化活动有关的社会倡议。

历史上形成了各种保障不同文化活动的机构。基础文化机构（剧院、博物馆、图书馆和档案馆）的历史始于古罗马时期。必要的用于公开演奏的音乐作品或者展示当代美术的机构出现在启蒙运动时期，人们所熟悉的文化宫、文化俱乐部在20世纪上半叶才出现，那个时期在解决公民的启蒙问题。

这些机构是俄罗斯文化活动组织机构的基础，这些机构恰恰是文化珍品同社会相结合的基础和必要条件。对这些机构的支持，对其活动的保障和发展是国家文化政策的重要任务。

存在着这样的观念——文化活动属于服务领域，其组织和评估在原则上与洗澡堂、洗衣店、社会保障和邮政部门的一般活动没有区别，而在解决上述任务时，重要的是权力机关和公民对于这一观念的转变。

如果使用"服务"这个术语，那么传统文化机构向社会提供的服务可以与保卫公民生活和国家安全的军队所提供的服务相提并论，并且与向社会提供国家管理职能的政府所提供的服务相提并论。

博物馆、图书馆、档案馆、剧院、音乐厅和文化宫等正在实现历史和文化启蒙的国家和社会功能。如果包括金融管理机构和经济管理机构在内的管理机构在制定相关决策时能够将此作为出发点，那么，就可以为这些文化机构提供活动条件，这也是国家文化政策的任务之一。

这一观点使俄罗斯开始转向在对这些机构的社会效能进行定性评估的基础上管理和保障这些机构的活动，而维护和发展这些机构的支出则是对国家未来的直接投资。

其他的俄罗斯文化组织机构包括不同的艺术家联合会和意在参与某种文化活动的公民社会团体。在落实国家文化政策时，必须形成高效透明的国家与这些机构间的联系机制，这一机制使得权力机关不仅可以实现与专业的创作团体和社会团体间的反馈与互动，还可以在解决国家文化政策任务的过程中将这一关系转化为全面的社会与国家间的合作。

今天，与传统文化活动机构一道，还在不断出现新的文化活动形式和文化活动组织。文化通过创造新的艺术形式和新的内涵来实现发展。虽然部分文化创新的社会评价是负面的，但是艺术创造、寻找突破的事实本身应当引起社会的关注。对不断出现的文化领域社会倡议、新类型的文化机构进行及时的经过缜密思考的支持是国家文化政策所要解决的一个十分复杂却又十分重要的任务。在这方面，国家管理机构与文化团体的协作，以及吸引它们参与研究和实施具体的解决方案就具有特殊意义。

切实保障公民平等地获得文化珍品、自由创作、从事文化活动、使用文化机构和文化福利的权利。

对于公民平等地获得文化珍品和参与文化活动的权利来说，总是存在着地域上和社会上的不平等，而消除这种不平等正是国家文化政策需要解决的任务之一。俄罗斯广袤领土上的社会经济发展不均衡，国家大部分地区文化基层机构的不发达，都使得在全面保障公民文化领域的权利时遇到大量问题。近些年出现了这样的观念，那就是以通过远程网络体验文化珍品的方式来完全解决这个问题，这样的观念是十分错误的。只有在博物馆里或者展馆中面对真实的画作才能学会认识和理解画作。任何声音播放设备都无法得到当人们坐在音乐厅或歌剧院听到真实乐队、乐器和嗓音等声音时所产生的感受。技术设备和技术本身为信息的广泛传播创造了条件，帮助教育、培育和启蒙，但无法代替人与艺术作品间的直接交流。

在国家的空间内建立相当数量的剧院、音乐厅、博物馆、展厅等的任务，组织活跃的巡演和展览活动的任务仍然十分迫切。国家不同地区文化发展水平差距的缩短与为所有公民提供平等享受文化珍品的机会，以及平等地参与文化活动和利用文化机构的机会都应全面考虑俄罗斯不同地区的区域和民族特点。

同样必须制定和实施允许中心城市和村镇的居民参与戏剧、演唱会和展览会的相关举措。允许有机会享受更好的专业艺术的支持。有益的、适宜的小城市文化环境可以使我们减少这些城市的人口流失，可以使这些城市的生活对青年公民更具吸引力。

创造条件以形成具有美学价值的建筑和其他实物环境。

大约74%的俄罗斯人生活在城市，对于这些俄罗斯公民来说，其身边的环境是家乡的街道，以及公共建筑、住宅、教学机构的内部装饰。人们在建筑环境中成长和生活，而建筑环境能够对其心理状态和工作能力产生影响，大部分的公民了解或者听说过这一点，而建筑环境还会对人们认识世界的特点产生影响。从古罗马时期开始，建筑和纪念碑艺术就被用来表达对神的态度，昭示国家的力量，区分城市中的宗教区域、公共区域和私人区域。直到20世纪后期，俄罗斯境内开始认识到建筑和城市建设对于培养个体的重要性。俄罗斯过去注重将建筑作为艺术门类来发展，尽管不是主要的，但国家仍对其关切。早在19世纪，俄罗斯建筑流派就在欧洲主要流派中拥有了自己的位置，而在20世纪20年代，苏联建筑杰作进入世界艺术的金色宝库。随着向市场经济过渡，俄罗斯建筑的国家地位被认为是建设市场中国家不需要管理的因素，现在，俄罗斯建筑流派几近消失。

国家文化政策呼吁恢复这样的观点，即在反美学建筑环境中，在周围都是侵犯性的广告、多余的甚至是美学价值极低的条件下，在公共场所的装饰没有任何特点和审美价值的条件下，无法培养出一个具有较强审美能力和创造力的个体。

国家必须支持建筑创新，重新将建筑作为具有社会意义的艺术形式，国家应当成为当代俄罗斯建筑的主要订购者。这是十分必要的。

支持文化艺术领域的科学研究。

发展社会文化，达成国家文化政策目标都需要高度发达的文化艺术领域的科学技术。美学、艺术史和艺术理论，以及文化发展的社会和心理层面的研究、文论、语言学、非物质文化遗产的科学研究等，这些哲学和科学研究丰富了人们对社会和文明的理解，使人们可以理解文化发展的规律。如果缺少文化科学，那么不可能制定出评价文化现象的客观标准，无法预知文化将如何发展。如果没有文化科学，便无法实现、分析和评价取得的成果，也无法修正国家文化政策。

发展文化和艺术科学应当是国家文化政策最重要的任务之一，这还在于它可以帮助人们应对虚假文化产品的传播，建立公民的美学品位。只有文化和艺术科学获得发展，才能形成该领域的本国专家团队。

文化艺术领域教育的发展。

俄罗斯250年的艺术教育史形成了俄罗斯独特的创作人才培养体

系。这种体系是建立在从5—6岁开始直至完成所有高等教育阶段的连续教育模式的基础上。儿童音乐和艺术学校、舞蹈社团等教育的通达性和大众性使得那些有特殊天赋的儿童得以显现，能够保证这些孩子未来的专业艺术教育不受社会状况和居住地点的影响。

对于那些从较大年龄才开始培养人才的专业（声乐、导演、作曲和指挥艺术等），为其学生提供免费获得第二高等学历的机会。

艺术领域创作人才代表人物的较高社会地位，以及国家对这些人才持续的关心是这些艺术形式需求广泛的前提。

这一体系如遭到破坏，将不可避免地导致专业创作人才作品的缩减，其结果是俄罗斯专业艺术水准的整体下降。

在创作人才培养体系中推广普通教育的准则和规范，将使得那些不在文化首都居住或者没有足够资金来进行私人专业教育的儿童和青少年丧失在专业艺术创造领域实现其自身价值的机会。

恢复经证实为有效的早期专业创作人才培养体系也是国家文化政策的任务。当这一任务与普通教育系统的要求相矛盾时，那么就应当更正这一领域教育活动的普通教育的组织规则。为培养具有特殊天赋的儿童，应当提供所有必要的条件，包括为外地学生提供宿舍，保证为整个学习阶段和早期职业生涯提供高品质的乐器，为艺术创作提供物质支持等；为刚刚开始自己创作道路的导演、作家、作曲家提供展示其最初设计和计划的机会。解决作为第二学历的创作专业问题也十分必要，或免费，或提供教育贷款选项。必须找到解决办法来增加在国家电视台直播的当代优秀的本国专业艺术代表作品的数量。

国家文化政策要完成为各类文化活动培养高水平专业人才的任务。除了严格的专业人才培养体系，文化和艺术领域教育还包括儿童艺术学校的扩展系统，在这个系统中不仅可以培养未来的专业人士，同时还可以培养所有有意愿学习的人。国家文化政策要为保证艺术教育的高品质及为那些不打算成为专业人士的孩子创造条件。对于年轻人来说，自由选择古典的或当代的绘画、音乐及其他艺术形式应当成为其生活标准和生活方式。

(四) 国家文化政策的法律保障

实施国家文化政策需要对俄罗斯联邦法律做出修改。

从影响对培养过程、个性形成、创作活动、文化遗产保护、形成有利的信息环境等角度，在对现行法律做出分析的基础上，提高文化对国家政策各方面的影响要求，对俄罗斯联邦法律各领域的现行规则进行校准或者提出新的标准。

应当扩大直属于这一领域法律的边界。

鉴于文化领域和文化政策对国家的战略意义，该领域法律应当包含具体的法律机制，特别是社会和金融经济性质的法律机制，该领域的法律不应只是一个宣言。

以下是文化领域法律发展的实质方向。

提高实施宪法中有关保障和保护公民文化权利与自由的法律机制的效果；

从法律角度强化广义上的艺术教育权利和美学教育权利，这一权利应当是开放的，并应受到高效实施机制的保障；

从法律角度强化国家支持创作活动、创作人员和创作团体的形式；

系统地完善限定俄罗斯联邦各主体权力机关和当地文化自治机构的职权标准；

为发展各种新的文化活动形式提供法律基础；

在联邦法律层面强化文化领域具体的社会保障，强化对金融的支持，以及福利、鼓励和激励机制。

(五) 结语

如果没有国家管理的现行系统，就无法实现国家文化政策纲要中提出的各项目标并顺利完成其所提出的任务。应当对这一体系进行深度的改革，在改革过程中，应当在本质上重新制定其他的优先方向，着眼于文化政策优先方向的指标应当是评价改革效率的基础。还应当设定制定、调节、更正国家文化政策的主体，这一主体拥有足够的权力来克服不同部门和不同区域的障碍,拥有足够的人才和资金支持。

在改革初期,必须对现行国家管理体系与国家文化政策纲要提出的情况进行分析,而后应当制定未来改革后的国家管理体系模式,并做出必要的修正程序。

在改革进程中,应当实现一系列部委和机关功能,及其职权范围内和责任范围内的修正,跨预算关系应当得到完善,更改现行的和已制定的新的调节文化和文化政策领域关系的标准法案。并且,应当在这一领域进行概念、组织法律、制度方法层面的关系调节变革。

(译自 http://www.consultant.ru/document/cons_doc_LAW_172706/)

附录三 《2030年前俄罗斯国家文化政策战略》

(第326号俄罗斯联邦政府命令2016年2月29日签发)

Стратегия государственной культурной политики на период до 2030 года

(Распоряжение Правительства РФот 29 февраля 2016 г. N 326 – р)

1. 批准所附《2030年前国家文化政策战略》(以下简称《战略》)。

2. 联邦行政机关在制定和实施俄罗斯联邦国家纲要及其他纲要性文件时,应当依照本战略的规定。

3. 建议俄罗斯联邦主体行政机关在制定和实施俄罗斯联邦主体国家纲要及其他纲要性文件时,参考本战略的规定。

4. 俄罗斯联邦文化部及相关联邦执行机关应当在三个月内共同将本战略的实施措施计划方案呈报至俄罗斯联邦政府。

俄罗斯联邦政府总理 Д. 梅德韦杰夫

(一) 总则

国家文化政策战略（以下简称战略）：

其制定目的是执行2014年12月24日第808号"关于批准《国家文化政策基础》"的俄罗斯联邦总统令（以下简称《国家文化政策基础》），并实现它的目标和任务。其立法依据是《俄罗斯联邦宪法》、俄罗斯联邦缔结或参与的国际条约、国际协定和国际公约、《俄罗斯联邦国家安全战略》《2020年前俄罗斯联邦社会经济长期发展构想》《国家文化政策基础》，以及其他在目标定向框架下制定的战略性计划文件。

本战略在制定时参考以下文件、政策。

《2025年前俄罗斯联邦国家民族政策战略》《俄罗斯联邦外交政策构想》《2025年前俄罗斯联邦德育发展战略》《2020年前俄罗斯联邦创新发展战略》《2020年前俄罗斯联邦俄罗斯哥萨克人相关国家政策发展战略》《儿童补充教育发展构想》《2025年前俄罗斯联邦国家家庭政策构想》《2025年前俄罗斯联邦国家青年政策纲要》《儿童信息安全构想》《俄罗斯联邦国际文化—人文合作政策基本方针》，以及其他在目标定向框架下制定的基于行业原则和区域原则的战略性计划文件。

《"发展文化和旅游"俄罗斯联邦国家纲要（2013—2020年）》《"信息社会"俄罗斯联邦国家纲要（2011—2020年）》《"外交政策活动"俄罗斯联邦国家纲要》《"发展科学和工艺"俄罗斯联邦国家纲要（2013—2020年）》《"发展教育"俄罗斯联邦国家纲要（2013—2020年）》《"发展科学和工艺"俄罗斯联邦国家纲要（2013—2020年）》《"公民爱国主义教育"俄罗斯联邦国家纲要（2016—2020年）》，以及其他为计划、规划、影响国家文化政策而制定的战略性计划文件的规定和预期指标。

《2020年前俄罗斯联邦戏剧事业长期发展构想》《2020年前俄罗斯联邦马戏事业发展构想》《2025年前俄罗斯联邦古典音乐领域音乐会活动发展构想》，以及其他不同文化活动领域的构想性文件和纲要。

本战略是以跨行业原则为目标定向而制订的战略性计划文件。以

《国家文化政策纲要》(以下简称《纲要》)的规定为基础,根据《纲要》的规定,国家文化政策作为一种广泛的跨行业现象,包括各种文化活动、人文科学、教育、族际关系、境外俄罗斯文化援助,以及国际人文和文化合作,还包括公民的德育与自我德育、启蒙教育、发展儿童与青年运动,以及建立国家信息空间等国家和社会生活领域。

根据《纲要》,文化上升为民族的优先发展对象,是影响生活品质增长与社会关系和谐的最重要因素,是保护统一文化空间和维护俄罗斯联邦领土完整的保障。

(二) 现状和实施战略的方案

1. 现状和国家文化政策的基本问题

过去几十年,俄罗斯联邦的国立(市级)文化机构网络得到了巩固和发展(同俄罗斯苏维埃联邦社会主义共和国时期的同类指标相比),剧院的数量增长了大约0.7倍(从1990年的382家增长至2014年的661家),博物馆的数量增长了大约1倍(从1990年的1315家增长至2014年的2731家),而且音乐会组织与独立团体的数量也得到了增长。与此同时,1990—2014年文化娱乐中心的数量从73200家减少至36900家。图书馆的数量有所减少,其原因在于包括农村居民在内的人口数量的减少、家庭休闲活动的拓展、通信技术的发展,以及由预算部门在改革过程中实施的预算网络优化进程。

尽管文化娱乐机构的数量有所减少,但俱乐部组织的数量在20年内大约增长至原来的1.3倍(从1995年的305100个增长至2014年的414000个),俱乐部组织的参与者数量大约增加至1995年的1.3倍,并且在2014年达到了6200000人(1995年的数量为4600000人)。

同俄罗斯苏维埃联邦社会主义共和国时期的同类指标相比,文化艺术领域工作人员的数量(包含联邦和地区文化机关的工作人员在内)从1990年的668300人增长至2014年的778400人。而且剧院、音乐会组织、儿童艺术学校和博物馆的工作人员数量有所增长,与此同时,许多图书馆逐渐开始向电子介质转变,并且在一些地区建立了能够保证居民以电子形式获取藏书的多功能中心,受此影响,图书馆的工作人员数量有所减少。

在每一千位居民中,文化艺术领域的工作人员数量从1990年的4.52人增长至2014年的5.42人;同时,在每一千位从事经济工作的工作人员中,文化艺术领域的工作人员数量从1990年的9.27人增长到2014年的11.49人。因此,文化艺术领域的工作人员数量获得了显著增长。

根据《2020年前俄罗斯联邦社会经济长期发展构想》,文化在为知识经济建设培养人才方面发挥着引领作用。

根据2012—2014年关于预算政策的俄罗斯联邦总统预算咨文,文化支持多年来首次成为预算支出的优先对象。例如,在2014年的俄罗斯联邦统一预算中,文化与电影业支出的数额为4100亿卢布,相对上一年增长了331亿卢布。

2012年5月7日颁布的第597号"关于国家社会政策的实施措施"的俄罗斯联邦总统令、第599号"关于国家教育科学政策的实施措施"的俄罗斯联邦总统令、第602号"关于保障民族间友好"的俄罗斯联邦总统令、第605号"关于俄罗斯联邦外交方针的实施措施"的俄罗斯联邦总统令、第606号"关于俄罗斯联邦人口政策的实施措施"的俄罗斯联邦总统令已经成为计划和规划国家文化政策方针,以及提高管理效果的最重要的文件。由于上述总统令的实施,文化机构工作人员的工资占俄罗斯联邦所有经济部门的平均工资的比重从2012年的55%增长到2015年的74%,其数额达到了24514卢布。同时,在2000—2014年,按名义金额计算,文化艺术领域的劳动报酬增长了将近19倍(按实际金额计算,在十五年内增长了将近3倍)。

一些国家和联邦目标纲要正在俄罗斯联邦境内发挥着作用,它们旨在保障各类文化活动并发展旅游业,增进俄罗斯民族团结并协调跨民族关系,援助发展境外俄罗斯文化,支持国际人文和文化合作,发展教育和人文科学,对公民进行启蒙教育、德育和自我德育,发展儿童与青年运动，建立国家传媒和信息空间，对青年进行爱国主义教育并支持俄罗斯语言的发展。

居民接触文化珍品的机会受到保障，并得到增加。博物馆的展览数量及俄罗斯联邦博物馆的参观次数得到提高。16岁以下的参观者可以免费进入联邦和地区博物馆，而且接受基本职业教育大纲教育的大学生也可以免费进入联邦博物馆（每月一次），这些机会都得到了保障。

为普及和增加居民接触文化遗产的机会，采取以下措施。

建立多媒体入口和服务，包括"文化·俄罗斯"（Культура-рф）；

完成从模拟电视向数字电视的转变；

由联邦预算资金出资扶持，每年出版大约700种具有重大社会意义的新书，包括大俄罗斯百科全书和东正教百科全书，以及针对残疾人（尤其是针对盲人）的文献和期刊；

实施旨在提高境外俄罗斯语言和文学需求的方案。

为最快速和最全面地获取信息并保护图书馆的民族文化遗产，建立电子文件储量超过160000件的民族电子图书馆。已有一百多家地区图书馆、档案馆和博物馆的资源接入民族电子图书馆。

俄罗斯古典音乐依然引领着世界的音乐文化，成为俄罗斯联邦的荣耀和骄傲。俄罗斯演奏者总是在国际知名竞赛中获得奖项，响应世界文化需求，在世界大型音乐厅的舞台演出。国家推动境外优秀的音乐团体和戏剧团体进行巡演活动，支持举办大型的国际音乐竞赛和艺术节，以及国际戏剧竞赛和艺术节（柴可夫斯基大赛、"白夜之星"音乐节、"贝加尔之星"音乐节、契诃夫国际戏剧节）。顺利实施"大巡演"纲要，其旨在激励俄罗斯联邦境内的本国戏剧巡演活动并保障不同地区的公民欣赏到最佳的本国戏剧演出，对各文化活动（包括音乐、戏剧和创新领域在内）的创作方案进行资助支持。

对文化客体修复领域和历史文化文物修缮领域进行大规模投资。例此，2014年共支出了436亿卢布用于维护和修缮172500个国家保护文物，其中有234亿卢布来自联邦预算。

根据《国家文化政策纲要》，如果缺少对个人的、有计划的和连续的投资，则不可能在较短的历史时期内实现俄罗斯经济和社会的现代化，完成向集约型发展道路的转变，而这种道路能够保证国家和社会做好回应当今世界需求的准备。这些投资的缺失将有可能在日后引发人文危机。

未来俄罗斯联邦可能出现的极为危险的人文危机包括以下几种。

社会智力和文化水平的下降；

公认价值观的贬低和价值取向的歪曲；

侵略和偏见的增长，出现反社会行为；

历史记忆的歪曲，对本国重要历史时期的负面评价，增加对俄罗斯联邦落后历史的误解；

社会疏离，即社会关系（朋友关系、家庭关系、邻里关系）破裂、个人主义增长，以及漠视他人权利。

文化领域的国家安全威胁包括由外来文化、信息的扩张（包括劣质大众文化产品的扩散）所引发的俄罗斯传统精神道德价值的淡化和俄罗斯联邦各族人民大团结的削弱，对放纵、暴力，以及种族偏见、民族偏见和宗教偏见的宣传，还有俄语在世界范围内的作用的减弱，境内外俄语教育质量的下降，图谋对俄罗斯历史和世界历史进行篡改，以及对文化客体的违法侵害等。

为了防范风险和威胁的发生，应当消除文化发展中跨行业、跨层级、跨地区的利益冲突，以及在资金保障问题上的限制。

在俄罗斯联邦的文化资金体系内，直接财政预算仍然占据优势地位，而缺少从境外文化研究机构获得的其他财政资金。在2000—2014年，文化和电影业支出占国内生产总值的比重从2000年的0.39%增长到2014年的0.57%。与此同时，世界金融经济危机（2008—2009年）对国家的文化和电影业支出规模产生了消极影响。

在2000—2014年，文化和电影业支出在俄联邦统一预算总支出当中的比重从1.36%变为1.48%（在2005年达到了最高水平1.89%）。按名义价值或现行价值计算，在上述时期内，来自俄罗斯联邦统一预算总支出的文化和电影业绝对支出增长了将近14.5倍（从2000年的285亿卢布到2014年的4100亿卢布）。人均文化和电影业支出在2000—2014年从194卢布增长到2853.2卢布。

然而，俄罗斯联邦的人均文化支出数据在总体上落后于欧洲国家的同类数据。数据显示（2013年），在同为经济与合作发展组织成员国的欧洲国家中，俄罗斯联邦（年内人均文化支出数额为57欧元）仅领先于葡萄牙、罗马尼亚、保加利亚和希腊。在人均文化资金水平方面，挪威大致是俄罗斯联邦的8倍（447欧元），法国大约是俄罗斯联邦的4倍（252欧元），德国大约是俄罗斯联邦的2.5倍（145欧元）。

根据联邦国家单一制企业"俄罗斯联邦文化部信息数据主管中心"的数据（2014年），财政拨款占本国文化艺术机构财政收入总规模的比重中剧院为73.1%，博物馆为80.2%，音乐会组织为78.6%，文化娱乐机构（考虑文化娱乐公园的数据）为91.2%，儿童艺术学校为91.1%，博物馆为98%。

值得注意的是，文化组织的预算外收入的增长可能会受到一定的自身限制（受文化组织容量和吞吐能力的制约，而且价格增长也会减少广大群众接触文化珍品的机会）。此外，那些追求获得直接来源于文化机构网络的最大预算外收入的文化活动消除的概率很大。同时，慈善捐款和赞助资金占本国文化与艺术组织财政收入总规模的比重并不高（剧院为1.2%，博物馆为2.2%，音乐会组织为0.9%，文化娱乐机构为1%，儿童艺术学校为5.1%，图书馆为0.6%）。应当设立相应的法律和制度来发挥文艺资助的潜力。通过马林斯基剧院、大剧院、艾尔米塔什博物馆，以及其他享有国际知名度和重大文艺资助的俄罗斯杰出文化机构的经验，可以使此种文化资金来源的潜力得到证实。

在某些多渠道文化资金体系的经济条件下，利用国内外先进经验有助于吸引预算外投资，以及在现有条件下保证文化的稳定发展。

分析文化政策局势能够揭示一些风险。一个根本的风险在于，由于多种原因，俄罗斯文化在世界上的影响力和参与度逐渐降低（其原因包括苏联的解体），并且，在20世纪90年代，海外文化支持能力有所减弱，发生于苏联解体后从中独立的国家建立教育和文化政策的背景之下，伴随而来的是在这些国家内部，保障学习俄罗斯文化和语言的基础设施减少，以及学习和了解俄语的人数减少。由此引发的后果是近期移民流的适应性处于低水平，其带着对俄语、俄罗斯历史和文化知识的不够充足的理解来到俄罗斯联邦。然而，按照俄罗斯移民法律的要求，劳动移民应当通过俄语、俄罗斯历史和俄罗斯联邦法律基础考试，这样的要求成为学习这些学科的额外激励因素。此外，近年来，在发展俄罗斯开放型教育体系，推行电子化教育和远程教育技术等方面的措施得以着手实行。

由于一系列的原因，包括地缘政治的特点，国际演出、陈列纲要和有组织的境外俄罗斯文化机构的数量减少。俄罗斯经典和现代文学外语版本的出版规模正在缩小。篡改俄罗斯历史的尝试没有停止，对其进行修正，包括旨在改变第二次世界大战的结果。在所有条件里，实施富有成效的文化政策是提高俄罗斯境外人文影响的软实力的最重要条件。

在对作为俄罗斯联邦社会经济发展、国家安全和领土完整要素的文化潜力的利用程度不足的情况下，存在着对文化空间统一性的威胁。文化对于建立和强化公民认同感，保障俄罗斯民族的团结，维护俄罗斯联邦文化和语言空间的统一来说有巨大的潜力。保护和增强俄语作为国家语言和国际交流语言的地位的措施必不可少，同时，应当考虑俄罗斯联邦的联邦制度，联邦权力机关、地区权力机关与地方自治机关之间的权力划分，以及民族文化的多样性。服务获取、文化支出、基础设施发展等领域内的地区失衡现象威胁着文化空间统一，包括大众传媒和远程通信网络、因特网的社会网络等领域在内，呈现出显露和宣传种族、民族和地区偏见的危险；还存在假借人文、文化和伪宗教活动的名义而实施过激活动的危险，这些危险的来源包括外国组织。

与此同时，俄罗斯联邦的信息环境作为印刷类大众传媒、远程系统和无线电广播、远程通信网络，还有在它们的帮助下传播的信息，以及由数字档案馆、图书馆、数字博物馆储备库所创建的文字和视觉材料的综合体，在许多方面并不能够完全高效地对抗这些威胁，因为俄罗斯联邦居民的信息文化水平，也就是在职业组织、教育组织，以及前者之外的教育过程中所掌握的，对于获取、分析和利用信息所应当具备的知识、能力和技能状况，仍然处于较低的程度。

除此以外，俄罗斯联邦战略计划的生效文件没有最大限度地考虑文化潜力的重要战略意义。

文化发展过程中的地区失衡现象的出现取决于文化客体的保障，财政拨款，以及文化福利对广大人民群众的可及性。尽管从占地区生产总值的百分比数额来看，文化与艺术支出上的地区失衡现象在近年来呈现出减弱的趋势（从2010年的1/10到2013年的2/13），但在保障和发展基础设施方面，地区之间仍然存在显著差异。具体地说，按每1000人计算，剧院和音乐会组织的上座人数的地区差异在2012年达到了17倍上下；而在一些地区，按每1000人计算，参观博物馆的人数低于首都城市同类数据的1/50。

首都人员过剩，而地区则呈现出人员不足的情况。大量俄罗斯联邦交响乐团的总指挥不在所工作的城市居住。民族传统艺术领域也存在严重的人事问题，艺术领导和芭蕾舞剧编导人员不足。

尽管地区剧院的数量有所增长，但不是所有的俄罗斯联邦地区都符合保障居民参加各个种类文化组织的社会标准和规则。数据显示，在41个地区没有青年剧院，在6个地区没有戏剧院，43个居民数量超过800000人的俄罗斯联邦主体没有歌剧院和芭蕾舞剧院。在俄罗斯联邦的165座居民数量超过100000人的城市中，36座城市在居民享有剧场的保障上并不符合社会标准；而在这165座城市中，有33座城市根本没有剧院。

根据社会标准，按每 1000 个城市居民计算，音乐厅应设立的数量为 2—4 处。实际上这个数据是将近 1.14 处，而考虑农村居民的数量，则是每 1000 人大约 0.84 处。

在复杂情况下，要求系统的战略方法，而农村文化在历史上扮演着传统文化和非物质文化遗产保护者的角色。统计数据显示，2014 年在农村共有将近 72000 个文化机构工作运行（占俄罗斯联邦文化机构总量的 80%）。同时，与 1990 年相比，农村俱乐部网络缩减了 23%（14200 个），原因包括以下几点。

第一，农村居民点的扩大；以及在 2000 人以下农村居民点的数量减少的背景下（从 1989 年的 25000 个减少到 2010 年的 23400 个），在一些地方自治农村的改革下进行的农村居民合并。

第二，农村居民点的数量在 20 年内减少了 1500 个。

第三，通过将俱乐部、博物馆和图书馆合并为统一的多功能文化机构，对部分农村文化机构进行了重组。

同时，农村文化机构属于市政府，其很大一部分的物质技术基础建立于 20 世纪七八十年代，且其中 42% 未经修复。1/3 的农村文化机构建筑处于不合格的状态，32% 需要大修，设备磨损平均达到 70%。

在一些俄罗斯联邦主体的小城市也存在保障文化基础设施方面的失衡。根据 2010 年全俄罗斯人口统计数据，在俄罗斯联邦共有 781 座居民在 50000 人以上的城市，其中居住着 25% 以上的俄罗斯联邦居民（小城市以规律性的劳动迁移为特征）。

相当大一部分的俄罗斯联邦小城市是文化文物和自然遗产文物独一无二的聚集地、文化普及型旅游业的中心。2014 年，在俄罗斯联邦农村区域和小城市支持纲要的框架下，共有大约 30 亿的卢布用于发展文化机构的设备，38 座小城市获得了重建和保护历史中心的资助，超过 1500 个文化机构得到了现代化设备和乐器的资助。

目前，在俄罗斯联邦领土上共 44 个居民点具有直辖历史居民点的地位。确定区域边界，在其界线内确立本居民点的保护对象，是保护历史居民点的主要原则。历史居民点的地位——这是申报所确定的区域边界内的历史文化建筑文物，使其有作为强有力的城市组成要素的机会，进而摆脱单一组成城市的地位，同时给民众提供新的发展路径——保护自身的历史独特性并且树立正面形象，这正是吸引投资和观光者的根本要素。

大部分的小城市，包括历史居民点，不能独立地解决大量的市政事业问题。这些居民点内的大量的历史与文化文物需要复原或保存，而大部分属于历史建筑的住宅和公共房屋需要进行现代化改造，欠缺对社会基础设施的发展。

修复历史建筑的工作有时同历史居民点的经济利益和财政利益相冲突。为了历史居民点的稳定发展，应当制定高质量的城市建设文件，使其考虑通过修建基础设施的客体，设立与珍贵历史建筑相适应的新型旅游路线和方案，以达到相应的旅游发展目标，所以，这些居民点发展的总纲要的内容和结构需要经过重大的修改。需要制定旨在发展历史城市的旅游潜力的实验方案，还要制定保障获得税收优惠、特惠待遇或者补充拨款的经济机制。

对文化在协调社会关系方面的潜力的轻视也是存在的威胁之一。尽管存在大量的解决文化方面问题的非营利组织，但公共机构在文化政策实施方面仍然缺少积极性，并且其参与程度不高。如此，尽管对创作方案、实行公民动议，以及吸收预算外资金进入文化领域等活动的资助金额正在逐年增长，但很大一部分的社会创作是在获得财政拨款的条件下才得以实施的。社会弱势群体需要特殊的文化支持措施。

在俄罗斯联邦的公民价值观体系中，公民家庭和家庭关系作用的减弱促使社会学家所描绘的稳固社会关系的裂缝（朋友关系、家庭关系、邻里关系）首先发生，同时也引起个人主义的增长和离婚人数的增加。如2014年，在俄罗斯联邦缔结的1220000个婚姻中，已有超过690000个婚姻关系被解除。俄罗斯联邦是世界上离婚率最高的国家之一，说明这个重要的社会制度在俄罗斯联邦公民价值观体系内的作用正在减弱。

离婚正在破坏文化、民族的传统以及稳固的代际关系，文化开支在离婚家庭结构中的占比越来越小。

教育权力仅在保障建立在本国优秀传统上的具有价值取向的教育时，才能够成为社会福利。大众文化培育的只是需求者，而不是文化进程的积极参与者。文化领域职业教育设施的减少也是一个问题。

在俄罗斯联邦的一些地区内，呈现出儿童艺术学校减少的趋势，其是为文化领域建立国家三层级人才培养系统的首要的环节，通过将它们与普通教育组织相整合，以及将其移交给实施国家教育管理职权的俄罗斯联邦主体的执行机关，呈现出改造儿童艺术学校的趋势。近10年内，在儿童艺术学校的数量减少了293所的同时（2015年之前其数量达到5262所），在儿童艺术学校接受教育的人员的数量增长了234000个，超过了1500000人。

由于基础设施缓慢的现代化和发展进程，以及保护文化遗产客体完整性稀缺的资金保障，从俄罗斯联邦当代和后代居民的利益出发，基本的任务是保障所有种类和范畴的文化遗产客体的完好性。

截至2014年12月31日，在俄罗斯联邦境内共存在将近172500个文化遗产客体，其中属于联邦管辖的大约有102500个（包括80800个出土文物遗产客体），属于地区管辖的大约有67800个，属于地方（市政府）管辖的大约有2000个。此外，共有大约83000个文化遗产客体已被发现，而尚未被列入俄罗斯联邦民族文化遗产（历史和文化文物）客体的国家统一清单。

联邦所有的文化遗产客体的比重是符合要求的，从总量上说其占比为39%。由地区管辖的文化遗产客体的状况更加糟糕，毁损或不符合要求的地区文物的数量仍在逐年增长。

应当规定只有在保障文化遗产客体的保存，吸引新的使用者和所有者进行修复工作的条件下，才能转向实施针对上述无主和受破坏文物的措施。并且木结构建筑文物的状况是不合要求的，木结构建筑文物是俄罗斯联邦建筑遗产中最具原创性和独创性的部分，可以帮助确定19世纪俄罗斯大量农村和县城的外观，而在俄罗斯北部，甚至能确定各行政区首府城市的外观。另一个问题是对考古遗产的保护，包括保护其免遭盗掘。最需要采取的措施是确立文化遗产客体保护区，这是保护任何历史文物都应当具备的条件。

在一些俄罗斯联邦缓慢地推进文化设施现代化，建筑物、技术和专业设备的无形与有形的损耗，这些都要求对基础设施的发展进行补充投资。

如在马戏领域的个别数据积极发展的同时，仍然残留着20世纪90年代环境的消极后果——马戏的物质技术基础已经陈旧过时。近30年未对马戏建筑进行过大修和复原工作。同时马戏组织还有不同的法律组织形式。

大约20%的音乐厅符合举办经典音乐会的现代化音响条件，其中大多数分布在莫斯科和圣彼得堡。根据政府部门统计的数据，36%的爱乐音乐会组织位于租赁的场所中，21%的房屋需要大修或者处于危险状态。应当建造必要数量的容量在800个座位以上的现代化音乐厅，发展经典音乐领域内的音乐会活动。

电影业是最重要的创造业之一，与大众传媒一起对现代人世界观的形成产生重大影响。许多国家对其本国的电影业采取了关税保护措施，引入对外国电影业的配额，并且制定税收和采取其他激励本国电影市场发展的措施。一方面，这使本国电影作品打入国外市场的行动复杂化；另一方面，这对外国企业在其国内电影市场的经营产生了压力。

2. 文化政策的现代模式

在俄罗斯联邦境内（与苏联的文化政策模式不同，国家是其文化政策关键的和通常情况下唯一的主体）存在由法律确定的多种形式的文化政策主体。

同时，国家仍然是文化和文化机构的主要战略投资者。而且近年来该情况并没有发生重大的改变。从一方面来讲，这令国家成为文化政策的关键主体，其负有清晰地制定投资任务的义务，文化政策与国家的价值取向一致；从另一方面讲，在预算和资金受到限制的条件下，需要提高对人才、文化，以及文化设施投资的有效性和针对性。所以，国家在不同情形下其侧重点不同。作为投资者，对其来讲，重要的是投资的效果和文化机构管理人员的效率；作为赞助人，根据一定的价值取向（文化是财富和社会福利，而不是服务），为文化活动供给资金，不期望经济收益；作为俄罗斯联邦主体的融资措施和支出权力方面的联合投资者，补贴或跨财政划拨机制自身规定支出的效果指标和专项支出；作为公私合作的联合投资者，以及作为战略合作者，主要任务是刺激国家和社会重要领域内的投资增长（文化遗产客体保护、旅游领域、电影业）；作为投资者，将自身的部分责任和功能移交公共机构（此类文化投资的例子包括对非营利组织、创作协会和职业协会在实施创作方案方面的补助，并由地区办事处和分支机构在其框架下提供支持，向戏剧和其他组织提供资助。比如，对戏剧活动家协会提供补助以支持戏剧活动的发展，因此，预计其将担任发展机构的角色，承受部分联邦与地区层面的支持、发展和鼓励戏剧事业的职能）。

同时应当考虑反思从苏联模式继承的家长作风有其特殊的问题，即部分文化政策主体在履行国家义务的问题上养成依赖倾向。在这些条件下，对于境外实践，投资者通常具有评估并监测投资效益的意图（从经济合理性、资金消耗主要特点，以及对未来支出进行可能的优化上看），而这有时被认为是对创作活动或者建立获得资金的竞争条件的干扰。然而，创作方案的竞争是世界实践的普遍规则。在一些文化活动的方面，特别是在创新（创作）产业领域，为获得国家投资而进行的竞争将一直持续下去。

在具有地区和民族文化多样性的历史传统的俄罗斯，从更高的权力层面转移部分职权和功能是合理的。这些功能在某种程度上属于公共机构，在符合补充原则的情况下，可以将其中的一部分功能转移给公共机构。

对待文化的狭隘的本位主义观点，还有在某种程度上将文化功利地理解为服务，是当前对人文领域的态度的特点。这使得文化延续了更低的社会地位，不符合在《国家文化政策纲要》中确定的态度，以及俄罗斯联邦的战略利益。

为提高预算外财政收入创造条件是保障文化政策效益的最重要的条件。现有的世界经验，包括具有预算外的和其他替代性的财政来源的成熟制度的外国经验，证明财政多渠道拨款制度包括六个（附属于现有经验的）因素。财政拨款的标准、文化领域内的全国彩票、有效的税收优惠制度、预算指定制度、专用税收，以及各种文化活动的专项投资基金。

为使广大人民群众获得文化福利的条件得到保障，在各个国家，不同的规则确立了文化支出占国家财政制度的财政支出总体水平的最低比重。

文化领域内的全国彩票是在境外实践中分布极其广泛的将非国家补充财政基金引入文化领域的机制之一。文化领域内的全国彩票的提留能够使文化领域内的许多社会、人文和基础设施方案得以实施。

在外国，建立行之有效的鼓励个人和团体进行文艺资助活动的制度保障了非国家投资在文化支出总量中的较大占比。鼓励文艺资助活动的世界实践是建立在对自然人、国家与非国家文化组织，以及在文化领域从事慈善活动的商业组织提供税收优惠的基础之上的。这使得个人和团体的投资得以引入文化领域。

预算指定制度通过立法手段授予每个纳税人享有选择将其所得税的 1%~2% 用于支持文化事业的权利，使补充财政投资得以进入文化领域。

专用税收的推行要求将来自特定税收和征费的部分提留直接用于文化领域，其清单由俄罗斯联邦法律确定。根据世界实践，烟酒类产品消费税、赌马及赌场收入等可以作为专用税收而加以利用。

建立专项投资基金是积聚财政资金的先进发展方向，以便形成对文化领域的长期支持。在一些国家，联邦和地区层面上的专项投资基金经常从预算指定制度和专用税收的渠道获得收入。

文化发展问题方面的跨行业合作的困难，文化基础设施对新时代要求的不适应，文化拨款不足及其扶持来源的单一性，以及发展制度体系的不完善等问题是其他存在于制定新的文化政策模式的合理性之中的风险和问题，应当考虑属于战略计划文件（包括为计划和规划而制定的文件）的《国家文化政策纲要》与战略的目标、任务及重点。

3. 实施战略的方案

实施战略的常规方案规定了保护文化领域内基本趋势、财政拨款的问题和水平（包含预算外支出在内的全体文化总支出的比例占到了国内生产总值的 0.57%）。在上述条件下，文化领域的状况相对稳定，但对于完成《国家文化政策纲要》所规定的优质的、大量的、基础的调整来说，其经费和机制还不够充分与完善。同时，文化领域内的平均工资与经济领域内的平均工资的比率在 2018 年达到 100%。2025 年以前，有可能出台法律规则和部分的税收规则，以便积极地发展慈善和文艺资助事业。

然而，现有资源和地区基础设施并不能保障作为经济繁荣基础的文化和人文方面的优先发展。在 2030 年以前，文化领域内工作人员的数量可能比 2015 年的水平缩减约 12%—15%。

常规方案不能高质量地改变文化设施的发展形势和文化遗产客体的保护状况。大量的造成文化设施和文化遗产客体有形损耗的因素将具有持续的自我再生性。如此，在 2030 年前，符合要求的联邦所有的文化艺术机构的比重，同 2014 年相比可能会提高 16%；而符合要求的联邦管辖的文化遗产客体的比重，可能比 2014 年提高 11%—12%。

若现有拨款规模和已有措施的数量没有太大变化，那么符合要求的客体和状况优良的客体的缩减趋势也不会改变。对旨在对文化遗产客体进行保存和国家保卫的措施的财政拨款没有提高，这可能意味着文化遗产客体状况的进一步恶化，甚至造成不可挽回的损失。

常规方案总体上不会使联邦剧院机构和音乐会机构的状况恶化，并且使它们的巡回演出活动得以落实。但是，在地区和市级的教育上，常规方案将首先在农村带来文化娱乐类机构和图书馆网络的进一步优化。符合社会标准和规则的对文化机构的地区保障措施的占比将达到近40%，毁损和不符合要求的地区文化遗产客体的比重将提高，地区失衡现象将保持扩大趋势，专业人员从农村和小城市流入中心地区的情况还将持续。

实施战略的常规方案规定尽快使文化获得其他优质的社会地位，得到用于实施战略的第一阶段的资金和立法保障，完成全体文化总支出的成倍增长（根据2020年前俄罗斯联邦社会经济长期发展意见，其比例在2020年以前将达到国内生产总值的1.5%），其中预算外收入的比重将提高，包括公私合作、文艺资助，以及使用文化财政拨款的替代来源。

常规方案的显著特点是对人才和职业教育体系的大规模投资，保障俄罗斯职业教育在世界上的领先地位，对物质技术基础发展及联邦和地区文化机构的基础设施的国家与个人的实质投资，实施大规模投资方案（其中包括将为公私合作制定立法条件和激励因素），提高在俄罗斯和国际层面上的文化投资吸引力。

通过实施此方案，符合要求的联邦所有的文化艺术机构的比重将在2030年以前达到100%，而符合要求的联邦所有的文化遗产客体的比重将在2030年以前达到90%。同时，文化领域的工作人员数量将增多。

实际上，实施此方案能够在所有关键的问题上获得突破性的成果，从根本上改变文化遗产客体和文化基础设施的保存境况，其中包括于2030年前在俄罗斯联邦各地区实现这些成果。而在一些地区，考虑人口、社会经济特点的变化情况和地区失衡的减少趋势，方案的实施将提高对俄罗斯联邦主体内的文化组织进行保障的社会标准和规则，并极大地拓展文化艺术（包括职业教育）机构网络，此外，还将保障俄语和俄罗斯文化在世界上的传播。

基本方案明确要逐步发展现有积极趋势和逐步解决现存问题，提高全部来源的文化总支出（在 2030 年以前达到国内生产总值的 1.4%），并逐步提升预算外收入在其中的比重，提高国家管理效果，使其他文化政策主体加入国家文化政策的实施过程，并保障文化与人文优先发展。

尽管基本方案没有发生爆炸式的增长，但是，推动文化作为国家战略优先发展对象，汇聚现有资源，逐步吸收重点领域的多渠道文化财政制度的要素，将有助于显著改善文化状况，提高人才质量，以及对物质技术基础实施现代化改进。

基本方案极有可能在全部文化总支出已经于 2020 年前提升到国内生产总值的 0.8% 的条件下实施。这种方案能够在 2030 年以前将联邦所有符合条件的文化艺术机构的比重提升到 90%。同时，联邦所有的符合条件的文化遗产客体的比重将在上述期限内达到 59%。在 2018 年年初之前，完成将有关文化遗产客体的信息导入俄罗斯联邦民族文化遗产客体统一国家名录的电子数据库的工作。

基本方案预计将推动旨在鼓励公私合作的战略立法动议，极大地提高对旨在保存和由国家保卫文化遗产客体方面的措施的财政拨款。同时，方案预计能够使文化遗产客体从危险和被毁损状态摆脱出来，提高良好的和符合要求的文化遗产客体的数量，并且相应地降低不符合要求的文物的数量。

在 2020 年以前应当确定 40% 的文化遗产客体的区域边界和保护对象，并在联邦层面对它们实施国家保卫措施，确立 80% 的进入联合国教科文组织世界遗产名录的联邦管辖的文化遗产客体的保护区边界，确定 75% 的联邦管辖的历史居民点的边界和保护对象，以及具有历史价值的城市组成客体的名录，并且还应使进入联合国教科文组织的世界遗产名录的俄罗斯客体的数量提高至其总量的 32%。

通过实行基本方案，预计将在 2030 年前取得以下成果。

第一，成为拥有最多的进入联合国教科文组织世界遗产名录的客体的五个主要国家之一。

第二，协助将独联体成员国家的跨国客体纳入联合国教科文组织的世界遗产名录。

第三，确定所有联邦管辖的历史居民点的区域边界。

第四，通过建立客体的区域边界和保护对象，保证所有文化遗产客体得到国家保护。

为保障必要的儿童教育，在2018年之前，应当在短期内提高儿童艺术学校的数量，以及在这些学校接受教育的儿童的数量，使之能够覆盖本国15%的儿童（同2015年的11.8%相比较）。2030年前，儿童艺术学校的课程应当覆盖不少于18%的儿童。

在马戏艺术方面，基本方案计划在2020年以前建成完全自负盈亏的联邦马戏组织；将性质新颖的马戏节目和马戏演出的比重提高到40%；将拥有现代化物质技术基础的联邦国立马戏团的比重提升至其总量的50%；将符合要求的文化艺术机构的比重提升至其总量的68%。

2030年以前，在马戏艺术领域实现将性质新颖的马戏节目和马戏演出的比重提高到90%；保障所有的联邦国立马戏团享有现代化的物质技术基础；将马戏表演的数量提高到现在的1.6倍，并且将观看马戏表演的观众数量提高到现在的1.7倍。

在文化基础设施方面，2030年以前基本方案计划将符合条件的文化艺术机构的比重提升至其总量的90%；按照社会标准和规则，保障80%—90%的俄罗斯联邦地区的文化组织；实施扶持农村和小城市的文化基础设施的综合纲要措施；保障现代艺术基础设施的发展，包括建立国家现代艺术中心的分支机构，以及在俄罗斯联邦各主体建立虚拟剧场、虚拟音乐厅和虚拟博物馆。

在支持并推广俄语、俄罗斯联邦各民族语言，以及本国文学的领域内，基本方案预计在2018年以前，将受过专业的俄罗斯民族语言著作翻译培训的专家数量提高到目前的1.5倍，在2030年以前将其提高到目前的3倍；在2018年以前，将远程通信网络中能够学习俄语，获得俄语教育和俄罗斯文化方面数据的优质资源总量提高至现在的10倍，在2030年以前将其提高至现在的20倍；在2018年以前，将获得包括供应不同载体的教学训练材料在内的针对性扶持的境外俄罗斯学校（培训机构）的比重提升至其目前的境外总量的 1.5 倍，在 2030 年以前将其提升至目前的 2.5 倍；与 2014 年相比，将俄罗斯国内人均图书销量从 3 本提高到 7 本，将书店的数量从每百万人 14.5 家提高到每百万人 38.2 家，将期刊零售贸易的专门客体的数量从 30100 个提高到 50500 个。

在电影业内，基本方案计划在 2018 年以前，将俄罗斯电影占本国电影票房的比重提高到 25%，在 2030 年以前将其提高到 30%；在 2030 年以前，将影院银幕的数量提高至 5000 块；在 2020 年以前，将每位居民的年均观影次数从 2012 年的 0.35 场提高至 0.8 场。

从 2016 年开始，实施鼓励在人口数量少于 100000 的城市中建立影院网络的公私合作机制。

在不同的经济条件和法律法规条件下，基本方案是文化领域发展的最符合实际的方案，并且能够保障文化领域的优先发展。

(三) 实施战略的目标、任务和重点

根据《国家文化政策纲要》，国家文化政策的基本目标是培养高度协调发展的个人；通过文化和人文的优先发展以巩固俄罗斯社会的统一；强化公民认同感；为培育公民道德创造条件；保护历史和文化遗产，以及为德育和智育的目的而对其进行利用；将俄罗斯联邦的传统的价值观、准则、传统和风俗传承下去；为每一个人发挥创造潜能创造条件；保障公民接触知识、信息和文物的机会。

由于国家文化政策是俄罗斯联邦国家安全战略不可分割的一部分，考虑俄罗斯联邦的联邦制度，将在战略中实行以下原则。

第一，保护统一文化空间（包括语言空间、教育空间和信息空间）。

第二，厘清国家文化政策领域内俄罗斯联邦的国家权力机关，俄罗斯联邦主体的国家权力机关，以及地方自治机关之间的权力边界。

第三，对俄罗斯联邦的民族语言和民族文化实行国家支持与保护。

第四，在实行国家文化政策时，国家和市级权力机关同公民团体机构相互配合。

计划在几个方面实现国家文化政策的任务和基本方针，包括俄罗斯联邦的民族文化遗产；所有种类的文化活动，以及相关工业的发展；人文科学；俄语、俄罗斯联邦各民族的语言以及本国文学；拓宽并支持国际文化和人文关系；道德教育；启蒙教育；儿童和青年运动；以及有助于个性形成的信息环境。

根据《国家文化政策纲要》的目标、任务和基本方针，以及出现的问题，明确战略的跨领域重点，在实施重点时注意跨行业和跨层级的协调配合。战略的重点包括增强并扩大俄罗斯文化在外国的影响；保护作为俄罗斯国家安全和领土完整要素的统一文化空间；释放区域的文化潜能，缓解区域失衡；增强作为文化政策主体的公民团体机构的作用；家庭作为保障德育和俄罗斯文明的传统价值与规范的代际传承的社会制度，将提高其社会地位；促进培养能够积极参与实施国家文化政策的高度协调发展的个人；保护文化遗产，为文化发展创造条件；以及建立新的文化政策模式。

为增强并扩大俄罗斯文化在外国的影响，规定采取以下措施。

第一，扩大世界上学习和推广俄语的区域。

第二，建立良好的能够拓展俄罗斯文化和俄语对外影响范围的制度环境，包括俄罗斯学校和文化中心的活动。

第三，发展边境文化合作和跨地区文化合作。

第四，反对歪曲俄罗斯历史，以及曲解俄罗斯历史在世界历史中的作用和地位的观点。

第五，从国际多边合作的利益出发，发挥俄罗斯的文化潜能。

第六，通过将俄罗斯电影、电视剧（含动画）、文学，以及音乐推广到外国，将俄罗斯的国际形象打造成一个具有丰富传统并蓬勃发展的现代文化的国家。

第七，维护位于国际组织和外国的俄罗斯联邦人民保留其传统精神道德价值观的权利。

第八，增加俄罗斯的旅游吸引力，并为入境旅游创造基础设施条件。

第九，在实施国外俄罗斯文化、历史和文学介绍与学习的联合方案的领域，以及教育领域和实施联合创作方案的领域，拓展职业科学与文化团体、院所和组织之间的合作。

第十，支持俄语、俄罗斯文化，以及其他俄罗斯联邦民族语言领域内的专家在外国开展活动。

第十一，协助境外同胞组织实施旨在保护和发展俄罗斯精神、文化和语言环境的方案。

第十二，利用因特网网站和社会网络，展示俄罗斯文化、艺术和俄罗斯民族作品。

第十三，支持由社会组织、联邦国家预算高等职业教育机构国立普希金俄语学院，以及其他国家的和非国家的教育中心实施的网络教育方案。

第十四，保障外国读者广泛地接触俄罗斯新闻和当代俄罗斯文学的机会。

第十五，促进俄罗斯文化组织同外国文化组织之间合作的拓展。

为保护作为俄罗斯国家安全和领土完整要素的统一文化空间，规定以下内容。

第一，巩固文化作为国家优先发展对象的地位。

第二，推动强化民众认同感，并巩固俄罗斯联邦各民族的统一。

第三，国家鼓励并表扬在文化活动中对俄罗斯社会传统的道德价值观、传统和风俗进行创作和推广的行为。

第四，鼓励并表扬实现《国家文化政策纲要》和战略中规定的国家文化政策的目标与任务的行为。

为激活地区文化潜力和缓解区域失衡现象，规定采取以下措施。

第一，在文化客体充足程度和财政拨款水平方面，以及在保障广大民众获取文化福利的条件方面，消除地区失衡的现象。

第二，发挥具有民族文化多样性和自身特点的区域的文化旅游潜力。

第三，推广区域品牌，并且为发展包括认识旅游、民族旅游与名人旅游在内的国内旅游和入境旅游创造条件。

第四，制定并实施小城市和农村居民点文化基础设施扶持纲要，促进城市和农村文化环境的发展。

第五，通过筹备和实施联邦层面的俄罗斯联邦主体纪念日，以及文化杰出人物周年纪念日等节日庆祝活动，促进文化潜力的发展。

第六，为保障代与代之间的继承性和连续性，培养区域参与感。

第七，保障地方居民拥有充足的文化工作地点，以及发展民间手工业和创意产业。

第八，举办旨在使各地区居民均衡地获得文化福利的巡演活动。

为提高作为文化政策主体的公民团体机构的作用，规定以下内容。

第一，提高职业协会，由职业团体、创作团体所组成的联合会和自律组织，以及国家权力机关下设公共委员会的作用。

第二，提高专家委员会和公共鉴定委员会在选择和通过有关扶持创作活动的决定的过程中所发挥的作用。

第三，通过提供以竞争为基础的联邦和地区预算补助，进一步完善对面向社会的非营利组织的扶持机制。

第四，鼓励并表扬代表文化政策客体权益的公民团体机构参与文化活动。

第五，使用创新的通信技术，以提高获取文化福利、文化遗产客体、创作产业产品的机会。

第六，实施《2020年前俄罗斯联邦戏剧事业长期发展构想》《2020年前俄罗斯联邦马戏事业发展构想》《2018—2015年俄罗斯联邦文化艺术教育发展构想》《2025年前俄罗斯联邦古典音乐会活动发展构想》、其他构想性文件，以及各文化活动领域的纲要，并完成其规定的任务。

家庭是保证德育和俄罗斯民族传统价值观在代与代之间传承的社会机构，为提升其社会地位，规定以下内容。

第一，重建家庭教育的传统，在社会意识方面建立传统的家庭价值观，提高家庭的社会地位，提高多子女家庭的社会声望，安排全社会规模的代际对话。

第二，在法律教育、经济教育、医疗教育、心理教育，以及其他家庭教育问题上，为家长创造受教育和咨询的条件。

第三，在中小学内教授家庭文化的基础。

第四，推广普及知识、瞻仰伟人的国内家庭旅游。

第五，通过折扣和优惠制度，鼓励家庭参观博物馆、剧院，以及其他文化机构。

第六，通过研究档案文献，鼓励并推广家庭史和家族史的学习。

第七，为业余的和专业的家庭创作创设激励因素，推广文化世家。

第八，实施《2025年前俄罗斯联邦德育发展战略》，并完成其任务。

为促进培养能够积极参与实施国家文化政策的高度协调发展的个人，规定以下内容。

第一，为全方位发展、创作方面的自我实现，以及教育的连续性创造条件和机会。

第二，促进掌握各种专长。

第三，支持具有一定价值取向的德育、智育和文化活动。

第四，促使人们以主体的身份参与国家文化政策的实施。

第五，保障中小学和高等教育体系中的俄语、俄罗斯各民族语言、俄罗斯文学、俄罗斯联邦各民族文学、历史，以及其他人文课程方面的普通教育大纲符合《国家文化政策纲要》和本战略的规定。

第六，为完善俄罗斯标准语知识和俄罗斯历史，以及增强理解和评价文化艺术的能力创造条件和激励因素。

第七，考虑快速变化的环境、公民的年龄特点，以及积极进行跨行业、跨领域及社会—国家合作的必要性，完善并发展成效显著的对公民进行爱国主义教育工作的规则和方法，以及发展对公民爱国主义教育的科学和教学支持。

第八，发展公民军事爱国主义教育，提高俄罗斯联邦武装部队和执法机关的声望。

第九，为吸引青年人参与志愿活动，熟悉本国历史、文化、伟大苏德战争中永垂不朽的牺牲者、修复和考古工作、民俗和民间创作创造条件。

第十，以俄罗斯联邦主体内的博物馆、多功能文化中心、俱乐部机构为基础，在青年中开展启蒙教育、爱国主义教育、军事爱国主义教育工作。

第十一，通过媒体项目，学习并普及本国文化史和包括战争史、俄罗斯各民族历史与俄罗斯哥萨克历史在内的本国历史。

第十二，发展儿童补充教育组织（各类儿童艺术学校）网络。

第十三，通过提高储存于远程通信网络中的材料和信息的品质，培育公民的信息素养。

第十四，提高国家电视台与无限电台所推广的产品的伦理价值和审美价值。

第十五，支持图书贸易（书籍推销）组织和印刷类大众传媒推销组织的发展。

第十六，以储存在国家电子图书馆和各类知识领域与创作活动领域的国家电子档案馆中的数字化图书、档案、收藏为基础，建立俄罗斯统一知识信息空间。

第十七，建立俄罗斯国家电子信息保护制度，其中包括在远程通信网络中的资源。

为保护文化遗产，并为文化发展创造条件，规定以下内容。

第一，采取立法性和激励性措施，以吸引私人资本进入文化领域，其中包括建设和修缮文化客体，修复和重建文化遗产客体，支持智育方案和启蒙教育方案。

第二，在移交使用（租赁）和占有文化遗产客体时，促使自然人和法人重视保护文化遗产客体。

第三，强调使用者和所有者违反《俄罗斯联邦文化遗产客体保护法》有关要求的责任，包括剥夺（没收）其所有的客体或者单方解除使用（租赁）合同。

第四，发展文化遗产保护领域内的公私合作方案的实施机制，包括建立历史文化保护区，对其的管理可以租让协议为基础，以便吸引用于保护并完善历史文化区域和发展文化普及型旅游的额外资金。

第五，积极设计和落实文化遗产客体保护区，包括在早前建立的文化遗产客体保护区的规定边界内，确定其边界的特点，以及区域利用制度和城市建设规则。

第六，确定历史客体的清单，制订保护历史遗产的历史文化计划，同时确定保护的边界和对象。

第七，保证对文化遗产客体状况的持续监控。

第八，制定保护文化遗产客体的地区目标纲要，其中应当规定对文化遗产客体进行登记、情况监控、修复，并制定其区域和保护区的方案。

第九，普及俄罗斯的文化遗产，其中包括在青年人当中进行普及。

第十，保存传统，并为各类民间艺术和创作的发展创造条件，扶持民间艺术手工业和手工艺品。

第十一，发展职业教育体系（包括经典音乐领域、歌剧和芭蕾艺术领域、戏剧领域），以保证俄罗斯演奏者在国际的高超职业水准和竞争力。

第十二，完善文化、教育、大众传播领域内专家（包括历史与文化文物保护机关的专家）的培养和进修体系。

第十三，发展文化基础设施，其主要是考虑行业的战略计划文件和俄罗斯联邦主体的战略计划文件（包括俄罗斯联邦主体的社会经济发展战略),缓解地区失衡的现象,以及保证主要文化机构的基础设施发展的必要性。

第十四,创造优惠条件以通过使用不同的公私合作机制来吸引个人对文化的投资,包括遵循公私合作的原则,为签订针对文化智力活动和文化创作活动的协议建立法律基础,以及创造机会进行复原工作和复原改装工作以对文化遗产客体进行现代化的利用,为吸引个人资本创造法律条件,向投资者提供有关潜在客体的信息,并可以通过吸引个人资本来对它们进行建设、修复或重建。

第十五,发展音乐文化的物质技术基础,包括重装和新建大容量的拥有专业音响系统的音乐厅,以提高音乐会活动的经济效益。

第十六,开展俄罗斯的古典音乐巡演活动。

第十七,鼓励发展大城市和小城市的电影放映网络,同时促进提升俄罗斯电影占本国电影票房的比重。

第十八,发展并支持电影产业领域中成长最快的动画行业,包括建立由大型动画工作室组成的动画行业的产业核心,以发展原创动画,拓宽和保护动画产品的销售渠道,拓宽同临接行业(教育、文化、体育)之间的合作,以及发展技术基础。

第十九,为俄罗斯马戏团重回在世界舞台上的领导地位创造条件,保障在2020年前建成完全自负盈亏的马戏组织。

第二十,实施以公私合作为基础的投资方案,促进建立多功能文化教育中心,以及大型联邦博物馆和戏剧机构的地区分支机构。

第二十一,制定和实施旨在保护文化遗产的相关综合措施,包括制订历史居民点保护计划,以及确定历史居民点的保护边界和对象,对工程管网进行现代化改造,完善并发展旅游、文化和制度潜力,建立历史居民点的宜居条件,吸引投资并制定使历史居民点得以稳固发展的战略计划,以确定保护其历史环境的经济机制,而这些历史环境正是居民点区域的发展资源。

为建立新的文化政策模式,规定以下内容。

第一,保证在实施国家文化政策方面进行跨行业、跨层级和跨地区的协作。

第二,实行具有价值取向的国家文化政策,其应规定对俄罗斯社会的传统价值观进行推广。

第三,鼓励创建文化领域的发展机构。

第四,通过公私合作,以及鼓励慈善活动、文艺资助和其他文化资金的替代机制,极大地提高预算外投资在总文化支出中的比重。

第五,促进文化产业的发展。

第六,实现国家安全利益、文化空间统一和国家民族文化多样性之间的和谐统一。

第七,建立监控体系和质量数据体系。

(四) 实施战略的指标

通过以下指标来评估战略的目标、任务和重点的完成情况。

第一,文化支出占国内生产总值的比重(根据《俄罗斯联邦国家安全战略》)。

第二,用于文化的预算外资金规模。

第三,文化领域劳动报酬与经济领域平均劳动报酬之间的对比关系。

第四,俄罗斯联邦公民对国家文化服务和市级文化服务的品质的满意程度。

第五,积极评价民族间关系状况的民众的比重。

第六,远程通信网络中能够学习俄语和获取俄语教育与俄罗斯文化方面数据的优质资源的增长数量。

第七,获得针对性扶持(包括供应不同载体的教学训练材料)的境外俄罗斯学校(培训机构)占其境外总量的增长比重。

第八,在文化领域的国际比赛和节日中获奖的俄罗斯人的增长数量。

第九,保障俄罗斯联邦主体具有充足的(符合其社会标准和规则的）文化机构的情况。

第十，俄罗斯联邦主体在信息发展综合指标方面的分化程度。

第十一，俄罗斯联邦主体在人均文化艺术支出指标方面的分化程度。

第十二，参与爱国主义教育活动的14—30岁的年轻人占所有14—30岁年轻人的比重。

第十天，儿童、青少年教育节目占全俄罗斯义务教育普及频道的节目总量的比重。

第十四，符合要求的文化艺术机构占其总量的比重。

第十五，符合要求的文化遗产客体占联邦、地区、地方（市级）管辖的文化遗产客体总量的比重。

第十六，联邦和地区管辖的历史居民点的增长量。

第十七，城建文件（其应参照《文化遗产保护法》的要求）所保障的历史居民点占联邦和地区管辖的历史居民点总量的比重。

第十八，俄罗斯制作的电影占俄罗斯联邦境内电影总票房的比重。

第十九，俄罗斯人均图书购买量。

（五）实施战略的机制

《"发展文化和旅游"俄罗斯联邦国家纲要（2013—2020年）》及其他与某些文化领域相关的国家纲要是战略顺利实施的重要保障。与此同时，考虑《国家文化政策纲要》和战略的规定，对于《"发展文化和旅游"俄罗斯联邦国家纲要（2013—2020年）》《"信息社会（2011—2020年）"俄罗斯联邦国家纲要》《"外交政策活动"俄罗斯联邦国家纲要》《"发展科学和工艺"俄罗斯联邦国家纲要（2013—2020年）》《"发展教育"俄罗斯联邦国家纲要（2013—2020年）》以及其他影响国家文化政策的战略计划文件（主要包括文化、教育、俄语、跨民族关系、爱国主义教育，以及旅游领域的联邦目标纲要）来说，其措施、指标和参数可能需要调整。

设立俄罗斯联邦总统下属文化艺术委员会，以向国家元首提供有关文化艺术事务的信息，并保障其同创作团体、文化艺术组织、创作知识分子代表之间的协同配合，以及向俄罗斯总统提出针对文艺政策的现实问题的建议。

其可以与俄罗斯联邦总统下属其他咨询机构（科技教育委员会、俄语委员会、民族间关系委员会、宗教团体促进委员会、哥萨克事务委员会、公民团体与人权发展委员会、实施《儿童行动国家战略（2012—2017年)》合作委员会）共同商讨有关发展文化、教育、大众传媒、青年政策、民族间关系、民族精神状况、爱国主义教育，以及公民权利等方面的跨行业和跨层级的问题。

根据《国家文化政策纲要》，应当保障跨行业和跨层级间的合作，其中包括组建由《国家文化政策纲要》授权的合作机关。

国家文化政策领域内的发展机构包括现有的和计划设立的国家机构，以及由国家支持的非国家机构，二者的活动旨在发展文化（包括广义上的与狭义上的）基础设施，吸引团体和个人投资，消除文化领域的基础设施限制，改善地区发展中的失衡现象，促进公私合作的增长。

支持俄罗斯本国电影业（包括国家电影的制片人和发行人），强化大众电影产业结构，吸引俄罗斯和海外的投资者，并将提升本国电影品质和竞争能力作为联邦本国电影业社会与经济扶持基金会的任务。

在积极实行俄罗斯的宏观经济指标和（或）实施制度和立法方面的综合措施的同时，可以建立其他发展机构，以实施（融资）大型的个人或社会—国家的基础设施方案和设备方案，这些方案旨在为保护文化遗产客体、城市和农村居民点的历史环境，以及发展文化普及型旅游积累所需的资金。

制定与《国家文化政策纲要》和战略的目标、任务、方针和重点相适应的俄罗斯联邦法律，是有效地调整和实施国家文化政策的必要条件。

在2016—2020年，为对《国家文化政策纲要》和战略进行法规保障,应当制定以下法规。

第一,为文化领域的公私合作制度和资助制度的长远发展创造条件的法规。

第二,旨在发展图书出版、书籍推销、期刊推销、阅读设施完善的法规,以保护和发展俄罗斯联邦的统一文化空间。

第三,授权俄罗斯联邦文化部对文化珍品储存设施进行不定期现场检查的俄罗斯联邦民族文化遗产保护法规。

第四,旨在强化旅游市场参与者的责任,以及提高对俄罗斯联邦出境游客的法律保护程度的法规。

第五,允许在俄罗斯联邦境内举办的电影节上放映未取得发行许可的电影的法规。

在2020—2030年,要对俄罗斯联邦法律进行深层次的完善,包括为提高预算外收入创造条件的法律,以及实施其他对于顺利完成战略而必不可少的立法调整措施和法律法规调整措施。

实行《国家文化政策纲要》和战略,以科学地制定和通过联邦、地区和地方层面上的有充分根据的管理方案为前提。

科研院所应与科学中心、高等教育组织的研究单位共同进行基础型研究和应用型研究,其中包括在国家和联邦目标纲要的框架下,通过对非营利组织进行补贴来使其完成创作方案,以及在国家订购和其他科研教学活动援助机制的框架下进行研究。

制定包括国家公务员职位(领导类)和国家文化机构领导职务的替代候选人在内的,联邦和地区层面的人才资源体系,以提高文化领域人才的素质。保证对储备人才进行培养和进修。此外,下属机构的专家应当全面提高其专业技能。

采取缩小职业教育同行业需求之间差距的措施,其方式为根据文化组织对人才专业能力和职业水准的要求,修订或通过新的联邦国家教育标准和由教育组织独立制定并通过的教育标准。

为了评价国家文化政策的实施状况,并对其实施效果进行调控,应当建立监控国家文化政策实施的联邦情报分析体系，并根据监控的结果形成关于俄罗斯联邦国家文化政策实施的国家报告。

上述体系应当采用新的文化活动成果评价标准，以及新的文化、教育、科学和青年政策领域的领导绩效关键指标。

战略应当将文化领域的职业协会和社会组织纳入国家文化政策的实施进程，包括人才培养和进修问题。

其中比较重要的是与国家权力机关有着久远的成功合作历史的职业协会和联合会，其会聚了大量的职业人才，同时，也是大量职业团体和专家团体的利益与观点的表达者，如俄罗斯联邦戏剧活动家协会、俄罗斯联邦电影工作者协会、俄罗斯美术家协会、俄罗斯作家协会、俄罗斯作曲家协会、俄罗斯建筑家协会、俄罗斯记者协会、俄罗斯音乐会组织协会、俄罗斯博物馆协会、艺术与文化院校联合会和音乐院校联合会等。

一些新的文化政策主体正在涌现，如俄罗斯修复家协会，以及一些大型的全俄组织和运动，它们发起以传统精神价值观为支撑的具有社会意义的文化项目，比如全俄合唱协会。

全俄社会—国家组织"俄罗斯军事历史协会"的活动是在历史教育、爱国主义教育和反对篡改本国历史等问题上进行公私合作的典范。

应当制定授予国家权力机关在专家评价、专家研究、资金共管、支持创作倡议等方面的部分职能的机制，包括授予公民团体机构在俄罗斯联邦各主体内对创作职业代表进行进修的职能。

（六）实施战略的阶段

实施战略预计需要两个阶段。

第一阶段为 2016—2020 年。

第二阶段为 2021—2030 年。

在第一阶段，批准实施战略的计划，厘清战略计划文件与其实施计划之间的关系，以及实施立法措施和法律法规措施，其应当完善与通过

《国家文化政策纲要》以及与战略相关的联邦法和俄罗斯联邦主体法律法规文件,并调整相应的俄罗斯联邦国家纲要和俄罗斯各联邦主体国家纲要。

保证在实施国家文化政策的问题上进行跨行业和跨层级的协作,制定并落实能够评估战略实施效果的质量指标体系,制定并开始运行能够对国家文化政策的实施情况进行监控的联邦情报分析体系,高效运作联邦和地区层面的人力资源体系。

采取能够缓解地区基础设施失衡、发展农村文化基础设施的纲要措施,为发展创新(创作)产业创设资源条件和法律规范条件。

在第二阶段,采取带有立法性质和法律规范性质的措施,其主要通过公私合作及建立发展制度来保证文化资金保障的大幅提升,同时采取对于完成《国家文化政策纲要》和战略的目标、任务及重点所应当的组织措施与财政措施。

(七) 实施战略的预期结果

实施战略可以参考俄罗斯联邦的联邦结构,建立起融入地区考量的具有新价值取向的国家文化政策模式;预计在2030年前,将所有文化拨款提升至国内生产总值的1.4%。保证文化领域的预算外投资占所有文化总支出的比重不少于25%;预计将符合要求的联邦所有的文化艺术机构的比重提高到其总量的90%;使小城市和农村地区的居民获取服务的条件、接受的服务质量符合法律的保障水平,并使基础设施的现代化程度得以均衡;使对俄罗斯联邦各地区文化组织的保障程度符合80%—90%的社会标准和规范;建立包括公私合作在内的吸引私人投资进入文化领域的高效机制;建立高效的和资金充裕的文化遗产客体保存体系,以持续降低毁损的或不符合要求的文物的比重;成为拥有最多的进入联合国教科文组织世界遗产名录的客体的五个主要国家之一,同时通过确立文化遗产客体的区域边界及保护对象,对所有文化遗产客体进行国家保护。保证对历史和文化遗产的利用,以对青少年一代进行德育和智育;扩大外国的俄语、俄罗斯文化和俄语授课的空间;巩固俄语在独联体成员国的国家教育体系中的地位；将远程通信网络中的能够学习俄语，获取俄语教育和俄罗斯文化方面数据的优质资源数量提高至2015年的20倍；将获得针对性扶持（包括供应不同载体的教学训练材料）的境外俄罗斯学校（培训机构）的比重提升至其境外总量的2.5倍；将俄罗斯联邦的人均图书购买量从2014年的3本提高到7本；使国家电影占本国电影票房的比重在2030年前达到30%的规模；将文化领域的职业共同体、职业协会和社会组织纳入国家文化政策的实施范围。

（译自 https：//www.mkrf.ru/）

附录四 《2015年前俄罗斯国家文化与大众传媒发展政策基本方针及行动实施计划》

Основные направления государственной политики по развитию сферы культуры и массовых коммуникаций в Российской Федерации до 2015 года и план действий по их реализации

1. 俄罗斯联邦文化部（致 A.C. 索科洛夫）

同意俄罗斯联邦文化部关于会同有关行政机关共同实施俄罗斯联邦国家文化与大众传媒发展政策基本方针的建议。

请于2006年7月1日之前批准俄罗斯文化部实施下述基本方针的行动实施计划。

2. 俄罗斯联邦各主体行政机关（按名单）

请在制定和实施地区性发展文化与大众传媒目标纲要时考虑俄罗斯联邦文化部的建议。

3. 俄罗斯联邦文化部（致 A.C. 索科洛夫）负责召集俄罗斯联邦各主体行政机关（按名单）

请于2007年4月15日前向俄罗斯联邦政府提供关于2006年俄罗斯联邦国家文化与大众传媒发展政策基本方针实施成果的综合报告。

M. 弗拉特科夫

2015年前俄罗斯联邦国家文化与大众传媒发展政策旨在保护和发展文化，保证社会稳定、经济增长和国家安全。

（一）保护和发展俄罗斯统一文化信息空间

由于俄罗斯的地理特点和一系列经济因素，导致保障居民享受文化组织服务方面的不均衡，因此应当保护和发展俄罗斯统一文化信息空间。这种情况导致在儿童和青年的创造力发展方面和残疾人的社会复原方面的社会不平等，并且，从整体上对居民的社会适应性产生了负面影响。

因此，拟实施一系列措施以保障公民接触文化珍品和使用文化设施的宪法权利，并为居民生活质量的提升创造条件。

由于文化和艺术机构的活动是为文化服务的供应创造条件的主要资源，因此应当根据各级权力机关的权限划分，采取旨在对上述机构网络进行现代化改造的措施，并且根据行政改革和地方自治改革的要求，保证制定调整本领域基础设施与本领域基础设施管理制度的法律法规基础和方法基础。应当制定并通过为保证居民享有充足的文化组织服务条件的法律文件，其中包括跨地区图书馆、俱乐部性质的文化机构、博物馆、儿童艺术学校的社会规范和模范标准，以及规定在边疆地区提供文化服务的程序和规模的文件。

考虑新的行政区划（农村和城市居民点、市区和城市郊区），为保证居民获得平等的文化服务，应当制定文化组织保障居民获得文化服务的标准。

为实施这一方针，应当制定国家和地方文化服务名录和农村、小城市文化基础设施模范标准，其应当规定通过以下途径对现行文化组织网络进行优化。

第一，建立多功能机构（社会文化中心、文体综合设施）。

第二，建立移动服务体系（汽车俱乐部、图书巴士）。

第三，更换文化客体的技术设备，为此将制定资源供应的实物标准和资金标准。

第四，完善针对专业人才的物质激励体系。

应当完善文化服务的供应质量，并通过以下途径扩大其供应范围。

第一，制定评估文化服务供应质量的标准和准则。

第二，保证不同公民群体在获取文化服务方面拥有平等的条件，包括俄罗斯的低收入居民群体和其他需要社会扶助的公民。

第三，各预算组织应向预算资金的主要管理者和一般管理者呈交关于活动目标和活动成果的定期报告，这将保证财政资金得到有效利用，并且可以对服务供应质量进行管控。

第四，完善计划和选拔巡演、艺术节和展览等活动项目的方法。

第五，制定措施以吸引有天赋的和受过职业训练的青年进入文化领域工作，这将扩大文化服务覆盖面，并改善文化服务供应质量，加快落实创新工作方法。

第六，对专业人才进修体系进行现代化改造，包括修改相关法律法规文件及制定人员要求标准。

通过完善图书馆服务，为居民获取信息创造条件。其中比较重要的是，应当解决扩充图书馆馆藏的问题，这些馆藏形成于20世纪70年代，其近年更新的书籍数量仅占文学出版物总量的10%，为解决这个问题，应采取以下措施。

第一，完善图书馆事业立法。

第二，更新图书馆馆藏，并按照国际标准（每年每1000人新增250本书籍）提高扩充规模。

第三，以信息体系为基础，完善图书馆馆藏的采编方法。

第四，向企业电子技术过渡，建立俄罗斯图书馆综合目录。

第五，通过建立信息体系、移动服务体系和其他技术，以保障居民能够获取具有社会意义的信息。

优化大众传媒的活动是居民获取信息的条件。为了确立俄罗斯专题节目的国家制作者的优先地位，应当完善广播电视许可条件、大众传媒采访规则和广播电视领域的国家资金分配机制。

对大众传媒活动的进一步完善要求实现向新技术水平的转变，包括将模拟广播电视替换为数字广播电视。同时，一个亟待完成的任务是在俄罗斯建立现代化的电视与广播监控制度，以查明违反大众传媒法的情况。

广播电视网络的技术更新将扩大具有社会意义的节目的覆盖面。这些节目包括信息新闻类、艺术类、科学认知类、体育类、儿童类、音乐类，以及其他满足公民需求的节目。为此要解决一些问题，比如扩大儿童广播的范围，在地方的国家广播、电视机构为居住在乡村的居民制作节目，制作保护民族文化的节目，其中包括保护民族语言的节目和带字幕的节目。

为了完善居民获取优质出版物的制度，应当特别注意以下几点。

第一，完善出版、印刷和图书推销的法律法规基础。

第二，出版教育文学、科普文学和文化启蒙文学方面的书籍。

第三，为儿童和青少年设立能够培养其爱国主义、发展其创造力的专题出版物，注意已成功的和创新的思想体系。

第四，为儿童和青少年创办新报纸，这些报纸应当能够提升青少年的道德和智力水平，并能够保障青年公民享有充足的与其兴趣和愿望相关的俄罗斯政治、经济和文化生活的信息。

发展本国电影业是保障居民大量获得文化珍品的基础。因此，应当完善国家电影制作和发行领域的国家扶持机制，同时还应当增加依靠预算外资金增长而制作的电影的数量。

为了预算组织的高效活动，应当采取一系列旨在保证文化机构适应市场条件的措施，包括完善战略计划，将文化机构变更为新的法律组织形式，制定国家—个人合作机制和著作权与邻接权保护机制，以及发展自我调节与资助体系。

（二）保护和发展俄罗斯各民族文化遗产

应当保护和发展俄罗斯各民族文化遗产，其中的原因包括历史和文化文物的快速毁损，俄罗斯联邦博物馆馆藏和俄罗斯联邦档案馆馆藏的保存状况不佳，以及在市政构成区域的民间传统文化基础的损失。

为了保存和保护文化遗产客体，应当完善俄罗斯各民族文化遗产客体的立法，包括取消暂停对联邦管辖的文化遗产客体的私有化，以及取消暂停对国家所有的文化遗产客体的所有权进行登记；调整俄罗斯联邦各民族的特别珍贵文化遗产客体（历史和文化文物）的法律地位；调整同文化遗产的关系，并规定对文化遗产进行法律调整的专门制度；以及对文化遗产客体的状态和使用进行全俄罗斯范围内的监控和清点，确定工程项目组成和所有权。

鉴于对特别保护区域采取整体保护方法的必要性，亟须制定旨在在俄罗斯联邦境内建立名胜古迹、历史文化保护区和保护区博物馆体系的国家战略，其应规定以下几点。

第一，采取一系列措施以确定和批准博物馆保护区的区域边界，以及保护、维护和使用上述区域的制度。

第二，划出具有历史文化和自然景观资源的区域，并以这些区域为基础建立名胜古迹、历史文化保护区和博物馆保护区。

第三，在综合材料的基础上，同有关联邦行政机关、各联邦主体行政机关和地方自治机关一起对组织、法律和金融经济能力进行建设，即提高2015年前各联邦主体内的联邦、地区和市级管辖的名胜古迹、历史文化保护区和博物馆保护区的组织和机构的上述法律、金融等能力。

第四，为了发展多种形式的文化认知旅游，在发展联邦和地区名胜古迹、历史文化保护区和博物馆保护区的基础上建立跨地区旅行线路。

对档案事业进行现代化管理是保护文化遗产的条件，其应通过以下途径进行。

第一，完善划分档案事业领域的权力的立法。

第二，为提高档案文件保管的安全水平创造条件。

第三，完善居民获取档案信息的条件。

为了保护俄罗斯联邦博物馆馆藏中的国有成分，应当建立关于博物馆藏品和藏品集的统一联邦数据库，这可以对藏品进行高效的统计和保管，并且能够扩大公民享受文化珍品的渠道，为科学利用提供有利的条件。

为了改善博物馆和档案馆进行活动的各项条件，以及保护和推广历史和建筑文物，应当实行计算机化，对博物馆和档案馆馆藏进行电子化，研究和运用新技术来组织、统计和陈列博物馆、档案馆馆藏和博物馆藏品集。

通过完善对专业艺术的支持机制，激发创作并对创作工作者实施社会保护，以巩固和深入发展职业艺术，这是保护俄罗斯文化的必要条件。为此，应当做到以下几点。

第一，根据保障创作活动的特点，对法律进行完善。

第二，完善对文艺资助活动的法律调整。

第三，制定并落实新的艺术机构活动组织—法律规范。

第四，通过对职业艺术机构的场所和专业设备进行现代化改造，并向其提供职业器材，来强化其物质基础。

第五，完善创作工作者的劳动报酬和退休保障条件。

第六，改进实施具有非营利实验性质的创作项目。

第七，进一步发展支持优秀文化活动家、创作团体和有天赋的青年的国家资助体系。

第八，为文化和大众传媒适应市场环境创造条件，并促进扩大该领域的个人资金的份额，其中包括利用国家—个人合作机制、文艺资助和慈善活动发展机制。

第九，应用现代管理模式，并完善针对创作人员的职业再培训体系。

保护民间传统文化，是俄罗斯国家文化遗产保护政策的基础要素。为实施该方针，应当制定保护俄罗斯各民族非物质文化遗产的措施体系，该措施体系应当制定《非物质文化遗产保护构想》，制定一系列有关发展和保护民间传统文化的示范性规范文件；采取资助支持，以及其他鼓励民间创作团体和装饰实用艺术大师进行创作活动的措施；为吸引儿童和青年人参与民间文化课程创造条件。

（三）完善俄罗斯艺术教育与学科体系

考虑扩充该领域人力资源的必要性，亟须对俄罗斯艺术教育体系进行完善。目前，文化领域工作人员的平均年龄为40岁，受过高等专业教育的专家数量约为50%。由于学费高昂，出现了困难家庭儿童从儿童音乐学校和艺术学校流失的现象。

为了扩充该领域的人力资源，应当保证完善俄罗斯的职业艺术教育体系，这要求各级艺术教育从儿童时期开始就应当具有连续性和继承性。艺术教育的目标是培养和发展居民的审美需求，建立具有成熟的审美能力与审美趣味的听众和观众群体，培养创作人才从事文化艺术职业活动，保护并向年青一代传授俄罗斯职业艺术教育的优秀传统。

通过授权俄罗斯联邦文化与大众传媒部参与制定俄罗斯联邦国家艺术教育政策，以及为艺术教育体系提供方法支持，来保护艺术教育过程的继承性传统。为了实现这一任务，应当制定俄罗斯联邦政府法律法规文件以明确文化与大众传媒部和教育科学部在联邦艺术教育体系内的共同管理问题；以跨部门协调计划和纲要为基础，保证各级政权的文化管理机关与教育管理机关进行合作；对保护和发展文化艺术教育机构网络的条件进行保障；提出针对调整艺术教育初级阶段的学费的方法建议，即儿童音乐和美术学校，以及艺术学校的学费；通过在比赛和艺术节选拔人才、设立资助、建立专门数据库等手段，来完善对有天赋的青年进行发掘和支持的体系；重组联邦文化与电影署下属的机构，以及对本领域专业人才进行再培训的机构。

俄罗斯联邦文化与大众传媒部将博洛尼亚进程视作发展高等职业教育的工具，其中包括文化艺术领域的高等职业教育。俄罗斯联邦文化与大众传媒部认为应当建立常态化运行的跨部门工作组，以协调艺术教育领域的各项教学计划和大纲；通过研究带有个人特色的教育方法，举办关于一体化问题的国际研讨会和学术会议，制定关于联合培养硕士研究生论文答辩的提案，授予学位，以及其他的科研措施、组织措施和法律措施，来为艺术教育融入博洛尼亚进程创造条件；根据本领域的需求，对中高等文化与艺术职业教育的专业名录提出建议；基于跨学科研究法，并以同国内外领先科研机构的合作为基础，保证对文化与大众传媒领域的现实发展问题进行基础性和应用性科学研究。

研究的优先方向应为旨在完善国家文化政策实施机制的基础性研究，包括确定文化对所有社会生活领域的影响，包括经济领域；确定国家文化政策在全球化背景下的特点；创造个人发展的社会文化条件；进行同俄罗斯各民族历史文化遗产保护和研究方案相关的应用性研究；开展关于社会文化设计问题的研究，发展文化产业、完善推动文化服务的营销策略；对特定行为领域进行社会学研究。

为了完成上述任务，应当制定能够巩固文化科研组织的物质技术基础的措施体系，并保证高等教育学校的科研教学人员参与科研工作。

在对本领域专业人才的职业培训水平进行监控的基础上，完善文化、大众传媒和档案事业领域的专业人才再培训和进修体系，其应制定新的职业再培训和进修纲要；在文化教学机构开展一系列的专门研讨会，以对教学人员进行再培训；制定旨在对大学后文化艺术职业教育进行完善的综合措施。

（四）使俄罗斯进一步融入世界文化进程，并巩固其在海外的正面形象为使俄罗斯进一步融入世界文化进程，并巩固其在海外的正面形象，应当保护全球化条件下的国家文化认同感。

在国际合作的背景下，优先的方针是通过使俄罗斯进一步融入世界文化进程来巩固其正面形象。其中最重要的环节仍然是与俄罗斯外交部下属的俄罗斯联邦独联体事务、俄侨和国际人文合作署进行合作。

该方针的基础是筹备并实施能够提高俄罗斯文化声望、树立俄罗斯海外正面形象的国际文化项目。为此应当采用在海外举办巡演、大赛、展览、艺术节和进修的形式，积极推广俄罗斯各民族的古典艺术和民间艺术。

国际广播电视作为保证俄罗斯信息存在和树立俄罗斯海外正面形象的国家对外政策工具，应当在俄语侨民占绝大多数的国家中成为发挥文化影响的有效机制。

因此，长远的方针如下。

第一，与独联体国家进行合作，以支持海外同胞。这一合作的战略方针是保护独联体统一文化信息空间，保护并巩固俄罗斯在独联体和波罗的海各国空间内的信息存在。应当集中精力支持俄罗斯戏剧，以及其他使用俄语的创作活动。

第二，（根据所签署的独联体成员国人文合作协议，以及为发展独联体成员国人文合作宣言）实施诸如设立独联体成员国人文合作委员会、定期举办独联体成员国创作人才论坛等建立人文领域内新的多方协作机制方面的活动。

第三，与欧盟和欧洲委员会协同合作，合作的基础是实施包括文化层面在内的第四份俄欧科教统一空间"路线图"，建立俄罗斯—欧盟文化伙伴关系常设委员会，以及在"建立文化资本"项目的框架下开展工作。

第四，发展并运用现代信息技术，以进一步融合文化联系，并树立俄罗斯在海外的正面形象。

第五，与诸如联合国教科文组织、上海合作组织、北极理事会、

"ARS-BALTICA"等权威的国际组织开展合作,参加巴伦支海地区各国文化部部长会议、波罗的海地区各国文化部部长会议、"北方维度"纲要,以及欧洲视听观察组织和世界文化遗产网络的活动。

第六,参与制定旨在在俄罗斯构建信息社会的战略。

第七,在斯拉夫文化论坛的框架下,开展涉及俄罗斯文化宣传、物质和非物质文化遗产保护和文化多样性保护等方面问题的合作。

因此,2015年前俄罗斯联邦国家文化与大众传媒发展政策的基本方针如下。

第一,保护和发展俄罗斯统一文化信息空间。

第二,保护和发展俄罗斯各民族的文化遗产。

第三,完善俄罗斯本国的艺术教育体系和学科体系。

第四,使俄罗斯进一步融入世界文化进程,并巩固其在海外的正面形象。

在国家、社会和商业领域进行战略合作的基础上,实施俄罗斯联邦国家文化与大众传媒发展政策基本方针可以为促进本领域积极融入公民福利水平提高进程,维护社会稳定,发展公民团体机构,以及保证国家社会经济的可持续发展创造条件。

(译自 https://www.mkrf.ru/)

参考文献

外文译著

［俄］A. 穆欣:《普京与幕僚》,新华出版社2004年版。

［俄］阿诺德·汤因比著,D. C. 萨默维尔编:《历史研究》上卷,郭小凌、王皖强译,上海人民出版社2010年版。

［俄］埃娃·汤普逊:《帝国意识:俄国文学与殖民主义》,北京大学出版社2009年版。

［法］爱弥尔·涂尔干:《宗教生活的基本形式》,渠东、汲喆译,上海人民出版社1999年版。

［俄］安德兰尼克·米格拉尼扬:《俄罗斯现代化之路——为何如此曲折》,徐葵等译,社会科学文献出版社2002年版。

［俄］奥列格·布洛茨基:《通往权力之路:普京:从克格勃到总统》,浙江人民出版社2003年版。

［俄］B. B. 费多特金、赵春梅:《俄罗斯文化概观》,南开大学出版社2011年版。

［匈］贝拉·巴拉兹:《电影美学》,何力译,中国电影出版社1986年版。

［美］大卫·M. 科兹、弗雷德·威尔:《大国的解体与重生——戈尔巴乔夫&普京》,曹荣湘等译,中国人民大学出版社2016年版。

［俄］德·谢·利哈乔夫:《俄罗斯思考》,杨晖等译,军事谊文出版社2002年版。

参考文献

［俄］符·阿格诺索夫：《20世纪俄罗斯文学》，凌建侯等译，中国人民大学出版社2001年版。

［苏］高尔基：《俄国文学史》，缪灵珠译，新文艺出版社1956年版。

［俄］戈·瓦·普列汉诺夫：《俄国社会思想史》第一卷，商务印书馆2009年版。

［俄］戈·瓦·普列汉诺夫：《俄国社会思想史》第二卷，商务印书馆2009年版。

［俄］戈·瓦·普列汉诺夫：《俄国社会思想史》第三卷，商务印书馆2009年版。

［俄］戈尔巴乔夫：《改革与新思维》，苏群译，新华出版社1987年版。

［俄］格奥尔基·弗洛罗夫斯基：《俄罗斯宗教哲学之路》，上海人民出版社2006年版。

［美］克莉丝汀·汤普森：《好莱坞怎样讲故事：新好莱坞叙事技巧探索》，李燕、李慧译，新星出版社2009年版。

［俄］列昂尼德·姆列钦：《克里姆林宫的主人：从叶利钦到普京的权力战略》，百花洲文艺出版社2004年版。

［美］罗伯特·达尔：《论民主》，商务印书馆1999年版。

［美］罗伯特·华莱士：《俄罗斯的兴起》，美国时代公司出版社1979年版。

［俄］罗伊·麦德维杰夫：《普京总统的第二任期》，社会科学文献出版社2007年版。

［俄］М.Р.泽齐娜、Л.В.科什曼、В.С.舒利金：《俄罗斯文化史》，刘文飞、苏玲译，上海译文出版社2005年版。

［俄］马尔科维奇、塔克：《国外学者论斯大林模式》，李宗禹主编，中央编译出版社1995年版。

［美］马克·斯洛宁：《现代俄国文学史》，人民文学出版社2001年版。

［美］迈克尔·麦克福尔：《俄罗斯未竟的革命：从戈尔巴乔夫到普京的政治变迁》，上海人民出版社2010年版。

[美] 曼纽尔·卡斯特:《认同的力量》,曹荣湘译,社会科学文献出版社 2006 年版。

[俄] 米哈伊尔·杰里亚金:《后普京时代——俄罗斯能避免橙绿色革命吗?》,社会科学文献出版社 2006 年版。

[俄] 尼·别尔嘉耶夫:《俄罗斯思想》,雷永生、邱守娟译,生活·读书·新知三联书店 1995 年版。

[俄] 尼·伊·雷日科夫:《大动荡的十年》,王攀译,中央编译出版社 1998 年版。

[俄] 尼·伊·雷日科夫:《大国悲剧——苏联解体的前因后果》,徐昌翰等译,新华出版社 2008 年版。

[俄] 普京:《普京文集(2000—2002)》,中国社会科学院俄罗斯东欧中亚研究所编译,中国社会科学出版社 2002 年版。

[俄] 普京:《普京文集(2002—2008)》,中国社会科学院俄罗斯东欧中亚研究所编译,中国社会科学出版社 2008 年版。

[俄] 普京:《普京文集(2012—2014)》,华东师范大学国际关系与地区发展研究院、华东师范大学俄罗斯研究中心编译,世界知识出版社、华东师范大学出版社 2014 年版。

[俄] 普希金:《普希金论文学》,张铁夫、黄弗译,漓江出版社 1983 年版。

[俄] 恰达耶夫:《俄罗斯思想文库·箴言集》,云南人民出版社 1999 年版。

[俄] 恰达耶夫:《哲学书简》,刘文飞译,云南人民出版社 1995 年版。

[俄] 索洛维约夫:《俄罗斯与欧洲》,徐凤林译,河北教育出版社 2002 年版。

[俄] 索洛维约夫等:《俄罗斯思想》,贾泽林、李树柏译,浙江人民出版社 2000 年版。

[俄] Т. С. 格奥尔吉耶娃:《俄罗斯文化史——历史与现代》,焦东建、董茉莉译,商务印书馆 2006 年版。

［俄］T. C. 格奥尔吉耶娃：《文化与信仰——俄罗斯文化与东正教》，焦东建、董茉莉译，华夏出版社2012年版。

［美］托马斯·沙兹：《旧好莱坞/新好莱坞：仪式、艺术与工业》，周传基、周欢译，中国广播电视出版社1993年版。

［俄］陀思妥耶夫斯基：《少年》，岳麟译，上海译文出版社1985年版。

［俄］陀思妥耶夫斯基：《陀思妥耶夫斯基论艺术》，冯增义、徐振亚译，漓江出版社1988年版。

［俄］陀思妥耶夫斯基：《作家日记》下，张羽、张有福译，河北教育出版社2010年版。

［俄］瓦·哈利泽夫：《文学学导论》，周启超、王加兴、黄玫译，北京大学出版社2006年版。

［俄］瓦寄姆·佩切涅夫：《普京：俄罗斯最后的机会?》，百花洲文艺出版社2004年版。

［美］威廉·陶伯曼：《赫鲁晓夫全传》，王跃进译，中国社会科学出版社2009年版。

［美］西达·斯考切波：《国家与社会革命：对法国、俄国和中国的比较分析》，上海人民出版社2007年版。

［俄］谢·维特：《俄国末代沙皇尼古拉二世》，新华出版社1983年版。

［俄］伊万诺夫：《俄罗斯新外交：对外政策十年》，陈风翔等译，当代世界出版社2002年版。

［美］约瑟夫·奈：《美国霸权的困惑——为什么美国不能独断专行》，郑志国等译，世界知识出版社2002年版。

［美］约瑟夫·奈：《美国定能领导世界吗》，何小东、盖玉云译，军事译文出版社1992年版。

［俄］泽齐娜、科什曼、舒立金：《俄罗斯文化史》，刘文飞、苏玲译，上海译文出版社2005年版。

［美］兹比格涅夫·布热津斯基：《大失控与大混乱》，中国社会科学出版社1995年版。

中文专著

白晓红：《俄国斯拉夫主义》，商务印书馆 2006 年版。

贝文力：《转型时期的俄罗斯文化艺术》，上海人民出版社 2012 年版。

曹维安：《俄国史新论》，中国社会科学出版社 2002 年版。

曹维安：《俄国史新论：影响俄国历史发展的基本问题》，中国社会科学出版社 2002 年版。

常颖：《俄罗斯民族戏剧——从冯维辛到契诃夫》，中国水利水电出版社 2017 年版。

陈建华：《走过风雨——转型中的俄罗斯文化》，重庆出版社 2007 年版。

陈岳、蒲俜：《构建人类命运共同体》，中国人民大学出版社 2017 年版。

董晓阳：《俄罗斯利益集团》，当代世界出版社 1999 年版。

董晓阳：《走进二十一世纪的俄罗斯》，当代世界出版社 2003 年版。

戴锦华：《电影批评》，北京大学出版社 2004 年版。

冯绍雷、相蓝欣主编：《转型理论与俄罗斯政治改革》，上海人民出版社 2005 年版。

管文虎：《国家形象论》，成都科技大学出版社 2000 年版。

海运、李静杰：《叶利钦时代的俄罗斯（政治卷）》，人民出版社 2001 年版。

胡惠林：《文化政策学》，山西人民出版社 2006 年版。

胡惠林：《中国国家文化安全论》，上海人民出版社 2004 年版。

胡宁生：《现代公共政策学：公共政策的整体透视》，中央编译出版社 2007 年版。

华世平：《政治学》，中国人民大学出版社 2007 年版。

黄力之：《从俄罗斯到中国：后马克思时期的社会主义文化问题》，人民出版社 2011 年版。

贾乐荣：《当代俄罗斯大众传媒研究》，中国广播电视出版社 2008 年版。

蒋孔阳、朱立元主编：《西方美学通史》，上海文艺出版社 1999 年版。

金雁：《农村公社、改革与革命——村社传统越过现代化之路》，中央编译出版社1996年版。

乐峰:《东正教史》,中国社会科学出版社2005年版。

李辉凡、张捷:《20世纪俄罗斯文学史》,青岛出版社2000年版。

李明滨:《俄罗斯文化史》,北京大学出版社2013年版。

李明滨主编:《俄罗斯二十世纪非主潮文学》,北岳文艺出版社1998年版。

李英男、戴桂菊:《俄罗斯历史之路——千年回眸》,外语教学与研究出版社2002年版。

李毓榛:《20世纪俄罗斯文学史》,北京大学出版社2000年版。

李芝芳:《当代俄罗斯电影》,文化艺术出版社2003年版。

黎皓智:《20世纪俄罗斯文学思潮》,北京大学出版社2006年版。

刘进田:《文化哲学导论》,法律出版社1999年版。

刘军宁:《民主与民主化》,商务印书馆1999年版。

刘文飞:《思想俄国》,山东友谊出版社2006年版。

刘文飞:《文学魔方:二十世纪的俄罗斯文学》,中国社会科学出版社2004年版。

刘文飞:《伊阿诺斯,或双头鹰:俄国文学和文化中斯拉夫派和西方派的思想对峙》,中国社会科学出版社2006年版。

刘祖熙:《多元和冲突:俄罗斯中东欧文明之路》,人民出版社2011年版。

刘祖熙:《改革和革命:俄国现代化研究》,北京大学出版社2001年版。

梁坤:《末世与救赎——20世纪俄罗斯文学主题的宗教文化阐释》,中国人民大学出版社2007年版。

廖四平:《俄罗斯:北极熊与双头鹰》,中国水利水电出版社2010年版。

林精华:《民族主义的意义与悖论》,人民出版社2002年版。

林精华:《误读俄罗斯:中国现代性问题中的俄国因素》,商务印书馆2005年版。

林精华:《想象俄罗斯》,人民文学出版社2000年版。

林军：《俄罗斯外交史稿》，世界知识出版社 2002 年版。

凌继尧：《西方美学史》，北京大学出版社 2004 年版。

陆南泉：《苏联兴亡史论》，人民出版社 2002 年版。

马龙闪：《苏联文化体制沿革史》，中国社会科学出版社 1996 年版。

潘德礼：《俄罗斯十年：政治·经济·外交》，世界知识出版社 2003 年版。

邱莉莉：《透视莫斯科》，中国城市出版社 2002 年版。

冉国选：《俄国戏剧简史》，河南大学出版社 1992 年版。

任光宣：《俄罗斯文化十五讲》，北京大学出版社 2007 年版。

任光宣：《俄罗斯文学简史》，北京大学出版社 2006 年版。

宋瑞芝：《俄罗斯精神》，长江文艺出版社 2000 年版。

邵宏：《美术史的观念》，中国美术学院出版社 2003 年版。

孙成木、刘祖熙、李建：《俄国通史简编》，人民教育出版社 1986 年版。

孙津：《基督教与美学》，重庆出版社 1990 年版。

谭得伶、吴泽霖：《解冻文学与回归文学》，北京师范大学出版社 2001 年版。

田刚健、张政文：《当代俄罗斯大国重建中的文艺战略研究》，中国社会科学出版社 2019 年版。

童道明：《阅读俄罗斯》，上海三联书店 2008 年版。

王爱民、任何：《俄国戏剧史概要》，中国戏剧出版社 1984 年版。

王炎：《美国往事：好莱坞镜像与历史记忆》，生活·读书·新知三联书店 2010 年版。

汪介之：《文学接受与当代解读：20 世纪中国文学语境中的俄罗斯文学》，北京师范大学出版社 2010 年版。

韦定广：《后革命时代的文化主题——列宁文化思想研究》，人民出版社 2011 年版。

吴恩远：《苏联史论》，人民出版社 2007 年版。

吴非、胡逢瑛：《俄罗斯传媒体制创新》，南方日报出版社 2006 年版。

吴克礼:《当代俄罗斯社会与文化》,上海外语教育出版社 2001 年版。

吴克礼:《俄罗斯社会与文化》,上海外语教育出版社 2009 年版。

吴楚克:《民族主义幽灵与苏联裂变》,中国人民大学出版社 2002 年版。

奚传绩:《世界美术史》第六卷,山东美术出版社 1991 年版。

邢东田:《当今世界宗教热》,华夏出版社 1995 年版。

邢广程、张建国:《梅德韦杰夫和普京:最高权力的组合》,长春出版社 2008 年版。

许志新:《重新崛起之路——俄罗斯发展的机遇与挑战》,世界知识出版社 2005 年版。

阎国忠:《古希腊罗马美学》,北京大学出版社 1983 年版。

姚海:《俄罗斯文化之路》,浙江人民出版社 1992 年版。

于沛、戴桂菊:《世界文明大系:斯拉夫文明》,福建教育出版社 2008 年版。

张冬梅:《俄罗斯民族世界图景中的文化观念"家园"和"道路"》,黑龙江人民出版社 2009 年版。

张百春:《当代东正教神学思想》,上海三联书店 2000 年版。

张建华:《俄国知识分子思想史导论》,商务印书馆 2008 年版。

张捷:《从赫鲁晓夫到普京》,社会科学文献出版社 2010 年版。

张杰、汪介之:《20 世纪俄罗斯文学批评史》,译林出版社 2000 年版。

张昆:《国家形象传播》,复旦大学出版社 2005 年版。

张男星:《权力·理念·文化——俄罗斯现行课程政策研究》,教育科学出版社 2006 年版。

张树华、刘显忠:《当代俄罗斯政治思潮》,新华出版社 2003 年版。

张政文:《西方审美现代性的确立与转向》,黑龙江大学出版社 2008 年版。

张政文:《现代性思想之思:德国美学论稿》,中国社会科学出版社 2013 年版。

郑超然、程曼丽、王泰玄:《外国新闻传播史》,中国人民大学出版社

2005年版。

郑羽、蒋明君：《普京八年：俄罗斯复兴之路（2000—2008）（政治卷）》，经济管理出版社2008年版。

郑羽、蒋明君：《普京八年：俄罗斯复兴之路（2000—2008）（经济卷）》，经济管理出版社2008年版。

朱伯雄主编：《世界美术（全集）》，山东美术出版社2006年版。

周尚文、叶书宗：《新编苏联史（1917—1985）》，上海人民出版社1999年版。

朱达秋：《文化与信仰：俄罗斯文化与东正教》，华夏出版社2012年版。

宗白华：《西方美学名著译稿》，江苏美术出版社2005年版。

左凤荣：《重振俄罗斯：普京的对外战略与外交政策》，商务印书馆2008年版。

左凤荣：《戈尔巴乔夫改革时期》，人民出版社2013年版。

中文期刊

白晓红：《"俄罗斯思想"的演变》，《俄罗斯中亚东欧研究》2005年第1期。

白晓红：《普京的"俄罗斯思想"》，《东欧中亚研究》2000年第2期。

白雪：《在感悟音乐艺术中走向世界——新一代俄罗斯音乐文化教材〈音乐〉简介》，《基础教育课程》2007年第8期。

陈树林：《俄国现代化文化阻力的文化哲学反思》，《俄罗斯学刊》2011年第1期。

陈训明：《俄罗斯的欧亚主义》，《东欧中亚研究》2000年第3期。

程殿梅：《俄罗斯文化遗产保护的理论与实践》，《民俗研究》2015年第1期。

戴慧：《普京加快国家文化建设的构想、定位及实践》，《学术交流》2015年第1期。

董毅：《俄罗斯当代音乐教育管窥》，《比较教育研究》2005年第10期。

范玉刚:《以人民为中心的创作导向——习近平文艺思想的人民性研究》,《文学评论》2017年第4期。

干永昌:《谈苏联文化政策的理论基础》,《俄罗斯研究》1988年第4期。

黄作林:《俄罗斯当代艺术教育探微》,《重庆师范大学学报》(哲学社会科学版)2004年第5期。

蒋英州、叶娟丽:《国家软实力研究述评》,《武汉大学学报》(哲学社会科学版)2009年第2期。

金雁:《文化史上的多面"狐狸":俄国贵族知识分子的特点》,《社会科学论坛》2012年第7期。

靳会新:《俄罗斯民族性格形成的历史文化因素》,《俄罗斯中亚东欧研究》2011年第1期。

靳会新:《俄罗斯民族性格形成中的宗教信仰因素》,《俄罗斯学刊》2014年第1期。

雷永生:《宗教沃土上的民族精神——东正教与俄罗斯精神之关系探略》,《中国青年政治学院学报》1998年第1期。

李红:《世纪之交的俄罗斯戏剧》,《戏剧文学》2009年第5期。

李景阳:《俄罗斯改革的文化困境》,《东欧中亚研究》2000年第6期。

李淑华:《戈尔巴乔夫时期书刊检查制度评析》,《俄罗斯东欧中亚研究》2013年第2期。

李述森:《荣耀与包袱——论帝国模式对俄罗斯国家发展道路的影响》,《俄罗斯中亚东欧研究》2005年第2期。

李小桃:《俄国的教育与俄罗斯知识分子的诞生》,《外国语文》2009年第25期。

李新梅:《生活是如此庸俗和无聊——俄罗斯文坛新秀佐贝尔创作论》,《外国文学动态》2011年第3期。

李雅君:《东正教文化与俄罗斯教育》,《外国教育研究》2009年第2期。

李一帅:《跨世纪的经典战争电影翻拍——俄罗斯〈这里的黎明静悄

悄〉两个版本比较》,《电影评介》2018年第3期。

李迎迎:《〈俄罗斯联邦2020年前戏剧事业长期发展构想〉解读》,《戏剧文学》2013年第3期。

李迎迎、宁怀颖:《21世纪初俄罗斯艺术教育改革发展战略》,《西伯利亚研究》2012年第5期。

李玥阳:《新世纪的俄罗斯电影之梦》,《电影文学》2019年第19期。

李芝芳:《悲凉壮阔总关情——撞击中国人心灵五十年的前苏联卫国战争电影》,《艺术评论》2005年第4期。

林精华:《变"中国模式"为"中国思想":来自"俄罗斯理念"的启示》,《清华大学学报》(哲学社会科学版)2014年第4期。

林精华:《俄联邦的俄罗斯帝国传统——关于认识后苏联文学的方法论问题》,《俄罗斯研究》2011年第2期。

林精华:《后苏联的文学生产:俄罗斯帝国情怀下的文化产业》,《广东社会科学》2013年第1期。

林精华:《后苏联重建国家的文化行为》,《俄罗斯学刊》2011年第5期。

林精华:《后苏联俄罗斯文学发展和俄联邦政治进程》,《外国文学》2012年第3期。

林精华:《文学国际政治学:苏联文学终结和冷战结束》,《黑龙江社会科学》2013年第1期。

林精华:《未完成的文化转型:后苏联俄国文学20年的三种危机》,《俄罗斯学刊》2012年第5期。

林精华:《无处不在的身影——东正教介入俄罗斯社会政治生活试析》,《俄罗斯研究》2010年第5期。

刘清才:《俄罗斯总统与总理的宪法地位与权限划分》,《俄罗斯中亚东欧研究》2008年第2期。

刘英:《俄罗斯文化政策的转轨与启示》,《探索与争鸣》2012年第2期。

刘月兰、周玉梅:《培养具有艺术精神和艺术诗性的人——俄罗斯艺术教育及其启示》,《人民教育》2014年第10期。

卢绍君：《民族心理、社会现代化与俄罗斯的政治转型——兼论俄罗斯政治发展的未来方向》，《俄罗斯中亚东欧研究》2012年第3期。

马龙闪：《苏联30年代的"大批判"与联共（布）政党文化的形成》，《俄罗斯学刊》2013年第1期。

马卫红：《当代俄罗斯"年轻诗歌"的发展及其特征》，《沈阳师范大学学报》（社会科学版）2012年第5期。

马卫红：《俄罗斯观念主义诗歌的反美学特征》，《俄罗斯文艺》2012年第1期。

牧阿珍：《来自西伯利亚乡土的苦涩诗意——安德烈·安季平专访》，《世界文学》2018年第3期。

乃风、孔琳：《"国家软实力构建与中国公共关系发展高层论坛"报道》，《国际公关》2007年第2期。

欧阳康、陈仕平：《论俄罗斯民族精神的主要特性》，《华中科技大学学报》（社会科学版）2008年第1期。

潘月琴：《"后苏联"时期俄罗斯戏剧的发展面貌》，《戏剧》（中央戏剧学院学报）2012年第2期。

荣洁：《俄罗斯民族性格和文化》，《俄罗斯中亚东欧研究》2005年第1期。

田刚健：《公共阐释论视角下的"俄罗斯理念"演变研究——兼论当代俄罗斯文艺政策的价值导向》，《社会科学辑刊》2018年第3期。

田刚健：《国家主义与市场机制下的文化大国重建之路——论当代俄罗斯文化政策的核心理念和发展规划》，《苏州大学学报》（社会科学版）2017年第3期。

田刚健：《普京时期俄罗斯文化外交政策与国家形象塑造》，《东北师范大学学报》2016年第3期。

孙磊：《俄罗斯"新生代"作家的历史叙事》，《外国文学》2018年第1期。

王春英：《建构中的俄罗斯新意识形态》，《俄罗斯中亚东欧研究》2010

年第 5 期。

王立新：《通向富民兴邦的道路》，《俄罗斯研究》2003 年第 2 期。

王立新：《转型以来俄罗斯社会思潮的变迁和应对策略》，《南京师大学报》（社会科学版）2010 年第 5 期。

王树福：《"词句转换"：一种先锋戏剧理念的兴起》，《外国文学研究》2012 年第 1 期。

王树福：《从"万比洛夫派"到"新戏剧"：当代俄罗斯戏剧源流与发展考》，《戏剧（中央戏剧学院学报）》2011 年第 4 期。

王易：《习近平新时代中国特色社会主义思想的人民性意蕴》，《人民论坛》2020 年第 24 期。

王一川：《国家硬形象、软形象及其交融态——兼谈中国电影的影像政治修辞》，《当代电影》2009 年第 2 期。

项阳：《礼乐文明：中华民族共同的文化创造与标志性存在》，《艺术学研究》2020 年第 2 期。

许华：《俄罗斯借助俄语在后苏联空间增强软实力》，《俄罗斯学刊》2012 年第 4 期。

杨成：《"第二次转型"的理论向度与原社会主义国家转型的多样性——以当代的俄罗斯制度转型为例》，《俄罗斯研究》2008 年第 4 期。

杨家芳、王德兵：《3D 电影：营造一种真实"视界"》，《西部广播电视》2017 年第 1 期。

岳璐：《当代俄罗斯建筑艺术与国家形象塑造》，《俄罗斯学刊》2013 年第 5 期。

张百春：《俄罗斯东正教会神学教育体制的历史沿革及其当代问题》，《世界宗教文化》2014 年第 2 期。

张变革、任晓舜：《大巡演与俄罗斯统一的戏剧文化空间》，《福建艺术》2020 年第 8 期。

张昊琦：《苏联卫国战争与历史记忆》，《国外理论动态》2015 年第 6 期。

张骥、张爱丽：《试析文化因素对俄罗斯外交政策的影响》，《当代世界与社会主义》2004年第3期。

张江:《公共阐释论纲》,《学术研究》2017年第6期。

张立新、曾菲、耿艳艳:《俄罗斯学前艺术教育的目标及其功能分析》,《外国教育研究》2012年第3期。

张平:《普京的俄罗斯文化观》,《学术探索》2014年第2期。

张树华:《思想瓦解:苏共失败的重要原因》,《俄罗斯中亚东欧研究》2005年第4期。

张焰:《回归传统 再铸辉煌——进入新世纪的俄罗斯电影》,《电影评介》2008年第22期。

张政文:《普京时期俄罗斯文化政策的历史视角》,《俄罗斯东欧中亚研究》2017年第1期。

赵传军:《普京经济学》,《求是学刊》2014年第1期。

甄文东:《文化安全与大国兴衰——俄罗斯文化安全战略对中国的启示》,《亚非纵横》2013年第6期。

郑永旺:《俄罗斯民族性格与1812年卫国战争的胜利》,《俄罗斯文艺》2012年第4期。

郑永旺:《论俄罗斯思想的语言维度》,《求是学刊》2009年第3期。

周芳、李典军:《普列汉诺夫的社会主义农业思想》,《科学社会主义》2008年第5期。

周启超:《开放与恪守并举 解构与建构并行——今日俄罗斯文论前沿问题述评》,《探索与争鸣》2010年第2期。

朱达秋:《俄罗斯思想的现代意义》,《四川外语学院学报》2006年第2期。

朱可辛:《普京的执政理念与俄罗斯的政治改革》,《中共中央党校学报》2007年第5期。

祖雪晴:《论俄罗斯现代化进程中的文化因素》,《俄罗斯中亚东欧研究》2011年第2期。

政策文献

Ко нвенция об охране и поощрении разнообразия форм культурного самовыражения，http：//www. chinaculture. org/static/files/pact_ to_ protect_ diversity.

ОСНОВЫ ЗАКОНОДАТЕЛЬСТВА РОССИЙСКОЙ ФЕДЕРАЦИИ О КУЛЬТУРЕ，http：//www. consultant. ru/document/cons_ doc_ LAW_ 148902/.

О федеральной целевой программе "Культура России（2006 - 2010 годы）"，http：//pravo. roskultura. ru/documents/118048/page15/.

Федеральная целевая программа "Культура России（2012 - 2018 годы）"，http：//archives. ru/sites/default/files/186 - prill.

Заседание президиума Совета по культуре и искусству，http：// state. kremlin. ru/council/7/news/20138.

"Выступление Президента РФ В. В. Путина на совещании в МИД России послов и постоянных представителей РФ за рубежом"，9 июля 2012 г，http：//kremlin. ru/transcripts/ 15902.

ГОСУДАРСТВЕННАЯ ПРОГРАММА "ПАТРИОТИЧЕСКОЕ ВОСПИТА-НИЕ ГРАЖДАН РОССИЙСКОЙ ФЕДЕРАЦИИ НА 2001 - 2005 ГОДЫ"，http：//www. rg. ru/oficial/doc/postan_ rf/122_ 1. shtm.

Тенекчиян Артур Арутович: Социально - философский анализ Развития Идеологии В России，http：//teoria - practica. ru/ru/2 - 2005. html.

В. Бутин，"Россия На пороге нового тысячелетия"，Российская Независимая Газета，1999 - 12 - 30.

Описание ФЦП "Культура России（2006 - 2011 годы）"，http：//fcp-kultura. ru//old. php? id = 3.

История религиозной культуры：Основы православной культуры：Учебное пособие для основной и старшей школы. Бородина А. В.， http://borodina.mrezha.ru/ekspertitsyi-i-harakteristika/osnovyi-pravoslavnoy-kulturyi.html.

Глава I Государственное управление культурным строительством. 1917 г. -1935 г., http://mkrf.ru/ministerstvo/museum/detail.php? ID=273311.

Архив документов ФЦП "Культура России (2006-2011 годы)", http://fcpkultura.ru/docs.php? id=12.

Opening remarks at a ceremony presenting Russian Federation National Awards, http://eng.kremlin.ru/transcripts/5574.

Концепциявнешней политики Российской Федерации. Российскаягазета. 2000. 11июля.

Концепция Внешней Политики Российской Федерации. 2000-06-28, http://base.garant.ru/2560651/.

Концепция Внешней Политики Российской Федераци. 12 июля 2008 г., http://base.consultant.ru/cons/cgi/online.cgi? req=doc; base=LAW; n=142236, 2013-09-06.

ОСНОВЫ ЗАКОНОДАТЕЛЬСТВА РОССИЙСКОЙ ФЕДЕРАЦИИ О КУЛЬТУРЕ, http://www.consultant.ru/document/cons_doc_LAW_148902/.

Государственное управление культурным строительством. 1992-2010 ггГосударственное управление культурным строительством. 1992-2010 гг, http://www.mkrf.ru/ministerstvo/museum/detail.php? ID=274142.

Федеральная целевая программа "Культура России (2006-2011 годы)", http://fcpkultura.ru//old.php? id=3.

Федеральная целевая программа "Культура России (2012-2018 годы)", http://archives.ru/sites/default/files/186-prill.

Федеральная целевая программа "Культура России (2006-2011 годы)", http://fcpkultura.ru//old.php? id=3.

Winners of the 2012 Russian Federation National Awards announced, http: //eng. state. kremlin. ru/council/7/news/5545.

Указ о праздновании 200 - летия со дня рождения Ивана Тургенева, http: //www. kremlin. ru/acts/20399.

Opening remarks at a ceremony presenting Russian Federation National Awards, http: //eng. kremlin. ru/transcripts/5574.

Указ о премии Президента в области литературы и искусства за произведения для детей и юношества, http: //www. kremlin. ru/news/19844.

В Кремле вручены премии деятелям культуры и премии за произведения для детей, http: //www. kremlin. ru/news/20638.

Концепция Развития Образования В Сфере Кулътуры и Искусства в Российской Федерации на 2008—2015 Годы, http: //www. klerk. ru/.

Глава IV. Государственное управление культурным строительством. 1992 - 2010 гг., http: //www. mkrf. ru/ministerstvo/museum/detail. php? ID = 274142.

Концепция Развития Образования В Сфере Кулътуры и Искусства в Российской Федерации на 2008—2015 Годы, http: //www. klerk. ru/.

Федеральная целевая программа "Культура России (2012 - 2018 годы)", http: //archives. ru/sites/default/files/186 - prill.

ОСНОВЫ ЗАКОНОДАТЕЛЬСТВА РОССИЙСКОЙ ФЕДЕРАЦИИ О КУЛЬТУРЕ, http: //www. consultant. ru/document/cons_ doc_ LAW_ 148902/.

Основные направления государственной политики по развитию сферы культуры и массовых коммуникаций в Российской Федерации до 2015 года и план действий по их реализации, http: //www. mkrf. ru/dokumenty/581/detail. php? ID = 61208.

Федеральная целевая программа "Культура России (2012 - 2018

годы)",http：//archives. ru/sites/default/files/186 – prill.

Основные направления государственной политики по развитию сферы культуры и массовых коммуникаций в Российской Федерации до 2015 года и план действий по их реализации, http：//mkrf. ru/dokumenty/581/detail. php? ID = 61208&t = sb.

Встреча с Министром культуры Владимиром Мединским, http：//www. kremlin. ru/news/20672.

Совет по культуре и искусству, http：//state. kremlin. ru/council/7/statute.

Основные наравлгния политики Российской Федерации в сфере международного культурно – гуманитарногосотрудничества. , http：//www. pandia. ru/855258/.

Заседание рабочей группы по разработке проекта Основ государственной культурной политики, http：//state. kremlin. ru/face/20667.

Об утверждении плана основных мероприятий по проведению в 2014 году в Российской Федерации Года культуры, http：//government. ru/dep_ news/9379.

ОСНОВЫ ЗАКОНОДАТЕЛЬСТВА РОССИЙСКОЙ ФЕДЕРАЦИИ О КУЛЬТУРЕ, http：//www. consultant. ru/document/cons_ doc_ LAW_ 148902/.

英文文献

Andrei P. Tsygankov, Russia's Foreign Policy, *Change and Continuity in National Identity*, Rowman & Littlefield Publishers, INC, 2006.

Birgit, Beumers, and Mark Lipovetsky, *Performing Violence：Literary and Theatrical Experiments of New Russian Drama*, Intellect Ltd. , 2009.

Chambers, Colin, "Unity Theatre and the Embrace of the Real", *Documentary Theatre Past and Present*, edited by Alison Forsyth and Chris Megson, Palgrave MacMillan, 2011.

Collins-Hughes, Laura, "The Play's the Thing: The Dramatic and Narrative Appeal of Documentary Theater", *Nieman Reports*, 2015.

Dennis, Everette E. ed., *Beyond the Cold War: Soviet and American Media Images*, Newbury Park, Calif.: Sage Publications, 1991.

Edited by Karl Ameriks, *The Cambridge Companion of German Idealish*, Cambridge University Press, 2000.

Edited by P. E. Easterling, *The Cambridge Companion of Greek Tragedy*, Cambridge University Press, 2000.

Edited by Michael Gagarin, Paul Woodruff, *Early Greek Political Thought from Homer to the Sophists*, Cambridge University Press, 1995.

Feklyunina, Valentina, "Battle for Perceptions: Projecting Russia in the West", *Europe-Asia Studies*, Vol. 60, No. 4, 2008.

FisCher, B Benjamin, ed. (1999), *At Cold War's End: US Intelligence on the Soviet Union and Eastern Europe*, 1989-1991. Central Intelligence Agency, 2000.

Fred Rush, *The Cambridge Companion of Critical Theory*, Cambridge University Press, 2004.

Fousek, John, *To Lead the Free World: American Nationalism and the Cultural Roots of the Cold War*, University of North Carolina Press, 2000.

Gross, Stein J, "Image, Identity and Conflict Resolution", in Chester Crocker, Fen Hampson and Hashamova, Yana, *Pride and Panic: Russian Imagination of The West in Post-Soviet Film*, The Universsty of Chicago Press, 2007.

Holstein, Lisa Walls, *Framing the Enemy: Changing United States Media Images of China and the USSR at the End of the Cold War*, UMI, 2002.

Jeffers, Alison, *Refugees, Theatre and Crisis: Performing Global Identities*, Palgrave MacMillan, 2012.

Laird, *Voices of Russian literature: Inter—views with Ten Contemporary Writers*, OUP, 1999.

Laruelle, Marlène, "Book Reviews: Russia's Skinheads", *Slavic Review*, Vol. 70, No. 3, 2011.

Listengarten J, "A Window to the West: Russian Imperial Theatres", in Wilmer S. E. (eds) *National Theatres in a Changing Europe*, Palgrave Macmillan, 2008.

Manon van de Water, *Moscow Theatres for Young People: A Cultural History of Ideological Coercion and Artistic Innovation*, 1917 - 2000, Palgrave Macmillan, 2006.

Maria Shevtsova, "The Golden Mask Festival 2008", *New Theatre Quarterly*, Vol. 24, No. 3, 2008.

Maria Shevtsova, "The Golden Mask Festival 2010", *New Theatre Quarterly*, Vol. 26, No. 3, 2010.

Maria Shevtsova, "Alive, Kicking – and Kicking Back: Russia's Golden Mask Festival 2015", *New Theatre Quarterly*, Vol. 31, No. 3, 2015.

Maria Shevtsova, "Small Forms and Large: The Russian Case at the Golden Mask, 2019", *New Theatre Quarterly*, Vol. 35, No. 3, 2019.

Mark Lipovetsky, Birgit Beumers, "Reality Performance: Documentary Trends in Post – Soviet Russian Theatre", *Contemporary Theatre Review*, Vol. 18, No. 3, 2008.

Martin, Carol, *Theatre of the Real*, Palgrave Macmillan, 2013.

Mason, Gregory, "Documentary Drama from the Revue to the Tribunal", *Modern Drama*, No. 3, 1977.

Maximova – Mentzoni, Tatiana, *The Changing Russian University: From State to Market. LNYE J S. Soft Power: The Means to Success in World Politics*, Public Affairs, a member of Peruses Books L. L. C, 2004.

Pamela Aall, *Managing Global Chaos*, Washington, United States Institute of Peace Press, 1996.

Pilkington, Hilary, Garifzianova, Al'bina, Omel'chenko, Elena, *Russia's Skinheads: Exploring and Rethinking Subcultural Lives*, Routledge, 2012.

Prizel, Ilya, *National Identity and Foreign Policy*, Cambridge University Press, 1998.

Reeves R, *Do The Media Govern Politicians*, *Voters and Reporters in America*, Thousand Oak, Calif.: Sage Publications, 1997.

Rene Wellek, *A History of Modern Criticism*, Volume 1: The Romantic Age, Cambridge University Press, 1957.

Rene Wellek, *A History of Modern Criticism*, Volum 2: The Romantic Age, Cambridge University Press, 1964.

Rene Wellek, *A History of Modern Criticism*, Volume 3: The Romantic Age, Cambridge University Press, 1981.

Rene Wellek, *A History of Modern Criticism*, Volume 4: The Romantic Age, Cambridge University Press, 1981.

Rene Wellek, *A History of Modern Criticism*, Volume 5: The Romantic Age, Cambridge University Press, 1985.

Rene Wellek, *A History of Modern Criticism*, Volume 6: The Romantic Age, Cambridge University Press, 1986.

Rene Wellek, *A History of Modern Criticism*, Volume 7: The Romantic Age, Cambridge University Press, 1988.

Rene Wellek, *A History of Modern Criticism*, Volume 8: The Romantic Age, Cambridge University Press, 1995.

Silverstein, Brett, *Enemy Images: The Psychology of U. S. Attitudes and Cognitions Allison*, R. Light, M. White, S. *Putin's Russia and the Enlarged Europe*, Black well Publishing, 2006.

Senelick L, "National on Compulsion: The Moscow Art Theatre", in Wilmer S. E. (eds) *National Theatres in a Changing Europe*, Palgrave Macmillan, 2008.

Wang H, *National Image Building: A Case Study of China*, International Studies Association Meeting Paper, 2001.

Weiss, Peter, *Notizen Zum Dokumentarischen Theater*, Suhrkamp Verlag, 1971.

Zevelev, Igor, Russian and American National Identity, *Foreign Policy and Bilateral Relations: International Politics*, Vol. 39, 2002.

俄文文献

Березкина О. П., Политический имидж в современной политической культуре, дис. докт. Полит. наук. СПб, 1999.

Гершунский Б. С., Россия и США на пороге третьего тысячелетия. Москва: 1999.

Гринберг Т. Э., Политические технологии: ПР и реклама, М., 2005.

Замошкин Ю. А. (отв. ред.), Общественное сознание и внешняя политика США, М.: Наука, 1987.

Доклад национального разведывательного совета США Контуры мировогобудущего, Шубин А., Россия – 2020: будущее страны в условиях глобальныхперемен, Россия и мир в 2020 году, М., 2005.

Здравомыслов А. Г., Немцы о русских: на пороге нового тысячелетия, М., 2003.

Кашлев Ю., Галумов Э. Информация и PR в международных отношениях, М.: Известия, 2003.

Кременюк В. А. (отв. ред.), Россия и США после холодной войны, М.: Наука, 1999.

Кобякова А. Б., Аверьянова В. В. (под. ред.), Русская Доктрина, М.: Яуза – пресс, 2008.

Ланцов С. А., Политическая история России: Учебное пособие,

СПб. ：Питер，2009.

Ледовских Ю. ，Проблемы участия американской общественности в формированиивнешней политики США，М. ，1987.

Малинова О. Ю. ，（отв. ред. ），Политическая наука в России：проблемы，направления，школы（1990 – 2007），М. ：РАПН，РОССПЭН，2008.

Медведев С. ，Пересмотр национальных интересов：российская внешняя политика вэпоху Путина，Публикация Центра им. Маршалла №6，Август 2004.

Нормунд Гростиньш，Владимир Путин：Я Солдат До Смерти，Газета Капиталист Интернет – версия，2004 – 09 – 15.

Ольшанский Д. В. ，Пеньков В. Ф. Политический консалтинг：СПб. ，2005.

Панарин И. Н. ，Информационная война，PR и мировая политика，М. ：Горячая линия – Телеком，2006.

Перелыгина Е. Б. ，Психология имиджа，М. ，2002.

Пирогова Л. И. ，Имидж власти как отражение политической культуры российскогообщества，дис. канд. пол. наук. ，М. ，2005.

Рожков И. Я. ，Кисмерешкин В. Г. Бренды и имиджи：страна，регион，город，отрасль，предприятие，товары，услуги，М. ，2006.

Рукавишников В. О. ，Какой Россия видится изнутри и издалека：Социально – гуманитарные знания №3，2003.

Рукавишников В. О. ，Холодная война，холодный мир – Общественное мнение в США иЕвропе о СССР/России，внешней политике и безопасности Запада，М. ：Академический Проект，2005.

Шепель В. М. （ред. ），Имиджелогия：тенденции и перспективы развития，М. ，2003.

Шестопал Е. Б. ，Образы власти в постсоветской России，М. ，2004.

Шестопал Е. Б. （ред. ），Образы российской власти：От Ельцина до

Путина，М.：РОССПЭН，2008.

Друг по ресурсам，Эксперт Online，20 Окт. 2009.

М. Р. Зезина，Советская художественная интеллигенция и власть в 1950－е－60－е годы，Диалог－МГУ，1999.

Российская политическая энциклопедия. Президиум ЦК КПСС. 1954－1964. ТомЧерновые протокольные записи заседаний.

Стенограммы，М.：РОССПЭН，2004.

Л. В. Кошман и др. Историярусской культуры IX—XX веков. Издательство，М.：КДУ. 2011.

Ф. М. ДОСТОЕВСКИЙ，Полное собрание сочинений в 30 томах，том 25，Ленинград：Наука，1983.

Русская идея，Сборник произведений русскихмыслителей. Москва: Айрис－Пресс，2004. С. 7.

Епископ Зарайский Меркурий，Довгий Т. П. Государственно－церковное сотрудничество на федеральном и региональномуровнях в реализации эксперимента по преподаванию учебного курса？Основы православной культуры？//Педагогика. 2011. №1.

Новая концепция внешней политики；Россия намерена быть "островком стабильности"，Независимая Газета. 2012. 14 Декабря.

Латухина К. Впередсмотрящие—Владимир Путин напомнил дипломатам о мягкой силе// Российская Газета. 2013. 12 Февраля.

主要俄罗斯文艺政策与文化政策官方网站

http：//www. kremlin. ru/acts　　俄罗斯总统官网

http：//www. government. ru/　　俄罗斯政府官网

http：//www. gpntb. ru/　　俄罗斯国家图书馆协会官网

http：//search. rsl. ru/　　俄罗斯国家图书馆官网

http：//www. rba. ru　　俄罗斯图书馆协会联合会官网

http://www.itar-tass.com/　　　俄罗斯通讯社塔斯社
http://pravo.roskultura.ru/　　　俄罗斯文化部文件搜索网站
http://www.mkrf.ru/　　　俄罗斯联邦文化部官网
http://fcpkultura.ru/docs.php?id=12　　　俄罗斯联邦文化部政策法规官网
http://www.rusarchives.ru/　　　俄罗斯联邦档案

后　　记

本书为国家社会科学基金重大项目"当代俄罗斯文艺形势与未来发展研究"（项目批准号：13&ZD126）之子课题《当代俄罗斯文艺政策和文艺战略问题研究》的结项成果，全书整体构架、写作思路和具体分工由项目首席专家张政文教授统筹指导，其中项目组成员文记东副教授撰写第一章，王熙恩副教授撰写第五章第二节，其余章节由田刚健执笔撰写，黑龙江大学文学院比较文学与世界文学专业硕士研究生魏同乐、尉一平和王祥同学参与了部分章节的材料收集整理、论文撰写和文字校对整理工作。

本子课题组自开展研究以来，坚持在人类命运共同体的总体视域内，在民族性和现代化的历史维度中考察当代俄罗斯文艺治理和发展的延续性与断裂性，通过对当代俄罗斯文艺政策、俄罗斯文艺成就的国际推广、俄罗斯文艺性文化产业与国家形象战略等问题的多维度、全方位的研究和考察，把握当代俄罗斯大国复兴中的文艺战略和文化政策现状和走向，利用哲学、文艺学、图像学、社会学、新闻传播学、国际关系学等方法考察当代俄罗斯文艺政策与文化战略的运行机制与实施功效，宏观把握文艺政策对俄罗斯在意识形态建构、国家形象树立、民族精神凝聚、文化产业发展等方面的重要作用和影响，努力为中俄人文合作提供坚实的理论基础和翔实的数据支撑，为中俄两国文艺领域合作交流提供理论参考和智库资政。

项目组成员本着恪守规范、严谨笃实的学术精神，赴俄罗斯及国内各地收集、阅读、翻译、参考和运用大量具有代表性、典型性、权威性的国内外特别是俄文最新一手材料，调研搜集相关专著，学术期刊、专题会议论文集上的文章、教材、法律文本等四百余万字，翻译了《俄罗斯国家文化政策基础》《"俄罗斯文化"国家规划纲要》《2015年前俄罗斯国家文化与大众传媒发展政策基本方针及其行动实施计划》《2030年前俄罗斯文化政策纲要》，以及普京执政以来关于文艺政策的讲话等重要政策文本50万字，其中部分翻译整理成果附录于书后，希冀为今后中俄人文合作研究领域专业人士提供帮助。

最后，衷心感谢张政文教授多年的引领指导和教诲培育，感谢结项匿名评审专家的中肯意见和专业指导，感谢中国社会科学出版社领导和编辑为本书出版付出的心血。由于研究者学术水平有限，本书亦存在许多不足，恳请各位专家学者批评指正。

田刚健
2021年11月28日